Yaşar Kemal

Der Sturm der Gazellen

Yaşar Kemal

Der Sturm der Gazellen

Aus dem Türkischen von
Cornelius Bischoff

Unionsverlag

Zweiter Band der Insel-Romane

Die Originalausgabe erschien 2002 unter dem Titel *Karıncanın Su İçtiği* bei Adam Yayinlari in Istanbul.
Deutsche Erstausgabe

Im Internet
Aktuelle Informationen,
Dokumente, Materialien
www.unionsverlag.com

Rieterstrasse 18, CH-8027 Zürich
Telefon 0041-44-283 20 00, Fax 0041-44-283 20 01
mail@unionsverlag.ch

Umschlaggestaltung: Theres Rütschi, Zürich
Umschlagfoto: Dimitris Varos
Druck und Bindung: Freiburger Graphische Betriebe
ISBN-10 3-293-00354-0
ISBN-13 978-3-293-00354-5

1

Das Boot kam sehr langsam aus dem nächtlichen Dunkel, das Wasser lag spiegelglatt. Am Himmel barsten dicht hintereinander Sternschnuppen und zogen ihre sprühende Lichtspur ins Meer. Fast gleichzeitig schälte sich verschwommen eine Insel aus dem dunstigen Nebel. Der Mann im Boot ließ behutsam die Ruder sinken, verharrte und schaute sich erschöpft nach allen Seiten um. Drei Fische sprangen kurz nacheinander, alle drei mit rosafarbenem Glanz. Aus drei Richtungen kamen drei Vogelschreie, dann färbte sich der Meeresspiegel violett.

Der Mann reckte sich und griff wieder in die Riemen. Das Meer wurde noch heller. Der Mann tauchte ins Licht ein und aus. Der Gipfel des Berges vor ihm schien sich auch aufzuhellen. Ein fadendünner Strich blitzte auf und verschwand, und verwundert ließ der Mann die Ruder wieder sinken. Das Rot eines in voller Blüte stehenden Granatapfelgartens auf der Inselzunge schien auf den Grund des Meeres getaucht zu sein. Wieder sprangen drei Fische aus dem Wasser, leuchteten in roter Linie auf und verschwanden. Der Morgenwind brachte weiche, salzige Meeresluft von den Ufern herüber, vermischt mit dem Geruch von Blumen, Gras, Thymian und Salbei.

Wie herrenlos trieb das Boot zum Ufer, erst als der Bug die Klippe rammte, kam der Mann wieder zu sich und stand auf. Das Boot schlingerte leicht. Stahlblau schimmerndes Meer, gegenüber der jetzt dunkelviolette Berg, hinter seinem Gipfel ein Stück der kupferfarbenen Sonne, fernab, im diesigen Schatten, ein sich wiegender, im Meer gespiegelter mächtiger Baum, schräg dahinter am Ufer aufgereihte, im Morgendämmer auftauchende, wieder verschwindende, mal wachsende, mal schrumpfende, von Nebelschleiern verhangene Häuser, im Hintergrund, nur verschwommen sichtbar, ein Hügel.

Eine leichte, auflandige Strömung schob das Boot weiter, hin und wieder drehte es sich um sich selbst. Eine kleine Welle nur, und der Mann wäre vom aufgeschaukelten Boot ins Meer gefallen. Er schien in einem Traum gefangen. Vor seinen Augen ein blendendes Lichtergewirr und dazwischen wie zum Meeresgrund ein- und auftauchende Granatapfelblüten. Funkelnde Fische spielten im Wasser. Die Welt hellte sich auf, tauchte zurück ins Dunkel, färbte sich blau. Ganz nah schnellten drei stahlblau schimmernde Fische hintereinander aus dem Wasser. Eine leichte Brise kam auf, der Meeresspiegel riffelte sich.

Traumverloren setzte sich der Mann wieder an die Riemen und ruderte das Boot mit kräftigen Schlägen auf den Sandstrand. Dann stieg er die Böschung hoch und schlenderte in den Granatbaumgarten. Hier fühlte er sich zu Hause. Bienen waren auf die Blüten niedergegangen, ihr Summen war überall. Beim Anblick der im Licht lärmenden Bienen kam er wieder zu sich. Er musste sich hinlegen, sonst würde er vor Erschöpfung zusammenbrechen. Drei Pirole flogen dicht über seinen Kopf hinweg. Er hatte sie nicht kommen sehen, hatte nur den Luftzug ihrer Flügel im Nacken gespürt. Ihr unvergleichlich funkelndes, jedes Menschen Innerstes aufhellendes Gelb verscheuchte auch den letzten Rest seiner Ängste. Er machte noch einen Schritt, dann ging er in die Knie, kippte zur Seite, schob, schon ausgestreckt, den drückenden Revolver von seiner Hüfte nach vorne und war auch schon eingeschlafen.

Es war noch vor Tagesanbruch gewesen, als Vasili das Boot da draußen entdeckte. Er sah das langsame Auf und Ab der Ruderblätter, die im diesigen Blau verschwanden und nach einer Weile verschwommen wieder auftauchten. Vasili füllte die Teekanne am Brunnen und setzte sie aufs zur Glut niedergebrannte Feuer.

Zuerst kam Lena aus dem Haus, nach ihr Musa der Nordwind, der Vasili beim Näherkommen prüfend ansah. »Mit dir ist irgendetwas«, sagte er.

»Im Morgendämmer habe ich ein Boot gesehen. Es kam landauf in unsere Richtung. Dann verschwand es aus meinem Blickfeld. Vielleicht auch im Nebel.«

Tauchten die Ruder so langsam ein und aus, weil der Mann zu Tode erschöpft war, so als fielen ihm die Arme ab und die Augen zu? Er musste doch auf der Insel gelandet sein, wo denn sonst? Vasili trank seinen Tee in einem Zug aus, stand auf und ging zu seiner Mühle. Er stieg ins zweite Stockwerk und setzte sich ans Fenster. Er verließ die Mühle, schlenderte zur Höhle, machte kehrt, ohne hineinzugehen, und stieg über die Böschung zu seinen Granatapfelbäumen. Die Blüten wogten Rot in Rot, und ihr Schimmer strömte mit dem Glitzern tausender summender Bienenflügel über das stahlblau funkelnde Meer. Eine lila Schlange mit kleinen weißen Punkten glitt durch einen langen Zug Ameisen und verschwand unter einem Busch. Vasili umkreiste suchend den Busch, trat ängstlich gegen das Buschwerk, die Schlange ließ sich nicht blicken. Er schob das Gesträuch auseinander, linste durchs Blattwerk, die Schlange war verschwunden. Er stieg hinunter ans Ufer. Am Fuße des steilen Hangs war der Strand drei bis fünf, stellenweise auch fünfundzwanzig Klafter breit. Grübelnd stapfte er durch den Sand. Ja, es musste dieser Mann sein, kein anderer würde heimlich kommen! Aber in welcher Bucht hatte er sein Boot versteckt? Vasilis Unruhe wuchs und schlug um in Wut. Am Hang entdeckte er in die Erde gegrabene Stufen und darunter Fußspuren, die bis zur Inselzunge führten. Sein Herz machte einen Freudensprung, und kaum war er um die Landzunge herum, entdeckte er das Boot, rief lauthals: »Da ist es«, machte kehrt und rannte den Strand entlang zurück. Als er den rötlich gesprenkelten Felsen emporstieg, fiel ihm eine Blume auf. Ihr bläuliches Violett schimmerte hell. Im Schlachtgetümmel in einem grasbewachsenen Graben bei den Dardanellen hatte er zum ersten Mal so eine Blume gesehen. Ganz plötzlich war eine Granate eingeschlagen, so nah, dass Himmel und Erde bebten. Schreie und Stöhnen überall, ein Wirbel von abgerissenen Armen, Beinen, Köpfen und Rümpfen. Tiefe Finsternis hüllte alles ein, nur die Blume stand in grellem Licht, ihr Blau weitete sich immer mehr, und als er die Augen aufschlug, sah er, wie sich von seinen Schultern rinnendes Blut mit dem bläulichen, lilafarbenen Schimmer vermischte.

»Gefunden«, sagte Vasili, »ich habe ihn gefunden. Sein Boot lag hochgezogen auf dem Strand. Er ist es.«

»Woher willst du wissen, dass es dieser Mann ist?«

»Warum kommt er denn heimlich auf diese Insel? Ich hab ihn doch gesehen, er ruderte genauso verhalten wie du damals.«

»Er ist es«, sagte Lena. »Ich hatte es im Gefühl, dass der Mann diese Tage kommt, und geträumt habe ich es auch. Dann träumte ich noch, der heilige Tanasi sei geflohen und hierher unterwegs.« Musa der Nordwind lächelte bitter. Sie bewaffneten sich und machten sich nach dem Mann auf die Suche. »Wenn er ein bisschen Verstand hat, versteckt er sich nicht in seinem Granatapfelgarten«, meinte Musa der Nordwind und versank in Gedanken.

Sie erklommen den Hügel. Von hier oben ließen sie ihre Augen über die ganze Insel schweifen.

»Zur Höhle?«

»Da habe ich schon nachgesehen«, winkte Vasili ab.

Schließlich schlugen sie doch den Weg zu den Granatapfelbäumen ein. Sie vermieden jedes Geräusch, schlichen geduckt von Baum zu Baum. Im Garten war kein Vogel zu hören. In tausend glitzernden Farben schimmerten die Flügel der schwirrenden Hornissen. Die lilafarbene Schlange mit den Punkten kam hinter einem alten Granatapfelbaum hervorgekrochen und schlängelte sich gemächlich zum Steilhang. Auf der Wiese schien sie kurz zu verharren, hob leicht ihren Kopf und blinzelte zu ihnen herüber.

Wie angewurzelt blieben die beiden kurz darauf stehen. Seitlich zusammengerollt lag der Mann da, hatte die Beine an den Bauch gezogen und schlief. Sein Kopf ruhte auf seinem rechten Arm, und mit dem linken hatte er ihn abgedeckt.

Vasili hatte schon den Revolver gezogen.

»Was soll das denn, Vasili?« Nordwinds Flüstern klang spöttisch.

»Das ist bestimmt dieser Mann!«

»Hast du schon mal einen Schlafenden getötet, Vasili?«

Verstört verneinte Vasili.

»Dann steck deinen Revolver wieder ein! Wir setzen uns da vorne unter den Granatapfelbaum und warten, bis der Mann aufwacht.«

Sie hockten sich unter den Baum und lehnten ihre Rücken an den Stamm. Eine ganze Weile hielten sie schweigend die Köpfe gesenkt. Dann fragte Nordwind: »Sind Fische im Quellwasser?«

»Ich weiß es nicht«, antwortete Vasili und überlegte. »Diese Frage habe ich mir beim Betrachten des Wasserlaufs noch nie gestellt.«

»Und was ist mit der Rauen Insel? Wollen wir hin?«

»Ein Paradies. Viele Ölbäume wachsen dort. Breit wie Platanen.

Wenn du sie auch noch pfropfst, gibt jeder Baum über fünfhundert Kilo Oliven. Und das Flachland ist ziemlich groß.«

»Und wie viel Ziegen gibt es? Ich weiß, die blauen Ziegen des heiligen Hizir dürfen nicht geschlachtet, ihr Fleisch nicht gegessen werden. Wie ist es aber mit ihrer Milch?«

»Keine Ahnung. Danach müssen wir einen Popen oder einen Hodscha fragen.«

»Ihre Milch darf bestimmt getrunken werden«, meinte Nordwind, »warum auch nicht?«

Schnaubend drehte sich der Mann auf die andere Seite und wimmerte eigenartig. Wer in Schwierigkeiten steckt, wimmert im Schlaf immer so, dachte Nordwind und starrte auf den Mann, in dessen langem, blondem Schnauzbart sich Laub verfangen hatte.

Die lila Schlange mit den weißen Punkten kam hinter den Felsen hervor, hob den Kopf, züngelte, schlängelte sich dann zu dem Schlafenden, kroch von seinen Füßen zu seinem Kopf, richtete sich auf, streckte die rote Zunge hervor, schien am Ohr des Mannes zu riechen. Vasili griff einen Stein und schnellte auf.

Nordwind packte ihn am Fuß. »Setz dich«, flüsterte er, »sie wird nicht zustoßen. Einen schlafenden Menschen beißt nicht einmal eine Schlange.«

Die Schlange umkreiste den Mann, verharrte manchmal, hob den Kopf, stieß die gespaltene rote Zunge hervor, zischte, bewegte eine Weile den erhobenen Kopf nicht, ließ ihn dann wie entspannt sinken und schlängelte weiter.

»Vermehren sich denn die Ziegen dieses Hizir gar nicht?«

»Und wie sie sich vermehren. Sie bekommen wunderschöne Lämmer mit hellem, bläulichem, gekräuseltem Fell. Vielleicht sterben sie vor Hunger, oder sie werfen von selbst weniger Lämmer. Denn auf der Insel gibt es weder Wolf noch andere Raubtiere.«

»Aber bestimmt Adler. In unserer Gegend greifen sich Adler auch Lämmer.«

»Adler mitten im Meer? Woher denn? Aber auf dem Meeresgrund wimmelt es von Fischkuttern und Schiffen voller Ziegenkadaver. Ihre Mannschaften wussten nicht, dass es die Ziegen des heiligen Hizir sind. Im Vorbeifahren entdecken sie die Tiere, die von den Felsen herüberäugen, ankern am Strand, fangen diese als Wundermittel gepriesenen Ziegen und lichten wieder die Anker. Doch schon wenn sie das erste

Tier schlachten, lässt der Heilige der Meere die Stürme los, spaltet das Meer und zieht den Kahn auf den Grund. Wer auch immer sich an den Ziegen des Heiligen vergreift, versinkt im Meer.«

»Und was wird aus den eingefangenen, lebenden Ziegen?«

»Die kommen davon. Wo immer sie der Heilige auch findet, er bringt sie zurück auf die Raue Insel. Gott bewahre jeden seiner Diener, der sich an diesen Ziegen vergreift!«

»Ich habs«, rief Nordwind, »der Heilige schächtet und isst sie selbst. Es heißt ja, ihr Fleisch sei sehr schmackhaft.«

»Essen Heilige denn?«

»Sie essen«, antwortete Nordwind. »Sie sind ja keine Engel, sondern Menschen. Und Menschen essen Ziegen und sind verrückt nach dem Fleisch dieser blauen.«

Die Schlange war zurückgekrochen, hatte ihren Kopf auf das Bein des Mannes gelegt und war eingeschlafen.

»Schau, bald liegt er in der Sonne, davon wird er aufwachen und sich bewegen. Die Schlange wird zustoßen und ihn töten.«

»Sie stößt nicht zu.«

»Doch, sie stößt zu.«

»Woher willst du das wissen? Bist du ein Schlangenbeschwörer?«

»In dieser Gegend gibt es viele dieser Schlangen, und ihr Biss ist tödlich.«

Sie machten einige Schritte. Aber als habe der Schlafende sie in seinen Bann gezogen, kamen sie wieder zu ihm zurück. Der Kopf der Schlange hing jetzt vom Bein des Mannes herunter, ihr leuchtendes Lila färbte das Rund, der Mann schlief mit ruhigen Atemzügen.

»Er wacht auch von der Sonne nicht auf«, wunderte sich Vasili. »Wie einträchtig er doch mit der Schlange Körper an Körper schläft.«

Sie machten sich auf den Heimweg. Lena empfing sie mit besorgter, brüchiger Stimme: »Wo wart ihr denn so lange, was habt ihr nur getrieben?«

»Wir haben eine Schlange beobachtet«, antwortete Nordwind.

»Um Gottes willen, mein Junge! Auf dieser Insel sind viele Schlangen. Wenn der Sommer kommt, wimmeln sie nur so. Besonders die mit den weißen Punkten. Wehe, wenn sie zustoßen! Sie haben hier schon viele Menschen und auch Kinder getötet. Nun setzt euch, und ich bringe euch das Essen!«

Mit dem Kopf im Nacken schnupperte Nordwind, die Nasenflügel wie Nüstern gebläht. »Oh, dieser Duft! Woher hast du das Fleisch?«

»Vasili brachte mir gestern drei Vögel.«

»Drei Pirole«, ergänzte Vasili.

Sie aßen mit großem Appetit. Danach ging Nordwind hinauf in sein Zimmer, legte sich aufs Bett und starrte nachdenklich an die Decke … Der Emir hatte Recht, als er sagte: Und verkriechst du dich auch in ein Schlangenloch oder unter die Flügel eines Vogels, sie werden dich finden. Ob Vasili dahintergekommen ist? Der ist doch gewitzt wie ein Dschinn. Kaum hatte er den Mann entdeckt, blitzte es in seinen Augen auf. Was tun? Vielleicht ist es doch nur ein Fremder und keiner von den Männern des Scheichs! Aber warum dann diese heimliche Landung? Und wie konnte er die Insel nur finden? Wer weiß, wie lange der Arme schon auf der Suche war. Ein Krieger eben. Von Kindesbeinen an werden sie dazu erzogen. Zuerst werden sie jahrelang zu Schützen ausgebildet, dann wird ihnen das Spurenlesen beigebracht, die Menschenkenntnis, das Untertauchen, das Leben in großen Städten. Und wie in Arabien, Anatolien und sonst wo in der Welt Gleichgesinnte aufgespürt und Kontakte zu ihnen geknüpft werden. Nach einem Attentat fliehen sie nicht. Sie bleiben bei ihrem Opfer und warten. Es ist im Osten Tradition, dass der Blutschuldige bei seinem Opfer ausharrt und entweder in Stücke gerissen den Hunden vorgeworfen wird oder im Kerker landet. Und dieser da ist einer von denen. Es war hoffnungslos. Auch ihn zu töten, brachte nichts, nachdem sie die Insel einmal entdeckt hatten.

Wirre Träume verfolgen ihn. Er tötet den Mann, versinkt bis auf den Grund der Finsternis … Dann ist der Mann ein Vagabund, die Finsternis hellt sich auf, dann stürzt er wieder ins Dunkel … Jahrtausende werden nach seinem Tod vergehen, er wird zu Staub zerfallen, und wenn es etwas wie die Ewigkeit gibt oder gar etwas über die Ewigkeit Hinausgehendes … Dieser junge Mann hat ihn entdeckt, und er wird sterben oder töten. Und sterben will ein Mensch ja nicht! Aber ist töten nicht auch wie sterben?

An seiner Hüfte hatte sich die orange schimmernde Katze zusammengerollt und schlief.

Er wird mich töten, sagte er sich, und plötzlich zitterte er. Nein, die Ewigkeit war unerreichbar … Fast verlor er den Verstand, auch die Ewigkeit entschwand, fern, immer ferner …

Liegt die Wurzel allen Wahnsinns, aller Grausamkeiten des Menschen in seiner Todesangst, in seiner Furcht vor dem Nichts? Was hatte Vasili gesagt: »Wegen dieser Todesangst bin ich aus der Klosterschule geflohen«, hatte er gesagt. »Da drinnen regnet von allen Seiten der Tod und die Finsternis auf den Menschen herab, lähmt ihn, und dass jemand, der so eine Angst vor dem Tode hat, auf den Tod wartet, ist eine Lüge.«

Lena kam herein, und erst jetzt wurde ihm bewusst, wie laut die schlafende Katze schnurrte.

»Steh auf, mein Kleiner!«, sagte Lena. »Der Mann ist gekommen. Der Mann, auf den du gewartet hast.«

»Dieser Mann, also«, lächelte Nordwind. »Und was soll ich jetzt tun?«

»Ihn töten. Töte ihn sofort! Ausgehobene Gräber haben wir genug. Sie waren für Schiffsladungen von Schwerverletzten bestimmt, die an Land gebracht wurden. Tag für Tag starben viele. Töte ihn, mein Junge, bevor er dich tötet!«

»Vielleicht ist er es gar nicht, Mutter.«

»Woher willst du wissen, dass ers nicht ist? An seiner Hüfte hängt ein, na, so großer Revolver. Und seine Augen sind wie Schlangenaugen. Blau moiriert, wie deine Türken sagen. Blau moiriert bringt Unglück.« Sie angelte sich den Revolver, der unter dem Kissen lag, und drückte ihn Nordwind in die Hand. Dabei entging ihr nicht, dass seine Hand zitterte. »Töte ihn gleich jetzt, wenn du hinuntergehst! Sonst tötet er dich. Wenn du es nicht kannst, Vasili kann es. Er hat in den Dardanellen viele getötet. Er ist es gewohnt.« Diese Worte hatte Lena auf Griechisch gesagt.

»Und wenn er auch Griechisch versteht?«

»Ach, nimm mich nicht auf den Arm, Nordwindchen!«

Gefolgt von der Katze, ging Nordwind die Treppe hinunter. Lena blieb auf dem Treppenabsatz stehen. Sie hatte schon so viel Blut und Tod erlebt, dass sie diesen Anblick nicht mehr ertragen konnte. Mit gespitzten Ohren wartete sie auf die Schüsse. Ach, er musste es tun! Schließlich war dieser ihm auf den Fersen. Und was, wenn er es nicht war? Wäre es dann nicht schade um diesen Jungen? Hatte er nicht auch eine Mutter, einen Vater? Aber Nordwind wird ihn schon durchschauen. Schließlich ist er schlau wie ein Dschinn …

Nordwind musterte den blonden Mann, der unter der Platane auf der Pritsche saß. Seine Haut war braun wie die aller Wüstenbewohner.

Als der Mann Nordwind gewahrte, erhob er sich. Auch Vasili stand auf.

»Sei willkommen!«

»Ich danke dir.«

»Vasili, unser Gast saß auf der harten Pritsche, haben wir kein Kissen?«

Vasili ging zurück zum Haus, wo Lena schon am Fuß der Treppe wartete.

»Ist er es, Vasili?«

»Er ist es.«

»Und was habt ihr nun getan?«

»Als seis ein Sohn seines Vaters, hätte er ihn fast umarmt und geküsst.«

»Der Mann ist nicht bei Trost. Töte du den Fremden! Sofort!«

»Er will es nicht. Bring du uns dreien Kaffee!«

»Euch dreien? Ihr Schwachköpfe!«

Mit den Kissen unterm Arm auf dem Weg zum Strand, hörte er hinter sich noch immer Lenas Grollen. Sie schien vor Wut zu platzen. Und als sie kurz darauf die Mokkatassen auf silbernem Tablett brachte, würdigte sie keinen der Männer auch nur eines Blickes und setzte sich anschließend auf die Pritsche unter der nächsten Platane. Wie gebannt starrte sie auf die Furcht erregenden, dem Tod trotzenden Augen jenes Mannes. Mal verdunkelten sie sich, mal blickten sie verschämt, mal funkensprühend vor Zorn, dann wieder gedankenverloren, weich und voller Bewunderung für Nordwind, um sich dann in die flammenden Augen eines rasenden Tigers, eines Drachen zu verwandeln.

»Willkommen, Reisender, woher des Weges und wohin? Nenne mir deinen geschätzten Namen!«

»Ich komme aus der Ferne und werde in die Ferne zurückkehren. Mein Name ist Kerim. In dieser Gegend ist ein Vetter von mir verschollen. Ich weiß, dass er fahnenflüchtig war und dass er sich dort drüben in die Berge schlug.«

»Hast du schon eine Spur von ihm?«

»In etwa ... Lebt außer euch dreien noch jemand auf dieser Insel?«

»Oh ja«, lachte Nordwind und zeigte auf die Katze, die auf der nächsten Pritsche mit einem grünen Käfer spielte. »Der da. Abbas heißt er.«

Als der Name Abbas fiel, entspannten sich die Gesichtszüge des

Mannes, seine Augen leuchteten, und er murmelte: »Gefunden, gefunden.« Doch er hatte diese Worte so unterdrückt ausgesprochen, dass niemand sie verstehen konnte. Er nahm die Katze auf den Arm, betrachtete sie gedankenverloren und schien seine Umwelt nicht mehr zu beachten. Er hörte den anderen nicht mehr zu und murmelte nur: »Gefunden …«, nichts weiter.

Die Tafel wurde gedeckt, der gebutterte Pilaw duftete. Sie luden Kerim ein mitzuessen, doch abwesend hockte er mit einem Stück Brot in der Hand nur so da.

Tuckernd näherte sich Kapitän Kadris Kutter dem Anleger, Melek Hanum sprang vom Deck auf den Steg und kam zu ihnen herüber.

»Setz dich zu uns, Melek Hanum!«, riefen sie und erhoben sich.

Melek Hanum zeigte auf den in sich versunkenen Fremden: »Und wer ist er?«

»Er ist jener Mann«, antwortete Lena.

»Ich bin Kerim«, sagte der Mann und erhob sich mit der Katze Abbas, die er noch immer im Arm hielt. »Kann dieser Kutter mich in die Stadt bringen?«

Nordwind nahm ihm die Katze ab, setzte sie auf die Erde, hakte sich bei Kerim ein und ging mit ihm zum Anleger, wo sich Kapitän Kadri an seinem Motor zu schaffen machte. Als er die beiden sah, richtete er sich auf.

»Du wirst Kerim Bey aufs Festland bringen! Wenn er es wünscht, begleite ihn auch in die Stadt!«, rief Nordwind. Dann umarmten sich die beiden. »Und nimm Kerim Beys Boot in Schlepp!«

2

»War es denn nicht dieser Mann?«, fragte Lena. »Nach meiner Meinung sah er ihm ähnlich.«

Vasili nickte. »Ganz genau wie Nordwind. Wie aus dem Gesicht geschnitten.«

»Und warum habt ihr ihn nicht getötet?«

»Tötet man einen schlafenden Menschen? Nur Schlangen verschlingen im Nest schlafende Jungvögel.«

»Nicht einmal Schlangen tun so etwas«, murmelte Musa der Nordwind. Er schien weit weg zu sein und mutterseelenallein. Mit hängenden Schultern schaute er wie im Traum aufs Meer hinaus, wo Kapitän Kadris Kutter hinter Nebelschwaden verschwunden war.

Unter der Rinne eines der Häuser schwirrten aufgeregt zwitschernde Schwalben, die drei beachteten sie nicht, dachten nur an diesen Mann. Als er über das Fallreep an Deck des Kutters gestiegen war, war er mit verwirrter Miene gestolpert. Eigenartig, der Mann, dachten alle drei. Was ist wohl aus meinem Dorf geworden?, fragte sich Musa der Nordwind. Ob die Araber alle mit Kind und Kegel in die Wüste verschleppt oder in irgendeiner Schlucht umgebracht haben? Der Mann auf dem Kutter weiß es bestimmt. Warum hatte er ihn nicht zu fragen gewagt? Wir waren Tölpel, Vasili! Dieser Mann wird zurückkommen, vielleicht mit zehn Bewaffneten, und uns erschießen. Er weiß jetzt ja, wo wir sind.

Lenas Lippen waren ununterbrochen in Bewegung, wie im Gebet. Vielleicht war er es doch nicht, dachte sie. Nordwind hätte den Mann sicher getötet, wenn er es gewesen wäre. Bei den Beuteln voller Patronen, den vielen langläufigen Flinten, den vielen Revolvern und Handschars in seinem Haus! Gewiss, das hätte er getan …

Lächelnd stand Nordwind auf. »Begießen wir den Garten! Seit drei Tagen haben die Tomaten, die Auberginen und der Paprika kein Wasser mehr gesehen. Was grübelst du, Vasili, sind im Schwarzen Meer deine Frachter gesunken?«

»Nein, sie schwimmen noch. Los, begießen wir das Gemüse!« Vasili hatte schon den großen Eimer in die Zisterne getaucht. »Das Becken ist so groß und so voll, das Wasser reicht für drei Dörfer«, rief er, als er den großen Zinkeimer hochgezogen hatte und zum Garten hinters Haus schleppte.

Sie begossen das Gemüse, bis es dunkel wurde und auch die letzte Handbreit Erde durchtränkt war.

Als sie zurückkamen, hatte Lena schon längst das Essen gekocht, und ein betörender Duft hing in der Luft. Sie wuschen sich die Hände und ihre verschwitzten Gesichter und trockneten sich mit einem frischen Badetuch ab, das an einem Ast der Platane hing. Erschöpft legten sie sich schlafen, kaum dass sie gegessen hatten.

Bis zum Morgen stampften Flammen speiende Drachen über Nordwind hinweg, schnappten mit roten Zungen nach ihm, wollten ihn verschlingen. Er schwang sich auf einen Drachenrücken und durchmaß mit ihm die Wüste. Brüste lagen im Wüstensand, der Drache verhielt, Adler stürzten herab, krallten sich die Brüste, stiegen auf und ließen das Blut auf die Wüste regnen. Ein Adler mit graublauen Augen verwandelt sich in einen Menschen, wird wieder zu einem Adler, schnappt sich eine der zitternden Brüste und fliegt Blut verströmend in den Himmel hinein. Ein lila Vogel mit goldenen Flügeln und rubinroten Augen kommt von fernen Bergen geflogen, spannt seine Flügel über die im Wüstensand blutenden Brüste, lässt keinen der Adler in seine Nähe. Die Adler kommen in Haufen, bedecken bald die ganze Wüste, kreisen dicht an dicht über den goldenen Flügeln. Blut strömt aus den Brüsten in ihren Fängen, Nordwind ist über und über mit Blut bedeckt. Er schreit auf, schreit drei Mal. Und jedes Mal springt Lena aus dem Bett und eilt in Nordwinds Zimmer, ruft: »Was ist mit dir, mein Sohn? Wer weiß, was du uns bisher verschwiegen hast, was dir zugestoßen ist, was deine schönen Augen sehen mussten! Auch Vasili schreit im Schlaf. Das wusste schon die ganze Insel. Als er vom Krieg heimkehrte, sprach er mit keinem

Menschen. Er unterhielt sich nur mit den Bäumen, den Vögeln, der Erde, dem Meer, setzte sich auf einen Stein und starrte übers Wasser, bis es dunkel wurde, manchmal sogar noch in stockdunkler Nacht. Vasili ist zum sehnsüchtigen Liebhaber des Krieges geworden, tuschelten die Leute.«

In jener Nacht wälzte Nordwind sich bis zum Morgen in seinem Bett, er schrie, und Lena tat kein Auge zu.

Erst bei Tagesanbruch schreckte Nordwind hoch und sah, dass die Lampe brannte. »Mutter«, rief er, »ich habe die Lampe nicht gelöscht, was ist passiert?«

»Nichts, mein Sohn.«

»Hat es geregnet?«, fragte er und griff nach seinem Amulett.

»Es hat nicht geregnet«, sagte Lena bedauernd.

»Auch nichts Blutrotes?«

»Es hat nicht geregnet.«

Er zog sich an, ging ins Bad, rasierte sich in wenigen Minuten mit dem Messer, erfrischte sein Gesicht mit Kölnischwasser, das nach Limone duftete. Aber Nordwinds Gesicht war blass, seine Lippen bläulich angelaufen.

Die Sonne schien, die See lag so ruhig und glatt, dass Ameisen das Wasser hätten trinken können. Kiesel und hintereinander herflitzende Fische glänzten im strahlenden Licht, die ganze Welt war schimmernde Helle. »Angeln und Köder liegen bereit«, rief Vasili. »Köderfische fangen wir auf unserer Fahrt um die Insel.«

Sie bestiegen das Boot und warfen den Motor an. Noch bevor sie um die Insel herum waren, hatten sie schon vier sehr lange Hornhechte mit lila Rücken gefangen. Vasili schnitt sie auf, legte sie auf die Vorplicht, beköderte damit dann die Angelhaken und ließ sie mit kurzem Schwung ins Wasser gleiten. Die restlichen Köder reichte er Nordwind und drosselte dann den Motor. Schon bald zog Nordwind seine Angel schnell aus dem Wasser; am Haken hing ein großer, im Sonnenlicht schimmernder Blaufisch. Noch während er begeistert den zappelnden Fisch betrachtete, hatte auch Vasili einen Fisch angehakt, der mit blau glänzendem Rücken in der Sonne wirbelte.

Im Frühling und im Frühsommer duften auf dem Grill die Blaufische wie das Meer im Lenz. Dann ist jedem, als wehe der linde Frühlingswind durch sein Inneres, als leuchte die Helle der See ihm ins Herz hinein, und er verspürt diesen Duft in allen Fasern seines Körpers. Es musste da unten ganze Schwärme von Blaufischen geben. Im Nu waren sie vor der Rauen Insel.

»Wir sind ja vor der Unseligen Insel«, rief Vasili überrascht. »Schau, die blauen Ziegen des heiligen Hizir, wie sie in Reihe von den Felsen auf uns herunteräugen. Sie fliehen die Menschen nicht.«

Nordwind war begeistert. »Wie schön sie doch sind. Wie blau ihr langhaariges Fell funkelt. Warum sollten sie vor uns fliehen? Sie wissen ja nicht, was für Raubtiere Menschen sind, die sich sogar gegenseitig den Garaus machen.«

Vasili lachte. »Wie gut, dass der heilige Hizir die Schiffe derer versenkt, die ihm seine Ziegen stehlen. Nur ihre Milch darf man trinken. Die heilt alle Leiden, sagt man. Da war einmal ein Onkel Dimitri, der soll hundertzwanzig Jahre gelebt haben. Er ruderte mit seinem Boot hierher, molk die Ziegen, füllte ihre Milch in Fässchen aus Tannenholz und nährte sich fast davon. Bis an sein Lebensende fuhr er täglich fischen, verkaufte den Fang, trank Ziegenmilch und aß Maisbrot. Fing er hin und wieder einen Grundel, aß er auch den. An seinem hundertzwanzigsten Geburtstag rutschte er da oben beim Melken der Ziegen aus, rollte über die Felswand in die Tiefe und starb. Fischer sahen beim Vorbeifahren, dass die Ziegen sich in der Ebene versammelt hatten, mitten unter ihnen lag ausgestreckt Onkel Dimitri mit offenem Mund. Oh weh!, riefen die Fischer, das hat er nun davon. Neunundneunzig Jahre hat Hizir ertragen, dass Onkel Dimitri ihm die Ziegenmilch stiehlt; schließlich wurde es ihm zu viel, und er stieß ihn in die Tiefe. Die Ziegen aber waren traurig, sie alle kamen die Felsen herunter und scharten sich andächtig um ihn. Denn Onkel Dimitri war ihnen von allen anderen Geschöpfen das vertrauteste. Nicht einmal Möwen kommen auf diese Insel, bauen hier keine Nester, legen hier keine Eier und kreisen hier auch nicht.«

Sie setzten das Boot auf den Strand und zogen es über den Sand bis zu den Ölbäumen. Es war Mittag geworden, Vasili zog sein Messer hervor, das scharf war wie eine Rasierklinge, schabte, reinigte und schnitt nur so viele Fische auf, wie sie für eine Mahlzeit benötigten. Nordwind zündete einige trockene Ölzweige an, und die Flammen schossen aus dem Holz empor.

Nach einer Weile legten sie die Fische auf die dünne Schicht Asche, die den Gluthaufen bedeckte, und der duftende Rauch zog über die kleine Ebene der Insel. Als Nordwind den Kopf hob, entdeckte er eine Herde

Ziegen, die aufgereiht von den Felsen herunterstarrten. So viele Ziegen hat Hizir, Gott möge ihn segnen! Kein Wunder, dass sie sich so vermehren, wenn er wegen einer einzigen zehn Fischkutter versenkt und wegen eines Löffels Milch einen Hundertzwanzigjährigen die Felsen hinunterstürzt, ohne mit der Wimper zu zucken! Gut, dass noch eine Handbreit ebenen Landstrichs übrig geblieben ist, wo wir rasten und essen können.

Schweigend verzehrten sie die Fische, aßen Brot dazu und tranken vom Quellwasser, das sich in einer Mulde am Fuße der Felsen staute.

»Oooch«, stöhnte Vasili genüsslich, »so köstlich habe ich noch nie gegessen. Ich dufte durch und durch nach See, habe die See getrunken, die See gegessen, bin von Kopf bis Fuß zum Meer geworden. So kann einem werden, wenn er im Frühjahr Blaufisch isst.« Sie wuschen sich die Hände, die nicht nach Fisch, sondern nach Meer rochen, mit Sand und spülten sie mit Meerwasser ab.

Danach schritten sie das ganze Flachland ab. Am andern Ende der Insel war der Meeresgrund mit roten, grünen und ziegelfarbenen Kieseln bedeckt, über denen glitzerndes Sonnenlicht lag.

»Immer wieder brachte Onkel Dimitri einige Freunde mit. Hier stehen genau einundsiebzig Olivenbäume, sagte er ihnen. Und wie viel Kiepen Oliven gibt jeder Baum, wenn ihr ihn veredelt? Vier Kiepen! Rechnet es selbst aus! Wie lange reicht das Geld, wenn ihr die Oliven verkauft? Drei Jahre! Und dazu noch die Milch der Ziegen von Hizir. – Doch sein Leben lang gelang es Onkel Dimitri nie, einen von ihnen zu überreden, sich auf dieser Insel niederzulassen. So blieb es bei seiner Sehnsucht. Und bevor er noch ›Begrabt mich auf dieser Insel!‹ sagen konnte, raffte ihn der Tod dahin, mit dem er gar nicht rechnete. Immerhin, er starb wenigstens auf seiner Insel. Es war ein Fehler, dass wir ihn nicht auf seiner Insel begraben haben.«

»Komm, lass uns auch einmal diese Bäume zählen!«, sagte Nordwind. Zählend gingen sie durch den Olivenhain. »Hundertundein Baum. Dein Onkel Dimitri konnte wohl nicht zählen. Jetzt lass uns auch noch die Strecke abmessen!« Bedächtigen Schrittes durchmaßen sie Länge und Breite des Flachlands, kramten Bleistift und Papier hervor und rechneten. Die Ebene maß elf Morgen. »Oh, diese Tölpel! Warum sind sie nicht hergezogen? Auf fünf Morgen baust du Weinstöcke für einen guten Tropfen an, auf zweieinhalb Morgen Mais und auf einen Morgen Gemüse. Und nebenbei Honig- und Wassermelonen.«

»Und zwanzig Bienenkörbe«, ergänzte Vasili. »Wenn die Insel auch nicht genügend Blüten für sie hergibt, sie fliegen sehr schnell, und das Festland ist nicht weit. Prall mit Honig im Bauch kommen sie abends wieder zurück. Du solltest die Insel im Frühling erleben: Blüte an Blüte, und jede wie eine vielblättrige Rose.«

»Und es wimmelt hier von Fischen«, sagte Nordwind. »Denn die Fischgründe sind abgelegen. Außerdem können sie andere Fischer daran hindern, hier ihre Netze auszuwerfen.«

»Und die Ziegenmilch! Einen besseren Käse als den aus Ziegenmilch gibt es nicht und nirgendwo. Und die Butter! Wer sich hier niederlässt, wird reich und kann sich zwei Häuser mit je zwei Stockwerken bauen lassen. Zu beiden Seiten der Quelle.«

»Wer sich hier niederlässt, baut sich das Haus selbst, damit niemand von dieser Insel erfährt.«

»Und pflanzt zur Seeseite Reihen von Silberpappeln, damit das Haus nicht zu sehen ist.«

Die Unselige Insel war schön und fruchtbar, und der heilige Hizir hatte sie unter seine Fittiche genommen. Er würde auch für das Glück der hier Heiratenden Sorge tragen. Und auch für das Glück der hier Geborenen.

Bis Mitternacht schürten sie das Feuer und gaben sich unglaublichen Zukunftsträumen über das Leben derjenigen hin, die sich auf dieser Insel niederlassen würden.

»Und wenn sie sich verstecken wollen, wird sie hier niemand finden.«

»Niemand, niemals«, bestätigte Vasili. »Eine abgelegene Insel im weiten Meer, wer kommt schon darauf!«

Mitternacht war längst vorüber, als sie die Feuerstelle verließen. Sie schoben das Boot ins Wasser. Meeresleuchten hatte die Insel eingekreist, tauchte die Klippen in funkelndes Licht. Der Himmel war von Sternen übersät, spiegelte sich bis auf den Meeresgrund.

»Mutter Lena kommt um vor Sorge.«

Vasili nickte. »Was wird aus ihr, wohin geht sie, wenn wir auf See bleiben sollten?«

»Kann sie denn nicht zurück nach Griechenland?«

»Sie würde eher sterben. Bis zum letzten Atemzug wird sie hier auf ihre Söhne warten.«

»Glaubt sie denn an ihre Rückkehr?«

»Etwas anderes kann sie gar nicht denken. Du kannst Lena nicht von der Insel wegbringen. Sie würde sich töten.«

»Und Melek Hanum? Und Kapitän Kadri?«

»Die würden keinen Tag länger bleiben, wenn wir weg sind.«

Sie schwiegen. Nichts rührte sich auf dem Wasser. Vasili saß an der Pinne, beide Männer hingen ihren Gedanken nach, hatten sich in ihre Träume von der Unseligen Insel versenkt.

Das Meer hatte sich in einen goldenen Strom verwandelt, bei der kleinsten Bewegung leuchtete es auf. Und diese Sterne! Den beiden war, als glitten sie über sie hinweg. Und unentwegt zogen vor ihren Augen gleich messerscharfen Strichen Sternschnuppen vorbei.

Lena stand ganz vorne auf dem Anleger.

»Hast du noch nicht geschlafen, Mutter?«

Stumm drehte sie sich um und ging.

»Sie ist wütend«, raunte Vasili. »Eine Zeit lang wird sie mit uns kein Wort wechseln.«

»Ich versöhne sie schon«, entgegnete Nordwind.

»Das wird schwer.«

»Morgen wirst dus schon sehen.«

Auch die Katze hatte auf dem Steg gewartet. Sie merkten es erst, als das Tier kläglich miaute. Vasili lief hin, nahm es auf den Arm und streichelte es. »Du denkst wohl auch, wir hätten dich vergessen?« Er griff sich die Hornhechtstücke von der Plicht, warf sie ins Gras und setzte die Katze ab. Gierig stürzte sie sich aufs Fressen, schnappte sich ein großes Stück und verschwand damit hinter der Platane. »Freund Abbas haben wir schon mal versöhnt«, rief Vasili. Sie holten den Fang aus dem Bottich, brachten die Fische ins Haus und waren im Nu in ihren Betten verschwunden.

Kurz vor Tagesanbruch weckte sie ungewöhnlicher Lärm, alle drei sprangen aus ihren Betten und liefen an die Fenster. Drei Kutter hatten nebeneinander festgemacht, eine Menge Menschen standen auf dem Anleger, andere drängten übers Fallreep. Jung und Alt mit Kind und Kegel, aufgeregte, verwirrte, verängstigte Menschen, die mit Radau und Gezeter ihre Angst zu verbergen suchten.

Nachdem alle von Bord waren, führte ein Mann mit Krawatte sie zu den Platanen. »Setzt euch!«, rief er, und die Kinder stürmten die Pritschen.

»Schaut euch um, das ist sie, die Ameiseninsel!«, sagte der Mann mit Krawatte. »Hier werdet ihr wohnen, Vater Staat hat dieses Land für euch vorgesehen. Ein paradiesisches Plätzchen. Im ganzen Marmarameer findet ihr keine schönere Insel. Auch nicht im Schwarzen Meer. Das Wasser brodelt hier nur so von Fischen.«

Lena vorweg, neben ihr Melek Hanum, hinter ihnen Nordwind, Vasili und Kapitän Kadri kamen herbei und blieben am Brunnen stehen.

»Dort ist er, Nordwind Beyefendi, daneben sein Freund Vasili Efendi und Kapitän Kadri, Eigner des schönsten Kutters dieser Meere, bei ihm seine verehrte Mutter Melek Hanum und die einzigartige Mutter aller Inselbewohner, Mutter Lena. Ihre vier Söhne sind Mustafa Kemal Paschas Waffenbrüder und deswegen bei ihm in Ankara. Auf dieser Insel erlaubte man niemandem, zu bleiben, nicht einmal Tanasi. Auch ihn schickten sie nach Griechenland. Aber Mutter Lena rührten sie nicht an. Und Vasili Efendi ist ein Held, der in den Dardanellen und bei Dumlupinar gekämpft hat. Außerdem ist er Istanbuler, die ja nicht ausgewiesen werden dürfen, und auch noch Waffenbruder des mit dem Freiheitsorden am roten Band ausgezeichneten Hauptmanns Musa der Nordwind Beyefendi, der seinen Beinamen während der Grabenkämpfe gegen die Griechen erhielt.« Er drehte sich um und zeigte auf Musa den Nordwind. »Noch während der Kämpfe gegen unsere Feinde fand der Herr Hauptmann Gefallen an der Ameiseninsel und kaufte für gutes Gold hier ein Haus und eine Mühle.« Er zeigte mit seiner Rechten auf das Haus und fügte hinzu: »Dort steht das schöne Haus unseres verehrten Hauptmanns.«

Die Männer standen da mit fahlen Gesichtern und tiefen Falten in den Augenwinkeln. Männer, die unter sengender Sonne arbeiten, haben solche Krähenfüße, dachte Musa der Nordwind, da ist keine Hoffnung. Sie werden so schnell wieder verschwinden, wie sie gekommen sind.

Musa der Nordwind rang seinen Lippen ein verzagtes »Willkommen!« ab, doch keiner der Ankömmlinge nahm Notiz von ihm. Er übersah es und fuhr mit weicher, warmer Stimme fort: »Diese Insel ist groß. Sie ist schön und nah am Festland. Seht ihr die Bucht? Von dort bis auf den Hügel erstrecken sich Olivenbäume. Jeder Baum gibt fünf Okka Oliven her. Die Insel ist ein Stück Paradies. Ich hatte mich in sie verliebt, als ich sie zum ersten Mal sah, und trotz meines Alters hat sie mich gefangen genommen. Sie reicht für uns alle, sogar noch für die doppelte

Anzahl von uns. Auch die Häuser sind sehr schön, nicht einmal in den Küstenstädten gibt es so schöne. Und weiter hinten stehen auch noch welche. Sie gehörten den Pfeffersäcken, die nach Amerika ausgewandert sind. Ich hatte nicht genügend Geld, um eins zu kaufen. Euch aber werden sie umsonst angeboten. Die Entscheidung liegt bei euch.«

Nordwind sah, dass niemand zuhörte. Jeder war mit sich selbst beschäftigt. Ihre Gesichter blickten zerquält, alle machten einen zerschlagenen Eindruck, sogar die Bärte der Männer waren ungepflegt. Fast alle trugen knallrote Bauchbinden und rote Feze, manche mit Troddeln. Ein weißbärtiger, hoch gewachsener Mann trat hervor, steckte eine Hand in seine Bauchbinde und sagte: »Wir wollten nicht herkommen, sie haben uns mit Gewalt hergebracht.«

»Aber in der ganzen Türkei findet ihr keinen schöneren Ort.«

»Wir sind Tabakpflanzer«, erklärte der alte Mann. »Wir wollten nicht herkommen, sie haben uns gezwungen. Alles, was wir hatten, ist dort geblieben.«

»Kapitän Kadri kann euch ja die Insel zeigen.«

»Sehr freundlich, aber nicht nötig. Wir sind Tabakpflanzer, auf dieser Erde gedeiht kein Tabak, und was anderes können wir nicht.«

Ein anderer mit roter Leibbinde und zerknittertem schwarzem Schalwar, dunkelhäutig, schmalgesichtig, mit starrem Blick und in sich gekehrt, rappelte sich auf, kam mit langsamen Schritten zu Musa dem Nordwind, stampfte plötzlich wütend mit dem rechten Fuß auf und brüllte: »Ihr habt unsere Herdfeuer gelöscht, das Leben aus unseren Häusern verbannt, uns alle betrogen! Niemand hat uns gefragt, ob wir in die Türkei wollen. Und hier sind wir, liegen wie Fische auf dem Trockenen, habt ihr verstanden, meine Glaubensbrüder! Los, zurück auf die Kutter!«

Sie waren Tabakpflanzer gewesen. Der Krieg war zu Ende, Tabak brachte wieder Geld, und sie besaßen guten, fruchtbaren Boden, auf dem auch Oliven-, Granatäpfel-, Feigen- und Maulbeerbäume standen. Eines guten Tages war eine Kommission gekommen, hatte ihr Hab und Gut geschätzt und ihnen ein Papier gegeben. Niemand durfte danach etwas verkaufen, und wenn, dann nur noch zu Spottpreisen. Sie warteten monatelang, es geschah nichts, man hatte sie wohl vergessen. Doch dann kamen eines Tages Bewaffnete. Raue Männer. »Ab gehts!«, brüllten sie. Verwirrt machten sich die Dörfler nach einigen Tagen auf den

Weg. Alt und Jung mit Kind und Kegel versammelte sich müde und erschöpft auf einem Kai, ein Gewimmel wie auf dem Jahrmarkt. Zu tausenden warteten sie in Wind und Regen auf Dampfer aus der Türkei. Obwohl der Rote Halbmond Garküchen und Krankenstationen auf den Kais eingerichtet hatte, konnten sie Todesfälle nicht verhindern. Alte und Kinder starben an Malaria und Lungenentzündung. Nach langem Warten kamen endlich schrottreife Dampfer in den Hafen, um sie an Bord zu nehmen.

Mit Schlägen und Tritten wurden die sich sträubenden Menschen an Bord dieser jetzt schon mit Schlagseite am Kai vertäuten Seelenverkäufer getrieben.

Nach tagelanger Überfahrt erreichten sie schließlich die Häfen an der anatolischen Küste. Bei strömendem Regen hatte es unterwegs noch weitere Todesfälle gegeben. Von hier aus wurden sie übers anatolische Land verteilt. Manche in schneebedeckte Bergdörfer, andere in fieberverseuchte Ebenen, andere auch in niedergebrannte, von ihren griechischstämmigen Einwohnern verlassene Dörfer. Hier war der Boden ertragreich. Die Handwerker unter den Ankömmlingen verzichteten auf jede Hilfe und flüchteten in die Städte. Viele der ausgewiesenen Küstenbewohner Griechenlands wurden in die anatolische Steppe geschickt, die aus den griechischen Bergdörfern dagegen ins sumpfige Flachland des Südens und Südostens. Sie kamen um vor Hitze oder starben reihenweise an Malaria. Wer sich an das Klima gewöhnte, blieb, die anderen wanderten weiter, bis sie eine ihnen genehme Gegend entdeckten und sich dort niederließen. Die Türkei hatte einen Krieg hinter sich, es fehlte an allem. Das arme Volk Anatoliens half den Migranten, so gut es konnte.

»Los, zurück auf die Kutter!«

Diese Insel war schon der siebte Ort auf ihrer Suche. Sie waren aus Mittelanatolien hergekommen und hatten noch kein annehmbares Stückchen Land gefunden. Jetzt waren ihre Mittel erschöpft. Manche Dörfler nahmen sie in ihre Häuser auf und gaben ihnen zu essen, was sie sich selbst vom Mund abgespart hatten. Manche schrien aber auch: »Wir haben genug von euch!«, und verjagten sie zu Pferde oder mit Hunden, sobald sie ihrer auch nur ansichtig wurden.

In Anatolien, wo der Krieg das Unterste zuoberst gekehrt hatte, herrschte in vielen Gegenden noch immer heilloses Durcheinander.

Hafer warf man vor die Hunde, Knochen vor die Pferde, wie es hieß. Die Migranten waren verzweifelt.

Dem Regierungsbeamten Üzeyir Khan blutete das Herz. Tscherkessen, Tschetschenen und andere Kaukasier hatten auch seit ewigen Zeiten Vertreibungen erlebt, waren vom Kaukasus in die anatolischen Steppen und arabischen Wüsten gewandert, in den Irak, nach Saudi-Arabien, Jordanien und weiter bis Ägypten gezogen. Und erst im Balkankrieg, im Ersten Weltkrieg, ganz zu schweigen vom Freiheitskrieg! Da wimmelte es in Anatolien von Vertriebenen aus dem Balkan, aus dem Kaukasus und aus dem Osten des Landes, und das arme Anatolien wurde noch ärmer.

Mit Tränen in den Augen wehklagte Üzeyir Khan in einem fort und half diesen Obdachlosen, wo er nur konnte.

Diejenigen, die in den für sie bestimmten Siedlungsgebieten keine angemessene Bleibe gefunden hatten, drängten sich in den Straßen, auf den Plätzen der Stadt und zogen nach einigen Tagen weiter.

Der Landrat, der Finanzdirektor und die Honoratioren des Ortes taten unter Üzeyir Khans Führung für die ausgemergelten und erschöpften Aussiedler, was in ihrer Macht stand. Den Kranken besorgten sie Ärzte und Medikamente, den Hungernden Essen und steckten ihnen, soweit sie konnten, einige Kuruş zu. Die Küstenfischer brachten Ladungen von Fisch in die Kleinstadt, die Bauern schleppten Mehl, Graupen und Fett herbei, leer stehende griechische Grundschulen wurden in Schlafsäle verwandelt und mit all den Kelims, Teppichen und Matratzen ausgestattet, welche ausgewiesene Griechen ihren türkischen Freunden hinterlassen hatten. Große Kessel wurden aufgestellt, sodass die Obdachlosen wenigstens einige Tage warm essen und ihre erschöpften Körper ausstrecken konnten.

Der Finanzdirektor Abdülvahap Bey krempelte die Ärmel hoch, zog mit der Flüchtlingskommission von Dorf zu Dorf, von Hof zu Hof, über Berg und Insel, fand für viele eine angemessene Bleibe und siedelte sie an.

»Das Leid seiner Mitmenschen kennt, wer selbst gelitten hat«, sagte Üzeyir Khan. »Diese drei Kriege haben uns das Rückgrat gebrochen, haben unsere Welt aus den Angeln gehoben und den Menschen zum Tier gemacht. Und dennoch müssen wir uns ein bisschen Menschlichkeit bewahren …« Er schluckte, als drücke eine Faust seine Kehle zu, und seine blauen Augen wurden feucht.

Von Flüchtlingen überfüllte Kutter mit Kind und Kegel, Alt und Jung, krank und gesund, liefen wieder und wieder die Inseln an. Manche flüchteten gleich wieder an Bord, nachdem sie sich ein bisschen umgesehen hatten, andere durchstreiften einen Tag lang das Gelände, schauten in die Häuser, in die Läden, in die Villen der Pfeffersäcke auf der Landzunge am Ende der Insel, versammelten sich dann unter den Platanen, diskutierten, manche wollten bleiben, andere nicht, schließlich bestiegen sie alle wieder die Kutter und fuhren weiter. Ein Paradies, aber was konnte man da schon anpflanzen? Keine Ziegen, keine Schafe, keine Pferde ließen sich hier halten. Wovon die früheren Einwohner wohl gelebt haben mochten, dass sie sich diese prächtigen Häuser bauen konnten? Und hier musste man vom Fischfang etwas verstehen und außerdem Boote, Netze und Angeln haben! Für wie viele reichten denn diese paar Weinberge, diese Olivenbäume im Tal, diese Bienenkörbe und Obstbäume? Und sobald man sich ansiedelt, gibt es von der Regierung ja auch keine Hilfe mehr … Kratz dir den Kopf, wenn du noch Fingernägel hast! Weh dem, der in diesem Land allein bleibt und nur auf sich selbst angewiesen ist!

Ein verlassenes, gebrandschatztes Dorf in den Bergen, dieses von keiner Pflugschar gebrochene dürre Flachland, die endlosen Ruinenfelder und diese verstreuten Inselchen sind die einzige Hoffnung der Flüchtlinge. Die großen, mit Äckern umgebenen Dörfer und die Städtchen sind schon längst überlaufen, wurden längst von Neusiedlern in Beschlag genommen. Und wer sich in fieberverseuchten, ausgetrockneten oder von Schneestürmen heimgesuchten Gegenden niedergelassen hatte, war schon wieder aufgebrochen und irrte wieder verzweifelt umher …

Ganz plötzlich versiegte der Strom der Aussiedler. Einige wenige, die nicht sogleich wieder abgereist waren, hockten untätig herum, konnten nicht einmal fischen, starrten von morgens bis abends unter den Platanen hervor aufs Meer und warteten auf ein Boot. Melek Hanum saß bei ihnen, zeigte auf den fernen Berg und begann zu erzählen: »Den Berg da drüben nennen wir Gänseberg mit tausendundeiner Quelle. Dort soll es ein blondes Mädchen geben, das mit allen Gänsen, Vögeln und Hirschen im Gefolge umherzieht. Dieser Berg ist meine Heimat. Und sein Vater«, sie zeigte auf Kapitän Kadri, »der in Frieden ruhen möge, kam als Ziegenhirte in unser Dorf, und ich entbrannte zu ihm in heimlicher Liebe. Auch er verliebte sich in mich, und wir flüchteten. Im Bergland, müsst ihr wissen, ziehen die Nomaden auf die Hochebenen. Sein Vater war ein sehr guter Hirte und verdingte sich bei einem Aga der Jürüken, der viele Ziegen und Schafe besaß. Meine Brüder aber suchten uns in den Bergen mit den tausend Quellen. Sie wollten uns töten, weil wir gemeinsam geflüchtet waren. Bis an die Zähne bewaffnet, durchkämmten drei junge Burschen jeden Winkel, doch die Jürüken warnten uns, und wir flüchteten in die Provinzstadt in den Schutz der Regierung, denn dort waren Gendarmen stationiert. Und sein Vater, also der Vater von Kapitän Kadri, heuerte bei dem Mann an, der uns diesen Kutter gab. Sie fischten viel in jenem Jahr und verdienten viel Geld. Wir bauten uns ein Haus in der Stadt und pflanzten im Garten Orangenbäume. In jenem Jahr kam auch Kapitän Kadri zur Welt. Kaum trugen die Bäume Früchte, aß er jede Orange auf, die goldgelb herabgefallen war, und er gedieh prächtig. Weder ich noch sein Vater aßen auch nur eine dieser wertvollen Orangen. Später brachte sein Vater den Jungen auf einen Kutter, und der Eigner heuerte ihn als Schiffsjungen an. Das war sein Glück. Unsere Orangenbäume gaben immer reichlicher Frucht. Wir verkauften viel, und jetzt aßen wir auch viel. Dann begann der Krieg. Berghohe Schiffe kamen von jenseits des Meeres in die Dardanellen. Jeder Mann, den sie einfangen konnten, wurde eingezogen. Ich beschwor seinen Vater: Geh nicht zu den Soldaten, wer hingeht, kommt nicht zurück! Komm, flüchten wir in meine Berge mit den tausend Quellen, wo es nach Poleiminze duftet! Wir haben nun einen Sohn bekommen, und du weißt, dass die Sippe der entführten Braut das Brautpaar nicht tötet, wenn es mit einem neugeborenen Sohn zurückkommt; im Gegenteil, sie feiert vor Freude ein großes Fest. Außerdem habe ich große Sehnsucht nach ihnen. Aber sein Vater hörte nicht auf mich. Im Morgengrauen holten sie ihn und brachten ihn fort. Ich folgte ihnen und sah, dass die Moschee voll war von Männern seines Alters. Mütter weinten, Bräute fielen in Ohnmacht. Ich habe nicht geweint, stand nur so da, und sein Vater schaute mich beschämt an, ließ dann den Kopf hängen, ohne noch einmal aufzublicken. Am nächsten Morgen zogen sie schon sehr früh aus, um die Kriegsschiffe zu versenken. Von denen regnete es Feuer auf sie herab. Der Soldat Hasan der Hinkende kam als Einziger zurück. Er war Meisterringer gewesen. Jetzt war er nur noch ein Häufchen Elend. Ich fragte ihn, was geschehen sei. Frag lieber nicht, antwortete er. Der Deine lag im nächsten Schützengraben. Granaten gingen auf uns nieder, es regnete Erde und Blut vom Himmel. Als der Rauch sich verzog, hatte ich keine Beine mehr. Dann wurde alles dunkel. Als ich bei den Ärzten wieder zu mir kam, fragte ich sie, was mit mir geschehen sei. Ja, Erde, Staub und Blut, Erde Staub und Blut, und den Berg da drüben nennen wir den Berg mit den tausend Quellen ...«

Tag für Tag hockte Melek Hanum mit den Wartenden unter den Platanen. Die See blieb leer, kein Boot, kein Segel. Melek Hanum heftete ihre Augen auf den Gänseberg und begann von diesem zu erzählen. Von seinem Marmor, vom Mahlstrom Hasanboğuldu, Märchen und Legenden, vom Frühlingsfest der Aleviten, ihren rituellen Tänzen zu hunderten: Mädchen und Burschen in weißen Gewändern, mit ausgebreiteten Armen so schnell kreisend, dass es schien, sie flögen davon. Sechzig, siebzig, ja hundert langstielige Lauten, gemeinsam gespielt von den Alten. Und im Tanz wurden die Menschen so lebensfroh, als seien sie im Paradies gewesen und hätten sich dort von allem gereinigt, sie fühlten sich wie neugeboren.

Zweimal die Woche fuhr Kapitän Kadri zum Festland, um einzukaufen. Wenn er nicht zuhörte, erzählte seine Mutter nicht so begeistert, und ihre Stimme konnte die Zuhörer nicht in ihren Bann schlagen.

Kaum dass die Gipfel des Gänsebergs sich aufhellten, begann Melek Hanum schon zu erzählen. »Dort drüben, der Berg«, begann sie. »Es ist der Gänseberg«, unterbrach Vasili. »Wir Griechen nennen ihn Berg Ida. Die Götter sollen dort wohnen.«

»Geschwätz!«, schrie Melek Hanum mit hochrotem Kopf. »Ich kenne alle Dörfer und alle tausend Quellen dieser Berge. Etwas wie Götter gibt es dort nicht. Auch keinen ihrer Kristallpaläste. Ihr seid verrückte Kerle, ihr Griechen. Auch das Blonde Mädchen gibt es dort nicht. Es ruht seit langem in Frieden, erzählt man. Auch keine Gänse und Hirsche. Nur die Stätte des heiligen Blonden Mädchens ist erhalten geblieben, eingefasst von wenigen Steinen. Dort soll sich das Mädchen ausgeruht haben, wenn es müde war. Aber Adler gibt es viele. Rötliche und kupferfarbene. Früher soll es bei den tausend Quellen viele Götter gegeben haben. Doch haben Götter überhaupt eine Heimat, einen festen Wohnsitz? Wohin sollen sie denn verschwinden? Sind sie gestorben? Können jene, die du Götter nennst, überhaupt sterben? Sei still! Verrückter Kerl!« Sie stand auf und stemmte die Hände in die Hüften. »Ihr habt wie Vasili den Verstand verloren, wenn ihr meint, dass diese Insel aufleben wird, nur weil einige Barfüßige herkommen. Dann geht doch gleich los und holt die Götter von jenem Berg, dazu das Blonde Mädchen samt Wolf und Vogel! Auf mit euch Schlafmützen!«, schrie sie noch schriller. »Fische und Arbeit warten! Vor lauter Grützpilaw blähen sich ja schon unsere Bäuche.«

Sie ging zu Nordwind und nahm seine Hand. Zu ihm war sie immer nachsichtig. »Steh auf, Bruder, lass dich nicht anstecken! Wir sind hier zu fünft. Das reicht für diese Insel, und wenns sein muss, auch für den Berg da drüben, den mit den tausend Quellen.« Nordwind stand lachend auf: »Ja, wir sind mehr als genug.«

Sie nahm auch Lena bei der Hand und zog sie hoch: »Kluge, schöne Lena, wir dürfen nicht wie diese Verrückten aufs menschenleere Meer starren. Wir brauchen sie nicht. Und wenn sie herkommen, werden sie unsere Oliven, unsere Weintrauben, unser üppiges Gemüse, unsere rosafarbenen, melonengroßen Granatäpfel und unsere Feigen, aus deren Ärschen Honig träufelt, wegputzen und uns nichts übrig lassen. Die werden sogar die Granatäpfel aus meinem eingezäunten Garten klauen.« Sie hakte sich bei Lena ein, und die beiden machten sich auf zum Olivenhain.

»Los, Vasili, mach das Boot klar!«, rief Nordwind. »Und du, Kapitän Kadri, komm auch zum Fischen! Wir lassen wirklich alles schleifen. Eigentlich gut, dass niemand kommt. Denn in diesen Zeiten wird jeder versuchen, seine Sorgen auf uns abzuladen.«

Während er so redete, hatte Vasili den Anker schon gelichtet, den Motor angeworfen, das Boot längsseits angelegt, und sie sprangen über den Dollbord. Vasili nahm Kurs auf eine Klippe in Nähe der Rauen Insel. Dort wimmelte es von Fischen. Sie angelten bis zum Abend.

»Einträgliches Gewerbe, das Fischen«, sagte Nordwind.

»Oho, Bruder, von hier schickten wir den Fisch geräuchert sogar nach Amerika. Auch mild gesalzene Oliven, rosarote Granatäpfel und Fischrogen. Aus Italien, England und Frankreich kamen Stoffe, aus Schweden Bootsmotoren. Die Läden hier flossen über. Die teuersten Hemden und Schuhe wurden hier verkauft. Die Leute kamen aus Istanbul, Izmir, Aleppo, Bagdad und Damaskus. Die Eigentümer der Häuser auf der Inselzunge hatten Schiffe und Niederlassungen in Istanbul, Athen und in Amerika. Doch noch bevor der Krieg begann, rochen die Pfeffersäcke ihn schon, stiegen auf ihre Schiffe und fuhren davon, ohne einen Blick zurück. Als wären sie hier nicht geboren und aufgewachsen, als hätten sie hier nicht den Honig und den Milchrahm geschleckt. Und diese barfüßigen Umsiedler rümpfen die Nase über unsere Insel. Das geht mir am meisten gegen den Strich.«

»Mir auch. Aber bald wird die Insel voll werden. Kann ein Platz, den der Herrgott mit so viel Liebe geschaffen hat, denn leer bleiben? Bald kommen sie, hungrige, kranke, wahnsinnige, durch tausend Feuer, tausend Tode gegangene Flüchtlinge. Wir werden uns nach den heutigen Tagen noch zurücksehnen. Anatolien bebt noch, das ganze Land ist auf Wanderschaft. Frauen, deren Männer, Kinder, deren Mütter und Väter umgekommen sind, Eltern, die ihre Kinder verloren haben, verbrannte Häuser, verbrannte Dörfer, verbrannte Städte; mit tausenden Hirtenhunden ohne Herden ist Anatolien unterwegs. Keine Angst, hier wird es bald so voll werden, dass die zu spät Gekommenen keinen Platz mehr finden und die Insel traurig wieder verlassen müssen!«

»Warum haben wir dann, auf dem Anleger hockend, tagelang gewartet?«

»Aus Neugier, was für Menschen da wohl kommen werden, ob Dschinnen oder Feen, deswegen haben wir gewartet. Die Menschenkinder warten immer auf etwas.«

Sie schütteten den Fang in zwei Eimer, sprangen vom Boot und zogen es auf den Kieselstrand. Kapitän Kadri wuchtete die beiden Eimer über den Dollbord, zündete die Lampe an und begann die Fische zu säubern.

Sie salzten die Fische, und ein starker Geruch von brutzelndem Fett zog über die Insel. Im Licht der Glut aßen sie etwas abseits von der Feuerstelle, wuschen sich anschließend am Brunnen, gingen zurück ins Haus und legten sich sofort schlafen.

Von nun an saßen sie nicht mehr auf dem Anleger und hielten Ausschau nach einem Kutter, einem Segler der Pfeffersäcke oder einem aus fernem Nebel auftauchenden Dampfer. Einzig Melek kam unter dem Vorwand, ihre Fischer zu verabschieden, mit zum Anleger, setzte sich, nachdem das Boot hinter der Inselspitze verschwunden war, auf eine der Pritschen unter den Platanen und heftete ihre Augen auf den Gänseberg mit den tausend Quellen. Nach einer Weile gesellte sich auch Lena zu ihr und schaute mit zusammengekniffenen Augen in dieselbe Richtung. Hatten sie genug, standen sie auf und gingen zusammen zu den Felsen hoch.

Am Fuße der Felsen steigen Quellen hervor. Ihr Bett ist meistens mit weißen Kieseln bedeckt. Wasserläufer gleiten drüber hinweg, die Glitzer des Wassers widerspiegeln sich an den Felswänden. Kniehoch wächst am Quellenrand blau blühende Poleiminze mit Schwindel erregendem Duft, der eindringt in die Haut des Menschen, sich einnistet in Felsen, Bäumen, Gräser und Pflanzen, in die Erde, ins Wasser, in die vom Wasser trinkenden Vögel, am Wasser entlang gleitende Schlangen, zum Wasser fliegende Wespen, Bienen und Hornissen. Und deswegen duftet der Honig in dieser Gegend nach Minze.

»Ach, die blutroten Äpfel am Gänseberg, die rotbraunen Hirsche und Rehe, ach!«

Im Westen sank die Sonne langsam zum Meer herab, und die beiden erhoben sich. Lena neigte sich an Melek Hanums Ohr und dämpfte ihre Stimme: »Ich werde dir etwas zeigen, aber du wirst es niemandem verraten, ja?«

»Ich verrate es niemandem«, versprach Melek Hanum.

»Komm«, sagte Lena kaum hörbar, »leg dich bäuchlings neben mich!« Sie hatte sich schon lang gelegt, und vor ihr barst ein beglückendes Blau, dem ein berückender Duft entströmte. Zögerlich stand Melek Hanum neben ihr, aber auch ein bisschen belustigt über das Verhalten dieser doch schon betagten Frau. »Leg dich schnell zu mir, ich führe dich ins Paradies! Jetzt, sofort. Komm!« Ihre Stimme klang so gebieterisch, dass Melek Hanum sich, wenn auch etwas verschämt, auf der Stelle neben ihr ausstreckte. »So, nun schau und riech!«

Nickende Veilchen standen ringsum im Kreis. Das Blau der ganzen Welt ergoss sich über die Erde unter den Büschen. Der Duft drang dem Menschen bis ins Knochenmark. Benommen blieben beide Frauen eine ganze Weile liegen.

»Steh auf, Melek Hanum, da sind noch mehr!«, sagte Lena. Sie erhoben sich, legten sich unter andere Büsche, und das Blau und der Veilchenduft durchdrang jede Faser ihrer Körper, und sie schworen sich, dieses Geheimnis niemandem zu verraten. Anschließend setzten sich die beiden wieder auf eine Pritsche, hefteten ihre Augen auf den Gänseberg und schauten stumm aufs Meer hinaus. Die Männer waren schon vor Tagesanbruch ausgefahren.

Bereits von weitem machten die Frauen den orangefarbenen Kutter aus und verfolgten neugierig seinen Kurs. Er fuhr seitab an ihnen vorbei bis zur lang gestreckten Inselspitze, drehte bei, kam langsam zurück und legte am Bootssteg an. Ein hoch gewachsener Mann mit eingefallenen Wangen, langem, blondem Bart, dichten Brauen, grünen Augen mit ausgeprägtem Augapfelweiß sprang auf den Steg. Er trug bäuerliche, an den Waden eng anliegende, dunkelblaue Pluderhosen, eine rote Bauchbinde und einen roten Fez mit Troddeln. Eine füllige, vollbusige Frau mit breiten Hüften und geflochtenen blonden Zöpfchen, die ein rot, blau und orange geblümtes Kleid trug, reichte ihm flink und tatkräftig die um sie gescharten Kinder eins nach dem andern hinunter, und der Mann reihte sie nebeneinander auf. Die in Reih und Glied dastehenden Kinder sagten kein Wort, machten keinen Schritt. Es waren sechs Mädchen, die wie ihre Mutter geblümte Kleider trugen. Auch sie hatten Zöpfchen, in denen blaue Perlen und mittendrin ein perlengroßes Goldstück eingeflochten waren.

Abgesehen von ihren vollen Brüsten und starken Hüften fielen bei der Frau, die jetzt neben ihrem Mann stand, die Grübchen in ihren Wangen auf. Ihre dunkelblauen Augen, die dicht geflochtenen Haare unter dem seidenen, lila Kopftuch verliehen ihr eine anziehende Schönheit. Sie sprühte vor Weiblichkeit.

Mit der Hand an der Mütze grüßte der Schiffsführer ihnen zu, legte ab und tuckerte davon.

Mittlerweile war Melek auf den Anleger gekommen. »Willkommen!«, sagte sie. »Bitte, kommt unter die Platanen!«

Im Gänsemarsch folgten die sechs Mädchen ihrer Mutter, ließen Melek Hanum aber nicht aus den Augen, setzten sich nebeneinander auf die ihnen zugewiesene Pritsche und starrten auf den Brunnen. Als der Mann auch Platz nahm, setzten sich drei der Mädchen sofort zu ihm. In diesem Augenblick kam Lena aus dem Röhricht. »Willkommen«, sagte sie auf Türkisch, anschließend sprach sie griechisch, und der Mann antwortete gleichfalls auf Griechisch. Sie unterhielten sich eine ganze Weile. Währenddessen flüsterten die Kinder miteinander und lächelten verschämt.

»Ich heiße Hüsmen«, sagte der Mann.

»Und ich heiße Lena. Lena Papazoğlu. Dort sitzt Melek Hanum, sie stammt aus den Bergen da drüben, sie ist vom Gänseberg mit den tausend Quellen.«

Hüsmen nickte Melek Hanum zu, woraufhin sie sich ihm gegenüber auf die Pritsche setzte. »Melek Hanums Mann ist im Krieg zu Staub geworden«, sagte Lena und zeigte wieder auf den Gänseberg. »Ihre Eltern und die restliche Familie leben noch dort. Die Türken nennen ihn Gänseberg, ein blondes Mädchen soll dort Gänse gehütet haben. Wir nennen ihn Berg Ida. Früher soll Mutter Maria dort gelebt haben. Hast du je vom Berg Ida und tausendundeiner Quelle gehört?«

»Habe ich«, antwortete Hüsmen. »In Griechenland gibt es keinen, der nicht vom Berg Ida gehört hat.«

»Dort ist die Heimat der Jungfrau Maria, dort wurde ihr ein Sohn geboren, und dort soll ihr Sohn in den Himmel aufgestiegen sein.«

Melek Hanum blickte verwundert zu Lena herüber. Warum rückte Lena erst jetzt damit heraus, dass Mutter Maria vom Gänseberg stammte? Sollte die Frau, die man Mutter Maria nannte, etwa die Blonde Hirtin der Gänse, Rebhühner und Kraniche sein?

»Hast du schon einmal den Gänseberg gesehen, Bruder? Dort gab es einst ein Mädchen, so schön, so wunderschön, dass sich die ganze Welt in sie verliebte. Aber sie erhörte niemanden. Seidenweiches Haar, Gazellenaugen, gertenschlank. Sie wurde verleumdet, und ihre Brüder wollten sie töten. Weil er ihren Tod nicht erleben wollte, brachte ihr Vater sie eines Nachts auf den Gänseberg und ließ sie dort liegen. Doch das Mädchen starb nicht. Hirschkühe gaben ihm Milch, Kraniche und Gänse Eier und Rebhühner Fleisch. Sie wurde in den Bergen die Heilige der Wölfe, der Vögel, der Flüsse, der Winde und der blühenden Blumen. Ob Äpfel, Birnen, Kirschen oder Walnüsse, alle Bäume boten ihr ihre Früchte an, alle Bienen ihren Honig in weißen Waben. Und alle, die das Blonde Mädchen zwischen Wölfen und Vögeln, zwischen den Hirschen mit ausladenden Geweihen und den Bären sahen, riefen: Mein Gott, was war in uns gefahren, dass wir die wunderschönste Heilige verleugneten, oh Gott, oh Gott! Für uns gibt es keinen Platz mehr in der Welt, nicht im Diesseits, nicht im Jenseits … Ich stamme aus diesen Bergen mit tausendundeiner Quelle und tausend Arten Vögeln. Mein Mann hatte dort zu tun, und als wir uns gegenüberstanden, verlor er sein Herz an mich, und ich meines an ihn. In Liebe zueinander entbrannt, flüchteten wir von meinem Berg der tausend Quellen und tausend Blumen.« Und Melek Hanum erzählte in allen Einzelheiten, wie ihr Mann in den Krieg zog und dort fiel. Kam sie zum Ende, begann Lena zu erzählen, hörte Lena auf, ergriff Melek das Wort. So erzählten sie abwechselnd und ließen weder den Mann noch seine Frau zu Wort kommen, bis die zum Fischfang Hinausgefahrenen am Nachmittag zurückkamen.

Zuerst sprang Nordwind vom Boot, das sie auf den Strand hatten auflaufen lassen, dann Vasili. Mit vereinten Kräften schoben sie es bis zu den Kieseln hoch. Sie waren bester Laune. Kapitän Kadri wollte den Fang in einen großen Korb stapeln, doch als er die Fremden unter der Platane wahrnahm, ließ er Korb Korb sein und rief: »Schaut doch, wir haben Gäste!«

Die drei Männer eilten zu den Platanen. Und Hüsmen stand auf, um sie zu begrüßen.

»Willkommen!«, riefen die drei aus drei Richtungen.

»Ich heiße Hüsmen. Ich gehöre zu denen, die kürzlich auf drei großen, blauen Kuttern gekommen waren, über diese paradiesische Insel die Nasen rümpften und kehrtmachten. Danach bin ich überall herumgezogen, habe mir die Gegenden angeschaut und mir dann gesagt: Und wenn ich verhungern müsste, dann mit meiner Frau und meinen sechs Töchtern auf dieser schönen Insel, und bin zurückgekommen.«

»Seid uns willkommen! Hast du hier auch nur ein Armengrab gesehen? Diese Insel ernährt hundert Familien. Bist du wirklich gekommen, um dich endgültig anzusiedeln?«

»Mir wurde klar, dass es keinen schöneren Ort gibt als diese Insel. Und wenn doch, so sind es die Menschen, die den Himmel zur Hölle, die Hölle zum Himmel machen. Das hier ist ein Paradies, und wir werden es noch schöner gestalten. Uns fehlt auch die Kraft, weiter durch Anatolien zu ziehen. Dort kannst du dir nur noch den Tod aussuchen, der dir genehm ist. Vom Sumpffieber und vor Hunger sind schon so viele umgekommen.«

Seine Miene war düster geworden, hellte sich aber wieder auf, als Melek Hanum sich vor ihm aufbaute: »Hüsmen, Hüsmen, hör mich an! Wegen dieser Insel, wegen dieses Vasili und dieser Schwester Lena Hanum habe ich mein wunderschönes, weiß getünchtes Haus mit riesigem Orangengarten in der Kleinstadt aufgegeben und bin hierher gezogen.«

»Und du hast gut getan, Melek Hanum.«

»Ja, ich habe gut getan. Mein Haus stand mitten im Garten. Und hier vor meinem Haus sollten fünf Bäume mit melonengroßen, rosaroten

Granatäpfeln stehen. Doch dieser Kapitän Kadri hat sein Wort nicht gehalten.«

»Macht nichts, Melek Hanum«, lachte Hüsmen, »ich kenne mich aus in Gartenarbeit und verstehe die Sprache der Granatapfelbäume. Wenn es sein muss, ziehe ich über die ganze Mittelmeerküste, bis ich Bäume finde, auf denen rosarote Granatäpfel mit hauchdünner Schale wachsen, und pflanze sie in deinen Garten.«

»Leben sollst du, Bruder Hüsmen!« Plötzlich verhielt sie, überlegte und wandte sich an Lena: »Steh auf, meine Schwester, steh auf! Sie kommen weither übers Meer und sterben bestimmt schon vor Hunger. Steh auf und mach Feuer! Hüsmens Frau, steh auch du auf und hilf meiner Schwester Lena! Wie ist dein Name?«

Die Frau erhob sich und antwortete: »Sabiha.«

»Und du, Kapitän, nimm die Fische aus! Habt ihr für unsere geschätzten Gäste auch die besten gefangen?«

»Zu ihrem Glück wimmelte es diesmal von Fischen.« Der Kapitän hob den vollen Korb aus dem Boot, hockte sich ans Wasser und begann die Fische auszunehmen und zu spülen. Seine Hände waren flink, und bald war die Arbeit getan. Dann holte er den Rest.

»Mein Kapitän«, zwitscherte Lena, »die Familie ist größer geworden. Und schau, da sitzen sechs schöne junge Mädchen, ein jedes mit goldenem Haar!« Und sie eilte ins Haus, brachte Teller, Gabeln und Löffel. Das älteste der Mädchen erhob sich und bat schüchtern: »Lass mich dir helfen, Mutter Lena.«

Zusammen gingen sie ins Haus und waren, das Mädchen den Arm voller Brot, Lena mit Salzstreuer, Abtrockentüchern und Seife in den Händen, schnell wieder da. Sie schichteten trockenes Ölbaumholz. »Es ist fett, brennt schnell und glüht noch lange nach«, murmelte Lena und steckte es an.

Die drei Frauen salzten die Fische und legten sie in die Glut. Dann riefen sie die Kinder an den Tisch. Die Kinder waren so ausgehungert, dass sie die Fische mit wenigen Bissen bis auf die Gräten verschlangen. Das große Mädchen brachte ihnen einen Bratfisch nach dem andern, bis die Kinder nicht mehr konnten und den letzten auf dem Teller liegen ließen.

»Und nun ihr, meine Agas! Ihr sterbt bestimmt schon vor Hunger.« Lena wandte sich an das Mädchen: »Und wie heißt du?«

»Nermin«, antwortet das Mädchen mit verschämtem Lächeln.

»Komm mit, Nermin, bringen wir ihnen einige geharzte Schlückchen!«

Das Mädchen lachte. Diesen Ausdruck hatte sie noch nie gehört. Sie suchten das Haus von Tanasi dem Weisen auf und kamen mit drei Flaschen Mastixwein und drei Flaschen Rotwein zurück an den Tisch. Kurz vor Sonnenuntergang beendeten sie das Abendessen, bei dem sich die Männer reichlich die Nasen begossen hatten.

Hüsmen neigte sich an Nordwinds Ohr und flüsterte ihm etwas zu, doch Nordwind schüttelte den Kopf und sagte: »Kommt nicht in Frage, ihr bleibt da!«

Darauf zog Hüsmen einen gestickten und mit grünen Perlen verzierten Geldbeutel aus seiner Tasche. »Nimm ihn, es ist alles, was ich habe! Ich habe in Griechenland schon früh von dem Abkommen gehört und mein Hab und Gut gegen gutes Gold eingetauscht. Dieses Gold hat uns und allen, die uns begleiteten, sehr geholfen. Wir hatten wenigstens immer einen Bissen Brot.«

Nordwind öffnete den Beutel, schüttete den Inhalt in seine Hände und begann, die Goldstücke zu zählen. »Du bist ja ein reicher Mann«, rief er verblüfft.

»Gott bewahre!«, sagte Hüsmen und senkte den Kopf. »Ich hatte ja mehr, aber wir mussten lange Zeit herumirren … Dieses Gold wirst du verwahren. Hier haben sie von einem Napoleondor noch nie gehört, und sie wechseln diese Goldstücke nur im Wert von osmanischen Münzen ein, und das nur mit Hängen und Würgen.«

»Einverstanden«, sagte Nordwind. »Zur Not gehen wir in eine Großstadt und bringen sie zum Geldwechsler. Diese Nacht wirst du bei uns bleiben!« Nordwind und Vasili zogen los und kamen mit Matratzen, Decken und Kissen zurück. »Wenn ihr wollt, macht es euch hier auf den Pritschen bequem, wenn nicht, in unserem Haus!«

»Lasst uns hier schlafen, morgen suchen wir uns von den Häusern eines aus. Unter den Platanen sind wir auch vor Raureif sicher.«

Jeder begab sich auf sein Lager, und bald war nur noch das Rauschen des Meeres zu hören.

Hüsmen weckte ein weither kommender Vogelschrei. Er stand auf, zog sich an und verschwand im Röhricht, um Wasser zu lassen. Auch hier stieg ihm der Duft von Narzissen in die Nase. Er ging zum Anleger. Beim Anblick des aus dem Meer quellenden Lichts wurde ihm ganz eigenartig zumute. Auch am Gipfel des Bergs Ida brodelten Lichter. Nur er war schon wach, die andern schliefen noch. Liebevoll schaute er zu ihnen hinüber. Dann schlenderte er vom Steg zur Kirche, von dort am Eibisch vorbei durch den Olivenhain auf den Hügel. Vom Meer stiegen Dunstschleier auf. Eine sanfte Brise brachte in Wellen einen Duft von Blumen, Meer und Gras mit sich. Beim Birnbaum verweilte Hüsmen, manche Zweige hingen blütenschwer bis zum Boden. Viele Bienen schliefen mit zusammengelegten Flügeln in den Blütenkelchen.

Die Sonne ging auf, stieg pappelhoch, der Schatten des Birnbaums dehnte sich weit, die Bienen erwachten. Eine Weile hockten sie bewegungslos mit gestreckten Flügeln, die nach und nach zu zittern begannen. Zuerst schimmerten die Membranen nur einiger weniger, ganz verhalten tönten einige Summer aus den Zweigen, und vereinzelt hoben Bienen ab. Andere, die noch in den Blüten hockten, rieben sich mit den haarigen Vorderbeinen ihre übergroßen Augen. Rund um den Birnbaum begannen sich glitzernde Flügel und Gesumm zu ballen. Benommen von den gleißenden Farben und dem grellen Licht, kam Hüsmen zur Platane zurück. Sabiha und die Kinder hatten sich schon gewaschen und eilten zu ihm, kaum dass sie ihn erblickten. Er fühlte sich wie eingetaucht in Glück. Seit Monaten, vielleicht seit Jahren, hatte er nicht mehr so eine Welle von Freude in sich gespürt. »Auf denn, laufen wir zum blühenden Birnbaum, zu den Bienen, den Vögeln, den funkelnden Sonnenkringeln und dem schimmernden Blau!«

Seine Begeisterung war auf die Kinder übergesprungen, mit Freudenschreien begannen sie, um den Birnbaum herumzurennen.

Sonnenstrahlen fielen auf den Hang des gegenüber liegenden Hügels. Hüsmen stand regungslos da, beobachtete seine im Kreis hetzenden, schweißüberströmten Kinder, drehte sich Sabiha zu, die, vom Scheitel bis zur Sohle eitel Freude, den Birnbaum bewunderte.

Mit dem ringsum aufhellenden Licht stieg ihm der Duft von Poleiminze in die Nase. Dieser Geruch erinnerte ihn an seine Berge, die er nie wiedersehen würde. Gut getan, sagte er sich, sogar sehr gut getan. Dieser Duft erinnert mich an mein Dorf, mein Haus, meine Berge. Auf dieser Insel lebt der Mensch hundert Jahre. Und sollten diese Menschen hier Not leiden, so leiden wir mit ihnen. Kapitän Kadri ist noch sehr jung, knapp zwanzig. Und ein guter Mensch. Lieber auf dieser Insel nur fünfzig Jahre leben als hundert Jahre woanders. Ja, besser, als hundertfünfzig Jahre ohne Heimat, inmitten von Feindseligkeit zu verbringen, wäre, fünfzig Jahre in diesem Duft, in diesem Sonnenlicht zu baden und nachts diese Sterne und allmorgendlich dieses funkelnde Meer zu erleben! Er breitete beide Arme aus, holte tief Luft, und während er seinem Herrgott für diese Düfte, diese Luft, dieses Meer und diese Erde immer wieder dankte, traf es ihn wie ein Schlag: Plötzlich dachte er an seine Töchter. Bald sind sie erwachsen, sagte er sich, eine jede schön wie ein Engel. Wer soll sie denn auf dieser einsamen Insel zu Gesicht bekommen? Wie haben sie sich gefreut, als wir hierher zurückkehrten. Doch wie du es auch drehst und wendest, sie werden in einigen Jahren zu Hause sitzen bleiben, ohne Ehemann, ohne Liebe, sie werden unglücklich sein, meine Schönen, werden verdorren und schon mit dreißig Jahren alte Jungfern sein.

Ob vielleicht mehr Menschen herkommen werden? Aber dann müssten sie schon längst hier sein! Eine Insel macht Angst. Ich hatte ja auch Angst davor. Links und rechts, vorne und hinten nichts als weites Meer! Ein Stück Paradies, aber doch nur ein klitzekleines Stückchen Land. Nun, wie haben denn hier früher die Menschen gelebt? Sie haben sogar diese Serails von Häusern gebaut! Hatten die denn keine Töchter und Söhne? Haben ihre schönen Mädchen und stattlichen Jungen denn nicht geheiratet? Und Melek Hanum war nach ihrer Flucht zum Berg der tausend Quellen ja auch wieder hierher zurückgekommen! Müssen denn meine Töchter aus diesem Gefängnis flüchten, um jemanden kennen zu lernen?

Sein Innerstes wand sich in höllischen Qualen, und auch als er Nordwind mit lachendem Gesicht auf sich zukommen sah, konnte er sich nicht freuen.

»Gut geschlafen?«

»So tief und fest wie in meinem ganzen Leben noch nicht.«

»Und warum schaust du dann so verstört? Zieht der Mensch nach so einem Schlaf denn so ein Gesicht?«

»Man hat seine Gründe«, entgegnete Hüsmen scharf. »Hättest du auch blondhaarige, heranwachsende …«

»Keine Sorge!«, unterbrach Nordwind ihn unbekümmert. »Bis zum Jahresende ist die Insel voller Menschen. Du hast es doch selbst erlebt: Von überall her kommen Umsiedler ins Land. Jeder auf der Suche nach einem Stück Land, wohin er seine Füße setzen, ein Dach, worunter er seinen Kopf betten kann. Nimm du jetzt deine Kinder bei der Hand und suche dir ein Haus und einen Laden!«

»Was soll ich mit einem Laden? Ich bin Bauer«, brüllte Hüsmen und bereute seinen Ton sofort. »Nimms mir nicht übel, Bruder, du willst mir Gutes tun, und ich …«

»Wenn der Mensch sehr in Druck kommt, weiß er nicht, was er denkt und tut. Was mir widerfahren ist, kann sich auch niemand vorstellen.« Er seufzte.

Hüsmen nickte. »Dieser Krieg nahm uns allen unsere Menschlichkeit, auch unsere Ehre, und wer weiß, was noch alles. Er riss uns das Herz aus dem Leib und ließ einen Stein, gar ein Stück Eis zurück.« Während er so redete, schien sich alles Erlittene in seinem Gesicht abzuzeichnen, und Nordwind erschauerte. Dieser Nordwind, der Sarikamiş überlebt hatte und den eisigen Berg Allahüekber, wo abertausende Soldaten ohne einen Bissen Brot tagelang barfuß durch den Schnee irrten, zu Säulen erfroren, an Typhus starben … Der die Niederlage der Jesiden sah und die abgeschnittenen, im heißen Wüstensand noch blutenden Brüste ihrer Frauen und Töchter …

»Hör zu, Hüsmen, ich werde dir jetzt einen Brief geben, und du gehst damit zum Direktor Abdülvahap Bey! Er wird dich zur Kommission schicken, und du wirst von ihr ein Haus und einen Laden verlangen! Daraufhin werden sie dir einen Grundbuchauszug schenken, danach kommst du mit Kapitän Kadri wieder zurück. Sagst du aber: Nein, nein, in diesem himmlischen Gefängnis will ich nicht bleiben«, und mit bitterem Lachen zog Nordwind Hüsmens Geldbeutel hervor, »dann nimm dein Gold zurück und geh in Gottes Namen, ich hoffe nur, du wirst es nicht bereuen! Du kannst aber auch Haus und Laden bis zum Herbst behalten, und wenn bis dahin die Insel nicht besiedelt ist, suchen wir für dich etwas in der Umgebung. Hauptsache, du hast fürs Erste ein Dach über dem Kopf.«

Unterdessen waren Melek Hanum, Lena, Sabiha und die Kinder, deren Haare frisch gewaschen und in Zöpfchen geflochten waren, zur Platane gekommen. Die Frauen machten Feuer und setzten die große Teekanne auf den eisernen Dreifuß.

Nach dem Frühstück setzten sich die Mädchen in Reihe auf die Pritschen, die Männer gingen zum Anleger, Kapitän Kadri sprang auf den Kutter und ließ den Motor an.

»Etwas habt ihr vergessen«, lachte Vasili, »welches Haus soll Hüsmen denn kaufen?«

»Kaufen schon gar nicht«, antwortete Nordwind. »Sie bekommen ihr Haus für das in Griechenland zurückgelassene, also für ihre Immobilie, die sie ja nicht mitnehmen konnten. Hast dus jetzt begriffen, Vasili, sie bekommen den Gegenwert für das, was sie zurückließen.«

»Ich habs begriffen, aber ich wusste es schon vorher.«

»Kapitän Kadri, komm nochmal zu mir, und du auch, Hüsmen! Kapitän Kadri, du wirst mit unserem Bruder Hüsmen ein Goldstück wechseln!«, sagte er, und zu Hüsmen gewandt: »Ihr werdet einen Sack Mehl, dazu Hafergrütze, Fett und Reis kaufen. Und was du sonst noch für den Haushalt brauchst, sagt dir der Kapitän. Decken, Matratzen, Töpfe, Pfannen … Hier, nimm! Mit einem Viertel dieser Goldmünze könnt ihr all das kaufen, wovon ich sprach. Es ist übrigens eine osmanische Reşad-Münze, die du jetzt in der Hand hältst.«

Sie bestiegen den Kutter, der mit schäumender Bugwelle in voller Fahrt davonrauschte. Kaum waren sie außer Sichtweite, legte Vasili in seinem Boot das Angelzeug zurecht.

»Alles klar, Vasili?«

»Alles klar.«

Nordwind sprang ins Boot und ließ den Motor an. »Heute müssen wir sehr viele Fische fangen. Die Mädchen schlingen wie Raubtiere. Sieh sie dir doch an, wie gesund sie sind. Ihre Wangen so rot wie Blut.«

»Er hat aus Griechenland viel Gold mitgebracht. Ein einziger Napoleondor ist schon ein kleines Vermögen. Ein kluger Mann, dieser Hüsmen. Er hat rechtzeitig Vorsorge getroffen und seine Kinder nicht ins Elend gestürzt.«

Die Mädchen vorweg, gingen die Frauen durch den Olivenhain hinauf auf den Hügel. Als die Kinder das endlose Meer unter sich sahen, erstarrten sie, nur die Kleinste konnte nicht an sich halten und rief: »Wie groß so ein Meer ist«, hockte sich auf den weißen Quader mit den Inschriften und nahm das Gesicht zwischen die Hände. Auch die andern hockten sich eine Weile hin. Dann sprangen sie auf und liefen den Hang hinunter zum Ufer. Sie hatten vor, die Villen zu durchstöbern, doch als diese so Furcht erregend vor ihnen emporragten, flüchteten sie zum Röhricht, standen eine Weile unschlüssig davor, fassten sich schließlich ein Herz und drangen ins Schilf ein. Im Röhricht gefiel es ihnen, sie versteckten sich zwischen den Stauden und erschreckten sich gegenseitig. Schließlich bekamen sie selbst vor den dargestellten Schreckgespenstern Angst und rannten aus dem Dickicht. Am Ufer verhielten sie, bis sie sich beruhigt hatten. Dann liefen sie durch die Granatapfelgärten wieder hinunter zum Wasser und scheuchten die kleinen Fische, die dicht am Ufer schwammen. Ein Riesenspaß! Danach liefen sie wieder den Hang hoch zu den Granatapfelgärten, jagten sich unter den Bäumen, versteckten und erschreckten sich erneut. Wie viel Anlässe es doch in dieser neuen Welt gab, sich in Angst und Schrecken zu versetzen! Bienen summten in den von Granatblüten bedeckten Zweigen, und die Füße der Mädchen versanken bis zu den Knöcheln in den abgefallenen, rosarot die Erde bedeckenden Blütenblättern. Und immer wieder versuchten die Kinder, sich Bange zu machen. Plötzlich stockten sie mit entsetzt aufgerissenen Augen und gesträubten Haaren. Auch der letzte Blutstropfen wich aus ihren Wangen, als eine lila Schlange mit weißen Punkten ganz gemächlich vor ihnen dahinglitt, zwischendurch verharrte, den Kopf hob, ihnen entgegenstreckte und sie mit züngelnder Zunge anzischte. Die Kinder standen wie angewurzelt, wagten keinen Laut von sich zu geben und schauten gebannt auf das Reptil, das sich durch die Granatblütenblätter schlängelte und verschwand.

Das älteste Mädchen bewegte sich zuerst ganz leicht, schaute zu den andern, die noch immer mit leeren Augen auf die Stelle starrten, wo die Schlange verschwunden war. »Eine Schlange!«, kreischte sie plötzlich, »eine Schlange!«, drehte sich um und rannte, gegen Baumstämme stolpernd, davon, und ihre Schwestern hinterher. Ohne anzuhalten, rannten sie zum Anleger und hockten sich keuchend auf die Pritschen. Sie waren in Schweiß gebadet.

Als Lena und die Mutter hinter dem Röhricht hervorkamen, keuchten die Mädchen noch immer mit hochroten Gesichtern. »Wir haben eine riesengroße Schlange gesehen«, rief die Kleinste, öffnete ihre Arme, so weit sie konnte, und sagte: »So groß.«

»Was für Schlangen, gibt es die denn hier auf dieser Insel? Wo denn?« Und sie schaute Lena an.

»Auf dieser Insel gibt es Schlangen, wie Drachen so groß.«

Die Frau erbleichte. »Heißt das, die Kinder haben eine richtige Schlange gesehen?«

»Eine richtige«, rief die Kleinste. »Und wir sind alle gestorben, als wir sie sahen. Wir waren tot vor Angst, und da hat sie uns nicht gebissen. Und ihre Zunge ist ganz rot. Ich habe meine Augen ganz fest zugemacht und sie nachher nicht mehr gesehen.«

Sie erzählten lang und breit von ihren Abenteuern. »Die Schlange hielt an, als sie uns sah. Ihre Augen glühten rot. Sie streckte ihre Zunge aus und zischte. Zwei Mal! Ihre Augen und ihre Haut funkelten in der Sonne.«

»Ohne meine Einwilligung geht ihr nicht mehr weg!«, sagte die Mutter gefasst.

»Lass sie gehen!«, beschwichtigte Lena sie. »Die Schlangen dieser Insel tun den Kindern nichts, sie sind anders als die vom Festland.«

»Ja«, rief die Älteste, »sie sehen auch ganz anders aus.«

»Von klein auf sind wir mit diesen großen, knallrot doppelzüngigen Schlangen aufgewachsen. Auf dieser Insel sind sogar die Schlangen einzigartig«, sagte Lena sichtlich gerührt.

Als gegen Abend die Männer vom Fischen zurückkamen, liefen die Mädchen ihnen jauchzend entgegen und kletterten über den Dollbord, und Vasili hob die Kleinste, die sich vergeblich abmühte, auf die Ducht. Wie Katzen turnten die Kinder überall herum, krochen unter Bank und Plicht, befummelten Riemen, Pinne und den noch warmen Motor, schienen alles zu beschnuppern. Bei den Behältern verhielten sie und starrten gebannt auf die übereinander schwimmenden Fische.

Vasili wuchtete den großen Korb ins Boot und begann die Fische aus den Behältern hineinzuzählen. Regungslos standen die Mädchen daneben und schauten ihm zu. Als Vasili das Boot verließ, folgten sie ihm. Er setzte den Korb am Wasser ab. Die See lag ruhig, hin und wieder klatschten kleine Wellen an den Strand. Die Mädchen standen in Reihe, die Fische im Korb zappelten. Ein größerer sprang über den Korbrand in den Sand, schnellte einige Male in die Luft, blieb dann zitternd liegen und verendete. Die Augen der Mädchen weiteten sich, rötliche Glitzer der untergehenden Sonne huschten über ihre Haare.

Nordwind und Vasili waren im Olivenhain verschwunden und kehrten mit trockenem Holz in den Armen zurück. »Der Fische sind viele, und auch das Inselvolk ist größer geworden, das Holz wird nicht reichen«, sagte Nordwind, und sie gingen noch einige Male in den Hain, um welches zu sammeln.

Als der Tag zur Neige ging, erhellten lodernde Flammen den Platz. Aus den Häusern der Reichen wurde ein langer Tisch herangeschleppt und Kupferschüsseln, Wassernäpfe, Krüge, Salzstreuer und Brote herbeigetragen.

Als die Fische in der Glut garten, breitete sich der Geruch von brandigem Fett aus. Sofort kamen die Kinder angelaufen und setzten sich nebeneinander auf die Pritsche. Die Fische dufteten nach Meerwasser, und die Kinder plapperten vor Freude, flogen vor Glück. In jener Nacht schliefen sie tief und fest.

Sie hatten sich schon unter den Platanen zusammengefunden, als Kapitän Kadris Kutter in der Ferne auftauchte. Die Kinder standen nebeneinander auf der Anlegebrücke, und ihre Haare schimmerten im Sonnenlicht. Stumm und bewegungslos starrten sie auf den Kutter, verblüfft, wie der schäumende Bug die Furcht erregende See durchschnitt. Sie waren auch auf einem Schiff gekommen, aber damals war alles anders gewesen. Dicht gedrängt hatten sie auf dem Deck gelegen, Frauen und Kinder hatten sich übergeben, und mit zerfurchter Stirn und zusammengepressten Lippen hatten die Männer dagehockt, die Hände über der Brust verschränkt, grübelnd, und kein Messer hätte ihre zusammengebissenen Zähne auseinander bekommen. Im Dampfer hatte es gestunken, dass einem die Nase abzufaulen drohte, und niemand reihte sich in die Schlange vor den Toiletten ein, bevor er nicht platzte. Und so mancher wurde ohnmächtig, wenn er endlich drinnen war. Das Schiff schlingerte und ächzte, und vor Angst, es könne jeden Augenblick sinken, schlugen ihre Herzen bis zum Hals …

Das Meer schäumte, eine kühle, duftende Brise wehte, und schau, da kommt in einem Kutter der Vater aus eben diesem Meer herbei! Und je näher das Boot kam, desto freudiger pochten ihre Herzen. Ihre Wangen waren rosarot angelaufen. Doch warum kam dieser Kutter so gar nicht voran, warum fuhr er nur so langsam?

Auch die andern redeten nicht, saßen mit gesenkten Köpfen gedankenverloren da, schauten nur ab und zu hoch, um einen Blick auf den Kutter zu werfen.

Sabiha hatte ihre Hände auf die Knie gelegt, blickte aus den Augenwinkeln zu den andern, als versuche sie, ihre Mienen zu ergründen, ein Geheimnis, einen Zauber. Ja, sie strahlten Freundschaft aus. Sie berührte zärtlich die Hand der neben ihr sitzenden Melek, die sich ihr zuwandte und sie so herzlich anlächelte, dass sie ein Schauer überlief.

»Sie haben uns von der Hochebene heruntergetrieben, sagten nicht wohin und warum, steckten uns in ein riesiges, gähnend leeres Gebäude. Dort warteten wir gemeinsam mit den Dörflern, die sie aus den Wäldern und Bergen hergebracht hatten. Viele alte Menschen waren unterwegs gestorben. Sie brachten uns auf einen Dampfer, der wäre beinahe gesunken. Er schaukelte fünf Tage und fünf Nächte. Wir starben vor Hunger und Gestank. Halb tot wurden wir an der Küste in ein riesiges Gebäude gepfercht, wo wir lange warten mussten. Viele Alte starben, viele von uns wurden krank. Irgendwo siedelten sie uns an, sagten, es sei ein Dorf. Wir dachten: Um Gottes willen, das soll ein Dorf sein? Aber bevor wir es sagen konnten, schlugen schon die Gendarmen mit ihren Gewehrkolben auf uns ein. Was sie Dorf nannten, waren niedergebrannte Häuser, Kohlenschwärze, wohin man schaute, nirgends Bäume, keine Gräser, kein Garten, kein Weinberg. Eine Woche blieben wir dort, schliefen auf nackter Erde. Aus Nachbardörfern brachten sie uns Brot, sie stellten Kessel auf und kochten uns Suppe. Dann brachten sie uns in ein Bergdorf mit ausgebrannten Steinhäusern am Hang. So zogen wir von einem Ort zum andern. Schließlich brachten sie uns in die unendliche Ebene und überließen uns unserem Schicksal. Überall Wiesen, überall Sumpf. Wir entdeckten leere Dörfer, sie sagten, die seien bewohnt. Ihre Einwohner ziehen im Sommer in die Hochebenen und kommen im Winter zurück. Bringt uns dorthin, baten wir. Dort gibt es keine Äcker, da hungert ihr, sagten sie. Sie bauten ein Haus aus Schilfrohr mit einem Dach aus Stroh. So müsst ihr auch bauen!, sagten sie. Dort sind die Sümpfe, da schneidet ihr Rohr und Schilf. Wir taten, wie uns geheißen, und wohnten dort. Sie gaben uns auch Geld. Fliegen stürzten auf uns ein wie noch nie. Die Einheimischen nennen sie knöcherne Mücken. Sie kamen wie Wolken, und unsere Gesichter schwollen an. Dann begann das Fieber. Nach einigen Monaten waren wir nur noch halb so viele. Es starben so viele, dass unsere auch vor Malaria brennenden Männer sie nicht begraben konnten. Wie Feuer fiel die Hitze vom Himmel, nahm uns den Atem. Unsere Toten stanken, von weit her kamen uns Dörfler zu Hilfe, schleppten sich die Lunge aus dem Leib mit all den Leichen und begruben sie eilig in der Ebene. Wir Übriggebliebenen flüchteten eines Nachts, stiegen über einen Berg in eine baumlose, unendlich weite Steppe, und wieder starben viele von uns. Hüsmens Vater und Mutter wurden Opfer dieser endlosen Wüstenei. Gestern Abend noch haben wir beschlossen, ihre Gebeine auf diese Insel zu bringen, wenn wir es hier schaffen. Es gibt ja einen Friedhof hier, ich habe ihn gesehen, er ist sehr schön.«

»Ihr werdet es schaffen«, wiederholte stockend auch Nordwind. »Wir holen eure Toten her.«

Als der Kutter anlegte, liefen alle auf den Steg.

Hüsmen eilte freudestrahlend zu Nordwind. »Mit dem Goldstück, das du mir gegeben hast, hätte ich die Stadt leer kaufen können.«

Sabiha sagte freudig erregt: »Und Nordwind Efendi Aga wird die Gebeine deiner Eltern herbringen und auf dem schönen Friedhof der Insel begraben. Vielleicht bringen wir aus der Stadt auch einen gesegneten Hodscha her und lassen ihn am Grab den Koran heruntermurmeln.«

»Es gibt weder ein Grab von meiner Mutter noch von meinem Vater. Sie ruhen irgendwo in der endlosen Ödnis«, sagte Hüsmen. Sein Gesicht hatte sich schmerzlich verzerrt. »Nein, nein«, korrigierte er sich und fügte nach kurzem Überlegen hinzu: »Wenn wir danach suchen, finden wir die Ruhestätte.«

»So, und was hast du alles gekauft?«, fragte Nordwind.

»Du wirst schon sehen«, antwortete Hüsmen wieder gut gelaunt. »Los, laden wir ab!«

Gespannt marschierten sie zum Kutter, wo Kapitän Kadri schon begonnen hatte, seine Ladung zu löschen. »Einen Mann wie diesen Hüsmen habe ich noch nicht erlebt«, rief der schwitzende Kapitän und lachte. »Wäre ich ihm nicht in den Arm gefallen, er hätte alles, was in der Stadt aufzutreiben war, fortgeschleppt.«

»Für das bisschen Gold!«, rechtfertigte sich Hüsmen. »In Griechenland bekämst du das alles nicht für zehn Goldstücke. Mann, haben die mich überall betrogen! Hätte ich vor unserer Ankunft in Anatolien doch nicht so viel Geld auf den Kopf gehauen! Damit hätte ich vier Boote wie dieses kaufen können.« Und dabei zeigte er auf Kapitän Kadris Kutter. »Sogar größere als dieses. Schade, viel von meinem Geld ist dahin.«

»Du hast immer noch genug, Hüsmen«, meinte Nordwind, »und wir können kaufen, wonach uns der Sinn steht. Wir lassen jetzt alles hier liegen und suchen für dich ein schönes Haus!«

Sie begannen beim ersten Haus auf ihrem Weg. Die Türen standen offen oder ließen sich von Vasili mit einigen Griffen öffnen. Die meisten Häuser hatten zwei Stockwerke, die einstöckigen standen in der zweiten Reihe.

Sie durchstöberten jeden Winkel. Nordwind schaute Hüsmen ab und zu prüfend in die Augen, doch dieser sagte kein Wort. Mal gefror sein Gesicht, mal blickte er verwirrt, und still gingen sie zum nächsten Haus. Hüsmen verharrte in Schweigen, auch sein Blick verriet nichts. Sie setzten den Rundgang fort. Es wurde Nachmittag, sie hatten noch nichts gegessen, ja nicht einmal ans Essen gedacht. Melek Hanum war die Erste, die sich darauf besann. »Um Gottes willen, Kinder, euer Herd möge verlöschen, vor lauter Treppensteigen sind meine Beine schon lahm. Seid ihr vor Hunger noch nicht gestorben?«

»Auch meine Beine können nicht mehr«, antwortete Nordwind. »Den Rest schauen wir uns morgen an! Und wenn uns nichts gefällt, lassen wir ein neues Schloss bauen.« Nur Lena konnte darüber noch lächeln.

Müde hockten sie sich im Schatten der Platanen auf die Pritschen, die blonden Mädchen, wieder in einer Reihe, drängten sich aneinander. Feuer wurde angezündet, der Topf auf den Dreifuß gesetzt. Lena, Sabiha und Melek hatten sich vor die Feuerstelle gehockt, die andern saßen auf den Pritschen und starrten nachdenklich auf den Topf.

Am nächsten Morgen gingen sie in aller Frühe gemeinsam los. In den verlassenen Räumen war noch so viel zurückgeblieben, dass man damit mehrere Häuser hätte ausstatten können. Wortlos nahmen sie nacheinander die Häuser zur Seeseite in Augenschein und am Nachmittag die Konaks der Pfeffersäcke. Auch hier fanden sie noch Mengen von nützlichem Hausrat. Als sie zu den Platanen zurückkehrten, ging der Tag zur Neige, hing die Sonne schon tief hinter dem Hügel. Sie machten es sich unter den Bäumen bequem, jeder saß mit vornübergeneigtem Kopf stillschweigend da.

»Nun, Nachbarn, ihr hockt da wie Mühlen in der Windstille.«

»So ist es«, nickte Melek Hanum.

»Und was meinst du, Hüsmen, du siehst aus, als habe dir keines der Häuser gefallen!«

»Morgen und übermorgen werde ich mir die Häuser allein ansehen, und danach …«

»Und wenn du danach noch immer keins gefunden hast?«

»Ich werde eins finden.«

»Wir fahren morgen zum Fischen hinaus, geh du noch einmal durch die Häuser!«

Sie fuhren fünf Tage hintereinander zum Fischen, und Hüsmen durchstreifte die ganze Insel, schaute sich jedes Haus mindestens drei Mal an und hielt sich in dem Haus, das ihm am meisten gefiel, fast einen Tag lang auf.

Wie viel Zeit Hüsmen mit seiner Wohnungssuche verbrachte, bekamen die andern gar nicht mehr mit. Sie hatten ihn ganz vergessen. Nur hin und wieder sah ihn jemand von einem Haus ins andere hinüberwechseln. Jeden Tag stand er vor Morgengrauen auf und kam erst nach Sonnenuntergang müde und erschöpft nach Haus zurück.

Die Frauen hatten ihre gewohnten Plätze wieder eingenommen, sie hockten am Ende des Steges, starrten aufs Meer und hielten Ausschau nach farbenfrohen Kuttern und vom Kiel bis über die Toppen geflaggten Dampfern. Auch die Mädchen schauten mit baumelnden Beinen einige Tage neben den Frauen aufgereiht auf die leere See, langweilten sich schließlich, doch als sie sich still und leise davonstehlen wollten, erwischte sie Melek Hanum. »Was ist, Mädchen, schwappt die Flut denn bis zu euch hoch? Wohin wollt ihr? Das Meer betrachten ist doch schön. Besonders schön ist von weitem der Anblick des Gänsebergs. Die Griechen nennen ihn ja Berg Ida, vielleicht bedeutet Ida ja Gans.«

»Nein, nein«, sagte Lena, »das ist der Berg Ida, und Ida heißt nicht Gans. Mögen die Türken meinetwegen Gans dazu sagen.«

»Er heißt Gänseberg«, versteifte sich Melek Hanum. Als sie aber sah, wie es Lena verletzte, machte sie sofort einen Rückzieher: »Vielleicht heißt er doch Ida. Kann so ein großer Berg denn Gans heißen?« Und Lena lächelte zufrieden.

Währenddessen hatten sich die Mädchen aus dem Staub gemacht. Sie marschierten zu den Granatapfelgärten, blieben aber fünfzig Schritt davor unter einem einzelnen Granatapfelbaum mit knorrigem Stamm stehen, der trotz seines hohen Alters noch von kräftigem Wuchs war, den Umfang wohl dreier Bäume hatte und dessen blütenschwere Zweige bis auf die Erde herabhingen. Die Kinder waren auf der Hut, linsten um sich, bestimmt wird die lila Schlange mit den weißen Punkten rot züngelnd zwischen den roten Blütenblättern hervorkriechen, sie werden angstbebend die Flucht ergreifen, die Schlange blutrot hinter ihnen her bis unter die Platanen, und Nordwind Efendi Aga wird seinen riesigen Revolver ziehen und auf die fliegende Schlange, noch bevor sie gebissen hat, eine Kugel abfeuern, die Schlange wird sich in der Luft winden, wird herunterfallen, sie werden zu ihr laufen und »Arme Schlange, oh, arme Schlange!« rufen und weinen! Als sie weit weg am andern Ende der Welt aus dem langen, stinkenden Zug gestiegen waren, hatte ihnen sofort die sengende Hitze Gesichter, Hände und Füße fast verbrannt. Und diese Fliegen, die Dörfler nannten sie Moskitos, waren über sie hergefallen und hatten sie zerstochen. Die Mädchen in jenem Dorf erzählten immer wieder, die Schlangen dort seien riesengroß, hätten Flügel, könnten in den Himmel hineinfliegen. Es gebe auch große Schlangen mit Hörnern wie Ochsen. Und ein Mädchen habe sogar eine goldene Schlange, die jede Nacht zu ihr komme und in ihren Armen schlafe. Und wenn dieses Mädchen erwachsen sei, wolle es sich mit dieser Schlange verheiraten! Der Vater des Mädchens war sehr wütend auf die Schlange, und als sie angeflogen kam, schoss er sie mit seinem Revolver ab. Auch wenn das Mädchen darüber sehr weinte, die Schlange starb. Störche schnappten sie und trugen sie in den Himmel.

Die Augen starr auf den Blumen unter den Bäumen, zwischen denen jeden Augenblick die Schlange hervorkommen konnte, warteten sie dicht aneinander gedrängt und zuckten nicht einmal mit den Wimpern. Dreimal glitt der Schatten der Wolke, die von den Bergen heruntergeglitten war und um die Insel kreiste, über die Kinder hinweg. Beim dritten Mal trugen ihre Füße sie unwillkürlich quer durch den ganzen Garten. Dort blieben sie wie angewurzelt stehen, wagten keinen weiteren Schritt. Sie zitterten wie Espenlaub, standen da, bis ein Vogel, den sie nicht sahen, auf einen Zweig flog, ihn so bewegte, dass Granatapfelblüten herabregneten. Aufgeschreckt rannten sie, so schnell sie konnten, zurück hinter den knorrigen Stamm des alten Baumes und blieben dort ganz außer Atem mit weit aufgerissenen Augen dicht aneinander gedrängt stehen. Doch die Schlange kam nicht hinterhergeflogen. Was war mit dieser riesigen, endlos langen Schlange? Wo war sie abgeblieben? Sie starrten unter die Bäume, rührten sich nicht.

Die Schatten dreier Wolken zogen über sie hinweg. Sie blickten nur kurz zu den Wolken hoch und sofort wieder unter die Bäume. Auch jetzt war die Schlange nicht gekommen, und sie seufzten tief und erleichtert.

Sie warteten noch lange, ihre Beine wurden müde, ihre Knie zitterten, die Hitze senkte sich herab, sie schwitzten, und wieder zog eine große Wolke gemächlich über sie hinweg und kühlte sie ein bisschen ab. Danach gingen sie traumwandlerisch zum Garten und blieben beim ersten

Granatapfelbaum stehen. Sie starrten mit weit aufgerissenen Augen, linsten unter die nahen Tamarisken und wurden zu Stein, als die Büsche sich wie in einer starken Böe bewegten.

»Eine Schlange«, flüsterte die Älteste, »seht doch, wie die Sträucher geschüttelt werden!«

Mit kreisrunden Augen schlichen sie zum Granatapfelgarten, während der Busch sich immer heftiger bewegte. Auch ein blauer Vogel auf dem Zweig hatte den Kopf geneigt und beäugte den wild gewordenen Busch. »Sie ist geflügelt«, sagte das jetzt aschfahle, schauernde große Mädchen mit trockenem Mund, und im selben Augenblick flog der blaue Vogel davon und ließ einen langen, übers Meer hinausschießenden, die Augen blendenden blauen Strich auf seiner Flugbahn zurück. Dann landeten Schwärme von Vögeln so hart auf den Zweigen, dass Blütenblätter herabregneten, Windstöße fuhren in die ächzenden Granatapfelbäume, die Erde bebte drei Mal, die Mädchen erschraken, irrten schlafwandlerisch herum, wollten zum schaukelnden Busch, kamen nicht an ihn heran. Bestimmt lag die geflügelte Schlange darunter, kam nur nicht hervor! Sie klaubten Steine auf, warfen sie auf den Busch und warteten auf die Schlange, die Angst lähmte ihre Zungen, sie zitterten, die Schlange kam nicht hervor. Die Sonne ging unter, es wurde dunkel, die Mädchen setzten ihr Spiel fort. Erst jetzt hörten sie von den Platanen her die Rufe der Mutter und liefen zu ihr.

Als Hüsmen der Duft gerösteter Fische in die Nase stieg, stellte er fest, dass sein Magen knurrte, als habe er seit Tagen nichts gegessen. Noch bevor aufgetragen wurde, war er unter der Platane und setzte sich neben Nordwind an die Tafel. »Ich bin ratlos. So ratlos, dass ich nicht mehr weiß, für welches Haus ich mich entscheiden soll. Sie sind alle so schön. Besonders eins davon …«

»Welches meinst du? Wenn du dich entscheidest, richten wir es morgen schon ein.«

»Warte erst einmal ab, vielleicht finde ich ein noch schöneres!«

Nordwind schwieg, Hüsmen redete und redete, doch Nordwind gab keinen Ton von sich.

»Was soll ich denn tun? Jedes Haus ein Kristallpalast. So etwas pflegt man, aber man verlässt es nicht. Ich an ihrer Stelle hätte bis zum letzten Atemzug um mein Haus gekämpft. Ich kann mich nicht entschließen. Bist du mir böse?«

»Ich bin dir nicht böse.«

Hüsmen redete weiter, beschrieb jedes Haus, die Schnitzereien, die verschiedenen Fresken an den Wänden … Alles und jedes war in den Malereien festgehalten. Das Meer, die weißen und lila Wolken, die Monde, die Vögel, die Fische, die Bienen … Und daraus etwas aussuchen? Wie denn? Verdammt, wo bin ich da bloß hineingeraten! »Nun sagt schon, was würdet ihr denn an meiner Stelle tun, wenn ihr euch in diesem göttlichen Paradies ein Plätzchen suchen solltet? Ich wage ja nicht einmal, auf diese Erde zu treten, ein Blatt zu pflücken, einen Käfer, eine Biene zu verletzen, kann mich nicht satt sehen an dieser Welt. Ich könnte bis an mein Lebensende auf dem Gipfel des Hügels sitzen und nicht genug bekommen. Mir wird dabei ganz schwindlig. Habt ihr schon einmal an einer Biene geschnuppert? Ein köstlicher Duft! Und ganz besonders hier.«

Mit offenen Mündern hörten Nordwind und die andern verwundert und ehrfürchtig zu, während er die tanzenden Glitzer auf lila Felsen, die lichtdurchfluteten Quellen auf weißen Kieseln, das Meer, die Düfte, den Morgenwind, den mächtigen Birnbaum mit sprudelnden Worten beschrieb. Dann wandte er sich Nordwind zu und blickte ihm in die Augen. »Du bist mir böse, nicht wahr?«

Nordwind umarmte ihn so behutsam, als fürchte er, ihn zu verletzen, stand auf und schlug den Weg zum Haus ein. Auch die andern erhoben sich, nur Hüsmen rührte sich nicht. »Hüsmen«, sagte Sabiha liebevoll, »komm, gehen wir! Die Kinder schlafen ein. Komm!«

»Legt ihr euch schon hin, ich werde hier bleiben!«, entgegnete Hüsmen zufrieden und glücklich.

Hüsmen hockte zusammengesunken auf der Pritsche. Halb im Schlaf schon, zogen wie hinter einem Nebelschleier die Häuser in bunter Reihe an ihm vorbei. Er konnte sich für keines entscheiden. Kaum war das Traumbild verschwunden, stand er auf, schaute unentschlossen um sich, schlug dann den Weg zu den Häusern der Pfeffersäcke ein, ging an ihnen achtlos vorbei und machte bei den Felsen der Inselspitze kehrt. Und wieder ließ er die Häuser unbeachtet. Er war schon so viele Treppen emporgestiegen, dass sein ganzer Körper schmerzte. Wieder unter den Platanen, kauerte er sich auf die Pritsche. Bald stand er wieder auf, wanderte bis zur Kirche, ging hinein, schlenderte von dort zum Birnbaum und weiter zu den Granatapfelbäumen, bis er schließlich wieder bei den

Häusern war. Ganz plötzlich brach der Tag an, die Sonne schälte den Gipfel des Berges aus dem Dunkel, der jetzt wie abgeschnitten da oben hing und sich im widerspiegelnden Licht um sich selbst zu drehen schien. Hüsmen, den Gipfel immer im Blick, ging ins nächstliegende Haus, eilte die Treppe hoch und durch den Salon, trat auf den Balkon und wandte sich dem Gipfel zu. Der drehte sich noch immer und warf jetzt lange Schatten auf den im Dunst nur verschwommen sichtbaren, unmerklich schwankenden Hang. Das Meer, spiegelglatt in Licht getaucht, färbte sich stahlblau. Weit draußen sprang in ganzer Länge ein großer Fisch, er blitzte auf und verlöschte.

»Das ist es«, rief Hüsmen. »Gott sei Dank, das ist es!« Er lief zurück zu den Häusern, eilte treppauf und treppab, wie ein Weberschiffchen hin und her. Wie angewurzelt stand Lena am Herd. »Was ist bloß in ihn gefahren?«, murmelte sie in sich hinein, wagte aber nicht, ihn anzuhalten und zu fragen.

Nordwind erschien angezogen in seiner Tür. »Das ist es!«, rief Hüsmen und ging auf ihn zu. »Hast du nicht gehört?« Und er lachte lauthals, zog ihn an der Hand die Stiege hinunter, dann weiter zu den Platanen und schließlich vor das zweistöckige, lilafarbene Haus mit dem großen Garten. »Das da! Ich habs gefunden. Das da ist es.«

»Viel Glück!«, wünschte Nordwind, nach wie vor verblüfft.

Lena war ihnen gefolgt. »Es bringe dir Glück, Hüsmen!«, rief auch sie, nicht weniger verblüfft.

Hüsmen nahm die beiden bei der Hand: »Kommt mit! Am Ende habe ich es gefunden, meine Mühe war nicht umsonst.« Er zog sie auf den Balkon, und während er sie dem Gipfel zudrehte, rief er: »Schaut, der Berg ist auch da, der Berg Ida!«

3

Kapitän Kadris Kutter hatte längsseits angelegt und festgemacht. Zuerst stieg ein alter Mann aus. Tief gebeugt. Er war aschgrau, sehr klein, eingefallen, nur Haut und Knochen und trug einen strähnig schmuddeligen Bart. Schalwar und Hemd waren ausgefranst. Seinen tief liegenden grünen Augen im zerfurchten Gesicht schien nichts zu entgehen. Er schaute sich nach allen Seiten um, krümmte sich noch mehr, dann gaben seine Beine nach, er sackte langsam in sich zusammen und blieb auf den Brettern des Landestegs hocken.

Nach dem Alten kamen die andern von Bord. Frauen, Männer, Mädchen, junge Burschen, Kinder, alte Frauen. Sie alle halb nackt, die Kleider so zerschlissen, dass die Brüste der Mädchen und Frauen zu sehen waren. Die kleinen Kinder liefen ganz nackt, hatten nur einen bunten Strick um die Hüften gebunden. Auch sie waren alle abgemagert und so schwach, dass sie sich schwer auf den Beinen halten konnten, sie schwankten bis zu dem alten Mann und hockten sich zu ihm. Nach und nach leerte sich der Kutter.

Nordwind ging zu den in Lumpen auf dem Anleger Hockenden. »Wer sind diese hier?«, fragte er Kapitän Kadri.

»Näheres weiß ich nicht«, antwortete dieser mit müder Stimme. »Der Landrat rief mich zu sich und bat: Bring diese Leute auf die Insel! Sie saßen im Vorhof seines Amtes und konnten nicht auf die Beine kommen. Während ich dem Zweiten auf die Beine half, fiel der Erste schon wieder um. Schließlich musste ich meine Freunde, die Fischer, und einige junge Burschen aus der Stadt holen, und sie halfen mir, die Leute an Bord zu hieven.«

»Was soll ich mit denen anfangen, Kapitän Kadri? Sie liegen ja alle in den letzten Zügen!«

»Was sollte ich denn machen? Drei Tage schon hatte der Landrat nach mir gesucht. Ich hätte die Stadt nicht anlaufen sollen!«

»Vergiss, was ich gesagt habe, es ist gut so! Los, bringen wir sie zu den Pritschen!«

»Steh auf, Onkelchen, du bist noch bei Kräften!«, forderte Kapitän Kadri den zwei Handbreit großen Alten auf.

»Und ob ich noch gehen kann«, sagte er, rappelte sich hoch und ging zu den Platanen, wo Melek Hanum ihn auf eine Pritsche setzte.

Wer auf der Insel war, eilte zu Hilfe. Und wer von den Zerlumpten keine Kraft mehr hatte, sich auf den Pritschen aufrecht zu halten, wurde beim Brunnen ins Gras gebettet.

»Die sterben uns noch weg«, sagte Nordwind besorgt. »Macht so viel Scherbett, wie unser Zucker reicht, sonst retten wir keinen! Sie sind völlig ausgehungert.«

Kurz darauf schleppten Lena, Melek und Hüsmen drei Eimer Scherbett herbei. Nordwind füllte mit einer Kelle die Gläser, rührte immer wieder um, und die blonden Mädchen brachten den Trank im Laufschritt den Neuankömmlingen.

»Lena, mach ihnen eine Reissuppe mit Zwiebeln und Tomatensaft! Aber wenig Fett! Sind keine Tomaten da, hol Tomatenmark aus Tanasis Speisekammer! Und Minze in die Suppe!«

»Sonst nichts in die Suppe?«, fragte Lena, offen ihren Unmut zeigend.

»Reg dich nicht auf!«, bat Nordwind. »Sie sind fast verhungert und dürfen nichts Schweres essen. Nach drei Tagen geben wir ihnen Fisch, und in einer Woche geht es ihnen wieder gut.«

Der alte Mann hob den Kopf. »Ich liebe Fisch«, rief er. »Bringt mir schnell einen her, vor Hunger ist mein Knochenmark ausgetrocknet! Und wann kommt endlich die Suppe? Und noch einen großen Becher Scherbett, der Saft ist mir gut bekommen!«

Das älteste der Mädchen brachte dem Alten ein Glas Scherbett, das dieser mit einem Zug leerte. »Noch ein Glas! Wie klein doch eure Gläser sind. Dennoch, Gott segne euch! Noch ein Glas!« Der alte Mann trank vier Glas hintereinander. »Oooch«, grunzte er, »bei meiner Seel, welch herrliches Getränk!«

In kurzer Zeit waren die Eimer leer. Jeder war zufrieden, und ganz langsam kamen die Leute wieder zu sich.

»Los, gehen wir in die Häuser und suchen dort für unsere Freunde nach Matratzen, Decken und Kissen!«

»Lass mich das machen!«, bat Hüsmen. »Ich weiß, was in welchem Haus liegt. Ein Konak der Pfeffersäcke ist bis unters Dach voller Betten. Bleib du hier und sag uns dann, in welches Haus wir das Zeug bringen sollen!«

Sie machten sich auf den Weg, und Nordwind musterte jeden der Migranten, sie schienen sich erholt zu haben, und er war froh darüber. Bis auf den üblen Geruch, der von ihnen ausging. Ein Gestank von Fäule, ähnlich dem Geruch von Verwesung.

»Mir noch einen Scherbett!«, rief der alte Mann, und Nordwind schüttete den Rest eines Eimers in ein Glas und brachte es dem Alten.

»Vergelts Gott! Und ich werde dir Honigscherbett zu trinken geben, sobald ich meinen Rücken wieder strecken kann«, sagte der Mann mit dem unverkennbaren Akzent der Küstenbewohner des Schwarzen Meeres.

Einer der jungen Burschen staunte Nordwind mit großen Augen an. Nordwind fragte ihn: »Wie lange seid ihr schon unterwegs?«

»Lange, sehr lange. Seit Monaten schon kümmert sich niemand mehr um uns. Sie sind es leid. Es gibt zu viele, die wie wir herumirren, auf den Straßen liegen, nicht einmal ihre Toten begraben, wenn sie weiterziehen. Viele, zu viele!« Er seufzte tief, wollte weitersprechen, es gelang ihm nicht, und seine Augen füllten sich mit Tränen. Das nackte rechte Bein lag offen, und unter seinem Schalwar war zu erkennen, dass sein linkes Bein ganz fehlte. Sein Hemd hatte keine Ärmel mehr, und auf seinen nackten Armen tummelten sich Fliegen, die zu verscheuchen er keine Kraft hatte.

»Wo hast du dein Bein verloren?«

»Am Berg Allahüekber.«

»Ja, ich werde dir einen Honigscherbett machen«, unterbrach sie der Alte. »Ich angle dir auch Fische. Sogar Rotbrassen. Als Soldat habe ich im Roten Meer viele gefangen. Im Roten Meer, in der Gegend des Kanals. Lass mich nur ein bisschen satt werden, und dann wirst du schon sehen, wie kerzengerade ich stehe. Gibt es die Rotbrassen auch in diesem Meer?«

»Die gibt es.«

»Gut, sehr gut.«

Im Vorhof des Hauses köchelte ein großer Kessel Suppe, und ein Geruch von Minze breitete sich aus. Bedächtig sog Nordwind diesen Duft in sich hinein, und seine Mutter fiel ihm ein. Auch sie kochte mit Minze gewürzte Suppen, die so stark dufteten. Besonders die Joghurtsuppe ... Wo sie jetzt wohl waren, seine Mutter, sein Vater, seine Brüder und die Dörfler? In irgendeinem Winkel der Welt, hin und her gerissen und halb verhungert wie jene dort unter der Platane? Seine Mutter vielleicht wie die Frauen dort, mit strähnigem Haar, abgemagerten, schlaffen Brüsten, tief in den Höhlen liegenden Augen, Gesicht und Körper nur Haut und Knochen, und niemand, der ihr gezuckertes Wasser reicht?

Plötzlich sackte er ein, seine Knie gaben nach, er sank auf den Pritschenrand und versuchte die Bilder von der Mutter und dem Vater zu verscheuchen, doch wie sehr er sich auch bemühte, sie verschwanden nicht, besonders seine hoch gewachsene Mutter mit ihrem schlanken Hals, den großen, blauen Augen, dem blonden Haar und gertenschlanken Wuchs wollte nicht weichen. Zum Glück kamen die Kinder und, mit einem scheppernden Sack auf den Schultern, Sabiha hinter dem gegenüber liegenden Haus hervor. Die Mädchen trugen verzinnte Schüsseln, Becher, Kannen in den Händen, und auch das Kleine einen Topf. Sabiha leerte den Sack und begann den Inhalt auf der Pritsche auszubreiten. »Wäre ich nicht gewesen, hätte niemand das Geschirr gefunden. Als wir ausgewiesen wurden, hatte ich es genauso gemacht und mein Geschirr an denselben Stellen versteckt. Wir hatten ja alles verkauft außer unserem Haus und dem Hausrat. Töpfe und Pfannen konnten wir nicht mitnehmen. Und wer hätte sie uns denn abgekauft? Da habe ich alles so versteckt wie sie hier auch. Und hier werde ich mir wieder Geschirr zusammensuchen, und zwar die schönsten Stücke.«

»Ja, such dir das Schönste zusammen!«, sagte Nordwind wieder heiter. Das Geschirr wurde im Meer gewaschen und auf den Tisch gestellt. Aller Augen starrten auf die leeren Schüsseln und Suppentassen.

»Die Suppe köchelt noch«, rief Nordwind, stand auf, ging hinter das Haus zu seiner Rechten bis zum Hoftor zweier großer Konaks, öffnete, überquerte den Vorhof, stieß eine der Haustüren auf, stieg die Treppe hoch und wanderte durch die Zimmer. Viel Platz, dachte er, und das ganze Haus blitzblank, nirgendwo ein Körnchen Staub.

Die losgezogen waren, Betten zu holen, kamen voll beladen zurück.

»Kapitän Kadri, leg mir auch Matratzen und Decken auf die Schultern und kommt dann hinter mir her. Die Kissen könnt ihr den Mädchen geben!«

Beim Anblick der Betten leuchteten die Augen der Einwanderer.

»Breiten wir die Lager im Erdgeschoss aus, die Armen haben ja zum Treppensteigen noch keine Kraft. Die Matratzen für eine Nacht Kopf an Kopf. Wenn sie ihre Suppe gegessen haben, leben sie schon wieder auf.«

»Woher dieser Duft?«, fragte Kapitän Kadri, als sie zurück zu den Platanen kamen.

»Das ist die Suppe, mein Kapitän«, lachte Nordwind. »Warte ab! Du wirst staunen, welch köstliche Suppen dir Mutter Lena und Melek Hanum erst im Winter kochen werden! Lass erst einmal den Winter kommen!«

Hüsmen und Sabiha hatten den Kessel mitten auf den Tisch gestellt und beidseitig Pritschen herangezogen. »Wer aufstehen kann, komme an den Tisch, den andern bringen wir die Suppe!«, bestimmte Nordwind mit weicher Stimme. Melek Hanum, geschmeichelt vom eben gehörten Lob, stand mit der hölzernen Kelle schon neben ihm bereit.

»Hebt mich hoch!«, rief der alte Mann. Vasili zog ihn auf die Beine, und, weitere Hilfe ablehnend, ging der Mann gebückt zum Tisch, setzte sich und sagte: »Los, was wartet ihr noch, füllt meine Schüssel randvoll!« Lächelnd füllte Melek Hanum die tiefe Schale, die der alte Mann ihr hinhielt, und drückte ihm noch einen Holzlöffel in die Hand.

Melek Hanums Schöpfkelle schaufelte wie ein kleiner Bagger. Kaum waren Näpfe und Schüsseln gefüllt, kamen sie geleert wieder zurück.

Doch vor Nordwinds Napf schien Melek Hanums hurtige Hand plötzlich zu erlahmen. »Was ist, Melek Hanum?«, jammerte Nordwind. »Auch wir sterben vor Hunger.«

»Ihr habt euch jetzt zu gedulden«, schimpfte zum Schein der alte Mann. »Sterbt ihr denn wie wir schon vierzig Tage vor Hunger? Wartet erst einmal, bis wir satt sind! Im Schoß eurer Mütter musstet ihr euch ja auch neun Monate gedulden.«

»Damals haben wir uns geduldet, aber jetzt sterben wir vor Hunger. Einen Löffel Suppe nur, Melek Hanum, sei so gnädig!«

»Gib ihnen je einen Löffel voll, Melek Hanum, und zieh ihn von unserer Tagesration ab!«, sagte der alte Mann. »Und ich werde diesem

Mann Fische fangen, sogar rote Fische aus roten Meeren. Mich nennen sie den Heiligen der Fischer des Schwarzen und des Roten Meeres. Lässt du mich nicht verhungern, fang ich dir Fische im Überfluss.«

Nordwind hielt seinen Suppennapf hin, und Melek Hanum füllte ihn. Auch die andern Inselbewohner standen nun Schlange nach einer gut gefüllten Suppentasse und löffelten heißhungrig im Stehen.

»Wo ist denn unser Haus?«, fragte der alte Mann. »Los, führt mich hin!« Er stand auf und machte sich auf den Weg. Kapitän Kadri hakte sich bei ihm ein, doch der alte Mann schüttelte ihn ab.

Am Eingang des großen Salons im Erdgeschoss brannte eine Sturmlaterne, am anderen Ende des Raumes eine Petroleumlampe mit einem blau geblümten Glaszylinder. Kopf an Kopf waren die Nachtlager über den Fußboden verteilt. Nachdem sie sich alle hingelegt hatten, breitete sich ein scharfer Geruch aus. So roch es im Krieg in den Kojen, erinnerte sich Nordwind. »Stellt noch einen Krug Wasser und einen Becher vor den Kamin!«, sagte er und wünschte allen eine geruhsame Nacht.

»Gott segne dich!«, erwiderte der alte Mann. »In einer Nacht werde ich die Schlaflosigkeit dreier Monate nachholen, meine Knochen ausruhen und wie neugeboren erwachen.«

Schon früh war ein Teil der Gäste wieder auf den Beinen. Sie hockten sich unterhalb der Uferböschungen dicht ans Meer, entleerten sich und säuberten sich mit dem nassen Kies. Dann wuschen sie sich in langer Schlange am Brunnen, auf dessen Rand ein Riegel duftender rosa Seife lag, und trockneten sich mit Handtüchern ab, die am untersten Ast der Platane aufgehängt waren.

Hüsmen und Kapitän Kadri brachten einen dampfenden Kessel Suppe. Und wieder füllte Melek Hanum mit der großen Kelle jede Schüssel und jede Tasse, die ihr hingehalten wurde. Der alte Mann aber saß nur wortlos da und wartete geduldig. »Wie konnte ich dich nur übersehen«, lächelte Melek Hanum, beugte sich zu ihm hinüber und füllte ihm seine Suppentasse. »Möge es dir wie Honig munden!«

»Leben sollst du!«, entgegnete der Alte. »Leben sollt ihr alle, die ihr uns neues Leben eingehaucht habt! Sonst wären wir alle abgekratzt.«

Melek Hanum errötete wie ein junges Mädchen. »Wir haben ja gar nichts getan, nur euch willkommen geheißen und einen Platz auf unserer Insel angeboten und auch in unseren Herzen.«

»Ihr habt uns vor dem Hungertod bewahrt.«

»Verrate mir deinen Namen, mein Aga!«, bat Melek Hanum verschämt, doch ihre Augen strahlten vor Stolz und Glück.

»Mich nennen sie Veli den Treffer.«

»Lebe tausend Jahre mit diesem Namen! Ich bin auch in der Fremde. Ich komme von dem lila Berg da drüben. Wir nennen ihn Gänseberg, die Griechen nennen ihn Ida. Vasili war es einmal so herausgerutscht, als er sagte, auch die Griechen hier nennen ihn Gänseberg. So sollen sie ihn in früheren Zeiten genannt haben. Unsere Dörfler nennen ihn auch den Berg der tausend Quellen, ja, der tausend Quellen …« Und sie begann die Geschichte vom Blonden Mädchen zu erzählen, in allen Einzelheiten mit Vogel, Wolf und Käfer, ging dabei auf und ab, schenkte Suppe aus, und Veli der Treffer, den Löffel in der Hand, hörte mit jeder Faser seines Herzens zu. »Wie schön deine Heimat doch ist, und wie schön dein Berg der tausend Quellen«, rief er begeistert, als Melek Hanum schwieg.

»Gott bewahre jeden davor, Haus und Heimat verlassen zu müssen! Mein Berg ist ein Paradies in dieser großen Welt. Seit es sie gibt, singen die fahrenden Sänger immer wieder das Lied von unserem Berg der tausend Quellen.«

»Gott schenke dir und auch deinem Berg ein langes Leben, Melek Hanum, und eure fahrenden Sänger sollen nie verstummen!« Der Alte schien plötzlich völlig entrückt seinen Gedanken nachzuhängen, und seine Hand, die noch immer den Löffel hielt, zitterte.

Im Haus der Gäste war niemand mehr, schon bald hockten sie alle still und gedankenverloren auf den Pritschen. Das ging so drei Tage lang. Morgens Suppe mit Minze, mittags gebutterten Grützpilaw, abends gefüllte, mit Granatäpfeln gesäuerte Weinblätter. Am vierten Tag wollten Nordwind und Hüsmen mit Kapitän Kadris Boot zum Fischen. Veli der Treffer, der abends davon gehört hatte, war schon vor Morgengrauen aufgestanden, hatte sich unter den Platanen auf eine Pritsche gehockt und Nordwinds Haustür nicht aus den Augen gelassen. Zur Gebetsstunde ging er auf den Anleger, suchte sich eine Außenkante des Stegs, die von keinem Fuß beschmutzt zu sein schien, ortete die ungefähre Richtung zur Kaaba und stellte sich zum rituellen Gebet auf. Es fiel ihm schwer, denn als er sich dann beugte und streckte, schmerzten seine knirschenden Knie, seine Hüften und Arme. Dennoch hielt er das Ziehen in seinen Gelenken mit glücklich leuchtendem Gesicht aus und dankte seinem Herrgott, dass er ihnen eine so schöne, große Insel und ein Dach über dem Kopf beschert hatte, dazu in getünchten, im Innern mit wunderschönen Fresken versehenen Palästen. Er betete mit Inbrunst, murmelte rollend die Suren herunter. Ihm war, als hellten sich die Gipfel der gegenüber liegenden Berge auf, es musste also kurz vor Sonnenaufgang sein. Als im Osten der funkelnde Stern im ruhig daliegenden Meer versank und eine kühlende Brise herüberwehte, hörte er Schritte hinter sich, betete aber, wie schwer es ihm auch fiel, getreu dem Ritus andächtig weiter. Die Schritte verhielten, er berührte mit der Stirn noch einmal den Boden, grüßte abschließend, erst nach rechts, in beide Richtungen, doch als er aufstehen wollte, kam er nicht mehr auf die Beine. Da griffen ihm zwei kräftige Hände unter die Arme und zogen ihn hoch. Und Veli krümmte sich nicht mehr, er stand kerzengerade.

»Oho, Nordwind Efendi Aga, hast du auch gebetet?«

»Nein, nein, wir fahren hinaus zum Fischen, ein Festessen für die Mägen der Leute, hatte ich mir gesagt ...«

»Du nimmst mich doch mit, nicht wahr?«

»Ich werde dich nicht mitnehmen, du hast dich noch nicht genügend erholen können!«

»Du und dein Vater haben Erholung nötiger«, schimpfte Veli wütend. »Was fehlt mir denn? Mach doch deine Augen auf und schau mich an!«

»So gut siehst du nicht aus. Du musst noch reichlich Fisch essen, um zu dir zu kommen!«

»Mensch Junge, ob Nordwind, Orkan, Schneesturm oder sonst wer, wie groß ist denn deine Sippe? Du denkst wohl, du seist Sultan Süleyman. Wie viele Leute kann diese Insel eigentlich aufnehmen? Wenn sie randvoll ist, werden wir alle verhungern. Aber wie du siehst, macht der Hunger dem Menschen nicht viel aus ... Wir haben ihn tagelang ertragen, na und? Drei Löffel Suppe machten uns wieder quicklebendig.« Und lächelnd fuhr er fort: »Und wie gut deine Suppe war. Hast du das von deiner schönen Mutter gelernt?«

Jetzt spielte Nordwind den Empörten. Seine Halsadern schwollen an, als er mit scharfer Stimme erwiderte: »Woher weißt du denn, dass meine Mutter schön ist, wo hast du sie denn gesehen?«

»Ist doch offensichtlich.«

Nordwind wurde noch lauter: »Wieso offensichtlich?«

»Hast du noch nie in den Spiegel geblickt?«

»Das habe ich«, antwortete Nordwind jetzt mit sanfter Stimme, und seiner Miene war ein leichtes Lächeln anzumerken.

»Gut getan, mein Junge, und hast du jemals einen so stattlichen und gutherzigen Mann wie dich darin gesehen? Und hast du jemals erlebt, dass eine hässliche Frau ein sehr schönes Kind geboren hat?«

»Das habe ich noch nicht erlebt«, lachte Nordwind.

»Na also! Wo hast du eigentlich deinen Militärdienst gemacht?«

»In Sarikamiş.«

»Und die Läuse haben dich dort nicht gefressen, und erfroren bist du auch nicht? Oder bist du ein Fahnenflüchtiger?«

»Ich bin nicht geflohen.«

»Und hast auch kein Leben ausgelöscht, oder?«

»Das weiß ich nicht.«

Veli ging dicht an ihn heran, ergriff seine Rechte und drückte sie. »Wenn du mich mitnimmst, fange ich dir in rotem Meer viele Rote Meerbarben. Ich bin Fischer, und wenn ich übers Meer schaue, weiß ich, wo die besten Fischgründe sind. Ich komme vom Schwarzen Meer, bin aber während der Schlacht um den Kanal auch ein Rotmeer-Fischer geworden. Und mein General ist in den drei Jahren, in denen ich ihn mit Roten Meerbarben aus dem Roten Meer versorgte, so rund geworden wie ein Fass. Und als der Pascha General rund war wie ein Fass, ging er hin und ergab sich den Engländern und ließ uns mitten in der Wüste hungrig und durstig mit nackten Füßen und kahlen Köpfen sitzen. Und nach und nach fingen wir an zu sterben. Unser Hauptmann konnte unser Elend nicht länger ansehen und führte uns durch die Öde in den Jemen. Die meisten gingen unterwegs zugrunde, und von dem riesigen Heer kam nur noch eine Hand voll Soldaten im Jemen an. Du hast gut getan, dass du geflüchtet bist.«

»Ich bin nicht geflüchtet.«

»Du bist geflohen, mein Recke, und wie wunderschön du geflohen bist.«

»Wäre ich geflüchtet, würde ich es dir sagen. Wie kommst du darauf?«

»Ist denn ein Einziger aus der Schlacht bei Sarikamiş übrig geblieben, sag mir das? Wurde nicht die Hälfte der Truppe von Läusen gefressen und die andere Hälfte in den Bergen zu Eiszapfen?«

»So war es, aber ich bin nicht geflüchtet.«

»Dann eben nicht. Aber du nimmst mich heute mit zum Fischen! Schau, mein schöner Sohn, du hast es selbst gesehen, meine Hände sind rituell gewaschen, meine Lippen haben gebetet, ich kann auch für dich beten.«

Nordwind brauste wieder auf: »Ich brauche niemandes Gebet!«

Der Alte baute sich vor ihm auf und brüllte: »Es reicht, und reg du dich nicht mehr grundlos über mich auf! Sonst steig ich hier in ein Boot und mach mich davon, und du kannst deine Insel für dich behalten, du Insel-Padischah!«

Hinter ihnen knirschten Schritte; plaudernd stapften Vasili, Kapitän Kadri und Hüsmen über die Kiesel herbei. Wütend wandte sich der Alte den Kommenden zu: »Menschenskinder«, schrie er, »dieser Mann sagt schon den ganzen Morgen zu mir: Komm erst einmal zu Kräften! Soll er doch selbst erst einmal zu Kräften kommen!« Dann griff er wieder nach Nordwinds Hand und sagte mit weicher Stimme: »Wenn du mich heute nicht zum Fischfang mitnimmst, werde ich aus dieser Gegend verschwinden, und sei sie auch das Paradies, und müsste ich vor Schmerzen sterben. Damit du klar siehst! Und das wird dir noch Leid tun!«

Nordwind, der so tat, als höre er gar nicht hin, wandte sich an Kapitän Kadri: »Mach dein Boot startklar, heute kommt auch Onkel Veli der Treffer mit!«

»Eine kluge Entscheidung«, rief der Alte, ging ans Ende des Stegs, sprang an Bord und holte tief Luft und sagte: »Gepriesen seist du, lieber Gott, ich danke dir!«

Die andern folgten ihm, und der Kutter legte ab.

Kapitän Kadri zog die Kiste mit den Angeln unter der Plicht hervor und schob sie vor Veli den Treffer, der sich mit geübtem Griff eine aussuchte. »Diese hier behagt mir«, sagte er, reckte sich, drehte sich mehrmals und ließ dabei seine Augen übers Meer wandern. Mit senkrechter Rauchfahne zog ein Schiff südwärts. Wortlos musterten die Männer die See, das Boot machte gute Fahrt.

Auf halber Strecke zwischen der Ameiseninsel und der Unseligen Insel stoppte Vasili den Motor. Beide Eilande waren hinter Nebelschleiern nur noch verschwommen zu erkennen.

»Gut so?«, fragte er, und ohne ein Wort warfen sie ihre Angeln aus. Veli der Treffer hatte seine grün funkelnden Augen aufs Wasser geheftet und verfolgte mit gefurchter Stirn und gerunzelten Brauen seine Leine.

Plötzlich haute er sie mit seiner Rechten an, ließ sie genauso schnell wieder laufen und begann sie dann einzuholen. Aller Augen verfolgten ihn. Hand über Hand zog er die Leine und schoss sie gleichmäßig vor sich auf. Er ist wirklich ein meisterlicher Fischer, dachte Vasili.

Am Haken zappelte eine funkelnde Rotbrasse, die Veli mit seinen runzeligen Fingern abhakte und in die Wanne warf, wo sie sofort zu schwimmen begann.

Überrascht schauten sich die andern an. Im Gesicht des alten Mannes regte sich keine Faser. Er warf die Leine so weit aus, wie er konnte. Schon kurz darauf ruckte er sie an, lockerte ein bisschen und begann sie dann seelenruhig einzuholen. Mit kreisrunden Augen verfolgten die andern seine Bewegungen, kümmerten sich gar nicht mehr darum, ob bei ihren Angeln ein Fisch angehakt hatte oder nicht.

Und wieder versank Velis Schnur in der Tiefe. Diesmal legte er den Kopf in den Nacken, überlegte, und als habe er etwas gefühlt, schaute er plötzlich wieder ins Wasser, holte gleichzeitig die Leine wieder ein, und wieder zappelte eine Rotbrasse am Haken, und ihr rosaroter Schimmer spiegelte sich im Wasser. Die andern hatten nur noch Augen für ihn und die steigende Menge von Fischen vor der Plicht. Über seine Angel gebeugt, hockte der Alte hingebungsvoll da, die kleinen Falkenaugen starr aufs Meer gerichtet, nur seine Hände waren in Bewegung, Gesicht und Körper regungslos. Auch die andern waren wie erstarrt, und das Meer lag so ruhig und glatt, dass sogar Ameisen hätten am Ufer trinken können.

Veli hatte wieder eine ziemlich große Rotbrasse angehakt, die nach beiden Seiten so ausschlug, dass der alte Mann nicht die Kraft mehr hatte, sie zu landen. »Sie wird die Leine zerreißen, nehmt ihr sie vom Haken!«, keuchte er. Vasili sprang hinzu, schnappte sich den Fisch, der aber so zappelte, dass auch er ihn nicht vom Haken bekam. Schließlich waren Vasili, aber auch die Rotbrasse so erschöpft, dass Letztere sich auf die Decksplanken fallen ließ, noch lange in den letzten Zügen zuckte, sich noch einmal streckte und dann verendete. »Ich bin erschöpft, Kinder, die Knochen sind doch eingerostet, zu lange habe ich die See nicht mehr gesehen. Wenn ich mit euch einen Monat lang jeden Tag zum Fischen hinausfahre, bin ich wieder in Form, werde ich wieder der alte Veli sein.« Die andern lächelten ihm mit bewundernden Blicken zu.

»Dreh steuerbords ab, Kapitän!«, rief Vasili. Ein heller Schimmer hatte das Wasser überzogen, und eine leichte Brise kam in kurzen Abständen immer wieder auf. Als der Motor ansprang, hörten sie die müde Stimme von Veli seufzen: »Kinder, in der Tiefe da unten brodelt es von Goldbrassen.«

Abseits der Unseligen Insel warfen sie die Leinen aus und warteten, und auch bei ihnen begannen die Fische anzubeißen. Bis abends hatten sie reichlich Goldbrassen, Blaufische und Meerbarsche gelandet. Veli der Treffer hockte am Vordersteven, schaute ihnen begeistert zu, und jedes Mal, wenn die Fische angehakt zappelten, verzogen sich seine Lippen vor Freude bis zu den Ohren zu einem breiten Grinsen.

»Der Fang reicht für eine Kleinstadt«, rief Nordwind, »los, zurück zur Insel und Fisch essen, wir sterben ja vor Hunger!«

»Wir sind schon gestorben«, bekräftigte Veli der Treffer, und alle lachten. Als sie anlegten, stand die Sonne noch hoch, hingen die Wolken im Westen noch weiß über der Kimm.

An den vollen Körben hatten Hüsmen, Vasili und Kapitän Kadri schwer zu tragen. »Ich kanns nicht fassen«, wunderte sich Lena, »so viel Fisch! Ihr habt ja das ganze Meer geplündert.«

»Und die meisten hat Veli der Treffer gefangen.« Nordwind zeigte auf den Alten, der am Ende des Stegs saß und die Beine übers Wasser baumeln ließ.

»Dieser alte Mann?«

»Ja, der.«

»Ich habe in meinem ganzen Leben noch nie so einen Fischer gesehen. Auch diese Meere haben so etwas noch nicht erlebt«, unterbrach sie Vasili und setzte den Korb auf den Kieseln ab.

Veli stand auf: »Nordwind, mein Sohn, bring mir ein Messer, ich werde diese Fische gleich ausnehmen!« Der Alte entpuppte sich als ein sehr bescheidener, ja, schüchterner Mann. Das war er bestimmt immer gewesen, doch die Not verändert den Menschen.

»Nimm, Bruder Veli!«, bat Melek Hanum und reichte ihm das Messer, das sie noch in der Hand hielt.

»Ich danke dir.« Veli verbeugte sich, ging ans Ufer, setzte sich neben die aufgehäuften Fische und begann sie blitzschnell auszunehmen.

»Wo sind die andern?«, fragte Nordwind.

»Sie sind drinnen«, seufzte Melek Hanum. »Sie kommen nicht ins Freie, weil sie sich ihrer Blößen in den Fetzen, die sie tragen, schämen.«

Nordwind wurde bleich, und seine Lippen bebten, als er mit schleppenden Schritten zur Pritsche ging. Er setzte sich, stützte die Ellenbogen auf seine Knie und nahm den Kopf zwischen die Hände.

»Kommt und schaut euch den an: wenn wir einen Fisch ausgenommen haben, ist er schon beim zehnten. Seht euch seine wirbelnden Finger an!«

Nordwind erhob sich, ging mit bedrückter Miene ans Ufer, blieb zur Rechten Velis stehen und schaute ihm zu. Der Kapitän und Vasili hörten auf zu arbeiten und beobachteten Veli den Treffer. Auch die Frauen waren näher gekommen und hatten sich hinter ihm aufgereiht.

Veli musste bemerkt haben, dass aller Augen auf seine Hände gerichtet waren, denn er wurde noch schneller, und niemand rührte sich, solange zu seiner Linken noch Fische lagen. Nach getaner Arbeit wusch er sorgfältig das Messer, legte es links neben sich auf die Kiesel, stützte sich mit der Rechten ab und stand auf. Erschöpft krümmte er sich wieder. Er ging zum Brunnen und griff nach der Seife auf dem Brunnenrand. Nach dem Waschen beroch er seine rechte, anschließend seine linke Hand, streckte dann beide Arme seitlich aus, reckte und dehnte sich einige Mal, ging dann, das Band seines Schalwars lösend, in die Büsche, hockte sich nieder, entleerte sich mit Wonne und wischte sich mit den breiten Blättern eines blühenden Zweiges sorgfältig ab.

Noch vor Sonnenuntergang war das Feuer niedergebrannt, Vasili und der Kapitän reichten die ausgenommenen Fische den Frauen, die sie salzten und auf den riesigen Gluthaufen legten.

»Gebt Onkel Veli den ersten Bratfisch und sucht ihm eine große Rotbrasse aus!«

»Diener deiner wortgewandten Zunge will dein Onkel Veli sein!«, ließ sich dieser aus dem Gebüsch hören. »Ja, meine Frauen, für mich einen großen Fisch! Dazu lockeres Brot. Eine rote Brasse aus einem roten Meer!«

»Und die Mädchen sollen denen welche bringen, die nicht ins Freie kommen mögen! Die ersten gegarten Fische unseren Gästen, sie haben den größten Hunger!«

Es war noch hell, als sie sich satt gegessen hatten. Und es war nichts übrig geblieben. Veli der Treffer hatte seine große Rotbrasse verzehrt, war mit dem Rücken an der Platane eingedöst und sah seinen Traum von einer unerreichbaren Welt von Fischen in tausenderlei Farben, die auf dem Grund des sonnendurchfluteten Roten Meeres in alle Richtungen davonstieben. Niemand wagte, ihn zu wecken. Wer weiß, meinten sie, welch glückliche, farbenfrohe, lichte Träume er hat, und die wollten sie ihm nicht zerstören.

Musa der Nordwind war bedrückt. Diese halb nackten, hungrigen Menschen in ihren Fetzen hatten ihn schmerzlich berührt. Schmerzlicher noch als der Anblick der starren Gesichter und stieren Augen zahlloser erfrorener Soldaten in den Allahüekber-Bergen, des Pogroms an den Jesiden in der Wüste und den im Sand verblutenden abgeschnittenen Brüsten ihrer Frauen und Töchter. Er wälzte sich im Bett, hoffte auf den alle Sorgen verscheuchenden Morgen und döste schließlich ein.

Noch vor Sonnenaufgang erwachte Nordwind und bat Lena, Vasili zu holen.

»Was ist mit dir? Du siehst gar nicht gut aus«, meinte Vasili, der sehr schnell auftauchte.

»Mir gehts gut, aber ich gräme mich. Schau dir diese Leute an! So sieht es in ganz Anatolien aus. Ich habe so etwas zwar schon oft erlebt, aber der Zustand dieser Leute hier geht mir doch sehr nahe.«

»Das war im Krieg, und der ist vorbei.«

»Auch vor dem Krieg war es so!«

»Und nach dem Krieg bleibt es so.«

»Gott gebe, dass es nicht so bleibt!«

Sie nahmen den Weg zu den Olivenbäumen in der Senke.

»Die Leute sind in erbärmlichem Zustand. Als Erstes brauchen sie Kleidung. Sie sind fast nackt. Was machen wir?« Sie hockten sich unter einen Olivenbaum, um zu beraten. »Es wird ein heißer Tag«, sagte Vasili. »Die Armen sollten sich wenigstens unter die Platanen setzen. Im Haus werden sie gegrillt.«

»Oh, Gott! Daran habe ich noch gar nicht gedacht. Die sterben ja vor Hitze, zumal sie aus den Bergen stammen.«

»Wieso kann von dort ein so meisterlicher Fischer kommen wie Veli?«

»Wir werden schon noch erfahren, wer er ist. Der kennt ja unser Meer wie seine Handfläche. Es war, als stünden die Rotbrassen Schlange, um bei ihm anzubeißen. »

»Heute wirds heiß. Die Zikaden zirpen jetzt schon.«

»Fragen wir doch Melek Hanum, ob sie den Frauen Kleider schneidern kann, wenn wir ihr eine Nähmaschine kaufen.« Sie machten sich auf und klopften bei Melek Hanum an.

»Wer da?«

»Wir sinds, Vasili und ich.«

»Geht zur Platane, ich bin gleich da!«, rief sie und kam bald darauf mit dem langstieligen Kocher, mit Kaffee, Zucker und Mokkatassen auf einem Tablett herbeigeeilt. Ohne ein Wort zu verlieren, machte sie Feuer, füllte den Brüher mit Wasser, tat Kaffee und Zucker hinzu und setzte das Gefäß auf. Ein köstlicher Duft verbreitete sich, und die Nasenflügel der beiden bebten wie die Nüstern eines Hengstes, der eine Stute wittert, und wie Pferde hoben sie auch ihre Köpfe.

Melek Hanum stellte die Tässchen mit schaumbedecktem Mokka vor die beiden hin und setzte sich, ebenfalls mit einem Kaffee in der Hand, neben sie. Nordwind musterte sie und stellte fest, dass sie heute Morgen strahlte und wie neugeboren wirkte – wie eine Frau Mitte dreißig.

Sie schilderten ihr das Problem. Sie warf den Kopf in den Nacken: »Ich kann Kleider nähen, Hemden und Schalwars und was immer. Ich kann auch mit einer Nähmaschine umgehen.«

Kapitän Kadri kam hinzu. »Oho«, rief er, »meine Mutter näht zum Ruhme des Allmächtigen so paradiesische Gewänder wie der heilige Idris, Schutzpatron der Schneider.«

»Wisst ihr denn, wie viel Stoff für Kleider und Schürzen ihr kaufen müsst? Schreib auf!«, sagte Melek Hanum, und sie diktierte Nordwind, wie viele Personen, sich ihrer Nacktheit schämend, nicht ins Freie kamen, wie viele von ihnen Männer, wie viele Frauen, Jungfern, Burschen, Mädchen und Buben waren, wie viel Meter Stoff in welchen Farben sie für Schalwars, Kleider, Hemden und Unterwäsche brauchte, wie viel Flanell und wie viel grobes Tuch für Arbeitszeug. »Und mit der Nähmaschine bringt ihr mir auch rotes, blaues, gelbes, weißes, grünes und schwarzes Garn mit. Und Nadeln und Wollknäuel. Das Garn nicht zu knapp!«, fügte sie hinzu. Dann begleitete sie die Männer bis zum Stegende. Sie strahlte und winkte noch, als der Kutter schon weit draußen war. Dann eilte sie in die Häuser der Gäste, die bei ihrem Anblick verschämt unter ihre Leintücher und Decken krochen.

»Ich habe gute Nachrichten. Unsere Männer sind in die Stadt gefahren, sie werden Stoffe kaufen und eine Nähmaschine. Ich werde euch einkleiden. Machts gut!«, rief sie und verschwand, weil sie den Anblick dieser Armen nicht ertragen konnte. »Armut ist wohl die schwerste Bürde, die Gott den Menschen auferlegt«, murmelte sie. »Er möge sie nicht einmal meinen Feinden aufbürden!«

Kurz nach Mittag waren die Männer in der Stadt. Nordwinds Orden am roten Band baumelte an seiner Brust, seine Langschäfter glänzten. Erst einmal gingen sie zum Barbier, der sie mit einer tiefen Verbeugung begrüßte. Nordwind erkundigte sich nach der besten Tuchhandlung und ob man dort auch Nähmaschinen kaufen könne.

»Berge und Täler sind voll von den Nackten«, erzählte der Barbier. »Nur noch Haut und Knochen, in Lumpen, so ziehen sie in Scharen hier vorbei. Gott allein weiß, woher sie kommen, wohin sie gehen. Auf ihren Schultern ihre Kranken und Toten. Sie seien Einwohner jener Dörfer, die von griechischen Soldaten niedergebrannt wurden, sagen sie. Ich habe versucht, mit einigen zu sprechen, aber sie machen den Mund nicht auf. Sie sind verschüchtert und wissen nicht ein noch aus.«

»Die Armen«, seufzte Nordwind.

»Alles Kinder unter der ehrenvollen Fahne unseres Vaterlandes ...« Da entdeckte er den an Nordwinds Brust am roten Band baumelnden Orden und begann zu deklamieren: »Oh weh, ihr Helden unseres großen Vaterlandes, ihr Söhne vom Stamm der Grauen Wölfe, von den Altay-Bergen herabgestürmt, ihr, die ihr ...«

»Leben sollst du, Bruder, aber wir müssen weiter!«

Der Barbier stieß nur noch ein paar Seufzer hervor. Er hätte liebend gern noch einige Reden geschwungen, doch daraus wurde nichts.

Sie durchmaßen das gesamte Marktviertel und kamen zum letzten Laden. Er war groß, und hier schien es alles zu geben, was das Herz begehrte. Ein weißbärtiger, freundlich lächelnder alter Mann hieß sie willkommen.

»Wir wollen ein paar Sachen kaufen, Kleiderstoffe, Arbeitszeug, Leinen, Hemdstoff ... Bestimmt hast du auch Schuhzeug.«

»Mehr als genug«, sagte der alte Mann, »und von jeder Sorte. Auch was man in Izmir vergeblich sucht, findest du hier.« In den Regalen lagen Stoffe in allen Farben. Ballen und Schuhe, die dort keinen Platz mehr hatten, türmten sich die Tresen entlang bis zur Tür. Der alte Mann hob die Ballen Druckkattun und Kleiderstoff auf die Tische, und Nordwind prüfte den Zettel in seiner Hand. Der Tresen war bald voll gepackt, der Mann holte tief Luft, Nordwind legte die Hand auf eine Rolle blau geblümten Kattun. »Wie viel Ellen?«, fragte er, und der Alte nannte das Maß. »Gekauft wie gesehen«, nickte Nordwind. »Legen wir beiseite.«

Nordwind zeigte noch auf mancherlei Ballen, ließ sich vom einen genug für ein Kleid, vom andern die Hälfte, vom nächsten zehn Ellen abschneiden und hatte bald genügend Stoff für die Frauen, Kinder und Männer beisammen.

Nordwind wählte, der Weißbärtige holte die Ballen aus den Regalen und schnitt. Vasili und der Kapitän hatten sich auf Säcke gehockt und schauten neugierig zu.

Der Ladenbesitzer schlug die geschnittenen Stoffe in ein meterlanges Tuch, sagte: »Bitte sehr, und erlaube mir, deinen Namen zu erfahren!«

»Nordwind.«

»Lebe tausendmal hoch mit diesem Namen, Nordwind Bey! Du hast überhaupt nicht gehandelt. Auch wenn du noch sehr jung bist, hast du schon so manchen Tag erlebt, wie ich sehe. Und ich schau erst einmal in meine Rechnungen, mal sehen, was ich für dich tun kann.« Der Mann zog ein schwarzes Heft aus der Schublade, schaute hinein, machte sich Notizen, kramte noch einige Hefte hervor, schrieb wieder etwas und sagte: »Ich weiß, für wen du das kaufst, junger Mann, deine Hilfsbereitschaft möge nicht erlahmen, und der Allmächtige schenke dir ein langes Leben!« Dann schob er den beschriebenen Zettel Nordwind hin. Der warf einen Blick darauf, lächelte erfreut, murmelte: »Leben sollst du, Efendi!«, zählte aus seinem grünen Geldbeutel Silbermünzen heraus und legte sie auf den Tisch.

»Trinkt noch einen Kaffee!«

»Wir sind in Eile. Lass uns nach den Schuhen sehen! Sie sind für einen Fischer, einen alten Fischer.«

Der Alte ergriff seinen Arm, führte ihn in den äußersten Winkel des Ladens, sagte: »Such dir hier aus, was dir gefällt!«

»Jungs, kommt auch her!« Vasili und der Kapitän eilten herbei. »Sucht für Veli den Treffer Schuhe aus!«

»Wir kennen doch seine Schuhgröße nicht.«

»Sucht ihr nur aus, ich kenne sie!«

Nachdem sie eine Weile gesucht hatten, entschieden sie sich für ein Paar Stiefel aus kräftigem Leder mit fingerdicken Sohlen und kurzen Schäften. »Das sind Stiefel für einen Fischer«, rief Vasili, »aber sie sind teuer.« Nordwind nahm die Stiefel in die Hand, stellte noch mehrere davon auf den Tisch, prüfte jeden einzelnen und sagte schließlich gut gelaunt: »Gefunden! Diese hier sind wie für Velis Fuß geschustert.«

Gerührt griff der Ladeninhaber mit zitternden Händen nach den Stiefeln und reichte sie Nordwind mit den Worten: »Da, nimm, mein Junge, und bring sie deinem Freund! Das Geld dafür nehme ich nicht.« Verblüfft sahen sie sich an, und Nordwind mochte seine Hand nicht ausstrecken. »Nimm sie, nimm! Das soll mein Anteil sein. Schließlich muss ja nicht alles von dir kommen. So, Kinder, und nun trinkt einen Kaffee von mir!«

»Ich habe dich erkannt«, sagte Vasili, »sie nennen dich Hayri Efendi.«

»Kennst du auch meine Söhne?«

»Ich kannte sie«, antwortete Vasili und senkte den Kopf.

»Woher?«

»Ich war auch in der Schlacht um die Dardanellen.«

Danach sagten sie kein Wort mehr, jeder hing seinen Gedanken nach. Nordwind war das Herz schwer geworden, und auch Kapitän Kadri wusste um den Alten. Der Kaffee wurde gebracht, sie tranken schnell und verließen den Laden.

»Ich erwarte euch, Kinder, ich bin da, wenn ihr was braucht!«, rief der alte Mann hinter ihnen her.

»Beide Söhne sind bei den Dardanellen gefallen«, seufzte Vasili, »Jünglinge, rank und schlank, Reserveoffiziere alle beide.«

»Mann, wir haben die Spulen und Garne vergessen und die Bauchschnüre für die Schalwars.«

»Kehren wir um!«

»Nicht zu Hayri Efendi, er nimmt unser Geld nicht an!« Sie kauften im nächsten Laden, was noch fehlte. »Los, Freunde, und nun ohne viel Aufsehen an Bord!«

Tief gebeugt keuchte Kapitän Kadri unter dem prall gefüllten Sack. »Haben wir auch Knöpfe für die Hemden?«

»Die hat Hayri Efendi dazugelegt, ich habs selbst gesehen.«

»Ihr Schwachköpfe, wir haben die Nähmaschine vergessen. Setzt ihr euch schon ins Boot, ich gehe zurück zu Hayri Efendi!« Im Laufschritt eilte Nordwind zurück und erklärte Hayri Efendi, sie hätten vergessen, nach einer Nähmaschine zu fragen.

»Ich habe eine sehr gute, aber gebrauchte Maschine, die ich sehr billig bekommen hatte. Ich gebe sie dir zum Selbstkostenpreis.« Er verschwand in einem Nebenraum, kam mit einer funkelnden Nähmaschine zurück, stellte sie auf einen Tisch, nahm den Schutzkasten ab und probierte sie aus.

»Sind auch Nadeln dabei? Ich brauche viele. Auf der Insel können wir ja keine besorgen.«

Hayri Efendi öffnete eine Schublade, holte drei Schachteln heraus und reichte sie Nordwind. »Die berechne ich dir nicht.« Hayri Efendi nannte den Preis der Maschine.

»Könntest du dich irren, Hayri Efendi? Was du forderst, ist der Preis für drei Tassen Kaffee. Außerdem scheint die Maschine nagelneu zu sein.«

»Was kann ich dafür, der Mann wollte sie loswerden, und ich wollte sie schon nach Hause bringen. Ihr habt also Glück gehabt.«

Nordwind zählte das Geld auf den Tisch. Hayri Efendi musterte ihn, als wolle er noch etwas fragen. »Junge, an welcher Front hast du gekämpft?«

Nordwind atmete erleichtert auf, denn die traurigen Blicke von Hayri Efendi hatten ihn beunruhigt. »Im Kaukasus, und im Freiheitskrieg in Urfa gegen die Franzosen.«

Hayri Efendi stöhnte so tief, dass Nordwind eine Gänsehaut bekam. Mit Mühe hielt er seine Tränen zurück. Mit der Nähmaschine unterm Arm schwankte er ins Freie. Ihm schwindelte … Schneebedeckte, frostige Bergketten, erstarrte Leichen mit hervorquellenden, glasigen Augen, Wolken von wirbelnden, vogelgroßen, blauen Schmetterlingen, die auf monströse Blumen niedergehen …

Er sprang über den Dollbord, reichte Kapitän Kadri die Nähmaschine und ließ sich auf einen Hocker niedersinken. »Was ist mit dir?«, fragte Vasili besorgt. Auch Kapitän Kadri, der die Nähmaschine in der Kajüte abgestellt hatte, kam herbeigeeilt und schaute Nordwind erschrocken ins aschfahle Gesicht. Nach und nach kam Nordwind wieder zu sich, kehrte das Blut in seine Wangen zurück.

»Hayri Efendi fragte mich, wo ich unter Gewehr stand, und als ich es ihm sagte, seufzte er so herzzerreißend, dass ich es nicht aushalten konnte. Das ist alles. Hatte Hayri Efendi noch mehr Kinder?«, wandte er sich an Vasili.

»Genau weiß ich es nicht, aber meines Wissens hatte er nur die zwei Söhne.«

Nordwinds Miene hellte sich wieder auf, als er die Augen übers Meer schweifen ließ, ja, er lächelte sogar. »Los, nehmen wir Fahrt auf! Wir schaffen die Insel doch bis Mitternacht, nicht wahr?«

»Was hast du denn gedacht, Nordwind Rais, bis zum Abend ist es noch lange hin.« Kadri sah zur Sonne. »Und unser Kahn ist schnell. Damit hat er sich in dieser Gegend einen Namen gemacht.«

Nordwind musterte Kapitän Kadri und lächelte, und der Kapitän schien von diesem Lächeln erdrückt zu werden.

»Ich weiß, Kapitän, damit hat er sich einen Namen gemacht.«

Der Kapitän verging vor Scham. »So habe ich es nicht gemeint, ich meine den Motor, er ist sehr schnell ... Entschuldige, Rais!« Und um möglichst früh die Insel anzulaufen, gab er so viel Gas, dass der Motor immer stärker vibrierte.

Nordwind tat es Leid. War nicht richtig von mir, dachte er. Es hatte ihn schwer getroffen, als er das Boot seines vertriebenen Meisters übernehmen musste. Und wenn ich ihm jetzt sage, er müsse Gas wegnehmen, fühlt er sich wieder verletzt.

Vor Mitternacht erreichten sie die Insel. Vasili trug einen der prall gefüllten Säcke, Kapitän Kadri den anderen, als sie nach Hause gingen. Unterwegs sprachen sie wenig. Nordwind, der nur die Stiefel in der Hand hielt, dachte an seine Eltern, an sein verlassenes Dorf und an Veli den Treffer. Wer war dieser geheimnisvolle Mann, woher kam er? Doch noch während er überlegte, erhellten Hoffnungsschimmer sein Inneres, verspürte er ein ihm bisher unbekanntes Glücksgefühl. Er bewunderte diesen Mann. Aber ... Konnte man einen Mann nach so wenigen Tagen schon kennen? Verbarg er etwas? Wer weiß, was mit der Zeit noch zum Vorschein kommen würde! Wie viel kann ein Mensch beim ersten Eindruck, den er hinterlässt, verheimlichen? Die größte Neugier des Menschen gilt dem Menschen! Ihn will er kennen lernen, ihn will er begreifen, über ihn zerbricht er sich den Kopf. Bis zum Morgen schloss Nordwind kein Auge.

Schon früh war er wieder auf den Beinen und ging über die Kiesel eine Weile Richtung Norden, bis die ersten Sonnenstrahlen auf das Wasser fielen. Zurück mochte er nicht. Und wenn Veli der Treffer ihm begegnete? Einerseits wünschte er sich, ihn wiederzusehen, andererseits schreckte er davor zurück. Heute hatte er sich seine gewienerten Langschäfter nicht angezogen, sich auch den Orden nicht an die Brust geheftet. Er scheute Veli des Treffers abschätzenden Blick und die dahinter verborgenen Gedanken. Dennoch eilte er plötzlich zurück zur Platane, wo Vasili schon auf ihn wartete.

»Vasili, geh und bring die Säcke!«

Bald danach erschienen der schwer bepackte Vasili, Melek Hanum, Kapitän Kadri, Lena und weit hinter ihnen der tief gebeugte, in sich gekehrte Veli der Treffer, dahinter der hoch gewachsene, gertenschlanke Hüsmen, gefolgt von seiner Frau. Kapitän Kadri schnürte den Sack auf und reihte die farbenfrohen Ballen von Druckkattun, die Baumwollstoffe, Leinen und Garnrollen auf die Pritschen und stellte Velis Stiefel obenauf. Am Ende kam noch ein Beutel zum Vorschein.

»Woher kommt denn dieser Beutel?«, fragte Nordwind neugierig.

Vasili öffnete mit breitem Grinsen den Beutel, fingerte ein Bonbon hervor und sagte: »Das ist für die Kinder. Wer weiß, wie lange sie kein Bonbon mehr gelutscht haben.«

»Vielleicht sogar noch nie«, meinte Nordwind. »Alle ihre Großväter sind in den Wüsten des Jemen, im Kaukasus, im Balkan geblieben. Nicht einmal die Stammrollen der Gefallenen kamen zurück.« Dabei beobachtete er heimlich Veli den Treffer. Dessen Gesicht, wie erstarrt, zeigte keine Regung.

»Mensch, Vasili, du wirst ein Kind bleiben dein Leben lang. Wie bist du nur auf die Bonbons gekommen!«

»Los, ruft die Kinder!«, entgegnete dieser geschmeichelt. »Nackt oder nicht, bringt alle her!«

»Bringt sie her!«, rief Veli der Treffer streng. »Und wenn sie sich weigern, sagt, dass ich sie gerufen habe. Sie hatten sich geweigert, auf diese Insel mitzukommen. Tagelang musste ich auf sie einreden. Sie wären sonst schon längst verhungert. Nun, inzwischen wissen sie es besser.«

Nein, dieser Veli war nicht mehr jener Treffer, der streitbar und unerschrocken durch Dörfer und Berge gezogen war, mit dessen Namen Mütter ihre plärrenden Kinder ruhig stellten, der als Einziger noch den Kopf hoch trug, wenn alle schon verzweifelt aufgeben wollten. Jener Veli, der sich auf edle Pferde schwang, der schnelle Boote übers Meer jagte ... Nein, jener adlergleiche Veli der Treffer war dieser Veli nicht mehr. Nach neunjährigem Kriegsdienst von den Wüsten des Jemen bis zu den Bergen am Schwarzen Meer marschieren ... Unerschrockene Recken um sich scharen ... Von den Reichen nehmen, den Armen geben … Und in den Kerker geworfen, schon nach einem Monat die Mauern der Haftanstalt von Sinop überwinden und bald Herr der sieben Meere! Gib nicht so an, Veli, murmelte Nordwind in sich hinein, du bist nicht mehr als ein armer Tropf!

Splitternackte Kinder kamen herbei und stellten sich vor Nordwind auf. »Stellt euch hintereinander in Reihe auf!« Die Kinder bildeten eine Schlange, sie hielten ihre Köpfe gesenkt und machten vergrätzte Gesichter.

»Das Erste zu mir!« Das vorderste Kind ging zu Vasili. Es wagte nicht, aufzublicken. Vasili hielt ihm fünf große, bunte Bonbons hin, das Kind nahm sie und rührte sich nicht von der Stelle. »Geh dorthin!«, sagte Vasili und zeigte auf den Brunnen. Verwirrt gehorchte das Kind und blieb am Brunnen stehen. Eins nach dem andern kamen die Kinder herbei, nahmen ihre Bonbons in Empfang und reihten sich am Brunnen auf. »So, und nun lutscht eure Bonbons! Ich sagte lutschen und nicht kauen. Das schadet euren Zähnen.«

Alle auf einmal stopften sich die Bonbons in den Mund und stießen gleich danach kleine Freudenschreie aus, schauten sich an und lachten. Fröhlich lärmend eilten sie wie auf Flügeln zum Ufer, liefen den Strand entlang zum halb im Wasser stehenden, gelb geäderten Felsen, in dessen Spalt ein- und ausfliegende Hornissen nisteten, kehrten um, rannten ums Röhricht herum und hockten sich unter einen in der Nähe stehenden Ölbaum. Als konnten sie ihr Glück nicht fassen, lutschten sie mit ungläubigen Mienen, sprachen kein Wort, und um den Genuss in die Länge zu ziehen, saugten sie auch nur ganz verhalten.

Melek Hanum nahm die Nähmaschine in Augenschein, streichelte sie zärtlich und öffnete mit geübter Hand den Kasten. Die Maschine glänzte, und Melek Hanums Augen strahlten. »Diese Nähmaschine ist nagelneu und dieser Hayri Efendi ein herzensguter Mann. Wie schade, dass seine beiden Söhne gemeinsam mit den Unsrigen zu Staub wurden. Hayri Efendi wollte es damals nicht wahrhaben und hat monatelang die ganze Gegend um die Dardanellen abgesucht und nicht einen Finger von ihnen gefunden. Seitdem hat er mit dieser Welt abgeschlossen, ist er ihr gram … Und wem gehören diese Stiefel?«

»Diese Stiefel gehören Veli dem Treffer.«

Mit einer Gewandtheit, die ihm niemand zugetraut hätte, stürzte sich Veli auf die Stiefel, schnappte sie, flitzte zurück auf seinen Platz, musterte mit seinen Falkenaugen Sohlen, Futter und Schäfte, zog seine zerrissenen, die Zehen freilegenden Stiefel aus, schnellte in den neuen auf die Beine, schritt zum Röhricht, vom Röhricht zum Anleger, von dort ans Meerufer, vom Ufer zu den Platanen, hin und her wie ein Weberschiffchen, mal schneller, mal langsamer, setzte sich zwischendurch auf eine der Pritschen, streckte die Beine, betrachtete die Stiefel immer wieder. »Wie ich diese gelbe Farbe doch liebe«, sagte er, stand auf, federte auf den Ballen, schlurfte ein Stück rückwärts, setzte sich nochmal auf die Pritsche, streckte wieder die Beine und musterte seine Stiefel.

»Dazu gehören noch Strümpfe«, rief Vasili, eilte im Laufschritt ins Haus und kam mit einem Paar Kniestrümpfe in der Hand zurück. Veli ging zum Brunnen, setzte sich auf den Rand der Tränke, zog die Stiefel aus, stellte sie vorsichtig neben sich, öffnete den Wasserhahn, wusch sich mit schäumender Seife gründlich die Füße und streckte sie zum Trocknen in die Sonne, ließ dabei die Stiefel nicht aus den Augen. Danach zog er die Strümpfe an, schlüpfte wieder in die Stiefel, erhob sich und federte noch einige Mal auf den Fußballen.

Melek Hanum drehte an der Singer-Nähmaschine, die wie ein Uhrwerk schnurrte. Gedankenversunken gab sie sich dem leisen Surren des Räderwerks hin.

»Komm doch mal her, Onkel Veli, Melek Hanum braucht deine Maße für Schalwar, Hemd und Unterwäsche!«, bat Nordwind.

Melek Hanum stellte sich vor Veli hin, musterte ihn, nahm von den Füßen zur Hüfte, von den Händen zur Schulter Maß, trat zurück und sah ihn sich vom Scheitel bis zur Sohle noch einmal an. Unter ihren prüfenden Blicken machte sich Veli gerade und zupfte sein Zeug zurecht, so gut es ging. »Jetzt habe ich sogar Strümpfe. Gäbs doch nur noch einen Kessel, damit ich mich baden kann! Gründlich baden!«

»Oh weh, den haben wir vergessen. Dabei habe ich vor der Werkstätte eines Kupferschmieds Kessel in allen Größen gesehen. Ich glaube, sie stammten von den Auswanderern, und wir hätten sie zu einem Spottpreis haben können. Wir werden demnächst wieder losfahren und kaufen, was uns noch fehlt. Wo ist Vasili?«, fragte Nordwind.

»Ich komme schon, Rais«, rief dieser, der wie die andern begonnen hatte, Musa den Nordwind mit Rais zu betiteln.

»Hast du leere Kanister?«

»Drei Stück, Rais.«

»Brenne sie mit trockenem Laub aus, und wenn sie nicht mehr nach Benzin riechen, wasche sie im Meer! Dann füllen wir sie mit aufgewärmtem Wasser, gehen mit Veli Rais in einen Baderaum, nehmen auch ein Stück duftende Seife und Badetücher mit und waschen ihn!«

»Nicht bevor meine Unterwäsche fertig ist! Was nützt der Duft von Seife, wenn ich anschließend wieder diese Fetzen anziehen muss? Außerdem sind sie seit Noahs Zeiten noch voller Läuse.« Veli lachte wie ein übermütiges Kind. »Wenn ich mich schon bade, ziehe ich den alten Plunder nicht mehr an, bleibe wie die andern nackt zu Haus, bis mein Zeug genäht ist.« Und mit seinen grün funkelnden Augen schaute er Melek Hanum flehentlich an.

»Mein Veli, mein Treffer«, Melek Hanums Stimme klang weich, »bis heute Abend sind deine Sachen genäht. Kapitän Kadri, geh noch einmal zu mir nach Haus, nimm eins von meinen Kleidern. Frag bei den Flüchtlingen nach einer Frau, die gut nähen kann, sie soll es anziehen und herkommen!«

Die Haare geflochten, kam die Frau im Kleid von Melek Hanum herbei. Sie war hoch gewachsen, hatte große blaue Augen, Grübchen in den Wangen, rote Haare und einen schlanken Hals. Melek Hanum musterte sie von oben bis unten. Wie gut ihr doch mein Kleid steht, und wie kann eine Frau nur so schön sein!, dachte sie. Doch dann blieb ihr Blick auf den nackten Füßen der Frau haften, und sie spürte einen Stich im Herzen. »Komm, mein Mädchen, hast du keine Schuhe?«

»Sie sind unterwegs zerschlissen.« Trauer überzog ihr Gesicht. Melek Hanum schnürte es die Kehle zu. Wer weiß, was diese blutjunge Schöne schon hatte erdulden müssen!

Auch Nordwind, Vasili, Hüsmen und Kapitän Kadri betrachteten die Frau mit Bewunderung, wussten nicht, was sie sagen sollten. Die junge Frau verfolgte gespannt Melek Hanums behändes Zuschneiden, was dieser besonders schmeichelte.

Veli, der seine alten Stiefel wieder angezogen hatte, war mit seinen Falkenaugen überall. Auch er war von der Schönheit der jungen Frau angetan. So schön war die Meine auch, dachte er wehmütig. Warum dieser Krieg, dieses gegenseitige Erniedrigen und Vernichten, diese Blindheit gegenüber den fließenden Wassern, den fliegenden Vögeln, den Schmetterlingen auf den Blättern, obwohl die Menschen sich für Schönheit so begeistern können? Sind sie denn irrsinnig? Ich bin schon so alt geworden, habe so viele Schlachten und Grausamkeiten überstanden, habe Freundschaft, Liebe und Glück erfahren, aber die Menschenkinder habe ich nie begriffen. Welch eigenartige, närrische Geschöpfe, die der Allmächtige verfluchen möge! Er stand auf und spuckte kräftig auf den Boden. Sein ganzer Körper zitterte. Schau dich doch an und sieh, wie erbärmlich tief ein Menschenkind sinken kann!

»Wenn du schon aufgestanden bist, Veli Rais, kann ich dir ja ein bisschen unsere Insel zeigen!«

»Das wäre wunderbar. Ich wollte es schon immer, mochte es aber nicht sagen. Machen wir uns auf den Weg! Gibt es Schlangen auf dieser Insel?«

»Die gibt es. Warum fragst du?«

»Wo es Schlangen gibt, ist Segen, werden die Menschen selten von schweren Krankheiten befallen. Gibt es viele Schlangen?«

»Ich weiß es nicht, bin ja auch neu hier.«

»Hast du diese Insel gekauft und willst uns jetzt diese Häuser verkaufen?«

»Ich habe hier nur ein Haus gekauft und die Mühle da drüben.«

»Willst du denn Müller werden?«

»Ich weiß nicht.«

»Bist du ein Fahnenflüchtiger?«

»Nein, bin ich nicht.«

»Hast du gedient? Wenn ja, wo? Gehörst du zu den Sechzehnern?«

»Wie kommst du denn darauf?«

»Nun, du bist sehr jung. Wenn du gedient hast, kannst du nur zu den Sechzehnern gehört haben. Die haben sie als halbe Kinder eingezogen. Es waren ja so viele Soldaten gefallen, da hat Enver Pascha sie durch Kinder ersetzt. Und sie fielen auch. Woher soll ein fünfzehnjähriger Knabe denn wissen, wie gekämpft wird. Manche konnten nicht einmal ein Gewehr anlegen. Wo hast du gekämpft?«

»In Sarikamiş, am Allahüekber.«

»Und dich haben die Läuse nicht gefressen, und du bist nicht zu Eis erstarrt? Dieser Enver Pascha war ein mitleidloser, grausamer und hirnloser Mann. Und er hat dich nicht getötet?«

»Er hatte sein Herz nicht am rechten Fleck.«

Plaudernd kamen sie zur Senke mit den Olivenbäumen, gingen den Hügel hoch, hockten sich nieder und lehnten ihre Rücken an den beschrifteten Stein. Veli Rais redete, Nordwind hörte zu, Nordwind redete, und Veli hörte zu. Keiner von beiden wollte sein Gegenüber verletzen, also behielt jeder seine ganz persönlichen Dinge für sich. So verließen sie jeden Morgen, noch bevor der Osten aufhellte, das Haus, Lena machte ihnen Frühstück, drückte ihnen eine Wegzehrung in die Hand und wünschte ihnen einen guten Tag.

Als Nordwind eines Morgens zur Platane kam, wo Veli der Treffer jedes Mal schon auf ihn wartete, traf er ihn nicht an. »Was ist mit ihm, Lena? Er hat sich doch noch nie verspätet. Hoffentlich ist ihm nichts geschehen!«

»Keine Sorge«, beruhigte ihn Lena, »er wird schon noch kommen.«

Unruhig wanderte Nordwind zwischen Brunnen, Anleger, Röhricht und Strand hin und her und hielt nach ihm Ausschau. Seine Besorgnis wuchs. Es wurde hell, in Kürze würde die Sonne aufgehen, von Veli dem Treffer war nichts zu sehen. Jetzt wurde auch Lena unruhig. »Er wird schon noch kommen«, meinte sie, konnte aber nicht umhin, hin und wieder auch nach ihm Ausschau zu halten.

»Na bitte, da kommt er ja.«

Fein gemacht, gegürtet und gestiefelt, eine weiße Bauchbinde um die Hüfte geschlungen, frisch rasiert und die sonst so wirren Haare gekämmt, so kam er daher. Nordwind ging ihm entgegen und umarmte ihn. Dann setzten sie sich einander gegenüber an den Frühstückstisch.

»Ich fühle mich so erleichtert«, lachte er. »Gewaschen und gebadet ging ich zu Bett und schlief wie noch nie in meinem Leben.«

»Und ich wusste gar nicht, wie jung du noch bist.«

Veli legte seine Rechte auf Nordwinds Hand und drückte sie mit einer Wärme, die diesen vom Scheitel bis zur Sohle durchströmte. Noch nie hatte Nordwind so viel freundschaftliche Zuneigung für einen Menschen empfunden, und auch er legte seine Hand auf Velis Handrücken.

»Seid mittags wieder hier!«, rief Lena. »Hüsmen und Kapitän Kadri wollten Punkt Mittag vom Fischen zurück sein.«

»Wird gemacht«, sagte Nordwind, »pünktlich hier bei der Platane.«

Und genau am Mittag kamen Kapitän Kadri und Hüsmen mit zwei wohl gefüllten Behältern vom Fischfang zurück. Als Nordwind und Veli eintrafen, saß Kapitän Kadri schon am Wasser, hatte zu seiner Linken die Fische aufgeschüttet, reinigte sie im Meer und legte sie auf die Kiesel.

Melek Hanum hatte die beiden schon von weitem entdeckt und war ihnen bis zu den Tamarisken hinterm Röhricht entgegengegangen. »Ihr seid ja schnell zurück. Alle Kleider sind fertig, und die junge Hatçe hat auch gut genäht. Die Leute sind jetzt alle eingekleidet, nur ihre Füße sind noch nackt, und keiner hat auch nur einen Kuruş.«

»Wie viel Haushalte sind es?«

»Hatçe ist Witwe und hat zwei Kinder. Sie hat mir sehr geholfen, ohne sie hätte ich es nicht geschafft. Ihr Mann ist in den Dardanellen gefallen, ihre Brüder in den Wüsten. Sie hat sonst niemanden, die ganze Sippe ist ausgestorben, ihre Herde sind verlöscht.«

»Also vier Haushalte? Du, Veli Rais, wirst mit ihnen die Häuser auswählen, jeder soll das nehmen, das ihm gefällt. Anschließend holen wir die Grundbriefe.«

Als in der Glut die Fische in ihrem Fett brutzelten und köstliche Duftschwaden emporstiegen, kamen zuerst die blonden Mädchen, danach die Kinder der Gäste in neuem, farbenfrohem Zeug und setzten sich wortlos nebeneinander auf die Pritschen. Alle waren barfuß. »Gebt den Kindern schon!«, sagte Melek Hanum. »Sie sind immer am hungrigsten.«

Dann kamen die Frauen in wehenden bunten Kleidern. Barfuß auch sie. Danach erschienen in nagelneuen schwarzen Schalwars und kragenlosen, gestreiften Hemden die Jünglinge und Männer. Barfuß.

Am übernächsten Morgen brachen Vasili und Kapitän Kadri heimlich auf in die Stadt, gingen geradewegs in Hayri Efendis Laden, der sie wie uralte Freunde willkommen hieß.

Vasili erzählte ihm, worum es ging.

»Dann hat Nordwind Bey doch alles aus seiner eigenen Tasche bezahlt?«, fragte er, stützte sich mit den Ellenbogen auf den Verkaufstresen, nahm seinen Kopf zwischen die Hände und überlegte. »Ist dieser Mann denn so reich?«

»Ich glaube nicht. Er ist sehr gutmütig, hat großes Mitleid, und er hat viel Schmerzliches erlebt, hat in Sarikamiş gekämpft und mit ansehen müssen, wie hundertfünfzigtausend Soldaten von Läusen zerfressen wurden und erfroren sind. Er hat als Einziger überlebt.«

»Sind diese Menschen denn splitternackt auf die Insel gekommen?«

»Ja, sie waren halb nackt. Und die Kinder hatten nur Wollfäden an statt Leibbinden.«

»Und alle barfuß.«

Hayri Efendi war blass geworden. Er strählte seinen Bart, strich ihn glatt und stand auf. »Wartet hier, ich bin bald wieder da! Verlasst den Laden nicht, und wenn Kunden kommen, verkauft ihnen nichts!« Mit bitterer Miene und hängenden Schultern ging er hinaus.

Zuerst ging er zu Abdülvahap Bey und schilderte ihm den Zustand der Einwanderer auf der Ameiseninsel und was Nordwind Bey für sie getan hatte. Abdülvahap Bey war so gerührt, dass ihm die Augen feucht wurden. Gemeinsam machten sie sich auf zu Üzeyir Khan, erzählten ihm alles, bis auch ihm die Tränen kamen. Auch der Landrat bekam grenzenloses Mitleid, berief sofort die Kommission für Besiedlung ein, die sich umgehend in seinem Amtssitz einfand und für die Einwanderer auf der Insel fünfundsiebzig Lira bereitstellte. Dass die Kommission so viel Geld besaß und den Leuten auf der Ameiseninsel zukommen ließ, verwunderte jeden, der davon erfuhr.

Vasili und Kapitän Kadri kehrten noch am gleichen Tag auf die Insel zurück, trommelten am nächsten Morgen schon sehr früh die Einwanderer zusammen, holten sie an Bord des Kutters, nahmen Kurs aufs Festland und gingen dort geradewegs zu Hayri Efendis Laden. Die Stühle reichten nicht für alle, und so mussten die Frauen und Kinder stehen. Zwei Säcke Schuhe wurden hereingebracht und mitten im Laden ausgeleert. Schuhe aus Ziegen- oder Kalbsleder mit dicken Sohlen, wie sie die Dörfler tragen. »So – und jeder suche sich ein Paar aus!«, rief Hayri Efendi. Alle scharten sich um den Haufen, und wer ein passendes Paar gefunden hatte, ging beiseite.

Dann stellte Hayri einen Kasten aus Nussbaum auf den Tisch und öffnete ihn mit einem Schlüssel. Der Kasten klingelte drei Mal. »Jedes Familienoberhaupt soll sich mit Kind und Kegel vor mir aufstellen!«

Ein langer, verkümmerter Mann mit schmalem Gesicht trat als Erster mit seinen Angehörigen vor und blieb mit seinen Stiefeln in den verschränkten Händen vor Hayri Efendis Tisch stehen. Hayri zählte etwas Geld aus dem Kasten und reichte es dem Verhärmten. So verteilte er in einer knappen Stunde das Geld, erhob sich dann und sagte: »Werte Landsleute, unsere Kommission lässt euch dieses Geld als Entschädigung für erlittene Kriegsschäden zukommen, damit ihr euch das Nötigste kaufen könnt. Die Schuhe sind ein Geschenk von mir. Tragt sie mit Freuden!«

Sie gingen ins Ladenviertel, und jeder kaufte das Nötigste für den Alltag wie Kienholz, Petroleum, Salz, Pfeffer, Tee, Nadel, Garn, Löffel, Seife, packte es ein, und so kamen sie erst gegen Abend zum Kutter zurück.

Als sie die Insel ansteuerten, brannte unter den Platanen schon ein kräftiges Feuer. Kaum waren sie an Land, begannen die Fische in der Glut zu brutzeln, und ein Schwindel erregender Duft breitete sich aus.

In bunten Kopf- und Schultertüchern waren Frauen und Mädchen von den Bergen in die Stadt gekommen und verkauften Butter, Joghurt, Käse, Hochlandfrüchte, handgewebte Schultertücher, Tuche, wollene Stoffe für Schalwars ... Veli der Treffer war noch sehr jung, seit kurzem erst benetzte sein Schweiß einen Schnauzbart. Er war vom Fischen zurück und sein Zeug noch voller Schuppen. Wo er auch vorbeikam, ließ er den Geruch von Fisch und Meer zurück. Als er über den Markt schlenderte, erblickte er das Mädchen Sultan und blieb stehen. Sein Herz pochte, er konnte die Augen nicht von ihr wenden. Hin und wieder hob sie den Kopf, ihre Blicke trafen sich, und sofort ließ sie den Kopf wieder sinken. Ermutigt von diesem Blickwechsel, eilte Veli der Treffer nach Hause, zog sich um, rannte zurück und blieb im Schatten eines Baumes stehen. Als das Mädchen den Kopf wieder hob, trafen sich ihre Blicke erneut, und ihm schien, als lächle sie.

Als am frühen Nachmittag der letzte Stand geräumt war, machten sich die Bäuerinnen gemeinsam auf den Heimweg. Sie alle trugen Kleider aus selbst gewebtem Stoff und rote, weiße, schwarze und grüne Schürzen.

Wie von selbst folgten Velis Füße den Frauen und dem Mädchen an ihrer Spitze. Sie trugen große Körbe auf ihren Rücken und marschierten mit schweren Schritten hintereinander in Reihe. Am Fuße eines Berges mit schroffen lila Felsen verharrten sie eine Weile und begannen dann mit dem Aufstieg. Und Veli der Treffer hinterher! Je höher die Frauen den Hang hinaufkletterten, desto schneller wurden sie. Veli der Treffer, der mit ihnen nicht Schritt halten konnte, fiel immer weiter zurück. Als der Tag sich neigte, waren die Frauen hinter dem Bergkamm verschwunden. Veli wurde schneller, aber auch sein Atem schwerer, und je steiler der Kamm wurde, desto lauter keuchte er und pfiff schließlich wie ein Blasebalg. Bei dem Gedanken, das Mädchen verloren zu haben, schwitzte er Blut und Wasser und stolperte mit letzter Kraft einen

Saumpfad hoch zum Gipfel. Unter ihm stiegen die Frauen in unveränderter Reihe hintereinander in eine Schlucht. Er nahm sein Herz in beide Hände, stürmte über den Pfad in die Tiefe und holte die Dörflerinnen auf gut hundert Schritte ein. Vier, fünf Frauen drehten sich um und schauten zurück. Veli wartete eine Weile und ging dann weiter. Die Sonne versank, der Mond erschien, die Felsspitzen begannen zu funkeln wie tausende angestrahlte Katzenaugen. Veli schauerte, diese Felswände sind auch eine Art Meer, dachte er, schimmern im Dunkel und wellen sich wie die See.

Sie kletterten einen noch höheren und schrofferen Felshang hoch und gingen dann wieder ein Stück bergab. Der Tag brach an, und zwischen den Felsen schlängelten sich über Lehmdächern auf einer Alm Rauchfahnen steil in die Höhe. Sie wateten durch einen Bach, wobei die meist barfüßigen Dörflerinnen ihre Röcke und Schürzen mit einer Hand rafften. Um das Mädchen nicht aus den Augen zu verlieren, watete Veli gestiefelt durch das Wasser. Es verschwand in einem Haus am äußersten Dorfrand. Veli der Treffer blieb nahebei unter einem Baum stehen. Näher konnte er nicht gehen, zurück aber auch nicht. Das Mädchen kam einige Male ins Freie, die Augen der beiden trafen sich, ihm war, als lache es, und sein Herz machte einen Sprung. Das Mädchen lächelte! Dann kam die Mutter heraus, murmelte etwas und ging wieder hinein. Kurz danach standen zwei junge Burschen in der Tür, ließen schnell ihre Augen schweifen und verschwanden. Am Ende kam mit langem, weiß schimmerndem Bart der Vater, seine Augen blickten liebevoll, er lachte und rief: »Willkommen, mein Gast, warum stehst du dort unterm Baum, komm doch herein!«

»Ich danke dir, und deinetwegen bin ich hier!«

Der Alte kam näher, zog Veli ins Haus und drückte ihn in die Kissen eines Wandsofas. »Willkommen!«, sagten die Mutter und die Brüder, und auch das Mädchen kam und hieß ihn willkommen. Diesmal lächelte es ganz offen. Veli lächelte scheu zurück.

Das Mädchen verschwand, kam mit einem blauen Handtuch, einem Stück rosa Seife und einer verzinnten Kupferkanne in ihren Händen zurück. »Bitte, Gast!«, sagte sie, ging ins Freie, und mit gesenktem Kopf folgte ihr Veli. Draußen nahm er die duftende Seife, und während das Mädchen ihm Wasser über die Hände goss, wusch er sich, trocknete sich mit dem gereichten Handtuch ab, ging zurück ins Haus und setzte sich neben den alten Mann. Auf einen mitten im Zimmer ausgelegten Kelim wurde die Tafel gedeckt. Der Duft nach einer mit Minze gewürzten Joghurtsuppe stieg aus einem großen, verzinnten Topf und zog durchs ganze Haus. Die schön geschnitzten Holzlöffel setzten sich in Bewegung. Eine so schmackhafte Suppe hatte Veli noch nie gegessen. Zusammen mit geröstetem Maisbrot verwandelte sich die Joghurtsuppe zum himmlischen Mahl.

Behände räumte das Mädchen ab. Die jungen Männer verschwanden zur Tür hinaus, und auch Mutter und Tochter waren nicht mehr zu sehen. Eine ganze Weile herrschte Stille zwischen Veli und dem weißbärtigen Vater. Der alte Mann ließ im Schneidersitz eine Gebetskette mit neunundneunzig Perlen durch die Finger gleiten, und seine Lippen bewegten sich murmelnd im Gebet. Plötzlich hob er den Kopf, und während leichte Schamröte das gesunde Rot seiner Wangen noch verstärkte, fragte er leise: »Junger Mann, hast du einen besonderen Wunsch, dass du mich so früh besuchst?«

»Ich habe einen Wunsch: In Gottes und des Propheten Namen bin ich gekommen, dich um deine Tochter zu bitten!«

»Hast du denn niemanden, den du als Brautwerber schicken konntest?«

»Ich habe niemanden. Mein Großvater und mein Urgroßvater sind in den Krieg gezogen und nicht zurückgekehrt. Als ich geboren wurde, zogen sie meinen Vater ein, und auch er blieb im Felde. Ich war schon neun Jahre alt, als wir die amtliche Nachricht bekamen.«

»Ach, mein Junge, ich war neun Jahre Soldat. Auch mein Vater und mein Großvater und meine Brüder kamen nicht zurück.« Er seufzte tief. »Wer weiß, wo ihre Gebeine liegen.« Die Wangen des alten Mannes begannen zu glühen. »Was ist dein Beruf?«

»Ich bin Fischer.«

»Die Fischerei ist wie der Dienst beim Militär, ja schlimmer noch, wer hinausfährt, kehrt nicht zurück, heißt es.«

»Es wird ein bisschen übertrieben. Von tausend, die hinausfahren, bleibt nur einer auf See.«

»Den Fischen zum Fraß.«

»Den Fischen zum Fraß.«

»Wo hast du meine Tochter gesehen?«

»Ich sah sie auf dem Marktplatz und konnte mich nicht mehr von ihrem Anblick trennen. Als die Frauen sich auf den Heimweg machten, trugen mich meine Beine hinterher. Ich habe alles versucht, aber umkehren konnte ich nicht. Als seien meine Füße mit vierzig Schiffstauen an sie gefesselt. Die Nacht brach herein, der Mond ging auf, die Felsen glänzten, die Berge erdrückten mich, von überall her kamen Stimmen, die Welt schwang wie eine Wiege, die Gipfel hoben und senkten sich, ich schwitzte Blut und Wasser. Doch vor mir sah ich die Umrisse der Frauen, und das gab mir Mut. Am Ende fand ich dieses Haus.«

Die Lippen des alten Mannes bebten: »Du bist ein Fischer, mein Sohn, wer aufs Meer fährt, kommt nicht zurück, wie soll ich dir da meine Tochter geben?«

»Wusste denn dein Schwiegervater, als du seine Tochter heiraten wolltest, dass du in den Krieg ziehen würdest und nicht heimkehren könntest?«

»Er wusste es. Sie wussten alle, dass auch sie in den Krieg ziehen und vielleicht nicht zurückkehren würden.«

»Wenn du willst, fahre ich nicht mehr zum Fischen. Ich habe ein großes Boot, ein Kajütboot, und in der Stadt ein Haus mit Garten. Im Dorf habe ich sechs Felder. Mein Dorf liegt am Meer. Wenn du willst, verkaufe ich alles, ziehe hierher und baue mir ein Haus neben deinem. Meine Felder sind so fruchtbar, dass ein Reiter im Mais, von dem jede Staude mindestens drei Kolben trägt, verschwindet.«

»So, so … Und wie war dein Name?«

»Veli der Treffer.«

»Warum denn Treffer? Wo hast du das Schießen gelernt? Du hast ja noch nicht einmal deinen Wehrdienst geleistet.«

»Das ist hier nicht gemeint. Lass es mich meinem Aga erklären! Wenn du im Meer viele Fische entdeckst und die Küste siehst, suchst du dir dort einen gut sichtbaren Punkt, eine Landmarke, aus, die du dir merkst. Dann suchst du dir noch eine zweite Marke. Wo sich beide Linien treffen, ist dein Zielpunkt, also die Stelle mit den vielen Fischen. Wie beim Schießen musst du sie immer wieder treffen. Dann gibt es noch Klippen im Meer, wo viele Fische Schutz suchen. Meisterfischer brauchen nur über den Meeresspiegel zu linsen, um die Fischgründe da unten auszumachen, sie anzupeilen oder sie zu treffen, wie wir sagen. Wer die meisten Standorte auf Anhieb ausmacht, ist der beste Treffer. Unter allen Fischern bin ich es, der mit einem Blick weiß, wo und in welcher Tiefe die Fische sind.«

»Und das wirst du jetzt aufgeben?«

»Ich gebe es auf.«

»Und wirst dich zwischen diesen Felsen niederlassen?«

»Ich werde mich hier niederlassen.«

»Hier gibt es keine See.«

»Ich weiß.«

»Hier gibt es auch keine gute Erde, keine Äcker.«

»Ich werde leben wie ihr ...«

»Du wirst Ziegenhirte.«

»Einverstanden. Ich mag Ziegen.«

»Nun gut, aber was wird das Mädchen dazu sagen? Hast du mit ihr gesprochen?«

»Wie denn? Wir sahen uns ja nur zwei Mal ganz kurz.«

»Soll ich sie rufen und mit ihr reden?«

»Das musst du entscheiden.«

»Dann geh hinaus und komm, wenn ich dich rufe!« Und Veli der Treffer ging hinaus.

»Kennst du diesen jungen Mann?«

»Ich kenne ihn nicht, Vater. Gestern Morgen stand er immer in unserer Nähe. Und unterwegs folgte er uns. Bis hierher.«

»Willst du ihn haben?«

»Das musst du wissen, Vater.«

»Er ist Fischer, hat auch ein Boot, hat ein Haus mit Garten in der Stadt, und der Boden seiner Felder bei seinem Dorf soll fruchtbar sein, so fruchtbar, dass ein Reiter in seinem Maisfeld nicht zu sehen ist. Und er will dich haben. Was sagst du dazu?«

»Das musst du wissen, Vater.«

»Wenn wir es wünschen, verkauft er sein Boot, sein Haus, seine Äcker und was er sonst noch hat und zieht hierher. Er macht den Eindruck eines guten Jungen.«

»Das musst du wissen, Vater.«

»Er ist dir in Liebe verfallen, als habe ihn beim ersten Blick der Blitz getroffen.«

»Er sah mich heute Morgen und ließ uns nicht mehr aus den Augen. Ja, es hat ihn getroffen.«

»Nun sag schon, meine Tochter, willst du diesen von der Liebe so schwer getroffenen Jungen haben?«

Das Mädchen errötete, als es nickte.

»Nun, wenn du ihn haben willst, geh und rufe deine Brüder!« Das Mädchen ging zu ihren Brüdern, die hinterm Haus unter einem Baum hockten. »Vater ruft nach euch«, sagte sie verschämt. Sie zitterte. Als sie an Veli dem Treffer, der auf einem Stein saß, vorbeiging, verharrte sie kurz, lächelte mit bejahendem Nicken und schritt rasch aus.

Die Auseinandersetzung zwischen dem Vater und seinen Söhnen dauerte. »Wie kannst du deine Tochter einem Mann geben, den du zum ersten Mal siehst?«

»Ich sehe diesen Mann nicht zum ersten Mal, ich kenne ihn, seit es diese Welt gibt. Das Mädchen will ihn, darüber hinaus mische ich mich nicht ein. Auch wenn es um meine Tochter geht, ich bin keines Menschenherzen Schah!« Dann hielt er einen langen Vortrag über die schwarze, die unerfüllte Liebe, der seine Söhne zutiefst berührte. »Das musst du wissen, Vater!«, sagten sie.

»Geht hin und ruft mir den Jüngling her!« Velis Mundwinkel spannten sich vor Freude bis zu den Ohrläppchen, als er hereinkam und stehen blieb. Der alte Mann forderte ihn auch nicht auf, Platz zu nehmen. »Bereite dich vor, mein Sohn, besprich auch mit Sultan, wann ihr heiraten werdet, und sagt mir, ob hier oder in der Stadt. Solltet ihr hier bleiben, muss ich es rechtzeitig wissen, um alles vorzubereiten!«

»Ich will hier bleiben.«

»Hier ist nur felsiges Gelände. Und in den Dörfern ringsum ist es nicht anders.«

»Ich werde hier bleiben.«

»Hier werden wir nur halb satt.«

»Ich will hier bleiben.«

»Jeder lebt hier in der Fremde, und die Fremde ist eine Qual. Und die meisten, die in die Fremde ziehen, kehren nie zurück. Wir pflanzen unseren Mais in eine Hand voll zwischen Felsen geschleppte Erde.«

»Ich schleppe Erde herbei und pflanze Mais in eine Hand voll Erde.«

»Wer selber fällt, der weine nicht!«

Sie gingen ins Freie. Das Haus stand über einer kleinen Hochebene am Fuße eines einzelnen Felsens. Stämmige Nussbäume zwischen Haus und Felsen ragten bis zum schroffen Gipfel, und das weit gefächerte Geäst hüllte das Dach fast ein. »Wie viel Häuser passen wohl auf dieses Plateau?«

»Fünf«, antwortete Veli, nachdem er das Gelände abgeschätzt hatte.

»Dann such dir mit Sultan einen geeigneten Bauplatz aus!«, sagte der Alte und ging davon.

Kurz darauf kam Sultan. Ihre Wangen waren feuerrot, sie hielt den Kopf gesenkt.

»Sieh dich um, Sultan, und sag mir, wohin das Haus soll!«

Mit hochrotem, noch immer gesenktem Kopf ging Sultan zu drei großen Bäumen, deren Äste fast die rot geäderten Felswände berührten, hob den Kopf und drehte sich zu ihm um. Sein Herz pochte, die Knie wurden ihm weich. »Hierher!«, sagte sie.

Ihre Stimme ist schöner noch als sie, dachte Veli, und ihm schwindelte. Hingerissen stand er da und starrte sie an. Liebe und Bewunderung durchströmten ihn bis zur letzten Faser seines Körpers, und er wollte an dieses Wunder nicht glauben. Ihre großen grünen Augen blickten aus der Tiefe einer Traumwelt … Dieser Schwanenhals, diese schimmernden blonden Haare, die hohe Stirn, die langen Finger ihrer schlanken Hände, der hohe, gertenschlanke Wuchs … Veli der Treffer konnte sich an ihr nicht satt sehen.

»Hier, hierher!«, sagte Sultan jetzt mit Nachdruck, und er kam wieder zu sich.

Veli sah sich um, musterte die mächtigen Bäume, schaute in die Felsenschlucht und murmelte: »Hier!«

Der Alte stand schon wartend unter den Bäumen vor seinem Haus. »Hats euch gefallen?«

»Es hat uns gefallen.«

»Sultan auch?«

Veli blickte sich um, doch Sultan war schon im Haus verschwunden. »Uns beiden«, antwortete er und fügte hinzu: »Alles Gute, Vater, ich gehe!«

»Warum so eilig?«, wunderte sich der Alte. »Und wenn du mich fragst, ich heiße Müslüm. Sie nennen mich hier Müslüm den Blonden.«

Veli blickte zum Haus, Sultan stand in der Tür. »Bleib gesund, Sultan! Grüß deine Mutter und deine Brüder. Sobald ich das Boot, das Haus und die Äcker verkauft habe, komme ich wieder.« Er drehte sich um und schritt stolpernd über das Geröll des Saumpfades davon. Als er die Stadt erreichte, dämmerte der Morgen.

Sein Fischerboot war noch neu, schnell und stark, und Käufer gab es genug. Als er seinen Freunden sagte, dass er Boot, Haus und Äcker verkaufen wolle, erklärten sie ihn für verrückt. Das Boot war sofort verkauft, das Haus, ein schönes, zweistöckiges aus Holz, innerhalb einer Woche. Für die Felder forderte er einen hohen Preis, die Käufer zögerten, und Veli der Treffer kam um vor Ungeduld. Schließlich schlug er sie an den Meistbietenden los und machte sich auf den Weg. Er hetzte so schnell über Geröll und Saumpfad, dass er bei seiner Ankunft erst einmal hinsank und zu sich kommen musste.

Müslüm der Blonde hatte längst die Zimmerleute bestellt, und bald stand das Haus auf der kleinen Ebene vor den drei Bäumen. Veli war den Handwerkern Tag für Tag so unermüdlich zur Hand gegangen, dass er ausgepumpt drei Tage und Nächte das Bett nicht verlassen konnte. Kaum war er wieder auf den Beinen, wurde die Hochzeit vorbereitet. Jedes Nachbardorf wurde eingeladen. Die meisterlichsten Geigenspieler, Reigentänzer und Sänger kamen, Griechen, Lasen, Georgier und Tscherkessen nahmen am üppigen Festmahl teil, diese Hochzeit war noch lange Zeit in der ganzen Gegend in aller Munde.

In jenem Winter fiel starker Regen. Sturzbäche rissen Erde, sogar Felsbrocken mit sich, auch die Krume für den Mais wurde in die Schluchten geschwemmt. Als der Frühling kam, schulterten die Bäuerinnen, alt und jung, große Tragekörbe und stiegen bergab in die Täler. Auch Sultan und ihre Mutter schlossen sich ihnen an.

Schweißbedeckt und tief gebeugt unter ihrer Last, kamen die Frauen schweren Schrittes übers Geröll zurück. Müslüm Aga und Veli der Treffer hockten auf einem Felsblock, sie hatten schon auf Sultan und ihre Mutter gewartet. Die Söhne waren hinunter in die Stadt. Am nahen Hang verlief sich der lange Zug der Frauen, kurz darauf traf Sultan mit der Mutter ein. Müslüm Aga erhob sich, nahm seiner Frau die schwere Kiepe ab und leerte sie über den steinigen Boden. Sultan stand tief gebeugt unter dem Tragekorb und wartete. Veli der Treffer sprang auf, eilte zu ihr, schnallte ihn ab und schüttete die Erde aus. Ihm wurde schwindelig von ihrem Schweißgeruch, und vor Scham darüber wäre er am liebsten im Erdboden verschwunden.

Kaum waren die Körbe geleert, machten Mutter und Tochter sich wieder auf den Weg und reihten sich weiter bergab in den langen Zug der Frauen ein.

»Vater, ich treibe auch einen Tragekorb auf und hole gemeinsam mit Sultan den Mutterboden für unser Feld herauf.«

»Das geht nicht«, entgegnete Müslüm.

»Es geht«, widersprach Veli. »Ist es nicht schade um Sultan?«

»So ist nun einmal der Brauch«, beharrte Müslüm.

»Dann brechen wir eben den Brauch.«

»Dazu reicht keines Menschen Macht. Es ist und bleibt Frauenarbeit.«

»Dann solls auch Männerarbeit werden!«

»Das ist unmöglich.«

»Warum denn?«

»Weil … Wie du weißt, habe ich drei Söhne. Bald droht ihnen der Wehrdienst. Sind drei Söhne im Haus, werden nur zwei eingezogen. In diesen Bergen aber können alle drei eingezogen werden, wenn den Herren danach ist. Ich habe neun Jahre in der jemenitischen Wüste gedient. Keiner meiner Kameraden ist zurückgekehrt, nur ich war ins Hochland abkommandiert und konnte so mein Leben retten. Dich werden sie auch bald einziehen. Wer soll dann jedes Jahr für den Mutterboden sorgen? Gibt es bei euch an den Küsten nicht auch Frauen, die im Garten, in den Feldern, sogar in der Schmiede arbeiten?«

Veli war plötzlich so erstarrt, als sei sein Blut geronnen. »Ich geh nach Haus, Vater.« Ihm war zum Weinen zumute, mit schwankenden Schritten stieß er gegen Felsblöcke, murmelte er in sich hinein. Das halte ich nicht aus, Sultans Plackerei ertrage ich nicht, eher mache ich mich mit ihr aus diesen Bergen, aus dieser Hölle auf und davon! Zu Hause warf er sich aufs Bett. Der Schmerz in seinem Innern wurde unerträglich, er stand auf und ging zurück.

»Vater, besorge mir einen Tragkorb, ich werde gemeinsam mit Sultan …«

»Ich habe dir doch gesagt, das geht nicht.«

Die Jahreszeiten vergingen, Wildwasser schwemmten die Erde von den kleinen, felsigen Hochebenen in die Senken, die Frauen mit ihren Tragkörben stiegen hinunter, füllten den Humus in ihre Körbe und schleppten ihn bergauf. So ging es fort, und Veli der Treffer gewöhnte sich an die schwere Kiepe auf Sultans Rücken, auch wenn er sie in diesem Zustand nicht sehen mochte. Sie bekamen ihr erstes Kind, und Veli war glücklich über das blonde, blauäugige, kräftige Baby, besonders, weil sein Erstes ein Knabe war. Nach eineinhalb Jahren kam noch ein Junge zur Welt. Veli der Treffer ließ Opfertiere schlachten und Feste feiern. Als der dritte Junge geboren wurde, reichte die Zeit nicht mehr zum Schächten und Feiern, denn er wurde zusammen mit Sultans Brüdern eingezogen. Zurück blieben sechsundfünfzig Ziegen, ein Acker auf einem Felsplateau, zwei alte Menschen, drei Söhne und, was ihn besonders schmerzte, seine Sultan. Er würde sie mit seinen irdischen Augen wohl nie wiedersehen. Wer auszieht, kehrt nicht wieder heim – das war die Regel.

Drei Feldschlachten in drei Ländern. Die meisten Kameraden blieben im roten Sand der Wüsten. Im Jemen schließlich machte er sich mit sieben Freunden auf die Flucht. Drei von ihnen mussten sie dem Wüstensand überlassen. Erst Jahre später stand er eines Nachts vor seinem Haus und klopfte an. Mit einem brennenden Kienspan in der Hand kam nach einer Weile die murrende Sultan und öffnete. Sie erkannte ihn zunächst gar nicht. »Ein Gottesgast«, sagte sie. »Sei willkommen!« Auch seine Söhne waren aufgewacht. Jeder von ihnen ein kräftiger Bursche, stattlich, blond, blauäugig und hoch gewachsen. In all den Jahren hatte er sich nicht mehr so gefreut, auch nicht, als er als Einziger seines Regiments ein Sperrfeuer überlebte. Er konnte seine Augen nicht von Sultan und seinen Söhnen wenden, wollte an dieses Wunder gar nicht glauben. Sultan hatte sich sehr verändert, aber nichts von ihrer Schönheit eingebüßt. Von ihren Brüdern war keiner aus dem Krieg zurückgekehrt, und als die Stammrolle auch seines dritten Sohnes eintraf, war der Vater vor Gram gestorben.

Veli genoss das Gefühl unendlicher Freude. Die Ziegenherde war gewachsen, die Seinen hatten keine Not leiden müssen. Und seit seiner Fahnenflucht hatte hier noch niemand nach ihm gefahndet, weder Feldjäger noch irgendwer sonst. Die Erinnerungen an Krieg und Waffendienst verblassten. An Sultan konnte er sich nicht satt sehen. Sie brauchte keine Erde mehr zu schleppen, denn er pflanzte keinen Mais mehr an. Sie kauften für den Eigenverbrauch nur hin und wieder eine Fuhre von dem Geld, das er für eine Ziege bekam. Außerdem hatten sie ja die riesigen Nussbäume.

Plötzlich kam die Nachricht vom Ausbruch eines neuen Krieges. Zuerst holten sie seinen ältesten Sohn, danach den zweitältesten und schließlich noch den jüngsten. Jeder von ihnen hatte einen Enkel zurückgelassen, doch als die Stammrollen der Gefallenen kamen, gaben die drei Witwen die Knaben in Sultans Obhut und kehrten in ihre Dörfer zurück. Monatelang war Sultan nicht ein Wort zu entlocken, sie bewegte sich wie eine traumversunkene Schlafwandlerin.

Irgendwann fasste sich Sultan wieder. »Lass uns die Ziegen verkaufen und in die Stadt ziehen!«, bat sie eines Tages. »Diese Gegend hat uns kein Glück gebracht.« In wenigen Monaten hatten sie die Tiere verkauft und zogen um.

Die Stadt war voller Vertriebener und Verwundeter, es herrschte schreckliche Not. Das Gerücht machte die Runde, die Griechen hätten den Bezirk verlassen und sich nach Griechenland aufgemacht, ihre Häuser, Höfe und ganze Dörfer stünden leer und würden von der Regierung Kriegsflüchtlingen zur Verfügung gestellt.

»Lass uns dorthin ziehen!«, schlug Veli vor. »Suchen wir uns ein Dorf an der Küste und ein Haus am Meer. Ich kaufe mir ein Boot und fange wieder an zu fischen. Sie werden uns bestimmt auch ein Feld geben, und vor unserem Haus legen wir einen großen Garten an, eine Hälfte für Blumen, die andere für Gemüse.« Sie besprachen lange das Für und Wider, Sultan war wohl einverstanden, doch sie wollte nicht an den Tod ihrer Söhne glauben und schloss nicht aus, dass sie doch noch zurückkommen und beim Anblick ihres menschenleeren Hauses sogar denken könnten, ihre Eltern seien verstorben. »Wie sollen sie uns denn finden? Von Bezirk zu Bezirk werden sie uns suchen.«

Schweren Herzens hörte Veli zum ersten Mal in ihrem Zusammenleben nicht auf Sultan. Sie machten sich auf den Weg und gelangten nach drei Tagen an ein Dorf. Es lag an der Küste und war menschenleer. Sie zogen in ein neues, zweistöckiges, ockerfarbenes Haus mit großem Garten. Dicht am Haus lag ein aufs Trockene gezogenes Fischerboot. Er untersuchte es sorgfältig, es schien nagelneu und noch nicht im Wasser gewesen zu sein. Auch die Enkelkinder fühlten sich hier auf Anhieb wohl, und Sultan war vom Haus begeistert. Sie nahm jeden Winkel mehrmals in Augenschein, setzte sich schließlich im Wohnzimmer aufs Sofa und sagte: »Gut und schön, aber hoffentlich bleibt das Dorf nicht immer so menschenleer!«

»Keine zwei Tage, und alle Häuser sind belegt. Hast du denn unterwegs die herumirrenden Menschen nicht gesehen? Sie sind alle auf der Suche nach einem Dach, unter dem sie ihre müden Glieder ausstrecken können.«

»Die Obrigkeit wird uns doch nicht wieder vertreiben und Haus und Boot wegnehmen?«

»Das kann sie nicht.«

»Und warum nicht?«

»Sultan, ich bin der Vater dreier auf dem Schlachtfeld Gefallener. Und schau her, ich habe ihre Stammrollen dabei!«

»Und wenn unsere Söhne doch noch zurückkommen? Wie sollen sie uns denn hier finden? In der Stadt hätten sie uns vielleicht aufstöbern können, aber in diesem abgelegenen Dorf, von dem sie noch nie etwas gehört haben?«

»Sultan, ihre Stammrollen wurden uns geschickt!«

»Stammrollen, Stammrollen! Erklär mir doch mal, wie sie bei diesen über die ganze Welt verstreuten Massen von Soldaten den Tod ausgerechnet unserer Söhne feststellen konnten.«

Als die Stammrollen eintrafen, hatte Sultan in ihrem grenzenlosen Schmerz so herzzerreißende Totenklagen angestimmt, dass, aufgeschreckt von ihrem Schrei, sogar die Vögel aus ihren Nestern flüchteten. Dann, nach einer Woche oder zehn Tagen, verstummte ihr Wehklagen so abrupt, wurde ihr Gesicht so heiter, als sei sie nicht dieselbe Frau, die sich tagelang in ihrem himmelschreienden Schmerz gewunden hatte, als habe sie alles Gewesene vergessen. Was war nur mit ihr geschehen, rätselte Veli der Treffer, während Sultan von Tag zu Tag unbekümmerter wurde.

Sultan erwartete Veli schon unter den Bäumen, als er mit dem großen, randvoll gefüllten Becher aus Tannenholz vom Brunnen kam. Sie eilte ins Haus und kam lachend wieder ins Freie. Er hatte sie noch nie so fröhlich erlebt. »Hast du nicht behauptet, die Erde sei nicht groß genug für so viele osmanische Soldaten?«

»Das habe ich gesagt.«

»Wie viele tausende sind es denn, für die unsere ganze Erde nicht ausreicht?«

»Sie sind wie Sand am Meer.«

»Wie Sand am Meer?«

»So ist es.«

»Wie wollen sie denn zwischen so vielen Soldaten festgestellt haben, dass es meine gefallenen Söhne waren, und wie wollen sie denn ihre Kennmarken gefunden haben?«

Darauf wusste Veli keine Antwort.

Die Kleinstadt war nahe. In kurzer Zeit hatte Veli Küchengeschirr, Betten, Tische und Stühle, Schiffsfarben, Pinsel und einen Teppich gekauft und für die Kinder eine Tüte bunte Bonbons. Er trieb ein klappriges Pferdegespann auf, verlud die Sachen, ließ sich noch zum Markt fahren, kaufte Brot, Gemüse, Butter, Tee, Zucker und was sie sonst noch benötigten, hockte sich neben den Kutscher und ließ sich nach Haus fahren.

Sultan gefielen die Betten sehr. Sie brachte die Nahrungsmittel in die Küche. In einem Verschlag im Erdgeschoss lag gestapeltes Holz, sie machten Feuer, rösteten Lammrippchen in der Glut, legten sich früh zu Bett, konnten aber nicht einschlafen. Veli grübelte bis zum Morgen. Sultan könnte Recht haben! Beim Militär kommen besonders im Krieg viele Fehler vor. Wie oft kehrten Soldaten, nachdem ihre Kennmarken schon geschickt worden waren, aus dem Felde wieder zurück, nachdem sogar ihre Witwen wieder geheiratet hatten. Warum sollten unsere Söhne bei diesem Durcheinander nicht auch am Leben geblieben sein? Und seit die Stammrollen eingetroffen waren, hellten sich seine Gesichtszüge zum ersten Mal wieder auf. Sultan entging diese Veränderung nicht. »Was ist, Veli, mit so heiterem Gesicht habe ich dich in letzter Zeit nicht mehr gesehen!«

»Unsere Söhne werden heimkehren«, antwortete er.

»Hast dus geträumt?«

»Ich habs nicht geträumt, ich weiß es.«

»Oder hast du eine Nachricht bekommen und sie mir bis heute verschwiegen?«

»Keine Nachricht. Aber wenn ich geflohen bin und mein Leben retten konnte, warum nicht auch sie? Wer weiß, in welchen Bergen sie jetzt sind.«

»Ja, wer weiß, in welchen Bergen sie sich jetzt verstecken.«

»Es gibt viele Soldaten, die heimkehrten, nachdem sie für tot erklärt worden waren. Dursun Ali Rais aus meiner Stadt bekam die Kennmarken seiner beiden Söhne gleichzeitig zugeschickt. Er war ein guter Fischer und ein guter Mensch. Das Fischen hat er mir beigebracht. Er kannte die sieben Meere bis auf den Grund. Ein Blick aufs Wasser, und er wusste, ob und wo und in welcher Tiefe Fische standen. Kaum hatte man ihm die Stammrollen vorgelesen, traf ihn der Schlag, und er konnte das Bett nicht mehr verlassen. Die Frauen seiner beiden Söhne heirateten bald wieder. Doch eines Tages kamen die gefallenen Helden sehr lebendig wieder heim, und die ganze Stadt war in Aufruhr. Aber kaum hatte sich der Rais beim Anblick seiner Söhne aus dem Bett gequält, brach er zusammen und hauchte seine Seele aus. Es gab auch viele Soldaten, deren Stammrolle erst nach Monaten, ja nach Jahren eintrafen.«

»Habe ich dir nicht gesagt, dass auch unsere Jungen zurückkommen werden?«

»Sie werden zurückkommen«, rief Veli der Treffer glückstrahlend.

Während sie sich unterhielten, kreisten die Enkelkinder in einem Reigen um sie herum. »Gebt Ruhe!«, rief Sultan und umarmte sie. »Gebt Ruhe, Kinder, eure Väter werden schon zurückkommen!« Die Kinder scherten sich nicht, sie setzten ihr sonderbares Spiel fort.

Veli der Treffer umarmte alle drei. »Seht, was euch der Großvater mitgebracht hat!«, rief er, öffnete die Tüte und teilte die Bonbons unter ihnen auf.

Die Kinder liefen ans Ufer, setzten sich, mit dem Rücken an einen Felsblock gelehnt, in den Sand, holten die Bonbons aus ihren Taschen und fingen an, um die Wette zu lutschen. Ihr Großvater zog mit Sultans Hilfe den Kahn auf den Strand und begann die Farbe abzuschaben. Bis auf den abblätternden Lack war das Boot in bestem Zustand. Mit einem frisch gestrichenen Rumpf wird er in zwei Tagen in See stechen! Nach so viel Entbehrung waren die Kinder ziemlich abgemagert.

Sultan war so gut gelaunt wie damals, bevor die Stammrollen eingetroffen waren. Sie herzte die Kinder, spielte mit ihnen stundenlang, suchte mit ihnen am Strand bunte Steine und Seepferdchen, sammelte Kastanien, oder die Kinder tobten durch die leer stehenden Häuser und spielten Einbrecher.

Strahlend kam Veli vom Fischfang zurück. Die Behälter waren voll spielender Fische. »Kommt her, Kinder, und schaut!«

Die Kinder kamen zum Boot gerannt. In den Becken wimmelte es, dass das Wasser über die Ränder spritzte. Stumm standen sie in Reihe und starrten auf das Getümmel. Sultan eilte mit einer Schüssel herbei, Veli füllte Fische hinein, setzte sich damit auf den Kies und hatte sie mit geübter Hand im Nu ausgenommen und gereinigt, während Sultan im frei stehenden Kamin schon Holz angezündet hatte, das zu Glut niedergebrannt war, und sie legte die Fische hinein. Schon bald strich sich der älteste der Jungen über den Magen und rief: »Oh, mein Bauch ist wie eine Pauke so dick.« – »Wie eine Pauke«, rief auch der zweitgrößte, und: »Wie eine Pauke«, wiederholte der jüngste. Sie sprangen auf, rannten über die Kiesel zu den Tamarisken, die außerhalb des Dorfes standen. Dahinter war Röhricht, und im Teich dazwischen entdeckten sie schneeweiße Reiher mit sehr langen Hälsen; sie legten sich mucksmäuschenstill unter die Tamarisken und beobachteten die Vögel mit den langen Beinen, hellgelben Schnäbeln und knallroten Augen. Dann langweilten sie sich, schnellten plötzlich auf die Beine, und mit ihnen schwangen die Reiher gemächlich ihre Flügel und strichen übers Schilf aufs Meer. Die Kinder schauten hinter ihnen her, bis sie nach und nach ihren Blicken entglitten.

Danach brachen für die Kinder herrliche Zeiten an. Tag für Tag kamen die verschiedensten Meeresfische auf den Tisch, die Großeltern kochten Fischsuppen, schmorten Fischragout, kochten Pilaw mit Sardinen, dazu aßen sie frisches Weizenbrot, und ihre Bäuche wurden kugelrund. Hin und wieder brachte der Großvater ihnen auch Bonbons mit aus der Stadt. Die aßen sie aber nicht auf einmal auf, sie lutschten jeden Tag nur eins oder zwei, höchstens drei. Sie kletterten hoch zu den Vogelnestern in den Platanen. Darinnen lagen klitzekleine Eier oder lärmende Jungvögel mit weit aufgerissenen gelben Schnäbeln. Sie rührten sie aber nicht an, hockten nur still auf den Ästen und starrten sie an. Nach einer Weile rutschten sie wieder die Stämme hinunter, liefen barfuß über den Strand zum Röhricht und weiter bis zum weit dahinter liegenden Wald, wo es von Vögeln wimmelte. Eines Tages fanden sie auch ein Häschen und brachten es der Großmutter. »Bringt es sofort wieder dorthin, wo ihr es gefunden habt, sonst stirbt es.« Sie rannten zurück in den Wald und legten das Junge wieder ab. Anschließend tobten sie durchs leere Dorf und schlichen, jedes für sich, ängstlich durch die verlassenen Häuser.

Jeden Tag entwickelten die Jungen ein neues Spiel, erfanden sie ein neues Spielzeug, und Sultan beobachtete stolz die glücklichen Ausbrüche ihrer Enkel. Dieses sorglose Treiben währte gut einen Monat. Eines Morgens riss sie ohrenbetäubender Tumult aus dem Schlaf. Schimpfend und prügelnd drängten sich Menschen in die Häuser. Bis zum Mittag waren alle Häuser besetzt, und wer leer ausgegangen war, machte sich mit hängenden Schultern auf den Weg ins nächste verlassene Dorf.

Für die Jungen begann ein neues Vergnügen. Sie hatten sich gleich mit den Kindern der Ankömmlinge angefreundet. Eine barfüßige, kahl geschorene Horde hatte die Strände, den Wald, das Röhricht, die Tamarisken zu ihrer Spielwiese ernannt. Sie rannten, keuchten, steckten Stöcke in die Hornissennester, viele von ihnen wurden von den wütenden Tieren fast totgestochen. Oft teilten sie sich in zwei, drei Gruppen, stritten sich, kamen mit blutigen Nasen nach Haus. Doch bald schon kam der Hunger ins Dorf, die Hautfarbe der Kinder wurde bleich, sie verloren ihren Frohsinn. Ratlos schwankten die Einwanderer durch die Gassen. Wie immer fuhr Veli der Treffer jeden Tag vor Morgengrauen zum Fischen, fing jeden Tag ein bisschen mehr und verteilte den Fang an die Hungrigsten, an die Kranken und Siechen.

Einige pfiffige Vertriebene hatten irgendwo altersschwache Kähne aufgetrieben, Veli hatte sie überholt und den Männern das Fischen beigebracht. Wer es nicht konnte, suchte sich in der Stadt Arbeit und brachte etwas Geld nach Haus, wenn er denn welche gefunden hatte. Im Dorf stand man sich mit Rat und Tat bald brüderlich zur Seite. Jeder hatte halbwegs wieder sein Auskommen, hatte auch Hilfsangebote von den Wohlhabenden der Kleinstadt bekommen und Wege gefunden, den fruchtbaren Boden zu beackern. Doch dann kamen die Gendarmen. An der Spitze stand ein hartherziger Offizier mit steifem Arm und steifem Bein. Er ließ die Einwohner auf dem Dorfplatz antreten. »Unverzüglich«, befahl er, »unverzüglich werdet ihr dieses Dorf räumen und verschwinden! Sofort und auf der Stelle!«

Wie graue Wölfe heulten die Männer auf. »Uns hat die Kommission für Besiedlung hier eingewiesen«, schrien sie, doch sie stießen auf taube Ohren.

»Unsere in Griechenland ausgesiedelten Brüder sind zu uns gekommen. Sie wurden aus ihren Häusern und ihrer Heimat vertrieben. Sie konnten den gewalttätigen Giaurs entkommen, wurden von den Ungläubigen gequält … Seht sie euch an, wie sie halb verhungert vorm Dorf warten, zu Tode erschöpft und krank!«

»Auch wir haben unsere Heimat verloren, auch wir sind Vertriebene, auch wir sind halb verhungert. Und auch uns hat die Kommission in dieses Dorf geschickt«, entgegneten sie. »Und auch wir wurden unter den Füßen des Feindes zermalmt.«

»Ich will kein Wort mehr hören! Auf der Stelle, sofort!«

Weinen und jammern nützte nichts. Eine scharfe Stimme schrie: »Bajonett aufgepflanzt!«, und die Dörfler fanden sich am Strand wieder, während die aus Griechenland Vertriebenen unter dem Schutz der Gendarmen in ihre Häuser eingewiesen wurden. Die aus dem Dorf gejagten Aussiedler verbrachten die Nacht am Strand. Und damit begann das eigentliche Abenteuer von Veli dem Treffer. Er und die Seinen wanderten von Dorf zu Dorf, von Stadt zu Stadt die ganze Schwarzmeerküste entlang, trafen unterwegs auf sehr viele verzweifelt herumirrende, halb verhungerte Menschen, wurden überfallen, flohen durch Dörfer, die von flüchtenden griechischen Soldaten gebrandschatzt worden waren. An vielen Orten gab man ihnen tagelang Quartier, beköstigte sie, schenkte sogar Geld, andere aber, denen die Aussiedler lästig wurden, verwehrten ihnen mit Waffengewalt den Zugang zu ihren Dörfern.

Veli der Treffer, Sultan und ihre Enkel waren nur noch Haut und Knochen. Sultan dachte noch immer an ihre Söhne, in ihr brannte noch immer das Feuer der Hoffnung, und diese Flammen schlugen immer höher. Vor ihrem geistigen Auge erschienen die drei Nussbäume, die neben ihrem verlassenen Haus standen. Auch vor dem Haus ihres Vaters hatte es drei Nussbäume gegeben, fiel ihr ein. Ja, ihre Söhne würden heimkehren, und zwar bald! Schließlich waren nach dem Eintreffen ihrer Stammrollen so viele Soldaten heimgekehrt, manche verwundet, manche kriegsversehrt, aber andere kerngesund, warum nicht auch ihre Söhne? Und wovon lebten sie, wenn sie schon heimgekehrt waren? In ihren Träumen sah sie die Jungen, so schön und stattlich wie an dem Tag, an dem sie eingezogen wurden. Der älteste, hoch gewachsen mit blonden Locken, großen, traurigen blauen Augen, rotblondem Schnauzbart vorweg, so kommen sie hinter einem roten Felsen hervor, auf dem Handrücken eines jeden ein Falke mit scharfen grünen Augen und rötlicher Brust. Sie geben die Falken zur Jagd frei, und jeder Falke kommt mit einem weiß schimmernden Fischreiher in den Fängen zurück. Doch die Jungen freuen sich nicht über die Beute. Um die Nussbäume kreisen auch rote Falken, die Bäume strotzen nur so vor Walnüssen. Veli sitzt in seinem Boot, angelt auf dem spiegelglatten, tiefblauen Meer unter dem Nussbaum und zieht tiefblaue Fische aus dem Wasser. Auch Veli der Treffer färbt sich tiefblau, gerät unter den blauen Nussbäumen in einen Strudel und kreiselt ununterbrochen in plötzlich sturmgepeitschten Wassern, und auch eine Anzahl blauer Falken, so groß wie Adler, werden von dem Mahlstrom erfasst, und Sultans drei Söhne, tiefblau alle drei, schreiten neben dem langen, tiefblauen Boot des Vaters dahin.

Die Jungen sind bestimmt schon im Dorf. Wo denn sonst? Sie sitzen vor der Haustür und warten auf ihre Mutter Sultan. Oder sie sind auf dem Weg dorthin. Wie lange dauert es eigentlich noch, bis die Walnüsse reif sind? Jeder Baum bringt an die fünfzehn Sack. Die Jungs sammeln sie auf und verkaufen sie in der Stadt. Unsere Nüsse sind in der ganzen Bergregion berühmt. Jede so groß wie die Faust eines Kindes. Sie müssen nicht einmal geknackt werden. Du ziehst mit deinen Händen beide Hälften der Schale auseinander, und heraus fällt der schneeweiße Kern.

Sultan ist nicht mehr so stark wie früher, gut bei Kräften ist sie allemal. Sie trägt auf ihren Schultern genügend Erde herbei und schüttet sie auf den felsigen Boden, und sie pflanzen Mais an. Die Jungen heiraten, und auch sie schleppen Erde heran. Veli und die Enkel sind auf der Insel leicht wieder zu finden. Auf der Ameiseninsel! Um den Namen nicht zu vergessen, wiederholt sie ihn immer wieder: »Ameiseninsel, Ameiseninsel …« Sie zieht die grüne, samtene Börse unter ihrer Achsel hervor, schüttet das Geld in ihren gerefften Rock und zählt einmal, zweimal und noch einmal. Wenn sie mit diesem Geld auf Dampfer und Kutter steigt, bringt es sie bis in die Heimat, und dann reicht der Rest noch für sechs Monate, ja, ein Jahr, ohne dass sie einen Handschlag tun muss.

Bis sie einen Kutter nach Istanbul entdeckte, zählte sie ihr Geld immer wieder durch. Dann verschwand sie hinter einem Busch Tamarisken und band die Börse wieder unter ihre Achselhöhle und steckte nur das Geld für Überfahrt und Verpflegung in ihre Rocktasche. Zwei Tage verbrachte sie in einer Herberge in der Stadt. Dann versteckte sie sich so lange in einem Gebüsch nah der Anlegebrücke, bis Veli der Treffer und die anderen Auswanderer an Bord gegangen waren. Erst als der Kutter in See stach, kam sie aus dem Gebüsch hervor und blickte ihnen auf Zehenspitzen nach, bis sie verschwunden waren, während in ihrem Inneren die unsägliche Trauer dieser Trennung und die hoffnungsvolle Freude auf ein Wiedersehen mit ihren Söhnen im Widerstreit lagen.

Einheimische zeigten dieser so schönen, alten Frau mit den traurigen Augen den Liegeplatz der Fähren nach Istanbul, begleiteten sie dorthin und wünschten ihr eine gute Reise. In Istanbul traf sie viele Reisende, die auch ins Schwarze Meer wollten. Verstört waren sie von Stadt zu Stadt, von Dorf zu Dorf geirrt. Nur noch Haut und Knochen waren sie auf dem

Weg in ihre angestammte Heimat, hockten zusammengedrängt unter Deck, und ein unerträglicher saurer Geruch durchzog den Laderaum. Unter ihnen auch noch drei Ziegen. Der alte, kleine Dampfer schien auseinander zu fallen. Sultans Seereise dauerte eine Woche. Sie hatte sich einen großen Beutel Brot, Oliven und Käse gekauft, aß nur kleine Portionen und gab auch besonders Hungrigen etwas ab. In ihrem Heimathafen kaufte sie sich einen Tragekorb, schlenderte über den noch verwaisten Markt, ging zurück ins Ladenviertel, kaufte noch Nahrungsmittel und was der Mensch sonst brauchte und stellte zufrieden fest, dass sie noch nicht einmal die Hälfte des Geldes ausgegeben hatte. Mit der randvollen Kiepe auf dem Rücken schlug sie den Weg in die Berge ein. Nicht mehr so kräftig wie einst, musste sie oft rasten und erreichte erst nach zweieinhalb Tagen ihr Zuhause. Beim Anblick der offen stehenden Tür und der Leere, erschauerte sie, fasste sich aber sehr schnell, holte eilig Wasser vom Dorfbrunnen, putzte das Haus vom Dach bis zum Keller, wusch das Geschirr ab und lüftete die Matratzen in der Sonne. Unterm Nussbaum zündete sie ein Feuer an, setzte einen Kessel Wasser auf, zog sich auf dem weißen, von den Bäumen abgeschirmten Stein aus und seifte sich gründlich ab. Bis auf das Zeug, das sie am Leibe trug, hatte sie unterwegs alles an völlig zerlumpte Frauen verschenkt und nicht daran gedacht, sich neues zu kaufen. Also wusch sie auch ihr Zeug, legte es zum Trocknen in die Sonne, hockte sich nackt daneben und döste ein. Kurz vor Sonnenuntergang wachte sie auf und zog sich im Schutz der Bäume eilig an.

Danach ging sie alle drei Tage in die Stadt hinunter, machte jedes Mal einen Abstecher zum Markt, schaute sich vergebens um und machte ihre Einkäufe.

Wie immer war sie eines Morgens vor Tagesanbruch aufgewacht, hatte sich gewaschen und gekämmt, ihre Zöpfchen geflochten und sich auf die Türschwelle gehockt. Heute flog sie vor Freude. Ja, sie werden den Hang herunterkommen, der Jüngste noch vor dem Gelochten Stein schallend lachen, nach ihm der Mittlere und der Älteste hinterher. Und Sultan wird ihnen entgegenstolpern, wird weiche Knie bekommen und zusammenbrechen! Denn das hält ein Mutterherz doch nicht aus! Der Älteste wird sie in die Arme nehmen, sie werden zum Haus gehen, ihr Junge wird sie gut gelaunt in seinen Armen wiegen, wird sie dem Mittleren weiterreichen, und am Ende wird ihr Jüngster sie greifen, hochheben, herzen und wieder absetzen. Sie wird sich an ihren blond gelockten, blauäugigen, gertenschlanken, hoch gewachsenen Jungen nicht satt sehen können. Ihre langen, gebogenen Wimpern und gezwirbelten Schnurrbärte werden glänzen, Sultan aber wird kein Wort über die Lippen bringen, wird mit Eimern über die sonnenbeschienenen Kiesel murmelnd zum Brunnen gehen, und danach werden sie sich unter die Nussbäume setzen. Die Jungs werden in allen Einzelheiten von den Schlachten und den drei Tage und Nächte auf sie niederprasselnden Flammen berichten, werden auch sonst jedem erzählen, wie sie diese Berge sprühender Sterne mitten im Meer begruben, genau wie Ali der Sergeant, der die regnenden Sterne immer inmitten der sieben Meere begrub.

Sultan ging mit den Eimern zum Brunnen hinunter, füllte sie mit dem Wasser aus der Rinne aus Tannenholz, über der eine wütend summende Biene hin und her flog. Bestimmt werden ihre Söhne heute kommen und von diesem frischen Wasser trinken. Vielleicht waren sie auch schon da, hatten ihre Rücken an die Baumstämme gelehnt und ruhten sich aus. Aufgeregt eilte sie zum Haus hinauf, doch da war niemand, und kraftlos sackte sie zu Boden.

Wie aus tiefem Schlaf erwacht, kam sie wieder zu sich, erhob sich von der Schwelle und ging zu den ausgestorbenen Dorfhäusern. Die Tür des nächsten Hauses stand sperrangelweit offen. Sie ging hinein, und im selben Augenblick flatterte ein Schwarm Rebhühner Flügel schlagend ins Freie. Auf einer Schwelle gewahrte sie den Umriss einer hockenden Frau. Zusammengesunken saß die Frau da und rührte sich nicht. Von den Schritten aufgeschreckt, hob sie den Kopf, richtete ihre großen Augen auf Sultan, musterte sie und, als habe sie sich erinnert, sprang sie plötzlich auf und schrie: »Sultan, wann bist du denn gekommen? Willst auch du deine Söhne abholen?«

Stumm lagen sie sich in den Armen und wiegten sich zärtlich. Dann hockten sie sich auf einen Stein, sagten noch immer kein Wort, und keine Träne rann aus ihren Augen. Eine ganze Weile saßen sie nur so da. Als sie Schritte hörten, schnellten beide hoch. Es war Zeynepli, die da kam. Ihre vier Söhne waren in den Krieg gezogen, und von allen vieren war ihr die Stammrolle zugeschickt worden. Die Frauen umarmten sich. Auch Zeynepli weinte nicht, sagte nur: »Gut, dass du zurückgekommen bist, Sultan«, dabei huschte ein tief aus dem Herzen kommendes Lächeln über ihr Gesicht. »Ich habe Neuigkeiten«, fuhr sie fort, »der Krieg ist zu Ende, und die Unseren sind entlassen worden und kommen nach Haus. Ich hole Zarife her, sie soll auch erfahren, dass ihre Söhne unterwegs sind und bald hier sein werden.« Bald kam sie mit der laut lachenden Zarife zurück.

»Gott sei Dank, unsere Söhne werden kommen, unserem Allmächtigen sei Dank!«, rief Zarife mit glockenheller Stimme und fügte hinzu: »Gut, dass auch du rechtzeitig hier bist, Sultan, wie hätten eure Kinder euch sonst finden sollen, wie gut, dass du hier bist!«

»Ich bin weggelaufen und hergekommen.«

»Weißt du denn, wie der Ort heißt, wo Veli jetzt ist?«

»Ich weiß es.«

»Gut, dass du es weißt. Wir wissen es nicht. Als niemand aufpasste, sind wir drei geflohen. Sie haben uns gesucht und gesucht und nicht gefunden. Wir hatten uns so gut versteckt, dass sie es auch in hundert Tagen nicht geschafft hätten. Sie haben sehr lange auf uns gewartet, schließlich zogen sie los und ließen unser Dorf menschenleer zurück. Bald hatten wir nichts mehr zu essen. In den Bergen suchten wir nach Gräsern, Pflanzen, Wurzeln und Pilzen. Dann hörten wir da oben eine Ziege meckern, die wir mit Mühe einfangen konnten. Wir haben sie geschlachtet, gekocht und eingesalzen, damit das Fleisch nicht verdirbt. Häppchenweise haben wir sie in zwanzig Tagen aufgegessen. Seit zwei Tagen haben wir keinen Bissen mehr. Und Geld haben wir auch nicht, um uns in der Stadt etwas zu kaufen. Wir haben jedes Haus durchstöbert und nicht einen Happen gefunden. Dann haben wir wieder Pilze gesucht, haben Berg und Tal durchkämmt und nichts gefunden. Ganz unten im Tal entdeckten wir sehr viele, freuten uns schon riesig, doch aus der Nähe sahen wir, dass sie giftig waren. Wo giftige sind, muss es auch essbare geben, dachten wir uns, suchten weiter und fanden schließlich welche in einem dämmerigen Winkel, sammelten sie in unsere Schürzen, rösteten sie und aßen davon drei Tage lang. Etwa zehn Tage ging das so weiter, aber weil es überhaupt nicht regnete, wuchsen auch keine Pilze mehr. Also nährten wir uns wieder von Gräsern, bis wir Bauchschmerzen bekamen. Und jetzt haben wir Hunger. In die Stadt können wir nicht hinunter, um Bekannte zu bitten. Also werden wir hier verhungern! Wenn unsere Söhne kommen, sagten wir uns, finden sie wenigstens unsere Leichen.«

»Los, gehen wir zu mir!«, zwitscherte Sultan. »Ich habe in der Stadt eine Kiepe voll Essen gekauft. Los, beeilt euch!« In wenigen Augenblicken waren sie vor Sultans Haustür, sammelten Reisig und Holz, machten Feuer und kochten einen Topf Pilaw. Einen drei Okka schweren Klumpen Butter hatte Sultan vom Markt auch mitgebracht.

Musa der Nordwind hatte Veli dem Treffer das schönste Haus der Insel gezeigt. »Es ist deins, geh hin und hol dir einen Grundbuchauszug!« Das Haus lag außerdem auch nah bei seinem. Veli gefiel es sehr. Die Zimmerwände waren mit Bildern bemalt. Er lief zu den Kindern, die im Röhricht mit Käfern, Fröschen und Schildkröten spielten. Eine Biene hatte den mittleren der Jungen beim Spielen in die Wange gestochen, sein linkes Auge war zugeschwollen. Veli brachte die Kinder ins neue Haus. »Dies hier ist unser«, sagte er, umarmte sie und wiederholte in einem fort: »Dieses Haus, dieses Haus, dieses Haus«, lief von einem Zimmer ins andere, dann die Treppe hinunter in den Garten und zurück.

Nordwind stoppte ihn am Treppenabsatz, und das war gut so, denn Veli war völlig außer Atem und keuchte wie ein Blasebalg. »Veli, morgen gehts in die Stadt, Hausrat besorgen. Außerdem werden wir die Kinder einkleiden!« Nordwind betrachtete sie mit Wohlgefallen. »Sie müssen noch mehr Zeug haben. Und fürs Haus brauchen wir Decken, Matratzen, Töpfe und Pfannen!«

Veli schaute auf seine Stiefelspitzen. »Ich habe doch kein Geld«, sagte er leise und blickte nicht hoch.

»Ich habe welches«, entgegnete Nordwind etwas peinlich berührt. »Wir werden dir auch ein Fischerboot mit Motor kaufen. Bei deinem Anglergeschick hast du in drei Monaten das Geld für den Kahn heraus.«

Beim Wort Fischerboot war Veli wie gelähmt, seine Lippen bebten. »Ist das, ist das wahr?«, stotterte er und ergriff Nordwinds Hand.

»Kennst du Lena Papazoğlu?«

»Ich kenne sie.«

»Weißt du auch, warum sie aus Griechenland wieder geflohen und auf ihre Insel zurückgekommen ist?« Nordwind zog ihn unter die Platanen und erzählte ihm Lena Papazoğlus Abenteuer von Anfang bis Ende.

»Und sie wähnt ihre Söhne jetzt bei Mustafa Kemal Pascha, die arme Frau. Und meine Sultan, meinst du, hat sich auch zurück in unser Dorf gemacht!«

»Warten wir noch eine Weile ab, dann holen wir Schwester Sultan dort bei den Nussbäumen ab und bringen sie wieder her«, seufzte Nordwind.

»Ich habe noch ein Anliegen«, sagte Veli. Nordwind lächelte über dieses Wort. »Mein General am Roten Meer sagte immer, er habe ein Anliegen an den Padischah, und deswegen sage ich auch, ich habe ein Anliegen an dich, Rais Nordwind.«

»Dein Anliegen sei mir Befehl«, erwiderte Nordwind, »und leben sollst du, da du mich dem Padischah gleichsetzt!«

»Die jungen Burschen wollen weg von dieser Insel! Was sollen wir hier denn anfangen, außer hier zu verhungern, sagen sie. Sie sind alle kriegsversehrt.«

»In Ordnung«, nickte Nordwind. »Wir werden sie Abdülvahap Bey von der Militärverwaltung überstellen, da sollen sie ihre Angelegenheit regeln. Sonst hätten wir uns um sie gekümmert, so lange sie noch keine Arbeit haben, und wir hätten für sie vielleicht auch etwas gefunden.«

»Ich hab ihnen immer wieder gesagt: Einen Ort wie diese Insel und Menschen, wie auf dieser Insel, werdet ihr nirgendwo finden, aber sie wollen nicht auf mich hören. Sie müssen selbst wissen, was sie tun.«

Kapitän Kadri stand auf dem Anleger und wartete schon.

»Jungs, kommt, wir fahren in die Stadt!«, rief Veli der Treffer. Vorweg der kriegsversehrte junge Mann auf Krücken, die sich knirschend in den Kies bohrten, dahinter die anderen Burschen in ihren neuen Kleidern, so kamen sie hinter den Häusern hervor, marschierten zum Anleger, und Kapitän Kadri nahm sie an Bord.

Veli der Treffer fasste Nordwind am Arm: »Sie waren alle in ihren Dörfern und fanden nur leere Häuser vor. Seitdem sind sie auf der Suche nach ihren Eltern, Ehefrauen, Geschwistern und Kindern, und sie finden sie nicht.«

4

Das Heer war geschlagen, neunzigtausend Soldaten blieben im Schnee zurück. Tierarzt Cemil fiel in russische Gefangenschaft. Die Kugel hatte sein rechtes Bein getroffen, wie ein unförmiger Klotz schwoll es an. In Kars operierte ihn ein russischer Arzt im Range eines Majors. Einige Tage später, und das Bein hätte amputiert werden müssen. Er genas, blieb aber behindert. Trotzdem: Gott sei Dank!, sagte sich Oberstleutnant Cemil, der Tierarzt. Er fand eine Gelegenheit zur Flucht aus der Gefangenschaft und tauchte in einer Hochebene bei kurdischen Nomaden unter, die den zum Skelett Abgemagerten elf Tage lang pflegen mussten, bis er wieder zu sich kam. Die Nomaden hatten edle Pferde, waren ansehnliche Menschen, die Frauen schön, die Männer stattlich. Von ihnen kaufte er sich ein kräftiges Pferd.

»Wie habt ihr es so unbeschadet überstanden?«, fragte er sie schließlich.

Als der Krieg ausbrach, waren sie nicht mehr hinunter in ihre Winterquartiere gezogen. Sie hatten in einer versteckten Schlucht Schutz gesucht und waren so vom Krieg verschont geblieben.

»Der Krieg ist aus«, sagte Cemil.

»Wir wissen es«, nickten sie.

Tierarzt Cemil lenkte sein Pferd hinunter nach Van. Jedes Dorf, jede Stadt an seinem Weg war menschenleer. Er konnte nicht einmal Vögel am Himmel entdecken. Die Wohnstätten der verlassenen Dörfer waren in die Erde eingegrabene Höhlen und nur an den ringsum aufgeworfenen Erdwällen, den lochartigen Eingängen in den Dächern und den Rauchfängen in der Mitte des Erdwalls zu erkennen.

Drei Tage lang stieß er auf keine Menschenseele. Proviant hatte er keinen dabei. Bei jeder Quelle schlug er sich den Bauch voll Wasser, ließ das Pferd grasen, und erst am vierten Tag entdeckte er in einer Senke Rauchfahnen und lenkte das erschöpfte Pferd dorthin. Hirtenhunde, fast so groß wie sein Pferd, liefen ihm entgegen, und er wollte schon seinen Revolver ziehen, als Frauen aus den Nomadenzelten kamen und ihn in ein großes, siebenteiliges Zelt führten. Männer waren nirgends zu sehen.

»Was ist mit den Männern geschehen?«, fragte er.

»Sie flüchteten, als sie dich sahen.«

»Warum?«

»Warum wohl! Wir sind Armenier. Und als sie dich erblickten, machten sie sich davon.«

»Geht und holt sie! Ich bin Veterinär, also ein Doktor für Pferde, Schafe, Ziegen und Esel. Und jetzt sterbe ich vor Hunger. Seit vier Tagen hat mein Magen nichts als Wasser bekommen, und seit vier Tagen habe ich keine Menschenseele gesehen. Nicht einmal Vögel am Himmel.«

Im Nu wurde die Tafel gedeckt, Fladenbrot, Kräuterkäse, Rahm und Joghurt aufgetischt, und noch bevor er zu Ende gegessen hatte, füllte sich das Zelt mit Männern, die kein Wort sagten, solange er noch aß. Als er fertig war, kam mit einem Handtuch über der Schulter ein Mädchen mit Kanne und Schüssel herein, reichte ihm ein Stück Seife und goss ihm Wasser über die Hände. Der Tierarzt wusch sich sorgfältig, hockte sich auf die Bodenmatratze und räkelte sich in die Kissen.

»Du bist willkommen, bringst Freude ins Haus!«

»Ich danke euch.«

»Und wir dachten schon …«

»Ich bin Oberstleutnant, aber als Veterinär«, lachte Tierarzt Cemil. Er schilderte ihnen ausführlich, was er erlebt hatte, und sie berichteten ihm, was ihnen widerfahren war. Sie konnten immer noch nicht fassen, am Leben geblieben zu sein. Dass sie Armenier sind, wussten alle Nomaden, nicht aber die Dörfler und Städter. Voller Angst hatten sie Schutz in den Bergen der Gegend von Çaldiran gesucht, und als sie sich endlich in Sicherheit wähnten, schlugen drei moslemische Stämme in ihrer Nähe ihre Lager auf. Voller Freude fielen sie sich in die Arme. »Keine Angst, bevor sie uns nicht den Garaus gemacht haben, kann euch niemand ans Leben. Schaut, wir schwören es mit der Hand auf dem Koran!«, versicherten die kurdischen Nomaden.

Bald darauf kam ein Mann ins große Zelt, der eine Mauser und über den ganzen Oberkörper verteilte Patronengurte trug. Er verlangte von jeder Familie des Stammes ein Schaf und ein Goldstück, und von der Familie, die in diesem Zelt wohnte, fünf große Teppiche und ein kräftiges Tragepferd, um sie wegzuschleppen. »Und wenn ihr Nein sagt«, drohte er, »zeige ich euch morgen schon bei den Behörden an. Schließlich haben Armenier viele Kurden und viele Regierungsbedienstete getötet. Meint ihr nicht, dass die Regierung euch zu Hackfleisch macht, wenn sie von euch erfährt?« Noch in derselben Nacht gaben sie dem Mann mit den vielen Patronengurten das Verlangte und sagten zu ihm: »Komm wieder, wenn du etwas brauchst, dein Wunsch ist uns Befehl!« Für die vielen Schafe gaben sie ihm auch noch einen Hirten mit.

Nach zwei Tagen standen das Pferd mit den Teppichen und die Schafe wieder vor dem Zelt. Der Bey des nachbarlichen Nomadenlagers stieg von seinem arabischen Vollblut und kam mit gesenktem Kopf herein. Sie breiteten für ihn sofort einen Teppich und Sitzkissen aus. Doch der Bey des anderen Stammes entschuldigte sich mit den Worten: »Wie kann ich so vermessen sein, hier Platz zu nehmen.« Dem Bey des armenischen Stammes überreichte er die Geldbörse, die er schon in der Hand hielt, machte kehrt, bestieg sein Pferd und ritt davon mit dem Ruf: »Der Mann, der uns so erniedrigt hat, hat den Preis für seine Niedertracht schon bezahlt ...«

»Habt ihr einen Popen? Kennt ihr Gebete? Wenn ja, in welcher Sprache?«

»Wir wissen, wie man sich bekreuzigt. Und wir haben eine Bibel in unserem Lager. Aber wir kennen keine Gebete.«

Der Stammesbey erhob sich und reichte ihm das Buch, das in einer Schutzhülle aus Silber am Mittelpfosten des Zeltes hing. Tierarzt Cemil nahm es heraus, schlug es auf, und seine Gesichtszüge veränderten sich. »Das ist ja handgeschrieben!«

»Ja, eine Handschrift«, bestätigte der Stammesbey. »Geschrieben in armenischen Lettern. Ein Nachlass unserer Ururahnen.«

»Könnt ihr Armenisch?«

»Kein einziges Wort. Wir sprechen immer kurdisch. Darf ich dich etwas fragen?«

»Frag!«

»Können wir jetzt hinunter ins Winterlager?«

Tierarzt Cemil überlegte. »Würden die andern Nomaden euch denn nicht verraten?«

»Niemals. Sie sind unsere Brüder.«

»Wo ist euer Winterquartier?«

»Cizre, Nusaybin, genauer gesagt, in der Gegend von Hakkari, also Geliye Botan.«

»In dieser Gegend ist es jetzt ziemlich ruhig.«

»Die Jesiden haben sie völlig vernichtet. Die übrig blieben, sind in die Sincar-Berge geflohen. Einige, die dort waren, haben uns von unglaublichen Gräueln erzählt, von sieben bis siebzig wurden sie hingeschlachtet.«

»Und was geschah mit den Hiesigen?«

»Auch hier wurden viele Jesiden umgebracht, tagelang floss der Bach Bendimahi blutrot. Wer fliehen konnte, suchte Schutz auf dem Ararat. Die meisten nahmen wir Nomaden auf und brachten sie in den Iran.«

Eine ganze Woche blieb der Tierarzt bei den armenischen Nomaden. Sie kümmerten sich um ihn wie um einen ihrer eigenen, aus dem Krieg zurückgekehrten Söhne, fütterten sein Pferd und striegelten es jeden Abend. Dann füllten sie seinen Mantelsack mit Proviant und geleiteten Cemil bis zur Landstraße am Seeufer, wo sie sich verabschiedeten.

Den Rest der Strecke kannte er. Sein Weg führte ihn zur Bendimahi-Brücke. Eine Nacht schlief er unter ihrem Bogen, und als er morgens erwachte, erhob sich vor ihm der Berg Süphan, dessen prächtiger, weißer Gipfel sich im blauen See Van spiegelte. Die Sonne ging auf, und ein rotes Licht schoss blitzschnell über den Spiegel, teilte das Blau des Sees in zwei Hälften und verhielt am Fuß des Berges. Der See funkelte in tausendfachem Blau.

Der Tierarzt war in Van geboren, am Ufer dieses Sees. Jetzt saß er auf einem Felsblock und blickte über das weite Wasser, bis es dämmerte. Der See schimmerte von einem Augenblick zum andern in einem anderen Blau, in einem anderen Licht. Erst in eineinhalb Tagen wird er zu Hause in Van sein. Während seiner Gefangenschaft in Kars waren ihm schlimme Dinge zu Ohren gekommen, Nachrichten, an die er nicht glauben konnte. Van war seine Stadt, für ihn die schönste Stadt der Welt. Wer konnte einer solchen Stadt etwas antun? Wie ging es wohl seinen Eltern, seinen Geschwistern und Verwandten? Natürlich nagten Zweifel in seinem Herzen. Nachdem das russische Heer in Ostanatolien einmarschiert war, verödete die ganze Gegend. Das hörte und wusste er. Auch aus Van waren schlimme Nachrichten gekommen. Die Stadt habe dreimal an einem Tag den Besitzer gewechselt, die Schlacht vor den Stadtmauern, in den Straßen und in der Festung habe Tage gedauert, dann erst sei das russische Heer in Van einmarschiert, wer fliehen konnte, sei geflohen, und wer nicht, der … Daran mochte er gar nicht denken, denn wenn er daran dachte, wurden Blutbäder, Morden und Brandschatzen vor seinen Augen lebendig.

Gegen Abend ging er hinunter zur Brücke und ließ sein Pferd auf einer kleinen, üppigen Wiese locker angepflockt weiden. Dann ging er mit seinem Mantelsack zurück in den Schutz der Brücke, holte seinen Proviant hervor und begann häppchenweise zu essen. Den Mantelsack unterm Kopf, streckte er sich anschließend aus, und ihm war, als käme der schneebedeckte Berg Süphan pechschwarz über ihn. Die Brust wurde ihm eng. Glühend rote Granaten zischten an ihm vorbei, zogen lange Linien durchs Dunkel, knallrote, grüne, blaue, orangefarbene, sie blieben über der Dunkelheit hängen, wenn der Kanonendonner schon verhallt war.

Der Kanonendonner brachte den Berg gegenüber ins Wanken. Plötzlich sprang der Mann auf die Beine, die Farbstriche verteilen sich über den dunklen See, der Berg Süphan kommt wieder auf ihn zu, wird zu einer undurchdringlichen, finsteren Wand, erdrückt ihn, nimmt ihm den Atem, er versinkt in einen tiefen Schlaf. Kein Laut ist zu hören. Tierarzt Cemil krümmt sich, drückt die Knie gegen seinen Bauch und das Kinn gegen die Knie. Eine Stadt brennt, bis hoch zu den Burgtürmen lodern Flammen, deren Zungen lösen sich, fliegen über den See, versinken mit blauem, orangefarbenem, grünem Schimmer. Ein blutrotes Band durchschneidet das Dunkel, schlingert, bohrt sich in den Berg Süphan. Berstender Krach weckt den Tierarzt, er sieht vor sich den vom Gipfel bis zum Fuß flammenden Berg. Rote Blitze verstreut er in die Nacht.

Der Tierarzt erhob sich und starrte ins Dunkel. Gleich einem Nebelschleier tauchte aus der Finsternis der Berg Süphan verschwommen auf und verschwand. Lange stand Tierarzt Cemil noch da. Der Berg blieb verschwunden. Die Stadt, die roten Striche, die am Himmel dahinziehenden bunten Lichter verlöschten, Tierarzt Cemil sank zu Boden.

Der Tag brach schon an, als er unter sternlosem Himmel aufwachte. Er rieb sich verstört die Augen, versuchte vergebens, sich aufzurichten.

Vor Schmerzen im rechten Bein war er wie gelähmt. Woher war er gekommen, wohin wollte er, was hatte er hier zu suchen? Der Krieg war lange aus, der Frühling war gekommen, eine herrliche Sonne tauchte Auen, Höhen und Ströme in ein Meer von Licht.

Plötzlich schien er sich zu fangen. Er war unter der Brücke. Einen Schritt von ihm entfernt floss das Wasser, auf dem Grund schossen glitzernde Fische hintereinander stromaufwärts. Wie immer im Juni überwanden sie Stromschnellen und Wasserfälle bis hinauf zur Quelle. Er lächelte. Er hob seinen Mantelsack auf, ging zu seinem Pferd, legte ihn über die Kruppe, zog den Pflock mit der Leine aus der Erde, verstaute alles in der Satteltasche und saß auf. Plötzlich war er hellwach und wunderte sich selbst darüber. Ihm fiel ein, dass er nicht gefrühstückt hatte. Dabei hatten ihm die armenischen Nomaden so köstliche Speisen in den Mantelsack verstaut. Er spornte das Pferd an. Wenn nur sein Bein nicht so schmerzte! Die Feuersbrünste, das Blutvergießen, all diese Albträume waren wie weggeblasen. An einem Hang sah er eine großkalibrige Kanone und lenkte das Pferd dorthin. Die Mündung war in zwei Hälften gespalten. Er fühlte sich erleichtert. Er war davongekommen und würde bald seine Eltern und seine Verlobte sehen, die in seiner schönen Stadt bestimmt auf ihn warteten. Wohin würden sie wohl ziehen? Erzurum, Trabzon, Bitlis, Sivas standen zur Wahl. Außer Erzurum kannte er keine andere Stadt. Die Freude in seinem Innern stieg. Noch vor Sonnenuntergang würde er zu Hause sein. Als er an seine Verlobte dachte, gab es ihm einen Stich. Ob sie wirklich auf ihn wartete? Warum sollte sie? Vielleicht hatte sie längst Nachricht von seinem Tod. Wenn ein Soldat so spät heimkehrt … So wars nun mal beim Militär! Er atmete schwer. Von weit her kam der Duft einer von ihm besonders geliebten Blume. Solange sie meine Erkennungsmarke nicht in Händen halten, halten sie mich auch nicht für tot! Und wieder hellte sich sein Inneres auf. Er starb fast vor Hunger. Bei einer Quelle stieg er vom Pferd, pflückte einige Blätter von dem Anis, der dort überall wuchs, hockte sich nieder, holte seinen Proviant hervor, teilte ein Fladenbrot in zwei Hälften, belegte sie mit Kräuterkäse und Anisblättern und biss hinein. Der Anis brannte ganz leicht auf der Zunge. Nachdem er seinen Hunger gestillt hatte, erhob er sich, trank Quellwasser aus der hohlen Hand und stieg mit einiger Mühe wieder in den Sattel. Sein Körper war wie gelähmt, fast wäre er vom Pferd gefallen. In der Ferne tauchte verschwommen die Festung

Van auf und verschwand wieder. Er heftete seine Augen in die vermutete Richtung, doch außer einigen Nebelschwaden konnte er nichts entdecken. Sein Oberkörper schwankte, das Bein schmerzte nicht mehr, seine Glieder schienen eingeschlafen zu sein, gaben nach, und er klammerte sich an den Hals des Pferdes. Hatte das Pferd kehrtgemacht, oder hatte er es zurückgelenkt? Er war wieder bei der Quelle, glitt aus dem Sattel, kauerte sich auf den Erdboden und blieb wie erstarrt hocken. Wie lange hielt dieser Zustand an? Er wusste es nicht. Angst beschlich ihn, vermischte sich mit Freude zu einem Durcheinander von Gefühlen. Wie würde die Mutter ihn empfangen, wenn er in der Tür stünde? War die Schwelle noch wie früher aus rotem Stein? Der Vater würde sich ganz langsam von dem mit Kelims aus Silan bedeckten Wandsofa erheben und ihn umarmen! Und seine Verlobte? Das große Haus ihrer Familie stand in einem ausgedehnten Blumengarten, in dem auch mächtige Nussbäume standen. Ihr Vater war wohl der erfolgreichste Juwelier von Van, er verkaufte den von Armeniern hergestellten Gold- und Silberschmuck bis nach Russland und Amerika. Die Verlobte, kaum dass sie ihn gewahrte, wird wieder wie von Sinnen vom Balkon die Treppe hinuntereilen und ihm einen Lidschlag später um den Hals fallen ... Er lächelte in sich hinein. Einmal hatte er einen ganzen Sommer im See gebadet, und seine Haare waren ganz rot geworden. Danach badete er jeden Sommer am Fuße der Felsen unterhalb der Festung, und seitdem nannten sie ihn den rothaarigen Jungen. Er lächelte erneut, und für einen Augenblick war er wieder der rothaarige Junge. Er versank im Schnee, Blut tropfte von seinem Kopf in das blendende Weiß. Seine Beine waren eingeschlafen, die Gefühllosigkeit kroch hoch bis zur Hüfte. Über dem Van-See erhoben sich dünne Rauchfahnen. Wenn du fünfzehn Tage hintereinander im Wasser des Sees badest, werden deine Zähne schneeweiß und deine Haare knallrot. Kein anderes Kraut kühlt das Herz des Menschen so wie Aniskraut. Es wird in Liedern besungen. Wie hatte er sich doch nach Van gesehnt. Aniskraut wuchs am Ufer des Şamran. Mit anderen Kindern lief er aus der Stadt ins weite Land, um es zu pflücken. Auch seine Verlobte lief hinter ihnen her, und sie pflückte am meisten. Die Festung lag hoch über der Stadt. Die Türme aus Stein waren an manchen Stellen brüchig, aber die aus luftgetrockneten Lehmziegeln so unversehrt wie gestern gemauert. Auch die hohen Stadtmauern waren aus luftgetrockneten Ziegeln und wie neu. Jeden Donnerstag stieg eine große Menschenmenge – sag du hundert, ich sage dreihundert – kurdischer und armenischer Flötenspieler, Oboenbläser, Sänger und Sängerinnen in die Felsen am Fuße der Festung, setzten sich und begannen zu spielen. Erst die Flötenspieler. Hörten sie auf, setzten die Oboenbläser ein. Nach und nach füllten die Städter das Gelände außerhalb der Stadtmauer und am Fuße der Felsen unterhalb der Festung: Frauen und Männer mit Kind und Kegel, Jung und Alt. Am frühen Nachmittag, wenn die Sonne über dem Berg Süphan stand, begann der Chor aus Frauen und Männern zu singen. Armenische und kurdische Lieder stiegen empor, hallten wider von den Ringmauern und schwebten über den See davon. Frauen und Männer sangen abwechselnd, und die Flötenspieler und Oboenbläser begleiteten sie. Wenn die Sonne sank, wurden Feuer angezündet und ein Reigen gebildet. Wohl hundert Personen reihten sich ein, jeweils ein Mann und eine Frau eingehakt nebeneinander, und dann begann mit genau festgelegten Schritten ein uralter Rundtanz. Nach Sonnenuntergang wurden Flammen entfacht, die Flötenspieler, Oboenbläser und der Chor kamen von den Felsen herunter und beteiligten sich, begleitet von Pauken und Jagdoboen, an den in grünen, gelben und roten Farben schimmernden Reigen. Jeden Donnerstag wurde dieses Fest wieder gefeiert, und jedes Mal mit anderen Liedern und Rundtänzen.

Das Viertel der Juweliere war einmalig in der Welt. Seit es die Stadt Van gab, floss hier wie Wasser Gold und Silber aus meisterlichen Händen. Unsere Armenier, behauptete Cemils Vater, sind so geschickt, dass sie Gold und Silber wie Seide weben und verarbeiten. Deswegen sind sie weltberühmt, deshalb werden Königskronen, Königinnenschmuck, Prinzessinnengürtel, goldene Uhrendeckel mit dem Stempel der Meister aus Van in alle Welt versandt. Moslems, Christen, Assyrier und Jesiden lebten in dieser Stadt brüderlich und Herz an Herz zusammen. Kam von den Bewohnern einer in Bedrängnis, erhob sich die ganze Stadt und kam ihm zu Hilfe. Kein Mensch verunglimpfte einen anderen oder sagte ihm ein böses Wort. »So geht es zu in alten Städten«, pflegte sein Vater zu sagen. »In alten Städten ist die Achtung vor dem Nächsten Gesetz, ist seinen Nächsten gering schätzen ein Vergehen, erniedrigt auch nicht der Herr seinen Knecht.« Sein Vater liebte diese Stadt über alles. Ach Mutter, ach Vater, ach meine Gazelle! Er verzehrte sich vor Sehnsucht nach ihr. Diesen Herbst sollte Hochzeit sein, wäre der Krieg nicht gekommen. Er schwang sich aufs Pferd und sprengte davon. Als er die Augen öffnete, war er auf den Kieseln am Ufer des Sees.

Das Pferd blieb vor einer kuppelartigen Erhebung stehen, und seine gute Laune kehrte zurück. Das bedeutete Glück. Er ließ die Zügel hängen, mal sehen, wohin ihn das Pferd brachte! Wohin auch immer, er würde dort bleiben, sich in dem Haus oder Dorf als Gast niederlassen. Das Pferd hielt wieder an, und der Tierarzt öffnete die Augen. Vor ihm erhob sich aus dem Blau die Insel Akdamar mit der Kirche. Als Siebenjähriger war er mit seinem Vater in einem kleinen Boot zum ersten Mal dort gewesen. Später hatte er mit seinen armenischen Freunden jeden Sonntag diese Kirche besucht. Dann war er nach Istanbul gezogen, und die Verbindung zu seinen Freunden und ihrer Kirche brach ab. Das Pferd machte kehrt und wendete sich zur Stadt. Von dort war kein Laut zu hören. Als er vorm Stadttor war, zügelte er das Pferd. Das Tor stand offen, er linste hinein, weit und breit keine Menschenseele. Schauer überliefen ihn, was er befürchtet hatte, war eingetreten. Eine Weile blieb er bewegungslos, wie gebannt im Sattel. Er konnte sich weder vom Tor trennen noch in die Stadt reiten. Das Pferd schwang den Schweif, schüttelte die Mähne, wandte sich nach Osten, trabte nach links bis zum Felsen unter der Burg und blieb dort stehen. Er lenkte es hinunter zum See und zügelte es bei der Felswand mit der Keilschrift, die in eine glatte Fläche gemeißelt war, zu der niemand hinaufkletterte und die sich, von Regen, Schnee und Sturm geschützt, gut erhalten hatte. Ein deutscher Archäologe hatte seinerzeit versucht, sie von einem Gerüst aus abzumalen. Dreißigjährig, hoch gewachsen und blauäugig war er gewesen, ein Experte für Keilschriften. Eines Morgens kam auf einem Grauschimmel ein Reiter von den Bergen, dreißigjährig, blond und gleich dem Wissenschaftler ein stattlicher Mann. Auf dem Rücken trug er ein Gewehr. Von morgens bis abends beobachtete er den Mann, der auf dem Gerüst über ihm arbeitete. Als dann der Wissenschaftler sich mit Papier und Farben unterm Arm in die Stadt aufmachte, gab auch der Reiter seinem Pferd die Sporen. Am nächsten Morgen war er noch vor dem Archäologen am Gerüst. Als dieser kam, nickte er dem Reiter zu, doch dieser verzog keine Miene und beobachtete ihn wie am Vortag bei der Arbeit. Auch am dritten Tag wartete er schon vor Sonnenaufgang auf den Wissenschaftler. Als dieser dann eilig aufs Gerüst kletterte, lenkte der Reiter sein Pferd dicht an den Felsen, nahm sein Gewehr von der Schulter, legte an, zielte … Ein Schrei …

Und der Wissenschaftler stürzte blutüberströmt auf die Erde. Der Reiter trieb sein Pferd dicht zum Toten, musterte ihn unverwandt eine ganze Weile und stürmte dann davon wie der Wind und tauchte nie wieder auf.

Ein Sturm der Entrüstung brach los. Die Deutschen dem Sultan, der Sultan dem Präfekten von Van, der Präfekt dem Befehlshaber des Heeres, sie alle befahlen, dass der Mörder auf der Stelle gefunden werden müsse. Die Zeitungen in Europa berichteten ausführlichst, wie der große Archäologe und Entzifferer der Keilschrift in der Burg von Van ermordet wurde.

»Verflixte Angelegenheit! Wie kommen wir da wieder raus?«

»Sofort den Mörder ausfindig machen!«, befahl der Kommandant. »Oder ihr werdet schon sehen, was euch blüht!« Und siehe da – als eines Morgens das Stadttor geöffnet wurde, sahen die Gendarmen von weitem einen Reiter kommen, freuten sich und riefen: »Da ist der Mörder, er kommt freiwillig zurück!« Sie liefen ihm entgegen, rissen ihn vom Pferd und zwangen ihn, auf der Stelle seine Schuld zu gestehen. Zwei Tage später wurde er mitten in Van aufgehängt.

Der blonde Wissenschaftler, der Gehenkte, die Berge Allahüekber … Seine Flucht aus der Gefangenschaft hatte den Tierarzt Cemil zu den Bergen Allahüekber geführt. Der Schnee war geschmolzen, einen Teil der gefallenen Soldaten hatten die Wildwasser fortgeschwemmt, aber zehntausende lagen aufgedunsen in Schluchten, Senken und Wäldern. Die Welt war erwacht, auf den Hängen blühten Blumen, wuchsen Rosen, Hyazinthen, gelbe und violette Krokusse in buntem Durcheinander. Als der Tierarzt durch diesen Blumenduft ritt, war er plötzlich wie gegen einen Felsen so hart an eine Mauer von Gestank gestoßen, dass ihm die Lungen zu platzen schienen. Er hatte sein Pferd zu Tal gelenkt, doch der Gestank war noch stärker geworden, er hatte das Tier bergan, nach links und rechts, vor und zurück getrieben, der unerträgliche Gestank war geblieben, undurchdringlich wie eine Felsmauer … An mehr kann er sich nicht erinnern. Als er wieder zu sich gekommen war, hatte er auf seinem Pferd gelegen, sich am Hals festgeklammert, der immer stärker werdende Gestank schien ihn zu ersticken …

Lange betrachtete er die Keilschrift. Ob sie schon entziffert worden war, fragte er sich, nicht aber, warum der Reiter den Wissenschaftler getötet hatte. Müßig, darüber nachzudenken. Er wird ihn aus einer Laune heraus getötet haben, mehr nicht.

Das Pferd war wieder am offenen Stadttor angelangt und blieb dort stehen, bis es dämmerte. Es wollte ihm nicht gelingen, das Tier in die Stadt hineinzutreiben. In einiger Entfernung von der Stadt saß er am Seeufer ab, pflockte das Pferd in üppigem Gras an und schob sich den Mantelsack unter den Kopf.

Als er aufwachte, lag er schweißnass in der vollen Sonne. Er führte das Pferd am Zügel über den Uferweg zur Stadt. Seine Beine wollten ihm nicht gehorchen, bei jedem Schritt pochte sein Herz bis zum Hals, er schwitzte Blut und Wasser. Rauch hüllte das Stadttor ein. Es war ein dunkelrotes, mit elfenbeinfarbenen Steinen verziertes seldschukisches Tor, kunstvoll wie die Tore und Fenster von Kuppelbauten. Der Rauch wurde dichter und senkte sich dunkel auf den See. Aus den Vierteln der Juweliere und der Schmiede stoben Funken ... Mit dem Pferd am Zügel ging der Tierarzt im Kreis, konnte keine Handbreit weit sehen. Er fürchtete sich, zitterte vor Angst. Das Dunkel lichtete sich nach und nach, und er gewahrte menschliche Schatten. Je heller es wurde, desto mehr füllte sich der Marktplatz mit Menschen, bis sie schließlich dicht gedrängt standen. Stille. Flöge eine Fliege, das Sirren ihrer Flügel wäre zu hören. Ein Lichtstrahl blitzte. Hafiz Pascha war nicht an den Läusen, nicht an Typhus gestorben. Seinen Tod hatte Enver Pascha verschuldet. Der Kommandant des Heeres, Hasan Izzet Pascha, war ein beherzter Mann, klug und gebildet. »In so einem Winter, so einem Schnee und so einem Sturm können wir die Russen nicht angreifen, mein Enver Pascha, schon gar nicht nach Turan durchbrechen. Es ist viel zu weit, mein Pascha, die Füße der Soldaten sind nackt, auf ihrem Körper tragen sie nur noch Fetzen von Sommerzeug. Wir werden, ohne eine Kugel abgefeuert zu haben und noch bevor wir Sarikamiş erreichen, alle erfrieren, mein Pascha!« Der Stellvertretende Oberkommandierende Enver Pascha aber gab den Befehl: »Auf zum Angriff! Sofort!« Und die meisten der neunzigtausend Mann erfroren, und den Rest fraßen die Läuse. Der Tierarzt kam davon, mein Pascha, und wie er noch vier oder fünf, mein Enver Pascha. Hasan Izzet Pascha überlebte den Tod seiner Armee nicht, denn du, Enver Pascha, hast ihn abgesetzt und seine Stelle eingenommen, wurdest Blutschuldner eines riesigen Heeres.

Blutstropfen glitzerten im Schnee, russische Soldaten zogen den Tierarzt an seinen Armen heraus. Er hatte keine Schmerzen, so eingefroren, wie er war. Dass er unterm Schnee lag, rettete ihn vor dem Tod, sagten die Ärzte … Ihm wurde schwarz vor Augen. Der Marktplatz in der Stadt war menschenleer. Er zwang sich, die Straße entlangzugehen, konnte aber nur einige Schritte machen, dann blieb er wie angewurzelt stehen. Dann ging er wieder vor die Stadtmauer, schaute von dort auf den menschenleeren Platz, umkreiste mit seinem Pferd die Stadtmauer. Jedes Mal, wenn er zum Felsen mit der Keilschrift kam, blieb er stehen und starrte auf die Zeichen. Dann senkte er voller Scham den Kopf und umkreiste mit seinem Pferd wieder die Stadtmauer, und je öfter er sie umkreiste, desto mehr wuchs sein Zorn und desto mehr kam er wieder zu sich. Beim siebten Mal verspürte er großen Hunger, sein Magen knurrte. Er wollte nicht glauben, dass diese so rührige Stadt jetzt ausgestorben dalag. Beim Anblick dieser Leere überfiel ihn selbst Einsamkeit, ein Gefühl unerträglicher Verlassenheit. Er hatte schon viel Leid erfahren, viele Plagen überstanden, aber so etwas war ihm noch nie widerfahren. In seinem Innern herrschte gähnende Leere. Er konnte sich nicht vom Fleck bewegen. Der Archäologe mit sehr blauen, kindlich blickenden Augen erscheint vor ihm, erschrocken und verwundert stürzt er nach dem Gewehrschuss vom Gerüst, prallt immer wieder gegen die Felswand und dann längelang auf die Erde. Vielleicht hundert, vielleicht zweihundert Flötenspieler, Sänger, Oboenbläser. Vielleicht ist die in den Felsen gemeißelte Keilschrift die Schrift großer Könige über triumphale Siege – keiner weiß ja, was sie bedeutet, und der sie entziffern konnte, wurde getötet. Wie viel tausend Menschen wurden für diese Schrift getötet, wie viel tausend Herde verlöschten? Seit es die Menschheit gibt, schwimmt sie im Blut. Aus der Äderung des Beschrifteten Felsens begann schimmerndes Blut zu rinnen. Auch die Keilschrift wurde von Blut gefärbt. Und rings um die Festung aufrecht stehende erfrorene Männer …

Der Tierarzt umkreist die Stadt, verharrt vor dem verzierten Tor, wirft einen Blick auf den leeren Platz. Die verschwommen sichtbare Hüsrev-Pascha-Moschee trägt ihn in seine Kindheit zurück. Er spürt das Ziehen im Bein und die Schmerzen in der Hüfte nicht mehr. Mit kindlicher Freude läuft er in die Stadt, schaut auf dem Platz verwundert um sich, geht weiter zum Elternhaus, die Tür steht offen. Zwei Stufen auf einmal nehmend, springt er die Treppe hoch, auch die Tür zu seinem Zimmer steht offen, das Zimmer ist leer. Er geht in die Zimmer seiner Eltern, auch dort ist niemand. Bald hat er das ganze Haus durchstöbert. Auf dem Balkon ein einzelner Blumentopf mit einem Büschel feuerroter Blüten. Der Anblick macht ihn traurig, seine Glieder werden schwach, er reißt sich zusammen, springt wie damals als Kind drei Stufen auf einmal hinunter und läuft geradewegs zum Haus seiner Verlobten, doch auch der Bau aus roten und elfenbeinfarbenen Ziegeln ist menschenleer. Danach klappert er die Häuser aller Verwandten, Freunde und Bekannten ab und geht dann müde und abgekämpft zum Markt. Im Viertel der Juweliere kein einziges Licht. Auf halbem Wege macht er kehrt und flüchtet in den Vorhof der Hüsrev-Pascha-Moschee. Das Wasser des grün und orange geäderten Marmorbeckens sprudelt, rinnt unter der Steinmauer hindurch in den See. Obschon nicht durstig, hält er die hohlen Hände unter den Wasserstrahl und trinkt. Beklommen, nachdenklich wandert er kreuz und quer durch die Gassen, rastlos, bis zum Abend.

Als die Sonne sich hinter den Berg Süphan senkte, ging er zu seinem Pferd, tränkte es am Bach, brachte es zu einer üppigen Weide, pflockte es an, ging nach Haus in sein Zimmer, streckte sich auf den blanken Fußboden aus und schlief ein, ohne an Essen und Trinken auch nur gedacht zu haben.

Als er aufwachte, war später Morgen. Er hatte traumlos geschlafen. Benommen schaute er sich im leeren Zimmer um, betrachtete die Fenster und die Zimmerdecke, die von einem armenischen Meister stammte. Die Schnitzereien und das Bild der Festung vor dem See in der Mitte der Decke waren bewundernswert. Auch der gemalte See schimmerte und glitzerte. Jetzt wusste er: Er war in seinem Zimmer! Er mochte nicht aufstehen, ließ den Kopf wieder auf den Mantelsack sinken und dämmerte, halb schlafend, halb wachend, dahin. Von draußen war kein Laut zu hören, kein Vogelsang, kein Wasserrauschen, keine Menschenstimme. Es herrschte eine unerträgliche Stille. Als er sich verzweifelt von einer Seite auf die andere drehte, kam der leise Ton einer Oboe an sein Ohr, wurde immer deutlicher und brachte ihn wieder zur Besinnung.

Tierarzt Cemil stand auf, klopfte sein Zeug ab und ging ins Freie. Die Blätter von drei hohen, alten Silberpappeln lispelten in der leichten Brise. Er schaute an den Pappeln hoch, der Himmel war von fleckenlosem Blau. Eine Kette von Kranichen flog vom Berg Süphan hinunter in die Ebene. Dort unten werden sie auf langen Beinen schwankend dahin staken und die herunterhängenden Büschel ihrer hauchdünnen Federfahnen im Winde wehen lassen. Gott sei Dank, ihr Fleisch galt als unrein, ihr Abschuss war Sünde. Woher kamen die Klänge der Oboe? Der Tierarzt horchte und horchte, doch er konnte es nicht feststellen. Kamen sie von der Festung, vom See, aus den Kuppelbauten? Der Klang war überall. Sogar als er sein Gesicht am Brunnen der Moschee wusch, erfüllte er sein Ohr. Der Bläser war ein Meister. Er spielte eine traurige Weise aus alten Zeiten so unglaublich schön, dass die Melodie einen zutiefst ergriff. Cemil wusch sich das Gesicht, reckte sich und marschierte zur Festung. Keine Menschenseele weit und breit. Er ging hinunter zum Stadttor, es war niemand zu sehen. Richtung Südost, Südwest, nichts ... Mal kam der Ton näher, mal entfernte er sich, mal verstummte er. Die Hüsrev-Pascha-Moschee fiel ihm ein; die Tür war zu, er drückte sie auf. In einer Gebetsnische sah er Sofi knien. Träumerisch entrückt hatte er die Oboe angesetzt und spielte. Auf Zehenspitzen ging der Tierarzt über farbenfrohe Kelims und Teppiche und blieb einige Schritte vor ihm stehen. Sofis Augen waren geschlossen. Sofi spielte immer mit geschlossenen Augen. Leise ging Tierarzt Cemil zur Treppe der Gebetsnische und setzte sich. Sofi sprang von einem Klagelied zum nächsten über, von einer Tonlage zur anderen. Die Oboe beweinte nicht den Tod eines Einzelnen, sie sang das ergreifendste Klagelied aller Zeiten für eine der schönsten und ältesten Städte der Welt.

Wie lange Sofi spielte und er ihm selbstvergessen zuhörte, sie merkten es beide nicht.

Sofi nahm die Oboe von den Lippen, erhob sich – er war schlank und hoch gewachsen –, blieb, die Augen zur Tür gewandt, nachdenklich stehen und strebte dann, ohne um sich zu blicken, dem Ausgang zu. Die Oboe trug er in der Rechten.

»Sofi!«

Abrupt blieb er stehen.

»Sofi!«

Er rührte sich immer noch nicht, der Tierarzt ging zu ihm und berührte seinen Arm. »Sofi, ich bins, Cemil.«

Sofi drehte sich nach der Stimme um. Als er Cemil erblickte, lächelte er und umarmte ihn. »Ist der Krieg zu Ende?«

»Er ist zu Ende«, antwortete Cemil mit heiserer Stimme.

»Seit wann?«

»Seit langem«, sagte Cemil.

Sofi hängte sich bei ihm ein, sie gingen hinaus, und Sofi schloss ab. Dann setzten sie sich auf die marmorne Umrandung des Brunnens. Cemil holte den Proviantbeutel aus seinem Mantelsack – die Nomaden hatten ihn reichlich versorgt –, sie aßen, spazierten dann vor die Stadtmauer und setzten sich in den Schatten der Bäume. Außer den ans Ufer schlagenden Wellen war nichts zu hören.

Vor ihnen erhob sich der Berg Süphan. Mit seinem Weiß und seinem Glanz hatte er sich verdoppelt, war er auch auf den Grund des Sees getaucht und hockte auch da in seiner ganzen Pracht. Er wellte sich mit dem See und wurde zum glänzenden Wasserspiegel emporgehoben. Jeden Augenblick wirbelten Farben und Lichter des Sees aufs Neue ineinander, sprühten wie glitzernde Wolkenbrüche über den Lehm der Stadtmauer und die Felswände unter der Festung – ein Schwindel erregender Anblick.

Kanonendonner aus allen Himmelsrichtungen hatte Angst und Schrecken verbreitet. Die osmanischen Heere kamen von Süden und Westen, die russischen von Norden, und sie kamen immer näher. Beide Armeen hätten gleichzeitig in die Stadt eindringen können, deren Einwohnerschaft hauptsächlich aus moslemischen Kurden und Türken und christlichen Armeniern bestand. Kamen die Russen zuerst, war es um die Moslems, kamen die Osmanen, war es um die Armenier schlecht bestellt. Marschierten beide gleichzeitig ein, würde die Stadt zur Fußmatte werden, bliebe kein Stein auf dem andern, kein Kopf auf den Schultern. Dies war ein Weltkrieg, und die ganze Menschheit war verantwortlich. Das Volk lebte in Angst. Wenn eine Stadt fiel, verlöschte auch jedermanns Herd. Das wussten alle, und alle waren darauf gefasst. Aber die Vernichtung dieser jahrtausendealten Stadt würde jedem schwerer fallen als der Tod.

Doch eines Tages verstummte der Kanonendonner. Hin und wieder noch ein Krachen, aber es fielen doch keine Granaten mehr auf Stadt und Festung. Nur auf den Hügeln der Umgebung flammte es hin und wieder auf. Dort tobte die erbarmungslose Schlacht.

Zuerst kam das russische, danach das osmanische Heer, die Stadt wechselte in kurzer Zeit mehrmals den Besitzer. Drangen die osmanischen Truppen ein, verließen die Christen die Stadt, drangen die russischen Truppen ein, flüchteten die Moslems. Am Ende setzten sich die Spitzen der moslemischen und der christlichen Gesellschaft der Stadt zusammen und beschlossen, gemeinsam die Stadt zu verlassen. Sie ließen diesen Beschluss von öffentlichen Ausrufern sofort der Bevölkerung verkünden. Dadurch wurde die Stadt vor Brandschatzung und Zerstörung bewahrt, und sie waren sicher, eines guten Tages in ihre schöne, unversehrte Stadt zurückkehren zu können.

Und wiederum an einem frühen Donnerstagabend stellten sich Flötenspieler, Oboenbläser und Sänger auf dem Felsen über der Stadt auf. Diesmal waren sie noch zahlreicher als sonst. Die ganze Stadt, Jung und Alt, Kind und Kegel, hatte sich unter dem Felsen versammelt, und über ihnen spielten und sangen die Meister alte Weisen, Klagelieder und Legenden in allen Sprachen.

Als die Sonne hinterm Berg Süphan unterging, zündeten sie in der Ebene große Feuer an, und die lodernden Flammen tauchten die Gegend in taghelles Licht. Kurden, Armenier, Assyrier, Jesiden, Juden, zweiundsiebzig Völker stellten sich vor den Lagerfeuern zum Reigen auf und sangen, spielten und tanzten ihre uralten Lieder.

Der Tag brach an, und der See begann sein endloses Blau über die Welt zu streuen. Die Menschen gingen ans Ufer, bildeten eine Reihe, fassten sich still bei den Händen, schauten aufs Wasser und sagten kein Wort.

»Auf einmal war die Stadt gestorben. Ich hockte wie erstarrt auf einem Felsen unter der Ringmauer. Seit Urvater Adam stand diese Stadt, sie wurde gebrandschatzt und zerstört, aber so ausgestorben war sie noch nie. Eine so menschenleere Stadt zerreißt einem das Herz tausendmal mehr als eine gebrandschatzte.«

Noch schlimmer war, dass diese leblose Stadt in einer endlosen Öde und Einsamkeit zurückgelassen, ja begraben wurde. Nicht einmal Katzen und Hunde gab es mehr. Lange vor Tagesanbruch erhob sich Sofi. Im Dämmerlicht jagte ihm die leer daliegende Stadt noch mehr Angst ein. Sie kam ihm vor wie eine seit Jahrtausenden unter einem Hügel schlummernde Ruine. Sofi horchte, setzte die Oboe an seine Lippen und spielte eine alte Totenklage, die er bisher noch nie zu spielen gewagt hatte. Der Ton der Oboe füllte die ohrenbetäubend klingende Stille.

Jetzt erlebte er die Felsen, die Festung, den See, die ganze Stadt ganz neu. Er übernachtete in der Hüsrev-Pascha-Moschee, wo alle Kelims und Teppiche unberührt zurückgeblieben waren und den Gebetsraum nach wie vor in ein Farbenparadies verwandelten. Wie der Spiegel des

Sees, so veränderte er sich von einem Augenblick zum nächsten, von einem Lichteinfall zum andern.

Er nährte sich von getrockneten Aprikosen, Äpfeln und Rosinen aus den Vorratskammern und in Krügen gelagertem Kräuterkäse. Käse gabs genug, nur kein Brot. Eines Morgens beschloss er, die Insel Akdamar aufzusuchen. Dort musste es noch reichlich Proviant geben. In einer geschützten kleinen Bucht lag wie immer das kleine Boot. Sie haben es einfach hier liegen lassen, dachte er, stieg ins Boot, setzte die Ruder ein, die ebenfalls dort lagen, und ruderte zur Insel hinüber. Blitzblank stand die Kirche da. Die Reliefs ringsum gaben dem Bau den Anschein des verzauberten Tempels, der in alter Zeit am andern Ende der Insel gestanden haben soll und den zu preisen Balladensänger noch heute nicht müde werden. Jetzt standen von dem Kristallpalast nur noch das Tor aus behauenem Marmor und einige Säulen. Die Insel war bewaldet, aber die Sicht auf die Kirche wurde von keinem Baum versperrt. Sie stand hoch am Hang und war, ob vom See oder vom Land aus, schon von weitem zu sehen.

Das Portal der Kirche stand offen. Als Sofi auf der Schwelle ins Innere blickte, gewahrte er in der ersten Reihe des Gestühls aus Nussholz einen breitschultrigen Mann, dessen Kopf auf der Ablage der Kirchenbank ruhte. War das nicht der Fischer Kirkor?

Im Van-See lebt kein Geschöpf, das Wasser ist sodahaltig, und das weiß jeder. Nur dort, wo Bäche und Flüsse in den See münden, lebt eineinhalb bis zwei Meilen ins offene Wasser hinaus eine kleine Äschenart, und Fischer Kirkor wusste, wo.

Fischer Kirkor gehörte zu den Namhaften der Stadt Van. Jeder kannte ihn. Er hatte ein großes, liebendes Herz, war der beste Flötenspieler und Oboenbläser weit und breit, und er führte den Reigen an, der beim Felsen unter der Burg getanzt wurde. Die Balladen von Abdalé Zeyniki sang er am schönsten. Seine Stimme war ein Geschenk Gottes. »Ich kam am Van-See auf die Welt, mich hat der See geboren, und ich werde am See sterben«, war sein geflügeltes Wort.

Als ringsum die osmanischen und russischen Heere die Welt in Brand setzten, befand Fischer Kirkor sich mit seinem Boot auf dem See. Bis zum Tag des Auszugs aus der Stadt kam er nicht an Land. Doch am letzten Tag, woher er es auch immer wusste, war er mit seiner Oboe gekommen und hatte sich unter die Spieler gemischt.

Kirkor schlief tief und fest. Er hatte seine Arme über die ganze Bank ausgestreckt. Doch als Sofi näher kam, schnellte er hoch, schaute benommen um sich, als suche er etwas.

»Ich bins, Kirkor. Ich bin Sofi!« Noch ganz benommen, umarmte Kirkor ihn und rief: »Du auch? Natürlich du. Wer, außer mir, würde auch sonst hierher kommen.«

Sie gingen hinaus, setzten sich auf die Schwelle des Portals.

»Ich schlafe in der Moschee.«

»Na und, Sofi? Und ich in der Kirche.«

Kirkor wird sich von seinem See nicht trennen; einmal hier geboren, wird er auch hier sterben. Er hatte Kanister mit gesalzenen Fischen und Krüge voller Kräuterkäse in unauffindbaren unterirdischen Vorratskammern der Kirche versteckt. Sobald der erste Fremde seinen Fuß auf die Insel setzte, würde er selbst da unten verschwinden. Das Wasser der Zisterne reichte mindestens ein Jahr, abgesehen davon, dass Wasser auch draußen leicht zu beschaffen war.

Sofi dagegen hatte sich überrumpelt gefühlt. Auf den Gedanken, eines Tages aus der Stadt vertrieben zu werden, wäre er nie im Leben gekommen. Als er die Häuser durchstöberte, fand er drei Krüge Wabenhonig, zwei Krüge Kräuterkäse und einen Sack Mehl, von dem er die Hälfte Kirkor brachte. Mehl würde er immer finden. Die Bergbauern waren nicht alle geflüchtet. So hoch in den Bergen konnte die russische Armee sie nicht verjagen.

»Komm, Sofi, gehen wir fort von hier!«, bat der Tierarzt. »Unsere Stadt ist gestorben, das ganze Volk hat sie mit Klageliedern ehrenvoll begraben.«

»Diese Stadt wird wieder auferstehen.«

»Wie ein toter Mensch nicht mehr zum Leben erwacht, so kann auch eine Stadt …«

»Sie kann es! Unsere Stadt wird noch vor meinem Tod zu neuem Leben erwachen. Ich werde jedenfalls bis an mein Lebensende darauf warten.«

»Sie wird es nicht.«

»Sie wird es, mein Junge. Gibt es eine andere Stadt auf dieser Welt, wo die Meister das Gold gleich Seide zu Spitzen verarbeiten? Ihr Ruhm ist bis in den westlichsten Westen, den östlichsten Osten, ins Frankenland, nach Amerikistan und in die Wüsten Arabiens gedrungen! Wo sonst in der Welt können Hände, die eine Kirche bauen, einem Stein so viel Leben einhauchen? Diese Stadt wird wieder voller Menschen sein, diese Stadt wird wieder leben.«

Tierarzt Cemil sah ein, es war vergeblich. Sofi wird bis an sein Lebensende dieser Stadt die Totenwache halten, jeden Donnerstag auf dem Felsen unter der Festung herzzerreißende Klagelieder auf der Oboe blasen, und vielleicht würde eines Tages auch Kirkor mit seiner Oboe kommen und ihn begleiten.

»Was ist aus dem kleinen Boot geworden?«

»Kirkor brachte mich damit ans Ufer«, lachte Sofi.

»Und sein eigenes Boot?«

»Das hat er irgendwo versteckt, wo es keiner findet.«

Der Tierarzt schwang sich aufs Pferd. »Alles Gute, Sofi! Hoffentlich erwacht unsere Stadt zu neuem Leben. Gott gebe es!« Der Tierarzt trieb sein Pferd an. Er war müde und erschöpft, konnte sich nur schwer im Sattel halten. Mit verhängten Zügeln ritt er weiter, und das Pferd trug ihn nach Süden. Bis die Stadtmauer, die Minaretts und die Burg seinen Augen entschwanden, blickte er immer wieder zurück. Das Pferd trottete, wohin es wollte. Gegen Mittag stand er wieder vor dem Stadttor von Van.

»Willkommen!«, sagte Sofi.

»Ich bin nicht zurückgekehrt, das Pferd wars.«

»Ich weiß. In diesen Tagen kehren nur die Pferde zurück. Eines Tages wirst auch du nach Van zurückkehren.«

»Ich muss meine Eltern finden.«

»Und deine Verlobte. Nur: das Land der Osmanen ist sehr groß.«

Der Tierarzt lachte. »Sind denn alle Städte der Osmanen so verwaist?«

»Wenn sie nicht verwaist sind, so sind sie tot.«

»Besuchen wir doch Kirkor!«

Der Tierarzt zu Pferde, Sofi zu Fuß, machten sie sich auf zur Anlegebrücke. Sie hofften, Kirkor würde sie entdecken und mit dem Boot holen. Als es Abend wurde, machten sie kehrt.

»Als er dich in Uniform neben mir entdeckte, bekam er es wohl mit der Angst.«

»Das ist verständlich.«

»Er war doch ein mutiger Mann, der sich vor nichts und niemand fürchtete. Aber gibt es heute noch beherzte Menschen?«, seufzte Sofi.

»Der Menschensohn ist unmenschlich geworden, der Nachbar wurde seines Nachbarn, der Freund seines Freundes Blutschuldner. Ja, Kirkor hat Angst! Niemand hätte für möglich gehalten, was sich hier während des Krieges abspielte. Ich wollte es nicht einmal glauben, als ich es mit eigenen Augen sah. Was mussten sie, die erblinden mögen, nicht alles sehen, Cemil! Hundsgemeine Taten, aber auch todesmutige.«

An einem frühen Nachmittag versammelte sich von sieben bis siebzig die ganze Stadt auf dem Marktplatz. Moslems, Christen, Jesiden und andere. Alle hatten ihre schönsten Kleider angelegt und glänzten um die Wette, als sie sich zu den Felswänden unter der alten Festung aufmachten. Die Flötenspieler, Oboenbläser und Schellenschläger stellten sich vor den Felsen auf und sangen und spielten aus ganzem Herzen ihre Klagelieder. Seit Menschengedenken hatte man so bittere Stimmen nicht gehört. Sängern, Musikanten und Zuhörern liefen Schauer über den Rücken. Danach stellten sie sich zum Reigen auf. Große Feuer wurden angezündet, und bis zum Morgen drehten sich zweiundsiebzig Völker wie in freudigem Wahn im Kreis.

»Und am nächsten Tag waren die Instrumente und die Stimmen verstummt, lag die Stadt verlassen da.«

»Woher weißt du das, Cemil, mein Junge?«

»Es stimmt also, Sofi!«, lächelte der Tierarzt.

»Als der Tag anbrach, standen alle am Seeufer, blickten stumm auf dieses Meer und auf den Berg Süphan. Wie zu Stein erstarrt. Bis in den frühen Vormittag.«

»Und die Meinen, der Vater, die Mutter, die Verlobte, Schwestern und Brüder gingen mit hängenden Schultern davon, nicht wahr?«

»Sie werden bald wiederkommen, Van wird wieder das alte Van sein, die Stadt wird wieder mit goldenem Glanz im Mittelpunkt dieser Welt schimmern. Müssten sie in der Fremde bleiben, sie würden sterben. Früher oder später kommen sie zurück.«

»Ist wahr, was du da sagst, Sofi?«

»Es ist wahr«, antwortete Sofi mit bitterem Lächeln. »Schau doch, die Stadt steht da wie früher! Wie ein Kristallpalast glitzert die Hüsrev-Pascha-Moschee unterhalb der Burg, und schau dir die Kirche auf Akdamar an, sie leuchtet wie ein goldenes Schiff mitten im See! Und wie seit Urzeiten hockt die alte Festung Van da oben, und die Felsen werden die Keilschrift bis in alle Ewigkeit schützen. Die Menschen haben die

Stadt verlassen, um sie vor dem Tod zu bewahren. Sie werden zurückkommen.«

»Ist das sicher, Sofi?«

»Es ist sicher. Und auch du wirst bald zurückkehren, Junge. Wohin die Deinen und die Deine auch gegangen sind, sie werden zurückkommen. Sie haben mit Freude ihre schöne Stadt verlassen, nur damit sie nicht vernichtet wird, und haben bei den osmanischen oder russischen Heerführern Schutz gesucht.«

Das Pferd hatte aufgehört zu fressen. Tierarzt Cemil saß auf, umkreiste die Stadtmauer und hielt vor dem prächtigen, mit Schnitzereien verzierten Tor. Seine Augen wanderten von Sofi zur Burg, dann setzte er das Pferd in langsamen Schritt, doch am Beschrifteten Felsen zügelte er es, blickte hoch, als wolle er die Keilschrift lesen. Hunderte, tausende, abertausende haben hier seit Jahrhunderten jeden Donnerstag über der Keilschrift Flöte gespielt, Oboe geblasen, im Chor Totenklagen oder fröhliche Lieder gesungen, begeistert und dankbar, in dieser Welt zu leben. Und wenn wir, wie vor unserer Zeit, auch jetzt nicht, ja, überhaupt nicht auf die Welt gekommen wären? Bei diesem Gedanken erschauerte Tierarzt Cemil. Plötzlich zog der ganze Krieg an ihm vorüber, Sarikamiş, die Berge Allahüekber, im Schnee erstarrte Männer, die hervorquellenden Augen voller Grauen und enttäuscht, sich in dieser Welt nicht ausgelebt zu haben …

Zwischen den Nussbäumen und den Silberpappeln ritt er weiter, in seinem Innern dröhnte die Stille der verlassenen Stadt. Ein Hügel tauchte auf. Cemil war, als drehe und schwanke die Kuppel von der Türbe da oben. An diesen Hügel konnte er sich sehr gut erinnern. Mit seinem Vater war er oft hergekommen, und sein Vater hatte mit erhobenen Händen vor dem Grabmal lange gebetet. Am Fuße des Hügels zügelte Cemil das Pferd, drehte es zur Kuppel, öffnete die Hände zum Himmel und murmelte einige Gebete. Als er zu Ende gebetet hatte, ging das Pferd weiter.

Die waldige, lange Schlucht mündete in eine weite Ebene, die er nach zwei Tagen erreichte. Bei einer Quelle am Ende der Senke saß er ab, pflockte das Pferd in sattem Gras an, legte sich bäuchlings auf die Erde und trank genüsslich das klare Wasser. Es duftete von überall her, besonders nach Erde, wenn ein Lufthauch aufkam. So duftete es eigentlich nur, wenn es zu nieseln begann, wunderte er sich. Auch wenn vor Sonnenaufgang gepflügt wurde, duftete die Morgenbrise so nach Erde, Blumen und Gras. Nur der Erdgeruch wird von den andern Düften nicht übertüncht, man saugt ihn ein und gerät außer sich vor Freude.

Nachdem er gegessen hatte, streckte er sich neben der Quelle aus und linste durch das Geäst einer Silberpappel gedankenverloren in den Himmel. So klar und blau hatte er ihn noch nie gesehen. Ein knallgelber, taubengroßer Vogel landete auf einen Zweig der Pappel, und Cemils Gefühl von Einsamkeit verschwand im Nu. Fröhlich erhob er sich, Schwindel erfasste ihn, beinah wäre er gestürzt, doch wieder fächelte eine Brise ihm den starken Erdgeruch in die Nase, er kam wieder zu sich und machte einige Schritte auf die Felswände zu. Sie waren von der Quelle weiter entfernt, als er geschätzt hatte. Er ging an den Felsen entlang, der Erdgeruch war verschwunden. Hinter den Felsen entdeckte er einen verrußten Eichenhain. Pechschwarz. Vom brandigen Geruch wurde ihm übel, er kehrte eilig zur Quelle zurück, die so hell über die Kiesel sprudelte, als sei sie reines Licht. Der gelbe Vogel hockte noch immer in der Silberpappel. Er saß grübelnd da, sein samtweiches Gelb vermengte sich mit dem Blau des Himmels, ab und zu schlug er schüttelnd die Flügel. Und wieder strömte Cemil über vor Freude. Vergessen waren die verrußte Brandfläche in der Schlucht und die verödete Stadt Van. Er ging zu seinem Pferd, zog den Pflock aus der Erde, steckte ihn in den Mantelsack und saß auf. Auch das Pferd fühlte sich wohl, es setzte sich in Trab. Es war schon später Vormittag, die Schlucht lag hinter ihm, als er zu seiner Linken leises Wimmern zu hören glaubte. Er zügelte das Pferd, horchte, die Stimmen schienen vom verbrannten Hain zu kommen. Ein eigenartiges Wimmern, ein Schluchzen, wie er es noch nie gehört hatte. Als er sich zu den verkohlten Bäumen aufmachte, brach das Gewimmer ab. Cemil umkreiste den Hain und erschrak. Eine Horde Kinder von zehn bis zwölf Jahren, eingefallen, die Augen tief in den Höhlen, hohlwangig, nur Haut und Knochen, die Hälse spindeldürr, manche nur noch ein nacktes Skelett, in Lumpen gehüllt. Alle hatten den Kopf zum Reiter gedreht, den Hals gestreckt, versuchten zu sprechen, brachten aber nur ein jammerndes Gestammel über die Lippen.

Tierarzt Cemil saß wie erstarrt im Sattel. Er hatte schon viele dieser Kinder gesehen, Kinder von Armeniern, Kurden und Jesiden, die im Krieg umgekommen waren. Aber nie waren sie in einem so elenden Zustand gewesen wie diese hier. Zu hunderten wehte sie der Wind von

Dorf zu Dorf, von Ort zu Ort. Sie holten sich aus den Häusern und Läden, was sie an Essbarem finden konnten, und waren beim nächsten Lidschlag schnell wie der Wind schon wieder fort. Dörfler und Städter schwangen sich auf ihre Pferde, verfolgten und töteten sie, wenn sie ihrer habhaft wurden. Manchmal kam es zu Kämpfen zwischen den bewaffneten Reitern und den Kindern. Mit Steinschleudern wehrten sie sich gegen die Waffenträger, bis eine der Parteien die Flucht ergriff oder es dunkel wurde. Viele Kinder wurden getötet, viele Dörfler und Städter wurden verletzt. Auch streunende Hirtenhunde von Dörflern, die keine Herden mehr hatten, wüteten in Stadt, Dorf, Wald und Flur und rissen jedes Geschöpf, das ihnen vor die Lefzen kam. Jeder Hirtenhund, der einst die Herden der Armenier, Kurden und Jesiden bewacht hatte, war nach der Ermordung seines Herren selbst zur mordenden Bestie geworden.

Tierarzt Cemil brachte kein Wort aus den halbtoten Kindern heraus. Er trieb sein Pferd in die Ebene. Er gab ihm die Sporen, dass die Hufe die Erde aufwirbelten. So preschte er in die nächste Kleinstadt und fragte noch im Galopp den Erstbesten, der ihm über den Weg lief, nach dem Landratsamt. Dort band er das Pferd ans Geländer der Hoftreppe, hetzte, zwei Stufen auf einmal nehmend, hinauf zum Büro des Landrats, stürzte in dessen Zimmer und grüßte militärisch.

»Sie sterben! Ja, sie liegen in den letzten Zügen. Hunderte Kinder haben in einer Senke Schutz gesucht, splitternackt, und sie sterben.«

»Setzen Sie sich doch erst einmal für einen Kaffee, dann reden wir darüber!«, entgegnete der alte Landrat, dessen buschiger, grauer Schnauzbart die Oberlippe verdeckte, ungerührt und bot ihm einen Platz an.

»Sie sterben, Efendi, sie sterben«, wiederholte der Tierarzt, während er sich setzte, »es muss sofort etwas geschehen, um ihren Tod zu verhindern!«

»Kommen Sie erst einmal zur Ruhe, und trinken Sie einen Kaffee! Wer sind die Sterbenden?«

»Kinder, kleine Kinder, in einer Senke splitternackt aneinander gedrängt, zu Skeletten abgemagert, dass man ihre Knochen knacken hört. Wenn Sie nicht sofort etwas unternehmen, werden sie sterben. Einen Arzt!«

»Sagten Sie Kinder?« Der Landrat lächelte leicht. »Wir wissen es, mein Verehrtester, regen Sie sich bitte nicht auf! Die Senken, Schluchten und Gräben dieser Gegend sind voll von ihren Skeletten.«

»Dann sollen wenigstens diese hier nicht sterben, Efendi. Sie brauchen sofort ärztliche Hilfe, Medikamente!«

»Sie werden sterben«, schrie der Landrat.

»Um Gottes willen, Efendi, was sagen Sie da!«

»Sie werden sterben, sie müssen sterben!«

»Warum das denn, Efendi? Es sind Kinder, Menschenkinder in den letzten Zügen!«

»Es sind keine Menschenkinder, Herr Offizier, es ist eine Schlangenbrut. Wo haben Sie denn gekämpft?«

»In Sarikamiş.«

»Wo neunzigtausend Mann von Läusen zerfressen wurden, nicht wahr?«

»Ja, mein Herr.«

»Und wo die Hälfte erfror und zu Eiszapfen erstarrte, nicht wahr? Wie sind Sie denn davongekommen?«

»Eine lange Geschichte.«

»Wie viele sind von diesem Riesenheer denn übrig geblieben?«

»Ganz wenige. Eine Hand voll.«

Der Landrat verzog seine Lippen und fragte spöttisch: »Das heißt, wenn wir nicht rechtzeitig dort sind, werden die Kinder in der Senke sterben?«

»Sie werden sterben, Efendi.«

Der Landrat schnellte auf die Beine und begann unvermittelt zu brüllen. Das Gesicht hochrot angelaufen, die Adern angeschwollen, schlug er mit der flachen Hand mit aller Kraft auf den Tisch. »Wissen Sie denn, was diese Kinder sind, Herr Offizier? Das sind Heuschreckenschwärme, das sind Ungeheuer. Sie sind es, die dieses Land zugrunde richten, Dörfer und Kleinstädte plündern. Sie töten Menschen, schänden kleine Mädchen. Es sind Armenier, es sind Kurden, Jesiden, Babylonier und Zigeuner, die Bastarde von zweiundsiebzig Völkern! Nach allen Vier Heiligen Büchern ist ihre Tötung erlaubt. Sie kennen sie ja nicht; wie gut, dass sie sterben und wir von diesen Heuschrecken, diesen blutsaugerischen Ungeheuern, diesen Rhinozerossen Menschengestalt befreit werden!« Schweißbedeckt und erschöpft setzte er sich. Sein Hände zitterten.

Der Kaffee war gebracht worden und stand auf dem Tisch. »Trink deinen Kaffee, Offizier! Ich bin auch Soldat.«

»Sie sterben, Efendi.«

»Trink deinen Kaffee!«, brüllte der Landrat. Der Tierarzt stand auf und ging zu Tür. Er zitterte vor Zorn, als er die Treppe hinunterstieg.

Der Marktplatz der Kleinstadt war von Läden umgeben. »Sie sterben«, brüllte Cemil. »Hunderte Kinder sterben in einer Senke!« Mitten auf dem Marktplatz brüllte und tobte er wie von Sinnen. Niemand wagte sich in seine Nähe, niemand kam aus den Läden heraus. Wutentbrannt ging er von einem Laden zum andern. »In einer Senke liegen sie dicht gedrängt und splitternackt!« Die Leute in den Läden standen wie erstarrt, sahen ihn nur eigenartig und mitleidig an.

Ein großer, kräftiger Mann mit langem, weißem Bart baute sich vor ihm auf: »Halt ein, mein junger Offizier! Hier wurden schon viele Kinder getötet, hier starben schon viele Kinder an Hunger. Schrei hier nicht in den Wind, schone deine Lunge, bring dich nicht in Schwierigkeiten!«

Aschfahl geworden, schaute der Tierarzt den alten Mann verwundert an.

»Schau nicht so, mein Junge, zerfriss dich nicht! Hier hat sich jeder an den Tod gewöhnt. Fehlt nur noch, dass sie denen, die Kinder töten, auch noch goldene Orden anheften und den, der die meisten tötet, zum größten Helden erklären. Steig auf dein Pferd, mein junger Offizier, und reite davon. Ich bin auch Soldat und verstehe dich. Ich war zehn Jahre dabei, und es gibt keine Schlacht, in die ich nicht gezogen bin. Viele, die in den Krieg ziehen, werden zu Unmenschen, ihr Geist verwirrt sich, sie gewöhnen sich ans Blutvergießen. Ein kleiner Teil nur wird zum Feind des Tötens. Geh deines Weges, mein Sohn, bevor diese Blutrünstigen dir etwas antun! Es gibt keine Rettung für die in der Senke. Was wir auch immer unternehmen, sie werden sterben, mein Junge!«

Der Tierarzt stand wie erstarrt.

»Woher kommst du, wo hast du gekämpft, mein Junge?«

Der alte Mann musste seine Frage dreimal wiederholen, bevor Cemil antwortete: »Bei Sarikamiş, in den Bergen Allahüekber.«

»Von unseren Leuten, die dorthin gezogen sind, ist nicht ein Einziger zurückgekommen.« Er neigte sich, drückte ihm mitleidvoll die Hand und entfernte sich.

Ratlos war der Tierarzt auf dem Platz stehen geblieben. Nach einer Weile ging er zu seinem Pferd und saß mit Mühe auf. Vor einer Bäckerei stieg ihm der Duft frischen Brotes in die Nase. Er starb vor Hunger. Eine Zeit lang verharrte er, dann lenkte er das Pferd zur Ladentür. »Drei Brote!«

Der Bäcker reichte ihm drei ofenfrische, warme Laibe. Als er das Geld in seine Schürzentasche steckte, fügte er witzelnd hinzu: »So teuer, dass es einem die Hand verbrennt, nicht wahr? Dieser Backofen hat seit Jahren keinen Teig mehr gesehen, doch gestern kamen von irgendwoher drei Sack Mehl. Unsere Kleinstädter haben es noch gar nicht mitbekommen. Schon bald kommen sie wie ein Heuschreckenschwarm, und im Nu wirds kein einziges Brot mehr im Laden geben.«

Der alte Mann war zurückgekommen und hatte die Hand auf den Hals des Pferdes gelegt. »Hör auf mich, mein Offizier, wer weiß, was du in diesem Krieg durchgemacht hast. Mach dich schnell davon! Neue Sitten ins alte Dorf bringen! Gewöhn dich daran, diese Kinder in der Senke werden sterben.«

Der Tierarzt gab dem Pferd die Sporen. Die Kreisstadt war nicht weit, er ließ das Pferd ausgreifen, es war schaumbedeckt, als sie dort ankamen. Der Präfekt empfing ihn freundlich, bestellte Kaffee und erkundigte sich nach Sarikamiş und Allahüekber. Cemil berichtete, so gut er konnte, dem Präfekten rannen einige Tränen, doch als das Gespräch auf die Kinder kam, gefror er zu Eis. »Sollen sie doch sterben!« Der Präfekt sagte dasselbe wie der Landrat, nur nicht so zornig, eher gleichmütig. Seine Stimme klang selbstsicher und überzeugt. »Sie werden sterben, und wir sind von diesem Übel befreit.«

Der Tierarzt erhob sich. Er hatte vergessen, seinen Kaffee zu trinken. Der Präfekt, ein sehr höflicher Mann, geleitete ihn zur Tür.

Der Tierarzt ritt zur Stadt hinaus, hinein in die endlos weite Ebene, wo bei jedem Luftzug der Staub aufwirbelte. Bald begann er zu dösen, sah Erinnerungsfetzen der Kindheit vorbeiziehen, verschwommene Bilder seiner Verlobten und seiner öd und leer daliegenden Stadt. Gedanken an die Kinder in der Senke verscheuchte er sofort. Er war nach dem Krieg ein Meister der Verdrängung des Krieges geworden, aber er war auch sicher, diese Bilder nie ganz vergessen zu können. Der Hunger nach dem duftenden Brot quälte ihn, sein Magen knurrte, dennoch wollte es ihm nicht gelingen, danach zu greifen. Er meinte, nie wieder essen zu können. Und das Pferd unter ihm schien ebenso traurig zu sein, es hielt den Kopf gesenkt, die Mähne berührte fast die Erde.

Nach einer ganzen Weile schreckte er hoch, kam er wieder zu sich. Wenn er zur Bäckerei zurückkehrte, Säcke voller Brot zu den Kindern brächte, könnte er sie vielleicht vorm Hungertod bewahren! Und wenn er doch noch einige mitleidige Menschen fände und einen Arzt und Medikamente? Während er diese Wunschträume weiter ausmalte, lebte auch das Pferd wieder auf, hob den Kopf, schüttelte seine Trauer ab und fiel in Trab. Außer dem erfrischenden Gegenwind wehte noch eine leichte Brise. Vor einem Hügel verharrte das Pferd und spitzte die Ohren. Von irgendwoher kamen Stimmen.

Der Tierarzt horchte, es schienen Menschenstimmen zu sein. Er spornte das Pferd an, und als er um den Hügel herumgeritten war, sah er die Umrisse einer die Wegränder überlappenden, wie am Boden klebenden, ausgedehnten Herde von Menschen näher kommen. Er zügelte das Pferd und wartete. Verwehte Wortfetzen drangen an sein Ohr. Ja, was da kam, waren Menschen. Es könnten auch Kinder sein, dachte er freudig erregt, und er täuschte sich nicht. Sein Herz pochte, er öffnete den Mantelsack, brach vom Brotlaib ein Stück ab und biss hinein. Als die Kinder vor ihm waren, wurde es ganz still, doch plötzlich stoben sie laut lärmend wie Haselhühnerküken auseinander.

»Bleibt stehen, hört mir zu!«, schrie er, lenkte das scheuende Pferd in ihre Richtung und begann ein flüchtendes Kind zu verfolgen. Im selben Augenblick holten die anderen ihre Schleudern hervor, und wie ein Sturzbach regneten Steine auf ihn herab. Er holte das Kind ein, rutschte aus dem Sattel, riss es mit sich und presste sich mit ihm auf die Erde. Der Steinregen dauerte an, das Pferd wollte durchgehen, stieg auf die Hinterhand, schlug nach allen Seiten aus, aber der Tierarzt ließ die Zügel nicht los, wurde mit dem Kind von dem Tier hin und her geschleift.

»Mein Freund, lauf zu ihnen, ich muss ihnen etwas sagen! Wenn sie nicht auf mich hören, wird es schlimm für sie werden, und ihr werdet es noch bitter bereuen! Sag ihnen, ich gehöre nicht zu den andern … Los, lauf hin, bevor die Steine uns umbringen! Ich warte auf euch!«

Das Kind sprang auf, öffnete die Arme wie ein Vogel die Flügel und schrie: »Hört auf, dieser Mann gehört nicht zu denen! Er will uns etwas sagen, was wichtig ist für uns.« Und an den Tierarzt gewandt fügte es hinzu: »Bleib da liegen und rühr dich nicht!«

Die Kinder versammelten sich und berieten eine ganze Weile. Schließlich kam aus ihrer Mitte ein hoch gewachsener Junge gelaufen und befahl in strengem Ton: »Steh auf, Kamerad!«

Der Tierarzt erhob sich, das Kind ging um ihn herum, blieb dann vor ihm stehen, schaute ihm in die Augen und rief: »Kommt her, dieser

Mann ist in Ordnung!« Mit ihren Steinschleudern in den Händen kamen sie angelaufen und scharten sich um den Tierarzt. Es schienen über dreihundert zu sein. Der Tierarzt berichtete von den sterbenden Kindern in der Senke, vom Landrat, vom Präfekten und all den andern und von ihrer feindseligen Haltung.

»Wir danken dir, Bruder, aber das alles wissen wir. Beschreibe uns nur ganz genau, wo diese Kinder sind!«

Der Tierarzt hockte sich auf die Erde, zeichnete mit einem Span die Kleinstadt, die Hügel, den verbrannten Eichenhain, die Felswände und die Senke in den Sand. »Ihr braucht auch einen Arzt. Wo finden wir den? Ärzte sind hilfsbereite Menschen. Und ich treibe Medikamente, Brot und andere Nahrungsmittel auf.«

»Nicht nötig, wir brauchen nichts. Wir werden erst einmal die Kinder finden und ihnen auf die Beine helfen.«

»Wir brauchen nichts, Bruder …«, kam das Echo von den anderen Kindern. »Mach du dich aus dieser Gegend davon!«

»Hier töten sie dich noch einmal.«

»Keine Angst, wir sind bei ihnen, bevor sie sterben!«

»Kein einziges dieser Kinder wird sterben. Schau, die Beutel auf unseren Rücken sind voller Nahrungsmittel!«

»Bleib du gesund, du bist ein guter Mensch, flüchte!«

Blitzartig stoben die Kinder davon. Hinter ihnen wirbelten dichte Staubwolken auf, in denen sie bald verschwunden waren.

Der Tierarzt schwang sich aufs Pferd und blickte ihnen in der untergehenden Sonne nach.

5

Tierarzt Cemil ging von Bord. Musa der Nordwind hatte ihn schon von weitem auf dem Kutter erkannt und war hinunter zum Anleger gegangen. Sie umarmten sich wie langjährige Freunde. »Ich wusste, dass du kommst«, sagte Nordwind lächelnd.

»Ich war lange unterwegs«, nickte der Tierarzt.

Nordwind musterte ihn vom Scheitel bis zur Sohle. Abgemagert war er, nur Haut und Knochen, der Hals lang und dürr und die Augen tief in den Höhlen. Auch sein Zeug war zerschlissen, sein weißes Hemd starrte vor Schmutz. »Warst du in Van?«

»Zweimal. Es war menschenleer. Zuerst bin ich durch Mittelanatolien, durch Kayseri, Sivas, Konya, Ankara, Yozgat ... Habe alle Orte durchwandert, in denen Ostanatolier Schutz gesucht hatten. Von Dorf zu Dorf, Kleinstadt zu Kleinstadt, Ort zu Ort habe ich gesucht und gefragt. Als ich nach Van kam, saß Sofi noch in der Moschee.« Cemil war sehr erschöpft, er wollte reden, sein Herz ausschütten, doch er lallte nur noch.

»Du bist zu müde«, meinte Nordwind besorgt, »los, gehen wir nach Haus!« Bald danach brachte Kadri das Gepäck vom Tierarzt hoch: Die prall gefüllten Doppeltaschen, eine deutsche Flinte, drei silberdurchwirkte Patronengurte, zwei Revolver, Körbe, eine Kiste, einen Sattel, Zaumzeug ... Kapitän Kadri setzte alles in einer Ecke ab.

»Ruh du dich erst einmal aus! Mutter Lena wird dir jetzt einen großen Kessel warmes Wasser bereitstellen, du wäschst dich, ziehst dir blitzsaubere Unterwäsche an, isst dich satt, legst dich zu Bett und schläfst dich richtig aus!«

Das war Tierarzt Cemil gar nicht recht, denn er brannte darauf, zu berichten: von dem menschenleeren Van, den Kindern und von allem, was er sonst noch erlebt hatte.

»Warte hier, ich wasche mich ganz schnell!«, rief er hinter ihm her. »Dann essen wir gemeinsam.«

Es war schon dunkel, als Nordwind wieder ins Zimmer des Tierarztes ging. Wie ein schmollendes Kind schlief er mit geschürzten Lippen.

»Mutter, der wacht ja gar nicht mehr auf!«

»Du hast ihn gern.«

»Ich hab ihn gern. Für sein Alter hat er zu viel gelitten. Mehr als wir leiden mussten. Was er erlebte, blieb uns erspart. Morgen wird er uns alles erzählen.«

Sie machten Feuer unter der Platane und aßen Fisch. Sie gingen früh schlafen, standen früh auf, schauten nach, doch der Tierarzt schlief. Sie warteten bis zum späten Morgen, der Tierarzt schlief noch immer.

»Er scheint nicht aufzuwachen, Mutter, ich gehe fischen.«

»Komm bald wieder. Kann ein Mensch so lange schlafen!«

»Eigentlich nicht, aber so erschöpft, wie er war! Die große Schlacht. Und er gehört zu den wenigen Soldaten, die davongekommen sind. In ganz Anatolien hat er nach Vater und Mutter gesucht.«

Nordwind suchte einen der Fischgründe auf, die ihm Veli der Treffer gezeigt hatte. Hier wimmelte es von Fischen. Er fing eine Menge und ruderte schnell zurück. Zu Hause angekommen, hastete er die Treppe hoch, der Tierarzt schlief. Wie sich das Leid doch in seinem Gesicht abzeichnet! Zeichnet sich in den Gesichtern der Menschen Freud und Leid immer so ab, wenn sie schlafen? Er musterte den Schlafenden, wagte aber nicht, ihn zu wecken.

»Wenn er nur nicht krank ist, mein Sohn. Wenn er seine Lippen nicht so schürzte und öffnete, würde ich ihn für tot halten. Ist er wirklich nicht krank?«

»Er ist nicht krank, nur erschöpft.«

»Wecke ihn! Vielleicht ist er doch krank!«

»Warum sollte er krank sein, Mutter Lena? Ein Kerl von Mann!«

»Was ist er von Beruf?«

»Veterinär.«

»Was ist das?«

»Ein Doktor, aber kein Menschendoktor.«

»Was für ein Doktor denn sonst?«

»Ein Doktor für Pferde, Ochsen, Esel, Katzen und Hunde, ein Doktor für alle Tiere.«

Lena war verwirrt. So ratlos hatte Nordwind sie noch nie erlebt. »Heißt das, das heißt, die schlafen immer und sterben nicht?«

»Sie sterben nicht«, lachte Nordwind. »Dieser Mann lacht sogar, wenn er schläft.« Nachdenklich ging er die Treppe hinunter, nahm den Weg zum Olivenhain, stieg auf den Hügel und setzte sich auf den beschrifteten Stein. Weit draußen zog ein großer weißer Dampfer vorbei, seine Rauchfahne stieg steil in den Himmel.

Der Tierarzt ging ihm nicht aus dem Kopf. Wie konnte so ein blutjunger Mann, fast noch ein Kind, so einen Krieg, so viel Leid ertragen? Nun, wie ich es ertrug und noch ertrage! Wie ertragen es Lena und Vasili? Kann der Mensch ertragen, was wir sehen und erleben? Der Menschensohn kann es! Er dachte an sein Dorf, an seine Eltern, und er verjagte diese Gedanken sofort. Auch an die benachbarten Dörfer der Tscherkessen, die er nie aufgesucht hatte, musste er immer denken. Dort hatten sie bestimmt gewusst, wo seine Angehörigen abgeblieben waren. Hatte er Angst vor der Wirklichkeit gehabt?

Hatten die Beduinen die Insel entdeckt und den blonden Jüngling geschickt, um ihn zu töten? Warum hatte er ihn eigentlich unbehelligt davonschlendern lassen? Nun, der junge Mann konnte auch aus einem ganz anderen Grund auf die Insel gekommen sein. Schließlich war das Töten eines Unschuldigen der grausamste, den Menschen am tiefsten erniedrigende Mord. Aber waren die auf den Schlachtfeldern Getöteten nicht durchweg unschuldig? Doch, doch, dieser Jüngling war sicher ein Todesschütze der Scheichs! Ihn schauerte, seine Haare sträubten sich. Tauchten sie noch einmal auf, dann sicher, um ihn zu töten. Der Jüngling ist kein Unschuldiger, also ist er ohne langes Federlesen umzubringen! Er verscheuchte die grünlichen, kindlichen Blicke des Jünglings aus seinem Gedächtnis. Wer viel Tod, viel Grausamkeit und Böses gesehen, viele Schlachten geschlagen hat, wird zum Meister im Verscheuchen schlimmer Gedanken. So auch er, Nordwind. Der Tierarzt fiel ihm ein. Vielleicht ist er jetzt aufgewacht und wartet auf mich, sagte er sich. Die See lag spiegelglatt, sie war in helles Licht getaucht und funkelte. Er eilte durch den Olivenhain. Ich muss ihm diese Quelle zeigen!

Bei den Platanen empfing ihn Lenas fröhliche Stimme: »Er ist aufgewacht, ja, er ist aufgewacht! Kaum aufgestanden, hat er sich Seife und

Rasiermesser geschnappt, ist zum Brunnen hinunter, hat sich gewaschen, rasiert und sich mit dem Duftwasser eingerieben. Dann habe ich ihm sein Zeug gegeben, dann wollte er noch Schuhcreme haben, und jetzt putzt er auf dem Balkon seine Stiefel.«

Als der Tierarzt Nordwind erblickte, erhob er sich: »Schau, sogar die Schäfte meiner Stiefel waren rissig geworden. Jetzt sind sie wie nagelneu! Sie haben aber auch die ganze Schuhcreme geschluckt.«

Lena hatte das Essen schon fertig. Hüsmens Frau und die Töchter trugen die Tafel unter die Platanen.

»Verstehst du etwas von Bienen?«

»Als Tierarzt verstehe ich auch etwas davon. Auch von ihren Krankheiten. In unseren Weingärten gab es viele Honigbienen. Hast du Appetit auf Honig?«

»Wir haben hier welche, deswegen frage ich.«

»Wo?«

»Auf der Sonnenseite des Hügels. Wann muss man die Stöcke leeren?«

»Das dauert noch. Im Herbst.«

»Schaust du mal nach? Vielleicht sind die Waben ja schon voll.«

»Ich machs, wenn wir einen Bienenschleier finden.«

»Willst du die Bienen verschleiern?«

»Nein, aber mich. Nur so kann ich den Bienenkasten öffnen. Sonst landen sie auf meinem Gesicht, auf meinem Kopf! So sind schon viele Menschen an Bienenstichen gestorben.«

»Oh Gott! Und ich habe schon wieder dazugelernt.«

»Besorge du mir einen Bienenschleier, und dann schau mir zu!«

»Hast du auch die Windmühle dahinten gesehen?«

»Ich habe sie gesehen.«

»Die Windmühle ist in bestem Zustand. Von den Leuten hier hat niemand von einer Windmühle auch nur gehört. Setz du sie in Gang, und ich besorge dir einen Bienenschleier.«

»Ich kenne mich mit Windmühlen nicht aus, aber wir finden schon einen Weg.«

»Den finden wir«, lachte Nordwind. »Los, auf den Hügel!«

Sie stiegen den Hügel hinauf, hockten sich mit dem Rücken zum beschrifteten Stein nieder und betrachteten eine Weile wortlos die Umgebung. Weiße Wolken zogen dahin, ihre Schatten glitten übers Wasser.

»Nun, was hat sich auf der Insel getan? Sind Neue gekommen oder welche wieder umgekehrt?«

»Getan hat sich nicht viel. Hüsmen mit seiner Frau und sechs Töchtern ist neu hier. Und dann Veli der Treffer mit seiner Sippe. Einen wie ihn habe ich noch nicht erlebt. Er hat drei Enkel von drei Söhnen dabei, die im Felde geblieben sind. Bis zur Stadt war seine Frau mitgekommen, dort ist sie dann spurlos verschwunden. Sie ist ganz allein ins verlassene Dorf zurückgekehrt. Dort wartet sie auf ihre Söhne, obwohl sie ihre Erkennungsmarken schon erhalten hat.«

»Ich weiß von vielen Frauen, die in den verlassenen Dörfern auf ihre Söhne warten, obwohl ihnen deren Erkennungsmarken zugeschickt worden sind. Doch niemand kann sie davon überzeugen, dass ihre Jungen gefallen sind. Und warum geht Veli nicht hin, seine Frau zu holen?«

»Er sagt gar nichts, befasst sich nur noch mit seinen Enkeln. Als er ankam, redete er noch, doch dann versank er in Gedanken, grübelte.«

Nachdem der Tierarzt die Insel verlassen hatte, war er weit herumgekommen. Zwei Pferde hatte er zuschanden geritten und war mit dem dritten hierher zurückgekommen. Auf der Suche nach seinen Angehörigen aus Van war er bis nach Konya, Manisa und Izmir gezogen, hatte dort viele Menschen aus Van, Muş, Erzurum und Bitlis getroffen, nicht aber seine Eltern und seine Verlobte. Vielleicht sind sie zurück nach Van, hatte er gedacht. Also versuchte er es noch einmal in Van, aber außer Sofi und einigen Frauen traf er in der verlassenen Stadt niemanden an. Und die Frauen gehörten zu denen, die zurückgekommen waren, um auf ihre Söhne aus den Bergen Allahüekber zu warten. Auch in Westanatolien hatten sie viele zerstörte und gebrandschatzte Dörfer und Provinzstädte gesehen, zertrampelte Weinberge und Gärten und zu Skeletten abgemagerte Menschen. Die geschlagenen griechischen Truppen hatten auf ihrem Rückzug jedes Dorf und jede Stadt dem Erdboden gleichgemacht.

»Ja, die Wächter der toten Städte sind Frauen. Du wirst die Deinen schon finden.«

»Ich werde sie finden. Und du die Deinen.«

»Auch ich werde sie finden. Und die Stadt Van wird wieder lebendig, die Frauen sind zurückgekehrt und warten auf ihre Söhne.«

»Genau wie Lena.«

Dieser Satz gab beiden einen Stich ins Herz.

Am nächsten Tag brachen sie auf in die Kleinstadt. Sie hatten für den Tierarzt ein Haus mit zwei Stockwerken gekauft. Er hatte Geld, und sie besorgten alles, was er zum Einrichten seiner neuen Bleibe brauchte. Nach langem Suchen fanden sie auch einen engmaschigen grünen Bienenschleier und kehrten wieder zurück zur Insel. Sie brachten die Sachen ins Haus, Lena half ihnen dabei. Dann wanderten sie von Zimmer zu Zimmer.

»Schön«, sagte Lena. »Eingerichtet, wie es sich gehört.«

»Schön«, nickte der Tierarzt. »Und wo ist der Bienenschleier?«

»Schau, da hängt er; an der Wand!«, lachte Nordwind.

Der Tierarzt griff sich den Bienenschleier und sein Kopftuch, das auf dem Sofa lag. »Los, gehen wir!«

Vor dem Haus drehte Nordwind sich noch einmal um. »Schau dir das an, ein nagelneues Heim!«, rief er stolz. »Du hast das schönste ausgesucht«, sagte er. »Und ein sehr großes. Es bietet sogar fünfzehn Personen Platz. Hoffentlich hast du bald ein volles Haus.«

»Gott gebe es!«, erwiderte der Tierarzt.

Sie gingen durch den Olivenhain und den Hügel hinauf. Dicht vor dem Kamm kam ein dumpfes Dröhnen an ihre Ohren, das lauter wurde, je näher sie kamen. Vor dem Bienenstock wurde es ohrenbetäubend.

»Sind es viele Kästen?«

»Es sind viele«, antwortete Nordwind, obwohl er sich noch nie so dicht ans Bienenhaus getraut hatte.

Der Tierarzt schlang den Schleier erst um Nacken und Ohren, hängte ihn dann übers Gesicht, umwickelte ihn unten und oben mit den Enden seines Kopftuchs und knotete sie fest. »Wie eine Maske, und keine Lücke, durch die eine Biene stechen kann. Bis auf die Nase. Sie ist so groß, dass kein Schleier sie zudecken kann. Ich schau mir die Sache einmal näher an.« Vorsichtig ging der Tierarzt dicht an die Kästen heran, drehte sich noch einmal um und sagte: »Und du gehst ein gutes Stück zurück!«

»Ich bringe mich schon in Sicherheit, aber du kommst in Teufels Küche. Weil deine Hände nackt sind. Werden die Bienen sie nicht aufblasen wie eine Pauke?«

Der Tierarzt hob seine Linke, in der er ein Paar Handschuhe aus gelber Wolle hielt.

»Woher hast du die denn?«, wunderte sich Nordwind.

»Wir sind alte Imker, mein Aga.« Er streifte die Handschuhe über, bückte sich und öffnete spielend leicht die Klappe des untersten Kastens. Pfeilschnell schossen einige Bienen hervor und flogen davon. Auf der Wabe dicht an der Klappe krochen übereinander gedrängt gemächlich die Bienen. Die Wabe war nur zur Hälfte gefüllt. Im Kasten war noch Platz für drei Waben, die erst im Herbst voll sein würden.

»Wir werden sie erst im Herbst anschneiden.« Er stand auf, öffnete noch zwei, drei Kästen, die oben standen, schaute hinein und verschloss sie wieder. »Sie müssen einem einzigen Imker gehört haben, sie wurden alle zur selben Zeit geleert.«

»Kaufen wir sie?«

»Kaufen wir sie«, antwortete der Tierarzt. »Die Waben sind schneeweiß. Nicht der kleinste Fleck. Die Bienen sind kerngesund. Hundertzwanzig Kästen.«

»Wir gehen zu Abdülvahap Bey, kaufen sie und geben den Inselbewohnern vom Honig einen Anteil. Diese Bienen werden dir gehören. Und du wirst sie pflegen!«

Dein, mein, unsere … beinahe hätten sie sich gestritten. Der Tierarzt sahs kommen und lenkte ein: »In Ordnung. Da habe ich eine schöne Arbeit bekommen. Bienendoktor!«

»Reg dich nicht auf! Bienenarzt ist doch keine Kleinigkeit. Ich wünschte, die Insel wäre größer, und wir hätten tausend Bienenkörbe!«

»Die Küste ist zu weit. Läge sie näher, könnte die Bienenzucht nicht nur einige Familien, sondern ein ganzes Dorf ernähren. Eine so große Strecke können die Bienen hin und zurück nicht bewältigen.«

»Vielleicht reichen die Blüten auf der Insel für dreihundert, ja, fünfhundert Kästen. Hier sind Himmel und Erde ja nur Blumen.«

»Ja, Himmel und Erde nur Blumen. Vielleicht bilden sich ja neue Bienenvölker. Dann brauchen wir noch mehr Kästen.«

»Komm, ich werde dir etwas zeigen.« Nordwind ergriff seine Hand, und sie stiegen, das Gesumme noch lange in den Ohren, hinunter zu den Büschen. Vor einem Strauch kniete Nordwind nieder, hob das Buschwerk an und rief: »Knie dich neben mich und schau unter den Busch! Diese Riesenmenge!« Dabei griff er nach Cemils Hand und zog ihn neben sich. So aufgeregt hatte der Tierarzt ihn noch nie erlebt. Sein ganzer Körper schien vor Freude überzuschäumen. »Schau dir das an: echte nickende lila Veilchen, wie wir sie nennen!«

Der Tierarzt streckte seinen Kopf unter das Buschwerk, das Nordwind zusammengedrückt hatte; darunter breiteten sich taufrische Glitzer aus, und wie ein dichter Schleier nahm ihm ein durchdringender Veilchenduft den Atem, dass ihn einen Augenblick schwindelte. Erst nach einer Weile hob er den Kopf und fragte: »Das sind sie also, die nickenden lila Veilchen, die von euch in vielen Liedern besungen werden?«

»Das sind sie.« Nordwind flog vor Freude. »Und so ist sie, unsere Insel. Soll doch wegbleiben, wer will. Umso besser!«

»Sollen sie wegbleiben!«, ereiferte sich auch der Tierarzt. »Wir wollen schließlich kein Königreich Ameiseninsel ins Leben rufen.«

»Und wenn wir übermorgen aus der Stadt zurückkommen, stecken wir unsere Nasen unter jeden dieser Büsche. Wenn die Sonne am Zenit steht und ein leichtes Lüftchen weht, duftet die ganze Insel nach Veilchen.« Sie knieten sich noch vor einigen Büschen nieder und genossen den Duft der Veilchen, der sich etwas abgeschwächt hatte, aber immer noch einen leichten Schwindel erregte. Noch bei der Anlegebrücke waren sie wie berauscht von dem Duft.

»Sieh da, Tierarzt, es sind Menschen auf dem Steg!«

Als Kapitän Kadri die beiden entdeckte, sprang er auf den Anleger und kam zu ihnen gelaufen. »Es sind Umsiedler aus Kreta«, keuchte er. »Sie haben Grundbriefe für Häuser dabei. Vasili weiß, für welche.« Gemeinsam gingen sie zu den Platanen.

»Und dieser Efendi ist der Kapitän unserer Insel, unser Rais. Und jener Efendi sein neu zugezogener Freund, der Tierarzt. Rais Nordwind hat dem Tierarzt Efendi ein Haus gekauft, das du nicht nur nicht auf dieser Insel, sondern auf keiner Insel, nicht einmal in der Stadt, in keiner Stadt, finden kannst.«

»Welches ist unser Haus?«, fragte ein alter Mann und reichte Nordwind den Grundbrief.

»Das kann euch nur Vasili sagen«, antwortete Nordwind. »Bitte setzt euch hier auf die Pritschen! Seid willkommen!«

»Dank für eure Gastlichkeit!« Schüchtern setzten sie sich. Vor Erschöpfung konnten sie ihre Augen nicht offen halten. Der graubärtige, grünäugige und hoch gewachsene alte Mann hatte zwischen Nordwind und dem Tierarzt Platz genommen, sah jedem in die Augen und musterte ihn eine Weile.

»Wir sind aus Kreta gekommen«, begann ihr Wortführer, der eine rote Bauchbinde, Pluderhosen und eine seidene Weste trug. »Als wir die Insel verließen, weinten alle hinter uns her. Sie wollten uns nicht ziehen lassen, aber die Regierung war anderer Meinung.« Der Dampfer war klein, alt und morsch gewesen. Beim geringsten Wellengang ächzte jeder Winkel, in den sie die Umsiedler gepfercht hatten. Unterwegs starben viele Kinder und Alte an Malaria oder Durchfall, sogar Mädchen und Jünglinge kamen um. Die Toten wurden nach einer kurzen Zeremonie ins Meer geworfen. Der Imam meinte, es bestehe kein Unterschied zwischen Land und Meer. Wie die Seelen der in Erde Begrabenen fliege auch die Seele der ins Wasser versenkten Toten in den Himmel und lebe dort weiter. Wer an Land stirbt, kommt in die Erde, wer auf dem Meer stirbt, ins Wasser. Die in der Erde werden von Würmern, Tausendfüßlern und Käfern und die im Meer von Fischen gefressen.

In den letzten drei Tagen hatten sie nichts mehr zu essen gehabt. Kaum dass sie in Izmir wieder Land unter den Füßen hatten, waren sie zu den Brunnen geeilt. Zuerst bekamen die Kranken zu trinken, danach die Kinder und Alten und dann alle andern. Wie alle, die im Laufe der Monate auf der Fahrt von Kreta nach Izmir Verluste hatten, begannen sie auf dem großen Kai zu klagen. Und erst nachdem sie ihre Klagelieder beendet hatten, betrachteten sie verwundert die neue Umgebung. Die Izmirer versuchten mit ihnen ins Gespräch zu kommen, doch die Umsiedler waren nicht in der Lage, zu antworten. Ein Teil von ihnen konnte auch kein Türkisch.

Die Kreter waren spät gekommen. Umsiedler, die schon früher aus Griechenland eingetroffen waren, hatte man bereits, ihren Berufen entsprechend, in vormals von Griechen und Armeniern bewohnte Gebiete angesiedelt.

»Ein Teil der kretischen Umsiedler wurde in die von den geschlagenen griechischen Truppen gebrandschatzten Dörfer in der Umgebung von Izmir eingewiesen. Hier seinen Lebensunterhalt zu bestreiten, war unmöglich. Sie verstreuten sich in die umliegenden Ortschaften und Städte. Wir waren in fünf Kleinstädten und Dörfern, haben in Weinbergen, Tabakpflanzungen und Baumwollfeldern gearbeitet, konnten uns endlich satt essen, ein bisschen Geld zurücklegen, uns Decken, Matratzen, Töpfe und Pfannen, Wäsche, Zeug und Schuhe kaufen, doch ein Dach überm Kopf konnten wir nicht finden. Diese Insel wurde uns genannt, wir kamen her, bekamen unsere Häuser zugesprochen, und da sind wir.« Sie reichten Musa dem Nordwind ihre Grundbuchauszüge. »Und das sind unsere Häuser.«

»Ihr seid uns sehr willkommen!«

Der vorne sitzende, hoch gewachsene Mann mit der roten Bauchbinde und dem buschigen roten Schnauzbart schnellte auf die Beine, legte die Rechte auf seine Brust, rief: »Wir sind Ihnen, Verehrtester, und euch allen zutiefst verbunden«, und setzte sich wieder.

»Warten wir auf Vasili, er ist hier geboren und kennt die Häuser, die auf euch überschrieben wurden!«

Vasili kam am frühen Nachmittag, musterte verwundert die Umsiedler, zog sein Boot auf den Strand und ging zu Nordwind.

»Es sind Umsiedler aus Kreta«, sagte Nordwind, »sie haben ihre Grundbuchauszüge dabei, zeig ihnen ihre Häuser!«

Vasili ging zurück zum Steg und rief: »Kommt mit. Ihr müsst die Häuser zuerst sauber machen!«

Mit Vasilis Hilfe begannen sie, ihre Sachen in die schönen, geräumigen Häuser zu schleppen. Auch die Frauen, die noch auf den Pritschen hockten, die Kinder und Mädchen erhoben sich. Hüsmen und Veli kamen herbei und fassten mit an. Unter den Sachen stachen drei sehr schön verzierte Truhen aus Zypressenholz sofort ins Auge. Die Mädchen trugen sie selbst. Trotz der beschwerlichen Reise hatte das Holz nicht einen Kratzer. Derartige Truhen fand man sonst nur in Serails.

Der alte Mann schien traurig zu sein und beim geringsten Anlass in Tränen auszubrechen. Um ihn abzulenken, fragte Nordwind: »Wundervolle Truhen! Welch schöne Holzarbeiten doch auf Kreta gemacht werden.«

»Dies sind sehr alte Truhen, und es sind keine Arbeiten aus Kreta, sie stammen aus Edirne. Kein Meister auf Kreta, kein Meister auf der ganzen Welt bringt so schöne Truhen zustande.«

»Aus Edirne?«

»Unsere Beys auf Kreta bestellen diese Truhen bei den Meistern in Edirne«, antwortete der Alte und schluckte verlegen. »Erst nach Monaten werden sie geliefert. Diese dort erbten die Mädchen von ihren Großmüttern. Sie sollten sie erst hier ...« Die Stimme des alten Mannes wurde heiser, seine Kehle schien wie zugeschnürt, er senkte den Kopf, und seine Lippen verzogen sich. Eine Weile verharrte er. Als er den Kopf hob, hatte sich die faltige Haut seiner Wangen wie zu einem Spinnennetz gestrafft. »Ach«, seufzte er, »möge Gott niemanden um sein Vaterland bringen! Als wir hierher ausgewiesen wurden, sagten unsere Nachbarn: Macht euch keine Sorgen, ihr kommt bald wieder zurück! … Was uns geschah, ist Unrecht, ist Verbannung, ist Folter, ist Grausamkeit. Wir werden bald auf unser Kreta zurückkehren, hieß es, und die Mädchen haben ihre Truhen bis jetzt noch nicht geöffnet. Soll ich ihnen sagen, wir kehren nicht zurück, öffnet eure Truhen? Und wenn ich es ihnen sagte, sie täten es nicht. Vielleicht, wenn sie alle Hoffnung verloren haben, vielleicht aber auch bis ans Ende ihrer Tage nicht. Einen Menschen von seiner Heimat trennen ist schmerzhafter als ihm das Herz ausreißen.« Der alte Mann erhob sich, erstarrte wie in Stein gemeißelt, machte dann einige Schritte, kam zurück und sagte: »Nie wieder werden Enkelinnen von ihren Großmüttern solche Truhen erben. Gott segne euch, ihr habt mich in der Fremde so glücklich gemacht! Ihr seid noch jung, Gott möge euch eure schöne Heimat nicht rauben!«

Nordwind und der Tierarzt hatten sich erhoben und verabschiedeten sich mit der Rechten auf ihrer Brust von dem alten, graubärtigen Mann. Er hatte sie zutiefst gerührt.

»Unsere Gäste sind erschöpft und hungrig«, sagte Nordwind. »Sie kommen von weit her.« Seine Rechte lag wieder auf seiner Brust. Noch nie hatte Vasili Nordwind so müde, so traurig, so empört, aber auch so gebrochen sprechen hören. Was ist mit diesem Mann nur geschehen, dachte er, als er sich entfernte. Das Herz dieses Mannes scheint wie die Flügel eines Schmetterlings beim geringsten Luftzug zu flattern.

Nordwind schoss die Erinnerung an die Arbeitstruppe in den Sinn. Der Gestank zehntausender Gefallener in der Ebene von Dumlupinar. Von diesem Gestank zusammengebrochene Soldaten des Arbeitstrupps. Was für ein starker Mann muss dieser Vasili sein, dass er tagelang auf dem Rücken Leichen schleppte und vom Gestank nicht erschlagen wurde. Denn wer von den meist aus Griechen bestehenden Arbeitstruppen dabei nicht durchdrehte, war am Ende zusammengebrochen.

In kurzer Zeit flammte das Holz lichterloh und verbrannte zu einem großen Gluthaufen, den Vasili mit einem langen Stecken auseinander schob.

Lena, Melek Hanum und Sabiha deckten auf einer großen Bastmatte ein, legten, wo auch immer sie es aufgetrieben hatten, Fladenbrot dazu, schickten etwa die Hälfte der gerösteten Fische den Frauen und Kindern in den Häusern und legten den Rest den Anwesenden vor, die sich vor die Matte gehockt hatten. Die Neuen sind heißhungrig wie Wölfe, schoss es Nordwind durch den Kopf, sie schlingen die Bissen ungekaut herunter, wie gut, dass Vasili so reichlich gefangen hat. Nachdem er eine Weile überlegt hatte, nahm er die vor ihm liegende Schüssel, erhob sich, nahm wie Granatäpfel so rot geröstete Fische aus der Glut, legte sie in die Schüssel und eilte damit zum Haus der Kreter. Auch Vasili füllte eine Schüssel mit gerösteten Fischen, griff sich noch einige Fladen Brot und folgte ihm.

»In welchem Haus wohnt der alte Mann?«, fragte Nordwind.

Vasili zeigte ihm das Haus, und sie gingen hinein. Der alte Mann hatte sich neben dem Kamin auf einer Bastmatte vor seine Fußbodentafel gesetzt, um zu essen. Als er die beiden erblickte, stand er auf.

»Ich bitte dich, Bey, bleib sitzen!«, rief Nordwind, ergriff ihn am Arm und zwang ihn, sich zu setzen, und der Mann hockte sich im Schneidersitz wieder hin. »Wir waren zu Tode erschöpft, mein Sohn«, entschuldigte er sich.

Lena kam mit einer großen Schüssel Seebarsch, einer Karaffe Wasser und einigen Bechern herein, stellte alles auf die Tafel, sagte: »Da ist noch mehr, ich bringe euch, so viel ihr wollt, dazu auch frisches Brot«, und ging wieder.

»Leben sollst du, Mutter Lena!«, rief Nordwind hinter ihr her und klärte den alten Mann über sie auf, während Vasili auf Griechisch einiges hinzufügte.

Während des Essens sagte der alte Mann kein Wort. Mit einer duftenden rosa Seife wusch sich der Alte am Brunnen, danach lud ihn Nordwind zu sich ein.

Nordwind bat ihn, im Sessel Platz zu nehmen, er selbst und Vasili setzten sich aufs Wandsofa.

»Von einer Insel zur andern«, lachte der alte Mann gut gelaunt.

»Unsere Insel passt in eine hohle Hand, eure ist ein Land für sich«, lachte auch Nordwind.

»Ach ja«, seufzte der alte Mann, wechselte aber sofort das Thema. »Meinen Namen wisst ihr ja noch nicht. Sie sprechen mich ja immer mit Aga an. Mein Name ist Musa Kazim. Du hast noch Nordwind hinter deinem Musa, du bist der Vasili, und sie heißt Lena.« Jetzt lachten alle. Gegenüber diesen beiden gebildeten jungen Männern ließ der Aga seinem überbordenden Mitteilungsdrang freien Lauf. Fast atemlos erzählte er von der Insel Kreta, pries ihre Schönheit, die Güte ihrer Bewohner, berichtete vom Krieg, verlor über sich aber kein Wort. Nur einmal entschlüpfte ihm, dass die Mutter der beiden Mädchen unterwegs gestorben war. Danach schwieg er eine ganze Weile. »Wir werden so schnell wie möglich zurückkehren«, fuhr er dann fort. »Ein Segen, dass wir diese Insel gefunden haben und auf so gute Menschen gestoßen sind. Auch auf Kreta hatte ich einen guten Freund, wir waren wie Brüder. Er war in ganz Griechenland berühmt. Als er hörte, dass wir nach Anatolien und die anatolischen Griechen nach Griechenland vertrieben werden sollten, kam er in aller Frühe in unseren Konak, spie Feuer vor Wut, schrie: Menschen aus ihrer Erde reißen, auf der sie fünf Jahrhunderte, ein Jahrtausend lang gelebt haben, das kann kein Mensch, der ein menschliches Herz in sich trägt, gutheißen! – Doch in Lausanne hat ganz Europa so etwas gutgeheißen. Und niemand hat jemanden gefragt, willst du deine Heimat verlassen und nach Anatolien ziehen oder von Anatolien nach Griechenland! Dazu noch unter erbärmlichen Bedingungen, hungrig und durstig, bei Regen und Wind … Sie haben uns auf schrottreife Dampfer verladen, haben uns in die kahlen Berge, in die malariaverseuchten Ebenen Anatoliens geschickt. Hätten sie die Menschen gefragt, wären vielleicht viele damit einverstanden gewesen, ihre Heimat zu verlassen, vielleicht die Hälfte von ihnen, vielleicht nur zehn von ihnen … Dennoch, diese schöne Insel mit schönen Menschen wie euch haben wir Gott zu verdanken. Es wird nicht lange dauern, und sie werden in Europa neue Gesetze erlassen, und dann werden wir zurückkehren. Vielleicht werden ja welche von uns hier bleiben wollen. Sollen sie! Und was die von hier fortgezogenen Griechen betrifft, da werden die meisten von ihnen, vielleicht sogar alle zurückkehren. Soweit ich es sehen konnte, haben die meisten der nach Griechenland gekommenen Migranten nach ihrer Heimat gejammert.«

»Stimmt«, sagte Vasili. »Und auch wenn sie sich niedergelassen haben, werden sie alle zurückwollen.«

»Wer seine Zelte einmal abgebrochen hat …«, begann Nordwind, biss sich aber sofort auf die Lippen, doch Musa Kazim Aga tat, als habe er es überhört.

»Es gehört sich ja nicht, darüber zu reden, aber ob Griechen, ob Moslems, auf Kreta mochten mich alle. Ich züchtete dort die edelsten arabischen Vollblüter und kreuzte sie mit kretischen Pferden. Es waren die besten nicht nur auf Kreta, sondern in ganz Griecheland, ja, ganz Europa. Alle Generäle, Großgrundbesitzer und englischen Lords waren von ihnen begeistert.«

»Und was wurde aus den Pferden?«, fragte neugierig Vasili.

»Ich habe nichts verkauft. Weder meinen Hof noch meinen Konak, weder meine Pferde noch meine Rinder, Schafe und Ziegen. Ich übergab alles meinen Freunden zu getreuen Händen in Verwahrung. Wenn ich zurückkehre, werde ich alles so vorfinden, wie ich es verlassen habe. Sie werden mein Hab und Gut sorgfältiger pflegen, als ich es tat. Es wird nicht lange dauern, sagte mein Freund, der General … Diese Insel hier scheint auch ein schönes Fleckchen zu sein.«

»Sie ist sehr schön«, ereiferte sich Nordwind, »ein Paradies auf Erden, unsere Insel. Bis du früher oder später in deine angestammte Heimat zurückkehrst, wird sie dir eine angemessene Bleibe sein.«

»Ich werde heimkehren, aber solange ich nicht kann, werde ich mir hier an der Küste ein Gut kaufen. Meinetwegen nur ein kleines. Und dort werde ich so edle Stuten und Hengste züchten, dass sich die Osmanen, ja die ganze Welt nach dieser Zucht die Finger lecken werden.«

»Wir werden uns darum kümmern«, sagte Nordwind überzeugt. »Du musst es nur ernsthaft wollen!«

Musa Kazim Agaefendis Gesicht wurde leichenblass. »Ist wahr, was du da behauptest, mein Sohn? Das heißt, wir können in der Nähe, irgendwo an der Küste ein Gut erstehen und Pferde züchten?«

»So ist es«, antwortete Nordwind selbstsicher. »Auch wir lieben Pferde. Ich bin Tscherkesse, und wir befassen uns von morgens bis abends mit Pferden.«

»Ich weiß«, lachte Kazim Efendi glücklich. »Die Tscherkessen und ihre edlen Pferde sind weltberühmt.«

»Und ich weiß ein Dorf dort drüben an der Küste«, sagte Vasili, »das keinem so recht gefiel, nachdem die Einwohner fortgezogen waren. Es blieb menschenleer. Dort mündet eine tiefe Schlucht in eine größere Ebene; für Pferdezucht also sehr günstig. Mein Großvater Vasili soll auch ein großer Pferdefreund gewesen sein.« Und er erzählte in kurzen Worten das Abenteuer seines Großvaters.

Musa Kazim Efendi war augenblicklich quicklebendig. Wohl geformte Sätze sprudelten nur so aus ihm hervor, seine Erschöpfung war wie weggeblasen. Er sprach von Pferden, Pferderassen und ihren Farben, an denen auch die Eigenschaften eines Pferdes zu erkennen waren. »Ein Brauner zum Beispiel passt sich seinem Reiter sofort an, wird eins mit ihm, wird traurig, wenn er traurig ist, freut sich, wenn er sich freut. Fällt sein Reiter verletzt vom Sattel, wartet er neben ihm, verlangt wiehernd Hilfe. Graue Pferde und Grauschimmel sind eigenwillig. Sie sind starrköpfig und lassen sich, solange ihre Kraft reicht, nicht überholen. Falbe Pferde sind selten, auch in Herden von tausend frei laufenden halbwilden Tieren allenfalls zwei oder drei. Sie sind wankelmütig. Der Schah der Pferde aber ist der Rotfuchs. Alexander der Große ritt ihn. Es heißt ja, es sei ein Brandfuchs gewesen, aber das stimmt nicht, ein Rotfuchs wars!« Kazim Efendi hatte seine Umgebung und seine Zuhörer vergessen und erzählte nur noch von Pferden. Es dunkelte bereits, als er wieder zu sich kam und seinen Redefluss abrupt abbrach. Er schaute um sich, und als er wahrnahm, dass Kinder und Erwachsene auf den Dielen hockten und ihm zuhörten, leuchteten seine Augen, und er stand auf. Auch Nordwind erhob sich und hakte sich bei ihm ein.

Auf der Treppe stellte sich Lena ihnen in den Weg. »Ich habe dir ein schönes Essen zubereitet, iss erst, bevor du gehst! Der Herrgott hat mich noch in hohem Alter in meine Heimat geführt, er wird früher oder später auch dich in deine zurückführen.«

»Mutter Lena dürfen wir nicht enttäuschen, sie ist die Mutter der ganzen Insel!«, sagte Nordwind und machte mit Kazim Aga kehrt.

Auch Melek Hanum hakte sich bei ihm ein. »Und ich werde Melek genannt und komme von dem Berg da drüben. Wir nennen ihn den Gänseberg der tausend Quellen, die Griechen nennen ihn Ida. Mit Freuden heiße ich dich willkommen, Musa Kazim Efendi! Der Heilige unseres Berges der tausend Quellen heißt auch Musa Kazim Agaefendi, er ist ein Nachkomme des Propheten.«

Sie gingen die Stufen wieder hoch, und Kazim Efendi setzte sich wieder in seinen Sessel. Die Unterhaltung dauerte an. Von nun an saß Musa Kazim Efendi jeden Abend bis Mitternacht mit den Inselbewohnern zusammen. Er war ein bescheidener, zu Frohsinn geneigter Mann, und seine frohe Natur erwachte hier zu neuem Leben. Jetzt redete und lachte er ununterbrochen. Menschen, deren Herzen ein Quell der Freude sind, reden auch in schlimmen Lagen so warmherzig, als sei ihnen nichts Schlimmes widerfahren, und sie lachen wie hingerissen von überströmender Liebe.

Musa Kazim Efendi schlief tief und stand morgens erfrischt auf. Die große Tochter stellte im Salon den Arbeitstisch auf, die kleine ging mit einem Handtuch über der Schulter und einem Stück rosa Seife in der Hand zum Brunnen.

»Soll ich dir beim Aufstellen helfen, Tochter?«

»Nicht nötig, Vater, mach dir keine Mühe!« Das Mädchen hatte sich schon Sorgen um ihren Vater gemacht. Als sie ihn an diesem Morgen so fröhlich sah, wurde ihr warm ums Herz. Im Kreise dieser Menschen wird ihr Vater bis zu ihrer Rückkehr nach Kreta, und sei es erst in ein, zwei Jahren, nicht vor Heimweh sterben, dachte sie. Bis dahin wird weder sie noch ihre Schwester die Truhen öffnen. Und der Vater wird sich darüber freuen und seine Hoffnung nicht verlieren.

»Es gehe dir leicht von der Hand, mein Mädchen!« Er ging ins Freie. Ich muss zu den Platanen, zu Nordwind, nahm er sich vor. Zu diesem Mann verspürte er eine tiefe Zuneigung. So einen Sohn hatte er sich immer gewünscht. Und Zehra war eine Schönheit und ein gutherziges Mädchen … Ja, sie war schön mit ihren blonden Haaren und großen, klaren, tiefblauen Augen … Groß und schlank mit langem Hals … So schön war ihre Mutter damals auch, sie war als das schönste Mädchen von Kreta in aller Munde.

Er setzte sich unter die Platane und heftete seine Augen aufs Meer. Der helle, klare Spiegel schien sein Inneres zu reinigen. Er vermied es, zu den Häusern zu blicken. Nordwind sollte nicht meinen, er halte nach ihm Ausschau.

Er musste nicht lange warten. Schon bald spürte er den Druck einer Hand auf seiner Schulter, drehte sich um, erblickte Nordwind und konnte seine Freude nicht unterdrücken. Lächelnd sprang er auf.

»Ich bitte Sie, Efendi, lassen Sie sich nicht stören. Ich habe gute Nachrichten!« Sie setzten sich auf die Pritsche. »Wir haben hier einen Tierarzt, sein Name ist Cemil. Er hat in Sarikamiş an der russischen Front gekämpft. Als ich ihm von Ihnen und Ihrer Pferdezucht erzählte, war er sehr angetan. Er wird gleich kommen.« Kaum gesagt, tauchte der Tierarzt auf, eilte herbei, bückte sich und küsste Musa Kazim Aga die Hand, was diesen mit Stolz erfüllte.

Bald darauf erschien Melek Hanum mit einem langstieligen Kaffeekännchen aus verzinntem Kupfer und Mokkatässchen auf einem Tablett. Nachdem sie das Tablett auf den Tisch vor den Pritschen abgesetzt hatte, kniete sie vor Musa Kazim Agaefendi ehrfürchtig nieder, und der Agaefendi küsste ihr die Hand, worauf sich Nordwind und der Tierarzt keinen Reim machen konnten.

Melek Hanum stand auf, goss den Kaffee ein und blieb mit achtungsvoll verschränkten Händen stehen. »Komm und setz dich neben mich!«, sagte Musa Kazim Agaefendi, und Melek Hanum nahm zu seiner Rechten Platz.

»Ihr seid noch so jung. Im Kindesalter haben sie euch eingezogen, nicht wahr?«

»Im Kindesalter, Efendi. Und der Name unseres Rekrutierungsjahrgangs …«

»Haben in eurem Land die Jahrgänge denn Namen?«

»Nur unsrer hatte einen: Oh-weh-Mutter-Jahrgang.«

»Warum das denn?«

»Wir waren noch so jung, dass wir nach unsern Müttern weinten, als wir unsere Häuser verließen. Und der Name des Jahrgangs blieb. Von uns sind nur wenige heimgekehrt. Ganz Anatolien trauert noch mit Liedern und Totenklagen über uns.«

Kazim Agaefendi seufzte. »Es gab also keine Soldaten mehr im osmanischen Heer.«

»Und wir Übriggebliebenen zogen noch gegen die Griechen.«

Und der Meine ist in den Dardanellen wie eine Staubwolke in die Luft geflogen, wollte Melek Hanum einwerfen, besann sich aber und sagte: »Am Gänseberg mit den tausend Quellen gibt es auch keine jungen Burschen mehr. Und die Pferde sind auch eingegangen.«

»Warum denn die Pferde?«, erregte sich Kazim Agaefendi.

»Sie gingen ein, weil niemand sie pflegen konnte. Viele verhungerten. Wie soll denn ein Pferd ohne Pflege am Leben bleiben? Auch Seuchen rafften sie hin.«

»Oh weh!«, seufzte erneut Kazim Agaefendi. »Waren es denn schöne Pferde? Hatten sie Rasse?«

Melek Hanum sah, wie mitgenommen er war, sie schwieg und nickte nur.

»Efendi, als ich erfuhr, dass Sie Pferdezüchter sind, wurde ich sehr froh. Seit meiner Kindheit wünsche ich mir, Pferde zu züchten. Deswegen wurde ich Tierarzt. Als ich von Ihnen hörte, konnte ich die ganze Nacht nicht schlafen.«

»Mit Nordwind Bey habe ich schon über ein neues Gestüt gesprochen, Pferde zu züchten und in die ganze Welt zu verkaufen. Geflügelte Pferde! Ich habe davon gehört, in Anatolien werden edle Pferde gezüchtet. Bei Urfa und in Kilikien. Ich weiß auch, dass sich die Pferdezucht am Mittelmeer sehr gut entwickelt hat und dass sehr schnelle Pferde gezüchtet werden, geflügelte, wie wir sagen. Und nicht weit von hier soll es ein günstiges Gelände dafür geben.«

»Da drüben gibt es vielleicht hundert günstige Areale für ein Gestüt«, sagte Vasili, der während ihres Gesprächs gekommen war und sich still auf die Pritsche gesetzt hatte. Das Gelände, das ich meine, ist sehr nah. Es soll Dorfgelände sein, aber ich habe dort kein Dorf gesehen. Ein sehr schönes Plätzchen.«

»Wir haben ein bisschen was mitgebracht, um Land zu kaufen. Und sollte ich nach Kreta zurückkehren, bewirtschaftet ihr das Gut. Ihr habt unter euch ja noch Tierarzt Efendi, wer kennt denn die Pferde besser als er?«

Als seitab von ihnen Musa Kazim Agaefendis älteste Tochter am Meeresufer auftauchte, drehten sich aller Köpfe ihr zu. Die neugierigen Blicke waren ihr nicht entgangen, und sie kam herüber zu den Platanen. Sie trug ein grünes Kleid, einen goldglänzenden Gürtel und perlenbesetzte Ohrringe. Vor den Platanen verhielt sie und ließ ihre Augen über die Anwesenden wandern. Bei Nordwind blieben sie haften, beider Blicke trafen sich, und Zehra wich seinen nicht aus. Ihre großen, blauen Augen leuchteten, und mit samtweichen Blicken sahen sie sich an.

»Setz dich doch, Tochter!«, bat Musa Kazim Agaefendi, »ich habe gute Neuigkeiten. Wir werden einen Hof kaufen und wie in der Heimat Pferde züchten.«

»Es wäre schön für uns alle, Vater, und auf der ganzen Welt werden unsere Pferde wieder Rennen gewinnen.«

»Nun nimm schon Platz!«

»Ich kann nicht, Vater, ich habe mich lange abgemüht, aber so richtig steht mein Webstuhl noch nicht.«

»In unserem Dorf wurden auch Webstühle zusammengebaut, vielleicht gelingt es mir«, schlug Nordwind vor und erhob sich.

Zehra blickte unschlüssig, eine leichte Röte huschte über ihr Gesicht.

»Dann geh mit Nordwind Rais, hoffentlich gelingt es euch gemeinsam!«

Zehra zögerte noch, doch dann schritt sie voraus, und Nordwind folgte ihr. Sie stiegen ins obere Stockwerk, der Webstuhl war schon aufgestellt. Nordwind schien nicht überrascht und ließ sich nichts anmerken. Zehra hatte Grübchen auf beiden Wangen, die sich vertieften, wenn sie lachte, und dabei wurde ihr Gesicht noch schöner, noch fesselnder. Unwillkürlich schaute er sie an und konnte sich nicht satt sehen. Die Redewendung »Gott schuf sie zu seinem eigenen Lob« schoss ihm durch den Kopf, und er wiederholte still: Zu seinem Lob geschaffen, zu seinem Lob …

»Wie siehts aus mit Wolle, Garn und so …?« Während er sprach, blickte er zu Boden, sein Herz flimmerte.

»Ich melde mich, wenn ichs brauche, guter Rais.«

Nordwind hielt es nicht länger aus. Mit weichen Knien ging er hinunter. »Was ist mit mir? Was ist nur mit mir, oh Gott!« Das Herzflimmern wollte nicht aufhören.

Bald darauf kam auch die andere Tochter, sie setzte sich neben Melek Hanum. Vom Vater hatte sie erfahren, dass Melek Hanum für sie keine Fremde war und sie sich jederzeit auf sie verlassen konnten. Auch sie war eine Anhängerin Alis, war ein Wanderer auf dem Weg des Glücks. Melek Hanum war für die Mädchen auch nicht zu alt, sie war zudem eine stattliche, freundliche und mit ihren liebevollen, großen schwarzen Augen sehr reizvolle Frau.

Pferde, Kreta, Taurus, Urfa, Kilikien, Gestüt, Pferdezucht …, so plätscherte die Plauderei dahin.

»Ein Boot steuert die Anlegestelle an«, sagte Vasili. »Wenn es so weitergeht, ist unsere Insel bald voll.«

Nordwind und Vasili gingen bis ans Ende vom Anleger und warteten dort. Im Kutter waren drei Frauen, ein großes Mädchen, drei Jungen, ein weißbärtiger älterer Mann und drei junge Männer. Als Nordwind den blonden, schnurrbärtigen, hoch gewachsenen Burschen unter ihnen erblickte, zuckte er zusammen, als sei er vom Blitz getroffen. Vasili sahs, ging sofort zu ihm und schaute in seine Blickrichtung. Der Mann da war es! Vasili musterte noch einmal den zum Götzen erstarrten Mann im Boot und war ganz sicher. Es war jener Mann, den der arabische Scheich geschickt hatte, Nordwind zu töten.

Auch Nordwind war erstarrt, und beider Augen schienen ineinander wie verklammert. »Es ist der Mann«, raunte Vasili, »diesmal will er die

Angelegenheit wohl endgültig bereinigen.« Nordwind stand schweigend da.

»Fang dich wieder, Nordwind!«, flüsterte Vasili und trat vor ihn. Er war größer als Nordwind, verdeckte ihn und trennte gleichzeitig beider Blicke. »Ist dein Revolver geladen?«, fragte Vasili über die Schulter.

»Und deiner?«

»Meiner auch.«

Zuerst sprangen die Kinder auf den Steg, dann kamen die Frauen und nach ihnen die Männer. Der Jüngling hatte sich noch nicht gerührt, er hielt seine Augen auf Vasilis Rücken geheftet. Einige Männer waren zurück an Bord gegangen und reichten den andern das Gepäck.

»Wer sind sie?«

»Das weiß fürs Erste nur der liebe Gott.«

»Wäre besser, wenn wirs auch wüssten. Sieh dir doch den Mann dort an, mehr reißender Wolf als Mensch. Seine Augen sind wild.«

»Geh beiseite, Vasili!«

Unwillig rückte Vasili ein Stück, und Nordwinds Augen und die des rötlich blonden Mannes mit den harten Gesichtszügen und den herabhängenden Schnauzbartspitzen verklammerten sich wieder. Die Augen des jungen Mannes waren ausdruckslos wie Glas. Diese nichts sagenden Glasaugen waren Nordwind unheimlich, ein Schauer überlief ihn. Diesem Mann auf der Stelle den Zutritt verweigern war unmöglich. Zu sehr forderte er Nordwind mit dieser Haltung heraus. Aber was tun? Schließlich konnte er ihn ja nicht erschießen. Auch der andere schien sich gefasst zu haben, seine Miene hatte sich entspannt, aber konnte man darauf vertrauen? Auch Vasili war unruhig. Er stand an der Außenkante des Stegs, die Hand griffbereit am Knauf seines Revolvers. Bevor der andere seine Waffe auch nur ziehen konnte, hätte er ihn schon niedergestreckt. Wenns ums Überleben geht, zielt man nicht auf den Kopf, sondern mitten ins Herz!

Auch Veli der Treffer hatte gespürt, dass da irgendetwas Böses im Gange war, er ging nahe an Nordwind heran, umkreiste ihn besorgt, als suche er etwas, schlenderte ans Ende des Anlegers zu Vasili, musterte von oben bis unten den Mann, der im Kutter stand, und überlegte, was er tun konnte.

An Nordwinds Augen ziehen vernebelte blaue Flimmer vorbei, und hinter diesem flimmernden Blau steht jener Mann, immer auf der Hut.

Der Kutter war gelöscht. Angespannt stand der junge Mann ganz allein noch immer da. Der Motor heulte auf, das Heckwasser über der Schiffsschraube schäumte, der Kutter drehte, der junge Mann rührte sich nicht. Musa dem Nordwind war, als habe sogar der Rücken des rotblonden Burschen sich in ein Auge verwandelt und starrte ihn an.

Solange der Kutter noch in Sichtweite war, hatten die Neuankömmlinge sich weder Musa dem Nordwind noch Vasili, noch dem unruhig kreisenden Veli genähert. Erst als der Kutter verschwunden und Ruhe eingekehrt war, kam der alte Mann zu den wieder zusammenstehenden Vasili, Veli und Musa und sagte: »Dies soll die Insel von Agaefendi Musa dem Nordwind sein. Seinetwegen sind wir hier. Wo ist er zu finden?«

»Hier findet ihr ihn«, lächelte Nordwind, »ich bin es, den ihr sucht.«

»Musa der Nordwind, Bruder, wo sollen wir uns niederlassen? Hier unser Grundbuchauszug und die anderen Papiere. Üzeyir Khan, Gott segne ihn, hat alles für uns erledigt. Er schickt dir Grüße und gibt uns in deine Obhut.«

»Sehr schön, Vater, das ist schnell erledigt. Wer war der barhäuptige junge Mann im Boot, der wieder zurückgefahren ist, und warum ist er nicht ausgestiegen?«

»Ich weiß nicht, wer und woher er ist. Auf den Landungsbrücken der Stadt hatte ich den Schiffsführer gefragt, wohin er fahre, und er antwortete, zur Ameiseninsel. Dorthin wollen wir auch, sagte ich. Dann kommt an Bord! Und mitten im Boot stand kerzengerade jener Mann. Wir grüßten ihn, er beachtete uns nicht einmal. Er war so abwesend, dass er uns vielleicht gar nicht gehört hatte. Dass er sehr angespannt war, erkannte ich an seinen zusammengekniffenen Augen. Als der Kutter ablegte, setzte er sich mit dem Rücken zu uns in einen Winkel. Während der ganzen Fahrt hat er sich nicht einmal umgedreht und mit uns gesprochen. Erst als wir die Insel anliefen, stand er auf, zog seinen Revolver aus seinen Gurt und lud ihn. Der Revolver glänzte in der Sonne. Er steckte ihn wieder in den Gurt und blieb stehen. Als er euch sah, wurde er aschfahl, dann knallrot, er begann zu schwitzen, und die Schweißperlen tropften ihm von der Stirn auf die Planken. Und dem Schiffsführer und seinem Kahn möge unser Geld kein Glück bringen, hoffe ich, er hat uns alles abgenommen. Hoffentlich finden sich dieser ungläubige Kapitän und sein hässlicher Begleiter auf dem Grund des Meeres wieder, und wir können uns wieder abregen!« Der Mann sprach türkisch mit auffälligem kurdischem Akzent.

»Vasili, geh mit unseren Freunden und zeig ihnen ihre Bleibe! Hüsmen soll sich um die Kinder kümmern. Sie scheinen alle sehr müde zu sein, Mutter Melek soll dafür sorgen, dass sie sich satt essen!«

Der alte Mann wusste nicht, was er dazu sagen sollte, er murmelte in einem fort Gebete auf Kurdisch, Arabisch und Türkisch.

»Vasili, wir treffen uns gleich danach auf dem Hügel. Wenn du willst, Veli, komm du auch, wir haben Wichtiges zu bereden!«

Durch den Olivenhain ging er den Hang hinauf. Ängstlich schaute er in die Büsche, hinter die Baumstämme, und beim geringsten Geräusch schrak er zusammen, schlich in die Richtung des Geräusches, sah nichts weiter als aufgeflogene Vögel oder eine liebeshungrige Schildkröte, die tak, tak, tak, mit der Schnauze hart gegen den Panzer des Weibchens klopfte oder selig wimmerte, wenn sie das Weibchen schon bestiegen hatte. Nordwind haderte mit sich: Warum bin ich so geworden? Als es in einem Wildrosenbusch knackte, schrak er zusammen und ging nicht weiter. Ja, er hatte Angst, sein Herz pochte rasend. In unzähligen Schlachten hatte er sich nicht so jämmerlich gefühlt, und nicht einmal beim Donnern der Kanonen war er so zusammengezuckt. Plötzlich stand vor seinem geistigen Auge die hoch gewachsene Zehra mit ihren langen blonden Zöpfen, tiefblauen Augen, kleinen Grübchen und kindlichem Lächeln. Ein noch nie verspürtes Wohlgefühl umfing seinen erschauernden Körper vom Scheitel bis zur Sohle. Was geschieht nur mit mir, fragte er sich. Sein Inneres wurde hell, Freude durchströmte ihn, er fühlte sich federleicht. Träume, Farben, seine Kindheit, die nie gesehenen Berge des Kaukasus, die Binboğa-Berge … Weiß wie der Marmor dieser Berge sprudeln aus den orange geäderten Felsen die Quellen, und hoch über den Gipfeln kreisen mit gestreckten Schwingen und in den Wind gereckter Brust rote Adler, nicht knallrot, auch nicht lilarot, sondern dunkler als blankes, rot glänzendes Kupfer, halbwegs zwischen rot und violett. Plötzlich rauchgeschwärzte Felsen, hier der Kaukasus, dort die Berge Allahüekber; fliegende Granaten, die in einem fort weiße, blaue, orangefarbene, grüne Linien in den Himmel zeichnen, und Knabenkraut, das die ganze Welt mit Gelb überzieht. In diesem Gelb werden seine Träume immer lebendiger. Eine weiße Wolke sinkt auf ihn herab, Sonnenstrahlen fallen auf die Berghänge. Der Tod holt schreckliche Ernte ein, herabfallende Granaten stecken die Wälder in Brand, die brennenden Bäume wimmern, es hört sich an wie die Schreie abertausender Kleinkinder, immer mehr Granaten gleiten gelblich den Himmel entlang ... Musas Wunde blutet, es riecht überall nach Pulver. Sein Blut fließt aus den Adern, schon bald werden sie blutleer sein! So ein Tod soll lieblich sein, wie in einem glücklichen Traum verliert der Mensch die Besinnung und fällt in ein Paradies.

Aufgeschreckt vom Flügelschlag eines großen Vogels, öffnete Nordwind die Augen. Schwerfällig schwang der verängstigte Vogel sich immer höher, wurde schneller und verschwand hinter dem Kamm. Was hat dieser Vogel denn hier zu suchen, fragte sich Nordwind. Ein riesiger Adler! Vielleicht hat er seinen Horst in den Felsen. In diesen Tagen schlüpfen die Jungen. Was will dieses reiche Mädchen eigentlich weben? Und wo hat sie gelernt, mit einem Webstuhl umzugehen? Oder stimmt nicht, was Musa Kazim Agaefendi so erzählt? Diesen Eindruck macht er eigentlich nicht. Melek Hanum muss erkannt haben, wer er ist, voller Achtung hat sie sich vor ihm verneigt, wie es die alevitischen Kurden in Uzunyayla, der Langen Hochebene, tun, beim Handkuss das rechte Knie auf dem Boden gestützt. Und alevitische Derwische küssen auch dem Knienden die Hand, ob Mann, ob Frau oder Kind. Musa Kazim Agaefendi ist wohl ein alevitischer Derwisch. Aleviten geben einem, der kein Alevit ist, ihre Töchter nicht zur Frau. Doch Aleviten auf Kreta? Warum eigentlich nicht? Sie sind überall. In Aserbaidschan, im Iran, sogar in Arabien, und dort auf dem Gänseberg! Ich muss Melek Hanum fragen! Aber Aleviten gestehen ja niemandem, dass sie Aleviten sind!

Warum war er, ohne sich zu rühren, so kerzengerade im Kutter stehen geblieben? Warum ist er nicht ausgestiegen? Hatte er Angst? Oder wars nur ein Test? Kein Muskel hat sich in seinem Gesicht bewegt. In der ganzen Zeit nur sieben Mal die Augenlider. Er hat Narben am Hals. Auch seine Haltung hat er kein einziges Mal verändert. Nur der rechte Zeigefinger bewegte sich immerfort. Eine Biene hatte eine ganze Weile auf dem Handrücken seiner Linken gesessen, der Junge schien es nicht einmal gemerkt zu haben. Als sie aufflog und dreimal um seinen Kopf kreiste, scherte er sich gar nicht, obwohl ihr Gesumm bis zum Ende des Stegs zu hören war. Auf seinen Stiefeln blitzten Wassertropfen. Gezählt hatte er es nicht, aber ihre Blicke hatten sich mehrere Male gekreuzt, die grünen Augen des Mannes schauten gelassen, furchtlos und ohne Neugier. Wie gefroren. Er hatte auch nicht ein einziges Mal zum Schiffsführer hinübergesehen, auch nicht zu den Passagieren, die ihre Sachen abluden. Als der Motor ansprang, hatte er zu seinem Revolver gegriffen, die Hand aber sofort zurückgezogen, als habe er glühendes Eisen berührt. Warum war er zurückgefahren? Er hatte auch nicht zurückgeschaut, nachdem der Kahn gewendet und Fahrt aufgenommen hatte. Mit eingezogenem Kopf hatte er dagestanden. Ein Zeichen von Enttäuschung, das gejagte Wild verfehlt zu haben! Eines war sicher, dieser Mann wird wiederkommen. Aber warum war er dann fort? Diese gedungenen Schützen legen keinen Wert auf einen Hinterhalt. Sie töten ihr Opfer dort, wo sie es antreffen. Hätte der Mann ihn nicht erschießen können, als er, groß wie ein Schrank, auf dem Anleger stand, und dann den Kutter abdrehen lassen? Zumal er sein Gegenüber erkannt hatte? Die Beute gehört dem Jäger, der am schnellsten ist. Das wusste der Mann doch auch.

Er wird wiederkommen.

Er stieg auf den Hügel, setzte sich und lehnte den Rücken an den beschrifteten Stein. Weit draußen zog ein großes Passagierschiff vorbei. Und querab im Süden schwammen Schwärme von Möwen, bildeten ein riesiges weißes Feld auf dem Meeresspiegel.

Unten zwischen den Olivenbäumen tauchte der Kopf von Vasili auf. Eine Weile schien auch Vasili das Möwenfeld zu beobachten. Dann kam er stolpernd näher, hielt zwischendurch an, ging weiter. Wahrscheinlich jammerte er jetzt darüber, die günstige Gelegenheit verpasst zu haben. Ach, Nordwind, ach, Bruder! Du hast uns dieses Unheil eingebrockt, doch anstatt ihn zu töten, ihn ein für alle Mal loszuwerden, nachdem er uns schon in die Arme gelaufen war … Töten wir ihn nicht, bringt er uns um!

Nordwind lächelte. Bei Gott, das denkt er jetzt, und so hadert er mit sich selbst!

Vasili kam, hockte sich neben ihn und lehnte sich mit dem Rücken an den beschrifteten Stein.

Sie überlegten lang und breit, was gegen den vom arabischen Scheich gedungenen Schützen zu tun sei, fanden aber keine Lösung. Die Insel verlassen und irgendwo untertauchen. Aber wo? Wird derjenige, der sie auf dieser abgelegenen Insel aufgespürt hatte, sie früher oder später nicht überall finden?

Veli der Treffer gesellte sich zu ihnen. Auch er überlegte laut, was zu tun war. Schließlich kam er zu dem Schluss, dass es keinen besseren

Platz gab als diese Insel. Musste der rotblonde Mann nicht über den Anleger auf die Insel kommen? Und würde er nicht einen gezielten Schuss mitten in die Stirn einfangen, wenn er nach seiner Waffe griff? Und nehmen wir an, er stiege woanders aus, fiele er dann nicht irgendjemandem auf? Ob am Tag oder in der Nacht, einen sichereren Ort als die Insel gab es nicht! Unsere Hände können mehr als Birnenpflücken. Schließlich haben wir jahrelang gedient und so manchen Kugelregen erlebt. Er packte den nachdenklichen Nordwind an der Hand und zog ihn hoch. »Besorge du mir einen Revolver und scher dich um nichts! Dann wirst du schon erleben, wer dem fliegenden Kranich ins Auge, dem fliehenden Hasen in den Hinterlauf schießt! Ihr ahnt ja nicht, was ein echter Treffer für Augen hat. Einen Revolver!« Und er lachte. »Vasili!«, brüllte er dann. »Was sitzt du da noch wie ein Waisenknabe herum?«

Und wie von der Sehne geschnellt, sprang Vasili auf die Beine. »Was ist, ich stehe, wie du siehst.«

»Also, Nordwind, innerhalb von drei Tagen einen Revolver! Und zwar einen bulgarischen Dienstrevolver. Und hundert Patronen! Je mehr, desto besser. Keine Sorge, ich werde alles bezahlen. Solche wie wir, die jahrelang im Krieg waren, schreckt der Tod nicht so leicht.« Seine Miene verdunkelte sich, seine Stirn legte sich in Falten. »Die diesen Krieg überlebt haben, beeindruckt der Tod nicht mehr. Wir hatten in unserem Regiment einen aus Adana. Jedes Mal, wenn es zum Kampf kam, wenn Kugeln auf uns herabregneten, Schrapnells und Granaten barsten, stimmte er ein Lied an: Weiche dem Tod nicht ängstlich aus, dem Recken geschieht, was ihm vorbestimmt! Am Ende sang ich mit, sogar wenn es zum Bajonettangriff kam, stürmten wir mit diesem Lied auf den Lippen.« Er zupfte Nordwind am Ärmel: »Wirst du mir in den nächsten drei Tagen einen bulgarischen Dienstrevolver besorgen und mehr als hundert Patronen? Weißt du, warum ich so viele Patronen haben will? Eine würde ja reichen. Aber ich habe seit Jahren keinen Revolver mehr in der Hand gehabt und bin aus der Übung. Schießen ist eine Kunst für sich. Ich werde mir auch noch eine deutsche Flinte besorgen, und dann kommt er auch mit Vogelschwingen nicht auf die Insel.«

»Versprochen! In drei Tagen«, entgegnete Nordwind.

»So wahr der Franke im Frankenland, der Kurde in Kurdistan, die Wüste im Land der Araber ist?«

»In drei Tagen!«

»Und ich fahre euch morgen zum Fischen. Wie ihr ja seht, schwillt die Zahl der Inselbewohner an. Gott vermehre sie!«

»Du wirst sehen«, warnte Vasili, »was dann geschieht. Auf diesem Inselchen werden sie sich vor Hunger gegenseitig fressen. Dich und mich eingeschlossen.«

»Keine Angst! Der Allmächtige sorgt auch für den blinden Wolf. Nun sagt schon, kommt ihr morgen mit zum Fischen?«

»Mit dir auf Fischfang, Rais, wird nicht jedem Diener Gottes zuteil.«

»Höchste Zeit, mir ein Fischerboot zu kaufen. Ich werde so viele Fische fangen, dass ich in drei Monaten meine Schulden bezahlt habe. Denn wie vom Fischfang verstehe ich auch was vom Fischverkauf. Sogar diesem bis zum Wipfel in weißer Blüte stehenden Baum verkaufe ich Fisch, wenn es darauf ankommt.«

»Welch schöner Baum, nicht wahr?«, begeisterte sich Vasili.

»Ja«, nickte Nordwind, »als trüge er die Blüten von tausend Bäumen. Ich war bass erstaunt, als ich ihn zum ersten Mal erblickte. Schon von weitem hörte ich tiefes Summen, und als ich näher kam, gewahrte ich, wie jede Blüte von Bienenflügeln silbern glitzerte, dass jede Blüte auch ein riesiges, brodelndes Bienenknäuel war. Diese Insel wird nicht aufgegeben, habt ihr verstanden! Sogar die Bienen sind schwindlig vom Meeresduft. Habt ihr schon einmal berauschte Bienen gesehen? Schaukeln um sich selbst, finden schließlich eine Blüte und bleiben an ihr mit zitternden Flügeln hängen.«

Als Nordwind Zehra sah, schien sie im blauen Widerschein des Meeres zu leuchten. Ihm lief ein Schauer über den Körper, und sein Herz begann zu pochen. Ihre Blicke trafen sich, und ihm war, als lächle sie. Oder war es ihm nur so vorgekommen? Ihm schauerte wieder, und er empfand ein bisher noch nie verspürtes Lustgefühl. Er ging ins Röhricht hinein. Hatte Vasili hier nicht tagelang gelauert, um ihn zu töten? Ob in diesem Augenblick auch jener Araber mit blanker Waffe auf ihn lauerte? Was war zu tun? Sie würden ihn nie ausfindig machen, wenn er sich mit dem Mädchen nach Kreta aufmachte! Ein guter Gedanke, freute er sich, doch als er sich wieder fasste, war ihm klar, dass er an so eine Möglichkeit gar nicht denken durfte! Er ließ sich mehrere Verstecke durch den Kopf gehen, wanderte im Geiste bis in den Kaukasus zu seinen Verwandten. Würden die Araber ihn auch dort finden? Niemand wagte es, sich den

Adlern des Kaukasus zu nähern! Und wenn sich nicht nur ein Beduinenstamm, sondern ganz Arabien auf die Beine machte, wen scherte es dort? Doch nein, er hatte auf dieser Insel zu bleiben! Er verließ das Röhricht und schaute bis hinauf zum Hügelkamm in jede Senke, jeden Busch, hinter jeden Felsen. Plötzlich musste er über sich selbst lachen. Er ging wieder bergab, linste aber immer noch in die Büsche. Danach schaute er hinter die Brombeerhecken und die von den Dornenranken umwucherten Büsche, deren Namen er nicht einmal wusste. Eine grüne Schlange tauchte auf, er kümmerte sich nicht, sie glitt davon. Er wanderte in die Nähe von Vasilis Haus, umrundete die rotfarbenen Felsen am Sandstrand, danach geduckt und mit schussbereitem Revolver die Granatapfelbäume, erschrak beim leisesten Geraschel. Drei dieser lilafarbenen langen Schlangen mit den weißen Punkten schlängelten an ihm vorbei und verschwanden fluchtartig im hohen Gras, als sie seiner gewahr wurden. Er beachtete sie nicht, ging, scheu um sich blickend, in den Obstgarten. Ein großer Vogel flatterte vor ihm auf, Nordwind zog sofort seinen Revolver, doch als er, den Finger schon am Abzug, den Vogel erkannte, steckte er die Waffe wieder in den Gurt. Er stieg zum Ufer hinunter, schaute in die Felsnischen, fand sich beim großen Birnbaum wieder, ging dreimal um ihn herum, schlenderte zur Windmühle, stapfte eine schmale Wildwasserrinne entlang, schaute durch die Tür in die Mühle, hineinzugehen wagte er nicht. Den Weg vom Birnbaum zur Mühle machte er mehrmals, doch jedes Mal nur bis zur Tür.

Zurück am Anleger, sah er die ausgenommenen Fische geschichtet neben einem Holzstoß liegen. Aller Blicke ruhten auf ihm. Besonders die Kinder starrten ihn mit großen Augen an. Aber auch Männer und Frauen … Und Zehras samtblaue Augen schauten verwundert, streichelten ihn fast.

Nordwind zog Streichhölzer aus seiner Tasche, bückte sich und versuchte, das Kleinholz unter dem Holzstoß anzuzünden, aber es brannte nicht an. Als er ein zweites Zündholz anreißen wollte, verspürte er zu seiner Rechten einen Schwindel erregenden Duft. Er schaute auf und erblickte Zehra neben sich, die auch ein Streichholz gezündet hatte und es unter den Holzstoß hielt. Die dünnen, trockenen Olivenzweige fingen Feuer, das schon den halben Holzstoß hochleckte, bevor die beiden wieder auf den Beinen waren. Zehra lächelte ihm zu, in ihren Augen blitzte ein blauer Funke von Liebe auf und verlöschte. Nordwind spürte beim Aufrichten leichten Schwindel und schwankte. Er bahnte sich einen Weg durch die Menge zu den Pritschen und war froh, als er sich setzen konnte. Veli dem Treffer war es nicht entgangen. Unsren Jungen hats schwer erwischt, freute er sich, er hängt am Haken! Dem Mädchen geht es ja ähnlich, es ist verstört und weiß nicht, wie es sich verhalten soll. Das Volk hat bis jetzt noch nichts gemerkt, aber bald steht das Dach in Flammen, und dann werdens alle sehen. Das hat ja sehr heiß angefangen, Gott sei Dank scheint dem nichts im Wege zu stehen. Bis auf die Angst unseres Jungen vor dem Scheich der Beduinen. Unser blondes Mädchen hat den Jungen so hart getroffen, dass er nicht mehr weiß, wo vorne und hinten ist. Er ist auch nicht in der Lage, den aufkommenden Sturm zu sehen. Jetzt sind seine Gedanken noch bei dem Mann mit den starren Augen eines giftigen Tausendfüßlers, doch bald wird er nicht mehr an ihn denken und nur noch hinter Zehra her sein.

Er ging zu ihm und setzte sich neben ihn. Nordwind war in Schweiß gebadet und zitterte unmerklich.

»Du hast geschwitzt, Rais.«

Nordwind war froh, ihn neben sich zu haben. Veli lächelte, nahm seine Rechte, drückte sie. »Glücklich der Mann«, fuhr er fort, »dem als Einzigem unter tausend anderen derartiges widerfährt! Du weißt, ich habe es auch erlebt.«

»Ich weiß.«

»Danke deinem Herrgott, dass er dir dieses Paradies öffnet! Besser einen einzigen Tag so erfüllt leben als tausend Tage in der Leere.«

»Und wann wirst du deine Frau holen? Meinst du, sie ist ins Dorf zurück, um nach ihren heimkehrenden Söhnen Ausschau zu halten?«

»Unsere Liebe hat nie nachgelassen. Wohin sollte meine Hanum also gehen, nachdem sie mich verlassen hatte? Sultan wartet mutterseelenallein im Dorf auf ihre Jungen.«

»Und wann wirst du dorthin aufbrechen? Du bist so niedergeschlagen, weil du Tag und Nacht an deine Hanum denkst.«

Veli der Treffer ließ den Kopf sinken. Wenn ich dich um Kleidung bitte, springst du sofort. Und bäte ich dich um ein Pferd mit silberbeschlagenem Sattelzeug, würdest du es sofort kaufen. Auch eine Flinte. Du weißt, dass ich damit diesen von mir so geliebten Tscherkessenjungen beschützen will. Denn die Augen dieses Untiers mit dem roten Schnauzbart gefielen mir überhaupt nicht. Vielleicht kommt er sofort wieder, vielleicht nach fünf Tagen, vielleicht aber auch erst in fünf Monaten oder einem Jahr, aber kommen wird er, da gibt es keinen Zweifel. Ich kann ihm diesen Tscherkessen also nicht als Beute zurücklassen, diesen riesengroßen Jungen mit der kindlichen Miene, der all die blutigen Schlachten überlebt hat, aber sich selbst fast umbringt, weil er beim Massaker an den Jesiden auch eingesetzt worden war. Wie gut, dass er diesem Mädchen begegnet und ihm so verfallen ist. Nur eine Heirat kann ihn vor sich selbst retten. Und das weiß er auch. Diese Menschen mit einem kindlichen Gemüt haben ja einen Vorteil: Sie sind schnell verletzt, aber sie erholen sich auch schnell von jedem Leid. Er fürchtet, dass dieser Rotbärtige ihn töten wird, und nur der Gedanke, es könne nach der Hochzeit geschehen, quält ihn. Keiner kann ihm das ausreden, aber auch keiner kann ihn von seiner Liebe abbringen. Der braucht mich jetzt! So allein! Aber Lena, die aus dem so fernen Griechenland geflüchtet ist, um hier auf ihre Söhne zu warten, ist ja auch noch da. Die eine wartet auf vier, die andere auf zwei Söhne! Wie lange will meine denn noch Erde auf den Berg schleppen? Vielleicht schont sie ihren Rücken, sammelt Walnüsse auf und verkauft sie. Dann hat sie über ein Jahr mehr als genug zu essen und kann sich von dem Geld noch drei Ziegen kaufen und an die zehn Hühner. Aber das Hühnerfutter? Nun, wer ein Leben lang körbeweise Erde geschleppt hat, wird wohl einen halben Sack Körner bis ins Dorf tragen können! Ja, er war in seine Frau noch bis über beide Ohren verliebt, mehr noch als in seinen jungen Jahren. Schreckliche Gedanken begannen ihn zu quälen. Und wenn sie vom Felsen stürzt? Sie trägt eine Halskette mit Goldstücken, wie viele, weiß er nicht mehr, aber es sind viele. Wie oft hatte sie ihn gebeten, doch er hatte nicht eine einzige eingewechselt. Man wird sie wegen dieser Goldstücke überfallen und töten! Er verscheuchte diesen schlimmen Gedanken und dachte voller Stolz an seine Enkel, verdrängte alles andere. Dann dachte er wieder an diesen kindlichen Mann, voller Freude und Zuversicht. Nicht einmal der neunmal geflügelte rote Todesengel könnte sich dem Jungen nähern, murmelt er wütend, geschweige denn dieser rotznäsige Rotschnäuzer, und käme der arabische Scheich mit seinen rot geschnäuzten Kriegern persönlich aus der Wüste herbei, er könnte unserem Mann nicht zu nahe kommen. Kann er nicht, aber da unser Nordwind so verängstigt ist, muss es wohl einen Grund geben, einen Grund, den niemand kennt, der aber reicht, ihn von dieser einsamen Insel zu vertreiben. Oder sollte mein beherzter Sohn Nordwind im Krieg zum Hasenfuß geworden sein?

»Bringt mir innerhalb von drei Tagen den Revolver! Morgen komme ich nicht mit zum Fischen. Ich werde hinter dem Hügel dort Schießübungen machen. Und dann schau zu, wie ich meinem Gegner, bevor er auch nur mit der Wimper zuckt, mitten in die Stirn schieße! Solange ich lebe, wird dir keiner ein Härchen krümmen. Bitte nicht weniger als hundert Patronen! Besorge mir auch ein Fischerboot mit Motor! Können wir in diesen Dörfern und nahen Städten Fische verkaufen?«

»Sehr viele sogar. Nachdem die Griechen fortgezogen waren, gab es in dieser Gegend fast keine Fischer mehr. Ein guter Fischer kann heutzutage in einem Jahr mit Fischfang ein Vermögen machen.«

»Dann fahre ich mit Vasili hinaus. Er versteht was von der Sprache der Motoren und ich von der Sprache der Fische. Du bekommst auch einen Anteil«, lachte Veli.

»Ein Anteil reicht mir nicht«, auch Nordwind lachte.

»Das reicht. Ich schau mir an, wie du arbeitest, wenn du dich gut machst, erhöhe ich auf eineinhalb.«

»Einverstanden. Morgen zum Fischen, übermorgen in die Stadt. Am Morgen des dritten Tages hast du den Revolver in der Hand. Und bis ich zurückkomme, bewacht ihr die Insel. Du und der Tierarzt.«

»Und wie wir Wache halten! Wir lassen nicht einen Vogel über die Insel fliegen, klar?«

»Klar. Wenn du keinen Vogel über die Insel fliegen lässt, laufe ich sie mit einem nagelneuen, nach Späne und Lack duftenden Kutter an.«

»Heute Nacht trinke ich. Hast du etwas da?«

»Habe ich«, antwortete Nordwind. »Aber wir trinken zusammen und laden auch den Tierarzt ein!«

»Und Musa Kazim Agaefendi. Trinkt er in seinem Alter noch?«

»Im Vertrauen: Musa Kazim Agaefendi ist ein alevitischer Derwisch. Auch Melek Hanum ist Alevitin.«

»Haben sie dir das gesagt?«

»Nein, ich habs herausgefunden.«

»Wie denn?«

»Als Melek die Hand von Kazim Agaefendi küsste. Wenn Aleviten einem Derwisch, einem Dede oder Baba achtungsvoll die Hand küssen, stützen sie ihr rechtes Knie auf den Boden. So taten es auch die Hanum und Musa Kazim Agaefendi. Denn ein Dede küsst sogar die Hand eines Kindes, wenn es ihm diese Achtung erweist. Aleviten dürfen auch trinken, es ist für sie keine Sünde. Besonders die aus Kreta. Sie sind ja mit Giaurs aufgewachsen.«

»Dann laden wir doch alle Männer ein, wenn wir so viel Getränke haben!«

»Und Melek Hanum auch!«

»Einverstanden«, sagte Veli.

Gegen Abend wurden die Feuer angezündet, die Tische gedeckt. Außer den Männern des Dorfes waren auch Melek und Lena eingeladen. Für sie wurden Flaschen mit altem Rotwein entkorkt. Auch Musa Kazim Agaefendi trank Rotwein. Musa der Nordwind war sehr schnell betrunken, Vasili brachte ihn nach Haus und kam zurück. Bald war auch Veli berauscht und begann zu stottern. Vasili hakte auch ihn unter und brachte ihn heim. Das Geplauder währte bis Mitternacht, dann brachen alle auf.

Das Meer schimmerte noch weiß, als Musa der Nordwind aufwachte. Er ging zum Brunnen, wusch und kämmte sich. Heute setzte er seinen Kalpak auf. Er war aus Persianer, und seitdem er auf der Insel war, hatte er ihn noch nicht getragen. Dass dieser pechschwarze Kalpak ihm gut stand, wusste er. Heute Morgen zog er auch seinen dunkelblauen Anzug und seine blanken Langschäfter an. Vom Brunnen ging er zum Anleger und von dort über die Kiesel am Ufer entlang. Anstatt heller zu werden, wurde es immer dunkler. Auch der Meeresspiegel verdunkelte sich plötzlich, eine steife Brise kam auf, das Meer wurde ruppig, schwoll zu schaumigen Wellen, die über den Strand fächerten. Vor Musa Kazim Agaefendis Haus ging er auf und ab. Auch Zehra war schon auf den Beinen, ging immer wieder zum Brunnen hinunter, um den über die knirschenden Kiesel stapfenden Nordwind zu beobachten.

Die anfangs noch lauen Windstöße kühlten sich sehr schnell ab. Plötzlich fielen vereinzelt schwere Tropfen vom Himmel, und dann platzten Regengüsse, vermischt mit Schneeregen, hernieder. Es wurde dunkel, grelle, die Augen blendende Blitze zuckten in kurzen Abständen ins Meer, das taghell aufleuchtete. Es donnerte, die schwere See brüllte, schwemmte über den Strand bis zu den Platanen. Doch unbeeindruckt marschierte Nordwind im knietiefen Wasser, während Zehra die Stirn an die Fensterscheibe drückte und zitterte. Ach, ihn unterhaken und ins

Haus bringen, den klitschnass mit hängenden Schultern gekrümmt durch den prasselnden Regen Geisternden an den Kamin setzen, Feuer anmachen und ihm brühheißen Tee einflößen ... Obwohl sie wusste, dass sie diesen Traum nicht verwirklichen konnte, malte sie ihn sich begeistert aus. Ihn splitternackt ausziehen und mit flauschigen Handtüchern überall trockenreiben! Denn wenn er so weitermacht, wird er noch krank werden, ja, krank werden! Sie geht zur Haustür, öffnet sie einen Spalt, beobachtet Nordwind, eilt zum Fenster, kommt zurück. Nordwind geht immer schneller durch den Regen, die schwellenden Wellen schäumen über den Strand, kreisen ihn ein, schwappen in die Senken, klatschen gegen den Anleger, steigen bis zum Brunnen.

Bis der Morgen graute, pendelte Zehra wie ein Weberschiffchen vom Fenster zur Tür, von der Tür zum Fenster, doch sich ein Herz fassen und hinunterlaufen gelang ihr nicht. Bei Tagesanbruch sagte sie sich: »Es wäre Wahnsinn, ja, ein großer Wahnsinn, hinunterzulaufen!«, ging hinauf und stellte sich tieftraurig wieder ans Fenster. Der Kummer lähmte ihren Verstand, sie konnte an nichts anderes denken.

Als Vasili Nordwind gewahrte, schritt dieser immer weiter aus, schien er sogar auf die anrollenden Wogen zuzugehen. Sein Zeug klebte ihm am Körper. Zuerst hatte Vasili diesen gebeugten Mann mit dem eingezogenen Kopf gar nicht erkannt, als er aber genauer hinsah, erschrak er, rannte zu ihm, hakte sich bei ihm ein und brachte ihn ins Haus. Als Lena ihn erblickte, verschlug es ihr die Sprache, sie stand da und rührte sich nicht.

»Steh nicht so verwundert da, Mutter Lena, er hat ein bisschen Regen abbekommen!«

»Ein bisschen Regen?« Sie hatte sich wieder gefangen. »Schau ihn dir doch an, wie er zittert! Sieh dir doch den See zu seinen Füßen an! Zieh ihn aus, Vasili, zieh ihn aus! Er wird noch krank werden und sterben. Ach, ach, mein dummes, verrücktes Kindchen!« Sie lief nach nebenan und kam mit zwei großen Badetüchern zurück. Schimpfend holte sie Unterwäsche aus der Truhe. »Betrunken war er, hat sich verlaufen, hat bis morgens im Regen gehangen. So zittert er sich ja tot. Zieh ihn ganz aus!«

Behände zog Vasili ihm Stiefel und Kleidung aus, wickelte ihn in die Badetücher, brachte ihn auf sein Zimmer, rieb ihn trocken, zog ihm frische Unterwäsche an und brachte ihn zu Bett.

»Mutter, brühen wir ihm Tee! Wie wärs mit einem heißen Honigscherbett?«

Lena nahm aus einem Glas drei Löffel Honig, verrührte ihn mit Wasser. Vasili goss den Scherbett in ein Töpfchen und schob es in den Kamin. Dann flößte Lena Nordwind das heiße Getränk ein. Nach und nach hörte das Zittern auf.

»Morgen bekomme ich von dir drei Ziegen und einen Bock!«, sagte Lena.

»Einverstanden, Mutter, zu Befehl!«

»Zu Befehl, das sagst du immer, aber von einer Ziege keine Spur. Hätte ich den Honig mit Milch verrührt, wäre dein Zittern im Nu vorbei gewesen. Außerdem bist du ein Kind der Berge und brauchst jede Menge Milch und Butter. Immer nur Tee, Tee und nochmal Tee! Da trocknet der Mensch doch aus und stirbt davon obendrein. Drei Ziegen und einen Ziegenbock! Und wenn du wüsstest, wie sehr ich Ziegenlämmer liebe!«

»Jawohl, Mutter. Drei Ziegen und einen Ziegenbock.«

Nordwind hörte Schritte auf der Treppe, er drehte den Kopf zur Tür, sah Veli und richtete sich auf. »Mir geht es gut! Von Kindesbeinen laufe ich durch den Regen. Ob Winter, ob Sturm, ich geh durch den Regen. Wie siehts da draußen aus, regnets noch?«

»Es hat aufgehört«, antwortete Veli. »Jetzt herrscht eitel Sonnenschein, und der Himmel ist samtblau.«

»Geht schon hinaus, ich zieh mich an!«

»Um Gottes willen, was tust du da, du bist krank«, rief Vasili.

»Nichts da«, sagte Nordwind, »ich bin ein bisschen im Regen spaziert wie früher als Kind.« Er zog sich schnell an, im Garten warteten Veli und Vasili auf ihn, gemeinsam gingen sie zum Anleger. Fröhlich erzählte Nordwind vom Regen in der Langen Hochebene. »Der Regen in der Çukurova ist anders, ist wie der Zorn Gottes. Zuerst brist es auf, Staub hebt sich, und dann fallen, tap, tap, große Tropfen, und es beginnt Schwindel erregend nach Erde zu duften. So herrlich duftet es im Regen nicht überall.«

Als sie am Brunnen bei den Platanen waren, hörten sie aus dem Röhricht ein leises Rascheln, und danach tauchte Zehra auf. Als das Mädchen sie erblickte, verhielt es den Schritt, und Nordwinds letzte Worte blieben ihm im Halse stecken. Veli aber legte ihm die Hand auf die Schulter und fragte, Zehra zugewandt, ganz gelassen: »Mädchen, welche bist du, die Ältere oder die Jüngere von euch beiden?«

»Ich bin Zehra, die Ältere.«

Veli lachte wohlwollend. »Gott erhalte dich deinem Vater …« Und nach einer kleinen Pause: »… unserer Insel und unserem Meer! Du bist schön wie ein Engel.«

Zehra lächelte, die Grübchen ihrer Wangen vertieften sich, ihr Gesicht lief rosarot an, während sie nach einer Antwort suchte. »Und Sie sind sehr gütig. Sie haben uns fern der Heimat zu neuem Leben erweckt, meinen Vater und uns alle. Ich wünsche Ihnen eine gute Fahrt und reichen Fang!« Sie ging dicht an ihnen vorbei, und Nordwind wagte nicht, ihr nachzublicken. Auch ihre Stimme ist weich wie Samt, gleich ihren blauen, liebevollen Augen, dachte er, und sein ganzer Körper war durchströmt von Liebe, und er fühlte sich federleicht. Er bekam nichts von den Vorbereitungen mit, ging abwesend an Deck, nahm auch nicht wahr, dass die Raue Insel vor ihnen auftauchte, beköderte wie im Traum seine Angel und warf sie aus.

»Er hat angehakt, Nordwind, hol die Leine ein, Nordwind, du bist heute der Erste, bei dem einer angebissen hat!« Veli redete auf Nordwind ein, stieß ihn an, und Nordwind erwachte aus seiner Traumwelt. An seiner Angel zappelte ein Barsch, der bei jeder Bewegung blau aufblitzte.

Eine ganze Weile fischten sie hier und machten reiche Beute. »Reicht es, Veli?«, fragte Nordwind schließlich. »Auf zu neuen Fischgründen?«

Veli stand auf, beschattete mit der Linken seine Augen und spähte rundum übers Meer. Auch Nordwind war aufgestanden und linste mit beschatteten Augen übers Wasser.

»Dorthin!«, rief Veli und zeigte westwärts auf einen Punkt querab der Rauen Insel. Als er sich wieder setzen wollte, hielt Nordwind ihn fest: »Bleib stehen, Veli, du auch, Vasili!«

Überrascht sah Veli ihn an.

»Schau mich nicht so an, Treffer, zeig mir noch einmal die Stelle, die du meinst!«

Veli streckte den Arm aus und zeigte auf den Punkt. »Dort! Hast du gesehen? Schau genau hin!«

»Ich schau genau hin und sehe nichts.«

»Auch nicht eine ganz leichte Wellenbewegung?« Er streckte die Hand wieder aus. »Eine andere Farbe, ein lichtes Grün? Ganz verschwommen, gar nicht sicher, ob ein blasses Grün, ein blasses Violett oder Orange?«

»Zähl auf, so lange du willst, ich sehe bis ans Ende der Welt nichts anderes als in lichten Dunst getauchtes Blau.«

»Siehst du denn Licht?«

»Licht sehe ich.«

»Das ist gut und vereinfacht die Sache. Und nun schau genau in die Richtung, in die mein Finger zeigt! Dort ist das Licht anders. Sieh genau hin, dein Blick darf nicht abweichen!«

»Ich schau genau hin. Das Licht ist überall gleich.«

»Das kann nicht sein. Mensch, Vasili, schau du auch hin!«

»Ich habe hingeschaut. Ich sehe nur überall Flimmern.«

Veli wurde böse, er schäumte und hockte sich wütend auf die Ducht.

»Mann, Veli, warum ärgerst du dich, mein Aga, mein Pascha, mein Bruderherz? Ich konnte es nicht sehen, ich konnte kein anderes Licht als das übliche sehen.«

»Statt Augen gab Gott euch zwei leere Löcher.«

»Veli, in welcher Weise ist das Licht denn dort anders, sag es, damit wir es auch erkennen, damit wir es lernen!«

»Erklären lässt es sich nicht. Das Licht ist wie ein Gefühl im Augapfel, man fühlt es im Herzen, fühlt es unter der Haut. Es ist das Licht der Fische, das wir sofort erkennen, wenn wir genau hinschauen.«

Im Stehen starrten Nordwind und Vasili eine Zeit lang auf die von Veli angedeutete Stelle.

»Los, Vasili, fahren wir hin und schauen nach, was uns das Licht zeigen wird!«, rief Vasili und setzte sich.

»Es wird uns Fische zeigen«, sagte Veli selbstsicher.

Sie warfen ihre Angeln aus und warteten gespannt. An drei Angeln zugleich hakten Fische an. Veli holte seine zuerst ein. Am Haken funkelte eine große Rotbrasse. Veli ließ den Fisch, der sein Rosarot übers grüne Wasser streute, eine Weile an der Angel zappeln, bevor er ihn abnahm und ins Becken warf. Gleich danach holten auch die andern ihre Angeln ein, musterten überrascht ihre Beute am Haken, denn auch ihre Rotbrassen waren so groß wie die von Veli, und darauf waren sie besonders stolz.

Immer wieder warfen sie ihre Angeln aus, und bald war eines der Becken bis an den Rand voller Rotbrassen in allen Größen.

Je öfter Nordwind sich über Veli wunderte, desto mehr wuchsen auch seine Hochachtung und seine Zuneigung. Dieser Mann liebte das Meer mit jeder Faser seines Herzens, und das Meer liebte ihn. Wie kann ein Mann, der dem Meer so verfallen war, es wegen eines Mädchens verlassen und sich oben in den Bergen hinter Felsen einkerkern?, fragte er sich. Vielleicht liebte er das Mädchen mehr noch als das Meer! Nordwind platzte vor Neugier, aber nach diesem Grund zu fragen, wagte er nicht.

»Ich war schon so oft fischen, aber so etwas ist mir noch nicht vorgekommen. Also dieser Veli, wie ihr seht, ist einer, der in finstrer Nacht schwarze Ameisen auf einem schwarzen Stein ausmachen kann, da bin ich ganz sicher.«

»So ist es«, bestätigte Vasili. »Wer weiß, vielleicht sieht er in dunkler Nacht sogar den Meeresgrund.«

»Nicht den Grund, aber den Spiegel«, lachte Veli.

»Du verzauberst das Meer, nicht wahr?«

»Das Meer verzaubert mich, Bruder, das tat es schon immer. Jahrelang stand ich in der Wüste unter Gewehr, und auch die Wüste verzauberte mich. In einer Kleinstadt am Meer schlug mich auch ein Mann in seinen Bann. Ich folgte ihm, und er führte mich in ein felsiges Dorf, und diesmal erlag ich dem Zauber von Feuerstein, orange geädertem weißem Fels, schwarzen Adlern, von Falken, kupferrot geflügelten kleinen Adlern und mächtigen Nussbäumen. Und jetzt verzaubert mich diese Insel, dieser große, mit allen Blüten der Welt beladene Birnbaum, dieses leicht geriffelte Meer. Bruder, ich bin ein vom Scheitel bis zur Sohle verzauberter Mensch. Von all dem erlebten Zauber habe ich eins gelernt: Der Zauber ist im Menschen, in seinen Augen, seinen Ohren, seiner Nase, seinem Herzen. Der Welt schönster Zauber liegt in den Augen eines Menschen, im Grunde seines Herzens.«

Nordwind versank in Gedanken, überlegte, bin ich selbst verzaubert, dass ich von meinem Herzen nichts weiß? Wenn ein Zauber im Herzen eines Menschen liegt, hat mich dann mein Herz verzaubert? Ist der Zauber die Liebe im Menschenherz, das Mitleid, ist Zauber das herzergreifende Morgenrot, der das Herz vor Freude verrückt machende Morgenwind, die Liebe des Menschen zu allem um ihn herum?

»Los, Veli, machen wir uns auf die Suche nach einem weiteren Fischgrund!«

Veli stand auf, beschattete seine Augen gegen die tiefe Sonne und ließ den Blick über das grüne Meer wandern. Als er einen spiegelglatten, dunkelblauen Kreis wahrnahm, verharrte er und dachte nach. Dann setzte er sich an die Pinne, umrundete in weitem Bogen die blau leuchtende Stelle und steuerte mit einer leuchtenden Spur von seinem Kielwasser durch diesen Kreis.

»Wo können sie so schnell abgeblieben sein?«, murrte er verblüfft und suchte weiter.

»Genau so!«, sagte er dann, und seine Miene hellte sich auf. Er zeigte auf eine Stelle südlich der Rauen Insel. »Und ich sagte mir schon: Mensch, Veli, du bist alt geworden und siehst nichts mehr! Doch es lag gar nicht an mir. Dieses Meer leuchtet so stark, dass es die Augen blendet. So etwas habe ich nur noch an der arabischen Küste erlebt, am Roten Meer, und das war noch klarer. An sehr hellen Tagen konntest du bis auf den Grund sehen und die bunten Fischschwärme beobachten. Im Frühling überzog sich der Meeresgrund wie ein Blumengarten mit bunten Pflanzen.« Abrupt schwieg er, stand auf und sagte dann: »Hier ist es, hier muss es nach meiner Meinung nur so wimmeln.«

Sie stoppten das Boot und warfen die Angeln aus. Auch hier fingen sie reichlich, bald war auch die andere Wanne voll, und sie warfen die Fische einfach auf die Planken der Bilge, wo sie übereinander zappelten. Veli zeigte ihnen noch einige Fischgründe, doch dieses Angeln hatte sie erschöpft. Noch vor Sonnenuntergang kehrten sie zur Insel zurück.

Nordwind suchte Zehra in der Menschenmenge. Zu seiner Rechten entdeckte er unter den Platanen Kazim Agaefendi zwischen seinen zwei Töchtern, die herüberschauten. Als er Zehra ausmachte, flimmerte sein Herz, ihm wurden die Knie weich, er senkte den Kopf, bis er sich wieder gefangen hatte. So gut er konnte, versuchte er, Zehra nicht anzublicken. Er kehrte den Leuten auf dem Anleger den Rücken zu und sprach mit Vasili.

»Leute«, rief dieser daraufhin, »dank Veli dem Treffer haben wir heute das Boot voller Fische, und wisset, dass es auf der ganzen Welt keinen so meisterlichen Fischer gibt wie ihn. Solange er hier ist, werden wir keinen Hunger haben. Was ich noch sagen will: wir haben so viele Fische gefangen, dass wir unmöglich alle unter den Platanen garen können. Jeder soll mit seinen Schüsseln und Körben herkommen und sie bis zum Rand füllen. Wer kein Gefäß hat, leihe sich eins vom Nachbarn.«

»Und wer nicht weiß, wie Fische zubereitet werden«, unterbrach ihn Nordwind ungeduldig, »der wende sich an Lena! Sie bringt es euch bei!«

Zehra verließ ihren Vater und ging mit eiligen Schritten nach Haus. Nordwind ließ sie nicht aus den Augen, bis sie im Haus verschwunden war. Aber auch danach beobachtete er die Haustür. Sie kam mit einem Topf in der Hand aus der Tür und eilte leichtfüßig wie eine Fee zum Boot. Vasili tat so, als habe er sie nicht bemerkt, damit sie möglichst lange am Boot bleibe, doch Nordwind schaute nicht noch einmal herüber, er kehrte ihr den Rücken zu und ging hinüber zu Musa Kazim Agaefendi.

»Gott segne euch!«, rief dieser ihm freundlich zu. »Gehen wir zu mir und trinken wir einen Kaffee!«, bat Musa Kazim Agaefendi und hakte Nordwind unter.

»Zu Befehl, Efendi!«, sagte Nordwind und rief Vasili im Vorbeigehen zu: »Sag ihnen, sie sollen alle Fische zubereiten. Ungegart verderben und stinken sie schnell. Die gegarten können sie auch noch morgen und übermorgen essen.«

Sie gingen hinauf ins obere Stockwerk. Die Räume waren sehr schön hergerichtet. Über dem Kamin war das Bild einer Gazelle vor einem blauen Berg zu sehen. Geschnitzte Schränke und Fensterläden, reich verzierte Zimmerdecken, lackierte Holzstufen und Dielenbretter …

»Ein sehr schönes Haus«, sagte Nordwind.

»Abdülvahap Bey sei Dank! Er fand dieses Haus für angemessen, und wir fühlten uns geschmeichelt.«

Nesibe hatte eine Bastmatte auf den Fußboden ausgebreitet, darauf eine Matratze und zwei mit Spitzen verzierte Sitzkissen gelegt. An den Fenstern hingen mit schneeweißen Spitzen und violetten Veilchenmustern verzierte Vorhänge.

An der Schwelle entledigten sie sich ihrer Schuhe und setzten sich. Kurz nach ihnen kam Zehra ins Zimmer. Ihr Gesicht war rosarot und schweißnass. Unmerklich musterte sie einen Lidschlag lang Nordwind vom Scheitel bis zur Sohle. »Seid willkommen, Efendi!«, sagte sie mit gesenktem Kopf. Nordwind stand auf und bedankte sich.

Zehra ging ins anliegende Zimmer hinüber, und Nordwind gab sich größte Mühe, seine Aufregung zu unterdrücken. Doch Zehra war anzusehen, dass sie ihn durchschaut hatte. Er selbst wagte es eine Weile nicht, Kazim Agaefendi ins Gesicht zu schauen. Aber auch Musa Kazim Agaefendi blickte an ihm vorbei. Auch er schien einige Hemmungen zu haben.

»Morgen fahre ich in die Stadt, kann ich irgendetwas für Sie tun?«, fragte Nordwind, als er sich wieder gefangen hatte.

»Ja, mein Sohn, ich weiß nur nicht, wie ich es dir sagen soll.« Er richtete sich im Sitzkissen auf, auch Nordwind streckte sich.

»Ich bitte Sie, mein Efendi, Ihr Wunsch ist mir Befehl!«

Auf einem kleinen, silbernen Tablett brachte Nesibe den Kaffee, bot ihn zuerst Nordwind an, der an Kazim Agaefendi zurückverwies. Nach einigem Hin und Her behielt Kazim Agaefendi die Oberhand, Nordwind fügte sich und nahm das Tässchen. Der Duft frisch gerösteten und gemahlenen Kaffees füllte den Raum.

»Ein Hochgenuss auf Erden, dieser Duft frisch gerösteten Kaffees!«

»Offensichtlich, mein Sultan, besonders aus so schönen Tässchen.«

Die Anrede mein Sultan ließ Kazim Agaefendi aufhorchen. Sie war bei Aleviten besonders verbreitet. »Woher stammen Sie?«, fragte er. So gut er konnte, erzählte Nordwind in kurzen Worten, woher er stammte, an welchen Feldzügen er teilgenommen hatte, seine Landung auf dieser Insel. Das Massensterben am Allahüekber erzählte er ausführlicher.

»Armer Junge!«, seufzte Musa Kazim Agaefendi.

Im Nebenzimmer hörten die Mädchen ihr Gespräch. Als Zehra Nordwinds Erinnerungen an den Allahüekber lauschte, schnürte es ihr die Kehle zu. Nesibe zog sie an sich und drückte sie liebevoll an ihre Brust.

»Haben Sie schon eine Liste von den Dingen, die ich mitbringen soll?«

»Ich habe es aufgeschrieben, aber …«

»Geben Sie mir die Liste!«

Kazim Aga wand sich. »Ich mache Ihnen so viel Mühe, aber ich kenne mich hier ja überhaupt nicht aus …«

»Was heißt hier Mühe? Her mit dem Auftrag!«

Mit zitternden Händen fingerte Kazim Agaefendi eine lange Liste aus der Tasche seines aus feinstem englischem Tuch geschneiderten Jacketts. In diesem Alter noch eine so schöne Handschrift, dachte Nordwind, als er die Liste durchsah, und seine Achtung vor Musa Kazim Agaefendi stieg noch mehr.

»Kann ich mir das Haus näher ansehen?«, fragte er und stand auf. Musa Kazim Agaefendi nickte und ging vor. Sie wanderten auch durch die Räume im Erdgeschoss, kamen dann wieder herauf und setzten sich.

»Um sich in diesem Haus wohl zu fühlen, benötigen Sie ziemlich viel Mobiliar.«

»So ist es, und was machen wir mit all den Sachen, wenn morgen aus Athen der Bescheid kommt, dass wir zurückkönnen?«

»In diesen Tagen ist alles sehr billig. Was wir heute günstig bekommen, können wir morgen teurer verkaufen.«

»Wirklich? Das Haus ist ja sehr schön, und ohne Einrichtung lässt sichs nicht leben, nicht wahr?«

»So ist es.«

»Also dann …« Er löste seine Bauchbinde, faltete sie auseinander und legte sie neben sich. Darunter kam eine goldverzierte, bestickte Geldkatze aus braunem Leder zum Vorschein. Er öffnete den Verschluss mit einem ganz kleinen Schlüssel, holte einen Geldbeutel aus lila Seide hervor, lockerte die Schnur, griff hinein, und deutlich war das Klingen von Goldstücken zu hören. Als er die Hand wieder herauszog, funkelten darin fünf Goldmünzen. »Bitte sehr, reicht das? »

»Um Gottes willen, das sind fünf Napoleondor. Mit dem Geld könnt ihr nicht nur dieses Haus einrichten, sondern auch noch ein Gut nach euren Wünschen kaufen. Damit können wir heutzutage sogar arabische Vollblüter züchten. Hüsmen gab mir übrigens auch ziemlich viel Gold.«

»Hast du denn eine Sparkasse, mein Sohn?«

»Eine Kiste ist meine Sparkasse«, lachte Nordwind.

»Dann leg mein Gold dazu!«

»Lieber nicht, Ihre Kasse ist sicherer. Wenn ich das Haus verlasse, kann jeder hereinkommen und mit meiner Kiste auf den Schultern verschwinden.«

»Und ich kann in meinem Alter allein und mit einer Geldkatze im Gurt nicht aus dem Haus.«

»Sie werden nicht allein gehen. Wohin auch immer, ich werde an ihrer Seite sein.«

»Ich danke dir, mein Junge, aber diese volle Geldkatze wird mir zu schwer.« Dass Nordwind das Massaker an den Jesiden miterlebt hatte, wollte ihm nicht aus dem Kopf. Konnte er so einem Menschen trauen? Doch dann machte er sich Vorwürfe, so zu denken. Wie hatte sich Nordwind doch gequält, ja sich verflucht, als er von dem Massaker erzählte. Seine Stimme hatte geweint dabei, er hatte nicht aufhören können, dieses schreckliche Geschehen bis zum bitteren Ende zu erzählen, bis er sich schließlich völlig erschöpft mit safrangelbem Gesicht leblos an die Wand lehnen musste. Natürlich konnte er einem Menschen, der sich so quälte, vertrauen! Auch wenn dieser unverzeihliche Schuld auf sich geladen hatte. Aber ist der Krieg nicht die größte Schuld, indem blutjunge Menschen, die das Leben noch nicht ausgekostet haben, gegeneinander gehetzt werden, damit sie sich töten? Ist das nicht das größte Verbrechen, das die Menschheit erfunden hat, das niederträchtigste, durch das sie unmenschlich wird? Armer Nordwind! Als er von den erfrorenen, von Läusen zerfressenen Soldaten am Allahüekber sprach, hatte er den Blick gesenkt. Als habe er den Krieg erfunden, so voller Scham klang seine Stimme. So einem kann man sein Leben, seine Habe und alles andere anvertrauen. Er zog die Geldkatze aus seinem Gurt und reichte sie Nordwind, der sie mit ausgestreckten Handflächen zurückstieß.

»Unmöglich, Efendi, auf keinen Fall! Meine Kiste ist nicht so sicher wie Ihr Gurt. Und wenn wir irgendwo hingehen, geben wir die Geldkatze Zehra Hanum. Niemand würde es wagen, sie ihr wegzunehmen!«

Enttäuscht fügte sich Musa Kazim Agaefendi und band sich die Geldkatze um die Hüfte. Das Leder war seidenweich. Solche Geldkatzen trugen osmanische Paschas und kaukasische Beys. »Niemand kann sie Zehra Hanum wegnehmen.« Kazim Agaefendi nickte lächelnd. »Morgen fahren wir in die Stadt, nicht wahr, Efendi?«

»Wir fahren in die Stadt.«

Am nächsten Morgen eilte Nordwind im Laufschritt zur Anlegebrücke. Zuerst sah er Zehra neben dem Brunnen bei den Platanen stehen. Kazim Agaefendi stand aufrecht im Boot, bei ihm Melek Hanum. Der Kamin hat Feuer gefangen, schoss es Nordwind durch den Kopf. Melek Hanum hatte ihren Heiligen gefunden, am Ende wird sie ihn auf den Berg Ida mit den vierzig Quellen entführen!

Kurz danach erschien auch Vasili. »Oho, die ganze Gemeinde hier? Da darf ich nicht fehlen.«

Und nun tauchte noch Hüsmen auf. »Ich komme mit!«

Melek Hanum ergriff die Hand ihres Meisters und küsste sie, im Gegenzug küsste auch Kazim Agaefendi ihr die Hand. Dann verließ sie das Boot. Kapitän Kadri drehte die Kurbel drei Mal, der Motor sprang an, ein Zittern ging durch die Spanten, und der Kutter nahm Fahrt auf.

Kurz nach Mittag erreichten sie die Stadt. Von der Pier marschierten sie geradewegs zum Laden von Hayri Efendi, der sie um die Straßenecke hatte kommen sehen und ihnen entgegenkam.

»Seid willkommen, ihr bringt Freude ins Haus!«

Nordwind machte Kazim Agaefendi und Hayri Efendi miteinander bekannt: »Musa Kazim Agaefendi von den Notablen Kretas! Er besitzt ein Gut auf Kreta und züchtet edle Pferde. Er kam zu uns auf die Insel und wohnt vorläufig dort.«

Hayri Efendi bot Kazim Agaefendi seinen Sessel an und nahm neben ihm Platz. Die andern hockten sich wahllos auf den Fußboden. Nordwind zählte Hayri Efendi auf, was sie suchten.

»In Ordnung«, nickte dieser. »Ruht euch aus, danach suchen wir Cafer auf. Was es in Istanbul, in Athen und in Paris gibt, gibt es auch bei Cafer.«

Sie tranken ihren Kaffee.

Cafer empfing sie vor seinem großen Geschäft: »Willkommen, meine Freunde!« Umringt von verschiedenen Sesseln, stand mitten im Verkaufsraum ein Tisch. »Bitte, nehmt Platz! Was trinken Sie?«

»Kaffee!«

»Wie soll er sein?«

»Mittelsüß.«

»Den muss ich eigenhändig aufsetzen«, sagte er und ging nach hinten. »Einen Kaffee, den ich selbst im Mörser feinstens gestoßen habe und in einem mit Wachs versiegelten Glas aufbewahre, um den Duft zu erhalten. Ich bin gleich wieder da.«

Nordwind und die andern setzten sich in die weichen Sessel und staunten über den riesigen Laden. Bestimmt waren Geschäfte mit dieser Fülle von Waren auch in London und Amerika selten.

An der Decke hingen in allen Größen Lampen aus goldverziertem Glas, dazu kristallene Kronleuchter. Breite, saffianlederne oder samtene Sessel in allen Farben, Sofas, Korbstühle, goldverzierte Bettgestelle, Gardinen, Vorhänge … Auf der einen Seite Stoffballen, auf der anderen Damen- und Herrenschuhe, Kinderkleidung, Kinderwagen und Wiegen, und mitten im Raum aufgereiht: Schiffsmotoren.

Musa Kazim Agaefendi gewahrte in einer Ecke Sättel, Zaumzeug, filzene Satteldecken und nielliertes Pferdegeschirr. Er stand auf, strich zärtlich über einen silberbeschlagenen Sattel, hob ihn an, die Unterseite war aus orangefarbenem Filz. Ein turkmenischer Sattel! Daneben Tscherkessen- und Arabersättel, die er auch begeistert betrachtete, und als er den Ruf: »Der Kaffee!«, hörte, schob er schweren Herzens einen Reitsattel beiseite und kam. Cafer reichte ihm das Tässchen, und frischer Kaffeduft durchzog den Raum. Musa Kazim trank einen Schluck, schloss die Augen und wähnte sich in seinem Hof auf Kreta. Einen so herrlichen Kaffee hatte er seit langem nicht mehr getrunken. Zum ersten Mal fühlte er sich nicht fremd, nicht ausgestoßen und verachtet in diesem so genannten Vaterland, wo er herumgeirrt war und schon bereut hatte, von seiner Mutter geboren zu sein!

Musa Kazim Agaefendi trank mit verzückt geschlossenen Augen aus, betrachtete dann eine Weile den Kaffeesatz in der breitrandigen, rot gestreiften Mokkatasse, stand auf, stellte sie auf den Tisch, wandte sich an den hoch gewachsenen, langhalsigen Cafer neben ihm, in dessen länglichem, mumienhaft vertrocknetem Gesicht die durchdringenden, glühenden Augen einen nicht losließen, und sagte: »Besorge mir einen geschnitzten Mörser aus früheren Zeiten, in dem schon viele Kaffeebohnen zerstoßen worden sind!«

Cafer freute sich und rief einem der beiden Burschen im Laden zu: »Schnell, lauf nach Haus und hole mir den alten, geschnitzten Mörser mit dem metallenen Stößel!« Der Junge flitzte, war im Nu wieder zurück und reichte Cafer den geschnitzten, in vielen Jahren von Hand zu Hand gewanderten, dunkelrot gewordenen Mörser samt dem metallenen Stößel. Cafer reichte ihn mit einer höflichen Verbeugung an Musa Kazim Agaefendi weiter.

»Wie schön, wie wunderschön! Leben sollst du!«, sagte der und konnte die Augen nicht vom Mörser wenden. Er drehte das gute Stück nach allen Seiten, hielt es ans Licht und jedem vor die Augen.

»Efendi, ein Geschenk zur Erinnerung!«

»Leben sollst du!«, wiederholte Kazim Agaefendi, schaute in Cafers glühende Augen und fragte: »Aus welchem Holz ist dieser Mörser geschnitzt?«

»Ich habe schon viele gefragt, niemand konnte mir eine Antwort darauf geben.«

»Aus Rosenholz«, sagte Kazim Agaefendi. »So ein schönes Rot kann nur ein Mörser aus Rosenholz haben. Auf unserem Kreta werden die kostbarsten Mörser aus Rosenholz geschnitzt.«

Jeder rätselte, ob er dies aus Spaß oder im Ernst behauptete.

Mit den letzten Worten war Kazim Agaefendi aufgestanden. Nordwind folgte ihm und danach auch Cafer. Sie gingen zur äußersten Wand des Ladens, wo die silberverzierten Bettgestelle standen. Von da aus wanderten sie durch den ganzen Laden. Kazim Agaefendi besah sich jedes Bett, jeden Sessel, sagte aber kein Wort. Anschließend setzten sie sich wieder. Kazim Agaefendi senkte den Kopf und überlegte. Auch die andern sprachen nicht. Als er den Kopf wieder hob, sahen ihn alle an.

»Cafer Efendi, nimm Bleistift und Papier und komm mit mir!«, sagte er und stand auf. Die beiden gingen wieder in den Laden hinein, Kazim Agaefendi diktierte, Cafer Efendi notierte.

Cafer rief seine zwei Angestellten, und die beiden schoben die von Kazim Agaefendi angezeigten Sessel, Teppiche, Decken, Matratzen, Leintücher, das Sofa und all die anderen Sachen in die Mitte des Verkaufsraumes. Danach standen alle auf und umringten das Gekaufte.

»Gefällt es euch?«, fragte Musa Kazim Agaefendi.

»Sehr schön, es bringe Ihnen Glück!«, sagte zuerst Hayri Efendi, dann auch Nordwind, dann sagten es alle im Chor.

Nordwind ging zu Cafer, der an seinem Tisch die Posten zusammenzählte, und setzte sich zu ihm. Nach langem Hin und Her standen beide auf, Nordwind zog seine Börse aus seiner Brusttasche und bezahlte. Cafer muss wohl ein bisschen gemault haben, denn Nordwind griff wieder nach seiner Geldbörse, streckte seine Hand noch einmal aus, und Cafers Miene hellte sich auf. Auch Nordwinds Augen blickten zufrieden, als er mit geschwellter Brust zurück zu Kazim Agaefendi kam.

Hayri Efendi und Kazim Agaefendi vorweg, die andern hinterher, suchten sie noch ein Geschäft und drei Läden auf und kehrten nach verschiedenen Einkäufen zum Kutter zurück.

Kapitän Kadri hatte schon alles an Deck bringen lassen, und so gingen alle ohne Umschweife an Bord.

Melek Hanum, Lena, Sabiha, Zehra, Nesibe und die andern Frauen hatten das Haus schon gegen Nachmittag vollständig eingerichtet und zu guter Letzt noch den silberverzierten Spiegel, der Kazim Agaefendi so gut gefallen hatte, gleich neben der Haupttür aufgestellt. Kazim Agaefendi ging mehrmals durch alle Räume, verrückte hier einen Stuhl, dort einen Sessel und ließ seinen kleinen Smyrna-Teppich in sein Zimmer verlegen. Jeder kam und ging, das Haus glich einem Bienenstock. Alle betrachteten es innen und außen mit Bewunderung.

Dimitri der Pfeffersack war sehr reich gewesen. Das erste Geschäft am Anfang des Marktviertels unterhalb der Kirche hatte ihm gehört. Es war voller Stoffe, Schuhe und anderer Waren aus Europa: vom Bienenkorb bis zur Angelrute, vom Bootsmotor bis zum Fischernetz, von der Angelschnur bis zum Netzkorken. Außer diesem Ladengeschäft hatte er noch mehrere in Athen, in Venedig und in Marseille. Außerdem besaß er Schiffe im Mittelmeer, die bis Amerika fuhren, wo zwei Brüder, drei Söhne und eine Menge Verwandte von ihm lebten. Auch die dritte Villa auf der Inselspitze gehörte ihm. Die Inselleute nannten diese Villen die Serails der Pfeffersäcke oder auch das Pfeffersäckeviertel. Ihre Bewohner waren durchweg kleine oder große Reeder, ihre Schiffe kreuzten im ganzen Mittelmeer, fuhren aber auch nach England, nach Skandinavien und Amerika.

Als der Erste Weltkrieg ausbrach, war innerhalb weniger Monate keiner von den Pfeffersäcken mehr da, waren die schönen Schlösser inmitten von Blumengärten menschenleer. Außer Hüsmen schaute sich keiner der Zugereisten diese Villen an, schon gar nicht, um dort einzuziehen. Vielleicht erschreckten sie diese verwaisten Schlösser in den verwilderten Gärten.

Schon seit Kindesbeinen arbeitete Cafer bei Dimitri, der als Letzter der Pfeffersäcke die Insel verließ. Wie jeden Morgen kam Dimitri zum Geschäft, wo Cafer, die Buchhalter und Verkäufer wie immer frühmorgens auf ihn warteten. Doch diesmal war die Miene des immer fröhlichen und zu Späßen aufgelegten Mannes gallebitter. Ohne jemandem ins Gesicht zu sehen, öffnete er die Eingangstür, gab den Wartenden den Schlüsselbund, und mit großem Getöse wurden die Rollläden hochgeschoben. Den Kopf in die Hände gestützt, saß Dimitri bis in den Nachmittag hinein gedankenverloren an seinem Tisch und sagte kein Wort. Sein Gesicht schien zu Stein erstarrt.

Dann schaute er auf. »Kommt her, Kinder!«, sagte er mit erlöschender Stimme. »Der Krieg hat begonnen. Diesmal wird er so schlimm werden wie noch nie. Ich mache mich davon, um wenigstens meine alten Tage in Ruhe zu verbringen und auf einem stillen Friedhof begraben zu werden. Wir Osmanen haben viele Kriege erlebt. Der Herrgott möge seine Diener davor bewahren, möge sie lieber töten, als aufs Schlachtfeld zu schicken!« Mit trauriger Miene schaute er die vor ihm stehenden Leute an, sagte: »Ja, so ist es«, und verstummte. Dann ließ er seine Augen auf Cafer ruhen. »Cafer, komm her!«, sagte er nach einer Weile.

Cafer ging zu ihm: »Zu Diensten!«

Dimitri schob den Schlüsselbund, der auf dem Tisch lag, in Cafers

Richtung. »Nimm, Cafer, und bis ich zurückkomme, wirst du das Geschäft führen! Du wirst dir weiterhin dein Gehalt auszahlen und die Einnahmen so gut verstecken, dass selbst der Teufel sie nicht finden kann, und du wirst, auch wenn sie dich töten, das Versteck nicht verraten. Wenn du alle Waren verkauft hast, wirst du nach Hause gehen und dort auf meine Rückkehr warten!« Dann wandte er sich an den Buchhalter, an dessen Assistenten und die Verkäufer, allesamt Griechen, und sagte: »Und ihr vergebt mir, falls ich gefehlt habe! Ihr werdet Cafer helfen, bis die Waren verkauft sind, werdet euer Gehalt beziehen, nach Hause gehen und auf mich warten! Nach Kriegsende komme ich sofort zurück. Ich will nicht in fremder Erde begraben werden!« Er nahm die Schlüssel und reichte sie Cafer, und da verließen der Buchhalter und die andern wortlos den Raum.

»Wohin, Jungs, wohin?«

»Wir gehen jetzt schon nach Haus«, antwortete der Buchhalter.

»Dann lasst euch von Cafer geben, was euch noch zusteht!«

»Wir haben es uns schon genommen.«

»Wollt ihr denn nicht mehr bei mir arbeiten?«, fragte er verwundert, und seine Stimme zitterte.

»Wir werden nicht mehr arbeiten.«

»Na, dann viel Glück!«

Nachdem Dimitri der Pfeffersack seine Sachen gepackt hatte und verschwunden war, blieb Cafer noch eine Zeit lang auf der Insel. Wie immer öffnete er jeden Tag vor Sonnenaufgang den Laden, schob scheppernd die Rollläden hoch, warf wie einst Dimitri den Schlüsselbund krachend auf den großen Tisch und wartete von morgens bis abends mit gestrecktem Kopf sehnsüchtig auf einen Kunden. Drei Monate vergingen, doch niemand kam, die übrigen Geschäfte im Marktviertel blieben geschlossen, es wurde sehr still.

Und eines Tages hörte Cafer auch den Schmied nicht mehr hämmern. Dabei hallten sonst Meister Yanis Hammerschläge von Sonnenaufgang bis zur Abenddämmerung über die ganze Insel. Was war mit dieser Insel geschehen? Die Fischer fuhren aufs Meer, die Frauen und Männer in die Stadt, jeder ging seinem Tagewerk nach, nur zu Cafer kam niemand, um etwas zu kaufen. Wimmelte es vor kurzem in diesem Geschäft noch von Kunden, stapelten sich die Waren noch bis an die Decke, konnte Cafer jetzt von morgens bis abends Fliegen fangen.

Er schlenderte ins Dorf, erkundigte sich nach Neuigkeiten, doch jeder, den er traf, sprach nur vom Krieg. Er schloss den Laden ab und begab sich in die Stadt. Doch auch hier redete jedermann vom Krieg und von nichts anderem. Nachdem er ratlos von einem Laden in den anderen, von Kaffeehaus zu Kaffeehaus gewandert war, schaute er auch bei Hayri Efendi vorbei, der ihn mit Wohlwollen empfing.

»Also Dimitri hat dir das Geschäft überlassen?«

»Er hat es mir anvertraut.«

»Er hat dich lieb gewonnen, ich gratuliere dir, er hat dir alle seine Waren überlassen. Hoffentlich weißt du, was das bedeutet: er hinterlässt dir ein Vermögen.«

»Er hat mir gar nichts hinterlassen. Als er mir den Schlüssel gab, trug er mir auf: Du verkaufst die Waren, trägst alles fein säuberlich ins Buch ein, zahlst dir dein Gehalt und legst das restliche Geld beiseite, aber wo es niemand finden kann. Wenn ich zurückkomme, rechnen wir ab! Und seit er weg ist, habe ich mir weder mein Gehalt noch sonst was genommen.«

»Und warum nicht?«

»Es ist ja gar nichts verkauft worden. Seitdem er weg ist, wurde überall dichtgemacht. Ich habe nicht einmal eine Nähnadel verkauft.«

Hayri Efendi stützte die Ellenbogen auf, nahm den Kopf in beide Hände, dachte eine ganze Weile nach, schaute Cafer dann in die Augen und sagte: »Nein, nein, dieser Mann hatte dich sehr lieb gewonnen und dich als seinen eigenen Sohn angesehen. Hör mir gut zu! Dieses Geschäft, die Villa auf der Insel und das bis an die Decke gefüllte Lager hier gehören dir. Komm endlich zur Besinnung, diese Waren sind deine.«

»Sind es nicht. Als er fortging, sagte er: Ich komme wieder. Mein Leichnam wird nicht in der Fremde begraben, ich werde zurückkommen und auf meiner Insel sterben und in meiner Erde, neben den Grabstätten meines Vaters, meines Großvaters und meiner Mutter begraben werden, wenn es so weit ist.«

»Diese Waren gehören dir. Hör mir gut zu! Du wirst das Geschäft von der Insel hierher verlegen, wirst aus diesem Lager hier ein Ladengeschäft machen! Auch dein Haus wird hier sein. Denn in Zukunft wird dort kein Handel mehr stattfinden. Die Käufer auf der Insel kamen damals aus den Küstenstädten, sogar aus Istanbul, Izmir und Bursa. Wie du weißt, machte sogar ich meine großen Geschäfte bei euch auf der Insel. Und du weißt auch, dass sie die besten Waren per Schiff aus Amerika brachten. Solche Paläste in paradiesischen Gärten gab es weder in Istanbul noch in Bursa noch in Izmir. Aber das ist vorbei. Verlade sofort die Waren, und die Kunden werden nach und nach wieder kommen. Dein Umsatz wird wieder steigen. Gott füge, dass du deinen Gewinn genießen kannst!«

Cafers Augen leuchteten. Was wollte Hayri Efendi ihm klar machen? Dass der Pfeffersack nicht zurückkommen wird, dass er weit weg nach Amerika gefahren ist, und Amerika liegt am andern Ende der Welt. Doch plötzlich verdunkelte sich Cafers Miene, er ließ den Kopf hängen, und das war Hayri Efendi nicht entgangen.

»Was ist, Cafer, was hast du?«

»Ach, nichts«, entgegnete Cafer und stand auf.

»Halt, setz dich wieder!«, rief Hayri Efendi, öffnete eine Schublade und sagte: »Du hast kein Bargeld, in seiner Lage konnte dir Dimitri ja nichts geben. Nimm das hier!«, und er schob Cafer Geld hin.

Cafer erhob sich, nahm Hayri Efendis Hand, küsste sie und führte sie an die Stirn. Er zitterte wie Espenlaub, und mit zitternden Händen nahm er das Geld und steckte es ein.

»Setz dich, mein Junge, setz dich, Cafer! Hier wirst du Geschäfte machen, und ich werde dir helfen.«

»Es ist Krieg.«

»Und wenn die Welt aus den Fugen gerät, an Menschen mit Geld wird es auf ihr nicht fehlen.«

Innerhalb zweier Tage brachte Cafer den ganzen Warenbestand in die Stadt. In monatelanger harter Arbeit machte er aus dem Lager ein schönes Ladengeschäft. Schleppend begannen Kauf und Verkauf, aber steigerten sich nach und nach. Cafer war stolz. Doch weiterhin erfüllte er gewissenhaft, was Dimitri ihm aufgetragen hatte. Er entnahm sein Gehalt und versteckte die Einnahmen so, dass sie auch der Teufel nicht hätte finden können. Die Monate gingen ins Land, der Umsatz stieg, aber Cafer dachte nicht einmal daran, sich sein Gehalt zu erhöhen.

An Markttagen kamen Griechen aus den umliegenden Dörfern und Städten und verkauften Cafer für ein Spottgeld ihre Waren.

Als sie aus der Stadt zurückgekommen waren, tauchte Veli unter der Platane auf, blieb kerzengerade dort stehen und starrte stumm zu Nordwind hinüber.

»Bitte, Veli, warum rührst du dich denn nicht?«, rief Nordwind.

Wortlos drehte Veli sich um und ging zum Röhricht.

»Vasili, hast du Veli auch gesehen?«

»Ich habe ihn gesehen.«

»Morgen früh, wenn das Meer noch weiß ist, müssen wir aufbrechen, Kapitän Kadri!«

»Ich bin bereit, Rais. Morgen, wenn das Meer noch weiß ist! In den Küstendörfern haben die Griechen viele Boote, Kähne und Kutter zurückgelassen. Viele der Motorboote gehörten gar nicht den Fischern, und viele der Besitzer waren sicher, dass sie nicht zurückkommen!«

Als Kapitän Kadri den Motor anließ, war das Meer noch weiß. Das Boot nahm Kurs nach Westen.

»Was ist, Kapitän, fahren wir nicht in die Stadt?«

»Querab, Rais, liegen große Griechendörfer, die meisten Einwohner waren Fischer, und viele von ihnen ließen ihre Boote bei Dörflern zurück, die keine Griechen waren und denen sie vertrauten. In diesen Küstendörfern liegen Boote, so viel du haben willst.«

Gegen Nachmittag machten sie an einem Anleger fest, auf dem sich fast alle Dörfler versammelt hatten. Als Erster hieß sie Holzbein Sergeant Ali willkommen, danach die Dörfler. Sergeant Ali führte sie zum Dorfplatz, in dessen Mitte eine ausladende prächtige Platane stand, deren Stamm auch drei ausgewachsene Männer mit gestreckten Armen nicht hätten umfassen können. Aus einem Brunnen unter dem breiten Laubdach floss reichlich Wasser, das sich zwischen lila blühender Poleiminze einen Weg zum Meer bahnte. Die Holzhäuser leuchteten in verschiedenen Farben und hatten mit Blumen bestandene Vorgärten.

Der Kaffee wurde in breitrandigen, rot gestreiften Mokkatassen gereicht. »Drei Viertel der Einwohner unseres Dorfes waren Griechen«, begann Sergeant Ali. »Als sie gingen, war das Dorf leer. An ihrer Stelle wurden Türken aus Griechenland angesiedelt. Sie verkrochen sich in ihren Häusern, ließen sich nicht blicken. Wir haben noch keinen von ihnen kennen gelernt, obwohl sie schon länger hier sind. Also ist das Dorf noch genauso leer wie früher. Nicht einmal ihre Kinder kommen auf die Straße. Noch kein Mann kam her und setzte sich auf eine der Pritschen unter dieser Platane. Sie scheinen böse mit der Welt zu sein. Niemand weiß, wovon sie leben. Und wie ist es auf eurer Insel?«

»Sie kommen, schauen sich einmal um, und dann flüchten die meisten, als sei das Feuer hinter ihnen her, auf das Boot, mit dem sie gekommen sind, machen sich davon, ohne zurückzublicken.«

»Festlandbewohner haben eine teuflische Angst vor einer Insel.« So unterhielten sie sich angeregt über Landvolk und Inselvolk. Nach einer ganzen Weile erzählte Musa der Nordwind ihnen, warum sie ein Boot brauchten.

»Boote gibt es genug. So viele, dass wir gar nicht wissen, wohin damit. Da sind Boote wie Jungfern so frisch, die verrotten müssen. Denn die meisten, die gingen, waren Fischer, wir aber sind Bauern. Sie lieferten uns Fische, Fischrogen, luftgetrocknete Makrelen, Unechten Bonito aus der Lake, und wir gaben ihnen Butter, Joghurt, Milch, getrocknete Bohnen, Kichererbsen, Linsen, Weizenmehl und Melonen. Los, gehen wir zu den Booten!«

Gut gelaunt machten sie sich auf den Weg. »Schaut hin! Seht ihr ein Lebewesen, eine offene Tür?«, fragte Sergeant Ali, als sie durch die Gassen der Ausgewanderten gingen. »Seht euch die Bäume an! Hört ihr auch nur einen Vogel zwitschern? Die Leute sind vergrätzt, sind böse mit der Welt.«

»Und was essen und trinken sie?«

»Niemand weiß es. Am Tag, als sie kamen, rannten wir los, kauften ein, machten für jedes Haus mehrere Gänge Essen, brachten es ihnen, doch sie blieben unfreundlich, sprachen kein Wort mit uns, und als wir unsere leeren Töpfe und Schüsseln abholen wollten, stellten wir betroffen fest, sie hatten das Essen nicht angerührt. Seitdem haben wir sie nicht mehr gesehen.«

»Da wäre ich auch betroffen gewesen.«

»Es ist grausam, seine Heimat verlassen zu müssen. Bestimmt fühlt sich der Mensch so, als risse man ihm das Herz aus der Brust. Deswegen sind sie so vergrämt. Bestimmt bringen ihnen Dschinnen aus Griechenland nachts etwas zu essen und zu trinken. Hoffentlich sind sie es bald leid, sich so zu verkriechen, und suchen die Gesellschaft von Menschen wie uns! Es ist grausam.«

Nordwind nickte. »Sehr grausam.«

»Und wenn du nach meinem Holzbein fragst, es fiel den Dardanellen zum Opfer. Mir wurde es schwarz vor den Augen, und als ich wieder aufwachte, fehlte mir das Bein bis übers Knie. Ich schaute an mir herunter, fragte mich, wie soll ich mich denn so fortbewegen? Der Wasserspiegel der Dardanellen lag glatt und leer, die englischen Panzerkreuzer lagen längelang auf dem Meeresgrund. Ich kehrte zurück ins Dorf. Vom Morgen bis zum Einbruch der Dunkelheit wartete ich am Dorfrand, dann schlich ich mich geräuschlos ins Haus. Seid still, macht keinen Lärm, sagte ich zu meinen Leuten, ich bin gar nicht da, muss mich verstecken! Bis an mein Lebensende werde ich der verkommenen Menschheit nicht mehr ins Gesicht schauen! Ja, ich war böse mit der ganzen Welt, böse mit allem, was da kroch und flog, ob Hund oder Wolf.« Sergeant Ali seufzte tief.

Sie kamen zu einer kleinen Bucht, wo nebeneinander große und kleine Kähne an Land gezogen waren. Sergeant Ali steuerte auf ein blau gestreiftes, nagelneues Boot zu. »Das ist es«, sagte er, »steigt hinauf und schaut euch auch drinnen um!« Sein rechtes Bein war nur ein grobes Stück Holz, so grob wie sein Groll. Die Welt wimmelte von Behinderten, hatte sich in eine Welt von Blinden und Verkrüppelten verwandelt. Hristo musste lange auf ihn einreden. Humpeln ist nicht schlimm, aber dieses grobe Stück Holz ist so schwer! Wäre Hristo nicht gewesen, säße Sergeant Ali noch immer im Haus, würde das Tageslicht noch immer meiden, so groß war sein Groll, so unbarmherzig. In diesem Groll hatte er alle Herzensbande gekappt. Wie hatte es Hristo eigentlich geschafft, ihn wieder ans Tageslicht zu holen, ihn wieder unter Menschen zu bringen? Er kann sich an seine Worte nicht mehr erinnern. Gäbe es jetzt doch einen Hristo im Dorf, der würde die Eingewanderten im Nu aus ihren Löchern herauslocken!

Sie gingen um den Kahn herum, kletterten hinein: das Boot war nagelneu, und es gefiel ihnen sehr. »Schaut euch auch die anderen Boote an, eins nach dem andern«, rief Ali der Sergeant. »Vielleicht entdeckt ihr für Veli ein noch besseres!« Sie musterten jedes Boot sorgfältig und kamen erst bei Einbruch der Dunkelheit zurück zu Sergeant Ali. Stühle und ein großer Tisch wurden unter die Platane gebracht, in Schüsseln das Essen herbeigetragen und eine große Karbidlampe in die Platane gehängt. Während des Essens wurde nicht gesprochen.

Sergeant Ali und Hristo waren um dieselbe Zeit aus den Dardanellen zurückgekommen. Sie gehörten zu den wenigen, die überlebten. Hristo war wie Veli ein Fischer, und er konnte auch mit einem Arm Angeln und Netze meisterlich auswerfen, und das Steuer genau auf Kurs halten. Vor dem Krieg war er es, der die größten Schwertfische harpunierte. Hristo war Alis Nachbar und dessen bester Freund gewesen.

»Wir nehmen das orangefarbene Boot.«

»Ich sage in Ordnung, und Schluss!«

»Für wie viel?«

»Wie viel, wie viel ... Ich geb es euch, und Schluss.«

»Wirst du denn kein Geld dafür nehmen?«

»Ich geb es euch, und damit Schluss!«

»Ein eigenartiger Mann bist du, Sergeant Ali. Dass du dich aus Wut auf die Welt jahrelang in das Dunkel deines Hauses zurückgezogen hast, ist dir anzusehen. Mein Gott, warum nimmst du kein Geld dafür an?«

»Hristo ist mit diesem Boot nicht ein einziges Mal zum Fischen hinausgefahren. Wenn er erfährt, dass ein Fischer wie Veli sein Boot bekommen hat, wird er sich sehr freuen.«

»Weswegen ist er denn mit dem Boot nicht hinaus aufs Meer?«

»Er konnte es nicht mehr, deswegen.«

Als Hristo eingezogen wurde, verkaufte er das schöne Boot für ein Spottgeld an einen griechischen Pfeffersack aus Izmir, damit Frau und Kinder keine Not leiden mussten. Aus den Dardanellen zurückgekehrt, fischte er eine Weile mit den Booten seiner Freunde, verdiente sich ein bisschen Geld, machte sich auf ans Schwarze Meer und kam bald darauf mit dem orangefarbenen Fischerboot zurück. Oft saß er noch vor Sonnenaufgang in der Bucht, bewunderte sein Boot, ließ es wie ein Verliebter nicht aus den Augen. Doch zum Fischen fuhr Hristo auch weiterhin auf den Booten seiner Freunde, machte Gewinn für sich und für die Bootsbesitzer. Dann begann der Bevölkerungsaustausch. Mein Gott, was heißt Bevölkerungsaustausch?, fragten die Dörfler, und der Gefreite vom Gendarmerieposten erklärte es ihnen in allen Einzelheiten. Und wer es nicht verstanden hatte, dem erzählte er es noch einmal und noch einmal. Als Sergeant Ali es schließlich begriffen hatte, traf es ihn wie ein Blitz, und er kam erst im Landratsamt wieder zu Atem, und die Fußbodenbretter erzitterten unter dem stampfenden Holzbein des Sergeanten Ali. Sogar der Landrat kam empört aus seinem Dienstzimmer. Als er Ali den Sergeanten erkannte, legte sich seine Wut. »Bitte, komm herein, Sergeant Ali!«, sagte er, und Ali setzte sich auf den Stuhl vor dem Schreibtisch des Landrats, streckte sein Holzbein und stampfte damit auf den Fußboden, dass die Dielen bebten.

»Einen Kaffee, Sergeant Ali?«

»Nicht nötig, mein Bey.«

»Was ist geschehen, du bist ja in Schweiß gebadet.«

»Was soll denn noch geschehen? Sie wollen auch Hristo vertreiben, und das dürfen sie nicht! Hristo kann niemand aus seinem Vaterland vertreiben! Sein linker Arm ist in den Dardanellen geblieben, sein Herz soll nicht auch noch hier liegen bleiben. Er ist der beste Fischer dieser Meere. So einen Fischer wie Hristo hat die Welt noch nicht gesehen.«

»Was sollen wir denn tun? Gesetz ist Gesetz!«

Sergeant Ali erhob sich, sein Holzbein stampfte auf die Dielen, dass der dumpfe Knall noch draußen zu hören war. »Gesetz, Gesetz! Hristos Arm blieb gemeinsam mit meinem Bein in den Dardanellen zurück. Bei Anafarta! Sind so die Gesetze?« Und mit dröhnendem Schritt ging er wutentbrannt hinaus.

»Ach, Sergeant Ali«, zischte der Landrat zwischen knirschenden Zähnen, »hättest du nicht unter dem Befehl des großen Kommandanten bei Anafarta gekämpft, ich hätte es dir hinkendem Schwein schon gezeigt!«

Wütend kam Ali der Sergeant zurück ins Dorf und ging geradewegs zu Hristo ins Haus.

»Warum dieser Zorn, woher kommst du, so in Schweiß gebadet?«

»Ich komme vom Landrat. Ihr verlasst das Land. Sie verbannen euch nach Griechenland. Sag jedem deiner Leute, er soll sein Hab und Gut verkaufen. Und du auch!«

»Ich gehe nirgendwohin und werde nicht eine einzige Stecknadel verkaufen.« Ein langes Streitgespräch entspann sich zwischen den beiden, doch Hristo blieb dabei: »Ich gehe nicht fort von hier, gehe nirgendwohin!« Alis und Hristos Auseinandersetzung dauerte Monate, doch Hristo verkaufte nicht eine Stecknadel, geschweige denn sein Boot.

Als die Zeit der Vertreibung begann, gelang es Ali dem Sergeanten, einen Lastwagen aufzutreiben und den Hausrat von Hristo zu verladen. Gemeinsam fuhren sie nach Izmir. Und als Hristo mit Kind und Kegel auf einem Leichter zum Dampfer fuhr, der auf Reede ankerte, rief er: »Sergeant Ali, Sergeant Ali, gräme dich nicht, ich komme bald zurück! Alles, was ich zurückgelassen habe, gehört dir. Gib das Boot einem armen, guten Fischer, falls du einen findest! Nimm von ihm kein Geld, kein bisschen Geld! Einen guten Fischer! Ich komme bald zurück, sehr bald. Niemand kann mich aus meinem Dorf vertreiben. Niemand, niemand!«

Das Dorf war gähnend leer, als sie es verließen, und als die Zuwanderer kamen, blieb es gähnend leer.

»Schick Veli her, er kann sich aussuchen, was ihm gefällt. Jeder hat sein Boot und sein Hab und Gut einem Nachbarn in Verwahrung gegeben. Bis zum letzten Augenblick haben sie nicht daran geglaubt, verbannt zu werden. Und so, wie sie nicht an die Ausweisung glaubten, so ernsthaft glauben sie daran, wieder zurückzukommen. Morgen besorge ich noch einen Kanister orange und einen Kanister blaue Farbe. Nein, Geld kommt nicht in Frage. Und sollte Veli ein anderes Boot gefallen, sehen wir weiter.«

Froh gestimmt gingen sie wieder an Bord, Kapitän Kadri drehte die Kurbel, beim dritten Mal sprang der Motor an. Noch vor Sonnenuntergang liefen sie die Insel an, wo Veli schon auf sie wartete. »Frohe Botschaft!«, rief Nordwind beim Aussteigen. »Wir haben für dich das beste Boot dieser Meere gefunden. Nagelneu und unberührt. Und falls es dir aus irgendeinem Grunde doch nicht gefällt, das Meer ist voller Boote, du brauchst dir nur eins auszusuchen und bringst es her!«

»Leben sollst du, Nordwind, mein Rais!«

»Was ist geschehen, Veli, was ist?«

Sie haben meinetwegen die Küstendörfer abgefahren, zögerte Veli, und ich empfange sie mit einer schlechten Nachricht, gehört sich so etwas?

»Ist etwas passiert, Veli, während wir fort waren?«

Veli murmelte etwas, doch Nordwind verstand kein Wort.

»Ist etwas mit Musa Kazim Agaefendi oder mit Mutter Lena? Oder mit deinen Enkeln?«

»Nein, nein, nichts von all dem. Es geht ihnen gut, sie warten auf euch, nur ...«

»Nur was?«

»Nun, dieser Junge mit den beiden Krücken und die anderen Jugendlichen, für die Hayri Efendi von der Obrigkeit Geld bekommen hatte, von dem du ihnen Schuhe und Kleidung, na du weißt schon ... Kurz und gut, du hast sie eingekleidet, hast Schuhe für den Gehbehinderten gekauft. Und was nicht alles zu essen. Und von den vielen Fischen, die wir gefangen hatten, bekamen sie die meisten.«

»Du kannst es vielleicht in die Länge ziehen! Was ist mit ihnen?«

»Da kam ein Boot, und dann zuerst der Hinkende und dann, und dann all die anderen, die auf die Insel gekommen waren ...«

»Und dann? Bei Gott, du fasst dich wirklich sehr kurz!«

»Sie gingen an Bord, drehten der Insel ihre Hintern zu und fuhren fort, ohne zurückzublicken.«

Nordwind wurde blass, seine Lippen bebten, und das entging Veli nicht. »Von den Neuen ist nur Musa Kazim Agaefendi hier geblieben«, fügte er schnell hinzu.

Nordwind lachte auf. »Sollen sie doch, unsere besten Wünsche begleiten sie. Sie waren sowieso zu nichts nütze.«

»Sie hätten fischen können, das wär was für sie gewesen. Die besten Angler, die sitzend ihre Leinen auswerfen, sind meistens Behinderte. Sogar Blinde! Sie spüren den Fisch nicht erst, wenn er anhakt, sondern schon, wenn er um den Köder kreist. Blinde und Hinkende sind doch Menschen wie du und ich!«

»Also werden wir in Zukunft jeden Blinden und Gehbehinderten, der auf die Insel kommt, an die Kette legen«, lachte Nordwind. »Na, Veli, welche Farbe hat denn dein nagelneues Fischerboot?«

»Nun?«

»Orange.«

6

Sind die andern hinausgefahren, setzt sich Veli jeden Morgen auf eine der Pritschen unter den Platanen und lässt seine Augen in die Weite schweifen. Wenn sein Boot erst einmal da ist, wird er ihnen schon zeigen, was echter Fischfang eigentlich ist. Wer weiß, wie viele Fische in der Tiefe dieses Meeres schwimmen! Jeder Fisch selbst ein Stückchen Sonne über dem von Algen überwucherten, taghell besonnten Meeresgrund.

Sein Haus richtet er sich so prächtig ein wie Musa Kazim Agaefendi sich das seine! Wandmalerei verziert die Räume. Er geht in die Stadt, erkundigt sich nach dem besten Schneider im Ort, lässt sich den schönsten Anzug machen, kauft sich die schönsten Schuhe, dazu grüne Strümpfe und gestreifte Hemden, kleidet sich ein. Dann geht er ins Dorf zurück, Sultan hockt unter dem großen Nussbaum, hat den Kopf in die Hände gestützt und wartet. Als er auf den Weg schaut, sieht er hintereinander in Reihe seine Söhne kommen, schreit: »Steh auf, Sultan, steh auf!« Die Söhne setzen sich in Trab. Sultan blickt verwirrt, sie umarmen sich.

Er geht auf den Anleger, starrt aufs Meer, wartet. Er wird ungeduldig. Wie lange sie schon weg sind! Sie werden nicht kommen. Mann, seid ihr hinterm Roten Meer, seid ihr hinter allen sieben Meeren? Rotznäsiger Nordwind, haben euch mitten im Meer Drachen verschlungen? Er geht nach Hause, spricht mit den Kindern, redet von den Meeren, vom Licht unter dem Meeresspiegel, von den riesigen tausend Sonnen hinter den sieben Meeren. Und nicken die Kinder gleich nach dem Essen ein, nimmt er jedes hoch, trägt es ins Bett, fragt sich seufzend, warum sie nicht nach ihren Vätern, nach der Großmutter fragen. Hat Sultan den Kindern etwas gesagt, als sie fortging? Haben die Großmütter, bevor sie sich ins

Dorf aufmachten, den Kindern etwas gesagt? Er mag sie nicht danach fragen. So etwas fragt man doch nicht, und wenn, sie würden darauf nicht antworten.

Er kann nicht einschlafen. Um Mitternacht verlässt er das Bett, geht zum Anleger hinunter, blickt übers dunkle Meer in die Ferne, das Meer ist öd und leer. Schlaflos, unruhig, wie noch nie im Leben denkt er an Meere und Klippen, an den Krieg und an den Tod. Und jedes Mal, wenn er an den Krieg denkt, fallen ihm auch seine Enkel ein, und wenn er an seine Enkel denkt, greift eine Hand nach seinem Herzen und presst es wie ein Schraubstock zusammen, weil ihm keine Zuflucht für sie einfällt, denn auch in den Wüsten und hinter allen sieben Meeren tobt der Krieg. Er windet sich, denn überall wird gekämpft. Gott verdamme tausendmal diese elenden Menschen für das, was sie dieser Welt, diesen Meeren, diesen Bäumen und Blumen, diesen lachenden Kindern antun! Gott gebe, dass euch die Augen auslaufen, bevor ihr mit den Kriegen beginnt, und ihr nichts mehr sehen könnt und kein Ziel mehr für eure Kugeln findet! Schon jetzt sah er die Kinder auf der Insel als Tote, egal ob Mädchen oder Jungen. Wer brach all diese Kriege nur vom Zaune, darauf fand er keine Antwort. Wer hatte sie erfunden und warum, auch das wusste keiner. Die meisten, die im Kampf aufeinander trafen, starben. Und die Überlebenden waren halb wahnsinnig, verkrüppelt, ausgelaugt, litten Höllenqualen.

»Zerschmettern soll euch diese Welt, die ihr so erniedrigt habt!«, schrie er mit zornig erhobener Hand, lief nach Haus und drückte seine Enkel an sich.

Grollend ging er wieder hinunter zu den Platanen und weiter bis ans Ende der Landungsbrücke, hielt Ausschau, konnte nichts entdecken. »Mann, Nordwind, mein Sohn«, rief er, »warum unternimmst du Dinge, die für dich eine Nummer zu groß sind? Willst du ein Boot oder einen Dampfer holen, vielleicht sogar ein Unterseeboot? Du bist doch ein mutiger Mann, bist sogar der Padischah dieser riesengroßen Insel geworden. Die Flügel deiner Mühlen drehen sich von morgens bis abends, von abends bis morgens. Und dann furzt du in die Gegend, du wollest Veli ein Schiff kaufen, ein Unterseeboot, und verschwindest auf Nimmerwiedersehen!«

Er kehrte dem Meer den Rücken zu und nahm zum ersten Mal den Weg zu den Weingärten. Als er den Hügel erstiegen hatte, war er in

Schweiß gebadet. Der Südhang des Hügels war bis zum Fuß mit Rebstöcken bestanden. Die Blätter waren erst halb gesprossen und taufrisch. Veli brummte noch immer vor sich hin, doch beim Anblick der strahlenden Sonne über der Weite des Meeres fühlte er sich im Inneren wie rein gewaschen. Ach Nordwind, mein Sohn, warum zwängst du dich unter eine Bürde, die du nicht heben kannst? Warum quälst du dich so für ein Boot, für einen Kahn? Wofür? Ich verlange von dir weder Kahn noch Kutter, noch irgendetwas. Sollen sie sich doch ihre Kähne über ihre Köpfe stülpen. Warum grämst du dich so, dass du nicht mehr auf unsere Insel zurückkommst? Schau, die Pfirsiche reifen schon, dann das Gemüse in den Gärten, die Granatäpfel, Weintrauben und Oliven. Wir ernten und verkaufen. Meine Enkel sind auch schon gewachsen, Gott segne sie, auch sie können pflücken und sammeln. Mach du dir keine Sorgen, bis zum Herbst besorge ich mir selbst ein Boot, mein guter Nordwind mit dem goldenen Herzen.

Außer Atem rannte er zum Anleger, als der Kutter von Kapitän Kadri kam. In seinem Schlepp weder Boot noch Kahn. Veli mochte nicht länger ansehen, wie der Bug die ruhige See durchschnitt, er drehte sich um und ging unter die Platanen. Seine Knie zitterten, er sackte auf die Pritsche und ließ das Kinn auf die Brust sinken.

Kapitän Kadri sprang auf den Anleger und legte die Trosse um den Poller. Nach ihm gingen die andern von Bord. Der froh gestimmte Nordwind entdeckte den auf der Pritsche zusammengesunkenen Veli, ging zu ihm, doch der rührte sich nicht. Nordwind hüstelte, doch Veli überhörte es geflissentlich.

»Veli!«

Keine Antwort. Er griff Veli an die Schulter, schüttelte, Veli öffnete die Augen, schaute ihn aber nicht an.

»Was ist mit dir? Ich habe dir ein Fischerboot besorgt, das es weder im Mittelmeer noch im Roten Meer ein zweites Mal gibt. Ein nagelneues Boot.«

Veli bewegte sich unmerklich.

»Ein Boot wie eine Jungfrau, Veli, nigelnagelneu!«

Wie von der Sehne geschnellt, sprang Veli plötzlich auf die Beine. »Wie bitte?« Seine Augen waren kreisrund.

»Wie ein unberührtes Mädchen.«

Veli erstarrte.

»Das Ufer des Küstendorfes ist voller Boote und Kähne. Ich habe für dich das neueste davon ausgesucht. Jetzt wirst du gemeinsam mit Vasili hinfahren!« Nordwind drückte ihn auf die Pritsche zurück. Dann erzählte er von Ali dem Sergeanten, von Hristo und den im Dorf angesiedelten Aussiedlern, doch Veli hörte gar nicht zu.

»Wie bitte? Heißt das, ich habe jetzt ein Boot?«

»So ist es. Und was für eins!

»Meins?«

»Deins!«

»Wo?«

»Vasili, komm her und erzähle ihm alles, damit dieser Mann endlich begreift!«

»Nordwind, benimm dich! Der Mann könnte dein Vater sein.«

»Könnte er«, antwortete Nordwind, ging zum Ufer hinunter und über den Kieselstrand bis zu den Häusern, hielt vergebens Ausschau nach Zehra und kam wieder zurück. »Hast du diesem Mann erklären können, um was für ein Boot es sich handelt, Vasili?«

»Hüte deine Zunge, Nordwind!«, schimpfte Veli. Doch plötzlich fiel er ihm um den Hals, hob die Beine, blieb eine Weile an Nordwind so hängen, stieß sich dann zwei, drei Schritte weit von ihm ab, kreiste wohl drei Mal um die Platanen, ging ins Röhricht und kam mit einem Tamariskenzweig in der Rechten wieder zum Vorschein. »Sagtest du: Ein sehr schönes Boot, frisch wie ein junges Mädchen? Sags mir nochmals!«

»Wie ein junges Mädchen … Und ein junges Mädchen, sage ich …«

Veli konnte nicht stillhalten, wusste nicht mehr, was sagen und tun, ja, wie er sich freuen sollte, brummelte nur noch: »Wie ein junges Mädchen … Orange!«

Nordwind bekam es mit der Angst, er befürchtete, dass diesem Mann, der wie ein siebenjähriges Kind vor Freude nicht mehr weiterwusste, etwas geschehen könnte.

Veli fing wieder an, mit sich selbst zu sprechen: »O Meere, Meere, Meere wie Mädchen, so frisch, oh Mädchen! Ihr mächtigen, mit Nussbäumen bestandenen Berge von Sürmene!«

»Es reicht, Veli, es reicht! Hört euch an, was der da redet! Dieser klitzekleine, weißbärtige Greis mit glanzlosen Augen!«

»Schweig! Verdirb mir nicht die Laune! Alle Meere sind mädchenfrisch … Die hellen Walnüsse sind orangefarben und mädchenfrisch …

Auch die Fische. Einer wird sie fangen, und wir werden nie verhungern.«

Nach diesem Ausbruch erlosch Velis Überschwang und machte einem Gefühl von Scham und Ratlosigkeit Platz. Dieser Treffer war ein ganz anderer. Nur seine kleinen grünen Augen rollten noch in ihren Höhlen, sprühten noch vor Glück. »Ich gehe fischen«, sagte er und ging zum Anleger.

Nordwind blieb unter den Platanen allein zurück. Die Freude dieses Mannes ... So fröhliche Augen hatte er noch nie erlebt. Das Glück schien dem Mann aus der Haut zu sprudeln. Und dann kommt irgendwann die Enttäuschung, diese Freude nicht voll und ganz ausgekostet zu haben, man weiß nicht weiter, stößt an eine Wand der Unersättlichkeit. Man gelangt an eine Pforte zu einem Paradies, ist kurz davor, sie aufzustoßen und einzutreten. Und wenn man sich an diese Freude gewöhnt hat, über ein jungfräuliches Boot, das märchenhafte Meer, die großen Nussbäume, wenn sogar die Walnussschale in zwei Teile bricht und man sich über die mädchenfrischen, milchweißen Kerne freut ... Danach sagt man sich in der Sterbestunde: »Da ist rein gar nichts gewesen.« Wenn das Ziel erreicht ist, heißt es: War das alles? Nichts ist gewesen! Aber die himmlische Vorfreude bleibt unvergessen. In jener Nacht konnte Nordwind nicht mehr einschlafen, die Gedanken kreisten in seinem Kopf.

Veli dagegen kam völlig entspannt vom Fischfang zurück. Er war wieder friedlich geworden, ging nach dem Essen sofort zu Bett und war schon eingeschlafen, kaum dass er seinen Kopf aufs Kissen gelegt hatte.

Am nächsten Morgen weckte ihn Vasili. Er hätte sonst weitergeschlafen, regungslos wie ein Klotz. Kapitän Kadri und Nordwind warteten auf die beiden schon am Anleger.

»Ich konnte nur mit Mühe aufstehen, Nordwind, mein Sohn. Das Alter ist eine Plage.«

»Seht euch doch den alten Ziegenbock an!«, sagte Nordwind, hakte sich bei ihm ein und führte ihn zum Röhricht. »Mach deine Hand auf!«

Veli öffnete die Hand, und Nordwind drückte ihm ziemlich viel Geld hinein.

»Viel Geld«, sagte Veli, »was soll ich mit so viel Geld denn anfangen?«

»Zuerst sollst du Farbe kaufen und dann alles, was man auf einem Boot so benötigt!«

»Es ist viel Geld.«

»Und wenn es so viel Geld ist, stecks in die Taschen. Man weiß ja nie, vielleicht wirst du so viel noch brauchen. Viel Geld schadet nie.«

»Reg dich nicht auf, Bruder, schau, ich stecks ein! Hast du sonst noch etwas auf dem Herzen?«

»Ja.«

»Und was?«

»Netze, Tauwerk und alles andere musst du dir selbst kaufen! Du brauchst niemandes Rat.«

»So ist es, doch jeder findet seinen Meister.«

Den Motor hatte Kapitän Kadri schon angeworfen, als sie zum Anleger kamen. Zuerst ging Veli an Bord, danach Vasili. Auf der Anlegebrücke des Dorfes erwartete sie Sergeant Ali. Er hatte den Kutter schon von weitem erkannt. »Steigt schnell aus! Sei willkommen, Meister Veli der Treffer!« Er streckte Veli die Hand entgegen und stützte ihn beim Aussteigen. »Los, schnurstracks nach Haus, ihr müsst ja vor Hunger sterben!«

»Das geht nicht«, widersprach Veli. »Bevor ich den Kutter nicht gesehen habe, gehe ich nirgendhin.«

»Lebe hoch!«, rief Sergeant Ali. »An deiner Stelle ginge ich auch nirgendwohin.« Sie marschierten zur Bucht, und Veli lief so schnell, dass sie bald schon dort waren.

»Da ist es ja«, rief Veli.

»Du hast es erraten«, keuchte Sergeant Ali ganz außer Atem.

»Ja, erraten«, jubelte Veli, sprang in ein kleines Boot, legte sich in die Riemen, ohne auf die andern zu warten, und war im Nu auf dem Kutter. Einen Rundgang machen, ins Boot springen und an den Strand zurückrudern waren eins. Dort hockte er sich auf einen Felsblock und drehte sich dem orangefarbenen Kutter zu. »Geht ihr schon vor, ich komme nach!«

»Aber Veli!«

»Sei still, der wird dort noch eine ganze Weile bleiben!«, flüsterte Sergeant Ali.

Veli starrte auf sein orangefarbenes Boot, konnte sich daran nicht satt sehen, schien benommen wie im Tiefenrausch. Die Sonne versank, es wurde dunkel, Veli konnte den sich wiegenden Umriss des Bootes immer noch ausmachen. Sein Herz strömte über vor Freude bei dem Gedanken, dass es ihn zu seiner Frau tragen würde. Er wird die Nussbäume fällen und verkaufen und danach mit den heimgekehrten Söhnen auf diese Insel kommen. Und hier werden seine Enkel wie die Söhne eines Paschas aufwachsen!

Er stand auf, hörte im selben Augenblick einen Stein die felsige Böschung hinunterrollen und sah einen Schatten hinter sich. »Hast du auf mich gewartet?«, fragte er.

»Sergeant Ali schickt mich«, sagte eine Stimme. »Er meint, der Rais Veli findet sonst den Weg nicht zurück nach Haus.«

»Dann geh vor! Lass uns nach Hause gehen, damit ich mich satt essen kann!«

Das Abendessen war längst vorüber, die Runde hatte sich in Gespräche vertieft.

»Aber müsste das Boot nicht kalfatert werden?«, bemerkte Veli.

»Ja, denn es liegt schon ziemlich lange.«

»Finden wir hier einen Meister, der mir dabei hilft?«

»Dies war seinerzeit ein Fischerdorf! Wir besorgen dir Helfer, so viel du haben willst. Meister im Kalfatern, Malermeister und Meister im Knüpfen von Netzen! Dieses Dorf war mehr gemeinsamer Haushalt als Dorf. Jeder ging jedem zur Hand. Ja, so ein Dorf war unser Dorf.«

Vor Veli wurde eingedeckt und frisch gebackenes Brot auf den Tisch gelegt. Dann kam in einem tiefen, verzinnten Kupfernapf die dampfende Joghurtsuppe, und Veli strahlte. Danach wurden, wiederum dampfend, gefüllte Frikadellen aufgetragen.

»Gäbe es zu diesen gefüllten Frikadellen doch auch noch dünn ausgerolltes Fladenbrot ...«

»Fladenbrot, Kinder, bringt sofort Fladenbrot her, noch bevor sich der Dampf verzieht! Dieser Mann kennt sich mit gefüllten Frikadellen aus.«

»Ach, lang, lang ists her«, seufzte Veli. »Wie viele Tage schon, dass ich keine Joghurtsuppe mehr gekostet, gefüllte Frikadellen nicht mehr gesehen und den Namen Honig nicht mehr gehört habe. Gott segne dich!«

Während er aß, sprach niemand ein Wort. Als er zu Ende gegessen hatte, sank ihm das Kinn auf die Brust, er war eingeschlafen. Sie hoben ihn hoch und legten ihn im Nebenzimmer ins gemachte Bett.

Am nächsten Morgen schien Kapitän Kadris Kutter vor Freude übers spiegelglatte Meer zu fliegen. Velis überschäumende Begeisterung war auf Vasili und Kapitän Kadri übergesprungen, schien sogar den Kutter und die See angesteckt zu haben. Zum ersten Mal in seinem Leben war Veli Besitzer so eines Bootes. Mit schäumender Bugwelle hatte Kadris Kutter schon Fahrt aufgenommen, als plötzlich ein lauter Jubelruf übers Wasser hallte. Es war Velis fröhliche Stimme, die das Licht durchschnitt und zum Himmel stieg. Überrascht von seinem eigenen Schrei, ging Veli zum Vordersteven, setzte sich, seinen Rücken Kadri und Vasili zugewandt, auf die Ducht, ließ die Füße ins Wasser baumeln und drehte sich weder um, noch sprach er bis zur Stadt auch nur ein einziges Wort.

Sie legten früher an, als sie dachten, und Kapitän Kadris junge Freunde hießen sie willkommen. »Der da ist Rais Veli der Treffer«, flüsterten sie sich zu, und Veli, der es hörte, spreizte sich geschmeichelt. »Wenn sie erst einmal mein orangefarbenes Boot gesehen haben!«, grinste er so breit, dass seine Mundwinkel fast die Ohrläppchen berührten.

Cafer empfing sie wie ein alter Freund. Er brühte ihnen seinen berühmten, schäumenden Mokka, und Veli schlürfte ihn wie ein Aga, ein Bey, ein Pascha so genüsslich, dass alle kreisrunde Augen machten und ihre Hochachtung noch um ein vieles stieg.

Veli suchte sich zuerst Farbdosen aus, danach Netze, Leinen und Markierungskorken. Von den Netzen gings hinüber zu den Angeln. Es dauerte ein bisschen, denn Veli war nicht leicht zufrieden zu stellen. Dann nahm er aber auch gleich bis fünfzehn auf einmal. Und je mehr er kaufte, desto stolzer wurde er. Sie kauften noch Angelschnüre in verschiedenen Stärken, dazu Leinen, und sie vergaßen auch die Hummerkörbe nicht.

»Die Bezahlung eilt nicht, zahle, wann du bei Kasse bist!«

Veli runzelte die Brauen, seine Falkenaugen rollten, und er sagte scharf: »Was hätte ich denn in diesem Geschäft zu suchen, wenn ich nicht bei Kasse wäre?«

»Ich meine nur, ein Kapitän und Seewolf wie du hat bei mir jederzeit Kredit.« Cafer ging an seinen Tisch, zog ein Heft an sich heran, beugte sich eine Weile darüber, rechnete, schaute dann lächelnd auf und rief: »Ich habe dir fünfzehn Prozent Skonto eingeräumt«, und nannte den Betrag.

Bedächtig zählte Veli das Geld ab und legte es auf den Tisch.

»Viel Glück! Ich hörte, du hast Hristos Kutter gekauft. Ein mädchenfrisches Boot. Gott schütze dich vor Bruch und Unbill!«

Sie brachten Säcke, Kanister, Bürsten und Kalfaterwolle, Teer und alles andere an Bord und nahmen Kurs auf das Dorf, das sie erst gegen Mitternacht anliefen. Die Aufregung, die Begeisterung und die Freude hatten Veli so erschöpft, dass sein ganzer Körper schmerzte. Nahe am Haus schlug Veli der säuerliche Duft einer mit Minze und Knoblauch gewürzten Joghurtsuppe entgegen. Im selben Augenblick begann sein Magen zu knurren. Unterwegs hatte er nur sein Bett vor Augen gehabt, das war jetzt vergessen. Er griff nach Sergeant Alis Arm: »Es duftet nach gesäuertem Teig!«, sagte er und sog den Duft tief durch die Nase.

»Ja, gesäuerter Teig für die Joghurtsuppe.«

Kaum hatte Veli seinen Napf geleert, ließ er den Kopf sinken und schlief ein. Sie hoben ihn hoch und legten ihn ins Bett.

In aller Frühe ging Veli geradewegs zu seinem Boot. Als er den orangefarbenen Kutter in der Morgendämmerung hinter Nebelschleiern dümpeln sah, kam er ihm noch schöner vor als am Vortag, und er konnte sich nur mit Mühe im Zaume halten. Er kehrte um, der Frühstückstisch war schon längst gedeckt, und die andern waren mit der Suppe fast fertig. Den Platz neben Sergeant Ali hatten sie ihm freigehalten, und der Sergeant rückte noch ein wenig zur Seite. Er hatte sein Bein aus Eschenholz abgeschnallt und hinter sich auf den Gebetskelim gelegt, wo es auf dem bunt geknüpften Muster in all seiner Pracht der ganzen Welt zur Schau ausgestellt zu sein schien.

Sergeant Ali zeigte auf den Jüngling zu seiner Linken: »Dieser Junge ist Meister im Kalfatern, und der mit dem grauen Schnauzbart ein tüchtiger Maler, der Junge neben ihm sein Gehilfe. Und der dir da gegenübersitzt und den Löffel wie ein Weberschiffchen zwischen Napf und laut schmatzendem Mund hin- und herbewegt ist Ahmet, mein Neffe, ein kluger und geschickter Junge. Er versteht viel von Motoren, aber nichts vom Fischen. Wenn du willst, gebe ich ihn in deine Obhut, dann kann er dir helfen und fischen lernen.« Der Sergeant stockte mit dem Löffel in der Hand, schaute Veli erschrocken an, fragte sich, ob es sich schicke, einem Meister der Meere so etwas vorzuschlagen.

Veli entging diese Bestürzung nicht. »Nun sags schon, Sergeant Ali, hab keine Hemmungen!«

»Ich hätte dich erst fragen müssen«, fuhr Sergeant Ali beruhigt fort, »ob du schon mit Motor gefahren bist. Auch unsere großen Fischer, sogar Schiffsführer wussten mit Maschinen nicht umzugehen.«

»Ich bin damit gefahren«, antwortete Veli bescheiden, während er die Suppe sehr schnell löffelte.

Gemeinsam standen alle auf, Sergeant Ali setzte sich auf die Pritsche und schnallte sich behände das Holzbein an. Die Dörfler warteten unter der Platane auf sie. »Sei willkommen, Veli Rais, sei willkommen!«, rief einer nach dem andern, und Veli fühlte sich geschmeichelt und glücklich. Zusammen machten sie sich auf zum Boot, schoben es längsseits zum Anleger und zogen es auf den Strand.

Bald danach rief Vasili: »Wir müssen aufbrechen!« Kapitän Kadri folgte ihm. Die Dörfler begleiteten sie zum Anleger. Kapitän Kadri drehte die Kurbel zweimal, und der Motor sprang an.

Die Geschichte von Vasili und Nordwind kannte das ganze Dorf. Außerdem hatte sich herumgesprochen, Vasili sei Moslem. Die Dörfler zollten ihm ihre Hochachtung, lasen ihm jede Bitte von den Augen ab, und das erfüllte Vasili mit Stolz. Dass sie von ihm wussten, hatte er aus einigen Bemerkungen geschlossen. Neu war ihm, dass sie ihn zum Moslem erklärt hatten. Wenn sich ihre Geschichte aber bis in dieses Dorf herumgesprochen hatte, musste sie auch in der Stadt bekannt sein, mussten sie ihn, wenn auch nicht so gut wie Musa den Nordwind, auch dort kennen. Wie konnte aber das zwischen ihm und Nordwind Vorgefallene, wovon sogar nur wenige auf der Insel bruchstückhaft wussten, die außerdem mit der Außenwelt gar keine Beziehung mehr hatten, sich so weit herumsprechen, zumal die neu zugereisten Inselbewohner dieses Dorf noch nie betreten hatten? Irgendein Geheimnis musste wohl dahinter stecken!

Veli aß morgens eine nach Minze duftende, mit Kichererbsen versetzte und mit Butter beträufelte Grützsuppe, mittags Grützpilaw mit Joghurt und abends Kohlrouladen. Jeden Morgen ging er schon früh ans Ufer, hockte sich vor sein Boot und betrachtete es. Der Kalfatermeister war geschickt und erledigte seine Arbeit schnell. Nachdem der Grundanstrich getrocknet war, strich der Malermeister den Rumpf bis zur Wasserlinie giftgrün. Danach wollte er ganz frisch Orange auftragen, ringsum einen zehn Zentimeter breiten blauen Streifen ziehen und ans Heck eine Flagge mit dem Halbmond setzen. Blau ist die Farbe, die am besten zu Orange passt!

In seinem ganzen Leben war Veli noch nie so zufrieden, so glücklich gewesen. Nur wenn er ab und zu zur Platane kam und einige Bemerkungen der Dörfler über die im Griechenviertel angesiedelten Vertriebenen aus Griechenland hörte, grämte er sich.

Doch eigenartig war es schon. Die Vertriebenen hockten in ihren Häusern und ließen sich monatelang nicht blicken. Was aßen, was tranken sie? Und warum sperrten sie sich in ihren Häusern ein? Er machte sich auf und schlenderte zum Viertel der Aussiedler. Auf Dächer und Bäume des wie verlassen daliegenden Viertels gingen Schwärme bunter Vögel nieder, flogen wieder auf, und ein Schwarm kleiner Vögel mit hennafarbener Brust landete mitten auf der Straße. Ihre Köpfe waren pechschwarz, die langen Schnäbel formschön und orange. Das Blau ihrer Rücken schimmerte, und sie hockten bewegungslos auf der Straße, bis der Schatten einer segelnden Wolke sie verscheuchte. Veli konnte sich an ihnen nicht satt sehen und verharrte, bis sie aufflogen.

Erst erneuter Flügelschlag riss ihn aus seinen Gedanken, und er ging wieder zur Platane. Gezwitscher von Eisvögeln erfüllte die Luft. Sie hockten sich auf die Äste, ihre weiß gepunkteten Flügel blitzten in der Sonne. Von Sehnsucht erfasst, pochte Velis Herz, er setzte sich unter die Platane und schaute ins Geäst. In diesem Augenblick kamen die schwärmenden Vögel mit dem blauen Rücken zurück, landeten auf dem Weg, flogen sofort wieder auf, zogen einen Kreis in den Himmel, gingen erneut auf den Weg nieder und stiegen auf der Stelle wieder in den Himmel. Veli machte sich auf den Weg zum Dorfrand. Das letzte Haus des Viertels lag am Meeresufer. Brombeeren rankten sich an den Hofmauern, verschwommen sah er in der Tür im zweiten Stock ein Gesicht auftauchen, das sofort wieder verschwand. Ein Schwarm von Vögeln mit der hennafarbenen Brust ging auf den Baum nieder, der im Hof stand. »Gesegnet, ihr Vögel, ihr hennafarbenen, ihr hennafarbenen Vögel«, sang Veli. Seine Schritte führten ihn ans Hoftor. »Ihr Vögel mit der hennafarbenen Brust!« Als er in den Garten ging, flogen die Vögel vom Baum hoch, strichen im Zickzack mal hierhin, mal dorthin ab, schwärmten aufs Meer hinaus, kamen zurück und landeten auf dem Weg. In überbordender Freude stieg er die Treppe hoch, ging durch die Tür, und ebenso freudig begrüßten ihn die im Haus.

Lächelnd machte er kehrt, und kaum war er im Freien, hoben sich die Vögel vom Weg in die Luft, sie schwärmten über den Garten und verschwanden. Das Hoftor des zweiten Hauses und die Tür im zweiten Stock standen offen. In der Tür sah er verschwommen einen Kopf, der wieder verschwand. Seine Füße führten ihn wieder ins Haus, und vom Baum im Garten erhob sich ein Schwarm azurblauer Vögel, ein jeder eisvogelgroß. Veli stieg die Außenstiege hoch, und die da drinnen sagten: »Willkommen!«, und empfingen ihn mit großer Wärme.

Auch das zweite Haus verließ er glücklich und mit breitem Lächeln.

Das dritte Haus zu betreten, fiel ihm schwer. Zögernd ging er einige Male von der Hausfront zum Ufer und wieder zurück. Am Himmel war keine Wolke, flog kein einziger Vogel. Er schritt aus. An der Tür war auch kein Gesicht zu sehen. Die Scheu lähmte seine Beine, aber den Weg verlassen konnte er auch nicht. Nach einer ganzen Weile kam von der Ebene her ein Vogelschwarm, flog über ihn hinweg und landete auf einem Baum im Garten. Im selben Augenblick erschien in der Haustür der Schatten eines Kopfes und verschwand. Velis Füße führten ihn ins Haus. »Seid gesegnet, ihr gelben Vögel, ihr Pirole!« Weder das Gold noch die Getreidefelder, auch nicht die Sonne hatten dieses Gelb, ein Gelb, das weich das Herz des Menschen erbeben ließ, dieses Gelb der Pirole.

Von morgens bis abends ging Veli in die Häuser. Am Nachmittag des dritten Tages setzte er sich in den Schatten der Platane, die im Zentrum des Viertels stand, lehnte sich mit dem Rücken an den Stamm und legte seine Stirn auf die Knie.

Eine Weile später hörte er Schritte, hob den Kopf und sah sich um. Ein weißbärtiger, blauäugiger Mann mit runzligem Gesicht und faltigem Hals wars, der da kam. Geräuschlos ließ er sich unterm Baum nieder. Danach kamen noch einige Männer und hockten sich auf den Rasen. Und als leere sich das ganze Dorf, so füllte sich der Rasen mit Menschen, Jung und Alt, Frauen, Männer, Mädchen, Burschen, Kind und Kegel. Sie gaben keinen Mucks von sich, standen und hockten nur so da und schauten sich an. Mit weit aufgerissenen Augen sah Veli um sich und kreuzte mit vielen den Blick. Plötzlich streckte er sich, stand auf, und die Alten erhoben sich mit ihm. Gemeinsam gingen sie zur Anlegebrücke und nahmen auf den Pritschen unter den Platanen am Ufer Platz. Vom Dorf wurden Krüge mit Limonade gebracht, und die jungen Mädchen aus dem Dorf reichten verzinnte Kupferbecher und Gläser. Das ganze Dorf hatte sich mit Kind und Kegel um die Platane versammelt, und niemand sprach ein Wort, bis alle getrunken hatten. Dann platzte es plötzlich aus ihnen heraus, jeder redete mit jedem, lachte und scherzte. Dieser Trubel währte bis zum Abendgebet. Die Immigranten und die Alten der Einheimischen suchten die Moschee auf, die andern gingen zurück in ihre Häuser. Veli hockte sich wieder auf seinen alten Platz neben seinem Boot. Auch Sergeant Ali kam, setzte sich dazu, schaute Veli immer wieder an und lächelte. Plötzlich lachten sie beide.

»Wann ist mein Kahn fertig?«

»In Kürze. Morgen oder übermorgen. Jetzt wird der Motor überholt.«

»Von wem?«

»Von Meister Halis aus dem unteren Dorf.«

»Wer ist Meister Halis?«

»Der beste Meister der ganzen Gegend. Der beste der Griechen und auch der Türken. Wenn er will, baut er auch einen neuen Motor, so ein Meister ist er.«

»Na, warten wir es ab.«

Als die Sonne unterging, machten sie sich auf. Im Hause von Sergeant Ali war auf dem Fußboden die Tafel schon gedeckt. Sie ließen sich auf den Kelim nieder. Auch gefüllter Kürbis wurde aufgetragen. »Was ist das?«, fragte Veli.

»Das sind kleine gefüllte Kürbisse.« Sergeant Ali erklärte ihm das Gericht so ausführlich, dass diesem welterfahrenen, mit allen Wassern gewaschenen Mann der Mund wässrig wurde.

»Sowie ich meinen Fuß auf die Insel gesetzt, mir Gesicht und Hände gewaschen habe, werde ich in meinem Garten Kürbisse anpflanzen, sie jeden Tag füllen und kochen und mir in den Magen stopfen, dass mir der Bauch, na, so wie jetzt, anschwillt.«

»Und ich werde dir, Meistertreffer, bis zu deiner Abreise jeden Tag gefüllte kleine Kürbisse vorsetzen«, rief die Frau des Sergeanten, die aus dem Nebenraum herbeieilte.

»Ihr Duft ist etwas Besonderes. So wie der Blaufisch im Frühling nach Meer duftet, so wird der Duft von gefülltem Kürbis zum Inbild des Frühlings.«

»Ja, so duftet er«, bestätigte Sergeant Ali.

»Und wo bekomme ich Kürbiskerne?«

»Ich werde dir einen Beutel voll mitgeben. Wenn du willst, kannst du damit die ganze Insel in ein Kürbisfeld verwandeln.«

»Ich werde die ganze Insel mit Kürbisblüten überziehen, hörst du, Sergeant Ali! Und am Ende werde ich vom vielen Essen selbst wie eine Kürbisblüte duften«, rief Veli fröhlich.

»In unserer Jugend dufteten wir nach Blaubarsch.«

Velis Kinn sank wieder auf seine Brust. Vom dreitägigen Hin und Her in den Häusern waren seine Beine von Wasser geschwollen. Ahmet hob ihn vorsichtig aus dem Sitzkissen, entkleidete ihn und legte den Eingeschlafenen ins am Boden aufgeschlagene Bett.

»Kannst du es verstehen, Frau? Seit Monaten haben wir von diesen Einwanderern keinen gesehen, keinen einzigen. Wenn wir einen von ihnen am Wege, am Ufer oder sonst wo trafen, er nahm Reißaus. Was hat Veli nur angestellt, dass er hunderte mit Kind und Kegel, Weib und Knecht zur Anlegebrücke lockte?«

»Für mich ist es nicht zu fassen.«

»Sie hatten uns so verängstigt angeschaut, dass wir meinten, sie würden sich bis ans Ende aller Tage nicht in unsere Nähe wagen. Was wir auch taten, an sie heran kamen wir nicht. Wie ist es diesem Mann denn gelungen? Sollte er der heilige Hizir sein?«

»Irgendetwas ist an ihm, aber ich weiß nicht, was. Auch Nordwind weiß es nicht.«

»Sehr geheimnisvoll. Was, meinst du, hat er ihnen gesagt?«

»Vielleicht gar nichts.«

Noch vor Tagesanbruch kam Meister Halis mit einem jungen Burschen, der einen riesigen Koffer auf den Schultern trug, an die Tür. »Mach auf, Sergeant Ali, ich bins. Gestern bekam ich die Nachricht, es hätten sich bei dir Schrauben gelockert, ich bin gekommen, sie festzudrehen.«

Drinnen stampfte Sergeant Alis Holzbein auf, dass die Fensterscheiben klirrten. Die Tür ging auf, und Sergeant Ali knallte sein Holzbein auf die Schwelle. »Dreh deine eigenen Schrauben fest, Halis, damit sie sitzen!« Dann wandte er sich an den jungen Burschen: »Und du, mach den Koffer auf und reich mir einen Engländer! Sieh dir den Mann an deiner Seite an, dessen Schrauben kriegst du allenfalls mit so einem verstellbaren Schraubenschlüssel wieder fest. Der Arme kann ja nicht mehr auf seinen beiden Beinen stehen, wie will er dann den Motor von Rais Veli überholen?«

Sie umarmten sich, und Sergeant Ali zog ihn ins Haus. Veli und Vasili waren aufgestanden, um den Meister zu begrüßen. Kaum hatten sie Platz genommen, wurde die dampfende, mit Minze versetzte Joghurtsuppe in hohen, verzinnten Kupfernäpfen aufgetragen. Nachdem Meister Halis seine Frühstückssuppe gegessen hatte, musterte er diesen klitzekleinen Mann, der ihm gegenübersaß, und fragte: »Bist du nicht jener Mann, der die seit Monaten im Dämmer ihrer Häuser zurückgezogen lebenden Immigranten ans Tageslicht holte?«

»Der bin ich«, antwortete Veli zurückhaltend.

»Mann, wir hatten uns schon auf ihr Ableben eingestellt und wollten sie gemeinsam mit benachbarten Küstendörfern begraben, bevor ihr Verwesungsgeruch wie damals bei der Schlacht von Dumlupinar sich über die ganze Küste legt. Gräber hatten wir schon ausgehoben. Was hast du ihnen denn gesagt, um sie ans Tageslicht zu holen?«

»Ich weiß es nicht«, entgegnete Veli schüchtern. »Ich habe mich hingehockt und den Rücken an die Platane gelehnt. Sie kamen nach und nach aus ihren Häusern und setzten sich zu mir. Ich habe sie gar nicht beachtet. Bald leerten sich die Häuser, von sieben bis siebzig saßen alle Bewohner unter der Platane, so still, dass man ihren Atem hören konnte. Ich wartete und wartete, doch sie saßen da wie erstarrt. Erst als ich aufstand, erhoben sich alle mit einem Ruck. Ich schlug den Weg zur Landungsbrücke ein, und sie folgten mir.«

»Bei Gott, hast du Wunderkräfte?«

»Nicht, dass ich wüsste.«

»Dann lass uns zum Boot gehen. Vielleicht hat es auch Wunderkräfte!«

Der Kutter glänzte in strahlendem Orange und Blau. Meister Halis betrachtete ihn eine Weile begeistert. Sie kletterten an Deck, er öffnete die Klappe zum Motor und drehte die Teile ab, die er überprüfen wollte. »Der Motor ist fast fabrikneu. So einer ist mir selten unter die Finger gekommen. Der springt mit einer einzigen Kurbeldrehung an.«

»Das tut er«, sagte Veli stolz.

»Verstehst du auch etwas von Schiffsmotoren, Rais Veli der Treffer?«

»Ein bisschen«, antwortete Veli und senkte den Kopf.

Meister Halis und sein Geselle ölten den Motor sorgfältig und setzten die abgenommenen Teile wieder ein. Als sie übers Fallreep hinunterwollten, erschien Sergeant Ali und rief: »Halt, bleibt oben!«

Um Sergeant Ali hatten sich Jugendliche geschart. Sie lösten die Leinen vom Poller und stießen das Kajütboot ab, das durch die Bucht glitt.

»Dreh die Kurbel, Veli!« Beim dritten Schwung sprang der Motor an und lief wie ein Uhrwerk. »Geh ans Steuer, Vasili!«

»Oho, Meister Halis. Erst einmal muss Veli sein Boot fahren! Er ist unser aller Meister.«

Veli gab Gas, langsam setzte sich das Boot in Bewegung. Nach und nach gab er mehr Gas, und das Boot wurde schneller.

»Das hier ist unser Dorf!«

Alle Häuser am Ufer waren mit roten Ziegeln eingedeckt, überall Obstgärten und Weinberge. Die Holzhäuser leuchteten in allen Farben. »Welch schönes Dorf!«, stieß Veli bewundernd aus.

»Was heißt hier schön? Ein Paradies!«

»Was heißt hier Paradies ...«

»Ahmet, nimm Kurs auf Sergeant Ali!«

»Zu Befehl, Rais!«

Veli gab Vollgas, das Boot erzitterte. Sergeant Ali wartete vor dem Anleger schon auf sie.

Veli zog seinen Geldbeutel aus der Tasche. Der Beutel war mit orangefarbenen Perlen besetzt. Er klappte den Bügel auf und reichte Meister Halis den offenen Beutel. Der schob die Geldbörse mit dem Handrücken von sich. »Steck ein, ich will nichts! Was haben wir denn getan?«

»Steck den Geldbeutel in die Tasche. Du bist uns jederzeit willkommen, Veli, Bruder!«, sagte Sergeant Ali. Verstört steckte Veli den Geldbeutel ein.

Vasili sprang aufs Boot. »Warte, Ahmet!«, rief Veli, als dieser auch zum Boot wollte. »Du gehst jetzt zu der Frau in jenem Haus und bringst mir meinen Beutel Kürbiskerne! Hol auch deine Wäsche und was du sonst noch brauchst!«

»Meine Frau wollte ihm Kürbiskerne mitgeben«, erläuterte Sergeant Ali.

Die beiden umarmten sich. Ahmet kam angelaufen und sprang aufs Boot. Veli nahm ihm den kleinen Beutel aus der Hand, schnürte ihn auf, nahm eine Hand voll Kerne heraus, musterte sie, legte sie zurück, zog den Beutel wieder zu, ging an den Motor und gab Gas. Ahmet stellte sich ans Steuer. Sie horchten, langsam kam der Motor in Fahrt. Unterwegs sprachen sie nicht.

7

Hüsmen brachte den bulgarischen Dienstrevolver mit über hundert Patronen Munition und legte ihn achtungsvoll neben Nordwind hin. Der reichte Veli den Beutel und sagte: »Er möge dir zu Nutzen sein!« Mit bebenden Händen zog Veli zuerst einen gefüllten, silberverzierten Patronengurt hervor, danach einen zweiten, ebenfalls verzierten Gurt und als Letztes den Revolver. Er zog ihn aus dem Halfter. Die nagelneue Waffe blitzte, sowie die Sonne auf den Lauf fiel. Veli streckte den nach frischem Öl riechenden Revolver mal in die Sonne, musterte ihn eine ganze Weile, hielt ihn sich dann wieder ganz verzückt dicht vor die Augen. Eine Zeit lang schien er seine Umwelt vergessen zu haben, war er allein mit sich und seiner Waffe. Er klinkte die Trommel aus, leerte sie, lud dann die ausgeworfenen Patronen so behände, dass es einem schwer fiel, seine Handgriffe zu verfolgen. Er stand auf, legte einen daumengroßen weißen Kiesel auf einen Stein, entfernte sich, drehte sich dann nach einigen Schritten blitzschnell um, schoss, runzelte ärgerlich die Stirn, weil der Stein sich nicht gerührt hatte.

»Verdammt«, fluchte er, »ich habe ihn verfehlt.« Er schoss die Trommel leer, doch der Kieselstein bewegte sich nicht.

»Zum Teufel, nicht einmal getroffen!« Er nahm den Patronenbeutel von der Pritsche, lud mit zitternden Händen nach, feuerte und traf den Kieselstein nicht. Schweißgebadet verharrte er, atmete tief und seufzte: »Ach Veli, du kommst in die Jahre.« Sprachs, drückte ab, und der Stein flog davon.

»Ahmet, mein Junge, sammle Kieselsteine, und jedes Mal, wenn ich einen treffe, legst du einen neuen an seine Stelle!«

Ahmet klaubte zwei Hand voll Kiesel auf, legte einen auf den Steinblock und ging beiseite. Veli drückte ab, und der Kiesel flog. Noch einmal und noch einmal. Veli der Treffer schoss nicht mehr ins Leere!

»Die Kiesel sind alle, soll ich kleinere sammeln?«

»Drei kleinere! Und leg sie nebeneinander!«

Ahmet legte die Steinchen nebeneinander, Veli zählte eins, zwei, drei, und nacheinander flogen sie davon. Nach dieser Schießübung stand Veli mit dem Revolver in der Hand eine Weile unschlüssig da, ging dann zu Nordwind.

»Wie ich sehe, brauchtest du keine hundert Patronen, um wieder in Form zu kommen!«

Der zuletzt auf die Insel gekommene, kurdisch sprechende Alte bekundete seine Bewunderung mit einem in seiner Sprache üblichen »Errr!« und rief: »Bei Gott, nicht einmal in meiner Heimat gibt es einen Schützen wie dich!«

»Ich danke dir, Bruder!«, sagte Veli. »Gestatte mir, deinen Namen zu erfahren!«

»Ich werde Şehmus genannt und komme von weit her am Rande der Wüste. Der eine meiner Söhne heißt Heko, der andere Muho. Beide haben den Krieg hinter sich, und beider Körper wurden wie Siebe. Auch mein Körper wurde zersiebt. Doch wer nicht tötet, den tötet auch Gott nicht. Unsere Frauen haben nicht eine Narbe.«

»Auch die Unsrigen haben keine. Was tatest du in der Heimat?«

»Ich war beim Militär.«

»Wie sind dann diese Kinder entstanden?«

»Ab und zu flüchtete ich in die Stadt, wurde wieder eingefangen und zu meiner Einheit zurückgebracht. Nach jeder Flucht wurde mir ein Kind geboren, und jedes Mal wurden mir die geleisteten Dienstgrade gestrichen. Sie begannen von neuem, und ich flüchtete aufs Neue.«

»Wie hast du diese Insel gefunden?«

»Ich bin jetzt wieder fahnenflüchtig. Ich warnte meine Söhne, als sie eingezogen wurden. Der Militärdienst nimmt kein Ende, habe ich ihnen gesagt. Doch sie waren zu ängstlich, etwas zu wagen. Und alle drei kamen von der russischen Front nicht zurück. Das schaffte nur einer aus unserer Stadt. Und dem fehlten ein Auge, ein Arm und ein Bein. Er hat es mir erzählt: meine Jungen sind erfroren, zu Säulen erstarrt. Und ich habe nach langer Flucht dieses Eiland zufällig gefunden. Sag du mir, Veli der Treffer mit den vielen Patronen, sie werden mich hier doch nicht finden? Ob die Regierung von dieser Insel überhaupt etwas weiß?«

»Sie kennt die Insel, aber ich liefere dich nicht aus.«

»Ist der Krieg schon zu Ende, oder dauert er weit draußen noch an?«

»Er ist schon längst vorbei«, antwortete Veli. »Mustafa Kemal sitzt jetzt in Ankara.«

»Ich habe viel von ihm gehört«, sagte Şehmus Aga, »er ist ein guter Mann. Sie sagen, ein Freund der Armen.« Abwartend schwieg er eine Weile. »Das stimmt doch, nicht wahr?«

»Er ist ein sehr guter Mann.«

»Wird er also keinen Krieg mehr machen?«

»Er wird keinen Krieg mehr machen.«

Şehmus Aga lachte vor Freude aus vollem Herzen. »Dann werde ich meine Söhne zum Militär schicken und sie ermahnen, nicht zu flüchten, um danach, wie ich, zwanzig Jahre in Kasernen herumirren zu müssen. Nur wenn es Krieg gibt, sollen sie hierher fliehen. Hier kann sie doch keiner finden, nicht wahr?«

»Es wird keinen Krieg mehr geben.«

»Bist du verrückt, ohne Krieg, geht das?«

»Mustafa Kemal mag den Krieg nicht. In Zukunft ist Kriegmachen verboten«, sagte Veli.

»Hei, er spricht mir aus der Seele. Er ist ein Löwe. Hei, er ist das Licht meiner beiden Augen. Und die andern Paschas, hören sie auf ihn?«

»Ja, die andern Generäle hören auf ihn, denn er ist der Erste unter den Paschas.«

»Das Leben des Soldaten Şehmus für deine honigsüße Zunge! Zu Hause nennen mich alle Şehmus den Soldaten. Nach zwanzig Jahren Fahnenflucht auf Fahnenflucht wurde mein Name Soldat.«

»Ich bin ein Mal geflüchtet und nie eingefangen worden.«

Bewundernd starrte Şehmus ihn an. »Nicht ein einziges Mal? Wie das denn?«

»Unser Dorf lag in den Bergen wie ein Adlerhorst zwischen schroffen Felsen.«

»Ich verstehe.« Er senkte den Kopf, sein Gesicht legte sich in bittere Falten. »Bei uns gab es gar keine Berge«, seufzte er, »Himmel und Erde nichts als Wüste, ach!« Er zupfte Veli leicht am Ärmel, als wolle er ihm ein Geheimnis anvertrauen: »Hör zu, mein Herzensfreund, was ich dir jetzt sagen will: Meine Frau ist in der Kleinstadt geblieben.«

»Aus welchem Grund?«

»Aus welchem Grund schon? Aus Angst. – Setzt der Mensch sich auf ein Stück Felsen mitten im Meer?, sagte sie, und was ich auch anstellte, sie kam nicht mit.«

»Vielleicht ist sie zurück ins Dorf geflüchtet?«

»Warum sollte sie? Bis wir endlich den Weg hierher gefunden hatten, war uns beinah die einst gesaugte Muttermilch wieder hochgekommen, da flüchtet sie doch nicht in die Wüste zurück. Das hier ist ihre Wüste, sagte sie, als sie das Meer erblickte, eine Wasserwüste. Und blieb bei den Nachbarn, mit denen wir gekommen sind. Sie war im Emirat Geliye Botan die berühmteste Wirkerin von wertvollen Kelims. Für einen ihrer Kelims gaben die Emire von Botan, die arabischen Scheichs und die kurdischen Beys einen Beutel Gold oder eine arabische Vollblutstute her. Die Kelims von meiner Şerife kamen nicht unter jedes Dach.« Er senkte den Kopf, machte eine weinerliche Miene: »Was wir unterwegs erleiden mussten, möge Gott auch von unseren Feinden fern halten!«

Veli rief: »Los, fahren wir, Freunde, seht, auch Kapitän Kadri kommt!«

Nordwind nickte: »Ich werde dem Tierarzt ein Boot besorgen. Zuerst besuchen wir Sergeant Ali. Danach werden wir so lange durch die Küstendörfer ziehen, bis wir ein Boot gefunden haben, das eines Tierarztes würdig ist.« Sie stiegen ins Boot, und Kapitän Kadri startete den Motor mit einer einzigen Kurbeldrehung.

»So einen Motor muss ich haben, einen, der mit einem Kurbelschlag anspringt!« Cemil legte seine Hand auf Nordwinds Schulter. »Vom Tierarzt zum Fischer. Tierarzt der Fische, Vögel und Elefanten.«

Sergeant Ali hatte das Boot schon von weitem entdeckt und sich vor lauter Freude am Rand der Landungsbrücke aufgebaut. Eingehakt gingen sie alle zu den Platanen und setzten sich.

»Dieser junge Mann ist Tierarzt Cemil. Er hat an der Ostfront gekämpft, wo die Hälfte unserer Truppen von Läusen gefressen wurde, die andere Hälfte mit ihren Läusen zu Eiszapfen gefror. Auf den Tierarzt verzichteten die Läuse, und weil er aus der Kälte kam, einer aus Van war, erfror er nicht. Auch sein Körper wurde wie die unsrigen zum Sieb. Halbwegs geheilt, floh er aus dem Lazarett. Undankbare Welt!

Er flüchtete und kam in die menschenleere Stadt Van. Danach irrte er durchs Land und landete schließlich auf unserer Insel. Und weil er im Krankenhaus oft von Fischen geträumt hat, wurde er ein ordentlicher Fischer. Und jetzt will er von dir das schönste Boot der sieben Meere haben.«

»Zu Diensten! Suchen wir Salih den Blinden auf!«

»Wer ist das?«

»Auch einer von uns, der bei den Dardanellen seine Haut retten konnte. Eine Kugel nahm sein Auge mit bis zum Kommandanten der Engländer. Der war erst sprachlos vor Staunen, dann sagte er: So ein schönes Auge hat keiner in unserem Weltreich. Auch als sie mein Bein dem englischen König zeigten, machte der kreisrunde Augen. So ein abgetrenntes Bein gibt es auf der ganzen Welt nicht, nehmt dieses Prachtstück, pflanzt es auf den Hügel meines Schlossgartens und beleuchtet es mit tausendundeiner Kerze, damit alle Geschöpfe des Himmels und der Erde es bewundern können! Und ganz gebrochen betrachten Tag und Nacht die Engländer nun mein Bein.«

Kapitän Kadri brachte sie in das Dorf von Salih dem Blinden. Eigentlich war Salih seit dem Verlust seines Auges immer abweisend, ja unfreundlich. Doch jetzt fielen Sergeant Ali und Salih der Blinde sich in die Arme. Schließlich waren sie sowohl Spiel- als auch Kriegskameraden gewesen. Sie setzten sich an den Brunnen unter der Platane, und Salih der Blinde ließ aus seinem Haus Kaffee bringen.

»Nun, Sergeant Ali, was gibt es Neues?«

»Nur Gutes. Wir möchten dich um etwas bitten! Siehst du diesen Freund dort, er ist Offizier und war Tierarzt beim Militär. Er hat an der russischen Front gekämpft, und als sie ihn wie ein Sieb durchlöchert hatten, machte er sich auf und suchte Schutz auf der Ameiseninsel. Gerade so wie Musa der Nordwind, auch ein Offizier und Überbleibsel der im Krieg gegen die Läuse umgekommenen neunzigtausend Mann. Dieser Tierarzt Cemil Bey, der vor lauter Starren auf den See Van zum Kapitän der Ozeane und zum Fischer der sieben Meere geworden ist, möchte eines dieser Boote haben!«

»Das kann ich nicht, sie sind nur in meiner Obhut.«

»Wieso Obhut? Wer hat sie dir anvertraut?«

»Na wer wohl? Mein Nachbar Aleko.«

»Aleko kommt nicht wieder!«

»Aleko hat gesagt, er kommt wieder. Ich rede von Aleko, und Aleko lügt nicht! Wenn er gesagt hat, ich komme zurück, dann kommt er zurück.«

»Er kann nicht kommen.«

»Es ist Aleko! Und der kommt.«

Sie verhandelten lange mit Salih dem Blinden, ließen keine Stufe des Feilschens aus, redeten sich die Zungen wund, doch Salih ließ sich nicht erweichen. Sergeant Ali nahm immer wieder Anlauf, bot sogar den doppelten Preis, alles umsonst.

»Diese Ufer sind voller Boote, und ich besorge euch eins, das schöner, schneller und noch neuer ist als Alekos Kahn. Ich bin schließlich auch Fischer und verstehe was von Booten.«

»Nicht nötig«, erwiderte der Tierarzt unwirsch, »ich verzichte. Ich bin kein Fischer, sagte mir nur, wenn du schon auf einer Insel wohnst, musst du auch ein Boot haben. Lassen wirs.«

»Dies Boot wird in diesem Meer vergammeln. Du wirst schon sehen! Wenn dieser Kahn vergammelt ist, komme ich wieder, und dann kannst du was von mir hören!«

»Bis jetzt habe ich dir noch nie etwas abgeschlagen, Ali, mein Bruder. Da, schaut es euch an, nehmt mein Boot mit, ohne einen Kuruş zu bezahlen!«

»Lassen wirs«, wiederholte der Tierarzt.

Verärgert gingen sie an Bord und kamen mit griesgrämigen Gesichtern zur Insel zurück.

Veli der Treffer erwartete sie gemeinsam mit der Frau von Şehmus, die er geholt hatte. »Was ist mit euch, man könnte meinen, ein Trauerzug?«

»Wir haben das Boot nicht bekommen«, antwortete Nordwind. Sie setzten sich mit verkniffenen Lippen unter die Platanen. Veli platzte vor Neugier, weil er den Männern mit ihren Leichenbittermienen keine Fragen stellen konnte. Schließlich sagte Cemil der Tierarzt: »Hör zu, Treffer, ich erzähle dir, was geschah!« Und ganz gelassen begann er zu berichten.

Veli hörte wortlos zu, überlegte eine Weile, stand auf und ging mit nachdenklich gesenktem Kopf hin und her. Er machte sich Gedanken über ein Haus für Şehmus, aber damit konnte er Nordwind jetzt nicht kommen, der war zu niedergeschlagen. Und das grämte wiederum Veli.

»Hört mir zu«, krähte er freudig erregt, »besonders du, Nordwind! Morgen wirst du in die Stadt fahren, Şehmus ein Haus in meiner Nachbarschaft kaufen, und die Familie beim Standesamt eintragen lassen, hast du verstanden?«

Velis gute Laune steckte die andern an.

»Zu Befehl! Morgen werde ich in die Stadt fahren, ein Haus für Şehmus Aga kaufen und die Familie beim Einwohnermeldeamt eintragen lassen. Sonst noch was?«

»Du wirst mir jetzt, gleich jetzt, Geld für ein Boot geben! Jetzt, sofort!«

»Zu Befehl!« Nordwind zog seine Börse aus der Tasche und reichte Veli ein Bündel Geldscheine.

»Was guckst du so, Treffer?«

»Du hast mir zu viel gegeben.«

»Der Tierarzt hat zu viel Geld.«

»Das hat er!«, rief Tierarzt Cemil. »Ich werde ihm die Arche des heiligen Noah kaufen.« Entschlossen stieg er mit Ahmet ins Boot, das schnell Fahrt aufnahm, und gegen Abend schon klopfte er bei Sergeant Ali an, der ihn begeistert umarmte.

»Heute Abend möchte ich keinen Fisch!«

»Aber Fleischpastete«, sagte Sergeant Ali.

»Und Joghurtsuppe! Mit Einlagen von Teig und Weizengrütze, gewürzt mit Minze und Knoblauch, darüber gesottene Butter!«

Schon bald duftete es nach frischer Joghurtsuppe, und wie ein ungezogenes Kind schrie Veli: »Dieser Duft, dieser Duft bringt vor Hunger mich noch um. Schnell her damit, dazu ungesäuerte Fladen, danach Fleischpastete! Dieser Duft bringt mich noch um vor Hunger!«

Gleich nach dem Essen ging Veli geradewegs zu Bett, und kaum hatte er seinen Kopf aufs Kissen gelegt, schlief er ein und wachte wieder auf, bevor es im Osten hell wurde.

»Auf die Beine, Ahmet! Die Joghurtsuppe köchelt schon lange, und ihr Duft verwandelt die Umwelt in ein Paradies. Steh auf, Ahmet, steh auf!« Die Tafel war gedeckt, in verzinnten, breitrandigen Kupfernäpfen dampfte wieder die Suppe. »Sergeant Ali, und du bringst mich zu diesem Mann!«

»Ich kann dich nicht zu ihm bringen, ich bin ihm böse und werde ihn bis an mein Lebensende nicht mehr grüßen. Er war mein Kriegskamerad, war mir näher als Mutter, Vater und Kinder. Ein Vater findet sich, eine Mutter auch, aber kein Kriegskamerad! Wir sind in den Dardanellen Seite an Seite gegen den Tod marschiert. Und wegen eines Bootes hat er mich verletzt, wäre ich vor Scham vor Rais Nordwind am liebsten in den Erdboden versunken. Geh du allein zu jenem Salih, der auch sein zweites Auge verlieren möge! Mal sehen, ob du diesen Nichtsnutz überreden kannst. Kannst du die Sprache der Ungeheuer, der Feuer speienden, siebenköpfigen Drachen? Kannst du die Sprache der Engel und der Heiligen, die Sprache des gesegneten Hizir? Auch das wird dir bei ihm nichts nützen.«

»Ich werde es versuchen.«

Im Morgenrot gelangte Veli mit Ahmet zum Dorf von Salih dem Blinden, und sie machten ihn schnell ausfindig. Gemeinsam wanderten sie dann bis Kisirkaya und zurück. Sie sprachen nicht, verharrten nur ab und zu eine Weile, ihre Blicke trafen sich, und die beiden musterten sich. Als es Mittag wurde, gingen sie essen. Dann wanderten sie vom Haus wieder bis Kisirkaya, und so ging es hin und her, bis der Tag sich neigte. Auf der Anlegebrücke trennten sie sich und kehrten zurück zu Sergeant Ali.

»Wie war es, Veli, was hast du mit diesem blinden Schwein besprochen?«

»Gar nichts, Sergeant Ali.«

»Was habt ihr denn gemacht, wenn ihr nichts besprochen habt?«

»Von morgens bis abends sind wir vom Dorf bis Kisirkaya hin- und hergewandert.«

»Und was gedenkst du jetzt zu tun?«

»Ich werde wieder hinfahren.«

Am nächsten Tag brachen sie frühmorgens, als das Meer noch weiß war, wieder auf, und als das Wasser bläulich glänzte, liefen sie die Landungsbrücke an, auf der Salih der Blinde sie bereits erwartete. Als er sie sah, leuchtete sein Auge auf und ein Hauch von Freude huschte über sein Gesicht. Sie schlugen den Weg nach Kisirkaya ein, und wie am Vortag verharrten sie ab und zu und musterten einander. Als es dunkel wurde, kehrten sie nach Haus zurück. An diesem Abend stellte Sergeant Ali keine Fragen, auch Veli erzählte nichts.

Am nächsten Tag blieb Veli im Haus von Salih dem Blinden, schickte aber Ahmet zurück mit den Worten: »Komm nicht wieder, warte auf mich bei Sergeant Ali!«

Es dauerte noch einige Tage, bis im Morgengrauen Alekos Kutter, von Veli vertäut, am Anleger vom Dorf Sergeant Alis lag. Außer sich vor Neugier eilte Ali herbei. »Dass ich nicht deine Mutter und dein Weib und deine ganze Sippe bis ins letzte Glied ... Wie konntest du mir das nur antun, Salih, deinem Kameraden, mit dem du Schulter an Schulter gegen den Tod marschiert bist!«

Veli tat, als habe er nichts gehört.

»Wo habt ihr denn Benzin gefunden? Wer hat eigentlich das Boot, nachdem es so lange vor Anker lag, wieder in Gang gebracht? Hatte es überhaupt keinen Rost angesetzt?«

»Nichts war gerostet«, antwortete Veli, ergriff seine Hand, drückte sie und sagte: »Leben sollst du, Sergeant Ali! Wir werden bis ans Ende unserer Tage Freunde bleiben.« Dass er auch den Sprit von Salih dem Blinden bekommen hatte, mochte er nicht sagen.

»Los, Ahmet, spring in unser Boot. Den Kutter des Tierarztes werde ich fahren!«

8

Hadschi Remzi Kavlakzade verließ sein am Anleger vertäutes Boot, ging mit geschwellter Brust kerzengerade zu den Platanen und blieb am Brunnen stehen. Nordwind kam vor die Haustür, verharrte zögerlich am Treppenabsatz, linste zu Hadschi Remzi hinüber, schien ihn zu erkennen, ging dann zum Brunnen, und die beiden gaben sich die Hand. Aus dem Kutter stiegen junge, zerlumpte Männer mit Schaufeln, Spaten, Sägen und anderen Geräten, die Musa der Nordwind von weitem nicht erkennen konnte.

»Ich bin Hadschi Remzi Kavlakzade und habe die Ehre mit Beyefendi Musa dem Nordwind, nicht wahr?«

»Der bin ich, Efendi.«

»Wir sind geehrt, Beyefendi. Ich überbringe Ihnen Grüße vom sehr verehrten Üzeyir Khan, vom Landrat Beyefendi, von unserem Bruder, dem Finanzdirektor Abdülvahap und vom Grundbuchbeamten Talip. In der Stadt kennt und liebt Sie ein jeder, und jedermann weiß, dass Sie, ein Held des Freiheitskrieges und Träger eines goldenen Ordens, auf diese Insel kamen, um Großes zu vollbringen, und dass Sie mit Ihrer Gegenwart ganz Westanatolien unermesslich beehren.«

»Zu viel der Ehre, mein Efendi.«

»Sie sind zu unserem Volk gekommen wie die strahlende Sonne aus Mittelasien.«

»Um Gottes willen, wer sind wir schon, verglichen mit der strahlenden Sonne!«

»Seien Sie nicht so bescheiden!«, beharrte Hadschi Remzi. »Sie sind ein Held. Wir wissen, wer Sie sind: Der Augapfel unserer edelmütigen

Exzellenz Mustafa Kemal Pascha.« Er hob die Brauen: »Ja, Sie …« Hadschi Remzi war nicht zu halten, war ganz außer sich, und Nordwind krümmte sich vor Scham immer mehr, wagte nicht, in die kreisrund rollenden kleinen Augen dieses Mannes zu schauen, der Lobeshymne an Lobeshymne reihte.

»Ja, Sie, unser großer Volksheld, werden hier nicht bleiben, ich weiß. Wenn Sie Ihren Spezialauftrag erfüllt haben, werden Sie nach Ankara zurückkehren, ich weiß. Werden Sie noch in anderen Städten, auf anderen Inseln Station machen?«

»Ich werde diese Insel nicht verlassen!«

»Hat man auch Sie wie Abdülvahap Beyefendi verärgert? Wahrscheinlich hat Ihr Freund, der verehrte Pascha, davon nichts erfahren.«

Nordwinds Miene verfinsterte sich zusehends. Er musterte den fast kahlen Schädel des Mannes, die dünnen Lippen, das lückenhafte Gebiss, das weiße, gestärkte Hemd und die rote Krawatte. Der maßgeschneiderte, dunkelblaue Anzug schien nagelneu zu sein, die Bügelfalten seiner Hose waren messerscharf. Seine Beine hatte er in Reitstiefel gezwängt, und im rechten Schaft steckte eine Peitsche mit einem Knauf aus Tulasilber. Die Spitzen seines langen Schnauzbarts hingen herab. Den wohl gerade von der Hutform abgezogenen Fes mit lila Troddeln hatte er nicht aufgesetzt, und Nordwind fragte sich, warum er so kahlköpfig vor ihm erschienen war. Und warum trug er keinen Kalpak? Schließlich gingen diese Leute im Freien niemals barhäuptig. Nun, weil dieser Mann wusste, dass es nicht üblich war, vor einem hoch dekorierten Veteranen mit einem Fes zu erscheinen, und ein Kalpak ihm nicht zustand, hatte er es vorgezogen, ohne Kopfbedeckung seine Aufwartung zu machen!

»Haben Sie am Freiheitskrieg nicht teilgenommen?«

Hadschi Remzi stutzte. »Woher wissen Sie?«, fragte er verwirrt.

»Sie tragen keinen Kalpak.«

»Leider, leider. Und mit einem Fes wollte ich vor einem Helden wie Ihnen nicht erscheinen, weil Sie und Ihre Mitkämpfer der kemalistischen Bewegung einen Fes ablehnen.«

»Sie haben also am Krieg nicht teilgenommen.«

»Ich bin kriegsversehrt, mein Sultan, an der Ostfront, am Berg Allahüekber. Einer der wenigen Soldaten, die davongekommen sind. Mein ganzer Körper ein Sieb. Doch wen Gott nicht tötet … Sie haben auch an unserer Front gekämpft, nicht wahr, mein Freund?«

»So ist es.«

»Ja, wen Gott nicht tötet ... Sie sind Offizier, und Sie wurden schon mit sechzehn Jahren an die Front geschickt, nicht wahr? Die Hälfte von neunzigtausend Mann erfror, und die andere Hälfte fraßen die Läuse, weh, oh weh! Dann haben Sie in Urfa die Vereinigung der Nationalen Streitkräfte organisiert, haben die Franzosen aus dem Land gejagt und den größten Orden für Heldentaten, den Freiheitsorden in Gold, bekommen.«

»Zufall!«

Hadschi Remzi wurde fuchsteufelswild, stand auf, setzte sich, seine Halsschlagader schwoll an, und er schrie: »Einen rechtmäßig durch Kampf und selbst vergossenes Blut gewonnenen Siegesorden aus purem Gold können Sie nicht Zufall nennen! Als einer der wenigen von der Ostfront Heimgekehrten muss ich mit dem allergrößten Nachdruck dagegen protestieren. Ich als Kriegsversehrter kann das nicht gestatten. Und diese Bescheidenheit kann ich schon gar nicht erlauben. Ein so hoch stehender Mensch hat nicht das Recht, so bescheiden zu sein! Und außerdem sind für jemanden, der wie Sie am Allahüekber den Russen im Kampf seine eherne Brust entgegengereckt hat, nicht nur ein Freiheitsorden, sondern sogar tausend Orden viel zu wenig.«

Die Inselbewohner wagten nicht, sich diesem Mann zu nähern, der jetzt schrie und brüllte, sich mal setzte, mal aufstand und Nordwind nicht zu Wort kommen ließ. Sie schauten von weitem zu, nur Lena brachte Nordwind und seinem Gast immer wieder ihren duftenden, mörserfeinen Kaffee.

»Ich weiß, seine Exzellenz der Pascha erkundigt sich oft nach Ihnen, denn in diesen Tagen braucht er Sie sehr. Und wenn er Sie nicht findet, wird er Feuer speien, Dächer über Köpfen einreißen, denn er braucht heldenhafte Freunde wie Sie.« Er blitzte Nordwind durchdringend an. »Ja, er braucht große Persönlichkeiten wie Sie dringender denn je. Warum ich das weiß? Warum wohl?«

»Nun, warum ?«, lachte Nordwind.

»Weil er die Volkspartei gegründet hat. Und mir haben Exzellenz die Führerschaft der Partei in unserer Stadt angeboten. Und ich habe angenommen. Und seine Exzellenz der Pascha werden einen Freund wie Sie doch nicht leer ausgehen lassen! Er wird Sie zum Abgeordneten, später zum Minister machen. In der Partei braucht er Männer wie Sie sehr.«

»Aha.«

»So ist es. Denn der Führer der Volkspartei, unser Pascha, sucht Personen, die vom Volk geliebt und geschätzt werden, Personen, die sich wie Sie Tapferkeitsorden verdient haben. Wenn sich Männer wie Sie vergrämt und von der Welt enttäuscht auf eine Insel zurückgezogen haben, ist es unsere Pflicht, sie ausfindig zu machen, auf unseren Schild zu heben und sie um Vergebung zu bitten.«

»Ich bitte Sie, Sie übertreiben!«

»Gott bewahre, nein! Ihre Heldentaten kennt die ganze Türkei. Sie gehen auch in unserer Stadt von Mund zu Mund.«

»Sie sind also der neue Rais der Partei unseres Paschas?«

»Der Pascha haben befohlen, haben mich – ohne dass ich mir ein Urteil darüber erlauben will – für geeignet befunden. Konnte ich da Nein sagen? Wenn der Retter des Vaterlandes Ihnen einen Auftrag erteilt, sagen Sie da nicht auch: Zu Diensten?« Und wieder sah er Nordwind in die Augen. »Auch wir, mein Efendi, haben in Sarikamiş und Altinbulak gekämpft, sind zehn Mal gestorben und zehn Mal von russischen Kugeln durchsiebt wieder auferstanden. Deswegen wurden wir mit dem Titel Großer Rais geehrt. Wen Gott nicht tötet …«

Ein Anflug von Staunen in Nordwinds Augen und ein keimendes Wohlwollen waren ihm nicht entgangen. Der Zeitpunkt, die Grundbuchauszüge hervorzuholen war also gekommen. »Mein Efendi, ich habe eine bescheidene Bitte: Der Beyefendi Landrat und Abdülvahap, unser Bruder, und Üzeyir Khan Efendi hatten mich gebeten, die Kirche, die Schule und die Villen der Pfeffersäcke zu kaufen. Sie sagten: Wer wird denn noch auf die Insel kommen, und der Staat braucht dringend Geld.« Seinen Augen entging nicht die kleinste Regung, nicht das leichteste Zucken in Nordwinds Miene, und der war jetzt auf der Hut. Er hatte erfasst, was Hadschi Remzi bezweckte.

»Was wollen Sie denn mit der Kirche, der Schule und den Villen der Pfeffersäcke anfangen?«

»Auch ich habe sie gefragt: Was soll ich denn mit der Kirche, der Schule, den Wohnungen der Lehrer und den vielen Villen der Pfeffersäcke anfangen? Und sie sagten: Du reißt diese Gebäude ab und verkaufst das Material, die Türen, Fenster, Dachziegel und das Holz. Da habe ich gedacht, seien wir doch unserem Vaterland, dem wir unser Leben geweiht haben, ein bisschen nützlich, und habe alles gekauft.«

»Warum denn auch die Kirche? Vor kurzem war ich mit Vasili drinnen. Sie ist gähnend leer. Da gibt es nichts außer den nackten vier Wänden.«

»Da ist wirklich nichts. Einige Ikonen, einige Bänke, die Statue von Mutter Maria, die Dachziegel. Aber sie sollen, wenn sie wiederkommen, nicht sagen können: Da steht unsere Kirche, hier ist unsere Heimat.«

»Setz ein Minarett daneben, und du hast eine Moschee! Außerdem war diese Kirche, wie ich hörte, ein Lazarett für die Verwundeten aus den Dardanellen.«

Mit hochrotem Kopf schoss Hadschi Remzi wütend auf, fuchtelte mit den Armen und setzte sich wieder. »Kommt nicht in Frage! Aus einer Kirche eine Moschee machen ist Sünde, ist gottlos. Befürchten Sie, dass Ihr Freund Vasili protestieren könnte? Der soll sich hüten. Außerdem ist er kein Istanbuler Grieche, die von der Ausweisung ja ausgenommen waren! Vielleicht ist er aber wie Sie im Dienst, dann Schwamm drüber, meinetwegen. Dann wird gemacht, was Sie bestimmen, sofern unser großer Pascha darüber nicht verärgert ist!«

Nach diesen Worten war Nordwind sich sicher: Dieser Mann hatte Vasili im Visier! Kühl erwiderte er: »Weder ich noch Vasili sind dienstlich hier. Wir sind Kriegskameraden.«

»Stimmt nicht, stimmt nicht, stimmt nicht. Vasili hat nicht an der Russenfront gekämpft, er war im Bautrupp. Die haben mit den Griechen gegen uns gekämpft.«

»An der Russenfront haben, wenn auch wenige, Griechen, Juden, Araber und Kurden Schulter an Schulter mit uns gekämpft. Auch sie wurden von Läusen gefressen, auch sie sind erfroren …«

Hadschi Remzi stellte fest, dass Nordwind leiser geworden war und die Stirn runzelte. »Warum haben dann die Läuse Vasili nicht zerfressen?«

»Verehrter Hadschi Remzi Beyefendi, warum haben die Läuse mich nicht zerfressen?«

»Weil Sie ein Held sind. Mich haben die Läuse ja auch nicht gefressen. Als Erstes werde ich die Kirche abreißen. Nichts soll mehr auf die Griechen, die uns verraten haben, hinweisen! Bleibt diese Kirche stehen und sie kehren eines Tages zurück, werden sie sagen: Bitte sehr, da ist unsere Kirche! Und sie werden uns von dieser Insel, aus diesem Land nach

Mittelasien, woher wir gekommen sind, vertreiben. Ich werde diese Kirche und alle Kirchen, die mir in die Hände fallen, abreißen.«

Nordwind war jetzt völlig im Bilde. Zurückhaltend, ja etwas erschrocken sagte er: »Ich war der Meinung, eine Kirche in eine Moschee verwandeln ist eine segensreiche Tat. Seine Heiligkeit Sultan Mehmed der Eroberer hat am Tag seiner Einnahme von Konstantinopel in einem Erlass bestimmt, dass nicht eine einzige Kirche angerührt werden darf, hat dann mit der Begründung, es sei eine segensreiche Tat, als Erstes die Kirche Hagia Sophia in eine Moschee umgewandelt und dort sein erstes rituelles Gebet verrichtet. Und wie alte Chronisten berichten, ist er in den Himmel gekommen.«

Von Nordwinds Zurückhaltung ermutigt, stand Hadschi Remzi wieder wütend auf, setzte sich wieder und brüllte mit geschwollener Halsader: »Weißt du denn nicht, wer dieser Sultan Mehmed der Eroberer war? Seine Mutter war Griechin.« Wieder starrte er ihm in die Augen und fuhr, jedes Wort betonend, fort: »Die Mutter von Sultan Mehmed dem Eroberer war ein Griechenmädchen. Kein Wunder, dass er die Hagia Sophia in eine Moschee umgewandelt hat!«

Nordwind war klar, der Mann hatte sich in den Kopf gesetzt, die Kirche niederzureißen, komme, was da wolle! Vielleicht wollte er auch nach Gold suchen, das von Griechen unter der Kirche vergraben sein könnte. »Persönlich lege ich keinen Wert auf die Kirche. Vielleicht meine ich, dass es zu meinen Diensten am Menschen gehört, mich dafür einzusetzen, verstehen Sie?«

Gibt er damit zu, in irgendwelchen Diensten zu stehen, überlegte jetzt, unsicher geworden, Hadschi Remzi Kavlakzade.

»Und was Vasili betrifft: Des Menschen Herz bestimmt, wozu er verpflichtet ist, in wessen Dienst er sich stellt, wenn Sie verstehen, was ich meine. Meinetwegen, reiß die Kirche nieder!«

»Ich bitte Sie, unser Held Nordwind Beyefendi! Ich habe mit jeder Faser meines Herzens verstanden, was Sie meinen.«

»Und Sultan Mehmed der Eroberer war ein hervorragender, heiliger Mensch, dem wir die Stadt Istanbul verdanken!«

»Ein Heiliger«, nickte erblassend Hadschi Remzi.

»Und was bedeutet schon, dass seine Mutter Griechin war? Wurde unser hochseliger Padischah dadurch zum Christen?«

»Gott bewahre, mein Efendi!«

»Reiß die Kirche ab!«

»Wenn Sie es nicht anordnen, kann ich es nicht.«

»Aber die Schule und die zwei Häuser der Lehrer, die musst du mir zum selben Preis verkaufen, zu dem du sie gekauft hast!«

»Sie sollen ein Geschenk von mir sein, mein Efendi. Tragen Sie mir nicht nach, dass ich einen Fehler gemacht habe! Kein Geschöpf ist ohne Fehler, sagten schon unsere Ahnen. Ich schenke sie Ihnen.«

»Nicht nötig. Nenne mir die Summe, zu der du gekauft hast!«

»Einverstanden, mein Efendi, an Sie verkauft, und damit Schluss!«

»Also gehen wir beide aufs Grundbuchamt und schreiben sie zu meinen Gunsten um!«

»Zu Befehl, mein Efendi, nicht der Rede wert, mein Efendi, wann immer Sie wollen.«

»Vasili hat mir viel Gutes getan, er ist unser Bruder. Wer weiß schon, wer was ist!«

»Ja, wer weiß das schon«, nickte Hadschi Remzi unterwürfig. Er hatte die Segel gestrichen. Im Stillen aber war er stolz über seinen Scharfsinn. Ja, dieser Nordwind war auf der Insel im Einsatz, nicht verbannt und kein Rebell! Wie geschickt von mir, ihm die Schule und die Häuser zu geben! Er wandte sich an die zu Götzen erstarrten Bauarbeiter, zeigte auf die Kirche und rief: »Fangt sofort an!«

Im selben Augenblick erschien Lena mit dem Kaffee. Ihr entging nicht, dass die beiden zufriedene Mienen machten, und freute sich. »Wohl bekomms!«, sagte sie erleichtert, setzte das Tablett ab und hastete zurück zu Vasili, der im Haus auf sie wartete. Sie umarmte ihn: »Lachende Gesichter bei beiden. Wir sind noch einmal davongekommen.« Beide waren außer sich vor Freude.

»Sie werden uns nicht anrühren, Lena. Aus irgendeinem Grund fürchten sie sich vor Nordwind.«

»Er trägt einen riesengroßen Orden, dazu noch aus Gold, an seinem Hals hängt ein handtellergroßes Amulett, darauf eine gestickte Sonne, auch aus Gold. Klar, dass sie sich vor ihm fürchten!«

»Wir sind gerettet, Lena.«

»Ich hörte zu, als sie sich unterhielten. Die Kirche werden sie abreißen.«

»Sollen sie doch. Ich bin sowieso nie hineingegangen. Und nachdem mein Vater auf See blieb, nicht einmal an der Kirchentür vorbei.«

Die Bauarbeiter machten sich auf zur Kirche. Kurz darauf erhob sich Hadschi Remzi. »Ich geh mal hin und schau bei den Leuten nach dem Rechten.« Auch Nordwind machte sich auf den Heimweg. Lena und Vasili kamen ihm auf der Treppe entgegen.

»Uns wird dieser Mann nichts antun, nicht wahr?«

»Das wird er nicht. Von wem habt ihr denn gehört, dass er euch Böses will?«

»Wie heißt es bei euch Türken, mein Nordwind?«, fragte Lena. »Es heißt, die Erde unter euren Füßen hat Ohren.«

Auf dem Weg nach unten kam ihnen Musa Kazim Agaefendi, gefolgt von seinen Töchtern und Melek Hanum und den andern, entgegen. »Der Mann ist weg. Gehen wir zu den Pritschen!« Sie hockten sich auf die Pritschen, und Nordwind berichtete haarklein, was er mit Hadschi Remzi besprochen hatte.

Plötzlich tauchte Veli auf: »Sie reißen die Kirche ab.«

»Das dürfen sie«, sagte Nordwind. »Hadschi Remzi hat die Kirche gekauft. Den Grundbuchauszug hat er dabei.«

Alles lachte. Veli straffte verärgert seine herabhängenden Schultern: »Was gibt es da zu lachen! Ist eine Kirche denn nicht genauso ein Gotteshaus wie eine Moschee? Wir hätten ein Minarett daneben gesetzt, und die Sache wäre erledigt.«

»Aber der Mann hat sie gekauft und will sie abreißen. Er hat uns ein hieb- und stichfestes Grundbuchblatt vorgelegt.«

Verstört drehte sich Veli um, machte einige Schritte in Richtung Kirche, stockte, öffnete und schloss immer wieder seine Hände. »Haben Moscheen denn auch ein Grundbuchblatt?«, fragte er, ohne sich umzudrehen. Er spannte sich wie ein Bogen. »Sag mir, haben sie das?«

»Haben sie«, antwortete Nordwind. »Aber setz dich erst einmal zu mir, und ich erklärs dir, wie ichs allen andern auch schon erklärt habe. Du hast dich verspätet.« In kurzen Zügen erzählte er ihm den Vorfall. »Hör zu, Veli, und spring nicht wieder auf die Beine.«

»Ich höre mit offenen Ohren zu, Pascha Nordwind.«

»Dieser Remzi Kavlakzade hat außer der Kirche auch die Villen der Pfeffersäcke gekauft. Er wird alles abreißen und verkaufen, damit wir im Winter nichts verfeuern. Danken wir Gott, dass er nicht die ganze Insel gekauft hat und wir verschont geblieben sind! Er wird unsere Häuser und die leer stehenden nicht abreißen.«

»Ich habe dir lange zugehört, Nordwind Aga. Gibt es denn keine Regierung, und bist du nicht auch noch da?«

»In der Regierung sitzen lauter Hadschi Remzis. Die Hadschi Remzis regieren in dieser ganzen Gegend und auch im Staat. Du wirst sehen, über diesen Meeren, diesen Bergen, dieser Stadt und diesen Dörfern wird Hadschi Remzi bald wie ein Gewitter donnern.«

Veli war stumm geworden.

»Komm, rück neben mich, und hör zu!«

»Bin schon da, wie du siehst.« Die andern machten ihm Platz, Veli rutschte neben Nordwind und sah ihm in die Augen.

»Hadschi Remzi übernimmt die Führung in der von Mustafa Pascha gegründeten Partei. Wenn er der Rais dieser Partei geworden ist, steht er über dem Landrat und auch über dem Präfekten. Und damit hat er die Befehlsgewalt über den ganzen Bezirk.« So gut er konnte, erklärte Nordwind ihm die Bedeutung einer Partei.

»Jetzt weiß ich, was eine Partei ist«, sagte Veli. »War Enver Pascha, der im Gebirge die Soldaten erfrieren und die Hälfte der neunzigtausend Mann von Läusen zerfressen ließ, nicht auch der Führer einer Partei?«

»Jetzt hast du den Kranich ins Auge getroffen! Ja, er war es.«

»Und bist du nicht einer von Mustafa Kemal Paschas Männern?«

»In Urfa war ich in seinen Diensten.«

»Den goldenen Orden hat er dir gegeben, nicht wahr?«

»Sie gaben ihn mir auf seinen Befehl.«

»Kavlakzade kann uns fürs Erste nichts anhaben, nicht wahr?«

»Fürs Erste nicht.«

»Und wenn es eine große Partei wird?«

»Fürs Erste kann er uns nichts anhaben!«

Veli hatte der Zorn gepackt. Er stand auf, legte die Hand auf seinen Revolver und explodierte: »Wenn dieser Mann unsere Insel kauft und unsere Häuser abreißt, bringe ich ihn um und schleife seine Leiche wie einen Hundekadaver in einen Straßengraben.«

Blitzschnell federte Nordwind auf die Beine und verschloss ihm den Mund. »Sei still! Der Mann wird dich noch hören, wenn du so schreist.«

Nordwind klemmte Velis Kopf in die Armbeuge und presste seine Rechte auf dessen Mund. Veli zappelte und zappelte, bekam aber keinen Ton heraus und konnte sich nicht aus Nordwinds Griff herauswinden.

»Sei still, komm zu dir, ich küsse deine Augen, schweig!«

Vasili, Musa Kazim Agaefendi und Melek Hanum waren aufgesprungen und umringten die beiden.

»Sei still, Veli, Bruder, sei still!«

»Wir haben es mit Enver Pascha zu tun!«

»Sei still!«

»Und du, Nordwind, drück ihm den Mund nicht so zu, du erstickst ihn noch!«

Nordwind ließ Veli los, Melek Hanum umarmte ihn und setzte ihn auf die Pritsche. Er war schweißgebadet und japste nach Luft. Zuerst Mutter Lena, dann Musa Kazim Agaefendi, Melek Hanum, Vasili und schließlich noch Nordwind redeten reihum auf ihn ein.

»Lasst mich in Ruhe, und ich verspreche euch, ich werde ihm nichts tun!«

Wieder bei Atem, erhob er sich und ging zur Kirche. Den Revolver hatte er ein bisschen nach vorne geschoben und die Hand auf den Knauf gelegt. So ging er an den Arbeitern, die aus dem Kirchenschiff Gestühl, Tische, Hocker und Bilder heraustrugen, vorbei und kam, den Schilfgürtel entlang, wieder zurück. So stolzierte er bis zum Abend mit geschwellter Brust, kerzengerade, die Hand auf dem Revolver, auf seiner eigenen Spur hin und her.

Die Bauarbeiter störten sich nicht an diesem klitzekleinen Mann mit dem Revolver. Nur Hadschi Remzi wurde unruhig und argwöhnte, dahinter stecke ein böses Spiel von Musa dem Nordwind. Er ging in die Kirche, setzte sich auf einen Stuhl, von dem aus er alles im Blick hatte, und ging erst wieder ins Freie, als die Arbeiter die Pfannen abtrugen und das Dach einrissen. Jetzt marschierte Veli mit geschwellter Brust und stechendem Blick dicht vor seiner Nase vorbei. Hadschi Remzi erschrak, ging mit schnellen Schritten zur Platane, wo die andern sich erhoben und ihm einen Platz anboten. Doch voller Argwohn sprang er immer wieder auf, machte einige Schritte und äugte nach Veli. Und jedes Mal standen die andern mit ihm auf und warteten höflich, bis er wieder Platz genommen hatte.

Mit gerunzelten Brauen kam er zurück und setzte sich neben Musa den Nordwind. »Diese Tagelöhner arbeiten nicht. Du musst sie ständig im Auge behalten. Nein, die wissen nicht, was arbeiten heißt. Und was sie aus der Kirche holen, ist wertloses Zeug. Ein bisschen Holz, ein paar

Ziegel, das ist alles. Die Leute sind ihr Geld nicht wert, und der Vorarbeiter kann sich nicht durchsetzen. Die Villen der Pfeffersäcke sind meine letzte Hoffnung. Wenn ich aus denen auch nichts herausschlage, bin ich geliefert.« Seine Stimme klang zornig, seine Lippen zitterten.

»Nehmen Sies nicht so schwer, die Villen der Pfeffersäcke werden viel Kantholz hergeben, sie sind aus den seltensten Hölzern gezimmert. Als die besiegten Griechen flüchteten, brannten sie alle Dörfer und Provinzstädte, sogar Izmir, nieder. Wir haben einen großen Bedarf an Bauholz. Es wird von Tag zu Tag teurer. Sie werden viel Geld verdienen.«

»Ihr Wort in Gottes Ohr! Sonst bin ich ruiniert. In diese Villen habe ich ein Vermögen investiert. Ich hätte ja die Finger davon gelassen, aber der Landrat und Abdülvahap, unser Bruder, alles was Rang und Namen hat, drang auf mich ein: Diese Kirche, die Schule und die Villen musst du kaufen, sonst wird alles verrotten! Auch du bist ein Kriegsveteran, der für dieses Land sein Blut vergossen hat, sagten sie, kaufe aus Liebe zum Vaterland! Also habe ich gekauft. Für die Schule und die Häuser werde ich euch nichts berechnen. Morgen bringe ich dem verehrten Nordwind Bey die Grundbuchblätter.« Er sah, wie Nordwind und die andern sich freuten. »Ein Kriegsveteran muss diese Opfer bringen. Besonders ein Patriot, der für dieses Vaterland Ströme von Blut vergossen hat. Deswegen habe ich schließlich nachgegeben, habe mir gesagt, jemand, der für dieses Vaterland dem Tod ins Auge blickt, der muss auch sein Geld opfern. Alles habe ich in diese Insel gesteckt.«

»Gott segne dich!«

Hadschi Remzi schwieg eine Weile, und abwechselnd huschte ein Schimmer von Genugtuung, dann wieder Besorgnis über sein Gesicht. Schließlich beugte er sich zu Nordwind hinüber, zeigte auf Veli, der festen Schrittes vor der Kirche hin und her ging, und fragte ganz beiläufig: »Wer ist der Mann, der kleine Mann dort?«

»Veli Aga der Treffer. Ein Fischer vom Schwarzen Meer.«

»Er trägt einen Revolver«, sagte Hadschi Remzi leise, »sogar einen nagelneuen. Ich bin nur neugierig. Sehen Sie hin! Er wirkt zornig.«

Nordwind stand auf, nahm Hadschi Remzi am Arm und sagte: »Kommen Sie, wir machen einen Rundgang!« Sie schlugen den Weg zur oberen Mühle ein. »Veli der Treffer hat den Balkankrieg, den Weltkrieg, den Freiheitskrieg und alle anderen Feldzüge mitgemacht. Lange Zeit war er am Kanal und hat beim Nachrichtendienst des Paschas gearbeitet. Der Pascha hatte ihn sehr gern und beorderte ihn hierher.«

»Und warum?«

»Ich bedaure, das kann ich nicht sagen.«

Hadschi Remzis Gesicht schien blasser geworden zu sein, und er hakte sich bei Nordwind ein. Genau das hatte ich befürchtet, dachte er. Warum haben sie diesen Giftzwerg hierher geschickt? Was kann auf dieser Insel nachrichtendienstlich von Wert sein? Russische Schiffe beobachten? Die Russen sind doch unsere Freunde. Oder gehts um die Griechen? Aber außer Vasili ist keiner mehr hier, und der ist vermutlich selber vom Nachrichtendienst ... Aber halt! Das sind Staatsgeheimnisse! Uns geht das nichts an. Und er überlegte nicht weiter. Angelegenheiten des Staates sind für uns unergründlich. Auf jeden Fall sollte ich Veli dem Treffer mit Vorsicht begegnen!

»Ist Veli der Treffer Beyefendi, ich meine Stabsfeldwebel Beyefendi, Ihr Kriegskamerad?«

»Nein, ihn habe ich hier auf der Insel kennen gelernt. Ein verschwiegener Mann, eher gibt er den Kopf her als ein Geheimnis preis.«

»Er hat sich getarnt.«

»Wir können nichts über ihn erfahren. Aber dass er ein unglaublich meisterlicher Fischer ist, habe ich mit eigenen Augen gesehen.«

»Genau das ist es! Diese Nachrichtendienstler sind Meister in jedem Fach und tragen die Tracht der Gegend, in der sie sich gerade aufhalten.«

»Veli schaut weit über den Wasserspiegel und weiß, was darunter zu finden ist, auch welche Art von Fisch. So etwas habe ich in meinem ganzen Leben noch nicht erlebt.« Nordwind erzählte von Velis Kämpfen am Kanal und wie er seinem Pascha die köstlichsten Fische aus dem Roten Meer vorgesetzt hatte. »Er ist unter den Fischen im Meer so zu Hause wie auf der Erde.«

Bestimmt späht dieser Mann auch Unterseeboote aus, dachte Hadschi Remzi. »Vielleicht ist Veli Bey der Mann, der die englischen Kriegsschiffe unter Wasser mit Torpedos versenkte.«

»Das weiß ich nicht, Efendi.«

»Vielleicht ist dieser Veli Bey sogar ein pensionierter Oberst. Warum sollten sie ihn sonst auf diese Insel schicken? Können Sie mich ihm vorstellen!«

»Selbstverständlich mache ich euch bekannt. Aber sagen Sie ihm bitte nicht, dass Sie die Häuser der Pfeffersäcke abreißen werden! Ich bitte Sie sehr darum! Heute Abend rede ich mit ihm und stimme ihn mild. Man weiß ja nie, wer und was jemand ist.«

»Nordwind Bey, ich bin Ihnen sehr verbunden. Er wird uns doch keine Steine in den Weg legen und meinen Parteivorsitz gefährden?«

»Ich denke nein.«

Plaudernd kamen sie unter die Platanen und setzten sich wieder auf ihre Plätze. Nordwind winkte Veli, der vor der Kirche auf und ab marschierte, zu, und dieser kam im Laufschritt herbeigeeilt. Gleichzeitig schnellte Hadschi Remzi auf die Beine. Auch Nordwind und die andern erhoben sich.

»Bitte, Efendi, unser aller Augapfel Veli Beyefendi, nehmen Sie doch Platz!«

Verwundert schaute Veli in die Runde, musterte abwechselnd Nordwind und Hadschi Remzi.

»Bitte, ich bitte Sie!«

Noch immer blickte Veli verwundert um sich.

»Bitte setz dich zu uns, Rais Veli!«, bat Musa der Nordwind und zog ihn neben sich auf die Pritsche.

»Rais Veli Beyefendi, Sie kennen zu lernen, ist für jeden Menschen ein Glücksfall. Auch dass ein Kriegsheld wie Sie unserer Insel und unserer Stadt die Ehre gibt, ist ein beglückender Umstand«, sagte Hadschi Remzi und ließ dabei den Revolver an Velis Hüfte nicht aus den Augen. »Ich habe über Sie so viel Gutes gehört und bewundere Sie.«

Wovon redet dieser Mann, dachte Veli und machte kreisrunde Augen.

»Während Sie, mein heldenhafter Bruder, unter Wasser erkennungsdienstlich tätig waren, englische Schiffe torpedierten und unser Vaterland von ihnen befreiten, kämpften wir an der Kaukasusfront gegen die Russen und vergossen unser rotes Blut in weißem Schnee. Nur eine Hand voll überlebte. Manche ohne Augenlicht, manche verkrüppelt, ohne Arm, ohne Bein, manche von Kugeln durchsiebt. Die Niederlage an der Ostfront, sehr verehrter Veli Efendi, war mehr als eine Niederlage, sie war der totale Untergang. Dass wir uns vor der Hölle der Russenfront retten konnten, grenzt an ein Wunder unseres Allmächtigen. Und während Sie in den Dardanellen die englischen Kriegsschiffe auf den stockfinsteren Grund des Meeres schickten …« Seine Augen wurden feucht, doch er riss sich zusammen. »Wären Sie nicht gewesen, niemand hätte dieses unglückliche Vaterland retten können.«

»Ich war weder in den Dardanellen noch auf dem stockfinsteren Grund des Meeres.«

»Waren Sie nicht in den Diensten seiner Exzellenz Mustafa Kemal Pascha?«

»In welchen Diensten? In jenen Jahren irrte ich durch die Wüste. Zu guter Letzt machte ich mich aus der Armee davon und rettete meine Haut.«

»Um Gottes willen, Veli Rais Efendi! Jahrelang herumgeirrt? Fahnenflüchtig auch? O weh!«

Ja, ja, er streitet alles ab! Er muss ein sehr wichtiger Mann sein, dass sie ihn auf diese verlassene Insel schicken. Keiner würde sonst ganz offen behaupten, er sei fahnenflüchtig! Ein echter Fahnenflüchtiger hätte nie den Mut, das offen zu erzählen ... Seine Besorgnis stieg und die Angst auch. »Wie bescheiden Sie doch sind! Natürlich ehrt es Sie, in Mustafa Paschas Diensten gewesen zu sein. Welch überflüssige Frage meinerseits.«

»Anderthalb Jahre nach meiner Flucht aus der Wüste kam ich in der Kleinstadt an. Erst verzog ich mich mit einem Boot aufs Meer, brachte Fische in die Küstendörfer und kaufte mir dafür Brot, Grütze, Fett und Sprossenkohl. Ich machte einen großen Bogen um die Feldgendarmen. An dieser Küste und in den Bergen gab es eine Menge Fahnenflüchtige. Als ich feststellte, dass ich auf See nicht genügend geschützt war, machte ich mich auf in die Berge, und so rettete ich meine Haut. Und wer ist eigentlich dieser Mustafa Kemal Pascha? Der Name ist mir neu.«

»Waren Sie denn noch nie in Ankara?«

»Was hab ich in Ankara zu suchen? Hat mein Vater dort ein Haus, oder schwimmen dort Fische? Ankara liegt mitten in der Wüste. Was sollen diese dummen Fragen? Du hast wohl an der Russenfront zu lange am Haken gezappelt. Bist wohl mit einem leichten Dachschaden zurückgekommen. Würdest du sonst diese schöne Kirche abreißen, du hirnverbrannter Mensch? Du bist ein Fahnenflüchtiger!«

Velis Ausbruch versetzte Hadschi Remzi in Angst und Schrecken. »Um Gottes willen, beruhigen Sie sich! Was Sie auch befehlen, es soll geschehen. Wenn Sie es wünschen, wird die Kirche sofort neu errichtet, wir setzen auch ein prächtiges Minarett daneben. Zu Ehren meiner verstorbenen Eltern.«

»Verzapf keinen Mist! Einer wie du würde am liebsten die Insel mit uns allen verbrennen und mit den Händen im Gurt dabei gähnen. Deinesgleichen habe ich viele erlebt, klar?« Veli stand auf und legte die Hand auf den Knauf seines Revolvers. Hadschi Remzi wurde vom Scheitel bis zur Sohle schweißnass. »Ich bitte Sie, ich bitte Sie, Rais Veli Beyefendi! Sie haben mich falsch verstanden. Ich würde doch niemals wagen, etwas zu tun, was einem Helden wie Ihnen missfallen könnte!«

»Verpiss dich, verlogener Sohn eines Lügners! Arschkriecher! Ich bin weder ein Held noch ein anderer Scheiß, ich bin ein Fahnenflüchtiger wie du. Wäre ich nicht desertiert, würden meine Knochen schon längst in der Wüste vermodern.«

»Um Gottes willen, mein Efendi!«

»Du doppelzüngiger, tausendzüngiger Kerl! Für wen hältst du dich? Und dieser Hadschi Nordwind hat einen Mann wie dich ernst genommen und sich mit dir angefreundet. Ich spucke drauf, spucke auf seinen Orden, spucke auf sein Amulett, spucke auf das Boot und spucke auf den Revolver. Ich habe Hadschi Nordwind für einen Kerl gehalten. Er ist es nicht, er ist zu einem Hadschi Remzi geworden. Ein Schweinehoden, ein Kuhfladenwurm! Dabei hatte ich ihn so ins Herz geschlossen. In meinem langen Leben hat mich niemand so enttäuscht wie Hadschi Nordwind. Ich mache mich davon, und ihr könnt diese Insel, diese Hölle für euch behalten. Sehr bald wird dieser Hadschi Remzi die Dächer, unter denen ihr Schutz gefunden habt, über euren Köpfen anzünden und an ihrer Stelle Hafer anpflanzen, und ihr sitzt nackt und hungrig im Freien. Mann, Nordwind, das hättest du mir nicht antun dürfen. Du hättest die Hoden dieses räudigen Kerls nicht streicheln dürfen. Du hättest mich nicht vor allen so beschämen dürfen! Ich gehe! Und ihr werdet dafür noch büßen!«

Blitzschnell drehte er sich um, zog den Revolver aus dem Gurt, warf ihn Nordwind vor die Füße, eilte im Laufschritt davon und verschwand hinter den Häusern.

Hadschi Remzi war leichenblass geworden, sein ganzer Körper zitterte. »Großer Gott, was habe ich diesem Mann getan? Habe ich etwas falsch gemacht? Ihr seid meine Zeugen! Woher dieser Zorn? Ich hatte es euch gesagt, dieser Mann ist nicht geheuer, jetzt habt ihr es selbst erlebt. Er sagt, wir werden es büßen! Er geht zu Mustafa Pascha! Lasst euch etwas einfallen, hindert ihn daran!«

Nordwind ergriff seine Hand. »Macht euch keine Sorgen, er ist ein aufbrausender Mann! Er tötet niemanden, keine Ameise.«

»Wozu dann der Revolver? Ich gehe jetzt. Hoffentlich tut er Ihnen nichts an! Diese Nachrichtendienstler töten, ohne mit der Wimper zu zucken, und niemand zieht sie zur Verantwortung. Wir werden es büßen … Er hat einen Mächtigen im Rücken! Niemand würde in diesen Tagen sonst erzählen, er sei ein Fahnenflüchtiger … Mustafa Kemal Pascha …«

»Sollte er hier einen Geheimauftrag haben, so hängt der nicht mit uns zusammen. Er ist ein Mann mit viel Wissen, und als Fischer hat er nicht seinesgleichen.«

»Sie sind ein umsichtiger Mann, Musa Bey. Während des Freiheitskriegs kam in Uşak Tag für Tag ein halb nackter Mann zum Standort des griechischen Hauptquartiers, stellte sich vor den Bäckerladen, zählte die ausgelieferten Brote, machte allerlei Narreteien und brachte die griechischen Offiziere zum Lachen. Die Einwohner von Uşak waren wütend auf diesen Mann. Doch als nach der Niederlage die Griechen Uşak räumten, ritt er als stattlicher Stabsoffizier in die Stadt und geradewegs zum Konak seiner Verlobten. Nun erkannten die Städter in ihm den verkleideten Narren von damals, und das Volk versammelte sich vor dem Haus seiner Verlobten.«

»Jeder kennt diesen Hauptmann. Ein Held.«

»Könnte Veli Beyefendi nicht auch so ein Held sein?«

»Ich bin schon seit langem hier, aber nichts, was darauf hindeuten könnte, ist mir bisher aufgefallen. Wir sind enge Freunde geworden.«

»Aber er war so wütend auf Sie! Als er den Revolver zog, dachte ich, er will Sie töten, und bekam es mit der Angst.«

»Sein Zorn ist ein Strohfeuer. Nein, er ist ein Mann wie Samt und Seide so weich. Sein Leid ist groß, alle drei Söhne kehrten von der Russenfront nicht zurück. Ich bin ein Soldat, der sie überlebt hat, doch er hält mich für einen Fahnenflüchtigen.«

»Ich danke Ihnen! Mir fällt ein Stein vom Herzen. Niemand kann wissen, wer der andere ist. Die Menschen sind ja keine Honigmelonen, die man am Geruch erkennt. Ich werde mich zur Kirche aufmachen. Wenn Sie wüssten, wie faul unsere Arbeiter sind. Behalte ich sie nicht im Auge, legen sie sich lang.« Er reckte sich und fügte hinzu: »Gott gebe, dass unsere Republik aus ihnen, der Welt zum Vorbild, fleißige und ihrem

Glauben getreue Untertanen macht!« Im Laufschritt eilte Hadschi Remzi zur Kirche.

Als sie Nordwind allein sahen, gingen Musa Kazim Agaefendi, Melek Hanum und die andern ihm entgegen. Gemeinsam kehrten sie zu den Platanen zurück und setzten sich. Noch immer lag der Revolver da, wo Veli ihn hingeschleudert hatte. Heimlich musterte er ihn aus den Augenwinkeln, bemühte sich aber, es vor den andern zu verbergen. Schließlich konnte er nicht anders, er stand auf, umkreiste ihn immer wieder, tat aber so, als sehe er ihn gar nicht. Die andern auf den Pritschen ließen ihn nicht aus den Augen, er aber ging mit den Händen auf dem Rücken nur hin und her, warf zwischendurch einen Blick auf den Revolver, aber nicht mehr auf die andern, ja, er tat so, als seien sie gar nicht da.

Lächelnd stand Nordwind auf, bückte sich, hob den Revolver auf, stellte sich Veli, der mit ihm beinah zusammengestoßen wäre, in den Weg und reichte ihm den Revolver. Veli steckte ihn, ohne eine Miene zu verziehen, in den Gurt, machte sich schnurstracks zur Kirche auf und begann wieder mit geschwellter Brust auf und ab zu marschieren. Ohne Unterbrechung bis zum Abend. Auf die Kirche warf er nicht einen Blick.

Als es dunkelte, standen nur noch vier nackte Wände. Alles andere war auf die Boote geschleppt: Dachziegel, Balken, eine marmorne Mutter Maria mit dem Jesuskind im Arm, Türen, Fenster, drei große, in Blei gefasste bunte Glasscheiben, Dielenbretter …

Lärmend legten die beladenen Kutter ab und verschwanden. Schweigend verzehrten die Inselbewohner an diesem Abend unter den Platanen ihr Mahl.

Noch vor Sonnenaufgang weckte sie das Tuckern von Bootsmotoren. Als sie zu den Platanen eilten, sahen sie abgerissene Tagelöhner aus den Kuttern steigen. Geführt von einem hoch gewachsenen Mann mit Hakennase, der einen Kalpak, Reithosen, Langschäfter und ein blaues Jackett trug, marschierten sie an den Einheimischen, ohne sie eines Blickes zu würdigen, vorbei zu den Villen der Pfeffersäcke, und kurz darauf hallte Abrisslärm so laut herüber, als sei die Insel von einem Erdbeben heimgesucht. Gegen Mittag wurde der Motorenlärm noch lauter, denn die ersten Kutter machten sich schon wieder auf, ihre Ladungen auf dem Festland zu löschen.

Obwohl sie nach Kavlakzade Hadschi Remzi aufmerksam Ausschau hielten, konnten sie ihn zwischen den Reihen der Tagelöhner nicht ausmachen. Veli ging, ihn zu suchen, den Strand entlang bis zu den Villen. Die meisten waren dem Erdboden gleichgemacht. Berge von Marmor, Stapel von Balken, Haufen von Töpfen und Pfannen, Kupfertöpfen, Kesseln, Bratformen, Waschschüsseln, dazu Porzellangeschirr, gläserne Krüge und goldgerandete Gläser, sogar in allen Farben leuchtende, stuckverzierte Zimmerdecken, lackierte Türen und vieles andere mehr lag herum.

Die Hand auf dem Knauf seines Revolvers, stand Veli staunend da. Die Arbeiter hockten auf dem Boden, aßen Brot, Käse und Oliven. Seine silberverzierte Reitpeitsche gegen die Langschäfter schlagend, ging der Mann mit dem Kalpak mit schnellen Schritten auf und ab und betrachtete sorgenvoll die Häuser, die am nächsten Tag noch abgerissen werden sollten. Vorne im Gurt war sein Revolver zu sehen, offensichtlich hatte er deswegen sein Jackett nicht zugeknöpft. Als er Veli erblickte, zog er den Revolver aus dem Gurt und steckte ihn hinten ins Halfter. Diese Geste von Respekt galt offensichtlich Veli, wie dieser feststellte. Er machte kehrt und ging zurück zum Strand.

Unter den Platanen waren aller Augen neugierig auf ihn gerichtet. »Hadschi Remzi ist nicht dabei, und die Hälfte der Häuser haben sie schon abgerissen«, erklärte er. Auch während der nächsten Tage ließ Hadschi Remzi sich nicht mehr auf der Insel blicken. Der Mann mit dem Kalpak dagegen marschierte jeden Tag kerzengerade an der Spitze seiner Leute zu den Villen, schlug hin und wieder mit der Reitpeitsche auf seinen Stiefelschaft und warf keinen einzigen Blick zur Platane hinüber.

In jener Nacht konnte Veli nicht schlafen. Schon früh stand er auf, ging zu den Läden, öffnete jede Tür, schaute hinein, sie waren gähnend leer. Als die Sonne aufging, wusch er sich am Brunnen das Gesicht. Nordwind sah ihn, kam herunter, und Veli begrüßte ihn fröhlich. Die beiden hockten sich nebeneinander hin.

»Hadschi Remzi hat die Läden übersehen.«

»Übersehen, sagst du?«

»Warum hätte er sie denn stehen lassen sollen?«

»Weil er sie für ein Spottgeld kaufen will, darum! Je länger sie leer stehen, desto billiger wird er sie seinem Herzensbruder Abdülvahap abkaufen.«

»Seine Mutter und Weiber werde ich bis ins siebte Glied … Diese Missgeburt eines Maultiers! Und ich dachte, er hätte sie übersehen!«

»Der wartet jetzt darauf, dass der billige Esel zum Kadaver wird. Hör zu, was wir jetzt machen werden! Wir fahren mit dem Kutter in die Stadt.«

»Zu Befehl! Und was machen wir in der Stadt?«

»Wir werden die Läden vom Helden des Freiheitskrieges, Abdülvahap, kaufen. Nicht zum Kadaverpreis, aber zum Preis eines billigen, lebenden Esels.«

»Und wenn Hadschi Remzi sie schon gekauft hat?«

»Dann hätte er sie auch schon abgerissen.«

»Und was fangen wir mit den Läden an? Es sind neun.«

»Drei für dich und vier für mich, der Rest findet sich!«

»Und was machen wir dann mit den Läden?«

»Lass sie uns erst einmal vorm Abriss bewahren, dann überlegen wir weiter!«

Sie frühstückten und eilten an Bord. Wie im Fluge glitt das nagelneue Boot dahin. In der Stadt gingen sie mit ausholenden Schritten zu Abdülvahap Bey, der beide begeistert begrüßte und umarmte. Mit kurzen Worten unterbreiteten sie ihm ihr Vorhaben. »Trinken wir erst einmal Kaffee, dann sehen wir weiter!«, lachte Abdülvahap Bey und musterte sie mit eigenartigen Blicken. »Gott seis gedankt, die Insel wird voller! Ich habe euch heute wieder eine Familie geschickt.« Seine Miene wurde bitter. »Sie waren in trostlosem Zustand.«

»Wir haben sie nicht gesehen«, sagte Nordwind.

»Ich schickte sie heute Morgen los. Sie waren zerlumpt und verstört. Lebende Leichen. Ohne einen Kuruş zu nehmen, gab ich ihnen ein Haus samt Grundbuchauszug. Ich weiß nicht, aus welcher Gegend sie vertrieben wurden, ihre Sprache ist nicht zu verstehen. Schöne Kinder haben sie, einmalig schöne Kinder. Wir gaben ihnen noch Geld aus den Mitteln für Vertriebene und schickten sie geradewegs zu dir, Bruder Nordwind Beyefendi. Wie werdet ihr denn mit so vielen Armen, mit so viel Unbill fertig? Aber was sollte ich tun? Ich schickte sie zu euch. Ich denke, die Insel wird noch so voll, dass wir Zelte schicken müssen. Zelte sind kein Problem, aber was werden sie essen und trinken? So viele Kriege, Millionen junge Gefallene, das Land in Trümmern, und was haben wir davon? Die Hadschi Remzis sind die Nutznießer. Habt ihr gehört, ihm haben sie den Vorsitz der Volkspartei angeboten. In Zukunft wird er hier der Herrscher. Hat er die Häuser der Pfeffersäcke abreißen lassen?«

»Und die Kirche dazu. Die Kutter reichen nicht für seine Ladungen.«

»Oh, dieser Niederträchtige! Wir sind fast gestorben, das Land wurde verwüstet, und sie wurden reich. Wie sagte Yunus Emre: Die Beys, sie kennen keine Güte, sie reiten Vollblüter aus Arabien. Sie essen Menschenfleisch und trinken Blut. Ja, damals wie heute, Menschen, die das Blut von Menschen und den Schweiß von Menschen trinken.«

»Warum haben Sie denn die Villen verkauft? Sie sagen, die Insel ist bald überfüllt, und verkaufen gleichzeitig an Hadschi Remzi.«

Plötzlich troff Abdülvahap Bey der Schweiß, seine Halsadern schwollen an. Er zog seine Jacke aus, knöpfte sein Hemd auf und rief: »Schau her, Freund, schau dir meinen Körper an! Auf dem Schlachtfeld stürzte ich zwischen die Toten, sie lagen übereinander in einem Meer von Blut. Und ich verlor die Besinnung.« Er streifte sein Hemd ab, seine Lippen und Hände zitterten. »Und jetzt trinken sie mein Blut, ja, mein Blut. Ich gebe ihnen Napf für Napf mein eigenes Blut zu trinken. Denkst du denn, ich verkaufe die Villen, in denen die Armen wie in einem Serail wohnen sollten, freiwillig an Hadschi Remzi? Ich handle auf Befehl. Auf einen Befehl, so streng, dass sogar der Landrat zusammenschreckte.« Abdülvahap fluchte, brüllte, schrie und verstummte dann.

»Verzeihen Sie, mein Efendi, dass ich Sie belästigt habe!«, sagte er dann. »Aber Sie hatten Salz in meine Wunde gedrückt.«

Er griff nach seinem Hemd, verharrte einen Augenblick und schaute Nordwind in die Augen. »Schau, hat mein Körper noch etwas mit einem menschlichen gemein?« Der Körper war wirklich verunstaltet. Brust, Arme, Bauch und Rücken waren wie zerfetzt und die Narben blutig rot.

Nordwind senkte den Kopf.

Ganz gemächlich zog Abdülvahap sein Hemd an, setzte sich und seufzte: »Ach, und dann wird mir noch Bestechlichkeit angehängt!«, und er biss die Zähne zusammen. Der Kaffee wurde gebracht, Abdülvahap wirkte wieder entspannt und friedlich.

Noch immer mochte Nordwind nicht aufblicken. Ohne den Kopf zu heben, nahm er den vor ihn hingestellten Kaffee und trank ihn aus.

»Mann, was habt ihr denn mit diesem Hahnrei auf der Insel gemacht?«, fragte lächelnd Abdülvahap. »Abends tranken wir mit dem Landrat im Hause von Üzeyir Khan, als Hahnrei Hadschi noch zu uns stieß. Er war ziemlich aufgeregt und zitterte. Ohne Platz zu nehmen, bat er den Landrat ins Nebenzimmer, und beide blieben dort eine ganze Weile. Als sie herauskamen, war Hahnrei Hadschis Gesicht blau angelaufen …«

Nordwind und Veli konnten sich nicht mehr halten vor Lachen. Sie erzählten ihm, wie Veli mit nacktem Revolver im Gurt von morgens bis abends vor der Kirche auf und ab gegangen war und dass seit jenem Tag Hadschi Remzi sich nicht mehr habe blicken lassen und ein hoch gewachsener Mann mit Kalpak und Langschäftern an seiner Stelle die Aufsicht geführt habe.

»Er hat Blut und Wasser geschwitzt, dieser fahnenflüchtige Hahnrei Hadschi, und der mit dem Kalpak ist sein Knecht. Unter der griechischen Besatzung hatte dieser Knecht sich auf die Seite der Griechen geschlagen, für sie spioniert und ist noch im letzten Augenblick zu unserer Armee übergelaufen. Er hat viele unserer Milizionäre von den Griechen töten lassen, das weiß die ganze Stadt. Und Hadschi Remzi desertierte von der Ostfront, versteckte sich in den Bergen, warf sich am Ende des Freiheitskrieges in eine Uniform, marschierte mit einer Fahne an der Spitze von zehn Männern in die Stadt ein, und von sieben bis siebzig empfingen die Städter ihn als Kriegshelden. Dabei wusste die ganze Stadt, dass er ein fahnenflüchtiger Verräter war.«

»Wenn er Vorsitzender der Volkspartei ist, werden wir schon sehen, was uns blüht.«

»Warten wirs ab!«, sagte Abdülvahap, der wieder guter Laune war. »Was eure Läden betrifft, geht in Ordnung. Bezahlt dafür, was euch richtig scheint. Wer soll sie denn wieder aufmachen? Was werdet ihr mit den Läden denn anfangen?«

»Wir wissen es noch nicht«, antwortete Veli. »Drei sind für mich, vier für Nordwind Agaefendi, die restlichen zwei sollen dem Tierarzt Cemil gehören.«

»Einverstanden«, nickte Nordwind.

Noch am selben Tag erledigten sie die Angelegenheit, aßen in einer Gaststätte zu Abend, und als sie zum Kutter kamen, war die Sonne schon längst untergegangen. Auch an Bord hatten sie sich noch tausend Dinge zu erzählen, sie konnten kein Ende finden.

Im Osten hellte es noch nicht auf, als sie die Insel erreichten. Noch lag die Frische der Nacht über der Insel, eine sanfte Morgenbrise wehte, und der Geruch des Meeres verdrängte alle anderen Düfte. Da hörten sie eine Stimme in der Nähe, verharrten und spitzten die Ohren. Kurz darauf war die Stimme wieder zu hören, verstummte aber gleich. Das wiederholte sich mehrmals, dann war es lange Zeit still.

»Bleib du hier, Nordwind«, sagte Veli, »ich werde nachsehen. Wessen Stimme ist es wohl, die im Morgendämmer hier aus den Büschen tönt?«

Kaum hatte Nordwind die Stimme gehört, waren ihm die Männer des Beduinenscheichs eingefallen. Ein Schauer lief über seinen Körper, sein linker Arm zuckte. Da sah er Zehra, sie stand mit ihren leuchtenden blonden Haaren vor ihm; sein Herz begann zu pochen, es hielt ihn nicht länger, er stand auf und ging über die Kiesel bis in die Nähe von Zehras Haus. Sie stand wie eine Hand voll Licht oben auf dem Balkon. Nordwinds Knie wurden weich, plötzlich strömte ein lähmender Schauer vom Kopf bis zu den Fingerspitzen, noch nie in seinem Leben hatte er so einen Genuss verspürt. Im selben Augenblick vernahm er Velis Stimme: »Nordwind, komm!« Wie ein Ertrinkender klammerte er sich an diese Stimme und eilte zu Veli zurück. »Was gibts?«

»Sie waren es.« Er zeigte auf die Leute, die dicht bei den Tamarisken lagen. Nur verschwommen konnte Nordwind im Gras ausgestreckte Kinder und das nebeneinander kauernde Elternpaar erkennen.

»Sie schlafen«, flüsterte Veli.

»Und woher kommen die Stimmen?«

»Der Mensch spricht auch im Schlaf. Warst du noch nie in einer Kaserne? Wer weiß, wie müde sie waren.« Auf Zehenspitzen entfernten sie sich, hockten sich wieder am Brunnen nieder und schwiegen, bis es hell wurde.

»Gehen wir doch zu Mutter Lena und bitten sie, eine kräftige Suppe für die Leute zu kochen!«

Lena war schon auf den Beinen, sie hatte Feuer gemacht und hackte Zwiebeln.

»Eine Suppe, Lena Hanum, und du hast die Zwiebeln nicht umsonst geschnitten! Wir haben da unten im Gestrüpp sechs Gestalten entdeckt.«

»Zwiebeln gehören in jedes Essen. Wo sind die Neuankömmlinge?«

»Bei den Tamarisken.«

»Noch ziemlich spät nach Einbruch der Dunkelheit hörte ich Motorenlärm, doch als ich zum Anleger kam, konnte ich niemanden entdecken, und das Motorgeräusch kam von weit draußen. Ich konnte auch kein Licht sehen.«

»Also hat der Kutter sie abgesetzt und ist davongefahren.«

»Los, bring mich zu ihnen!«, sagte Lena und klopfte Veli auf die Schulter. Sie eilten die Treppe hinunter, schlichen auf Zehenspitzen ins Gebüsch und linsten hinter einer Tamariske hervor zu ihnen hinüber.

»Sie schlafen noch immer«, flüsterte Lena. »Wer weiß, wie erschöpft sie waren. Los, gehen wir schnell zurück, Suppe kochen! Vier Kinder! Oh, und alle splitternackt, die Armen.« Mit ausholenden Schritten ging sie nach Haus. Sie setzte den Suppentopf auf und schürte das Feuer. Reis, Linsen, Butter …

»Pass auf die Suppe auf!«, sagte sie zu Veli. »Rühr sie um, damit sie nicht überkocht!« Im Laufschritt eilte sie zu den Tamarisken. Die Kinder schliefen noch, die Erwachsenen waren wach und schauten mit weit aufgerissenen Augen verwundert um sich.

Lena blieb vor ihnen stehen und lächelte. »Los, steht auf, weckt auch die Kinder! Wir gehen zum Brunnen bei den Platanen!« Doch sie rührten sich nicht, schauten sie nur mit großen Augen an. Lena wiederholte ihre Worte, doch sie verharrten stumm und starr wie Stein.

Ihre Suppe stand auf dem Feuer! Und wenn Veli nicht richtig umrührte oder das Feuer verlöschen ließ? Sie lief nach Haus, doch Veli rührte geduldig um, und der anregende Geruch der Suppe füllte den ganzen Raum. »Rühr weiter, ich bin gleich wieder da!« An der Treppe stieß sie auf den Tierarzt. Komm mit mir, das sitzen sechs Seelen bei den Tamarisken! Sie sind gestern gekommen, die Kinder schlafen noch. Und die Augen der Eltern, sag ich dir, ihre Augen …«

»Was ist mit ihren Augen?«

Lena riss ihre Augen auf: »Schau her! So!«

Sie machten sich auf zu den Tamarisken. »Willkommen, Bruder und Schwester!«

Sie starrten stumm und zuckten keine Wimper.

»Wann seid ihr gekommen?«

Sie schauten mit leeren Augen.

Der Tierarzt sprach auf sie ein, ihre Augen blieben leer. Er versuchte es mit Armenisch, mit Altsyrisch und Arabisch, doch weiterhin kein

Laut, kein Ton. »Mutter Lena, ich habe sie in allen Sprachen gefragt, aber wie du siehst, sie starren uns mit großen Augen an und zucken nicht einmal die Wimpern. Und die Kinder schlafen wie Tote.«

Fast kreischend fragte Lena auf Griechisch, und die Frau vor ihr blinzelte kurz.

Und wieder versuchte es der Tierarzt: »Hun has hatine, hun Gurmancin, hun tirki nizanin?«

Plötzlich kam Bewegung in Augen und Gesicht des Mannes, seine Lippen verzogen sich zu einem leichten Lächeln, und er antwortete: »Valla bavo ez Tirkiji dyizanim, ez Kürdiji dizanim, ez Zazaki, ez kilamé gavné Süryaniji dizanim.«

Nun, der Tierarzt hatte sie willkommen geheißen und gefragt: »Könnt ihr denn auch kein Kurdisch?«, worauf der Mann antwortete: »Bei Gott, mein Vater kann Türkisch und Kurdisch und auch Zazaisch, und ich kenne auch die Sagen des Stammes der Assyrier.«

»Steht jetzt auf und lasst uns zu den Platanen gehen. Und weckt die Kinder! Mutter Lena hat euch eine Suppe gekocht. Navéte çiye?«

»Ich heiße Dengbej Uso. Die Landesregierung hat mich zu Musa Bey Nordwind geschickt. Er ist der Aga dieses Landes, nicht wahr?«

»So ist es.«

»Und wer bist du?«

»Ich bin Tierarzt. Tierarzt Cemil.«

Die Frau weckte die Kinder, nahm die kleinen bei der Hand und schickte die großen vor sich her zu den Platanen. Suppentopf, Schüsseln, Näpfe, Löffel und Brot wurden herbeigetragen und die Tafel auf der Erde gedeckt. Wie nach einer Hungersnot flogen die Löffel der Kinder.

Während sie aßen, ließ Uso Musa den Nordwind nicht aus den Augen, was diesen irritierte. Kaum war das Frühstück beendet, sprang Uso auf und ging auf ihn zu. »Nordwind Aga, ich muss mit dir sprechen!«, bat er, ging in Richtung Röhricht, und Nordwind folgte ihm. Erst hinter den Tamarisken blieb er stehen und schaute scheu um sich. »Hier kann uns doch niemand belauschen, nicht wahr Aga?«

»Nein, niemand. Woher seid ihr gekommen?«

»Erzähle ich später. Ich bin ein Dengbej.«

»Was ist das?«

»Einer, der Sagen erzählt.«

»Wie? Sind es diese langen Lieder … Die nächtelang gesungen werden? In welcher Sprache?«

»Auf Kurdisch … Und wenn es sein muss, in zweiundsiebzig Sprachen.«

»Ich verstehe aber kein Kurdisch.«

»Wenn ich vortrage, verstehst du es. Du musst kein Kurdisch können.« Sein Türkisch war mangelhaft, aber er konnte sich verständlich machen.

»Wo hast du Türkisch gelernt?«

»Während meiner Dienstzeit beim Militär.«

»Und was wolltest du mir sagen?«

Uso wandte sich, schaute mehrmals auf und sah Nordwind lange ins Gesicht. »Mich hat ein Staatsbeamter aufs Schiff gebracht. Als der große Mann mir das Papier gab, sagte er, es sei eine Insel. Was ist das, eine Insel, fragte ich. Du wirst schon sehen, antwortete er. Hab keine Angst, sagte er, dort ist ein guter Aga, er ist außerdem Hauptmann. Er wird dich in dein Haus einweisen und sich um dich und deine Kinder kümmern.«

Er schwieg, und Nordwind wartete ab. Eine Weile herrschte Stille. Schließlich schaute Uso auf. »Was ist diese Insel, und wo liegt sie?«

»Ich werde sie dir nachher zeigen. Und wenn du mich fragst, wo sie ist, sie liegt mitten im Meer. Du wolltest mir noch etwas sagen, nicht wahr?«

Uso schaute Nordwind wieder in die Augen, und Nordwind merkte, dass er Hemmungen hatte, offen zu reden. »Sag, was du sagen wolltest, hab keine Angst!«

Uso, betreten, schaute noch immer misstrauisch. »Ich werde sprechen«, sagte er dann, setzte sich im Schneidersitz auf den Rasen, und Nordwind ließ sich ihm gegenüber nieder.

»Ein Regierungsbeamter brachte uns aufs Schiff. Als wir an Bord gingen, bezahlte der Beamte den Schiffsführer, sagte, grüß mir Musa den Nordwind Bey, und verschwand. Der Schiffsführer kam zu mir und sagte: Wir werden noch ein bisschen warten, da kommen noch zwei Männer, die auf die Insel wollen!«

Sie warteten ziemlich lange. Immer wieder kam der Schiffer, sagte: Sie sind unterwegs, wir warten noch, es sind sehr reiche Kunden, sie gaben mir für die Überfahrt das Fünffache von dem, was die Regierung für euch bezahlte. Was bleibt uns anderes übrig, entgegnete Uso jedes Mal, wir werden warten, nimm du es uns nur nicht übel, Bruder! Die Kinder, so müde, schliefen ein. Endlich kamen die beiden. Der eine war hoch gewachsen und blond. Seine großen Augen waren blau, die Wimpern gebogen. Er trug Reithosen und Langschäfter, und in einem Stiefelschaft steckte eine tscherkessische Reitpeitsche mit silbernem Knauf. Sein Fes mit lila Troddeln schien frisch aus der Pressform zu kommen, und in der Brusttasche des Mannes steckte ein rotes Ziertuch. Seine zwei Revolver mit handgearbeiteten Griffen aus Elfenbein waren unter dem offenen Jackett gut zu sehen. Uso war von diesem stattlichen Mann beeindruckt. Sein Begleiter daneben war klein, seine Kleidung zerschlissen. Aber auch er trug zwei Revolver, und über seiner Schulter hing ein farbenfroher Mantelsack aus geknüpftem Teppich.

Sie hockten sich an den Dollbord und unterhielten sich. Der Hall ihrer Stimmen wellte mal laut, mal gedämpft herüber. Sie sprachen arabisch. Uso hatte die Wüsten des Irak oft bereist und verstand leidlich, was sie sagten. Immer wieder fielen die Namen Nordwind und Abbas. Beim Namen Abbas horchte Uso auf. Schließlich war ihm klar, dass sie auf die Insel wollten, um Nordwind und Abbas irgendwelche Schwierigkeiten zu bereiten. Nachdem sie eine Weile geschwiegen hatten, erhob sich der Hochgewachsene, stellte sich mittschiffs in Fahrtrichtung kerzengerade hin und rührte sich nicht, bis sie die Insel anliefen. Der Schiffer half Uso und den Seinen von Bord und sagte: »Das hier ist die Insel.« Währenddessen stand der hoch gewachsene Mann noch immer kerzengerade da, der kleine dagegen war nicht zu sehen.

»Wann hat das Schiff abgelegt?«

»Ich weiß es nicht.«

»Sind die Männer denn von Bord gegangen?«

»Ich weiß es nicht. Solange wir auf dem Landesteg waren, stand der eine noch kerzengerade auf dem Schiff.«

»Komm, wir steigen auf den Hügel, und ich zeige dir die Insel! Sei willkommen!« Sie stiegen auf den Hügel, kreisten um den Kamm und betrachteten ringsum die Insel und das Meer im Glanz der ersten Sonnenstrahlen.

»Die Insel ist sehr klein, das Meer riesengroß«, staunte Uso. »Aber diese Insel ist ein Paradies. Als habe der Herrgott ein Stück des Himmels hergesetzt. Aber was sollen die Menschen hier essen und trinken?«

»Es gibt genug zu essen und zu trinken.«

Sie setzten sich vor den beschrifteten Stein und lehnten ihre Rücken dagegen.

Uso sprach, Nordwind hörte zu, Nordwind erzählte, Uso hörte zu. Beide berichteten von den Schlachten, an denen sie teilgenommen hatten. Nordwind vom Krieg an der Ostfront, auf den Hängen des Allahüekber, bei Sarikamiş, von neunzigtausend verlausten, mit stieren Augen zu Eiszapfen erstarrten Soldaten; und Uso von der Wüste, der Hitze in Mesopotamien, wo schon vor der Schlacht von Malaria dahinsiechende, in flammender Hitze zusammenbrechende Jungen aus den anatolischen Hochebenen starben.

Es war schon später Morgen, als sie sich aufmachten. Am Hang machten sie einen Abstecher zu den Bienenstöcken, wo ihnen schon bald lautes Gesumm an die Ohren schlug.

»Oho!«, freute sich Uso, seine Augen leuchteten. »Auch Bienen auf der Insel!« Als er die übereinander gestellten Körbe erblickte, schluckte er überrascht. »So viele?«

»So viele«, nickte Nordwind stolz.

»Wer kümmert sich um sie?«

»Niemand.«

»Niemand, also …«

»Niemand …«

Und Nordwind erzählte in kurzen Worten von den Griechen auf dieser Insel, von ihrer Ausweisung und dass diese Bienenvölker, diese Häuser, Gärten und Weinstöcke von ihnen zurückgelassen wurden, die aus Griechenland ausgewiesenen Türken aber an dieser Insel keinen Gefallen fanden und an ihrer Stelle Umsiedler aus Anatolien hergebracht wurden.

»Die Bienen habe ich gekauft.«

»Hast du viel Geld bezahlt?«

»Nicht so viel.«

»Du bist reich! Viele Körbe! Verstehst du die Sprache der Bienen?«

»Ich verstehe sie nicht. Ich habe auch mein Haus und« – er zeigte auf die sich drehenden Mühlenflügel – »die Mühle dort gekauft.«

»Was für eine Mühle ist das?«

»Eine Windmühle.«

Uso senkte den Kopf. »Nie gesehen, nie gehört. Was macht sie?«

»Sie mahlt Getreide zu Mehl. Der Wind dreht die Flügel, und die Flügel drehen den Mühlstein da drinnen.«

»Verrückt! Also Wind anstatt Wasser. Sie sind sehr klug, diese Griechen. Wo es kein Wasser gibt, muss man Wind nehmen. Können die Blumen der Insel so viele Bienen ernähren?«

»Da sie noch leben, tun sie das wohl.«

»Wie weit ist es bis zum Festland? Können die Bienen bis dorthin fliegen und auch wieder zurückkommen?«

»Ich weiß ja nicht, wie weit Bienen fliegen können.«

»Sie fliegen weit. Von der Ebene bis zu den Hängen des Berges Cudi, wo sie Nektar sammeln und wieder zurückfliegen.«

»Verstehst du etwas von Bienenzucht?«

»Wir hatten viele Bienen. Wenn im Sommer unsere Ebene verdorrte, luden wir die Bienenkörbe auf Mulis und zogen mit unseren Pferden, Schafen und Ziegen zum Berg Cudi. Dort wuchsen im Sommer immer Blumen. So viele, dass man meinte, Erde und Himmel verwandelten sich in ein Blumenmeer.«

»Verstehst du etwas von Bienenzucht?«

»Auf unserem Hof gab es viele Bienen. Unter allen Geschöpfen liebte mein Vater sie am meisten. Ich bin wie mein Vater, seit meiner Kindheit kümmerte ich mich um die Bienen. Ob eine krank ist, erschöpft, angriffslustig oder friedlich, erkenne ich sofort. Ich habe viele Bienenköniginnen erlebt.«

»Dann wirst du dich um sie kümmern! Sie gehören mir und Cemil, dem Tierarzt. Wenn du dich um sie kümmerst, teilen wir uns den Honig zu dritt.«

»Ich habe schon einen Beruf. Ich habs dir doch gesagt, ich bin ein Dengbej, ich erzähle Sagen.«

»Kann einer denn davon leben?«

»Ich habe damit immer Geld verdient.«

»Singst du denn nicht kurdisch?«

»Ich erzähle kurdisch.«

»Und wo wirst du so viele Kurden finden, um davon leben zu können?«

»Unsere Lieder werden von zweiundsiebzig Völkern geliebt.«

»Die verstehen doch nicht alle Kurdisch.«

»Sie verstehen es nicht, aber sie hören mir so zu, als verstünden sie es.

Hin und wieder singe ich für sie auch türkisch. Dann verstehen sie meine Geschichten besser. Die Frauen weinen dann sogar. Ich bin von meiner Heimat von Dorf zu Dorf Sagen singend hergekommen. In manchen Dörfern spielte ich auch die Schalmei. Mein Flötenspiel rührt alle, ob Frau oder Mann, zu Tränen.«

»Kümmere du dich jetzt um die Bienen, und wenn die Zeit der Abfüllung gekommen ist, nimmst du deinen Anteil, gibst den Gewinn deiner Frau und gehst Sagen singen, wohin du willst!«

»Du machst das nur, damit ich Geld bekomme.«

»Nein, sondern weil ich von Bienenzucht nichts verstehe.«

»Ich werde mich darum kümmern, schließlich sind mir Bienen das Liebste auf der Welt. Aber als wir unterwegs waren, haben uns die Dörfler gastlich aufgenommen, haben ihr letztes Brot mit uns geteilt, uns ihr Bett gegeben und selbst auf dem nackten Fußboden geschlafen. Und ob sie nun Kurdisch verstanden oder nicht, sie hörten zu. Und spielte ich die Schalmei, weinten sie. Mein Beruf ist Sagen erzählen. Etwas anderes mache ich nicht, und wenn ichs täte, könnte ich nicht lange leben. Was sollen all diese Menschen denn ohne Dengbej anfangen? Gott lasse keinen Stamm ohne Dengbej sein! In all diesen schlimmen Kriegen lebten die Leute wieder auf, wenn sie mir zuhörten.«

»Und jetzt bist du bei uns, und unsere Insel wird fröhlicher.«

Usos Augen leuchteten auf. »Ich werde euch viele Märchen erzählen, viele Lieder singen, und ich werde oft die Schalmei spielen. Ich habe sie schon oft vor Beys und Paschas und auch vor tausenden Zuhörern gespielt.«

»Hast du deine Schalmei mitgebracht?«

Uso lächelte verschmitzt und zeigte auf den glatten, glänzenden Stock in seiner Hand. »Hier drinnen«, sagte er, öffnete die Kappe an dessen Spitze, kippte den Stock, und eine dunkelrote, goldverzierte, schön ziselierte Schalmei kam zum Vorschein. Als Uso die bewundernden Blicke Nordwinds gewahrte, strahlte er. »Der Meister, von dem diese Schalmei stammt, ist schon lange tot. Er hat in seinem Leben nur wenige Schalmeien geschnitzt. Er arbeitete an jeder so lange, dass er am Ende gar nicht mehr wusste, wann er mit der Arbeit begonnen hatte. Und war sie getan, setzte er sich davor und betrachtete sie entzückt. Als Erster spielte er die Flöte. Gefiel ihm der Ton, flog er vor Freude fast in den Himmel, gefiel er ihm nicht, zerbrach er die Schalmei, warf sie ins

Feuer und begann noch am selben Tag eine neue zu schnitzen. Die Schalmeien dieser Meister befinden sich nur in wenigen Häusern von Emiren, Beys und Paschas, und auch nur wenige Flötenspieler besitzen sie. Es gab einmal einen Flötenspieler, Sohn eines Emirs, der von Van nach Bagdad, von Bagdad nach Tiflis, von Tiflis nach Schiraz, von Schiraz nach Kirmanschah wanderte und erst in einem Bergdorf bei einem sehr alten Schalmeibläser das Instrument eines Meisters entdeckte. Schalmeibläser, bat der Emir, du bist schon sehr alt, hast keine Zähne mehr, ohne Zähne kann man eine Schalmei nicht spielen, gib sie mir, und ich gebe dir meine Seele und alles, was du haben willst! Ich bin der Sohn des Emirs von Botan. Der Alte sagte gar nichts, nahm seine Schalmei und begann zu spielen. So einen schönen Ton hatte der Emir in seinem ganzen Leben noch nicht gehört. Vater Schalmeibläser, rief er, du gehörst zu dieser Schalmei wie diese Schalmei zu dir. Und er machte sich wieder auf den Weg und auf die Suche nach einer gleichen Schalmei.«

»Hat er sie gefunden?«

»Er hat sie gefunden.«

»Ich habe verstanden. Du wirst uns mit dieser Schalmei aufspielen, uns Sagen singen und dich um die Bienen kümmern!«

Flehentlich schaute Uso ihm in die Augen.

»Bruder Uso«, sagte Nordwind, »wenn du dich nicht um die Bienen kümmerst, werden alle eingehen. Du bist der Einzige auf dieser Insel, der etwas davon versteht.«

»Der Tierarzt?«, unterbrach er Nordwind.

»Der Tierarzt versteht etwas von Pferden, Schafen und Ziegen. Bis die Insel voll ist, wird der Tierarzt von dir die Bienenzucht lernen. Dann kannst du mit deiner Schalmei weiterziehen und deine Lieder singen, und wir werden uns um deine Kinder kümmern. Was sagst du dazu?«

Uso machte ein langes Gesicht, runzelte die Stirn, schien ganz verstört. Nordwind erriet, was er dachte. »Wenn du es nicht tust, werden die Bienen vieler Stöcke sterben. Ist das recht und billig?«

»In Ordnung, Aga, ich kümmere mich um die Bienen«, sagte Uso, und ein Schimmer von Freude vertrieb die Sorgenfalten. »Doch wohin sind die beiden Männer verschwunden?«, fuhr er fort. »Ihre Augen waren blutrot, ihre Herzen finster und ihre Stimmen dem Zischen der Schlangen ähnlich. Sie redeten von Nordwind und von Abbas. Ist Abbas Aga dein Vater?«

»Er ist nicht mein Vater.«

»Wer immer er auch sei, sie werden ihn finden und töten. Wir müssen Abbas Aga aufsuchen und warnen!«

»Hast du auch richtig gehört, was sie sagten?«

»Sie saßen neben mir und sprachen arabisch. Bei uns dort kann jeder Arabisch. Ich verstand, was sie sagten. Von Abbas redeten sie am meisten. Einer von den beiden kennt Abbas, er wird ihn dem anderen zeigen, und der wird ihn töten.«

»So einen Mann gibt es auf dieser Insel nicht.« Erregung lag in Nordwinds Stimme. Uso wunderte sich.

»Wohin sind denn die Männer? Abbas ist auf dieser Insel, meinten sie. Und sie sprachen immer wieder von Nordwind. Vielleicht sind es Kriegskameraden von dir und wollen sich bei dir nach Abbas erkundigen. Wohin können sie sein?«

Nordwind war aschfahl geworden, er zitterte am ganzen Körper und war schweißnass. Er gab sich alle Mühe, es Uso nicht merken zu lassen. Doch Uso hatte es schon längst mitbekommen und sprach nicht mehr von den beiden. Auch sein Gang hat sich verändert, stellte Uso fest.

»Geh du schon mal nach Haus und hilf deiner Frau!«, forderte Nordwind Uso auf. »Gegen Abend kommt alle her zum Essen! Veli fährt jetzt mit Ahmet auf Fischfang. Wir werden geröstete Fische essen, sage ich euch, so köstlich, dass ihr eure Finger mit esst.«

Nordwind und Vasili gingen zu den Tamarisken, hockten sich auf einer Bodenwelle ins Gras, und Nordwind erzählte ihm in aller Ruhe, was vorgefallen war.

»Derselbe Mann?«, fragte Vasili. »Würde Uso ihn wiedererkennen?«

»Natürlich! Sie kamen zusammen mit dem Kutter von der Stadt. Er würde ihn auch nach Jahren wiedererkennen. Hoch gewachsen, blauäugig, genau so, wie wir ihn gesehen haben.«

»Rothaarig und mit rotem, gezwirbeltem Schnauzbart.«

»Genau so.«

»Hol deinen Revolver und bring meinen gleich mit! Und genügend Patronen! Hast dus Uso erzählt?«

»Nein.«

»Scheint ein mutiger und zuverlässiger Mann zu sein.«

»Ein Barde. Im Taurus werden sie wie Heilige verehrt. Sie genießen größeres Ansehen als Beys und Paschas. Wenn mich nicht alles täuscht, ist Uso so ein Barde des Herrn. Diese Männer lügen nicht, heucheln nicht, tun nichts Böses. Sie sind sehr tapfer. Nichts kann ihnen Angst einjagen. Wir können ihm trauen. Auch darf einer wie er nicht verletzt werden!«

Bewaffnet machten sie sich auf den Weg. Bis zum Abend durchstöberten sie Busch für Busch, Spalt für Spalt, Höhlen, Unterholz, Gärten, Senken, Wildwasserbetten, doch da war niemand.

Vasili war besorgt. »Heute Nacht werde ich Wache halten. Gibst du mir deine Flinte?«

»Nimm sie nur, aber ich wache mit!«

Noch bei helllichtem Tag setzte sich Vasili mit schussbereitem Revolver ins Ried. Die Sonne ging unter, es wurde dunkel, Vasili kam aus dem Röhricht heraus, das Meer rauschte, er ging in den Garten mit den Granatbäumen, wo es dieser Tage von Schlangen wimmelte. Träte er auf eine, sie würde zustoßen und ihn töten. Jene Männer täten gut daran, die Granatbäume zu meiden! Nach einigen Schritten machte Vasili kehrt, tastete sich zum Felsen, kletterte hinauf und setzte sich. Er hatte die Ohren gespitzt und ließ sich nicht das leiseste Geräusch entgehen. Bis Mitternacht blieb er auf dem Felsen hocken. Außer dem Wind und dem Rauschen des Meeres war nichts zu hören. Er stieg vom Felsen herunter, und als er am Anleger vorbeiging, vernahm er Nordwinds Schritte auf den Kieseln. Die Schritte kamen mal näher, mal entfernten sie sich. Es war stockdunkel. Ab und zu verstummten die Schritte, kurz darauf waren sie wieder zu hören. Wo können sich diese Männer versteckt halten, überlegte er, und wie kann man auf dieser großen Insel und in dieser Dunkelheit jemanden finden, der sich irgendwo versteckt hält? Er schlug den Weg zum Hügel ein und beschloss, bis Tagesanbruch dort zu warten.

Um keinen Lärm zu verursachen, ging Nordwind so vorsichtig über die Kieselsteine, als befürchte er, eine Ameise zu zertreten. Vor dem Haus von Zehra blieb er stehen, beobachtete es eine Weile, ging weiter und dachte an den kerzengerade auf dem Deck des Kutters stehenden blonden, blauäugigen Mann mit den zwei Revolvern an der Hüfte. Die Leibwächter der Scheichs, Emire und Padischahs waren meist Tscherkessen wie die Männer, die ihm nach dem Leben trachteten. Und wenn ich mit Zehra, Musa Kazim Agaefendi und Vasili irgendwohin ziehe, wo mich die Männer der arabischen Scheichs nicht finden können? Was fängt Zehra denn an, wenn ich getötet werde? Sie schaut so zärtlich, so samtweich, wie es nur unsterblich Verliebte tun. Wo sind jene Männer nur hin? Und wo ist Vasili? Ja, die Beduinen werden mich töten! Und wenn wir drei von ihnen töten, schickt der arabische Scheich fünf auf den Weg!

Nordwind war bedrückt, er wusste keinen Ausweg. Und wenn er an den Tod dachte, begann die Narbe, die von einem Bajonett herrührte, unerträglich zu ziehen. Sich in den Kaukasus absetzen? Wohin Zehra auch immer zog, ihr Vater und ihre Schwester würden ihr folgen! Er war noch nie im Kaukasus gewesen, aber er sah ihn vor sich, als kenne er ihn. Stock und Stein, Gräser und Blumen, Berge und Felsen, Wolken und Regen, Hirsche und Rehe, Lieder und Sagen und ganz besonders die Pferde. Von Großvater und Vater, von tscherkessischen Sängern und Sagenerzählern hatte er tausend Dinge vom Kaukasus gehört. Wer weiß, wie schön der Kaukasus war!

Bis Tagesanbruch wanderte er auf und ab. Als es im Osten aufhellte, der Morgenwind aufbriste, kam von den Platanen der Gesang jenes Vogels an sein Ohr, jenes Vogels, den nur Heilige und Menschen guten Geistes wahrnehmen konnten. Nordwind wollte es zuerst nicht glauben, dass es jener Vogel war, den er in der Morgenröte hörte, doch als der Gesang drei Mal hintereinander erklang, geriet er ganz außer sich, flog er in blaues Licht getaucht wie im Rausch dahin. Ringsum blühten Blumen, und er ging auf den Kieseln in die Knie. Wo war er überhaupt? Wer weiß, wo! Niemand wird ihn mehr töten können!

Plötzlich spürte er eine Hand zärtlich seinen Kopf streicheln, und der Duft einer Frau hüllte ihn ein. Er stand auf und sah Zehra auf Zehenspitzen im Morgenlicht davongleiten. Mit klopfendem Herzen rührte er sich nicht von der Stelle, bis sie ihre Tür hinter sich geschlossen hatte. Ein Sturm der Gefühle übermannte ihn. Er ging zum Brunnen, trank und wusch sich das Gesicht. In stürmischer Freude kreiste er durchs Gelände. Er tauchte ins Röhricht, durchmaß die Tamarisken, seine Füße trugen Flügel, vor den Granatbäumen verharrte er. Durch das Geäst war das Meer zu sehen, es schimmerte noch weißlich. Er ging in seine Mühle, eine Spinne hatte ihr Netz gespannt und hockte in einem Winkel ihres Gewebes. Drei Weizenkörner auf dem Mühlstein bildeten ein Dreieck. Von der Mühle trugen ihn seine Füße zum Olivenhain. Auf dem Weg dorthin entdeckte er Marienkäfer auf einem grünen Blatt.

Glückskäfer! Die Männer werden mich nicht töten! Wandernde Ameisen auf dem Pfad, fliegende Marienkäfer, kleine blaue Büschel am Wegrand, klitzekleines blaues Eisenkraut, das er hier auf der Insel noch nie bemerkt hatte. Der Gesang jenes Vogels, die Glückskäfer, das Eisenkraut … Niemand wird mich töten können! Bei jedem seiner Schritte stiegen vor ihm Schwärme von kleinen Schmetterlingen, blaue, gelbe, schwarze, weiße und dunkelrote, aus den Büschen auf, Schmetterlinge, Käfer und Bienen, die er seit seiner Ankunft hier auf dieser Insel noch nicht gesehen hatte. Solche Bienen hatte er noch nirgends gesehen! Der blau glänzende Rücken der rundlichen Biene war so glatt und fleckenlos, dass er darin sein Spiegelbild hätte erkennen können. Groß wie Bettlaken hatten Spinnen ihre betauten Netze wieder in die aufgehende Sonne gehängt, sich in einen Winkel zurückgezogen und lauerten auf Beute. In den Tagen, als er auf die Insel kam, hatte er diese Spinnennetze auch so taubenetzt vorgefunden. Er ging zum Brunnen, trank gierig Wasser und setzte sich auf eine Pritsche. So früh am Tag von Müdigkeit keine Spur! Zum ersten Mal band er das Amulett los, zog den Inhalt heraus, legte den Vogel auf seine Handfläche und hielt ihn dann gegen die Sonne. Der goldene Kopf, der goldene Schwanz und der Körper aus Lasurit glänzten im Licht, fast wäre der Vogel davongeflogen, wie es schien, und er bedeckte ihn mit seiner Linken. Dann legte er ihn behutsam zu den anderen Geschenken in das Beutelchen und hängte sich das Amulett wieder um den Hals. Er hörte Schritte, schaute sich um, sah Vasili hinterm Röhricht hervorkommen, lief ihm entgegen und umarmte ihn.

»Erledigt, Vasili, erledigt …« Seine Stimme überschlug sich. Eine vor Freude so überbordende Stimme hatte Vasili noch nie gehört. »Erledigt, es ist gelaufen!«

»Was ist gelaufen?«

»Ich habe den Gesang jenes Vogels gehört. Sogar drei Mal. Der Vogel kam auf meine Hand, wollte fliegen …« Weiter kam er nicht.

»Was ist geschehen, was?«, fragte Vasili verwirrt.

»Jetzt kann mich keiner mehr töten.« Seine Begeisterung stieg. »Der Vogel setzte sich auf meine Hand und wäre fast davongeflogen.«

Veli, der Nordwinds fröhliche Stimme hörte, kam herbeigeeilt. Nordwind begrüßte auch ihn begeistert und platzte heraus: »Ich habe des Vogels Stimme gehört. Niemand wird mich töten können, niemand! Sogar drei Mal hörte ich seinen Gesang, drei Mal!« Nordwind wand sich. Ach, könnte er doch auch erzählen, dass Zehra ihm die Haare liebkost hatte! Und so laut, dass Zehra es hören musste, rief er: »Los, Vasili und Veli, macht das Boot klar, wir fahren zur Rauen Insel!«

Zehra öffnete die Tür und blieb im Türrahmen stehen. Nordwind drehte sich ihr zu und wartete so lange, bis sie wieder ins Haus ging und die Tür hinter sich schloss. Die Freude in seiner Stimme hatte auch sie angesteckt, und sie schäumte fast über. Was war nur mit ihr geschehen? Bis eben war sie doch noch so traurig, so niedergeschlagen gewesen!

Wie im Fluge gings zur Rauen Insel.

Während der ganzen Fahrt fragte sich Veli, welcher Vogel das war, dessen Gesang Nordwind gehört hatte. Welcher Vogel mag das wohl sein, der Nordwind auf die Flügel nimmt und zu den Sternen trägt?

»Fahr mich an den Strand, Veli, ich werde bis zum Abend dort bleiben. Fangt, so viel ihr könnt, und holt mich abends wieder ab!« Er setzte über den Dollbord und landete auf den Kieseln.

»Hoppla!«, rief Veli. »Als du sprangst, dachte ich, du bist zum Vogel geworden.«

»Und schau her, ich habe nicht einmal nasse Füße!«, lachte Nordwind.

»Wie auch, wenn du wie auf den Flügeln eines Vogels darüber hinwegfliegst.«

Nordwind schaute ihn prüfend an, Veli wich seinem Blick aus. »Es gibt nur den Gesang dieses Vogels, ihn selbst aber nicht. Seit Menschengedenken hat man seinen Gesang gehört, ihn selbst hat noch keiner gesehen. Aber auch seine Stimme kann nicht jeder hören.«

»Du hast sie aber gehört.«

»Ich habe sie gehört.«

»Und was geschieht, wenn man sie hört?«

»Ich habe sie eben gehört.«

Nordwind hob den Kopf und musterte die Felsen. Die blauen Ziegen des heiligen Hizir standen aufgereiht und äugten herunter.

»Bis zum Abend!«

»Bis zum Abend!«, erwiderte Veli, das Boot wendete und entfernte sich. Noch immer brodelte die Freude im Herzen von Nordwind.

Über den blauen Ziegen stand auf einem Felsvorsprung wie selbst zum Fels erstarrt ein mächtiger Bock mit langen Hörnern, langem Bart und ins Lila übergehendem Fell.

Gewandt kletterte Nordwind die Felswand hoch bis zu den Ziegen. Wenn Zehra mich doch so sähe, dachte er. Die Ziegen flüchteten nicht, sie umringten und beäugten ihn neugierig. Nachdem er mit ihnen musternde Blicke getauscht hatte, kletterte er zum Ziegenbock hoch. Die Felsnase lag steil über Nordwind und war schwer zu erreichen. Der Ziegenbock stand unverändert da. Keuchend hockte Nordwind sich vor ihn hin. Die Ziegen unten hatten sich ihnen zugedreht, und sie ließen den Bock nicht aus den Augen. Nordwind wollte ihn streicheln, ihn an den kräftigen Bart fassen, doch er konnte es nicht. Er streckte behutsam die Hand aus, weiter und weiter, doch bevor er den Bart berührte, zog er sie zurück, als habe er ins Feuer gefasst. Der Mensch kann den Ziegenbock des heiligen Hizir nicht einmal berühren, geschweige denn seine Ziegen pflegen, sagte er sich und stand auf. Und so kann niemand den Ziegen des Heiligen auch nur ein Härchen krümmen, solange Gott ihn vor Angst zittern lässt. Er kann sich nicht einmal ein Herz fassen und sie streicheln. Was täte mir der Heilige wohl, wenn ich sie berührte? Vielleicht gar nichts, vielleicht sogar etwas Gutes, weil ich sie liebkose. An die Felsen geklammert, kletterte Nordwind bergab und sah, dass der Ziegenbock ihn begleitete. Ein eigenartiger Blumenduft, den er ausdünstete, stieg Nordwind in die Nase. Er kannte sich mit Ziegen aus, sein Vater hatte eine Herde gehabt. So duftet also der Ziegenbock des Heiligen, murmelte er. Wieder wollte er ihn berühren, er streckte die Hand aus und zog sie sofort wieder zurück. Der Ziegenbock blieb bei ihm. Auf einer breiten Felsnase verschnaufte Nordwind. Mitten auf der Fläche war eine Mulde, randvoll mit Regenwasser. Im Taurus hatte er viele solcher Mulden gesehen, es gab sie auf jedem Felsvorsprung. Hier also löschten die Ziegen des heiligen Hizir ihren Durst. Aus diesem Wasserloch ragten drei Stängel mit je einer orangefarbenen Blume, von denen zwei noch Knospen waren. Auch der Ziegenbock hatte seinen Kopf ausgestreckt und betrachtete mit Nordwind die Pflanze. Sein Bart berührte fast die knospende Blume.

Nordwind ging bis an den Felsrand, der Ziegenbock kam mit. Als Nordwind hinunterblickte, wollte er seinen Augen nicht trauen, die Ebene da unten war größer noch als die Ebene der Quellen. Warum war ihnen das bisher entgangen? Er stieg ab, und der Ziegenbock folgte ihm. Der Abstieg war sehr schwer. Als er unten ankam, waren seine Handflächen blutig und seine Hose an den Knien aufgerissen.

Zwischen alten, verkrüppelten Olivenbäumen mit ineinander gewachsenen Ästen und rissiger Rinde wanderte er zu den gegenüber liegenden Felsen, und der Ziegenbock immer neben ihm. Hinter der Ebene fiel eine tiefe Senke ab, an ihren Rändern hatten sich Sträucher mit lila Blüten zwischen die Felssteine gezwängt. Als er ans Ufer kam, wurde ihm klar, warum er hier keinen Strand hatte ausmachen können: zu seinen Füßen senkte sich ein Hang steil ins Meer, wo die Sonnenstrahlen glänzende, auf den Kieseln tanzende Kringel bildeten. Eine ganze Weile konnte er den Blick nicht vom Meeresgrund wenden, und auch der Ziegenbock zu seiner Rechten schaute wie gedankenverloren aufs schimmernde Wasser. »Was für ein Geschöpf bist du? Ein Dschinn, ein Schaitan, ein menschliches Wesen?«, fragte er, streckte seine Hand aus, doch kaum hatte er den Ziegenbart berührt, zog er sie schnell wieder zurück.

Gemeinsam mit dem Ziegenbock schlenderte Nordwind eine ganze Zeit durchs ebene Gelände. Er entdeckte Blumen und Vögel, die er bisher noch nie gesehen hatte. Sogar die Blätter der alten Olivenbäume waren hier voller und hatten mehr Glanz. Als er dazwischen getrocknete Oliven gewahrte, freute er sich. Die Bäume waren also nicht wild gewachsen. Der Ertrag dieser Bäume ernährte nicht nur ein einziges, sondern fünf Häuser! Er sah auch gepfropfte Bäume. Das Gelände musste vor Zeiten einen Eigentümer gehabt haben!

Obwohl er suchte, fand er keine Verbindung zur nächsten Ebene, und die umliegenden bläulichen Felswände waren hoch und schroff. Aus ihren Spalten waren dornige, gelbe Blumen emporgeschossen. Dicht am Ufer war noch eine lange, fast einen Klafter hohe, blattlose, dunkelrote Blume gewachsen, von tieferem Rot als jede andere. Sie wiegte sich leicht in der sanften Brise.

Es blieb den beiden nichts anderes übrig, als dort hochzuklettern, woher sie gekommen waren. Hinter dem Ziegenbock an den scharfen Felsen klebend, kletterte Nordwind mit blutigen Händen bergan. Der Abstieg auf der anderen Seite war leichter. Er musste wohl in Gedanken gewesen sein, denn plötzlich war der Ziegenbock verschwunden. Nordwind schaute nach rechts und links, doch er konnte ihn nicht entdecken. Er kletterte weiter und landete schließlich neben der Quelle. Eine wohlige Erschöpfung erfasste ihn, nur in Händen und Knien spürte er leichtes Ziehen. Er ging ans Ufer und wusch sorgfältig die wunden Stellen aus.

Das Salzwasser ließ das Blut gerinnen. Er war durstig, legte sich bäuchlings an die Quelle und trank das eiskalte Wasser. Dann ging er ans Meer und setzte sich mit dem Rücken an einen Olivenbaum gelehnt. Ein Kutter kam auf, hielt Kurs auf die Insel, näherte sich, rutschte mit dem Bug über den Sand und blieb knirschend stehen. Das war noch so ein meisterlicher Trick von Veli, der vom Dollbord sprang und herbeigelaufen kam.

»Komm zum Boot und schau! Wir haben keinen Fisch im Meer zurückgelassen. Komm und siehs dir an!« Er nahm Nordwind an die Hand und zog ihn hoch. »Was ist mit dir?«, fragte er besorgt und ließ die Hand wieder los.

Nordwind winkte gelassen ab.

»Nicht der Rede wert«, beschwichtigte er, ich war nur ein bisschen in den Felswänden.«

»Ich habe den Kahn am Olivenbaum festgemacht. Das Meer ist hier nicht geheuer, und plötzlich nehmen ihn die Wellen mit. Da uns hier niemand sehen würde, müssten wir verhungern. Was ist mit dir denn geschehen?«, schrie er plötzlich, als er Nordwinds Hände und Hosenbeine sah. »Bist du abgestürzt?«

»Nein, das kommt von den rauen Felswänden dort«, antwortete er und gewahrte den Ziegenbock auf der Felsspitze, als er mit der Hand dorthin zeigte. »Der Ziegenbock hat mich geführt.«

»Ja«, nickte Vasili, »das ist der Bock des heiligen Hizir.«

»Die Ebene dahinter ist größer als diese hier, und die Olivenbäume sind nicht wild gewachsen. Ich sah getrocknete Oliven an den Zweigen. Und überall Blumen. Sogar einen blühenden Granatapfelbaum, dessen Zweige neigten sich bis zur Erde.«

»Das muss der Garten des heiligen Hizir sein«, sagte Veli. »Jeder weiß davon, aber gesehen hat ihn noch keiner.«

»Es muss aber noch einen Eigentümer außer dem Heiligen geben.«

»Davon weiß ich nichts.«

Während sie noch sprachen, kamen die Ziegen des heiligen Hizir mit einigen blauen Lämmern die Felsen herunter und umstellten die Männer. Nordwind sah auf der Zinne den Ziegenbock stehen. Die Ziegen um Nordwind herum hatten ihre Augen auf ihn gerichtet und beäugten ihn ganz gelassen.

»Berührt um Gottes willen nicht die Ziegen des Heiligen, wir handeln uns nur Ärger ein!«, beschwor Vasili.

»Ja, rühren wir sie nicht an!«, nickte Veli.

Veli löste die Leine vom Olivenbaum, kletterte wie eine Katze aufs Boot, stemmte die Hände in die Hüften, drehte sich nach den nebeneinander aufgereihten Ziegen um und rief ihnen etwas zu. Vasili ging ans Steuer, und das Boot nahm Fahrt auf.

»Bald wird die Insel keine Ziegen mehr aufnehmen können, sie vermehren sich schnell.«

»Der heilige Hizir bringt einen Teil auf den anderen Inseln unter. Hauptsache, du hast einen Herrn wie den heiligen Hizir, dann hast du auf Erden keine Sorgen.«

Während der Fahrt sprachen sie nur über die Ziegen des Heiligen.

Schon von weitem konnten sie den Menschenauflauf am Anleger ausmachen. Die ganze Insel war zum fröhlichen Empfang angetreten. Vorbei an Kapitän Kadris Kutter glitt das Boot längsseits an den Steg. Die Inselbewohner waren heute in Stimmung, irgendetwas schien anders zu sein als sonst. Das Feuer knisterte, verbrannte zu Glut, der Duft gerösteter Fische breitete sich aus, ein laues Lüftchen wehte. Dunkelroter Wein wurde aufgetischt und in verzinnten Kupferschalen knuspriger Fisch aufgetragen. Nordwind hob den Becher, und auch Musa Kazim Agaefendi hob den Becher und sagte: »Auf aller Gesundheit und euer Glück!« Zehra schaute Nordwind lächelnd an, und seine überschäumende Freude überflügelte die gute Laune aller Anwesenden um Längen. Alle redeten durcheinander, die lärmende Fröhlichkeit nahm kein Ende.

Die Kinder spielten den Erwachsenen unglaubliche Streiche, niemand gebot ihnen Einhalt. Musa Kazim Agaefendi sprach nur von seinen Pferden, Nordwind horchte still auf sein vor Glück pochendes Herz. Zehras Wangen röteten sich. Sie konnte ihre Blicke von Nordwind nicht wenden, und der Tierarzt, der schon schwer geladen hatte, beugte sich zu Uso hinüber und sagte auf Kurdisch: »Hol doch deine Schalmei!«

Uso erhob sich sofort, er ließ sich nicht zwei Mal bitten. Er setzte sich in ihre Mitte im Schneidersitz auf den Rasen. Seine Frau Hacé nahm neben ihm Platz. Mit zärtlichen Bewegungen zog er seine Schalmei aus dem Futteral, strich einige Mal über sie hinweg, führte sie an seine Lippen, blies ein, zwei Mal, und dann begann er zu spielen. Je länger Uso blies, desto fröhlicher wurde sein Flötenspiel. Die Kinder hielt es nicht mehr auf ihren Plätzen, sie liefen zum Meer, kamen zurück, kletterten auf die Bäume, kamen wieder herunter, setzten sich, sagten keinen

Mucks und waren ganz Ohr. Außer der Hirtenflöte war nichts zu hören. Sogar das Meer war still, und auch die Blätter bewegten sich nicht. Der Ton der Schalmei wanderte fröhlich über Stock und Stein, glitt in das Geäst der Bäume, pflanzte Glück in jedes Lebewesen, ob Käfer oder Wurm, Vogel, Falter oder Ameise.

Um Mitternacht verstummte die Schalmei. Hacé brachte Uso einen Becher Wasser vom Brunnen, Uso trank, stand auf, ging zum Ufer, stand eine Weile nur so da, kam zurück, rieb seine Schalmei eine Zeit lang, und als Hacé sich neben ihn setzte, begann er wieder zu spielen. Diesmal tönte die Melodie einer Sage aus dem Instrument und füllte das Innere der Zuhörer. Hoffnung senkte sich in ihre Herzen, nahm sie mit in eine Welt ohne Tod.

Bevor es im Osten ganz aufhellte, am Firmament die Sterne noch hintereinander davonglitten, schwieg die Schalmei erneut. Hacé ging wieder zum Brunnen und brachte Uso einen Becher Wasser. Nachdem er getrunken hatte, ging er ans Ufer des dunklen Meeres und blieb eine Weile dort stehen. Das Rauschen der Wellen klang jedes Mal anders! Er schaute zum Himmel hoch, der Himmel schimmerte. Uso ging zurück an seinen Platz, nahm seine Schalmei, rieb sie ab und setzte sie an die Lippen. Hohe, ganz leise, kaum wahrzunehmende Töne erklangen, anhaltend und völlig verschieden von den vorherigen. Verwirrung, Trauer, Entsetzen und Angst bohrte sich in die Herzen, doch plötzlich bekamen die Töne Flügel, die Melodie wurde zornig, widerspenstig. Die Zuhörer fühlten sich eigenartig berührt. Der Klang wurde tiefer. Regen nieselte, eine laue Brise kam auf, der Himmel dehnte sich weit wie die unendliche Wüste, Herden von Gazellen glitten gleich rotem Wildwasser von den Abdülaziz-Bergen in die Ödnis hinunter.

Als es im Osten hell wurde, sank der Ton immer tiefer, vereinigte sich mit dem Rauschen des Meeres. Es klang wie ein Klagelied, das die Herzen durchbohrte. In den Augenwinkeln von Cemil dem Tierarzt glänzten zwei Tränen. Musa der Nordwind konnte nur schwer an sich halten, beinah hätte er geweint. Seine und Zehras Blicke trafen sich, auch Zehras Augen waren feucht. Jeder senkte den Blick, niemand wagte den andern anzuschauen. Als stünden sie auf einem Schlachtfeld erschrocken vor den niedergestreckten, blutigen Toten und schämten sich.

Uso setzte die Schalmei ab, reichte sie Hacé, ging ans Ufer, verweilte, kam zurück, setzte sich im Schneidersitz auf seinen Platz, nahm die

Schalmei aus Hacés Hand, streichelte sie und setzte sie an seine Lippen. Eine alte, fröhliche Melodie wehte mit dem Morgenwind übers Meer, über die Insel im Morgenrot, in die Herzen der Menschen. Wie die Morgenbrise konnten sie nicht still halten, sie wiegten sich voller Freude mit ihrem ganzen Körper, fühlten sich leicht wie ein Vogel.

Der Anfang der Melodie klang wie der Beginn einer großen Liebe.

Der stattliche, sonnenbraune Schäfer war in Liebe zur Tochter des Beys entbrannt, und sie zu ihm. Die ganze Welt wusste von der Hoffnungslosigkeit des Hirten und litt mit ihm. Aber auch eine Liebe ohne Hoffnung, eine Schwarze Liebe, ist und bleibt Liebe! Frauen, Männer, Alt und Jung, Scheichs und Dengbejs kamen zusammen, machten sich auf ins Serail des Beys und berichteten, was geschehen war. Und der Bey befahl: Bringt mir den Hirten her! Sie suchten ihn und brachten ihn zum Bey. Der Schäfer, jung wie ein frischer grüner Zweig, stand aufrecht vor dem Bey, und sie konnten sich an ihm nicht satt sehen.

Lange, sehr lange betrachtete der Bey entzückt den jungen Mann. »Hast du noch andere Fähigkeiten als Tiere hüten?«

»Die habe ich«, antwortete der Jüngling selbstsicher, »ich spiele die Hirtenflöte.«

»Ist das denn eine Fähigkeit?«, fragte der Bey, und darauf wusste der Jüngling nicht zu antworten, und er begann bis in die Haarspitzen zu schwitzen.

Die Anwesenden aber sagten: »Bey, dieser Hirte ist ein so guter Flötenspieler, dass Nachtigallen während seines Spiels herbeifliegen und sich auf seine Schalmei setzen.«

»Ist das denn etwas Besonderes?«

»Er spielt die Schalmei, dass sogar die Schlangen aus ihren Löchern kriechen und sich zu seinen Füßen zusammenrollen.«

»Ist das denn etwas Besonderes?«

Und auch die andern gaben Beispiele, um das Talent des Hirten zu untermauern, doch der Bey sagte immer nur: »Ist das denn etwas Besonderes?«

Da reckten sich die Bittsteller erbost, nur der Hirte stand mit gesenktem Kopf aufrecht da. Der Bey aber, erschrocken über den Zorn der Bittsteller, rief: »Halt, ihr Männer und Frauen, ich mache euch einen Vorschlag!«

»Und der lautet?«, fragte der Dengbej.

»Und der lautet?«, fragte der Scheich.

»Und der lautet?«, fragte der Schmied.

»Ihr sagt, dieser Hirte ist so ein Schalmeibläser? Dann hört mir zu! Die Herde, die er hütet, ist doch eine große Schafsherde?«

»Ja, eine sehr große.«

»Also werden wir diese Herde drei Tage Salz lecken lassen, den Tieren keinen Tropfen Wasser geben, sie dann in den Bach treiben, und der Schäfer wird den durstigen Schafen so die Schalmei blasen, dass sie keinen Tropfen Wasser trinken!«

»Den Schafen drei Tage lang Salz geben?«, schrie der Dengbej. »Das ist eine Rücksichtslosigkeit!«

»Drei Tage und drei Nächte Salz, und wenn ein einziges Tier mit dem Maul das Wasser auch nur berührt, hat euer Schäfer kein Talent.«

»Ob Schah, ob Padischah, wer das Glück der Liebenden zunichte macht, ist unverbesserlich, und sein Serail stürzt ihm über dem Kopf ein«, riefen alle voller Zorn wie aus einem Mund.

Usos Schalmei klang jetzt zögerlich, wurde hoffnungslos, zornig.

Und sie wollten aufbrechen und gehen. Da wandte sich der kerzengerade dastehende Schäfer ihnen zu: »Ich nehme an, und wenn die Schafe zehn Tage lang Salz lecken sollen, ich nehme an.« Diesem Mann ist die Schwarze Liebe zu Kopf gestiegen, meinten die Leute.

Ein Wirbel aus Zorn, Hoffnung, Freude klang aus der Schalmei, erfasste auch die Zuhörer.

Die Herde leckte drei Tage lang Salz, und kein Schaf erhielt einen Tropfen Wasser. In der sengenden Mittagssonne des dritten Tages treiben sie die vor Durst fast zusammenbrechenden Tiere zum Bach. Der am Bachufer hockende Schäfer ergreift seine Schalmei und beginnt zu spielen. Plötzlich verhalten die zum Bach rennenden Schafe und bleiben schließlich am Rand des Baches stehen. Keines der Tiere senkt den Kopf.

Uso spielte jetzt, als flehe er die Schafe an, als liebkose er sie, als zürne er, wenn eines der Tiere mit dem Maul dem Wasser zu nahe kam, als preise er die Freundschaft, die Kameradschaft, die Liebe. Und die Schafe, schon bis zu den Knien im Wasser, die Köpfe erhoben, rühren sich nicht. Bis auf ein einziges schwarzes Schaf in ihrer Mitte, das Zeuge war, als die Tochter des Beys und der Schäfer sich in der Hochebene leidenschaftlich liebten, und das ganz langsam das Maul zum Wasser senkt. In diesem Augenblick weiß die Schalmei nicht weiter, der Ton zittert, wird dunkel, richtet sich dann unmittelbar an das schwarze Schaf, erzählt ihm von jener leidenschaftlichen Liebe, die die ganze Welt, Wolf, Vogel, Falter und Käfer verzaubert. Und der Ton der Schalmei wird selbst zum Zauber, verzaubert alle, die ihn hören, die kriechende Ameise, den fliegenden Vogel, alle Geschöpfe, ob Schlange, Tausendfüßler, Schmetterling oder Biene – alle verhalten gebannt, wo sie gerade sind. Das Schaf hat sich zum Wasser gebeugt, sein Maul ist drei Finger über dem Wasser erstarrt, es kann den Kopf weder senken noch heben. Der Schäfer schwitzt Blut und Wasser. Wenn es den Bach auch nur berührt? Die Schalmei klingt angstvoll, bittet flehentlich und hoffnungsvoll, doch das schwarze Schaf ändert seine Haltung nicht. Die Melodie der Schalmei wird zum bitteren, verzweifelten, wütenden Orkan, und das schwarze Schaf bewegt sich ein bisschen und schaut den Schäfer an. Sofort wird die Stimme der Schalmei zum himmeljauchzenden Freudenschrei, und das schwarze Schaf hebt ganz gemächlich den Kopf, wendet, steigt aus dem Wasser, und die Herde folgt ihm. Der Ton der Schalmei schwebt höher und höher und streut Freude und Glück in alle Herzen.

Der Tag brach an, die Welt wiegte sich in einem Sturm von Licht und Freude. Uso reichte Hacé die Schalmei und ging hinunter ans Meer. Die Sonne schien auf den Gipfel des gegenüber liegenden Berges, der Meeresgrund verschwand unter grellem Geglitzer, Schwärme von Fischen ließen ihre Schatten auf den Kieseln zurück und flitzten wie im Fluge dem Licht entgegen.

Nach einer Weile kam Uso zu Hacé, beugte sich zu ihr, nahm ihr die Hirtenflöte aus der Hand, streichelte das Instrument drei Mal und steckte es ins Futteral, das Hacé ihm gereicht hatte. Dann ging er zu Nordwind und nahm neben ihm Platz. Von niemandem auch nur ein Laut! Keiner bewegte sich, sie hielten die Köpfe gesenkt, es schien, als säßen sie da, ohne zu atmen. So blieben sie sitzen, bis die Sonne sie beschien.

Allmählich begannen sie zu plaudern. Şerife Hanums Gesicht war nicht mehr so verbittert und erschöpft wie am Tag ihrer Ankunft, es war aufgeblüht und glücklich. Jeder erzählte von Krieg und Vertreibung. Musa Kazim Agaefendi berichtete von den glücklichen Tagen auf Kreta, von seinen Pferden, von der Ausweisung, der Fahrt auf dem schrottreifen Dampfer. »Die Rückfahrt werde ich auf einem großen, bequemen Dampfer mit Kabinen machen, und wenn gerade keiner fährt, werde ich eben ein, zwei Monate auf einen warten, ja, ich werde nur auf einem Luxusdampfer zurückkehren.« Als er schwieg, ergriff Veli das Wort, erzählte von den Fischen im Roten Meer und von den Schlachten im Jemen. Danach sprach Şehmus, und als dieser schwieg, begann Nordwind, gefolgt von Hüsmen, danach der Tierarzt, Uso und Melek Hanum, und jeder erzählte mit offenem Herzen und rückhaltlos. So ging der Tag dahin.

Als sie abends wieder unter den Platanen saßen, zog Uso seine Schalmei aus dem Futteral und begann mit einem leidenschaftlichen Liebeslied, ging von einer Melodie auf eine andere über, und die andern hielten den Atem an. »In Van gab es viele meisterliche Schalmeibläser unter uns, auch unter den Armeniern und christlichen Syriern, doch einen wie dich habe ich noch nie erlebt«, sagte der Tierarzt anschließend.

»Auch in unseren Binboğa-Bergen habe ich keinen Meister wie dich gehört«, nickte Nordwind mit Tränen in den Augen.

»Einen wie dich habe ich am Gänseberg mit den tausend Quellen auch nie gehört«, sagte Melek Hanum.

Verlegen senkte Uso den Kopf, krümmte sich zur Kugel, und eine tiefe Stille senkte sich herab. Die Hirtenflöte hatte jeden von ihnen in eine andere Welt entführt.

»Uso, kilam beje gurban, gurmanci.«

»Keremge, çi bejim. Begamin?«

»Kilamé meran.«

»Ich habe Uso gebeten, ein kurdisches Lied zu singen, eine Heldensage«, wandte der Tierarzt sich an die andern. »Wenn ihr wollt, übersetze ich ins Türkische.«

Ohne zu zögern, führte Uso horchend seine Hand ans Ohr und begann kaum hörbar zu singen. Seine Stimme war fast schöner als der Klang seiner Schalmei.

»Er singt von der Wüste«, erklärte der Tierarzt, und die andern hoben die Köpfe und schauten ihn an.

Nach einer ganzen Weile wurde die Stimme bitter, danach fröhlich, schlug um in Zorn, wurde traurig, unwirsch, weich, streng, gedehnt und schwer, rhythmisch kurz, stieg auf in den Himmel, glitt ganz langsam tiefer und tiefer, jauchzte plötzlich himmelhoch. Usos Körper wiegte sich mit seiner Stimme, und auch seine Gesichtszüge veränderten sich mit der Melodie.

»Auf einem Schlachtfeld liegen sehr viele Tote«, raunte der Tierarzt. »Sie liegen ausgestreckt im Wüstensand. Auch viele verendete Gazellen, die in der Wüste niedergestreckt wurden.«

Uso sinkt auf die Knie, rückt vor, macht kehrt, weicht mit schwenkenden Armen nach links und rechts, geht in den Schneidersitz … Er schwitzt, seine Stirn legt sich in Falten, die Halsadern schwellen an, und dann beruhigt sich seine Stimme wie das langsam dahinströmende Wasser eines eben noch zu Tal gestürzten Wildbachs. Und jetzt griff Uso wieder zu seiner Schalmei, und während er spielte, erzählte der Tierarzt den Inhalt der gesungenen Lieder.

Es war schon weit nach Mitternacht. Niemand machte Anstalten zu gehen, und Uso spielte und sang immer leidenschaftlicher. Auch die Kinder waren noch da, keines schlief, keines rührte sich. Mit kreisrunden Augen starrten sie auf Uso.

Seit dieser Nacht kamen die Inselbewohner gleich nach dem Abendessen mit Kind und Kegel unter die Platanen, und Uso, im Schneidersitz, holte seine Schalmei hervor, blies eine Melodie, die sie noch nie gehört hatten, und begann dann mit einer Sage, die einige Nächte bis zu einer Woche dauern konnte, und der Tierarzt übersetzte die spannendsten Stellen.

Seit dem ersten Abend schon konnten Musa Kazim Agaefendi und Zehra sich nicht von Uso trennen. Wenn er spielte und sang, konnte Zehra manchmal ihre Tränen nicht zurückhalten. Dann neigte Musa Kazim Agaefendi sich an ihr Ohr und flüsterte: »Weine nicht, Mädchen, bald kehren wir in unsere Heimat zurück. Es dauert nicht mehr lang. Wenn nötig, gehe ich zum hochverehrten Mustafa Kemal Pascha, und dann schickt er mich zurück nach Kreta. Seine Exzellenz der Pascha stammt aus Thessaloniki, wie du weißt, er ist einer von uns.« Doch manchmal konnte auch er seine Tränen nicht halten, dann senkte er seinen Kopf ganz tief, damit es niemand sehen konnte.

»Ich sah die Positionslichter eines Bootes«, rief Veli, der hinter dem Röhricht hervorkam. »Es nimmt Kurs auf den Anleger.«

»Lasst euch nicht stören!«, sagte Nordwind, stand auf und ging Veli entgegen. »Wir kümmern uns um das Boot.« Vasili folgte ihm. Am Himmel stand ein riesiger Vollmond. In Reihe nebeneinander beobachteten sie das Boot. Es steuerte die Anlegebrücke an, stoppte aber kurz davor. Im fahlen Licht von drei Karbidlampen standen drei Mann auf dem Vordeck. »Der erste von ihnen ist es«, sagte Veli und zog seinen Revolver aus dem Gurt. »Warte ab, Veli«, bat Nordwind und legte seine Hand auf den Revolverlauf, »warte ab!«

Als Veli seine Waffe zurück in den Gurt schob, zitterte er. »Der Mann an ihrer Spitze ist derselbe, der uns entwischte. Die Figur, die Stiefel, die Hand auf seinem Revolver, seine starre Haltung, sein kleiner Begleiter neben ihm ... Er ist es.«

»Es ist der Mann«, meinte auch Vasili.

»Wartet ab, habt Geduld!«, wiederholte Nordwind.

Als Veli wieder nach seiner Waffe griff, verlöschten plötzlich die drei Lampen, im selben Augenblick verschwanden die Schatten von zwei Männern, und nur der Umriss des hoch gewachsenen, aufrecht stehenden Mannes war noch auszumachen. »Geht ihr auch beiseite!«, flüsterte Nordwind, und Vasili, gefolgt von Veli, verschwand im Röhricht. Der Mann und Nordwind standen sich allein gegenüber.

Plötzlich hallte Usos Stimme von den Platanen zum Himmel empor und weit übers Meer, und Zehras traurige Augen blickten auf Nordwind, der seine Hand auf den Knauf seines Revolvers gelegt hatte. Jedes Mal, wenn er den Griff losließ, verschwand auch Zehra aus seinem Blickfeld, griff er wieder zu seinem Revolver, war sie wieder da.

Auch Usos Stimme ließ nicht locker, umhüllte ihn wie die anhaltende Abendbrise, und der Umriss des Mannes vor ihm verschwand und tauchte immer wieder auf, seine herabhängenden Arme bewegten sich nicht.

Zehra war im Dunkel von Blau umgeben, leuchtete immer wieder auf, verlöschte, und Nordwind erschauerte jedes Mal. Auch die Stimme von Uso und das Rascheln der Blätter ließen ihn erschauern. Am Fuße des Ararat stand er an einen Baum gelehnt. Dieser Baum schwebte drei Mal auf den Kahn, verharrte vor dem Mann und entfernte sich donnernd wie eine geballte schwarze Wolke. Und jedes Mal donnerte auch Usos Stimme. Die Begleiter des Mannes auf dem Bootsdeck kamen hervor und wichen wieder zurück. Immer wieder erschienen und verschwanden ihre Schatten, und beim letzten Erscheinen brannten alle Lampen auf einmal, und die drei Männer standen Nordwind gegenüber. Gleichzeitig kamen auch Vasili und Veli und stellten sich neben ihn. Veli griff wieder zu seinem Revolver, und wieder legte Nordwind seine Hand beschwichtigend auf Velis Handrücken. In diesem Augenblick bewegte sich der kerzengerade dastehende hoch gewachsene Mann, machte kehrt und verschwand. Die drei warteten noch eine Weile, gingen dann zu den Platanen zurück und setzten sich. Uso griff sofort wieder nach seiner Schalmei, und als sie verstummte, hallte eine schwermütige Sage durch die Nacht. Veli ging einige Male zum Anleger, doch auf dem Wasser waren weder Positionslichter noch die Umrisse eines Bootes zu sehen.

Als es im Osten aufhellte, wuchs Usos Stimme in den Himmel. Mit den ersten Sonnenstrahlen begann die Schalmei in seinen Händen zu funkeln. Auch der Ton der Schalmei bekam einen hellen Glanz, verwandelte sich in eitel Freude und endete jubelnd. Und bei jedem neuen Lied, bei jeder neuen Sage übersetzte der Tierarzt den Zuhörern den Inhalt, so gut er konnte.

Zwischen zwei Flüssen tobt in der Wüste seit Tagen die Schlacht, bei Tag und bei Nacht. Das Krachen der Kanonen, das Rattern der Maschinengewehre, das Wiehern der Pferde und die Schreie der Soldaten finden kein Ende. Das geschlagene Heer flüchtet in heillosem Durcheinander nach Süden, ans andere Ende der Wüste, zum Mittelmeer. Die Granaten der feindlichen Artillerie explodieren im Gewimmel der fliehenden Männer, wirbeln mit dem Wüstensand Arme, Beine und Körperfetzen in die Luft. Tromben erheben sich übers Sandmeer, ziehen kreiselnd herbei, sodass die Soldaten die Hand nicht vor den Augen sehen können. Von einem Ende des Schlachtfelds zum andern das Gebrüll der Regimenter, die mit aufgepflanztem Bajonett aufeinander stoßen, dazu die weithin gellenden Rufe der Kämpfenden und das Pfeifen der Geschosse im grell aufblitzenden Licht.

Zehntausende zu Tode erschöpfte Soldaten werden von feindlichen Reitern verfolgt, auf den Uferböschungen des Flusses gestellt und niedergesäbelt. Tot oder verwundet treiben sie im Wasser, gehen unter, tauchen auf. Der Strom ist schwarz von ertrinkenden Soldaten. Sie brüllen, rufen um Hilfe, werden mit den dahintreibenden Leichen weiter unten ans Ufer geschwemmt, verenden dort und verpesten nach einigen Tagen die Luft mit ihrem Gestank so sehr, dass niemand, und sei er am Verdursten, sich in ihre Nähe wagt.

Auch die Verfolger, die ihre erschöpften, schaumbedeckten Pferde auf den Böschungen nicht mehr zügeln können, verschwinden oft gemeinsam mit ihren Opfern in den Fluten.

Das Sperrfeuer verstummt nicht. Granaten bersten mitten im Fluss, Arme, Beine, Körperfetzen von Ross und Reiter werden mit den Wasserfontänen hochgeschleudert, während sich feindliche Soldaten, die sich eben noch an die Kehle gegangen sind, in Todesangst aneinander klammern. Und am Rande des Schlachtfeldes in der Wüstenei Schulter an Schulter gefallene und in den letzten Zügen liegende Soldaten, verwundete, schreiende und auf dem Rücken ausgestreckte, in den Himmel starrende, ihr Leben aushauchende Männer. Im gestreckten Galopp heranpreschende, den Verwundeten den Todesstoß versetzende Kavallerie. Im endlosen Wüstensand liegen Pferde, Maultiere, Kamele, umgestürzte Protzen, Geschütze und Gerät. Hoch droben kreisen Adler, die im Gleitflug von den Bergen kamen. Nebeneinander, Flügelspitze an Flügelspitze schweben sie über den im Wasser treibenden Leichen stromab und gehen auf die ans Ufer geschwemmten nieder.

In der Wüste breitet sich ein bestialischer Gestank über das Schlachtfeld aus, das unter dem Donner der Kanonen, dem Bellen der Maschinengewehre und dem Geschrei der Kämpfenden zu beben scheint. Glitzernder Sand blendet die Augen, verwandelt die lichte Umgebung in dichtes Dunkel, der schneeweiße Himmel zieht davon, hinterlässt gähnende Leere.

Wie ein Wüstensturm zieht der Schlachtenlärm mit den Tromben in alle Richtungen. Herden von Gazellen gleiten wie rote Wildwasserströme von den Bergen herab in die Wüste, rennen, aufgeschreckt vom Schlachtenlärm, am Wüstenrand heillos durcheinander, sammeln sich wieder, ziehen weiter, wirbeln erneut durcheinander, als sie zu den Stellungen der Soldaten kommen, und finden sich plötzlich im Schlachtengetümmel wieder. Von überall her regnet es Geschosse auf sie herab, in Todesangst rennen sie immer schneller, sie springen in hohen Bögen immer weiter, landen, knicken ein und setzen wie im Fluge in weiten Sprüngen über den Sand. Und die von Kugeln getroffenen Gazellen legen sich mit großen, schwarzen, traurigen Augen hin, bleiben lang ausgestreckt wie ein totes Kind liegen und rühren sich nicht.

Die erschrockene, vor Angst außer sich geratene Herde bricht einmal nach rechts aus, stiebt auseinander, als tödlich getroffene Tiere stürzen, sammelt sich dann sofort, bricht in Wellen nach links aus, dann wieder nach rechts, als Tiere fallen, wieder nach links … Es werden immer weniger, und immer mehr werden getroffen und färben den Sand rot. Die übrig bleiben, finden keine Lücke aus diesem Schlachtfeld, die Bögen ihrer Sprünge werden kürzer, bald laufen sie nur noch müde und erschöpft im Kreis, ergeben sich ihrem Schicksal. Nach und nach füllt sich das Schlachtfeld mit verendeten Gazellen, die andern machen kleine Sprünge, ziellos, ratlos.

Die Schlacht aber tobt weiter. Völlig erschöpft drängen sich die Gazellen der auf die Hälfte geschrumpften Herde aneinander, rühren sich nicht mehr, heben nur die Köpfe, spitzen die Ohren, blicken mit schreckgeweiteten Augen hinauf zu den nahe liegenden Bergen im lichten Nebel. Plötzlich verstummt der Schlachtenlärm, herrscht dröhnende Stille. Die regungslos dastehenden Gazellen lauschen, schauen sich an, drängen sich noch enger und springen wie von der Sehne geschnellt in weiten, roten Bögen über die Soldaten und ihre Schützenlöcher hinweg und suchen das Weite. Der Sturm der Gazellen war vorbei.

Kaum hat auch die letzte Gazelle das Schlachtfeld verlassen, regnen aus allen Richtungen wieder die Geschosse, beginnen die Kanonen wieder zu donnern, und die Soldaten stürmen wieder mit aufgepflanzten Bajonetten. Die Schreie tausender hallen wieder gen Himmel. Die Wüste wimmert, im Sand liegen, aneinander gedrängt, tote Soldaten und Gazellen. Über ihnen bedecken kreisende Adler, die von den Bergen kommen, den Himmel.

Schnell wie ein Lidschlag huschte ein grelles Licht über die Insel. Alle waren unter den Platanen zusammengerückt und warteten auf Uso. Mit seiner Schalmei in der Hand und begleitet von Hacé, kam er schon bald hinterm Röhricht hervor, hockte sich ans Ende der Pritsche am Brunnen, zog die Hirtenflöte aus dem Futteral und strich zärtlich über sie hinweg. Verschämt schaute Hacé mit bewundernden Blicken zu ihm auf. Plötzlich schwang sich eine fröhliche, hoffnungsvolle Melodie empor, wanderte mit der leichten Brise einige Male übers Meer, packte die Zuhörer, zog sie zu sich und führte sie in ihre fernen Traumwelten. Der Lichtschein blitzte noch einmal über sie hinweg, und solange der Ton der Schalmei anhielt, schwebten sie wie im Rausch in das Paradies ihrer Träume. Als er verstummte, öffneten sie ernüchtert die Augen. So auch der Tierarzt, der diese Melodie schon seit seiner Kindheit kannte. Uso legte die Schalmei in seine Armbeuge.

Cemil der Tierarzt sagte: »Er hat uns eben den Anfang der Geschichte des berühmten Barden, des Dengbejs Fakiyé Teyran, gespielt, und jetzt wird er sie uns erzählen, und er hat mich gebeten, die packendsten Stellen der Geschichte auf Türkisch zu erzählen.«

Uso begann. Gebannt von seiner Stimme, überließen sich seine Zuhörer ihren Träumen. Tierarzt Cemil war wie in Trance. Drei Nächte lang spielte und erzählte Uso die Sagen des Fakiyé Teyran. Erst im Morgenrot gingen alle wie berauscht nach Haus und schliefen glücklich ein, kaum dass sie im Bett waren.

Zum Serail Birca Belek der Emire in der Stadt Cizre kam einst aus dem unteren Mesopotamien ein Dengbej, kniete vor dem Emir von Geliye Botan nieder und trug sehr alte Sagen vor. Der Emir gewann diesen Barden so lieb, dass er ihn monatelang nicht gehen ließ. Die Honoratioren der Stadt stürmten das Serail vom Emir und lauschten im großen Saal nächtelang dem Dengbej. Seine kürzeste Sage dauerte eine Woche.

Schließlich bat der Dengbej den Emir, ihn weiterziehen zu lassen. Doch das Volk von Cizre umringte den reich beschenkten Barden, geleitete ihn zum Hauptplatz der Stadt am Ufer des Tigris in ein Kaffeehaus, das sich bald bis auf den letzten Platz füllte. Der Dengbej blies die Eröffnung mit der Schalmei, und dann begann er zu erzählen. Den ganzen Winter lang ließen die Einwohner von Cizre diesen Barden nicht fort, der ihnen noch nie gehörte Sagen erzählte und noch nie gehörte Melodien spielte. In seiner Stimme lebten die Wüste, die umliegenden Berge, die Hochebenen, die randvoll mit Blumen bedeckten Täler, die fruchtbaren Ebenen an der Küste, die Sümpfe mit abertausenden Vögeln, die Padischahs, die Kriege, die Wesire, die Gazellen, Hirsche und Pferde in tausendundeiner Farbe. Der Dengbej hatte die ganze Welt in die Stadt Cizre gebracht, und die Einwohner fühlten sich danach wie andere Menschen.

Von einem Vogel aber erzählte er immer, einem Wundervogel, der wohl zu hören, aber nie zu sehen war. Sogar hören konnte ihn nur jemand, der reinen Herzens war wie die Heiligen. Wer ihn aber erblickte, wurde unsterblich. Seit Urzeiten machte sich jeder, der seine Stimme einmal gehört hatte, auf die Suche nach ihm, suchte ihn bis an sein Lebensende, doch nie fand er ihn.

Wer von dem sagenhaften Vogel erfuhr, verspürte einen Hoffnungsschimmer im Herzen, und von sieben bis siebzig träumte jeder davon, seine Stimme einmal zu hören, um sich dann auf die Suche zu machen. Und viele Jünglinge aus Cizre machten sich auf den Weg zu den Ufern des Mittelmeeres, zu den Amanos-Bergen, zum Taurus, zur Tiefebene Çukurova, manche zog es zum See Van, manchen zu den Bergen Zağros und Sincar, manchen zum Tal Lalis.

Faki war jung und stattlich. Seine Augen waren groß wie Gazellenaugen, sein junger Bart spross kraus und schwarz, auf seinen Lippen spielte immer ein Lächeln, seine Kleidung war gepflegt, seine Opanken aus weichem Kalbsleder gearbeitet. Er entzückte jeden, der ihn betrachtete. Er war einer der Ersten, die Cizre verließen, um die Stimme des Vogels zu hören. Zuerst schlug er die Richtung zu den Amanos-Bergen ein, wo alevitische Kurden lebten. Er fand sie und wurde von ihnen freundlich aufgenommen. Noch bevor oben in den Bergen der Tag anbrach, zog er weiter durch die Wälder auf der Suche nach dem Gesang des Vogels. Überall zwitscherten Vögel, doch jener Vogel war nicht darunter. Woher er das wusste? Nun, der Dengbej hatte gesagt, dass der Gesang jenes Vogels unter allen anderen Vogelstimmen sofort zu erkennen war. Wer ihn hört, gerät vor lauter Freude ganz außer sich, fühlt sich wie neugeboren!

Er ließ keinen Hang, keinen Gipfel, keinen Wald, keinen Bach und keine Quelle im Gebirge aus, suchte horchend jeden Winkel ab, doch vergeblich. Er wanderte weiter in die Çukurova. Von einem Ende bis zum anderen bestand diese Tiefebene aus Wald, Ried und Röhricht. In jedem sumpfigen Gelände zwitscherten ohrenbetäubend hunderte Vogelarten, und wenn die Flamingos aufflogen, verdunkelte sich die Sonne und der Himmel färbte sich rosarot.

Er wanderte durch die ganze Çukurova, watete durch jeden Sumpf, er zog in die Berge, übernachtete in den Zelten der Jürüken. Jeden fragte er, ob er den Gesang des Vogels, der sich nicht zeige, gehört habe. Doch niemand hatte diesen Vogel gesehen noch seine Stimme gehört. Aber vor langer Zeit soll es Menschen gegeben haben, die seinen Gesang vernommen hätten. So auch der Arzt der Ärzte, Lokman Hekim. Als Lokman Hekim die Stimme jenes Vogels hörte, stieg er in den Rang eines Heiligen auf, und wo immer er künftig wanderte, ob Berg oder Tal, Ebene oder Wüste – alle Blumen, Gräser, Sträucher und Bäume flüsterten ihm zu, welche Krankheit sie heilten. So sammelte Lokman Hekim Gräser, Blumen und Blätter und zog heilend von Dorf zu Dorf, von Zelt zu Zelt, von Stadt zu Stadt.

Lokman Hekim wurde älter als neunzig Jahre. Als er eines Tages im Taurus durch den Wald Pos wanderte, hörte er die Stimme jenes Vogels erneut und war eigenartig berührt. Da ich nach so vielen Jahren diese Vogelstimme wieder höre, offenbart sich mir wohl ein weiteres Mysterium, dachte er. Tagelang dachte er nach im Walde Pos und kam schließlich hinter das Geheimnis dieser Vogelstimme.

Er befand sich in einem uralten Zedernwald, jeder Baum ragte hoch in den Himmel, und die ältesten hatten so mächtige Stämme, dass auch drei Männer Hand in Hand sie nicht umfassen könnten. In diesem Wald werde ich ein Mittel gegen den Tod finden, sagte sich Lokman, und er begann zu suchen. Am Ende einer Nacht, als der Morgenwind schon wehte und sich der Osten erhellte, kam wie aus weiter Ferne und fast unhörbar eine Stimme an sein Ohr. Sie klang wie eine Vogelstimme. Er spitzte die Ohren. Ich bin die Arznei gegen den Tod, Arznei gegen den Tod, gegen den Tod, gegen den Tod … Und die Stimme sagte noch: Ich bin an der Quelle am Fuße der tausendjährigen Zeder. Hol mich noch vor Sonnenaufgang! Die Stimme verstummte, Lokman lief hinunter zum Baum, wo ein grünes Kraut hoch gereckt ein Licht ausstrahlte, das den Grund der Quelle und die ganze Umgebung grell erhellte und das bei längerem Betrachten die Augen blendete. Es gelang Lokman nicht, seine Hand nach dem Kraut auszustrecken. So stand er eine Weile da und wartete ab. Er war vor Freude außer sich. Nun stand er vor der Unsterblichkeit, doch er wusste auch: Beim ersten Sonnenstrahl des Tages wird die Arznei der Unsterblichkeit sich in Licht auflösen, sich in einen Vogel verwandeln und davonfliegen. Schwankend zwischen Glück und Beklemmung, nahm Lokman seine ganze Kraft zusammen, bückte sich, und das Kraut neigte sich in seine weit ausgestreckte Hand, er zog es an sich, drückte es an seine Brust, und sein ganzer Körper begann zu leuchten. Wie eine Kugel aus Licht rannte er los, tauchte dabei seine Umgebung in helles Licht, und er versuchte, schnell unter Menschen zu kommen. Und so kam er bis zur Ebene. Erschöpft entdeckte er einen in schneeweißer Blüte stehenden Baum, schleppte sich mit letzter Kraft zu ihm, legte sich in seinen Schatten, bettete den Kopf auf eine Bodenwelle und war auch schon eingeschlafen. Am Fuße des Baumes gähnte ein tiefer, dunkler Brunnen. Aus dessen nächtlichem Schlund kroch eine lange, schwarze Schlange. Sie glitt herbei, ihre Haut glänzte im Licht des Krauts. Sie umkreiste Lokman drei Mal, hob den Kopf, schaute ihm lange ins Gesicht, kroch dann an seine Brust, schnappte sich das Unsterblichkeitskraut und machte kehrt. Mit dem grünen Kraut im Maul tauchte sie die ganze Gegend in grelles Licht. Die schwarze Schlange richtete sich wieder auf, schaute sich argwöhnisch nach Lokman um, doch der schlief glücklich und entspannt, lächelte unmerklich. Die Schlange wendete, glitt mit ihrem schillernden schwarzen Rücken und dem grünen Kraut im Maul zum dunklen Brunnen, in dessen Schlund noch kein Licht gedrungen war. In diesem Augenblick sprang Lokman, wach geworden, auf, lief zum Brunnen und sah noch, wie die schwarze Schlange mit dem Kraut Schwindel erregend schnell in die Tiefe glitt. Als die Schlange und das Licht verschwunden waren, das undurchdringliche Dunkel den Brunnen wieder füllte, blieb Lokman mit hängenden Schultern am Brunnenrand stehen.

Damals wie heute sehen Wanderer, die kurz vor Tagesanbruch dort vorbeigehen, unter dem in ewiger Blüte stehenden mächtigen Baum den verschwommenen Schatten des über den Brunnenrand gebeugten Lokman Hekim.

Fakiyé Teyran fragte sich durch und fand schließlich einen mächtigen Baum am Fuße eines Berges. Auch hier befand sich ein Brunnen. Er beugte sich über den Brunnenrand, da unten herrschte undurchdringliches, pechschwarzes Dunkel. An jenem Abend legte er sich dort schlafen. Als er erwachte, war nicht eine einzige Vogelstimme zu hören. Er entdeckte noch viele mächtige, in weißer Blüte stehende Bäume, doch ein jener Vogelstimme ähnliches Zwitschern hörte er nie. Schließlich bekam er Heimweh. Sein Vater lebte in einer Stadt in den Bergen von Van und war der Emir dieser Region. Sein prachtvoller Konak und seine Gastlichkeit waren in aller Munde. Am Stadtrand begegnete er seinem Vater, der sofort vom Pferde stieg und ihn umarmte. Drei Tage und drei Nächte dauerte das Fest, das der Emir zu Ehren seines Sohnes gab. Danach setzten sich Vater und Sohn in Ruhe zusammen, Faki erzählte, der Vater hörte zu. Als das Gespräch auf Lokman Hekim kam, begannen die Augen vom Vater zu leuchten. »Hat Lokman Hekim denn kein weiteres Kraut mehr gefunden, nachdem die Schlange es ihm gestohlen hatte?«

»Ich habe jeden danach gefragt«, antwortete Faki. »Nein. Obwohl tausende Quellen wie jene, aus der das Kraut ihn gerufen hatte, überall in den Wäldern sprudelten.«

Erst am Schluss erkundigte sich der Vater nach jenem Vogel, der seine

Stimme hören, sich selbst aber nicht blicken ließ. »Alte Dengbejs erzählen oft von so einem Vogel. Es gab welche, die seine Stimme hörten, ihn selbst aber nicht sehen konnten.« Der Vater schaute ihm in die Augen, dann fragte er: »Warum suchst du ihn?« Faki senkte den Kopf und überlegte. Er war schweißbedeckt. Dann hob er den Kopf, schaute seinen Vater an und ließ den Kopf wieder sinken. Eine ganze Weile blieben Vater und Sohn so sitzen. Schließlich sagte Faki: »Vater, ich muss diesen Vogel sehen! Wenn ich ihn sehe, wird etwas geschehen.« Doch was geschehen würde, fragte der Vater nicht.

Fakiyé Teyran blieb einen Monat. Der Vater sattelte ihm ein ausdauerndes, rassiges Pferd, steckte ihm Goldstücke in den Gurt, stopfte feste Opanken und Kleidungsstücke in den Mantelsack, und Eltern, Geschwister und Verwandte, ja alle Einwohner geleiteten Fakiyé Teyran vor die Stadt.

Faki ritt hinunter nach Cizre zum Serail Birca Belek im Emirat Bota, wo der Emir ihn willkommen hieß und drei Tage lang gastlich aufnahm. Von früh bis spät saßen sie in Gesprächen beisammen. Der Emir horchte auf, als die Rede auf Lokman Hekim und die schwarze Schlange kam, die ihm das Unsterblichkeitskraut gestohlen hatte. »Auch in unserer Gegend erzählt man sich Geschichten von schwarzen Schlangen«, sagte er. »Die Stimme des Vogels haben viele gehört, aber ihn selbst nie gesehen. Wenn ein Vogel eine Stimme hat, muss es ihn auch geben. Seine Stimme führt den Menschen ins Paradies.«

»Ich werde ihn finden.«

»Gott gebe, dass du ihn siehst!« Der Emir gab ihm sein Siegel. »Wenn du Schwierigkeiten bekommst, hilft dir zwischen diesen beiden Strömen jeder, dem du es vorzeigst. Reite auch zu den Jesiden im Tal Lalis und grüße sie von mir! Vögel sind ihnen heilig, der Pfau ist ihr Sinnbild. Vielleicht wissen sie etwas über deinen Vogel.«

Faki durchstreifte die Wüste von Mesopotamien und übernachtete in den Zelten der Beduinen. Er hörte viele Vogelstimmen, erblickte viele in den Himmel ragende Dattelpalmen, durchmaß viele Gazellenherden, die nicht scheuten, überstand Sandstürme, und der Sand raute seine Haut. Als er das Tal Lalis erreichte, war er nicht wiederzuerkennen, er hatte ein dunkelhäutiges Gesicht und war nur noch Haut und Knochen.

Im Tal Lalis wurde er sehr freundlich empfangen. Der Ruhm seines Vaters war bis hierher gedrungen, und jeder hatte auch schon von ihm gehört. Sie erzählten von Menschen, die den Gesang des Vogels gehört hatten, und von vielen Fremden, die auf der Suche nach dem Vogel hier durchgekommen waren. Aber jemand, der den Vogel gesehen hatte, war ihnen nicht begegnet, noch hatten sie von ihm gehört.

»Ich werde diesen Vogel finden.«

»Gott sei dein Helfer!«

Als Faki ein Gebetshaus betrat, fiel ihm an der Wand rechts neben dem Eingang das Bildnis einer langen, sich dreimal windenden, schwarzen Schlange auf, die wohl länger war als ein Mensch mittlerer Größe, und auch das Relief eines Vogels über der Eingangstür erregte seine Aufmerksamkeit. War das die Schlange, die Lokman Hekims Kraut gestohlen hatte? War das jener Vogel? Die Jesiden zu fragen, traute er sich nicht. Auf der Wand links neben der Eingangstür des Tempels waren Schriftzeichen zu erkennen, die bisher noch niemand hatte lesen können. Auch wusste niemand, um welche Schrift es sich handelte. Wäre Lokman Hekim in diese Gegend gekommen, er hätte sie vielleicht entziffern können. Vielleicht. Vielleicht verbarg sich in diesen Schriftzeichen das Geheimnis des Todes. Wenn diese Schriftzeichen kein Geheimnis enthielten, dann hätten die Scheichs der Jesiden den Inhalt kennen müssen! Denn wenn sie eine Schrift nicht lesen können, ist ihnen der Inhalt mündlich überliefert! Über die Schlange sprach niemand, auch nicht über den Vogel. In die Teppiche des Gebetshauses und der Wohnhäuser war auch das Bild eines Pfaus eingearbeitet. Faki entdeckte im Gebetshaus und in den Häusern auch bronzene Skulpturen, die Hähnen ähnelten.

Bei diesen Jesiden gab es überhaupt viel Geheimnisvolles. Immer wieder wurden sie als Anbeter des Teufels, des Pfaus, der Sonne gequält und umgebracht, und wenn ihre Verfolger meinten, sie seien ausgerottet, kamen sie nach Jahren von den Bergen, wohin sie geflüchtet und sich vermehrt hatten, wieder herunter und füllten das Tal Lalis. Aus irgendwelchen religiösen Gründen fielen die Beys dann über sie her, flüchteten die Überlebenden wieder in die Berge. Und meinten ihre Feinde, sie hätten sie mit Stumpf und Stiel ausgerottet, kamen die Jesiden, die sich in den Bergen wieder vermehrt hatten, herunter ins Tal Lalis und scharten sich um ihren Tempel, die Türbe des Scheichs Adi Bin Misafir. Die arabischen Emire, die türkischen Beys und kurdischen Stammesführer zogen sofort wieder ins Feld, sie mit Kind und Kegel auszurotten. Fakiyé

Teyran kannte sich aus in der Geschichte der Jesiden. Sie sind Kurden, und sie sprechen ein wortreiches Kurdisch, ihre Sagen über die erlittenen Massenmorde gingen in Mesopotamien von Mund zu Mund. Wem sie zu Ohren kamen, der konnte nicht glauben, was er hörte, und wand sich in Schmerz und Trauer. Eigenartig war, dass sie meistens von kurdischen Emiren hingemetzelt wurden. Und noch etwas lernte Fakiyé Teyran in Lalis: Die seit Jahrhunderten verfolgten und ermordeten Jesiden lehnten, aus welchen Gründen auch immer, das Töten eines Menschen grundsätzlich ab. Ganz erstaunt erfuhr Faki von den Scheichs in Lalis, dass die Menschen in Mesopotamien in alten Zeiten keinen Krieg kannten. Die Menschen dort lebten in Stadt und Land ohne Krieg in Wohlstand. In den Nachbarstaaten erfuhr man davon, marschierte nach Mesopotamien und ließ keinen Stein auf dem andern und keinen Kopf auf den Schultern. Obwohl die Mörder der Jesiden im Innersten den Protest ihrer Opfer gegen die Unmenschlichkeit sogar in der Stunde ihres gewaltsamen Todes bewundern mussten, konnten sie ihrer Mordlust nicht Einhalt gebieten. Als Fakiyé Teyran von dieser friedlichen, von Mord und Totschlag gefeiten Welt erfuhr, fühlte er sich wie neugeboren, wie innerlich gereinigt, er war fröhlich wie ein Kind und zornig wie ein Kind.

»Ich werde diesen Vogel finden«, sagte Faki.

»Gott helfe dir!«, wünschten sie ihm und geleiteten ihn bis zum Hoftor des Tempels, wo der weißbärtige Scheich mit Überzeugung hinzufügte: »Dir gebührt, den Vogel zu sehen.«

»Amen!«, riefen die andern gemeinsam, die zum Abschied mitgekommen waren. Keiner von den Zurückbleibenden fragte sich, was dieser stattliche, schöne Jüngling wohl tun wird, wenn er diesen unsichtbaren Vogel wirklich sieht. Von alters her hatten so viele Menschen ihn gesucht, und so viele suchten ihn noch immer, und nie hatten sie auf diese Frage eine Antwort bekommen, sodass sie es schließlich aufgaben. Wer seine Stimme gehört hatte, wahrte sein Geheimnis, und die ihn nicht gehört hatten, schwiegen ohnehin.

Faki wendete sich nach Westen und schlug den Weg zu den sich wie ein Wald ausdehnenden Dattelpalmen ein, die ihm auf seinem Herweg schon aufgefallen waren. Die Palmen waren so hoch wie die alten Zedern des Waldes Pos. Der Vogel konnte sich ja in einem dämmrigen Winkel dieses Haines versteckt halten, wer sollte ihn in diesem endlosen

Zwielicht schon entdecken? Wie sah er eigentlich aus? Seine Farben, seine Größe, seine Flügel, seine Krallen, sein Schwanz, sein Schnabel? Hatte er ein besonderes Merkmal? Er hatte nicht einmal daran gedacht, den Dengbej danach zu fragen. Seitdem er unterwegs war, stellte er sich den Vogel in immer wieder anderen Farben und Größen vor. Er musste sich bei den Einheimischen nach ihm erkundigen! Aber auch den Namen des Vogels kannte keiner. Hatte denn jemand den legendären Vogel Greif schon einmal gesehen? Der hatte immerhin einen Namen!

»Warum suchst du jenen Vogel?«

»Um ihn zu sehen.«

Mit wachen Ohren suchte er tagelang in diesem Wald von Dattelpalmen. Schon bei Tagesanbruch kamen unzählige Vogelstimmen an sein Ohr. Aber die Stimme jenes Vogels erkannte er nicht. Was hatte der Barde ihm noch gesagt? Wer die Stimme jenes Vogels hört, wird verzaubert! Er lebt danach bis an sein Ende in einem paradiesischen Rausch! Eine Vogelstimme, die ihn verzauberte, war nicht darunter.

Im Morgenrot verließ er den Palmenwald. An der Grenze des Hains stieß er auf einen weichen Rasen, auf ein frisches Grün, das sich bis zum Wüstenrand erstreckte und sich mit dem Licht des Himmels vereinte. Er verharrte und betrachtete diesen immer schmaler werdenden Grünstreifen, bis die Sonne aufging. Der sandige Hügel gegenüber blitzte golden auf und begann vom Fuß bis zum Kamm hinauf zu glitzern.

Und aus dem Geglitzer stieg ein Vogel auf, glitt gemächlich in den blauen Himmel. Fakiyé Teyran schlug den Weg zu den Bergen ein. In weiter Ferne dampften die kupferfarbenen Gebirgsketten. Der blaue Schatten des glitzernden Vogels führte ihn. Er schaute zu ihm hoch, der Vogel flog über ihm, segelte mit seinen blau glitzernden Flügeln von der golden schimmernden Düne zu den gegenüber liegenden Bergen, verschwand, kam wieder zurück, flog mit gestreckten Flügeln minaretthoch über Faki hinweg und tauchte Stock, Stein, Erde Gras und Baum, ja die ganze Welt in lichtes Blau.

Faki näherte sich den Bergen, und der Schatten des Vogels glitt vor ihm dahin. Die Umrisse seiner Flügel wurden länger und größer, schrumpften dann zu einer lila Kugel, öffneten sich plötzlich, und der Vogel strich seitlich ab.

Gegen Mittag wurde Faki müde. Die Hänge dufteten betäubend nach Heidekraut, an ihrem Fuß sprudelte eine von grünen Rasen umgebene Quelle über helle Kiesel. Erschöpft holte er seine Wegzehrung hervor. Die Jesiden hatten ihm eine Manteltasche mit Röstfleisch, Fladenbrot und Kräuterkäse gefüllt. Der Vogel kreiste mit seinen breiten Flügeln genau über ihm, und der Schatten fiel auf den Grund der Quelle und färbte Kiesel und Wasser blau.

Faki zog weiter in die Berge und klopfte bei einer kleinen Hirtenhütte an. Ein alter Schäfer, der eine Herde von Gazellen hütete, hieß ihn willkommen und bewirtete ihn mit Gazellengulasch, Grützpilaw und Gazellenkäse. Der Hirte war ein erfahrener Mann. Er schaute Faki lange in die Augen, und dieser wich seinem Blick nicht aus. »Bist du auch gekommen, um den Vogel zu sehen?«

»So ist es.«

»Von welchem Bey bist du der Sohn?«

Fakiyé erzählte ihm seine Geschichte. Sie legten sich spät schlafen und wachten früh auf. Nach dem Frühstück zeigte der Hirt seinem Gast noch den Hag der Gazellen. Dicht gedrängt standen sie zu hunderten. Über allem lag ein rötlicher Schimmer, den plötzlich der azurblaue Schatten des Vogels übertünchte.

Faki schaute hoch. »Ist das der Vogel?«

»Ich weiß es nicht«, antwortete der Gazellenhirt.

Fakiyé Teyran nahm den Weg zum Wald. Der Forst schien von weitem wie eine dunkle Nacht, die sich über das Gebiet gesenkt hatte. Verzauberte Vögel leben in solchen Wäldern, sagte er sich und tauchte schaudernd ins Unterholz. Er hob den Kopf, über den Wipfeln kreiste der blaue Vogel, äugte hin und wieder herunter. Gefolgt von dem Vogel, kämpfte er sich durchs Gestrüpp bis zum Rand eines Steilhangs. Tief unter ihm gewahrte er bewegliche Gestalten, ob es Menschen waren, Pferde, Kamele oder Rinder, konnte er nicht erkennen. Ein fließendes Gewässer auf dem Grund der Schlucht erschien von hier oben nur fingerbreit. Faki ging zurück ins Gehölz, suchte nach einer Quelle und fand sie schließlich. Ja, wenn überhaupt, dann lebte der gesuchte Vogel in diesem großen Forst! Faki lehnte sich an einen Baum. Der Grund der Quelle bestand aus grünen und weißen Kieselsteinen. Das Wasser sprudelte lichthell.

Die Sonne ging unter, es wurde dunkel, der Wald rauschte, Tierstimmen wurden laut. Faki konnte bis zum Morgen kein Auge schließen. Den Rücken an den Baum gelehnt, hockte er zusammengekrümmt nur so da. Im Morgengrauen hastete er, ohne zu frühstücken und auch nur einen Schluck Quellwasser zu trinken, weiter. Doch er hatte noch keine fünfzig Schritte gemacht, da stolperte er schon über Sträucher und Unterholz, stürzte, rappelte sich wieder auf und bahnte sich mit beiden Händen einen Weg durchs Gestrüpp. Als er an einen Bach kam, waren sein Schalwar und die Ärmel seines kragenlosen Hemds schon zerrissen, seine Arme und Hände zerschrammt, und sein Rücken schmerzte, als habe er schwere Steine geschleppt. Am Wasser ließ er sich ins Gras fallen. Bald darauf hörte er Stimmen, und obwohl todmüde, stand er auf und ging den Stimmen nach. Noch bevor er die Zelte entdeckte, rannten ihm Hirtenhunde entgegen. Ein alter Mann hinter ihnen verjagte sie mit aufgeklaubten Steinen, hakte sich bei ihm ein und führte ihn zu einem siebenteiligen Zelt. Bevor er hineinging, blickte er zum Himmel. Ohne Flügelschlag kreiste der Vogel unter den verblassenden Sternen. Auch der alte Mann entdeckte den Vogel und zog Faki zurück ins Zelt. Als er sich umschaute, blieb ihm trotz seiner Müdigkeit vor Verwunderung der Atem weg. Die Jürüken hatten schon von dem Gast gehört und sich im Beratungszelt versammelt.

Im öffentlichen Rundzelt stand die gepolsterte Sitzmatratze des Beys schon bereit. Alle Anwesenden erhoben sich und blieben schweigend stehen, bis der Bey und sein Gast sich gesetzt hatten. Durch die Öffnung im Zeltdach waren noch einige Sterne zu sehen.

Kaum hatte der Bey Platz genommen, stellte er Fakiyé Teyran vor. »Unser Gast kam heute mit einem tiefblauen Vogel, dessen Flügel jeweils zwei Armlängen messen, vor unser Zelt. Der Vogel steht noch am Himmel. Wenn ihr wollt, geht hinaus und schaut es euch an!« Keiner rührte sich.

Der Bey blickte auffordernd zum Dengbej hinüber, der mit seiner langen Schalmei in der Zeltmitte saß und jetzt das Instrument an seine Lippen führte und zu spielen begann. Fakiyé Teyran hatte bisher weder einen Sagenerzähler noch einen Hirten erlebt, der so die Schalmei blasen konnte, und seine Begeisterung stieg, je länger er zuhörte. Der Morgen kam, die Sonne ging auf, und sie verließen das Ratszelt. Der Vogel mit den blauen Flügeln umkreiste eine Pappel hoch über dem Zelt, und sein Gefieder funkelte im Morgenlicht. Der Bey warf den Kopf in den Nacken und betrachtete den Vogel eine Weile. »Ich habe diesen Vogel hier noch nie gesehen.«

»Dieser Vogel ist nicht von hier«, sagten auch die andern und schauten dabei Fakiyé Teyran an. »Wir sind zusammen gekommen«, sagte dieser in bescheidenem Ton.

Die Menge zerstreute sich, der Bey und Faki begaben sich ins Herrenzelt, wo es nach Milch, frischen Fladen und Wabenhonig duftete. Sie setzten sich an die Tafel, auf der auch ein mit frischen Bläschen bedeckter Klumpen Butter lag. Auch die Hanum kam herein, und die beiden erhoben sich. »Seit gestern fliegt über uns dieser Vogel«, sagte sie, »und seitdem ist die ganze Welt blau gefärbt. Sogar die Sonnenstrahlen scheinen blau.«

»Und um diesen Vogel zu finden, hatte sich Fakiyé Teyran auf den Weg gemacht«, erklärte der Bey.

»Den Vogel, den Sie suchen, gibt es nicht«, sagte die Hanum.

Mit gerunzelten Brauen warf der Bey ihr einen strengen Blick zu. »Wenn es diesen Vogel nicht gibt, was ist denn dieses Ding, das da über uns fliegt und Himmel und Erde blau färbt?«

»Wäre es jener Vogel, hätte er schon längst gesungen, und wir fänden uns im Paradies wieder. Jenen Himmelsvogel gibt es nur in den Sagen der Dengbejs. Ich weiß nicht warum, aber seit es diese Welt gibt, sucht jeder diesen Vogel. Warum suchst du diesen Vogel?«, wandte sie sich an Faki.

»Nur um ihn zu sehen.«

»Und woher willst du dann wissen, dass es der Vogel ist?«

Faki senkte den Kopf. »Das frage ich mich auch. Ich weiß es nicht.«

Der Bey gab seiner Hanum die Antwort: »An seiner Stimme wird er ihn erkennen. Wer sie hört, vergeht vor Glück, erlebt das Paradies.«

»Ja, ich werde jenen Vogel sehen.«

Das Frühstück war zu Ende, die Tafel wurde aufgehoben, Fakis Mantelsack, dessen beide Taschen mit Proviant gefüllt worden waren, wurde gebracht. Faki warf sich den Mantelsack über die Schulter, und sie gingen ins Freie. Draußen warteten die Stammesangehörigen schon auf sie.

»Hoffentlich findest du dein Glück, mein stattlicher Sohn!«, rief die Hanum hinter ihm her. »Gott gebe, dass du bald, bevor du alt wirst, die Stimme jenes Vogels hörst und ihn auch siehst.«

Faki und der Bey, gefolgt von den Jürüken, über ihnen der blaue Vogel, vor ihnen sein tiefblauer Schatten, kamen zur Brücke Yedigöz, sie umarmten sich, alle wünschten Faki viel Glück und kehrten ins Lager zurück.

Der blau gefiederte Vogel flog genau über Faki. Hinter der Brücke säumten zu seiner Linken steile Felsen den Weg. Die Felswände glitzerten und glühten. Vor ihm glitt der Schatten des Vogels. Plötzlich war er wie weggewischt. Faki schaute zum Himmel, der Vogel war verschwunden. Im Inneren verspürte Faki eine unendliche Leere. Er schaute nach rechts und links die Felswände entlang, und hinter einer Biegung sah er mitten auf dem Weg den Vogel wieder, und ihm war, als schwimme er in einer blauen Wolke. Nach einigen Schritten verwischten sich die blaue Wolke und der Vogel. Reihum auf den Felswänden blühten rote und violette Blumen.

Es wurde Mittag und glühend heiß. Aus den Tälern stiegen berauschende Düfte hoch. Wie auf einen Schlag kamen von den Felskuppen Schwärme fingergroßer Vögel herunter und tauchten ihn in ein Meer von Farben. Zwitschernd schwirrten die Vögel um ihn herum, verstummten plötzlich, setzten sich vor ihn, verschwanden dann aus seinem Blickfeld, kamen im Nu zurück und begannen wieder zwitschernd um ihn zu kreisen. An ihrer Spitze flog ein schimmernd weißer Vogel, groß wie ein Star, und während die andern um Faki kreisten, flog dieser weiße eine doppelte Armlänge vor ihm.

Vielleicht ist er jener Vogel, dachte Faki. Wenn er ihn doch nur hören könnte! Aber wie sollte er aus diesem Gezwitscher diese eine Vogelstimme herausfinden! Vor lauter Vögel konnte er fast den Weg nicht ausmachen. Plötzlich fand er sich vor einem schmalen Bach wieder. Kaum hatte er ihn durchwatet, verschwanden alle Vögel bis auf den weißen.

Faki war erschöpft. Bei einer Quelle am Fuße der nahen Felsen setzte er sich in die Blumenwiese. Auch der Vogel kam herbei und setzte sich ihm gegenüber auf einen Busch mit vielblättrigen gelben Blüten. Nachdem Faki sich ein wenig ausgeruht hatte, trank er einige Hand voll Wasser, öffnete seinen Mantelsack, holte den Proviant hervor, darunter die von den Nomaden eingepackten Reismehlküchlein, legte Kräuterkäse, Wabenhonig und das dünne Fladenbrot vor sich auf die Wiese und begann zu essen. Als er sah, dass der Vogel ihn beäugte, stand er sofort auf, nahm ein Stück von dem Brot, zerbröckelte es, ging damit zum Busch, legte, mit Blick auf den Vogel, die Krumen auf die Erde und wartete ab. Der Vogel flüchtete nicht, blieb regungslos hocken, bis Faki sich wieder auf seinen Platz begeben hatte. Dann erst flog er von seinem Zweig herunter, schaute zu Faki herüber und stieß dann etwas scheu den Schnabel in die Krumen. In kurzer Zeit hatte er alles aufgepickt, flog zur Quelle, trank und kehrte zurück in seinen Busch. Der Tag neigte sich, es wurde dunkel, der Vogel kam herbei, kreiste drei Mal über Fakis Kopf und flog zurück in den Busch. Nachdem Faki eine Weile den Vogel beobachtet hatte, schob er sich den Mantelsack unter seinen Nacken und schlief ein.

Im Morgengrauen wachte er auf, hockte sich hinter die Felsen, entleerte sich und wusch sich anschließend in der Quelle. Der Vogel hatte den Kopf unter die Flügel gesteckt und schlief noch. Faki holte seinen Proviant hervor, zerkrümelte ein Stück Fladenbrot und streute die Krumen vor den Busch. In diesem Augenblick zog der Vogel seinen Kopf unter den Flügeln hervor, öffnete sie, streckte und schüttelte sich, flog zur Quelle, hockte sich Faki gegenüber ans Wasser, trank mit nickenden Kopfbewegungen, flog zum Busch und begann die Krumen hastig aufzupicken. Erst nach dem Vogel aß auch Faki. Als er noch einige Hand voll Wasser aus der Quelle trank, kam auch der Vogel, um zu trinken. Im Sonnenlicht färbte sich Fakis ebenholzschwarzer Bart grasgrün. Faki schritt wieder aus, der weiße Vogel flog vor ihm her. Er glitt so schnell dahin, dass Faki befürchtete, ihn im grellen Licht aus den Augen zu verlieren. Und immer wieder fragte er sich, ob dieser weiße Vogel wohl der gesuchte war. Aber wenn er nie sang – wie sollte er ihn dann erkennen?

Bis zum Abend setzten die beiden ihren Weg fort. Kurz vor Sonnenuntergang kam der weiße Vogel, kreiste drei Mal um Fakis Kopf, ließ drei lichte Ringe stehen und verschwand. Schlagartig lagen die rot und orange geäderten lila Felsen beiderseits des Weges im Dunkel. Faki setzte sich unter einen Felsen, aß und trank, schaute sich um – vom Vogel war kein Schatten zu sehen. Die Einsamkeit schlug Wurzeln im Innern seines Herzens. Er war erschöpft, seine Beine schmerzten, seine Fußsohlen brannten. Mit Sternenbildern auf seinen Augenlidern schlief er ein.

Noch vor Morgengrauen weckte ihn lauter Flügelschlag. Erschrocken sprang er auf die Beine, ob nach rechts oder links, vorwärts oder rückwärts, wohin er sich auch bewegte, er stieß auf Vögel. Er wollte es zum Pfad schaffen, konnte die Mauer von Vögeln aber nicht durchdringen. Er machte kehrt, bahnte sich bis zum Felsen eine Gasse durch die

Schwärme, konnte sich dort aber nicht mehr auf den Beinen halten und wurde vom Gezwitscher fast taub. Bis Tagesanbruch blieb er hocken, wo er niedergesunken war. Kaum wurde es hell, stand er auf. Vögel, nichts als Vögel waren um ihn zu sehen. Mit den ersten Sonnenstrahlen glitzerten ihre Flügel. Orangefarbene, daneben blaue, grüne, gelbe, weiße, lila, kupferfarbene Vögel, jede Farbe in einer Gruppe für sich. Jeder Vogel schwärmte nur mit seinesgleichen, und der Gesang jedes Schwarms war von dem der anderen verschieden.

Bis Mittag beobachtete Faki die Vögel, er war wie berauscht, schwebte in einem Himmel von Farben. Plötzlich teilten sich die Vogelschwärme in zwei Hälften, und durch die Gasse kam der weiße Vogel geflogen und verharrte rüttelnd vor ihm. Dann flog er drei Mal um Fakis Kopf und schwirrte, drei Lichtkreise zurücklassend, davon, und die andern Vögel folgten ihm.

Nun war er überzeugt, jenen Vogel eines Tages zu finden, und machte sich beglückt auf den Weg. Eine Landstraße führte ihn zu einem Dorf, mitten in einer von Wäldern umgebenen, weiten grünen Ebene.

Die Dörfler empfingen ihn wie einen alten Freund und bewirteten ihn wie einen Emir. Faki blieb drei Tage. Der Bey des Dorfes schenkte ihm ein Paar Opanken, neues Zeug und Unterwäsche. Dann verabschiedeten sie ihn wie einen iranischen Schah, wünschten ihm Glück auf den Weg und riefen: »Hoffentlich begegnet dir jener Vogel!«

Kaum war Faki aufgebrochen, flogen von den gegenüber liegenden Bergen drei Züge Kraniche in seine Richtung und ließen sich vor ihm nieder. Faki blieb stehen und musterte sie. Es waren Jungfernkraniche. Faki hatte schon viele Kraniche gesehen. Ihre Stimmen waren eigenartig und von denen der anderen Vögel grundverschieden. Sie waren hoch gewachsen und stelzten auf langen Beinen mit eitlem Wiegen dahin. Entzückt betrachtete Faki ihre seitlich herabhängenden glänzenden Zierfedern. Da kam der weiße Vogel herangeschossen, zog über Fakis Kopf drei leuchtende Kreise, flog über die Kraniche, schraubte sich in den Himmel, stieß dann wieder hinunter zu den Kranichen, hinauf, hinunter, hinauf, hinunter, dann verschwand er pfeilschnell, nachdem er drei Mal um den Kopf eines großen Kranichs mit langem Federkleid gekreist war. Auch über dem Kranich blieben drei golden glänzende Kreise stehen. Dann stiegen die Kraniche auf, teilten sich in drei Züge und verschwanden. Faki machte sich wieder auf, durchquerte die Ebene und landete in einem Hain von Tamarisken. Dazwischen wuchsen, so weit das Auge reichte, Klatschmohn und Wildblumen. Ganz in Gedanken, ging Faki durch dieses Meer von Farben, horchte gespannt, dachte sich, wenn jener Vogel lebt, dann an so einem Ort! Plötzlich flog vor ihm ein Vogel auf, kam wieder zurück und ging vor ihm nieder. Seine Flügel grasgrün, die Flanken blau, die Brust quittengelb. Faki musste nur den Arm ausstrecken, um ihn zu erreichen. Er bewegte die Hand, der Vogel flog zur Seite auf einen Tamariskenzweig. Faki machte zwei Schritte seitwärts, der Vogel blieb auf dem Zweig hocken. Als Faki die Hand ausstreckte, flog der Vogel auf den nächsten Strauch. Vorsichtig ging Faki weiter, streckte die Hand aus, doch der Vogel flatterte auf den nächsten Zweig. Faki näherte sich ihm, griff zu und hatte den Vogel fast in der Hand. Doch der flog auf und landete auf einem Zweig neben Faki. Faki streckte die Hand wieder aus, der Vogel flog auf und landete drei Schritte weiter. Faki griff nach ihm, der Vogel glitt davon. So kamen sie bis zum Fuß eines Berges. Bald habe ich ihn, sagte sich Faki, doch da flog der Vogel himmelwärts, schlug wie eine Turteltaube einige Purzelbäume und landete auf einem Zweig schräg hinter Faki und wartete ab. Wie gebannt standen sie sich Aug in Aug gegenüber, keiner konnte dem Blick des andern ausweichen. Der Tag neigte sich, Faki war müde, seine Fußsohlen schmerzten, seine Knie zitterten. Auch der Vogel muss erschöpft sein, dachte Faki, und machte einen Schritt auf ihn zu. Der Vogel rührte sich nicht. Noch einen Schritt, noch einen, der Vogel flog nicht auf. Faki streckte die Hand aus, und als er meinte, ihn gefasst zu haben, entwischte er und hockte sich auf den nächsten Zweig. Ob das jener Vogel ist? Ach, wenn er doch nur zwitscherte und ich seinen Gesang hörte! Im selben Augenblick stieß der weiße Vogel durch die Dämmerung herunter, kreiste drei Mal um Fakis Kopf, hinterließ drei leuchtende Ringe und setzte sich neben den anderen Vogel. Eine Zeit lang blieben sie nebeneinander hocken. Ihre Schatten rührten sich nicht. Auch Faki bewegte sich nicht, starrte auf die beiden Umrisse. Sein Magen grummelte vor Hunger, seine Knie zitterten, ihm schwindelte. Als er sich entschloss, einfach wegzugehen, begannen beide Vögel zu zwitschern. Dann flog der weiße Vogel davon, ohne diesmal um Fakis Kopf zu kreisen.

Nachdem beide Vögel fort waren, kauerte Faki sich kraftlos nieder. Mit Mühe nahm er ein Stück Brot aus seinem Proviantbeutel, schob sich den Mantelsack unter den Nacken und schlief ein, bevor er das Brot aufgegessen hatte.

Noch vor Tagesanbruch wachte er auf und sah den blauen und den kleinen weißen Vogel über sich hinweggleiten. Von neuem erfasste ihn Zuversicht. Flügel an Flügel kreisten sie über ihm. Im Sinkflug kamen sie langsam näher, schwebten an ihm vorbei, berückend in ihrem Blau und Weiß. Er machte sich wieder auf den Weg, blickte in den Himmel, doch die beiden Vögel waren verschwunden. Enttäuscht wartete er unter einem in lila Blüte stehenden Baum, doch die Vögel kamen nicht, und er gab auf. Jenen Vogel hatte er bis jetzt weder gesehen noch gehört, aber er wird ihn finden! Entweder jenen Vogel finden oder in dieser Wüste, in diesen Bergen sterben!

Er war durch den Taurus, die Berge Amanos, die Çukurova gezogen, war von der Quelle bis zur Mündung den Euphrat und den Tigris entlanggewandert. Mit Herden von Gazellen hatte er keinen Zoll der Wüste, in den Bergen Cudi, Zağros, Sincar und Abdülaziz keine Schlucht, keine Alm, keinen Gipfel, keinen Baum, keinen Wald ausgelassen. Er hatte Ebenen voller bunter Schmetterlinge, Täler voller leuchtender Blumen, Himmel und Zweige voller Vögel gesehen, überall gastliche, herzlich lachende Menschen getroffen, an vielen Orten die Milch von Hirschen, Ziegen und Stuten getrunken, Waben mit hellem, nach Blüten duftendem Honig gekostet. Er war in Nomadenzelten, Dörfern, Provinznestern, Hauptstädten, Marktflecken, Bergen und Wüsten heimisch geworden, hatte vielen Dengbejs gelauscht und von drei der berühmtesten die Fabel vom unsichtbaren Vogel vernommen, den man nur hören kann. Und jedes Mal hatte er diesen inneren Drang verspürt, ihn zu hören, zu sehen. Ibn-ül Arabi oder ein anderer Heiliger soll einmal gesagt haben: »Ich habe die Gesichter aller Menschen seit Urvater Adam bis zum letzten Tag gesehen!« Und ich habe alle Vögel seit dem Beginn der Schöpfung bis zum letzten Tag gesehen und werde auch noch jenen Vogel sehen!

Er war schlanker geworden, auch größer, sein ebenholzfarbener, krauser Bart war bis zur Brust herabgewachsen, die großen, kastanienbraunen Augen waren voller Glück, Freude, aber auch Scheu. Der bestickte Umhang über den Schultern, die Beine in Pluderhosen, die Füße in Opanken, den leichten, wie bei Offizieren eng geschlungenen Turban auf dem Kopf, so stieg Faki, eine Augenweide für jeden, dem er begegnete, zu Tal. Auf den sonst kahlen Hängen wuchs Tragant, die Dornen mindestens eine Spanne lang, das Buschwerk breit wie das Rund eines Kamins, darin tausende klitzekleine rosa Blumen mit blauen Punkten, durch die der Hang rosa schimmerte. Im feinen Rosa winzige blaue Funken. Faki, gedankenversunken in einem weichen, samtblauen Nebel, starrte auf den Boden. Der Tragant bedeckte den sich endlos dehnenden Hang, über den blauen Funken ein Regen hellen Lichts.

Als Faki vereinzeltes Geläut unter sich hörte, kam er zu sich und entdeckte am Fuße einer Felswand den Hirten in seinem weißen Umhang und seine Ziegen. Am Ring, den Faki trug, erkannte der Hirte, dass er den Sohn eines Emirs vor sich hatte. Auch dass der Sohn eines Emirs in dieser Gegend auf der Suche nach einem Vogel war, hatte er gehört. Neugierig musterte er ihn in achtungsvoller Haltung. »Bey«, sagte er, »hinter diesen Felsen sprudelt eine Quelle, geh hin und trink erst einmal, ich bringe dir etwas zu essen!« Faki ging hinter den Felsen, löschte seinen Durst und kam zurück. Wenig später erschien der Hirte mit einem großen Napf in der Hand. Er holte noch etwas Fladenbrot aus seiner Felltasche, stellte den Napf mit Milch auf einen Felsblock und legte die Fladen daneben. »Bitte, Bey!«, sagte er. »Ich habe für dich die kastanienbraune Ziege gemolken, ihre Milch hat Heilkräfte.«

»Leben sollst du!«

Nachdem Faki das Brot gegessen, die Milch getrunken hatte, lehnte er sich an den Felsblock und schloss die Augen. Er war sehr erschöpft und schlief ein. Als er aufwachte, war es Mittag. Faki blickte zum Himmel empor und hielt den Kopf eine Weile im Nacken. Sein Gesicht floss über vor Freude, ja vom Scheitel bis zur Sohle sogar sein ganzer Körper. Die Freude sprang auf den Hirten über. Auch er hob den Kopf und schaute in den Himmel.

»Sie waren lange Zeit verschwunden, nun sind sie ja wieder da.«

Faki freute sich so, dass der Hirte gar nicht fragen mochte, wer denn da verschwunden und wiedergekommen war.

Faki erhob sich, warf seinen Mantelsack über die Schulter, sagte: »Bleib gesund!«, und machte sich freudetrunken mit den über ihm kreisenden Vögeln auf den Weg. Hinter dem Wald dehnte sich endlos eine grüne, blumige Ebene. Welche Richtung sollte er einschlagen? Unschlüssig stand er lange Zeit da. Er schaute in den Himmel, die Vögel flogen in Pappelhöhe, landeten in der Ebene auf einem rot geäderten, drei Mann hohen Felsblock aus weißem Feuerstein, blieben eine Weile dort hocken und flogen weiter. Faki folgte ihnen. Ein kupferroter kleiner Adler kreiste mit gestreckten Flügeln am Himmel. Auch die Vögel vor Faki hatten die Flügel ausgestreckt und begannen zu gleiten. Nur ab und zu schlugen sie die Flügel und kreisten dann weiter. Faki sah zu seiner Linken in der Ferne einen Dunstschleier und schlug diese Richtung ein. Der lichte Schleier funkelte immer stärker. Die Vögel hatten ihn schon erreicht und kreisten über ihm auf und nieder. Je näher Faki diesem Schleier kam, desto mehr verzog sich der Dunst und ließ ein blendendes Licht zurück. Faki kam näher und näher, er musste die Augen zusammenkneifen, meinte zu erblinden, wenn er sie offen hielte. Dennoch blinzelte er, schloss dann die Augen, wartete eine Weile, musste sie aber immer wieder öffnen, wollte unbedingt sehen, was ihn da so blendete. Neugierig beschattete er seine Augen und stellte fest, dass es die Schwungfeder eines Vogels waren. Er hob sie auf und steckte sie in Höhe seines Herzens in die Innentasche seines Umhangs.

In der Ferne erschien ein weiterer lichter Nebelschleier. Faki lief hin, tauchte in den Nebel, hob wieder eine Schwungfeder auf und steckte sie in die Tasche über seinem Herzen. Am anderen Ende der Ebene sah er noch einen Nebelschweif, lief dorthin, die Schwungfeder hier funkelte noch heller als die anderen. Er hob sie auf und verstaute auch sie über seinem Herzen. Dann ging er zurück zum Felsen aus Feuerstein. Faki hatte sich in einen Mann aus Licht verwandelt. Der Tag ging zur Neige, die Dämmerstunde nahte, doch die Umgebung blieb in Licht getaucht.

Die Freude und die Begeisterung hatten Faki ermüdet. Er lehnte sich an den Felsen und blickte in den Himmel, der weiße und der blaue Vogel kreisten in gleißendem Licht. Ohne einen Bissen zu sich zu nehmen und eine Hand voll Wasser zu trinken, schloss Faki die Augen und schlief ein.

Es war stockfinster und am Himmel kein einziger Stern. Kein Lüftchen wehte, kein Insekt zirpte, kein Grashalm, kein Blatt bewegte sich. Faki schlief wie zu Stein erstarrt. Gegen Mitternacht schnellte er plötzlich auf die Beine. Als er zu sich gekommen war, hörte er über sich den Flügelschlag des weißen und des blauen Vogels, und als er aufschaute, erblickte er die über ihm aufgeregt schwirrenden Vögel. In der Ferne tauchte ein Licht auf. Faki rannte ihm entgegen, hielt an, als er dicht davor war, schloss verängstigt die Augen und spürte, wie das Licht ihn bis ins Mark durchdrang. Eine Weile hielt er die Augen geschlossen und öffnete sie erst, als er wieder zu den Vögeln emporblickte. Sie waren in Licht verwandelt, das ihn aber nicht blendete. Er näherte sich der Lichtkugel, streckte seine Hand zu den Schwungfedern aus, zog sie heraus, legte sie in seinen Mantelsack und erblickte neben sich noch eine Lichtkugel. Ihr Schein stieg pappelhoch durchs Dunkel und verbreitete sich über ein weites Rund. Im Laufschritt eilte er dorthin, nahm die Schwungfeder an sich, kehrte zum Fels aus Feuerstein zurück, lehnte sich mit dem Rücken dagegen. Was spielte sich hier ab? Vor lauter Aufregung konnte er nicht einschlafen. Das Licht der Schwungfedern in seinem Mantelsack füllte die ganze Nacht und verwandelte den Felsen in einen geschliffenen Edelstein.

Im Halbschlaf drang die Stimme eines Vogels an sein Ohr. Der Gesang des Vogels füllte sein Herz mit einer Freude, die ihn völlig überwältigte. Der Vogel sang noch einmal, und Glück überflutete ihn. Als der Vogel zum dritten Mal sang, war Faki, als fliege er ins Paradies. Auch die beiden Vögel über ihm begannen zu zwitschern. Ja, dies war der Himmel des Glücks, ja, dies ist Unsterblichkeit … Sein ganzer Körper war berauscht. So einen Glückstaumel, so eine Lust hatte er noch nie erlebt. Aus einer Ohnmacht war er in einer anderen Welt erwacht. Ja, diese Stimme war die Stimme jenes Vogels.

Der Vogel sang noch einige Male, Faki war nicht mehr bei sich. Er begann sich im Rhythmus eines rituellen alevitischen Tanzes zu drehen, den bis heute noch niemand gesehen hatte. In diesem Glücksgefühl hätte er sich ein Leben lang drehen können!

Morgenwinde fächelten, es war kurz vor Tagesanbruch, als vom Himmel ein Rauschen kam. Faki drehte sich noch immer, da landete vor ihm ein Vogel aus Licht. Kaum hatte Faki ihn wahrgenommen, musste er seine Augen schließen, und schwer wie ein Fels senkte sich das Licht auf ihn nieder. Als er wieder zu sich kam, war die Sonne schon aufgegangen und der Vogel verschwunden.

Faki machte sich auf den Weg. Singend schritt er voran. Über die Suche nach dem Vogel, der zu hören war, aber unsichtbar blieb, dichtete er eine lange Fabel. In jedem Dorf, jedem Ort, jeder Stadt trug er das Abenteuer seiner Suche vor. Er hatte keine Oboe, keine Laute dabei, dennoch verzauberte er die Zuhörer mit seiner Stimme. Und überall fragte er, wo die besten Oboen und Lauten hergestellt werden. Ein altersschwacher Greis empfahl ihm die meisterlichen Instrumentenbauer in Bagdad. Wie lange er marschiert, wie lange er geritten war, wusste er nicht mehr, als er sich eines guten Tages in Bagdad wiederfand und sich in einem prachtvollen Gasthaus einquartierte. Zu den Einheimischen war sein Ruf längst gedrungen, und sie begrüßten ihn mit seinem Namen.

Als Erstes ging Dengbej Teyran zum besten Schneider der Stadt und bestellte sich Oberbekleidung. Danach Schuhe, Weste, Unterwäsche … Er suchte ein Dampfbad auf und ließ sich anschließend einkleiden. Als er danach durchs Marktviertel schlenderte, ruhten aller Augen auf diesem kupferbraunen, stattlichen Mann. Sein nächster Weg führte ihn zum Meister der Schalmeienschnitzer, der ihn freundlich empfing und in einem schön eingerichteten Zimmer Platz nehmen ließ.

»Mein Name ist Fakiyé Teyran. Sie nennen mich auch Dengbej Teyran.«

»Lebe tausend Jahre mit diesem Namen! Dein Name kam schon vor dir nach Bagdad. Bist du nicht jener, der zum Dengbej wurde, nachdem er diesen Vogel erblickt hatte, der sich sonst nur hören, aber niemals sehen lässt?«

Faki errötete, gab aber darauf keine Antwort.

»Du wünschst eine Schalmei und eine Laute? Dieser Hort ist der Hort der Schalmeienbauer. Viele Schalmeien werden hier nicht geschnitzt. Höchstens sieben im Jahr. So wird es gehandhabt, seit es diesen Hort gibt.« Ja, so war es. Die Dengbejs von Mesopotamien geduldeten sich Jahre, bis sie an der Reihe waren. Seit Jahrhunderten hatte sich daran nichts geändert. Das Recht auf ein Instrument ging vom Vater auf den Sohn über.

»Ich habe keine einzige Schalmei zur Verfügung, Fakiyé Teyran. Du wirst darauf warten müssen.«

»Wie lange?«

»Drei Jahre.«

»Wie soll ich denn drei Jahre warten, ohne die Schalmei zu blasen, ohne Balladen und Sagen zu singen? Wie soll ich denn so leben, liebster Meister?«

Der Meister griff sich an den Bart, ließ den Kopf sinken und überlegte. Lange Zeit herrschte Stille. Dann hob er den Kopf und lachte: »Ich werde dich prüfen. Wir haben eine Schalmei. Keiner weiß, aus welcher Zeit. Die einen sagen zweihundert Jahre, ich sage dreihundert oder mehr! Entweder ist sie aus nicht faulendem Holz geschnitzt, oder sie ist verzaubert worden. Bis heute konnten nur wenige Dengbejs sie so blasen, wie es sich gehört. Die es konnten, nahmen sie mit und ließen sie uns zurückbringen, wenn sie spürten, dass ihnen der Tod nahte. Ihr letzter Wille wurde immer erfüllt, und jetzt ist die Schalmei wieder hier im Hort.« Der Meister erhob sich und sagte: »Warte hier, ich komme bald zurück!«

Es dauerte eine Weile, bis er mit einer Schalmei in der Hand wiederkam. Faki musterte das Futteral, es war weder verziert, noch glänzte es besonders. Der Meister zog die Schalmei aus dem Futteral. Auch ihr war nichts Besonderes anzumerken. »Nimm und probiere auch du sie einmal aus, Gott sei dein Helfer! Nachdem jener Vogel dich zum Dengbej erkoren hat, wird er dir auch das Talent eines Schalmeienbläsers geschenkt haben.«

Faki nahm die Schalmei, musterte sie von allen Seiten, konnte aber nichts Außergewöhnliches entdecken. Sogar die Schalmei eines Schäfers zeigte mehr her. Wie sollte er damit spielen? Seine Hände zitterten.

»Spiel, Faki! Spiel, mein Sohn!«, ermunterte ihn der Meister, der seine Bedenken erriet, und es klang wie ein Befehl. Faki führte die Hirtenflöte an seine bebenden Lippen und begann zu spielen. Die Schalmei gab Töne von sich, die ihn berauschten. Spielte er, oder sang die Schalmei, er wusste es nicht. Je länger er spielte, desto schöner war der Klang. Am Ende war ihm, als flöge er ins Paradies wie damals, als er jenen Vogel erblickte. Faki konnte die Schalmei nicht aus der Hand legen. Er war wie ausgelöscht, um ihn gab es nur noch diese Töne.

»Halt ein, mein Sohn«, bat der Meister, »länger halte ich es nicht aus. Du hast mein Herz herausgerissen und davongetragen. Seit diese Schalmei geschnitzt wurde, hat sie noch niemand so blasen können wie du. Sie gehört dir. Los, gehen wir dir auch noch eine Laute finden!«

Sie machten sich auf in die Werkstatt des Lautenbauers und suchten sich eine langhälsige Laute aus. Danach ließ der Meister ihn noch nicht fort. Er blieb drei Tage Gast in seinem Haus, und Faki spielte jeden Tag die Laute. Als sie sich verabschiedeten, sagte der Meister: »Du hast meine letzten Tage in ein Paradies verwandelt, Gott segne dich tausend Mal!«

Fakiyé Teyran erstand ein kräftiges Pferd, machte sich auf den Weg und durchritt – nenn du diesen Ort, dann ich jenen! – ganz Mesopotamien. Er besuchte Städte und Stämme, sang in Zelten von Kurden, Turkmenen und Nomaden, in den Prachtzelten der Emire. Seine Balladen von den Vögeln erklangen überall bis hin zum Serail des Emirs von Botan, der ihn freundlich empfing und ihn bat, neben seinem Thron Platz zu nehmen.

»Ich habe von dir gehört. Dein Ruhm verbreitete sich über alle Kontinente. Wurdest du zum Dengbej, nachdem du den Vogel gesehen hattest? Sie sagen, es sei noch kein Flötenspieler wie du auf diese Welt gekommen, und sie sagen, alle Balladen, die du singst, handeln von Vögeln.«

»So ist es, mein Herr«, antwortete Fakiyé Teyran achtungsvoll.

»Führe Dengbej Teyran ins Dampfbad und gib ihm die feinste Wäsche und die schönsten Kleider!«, befahl der Emir seinem Diener. »Führe ihn dann ins Gästezimmer, bewirte ihn, und dann soll er schlafen!« Und lächelnd wandte er sich an Faki: »Heute Abend werde ich alle Weisen, Dichter und Wohlgeborenen von Cizre ins Serail rufen. Ruh dich gut aus!«

»Zu Diensten, mein Emir!«

»Hast du Nachricht von deinem Vater?«

»Seit Jahren nicht mehr. So Gott will, werde ich von hier zu ihm aufbrechen.« Die Hände achtungsvoll verschränkt, stand er mit gesenktem Kopf vor dem Emir.

»Wer weiß, wie er sich freuen wird, wenn er erfährt, dass du in den Rang eines Gesegneten und Dengbej aufgestiegen bist.« Der Emir erhob sich, hakte sich bei dem Gesegneten der Vögel ein und geleitete ihn bis zur Tür des großen Salons.

Gegen Abend kamen nach und nach die arabischen Scheichs, die kurdischen Beys, die Priester der syrischen Christen, die Weisen, Dengbejs und Agas von Cizre, sie hockten sich auf die Matratzen am Fuße der Wände und lehnten sich in die Kissen. Als der Salon sich füllte, kamen auch der Emir und Faki herein. Der Emir setzte sich nicht auf seinen Thron, er nahm auf der Matratze darunter Platz und zog Faki an seine Seite. Nach der üblichen Begrüßung sagte er: »Dieser Jüngling neben mir ist der Gesegnete der Vögel, Dengbej Emir Faki Teyran. Das Volk nennt ihn Dengbej Teyran. Ihr alle habt seinen Namen schon gehört und seinen Ruhm vernommen. Sein Vater ist mein Freund.« Aller Augen ruhten auf Fakiyé Teyran. Und der Ring eines Emirs an seinem Finger war niemandem entgangen.

Faki zog die Hirtenflöte aus dem Futteral, sie schien keinen zu beeindrucken. Jedes Schäfers Schalmei war schöner als dieses Stück Holz! Faki setzte sie an seine Lippen, streichelte sie mit der Rechten von oben bis unten, schloss die Augen und begann zu spielen. Niemand regte sich, jeder starrte auf die Schalmei, auf Fakiyé und auf seine langen, schlanken Finger. Und als der Dengbej seine Schalmei neben sich legte, begann er mit einer Sage, die bisher noch niemand vernommen hatte, und ihnen war klar, dass diese Ballade ein Werk Fakis war, und auch eine Stimme, die so ihre Herzen zum Schmelzen brachte, hatte noch niemand gehört.

Faki spielte und sang bis Tagesanbruch. Seine Zuhörer schienen sich in einen einzigen lauschenden Menschen verwandelt zu haben. Durch das Fenster fiel ein Lichtstrahl auf den Dengbej und tauchte ihn in schimmernde Helle. Er legte die Schalmei beiseite, nahm die Laute zur Hand, und nachdem er noch nie gehörte Weisen gespielt hatte, legte er sie neben die Schalmei. Von niemandem auch nur ein Laut! Seit dem Abend schien jeder, auch der Emir, den Atem angehalten zu haben.

Der Emir ließ den Dengbej monatelang nicht ziehen. Er brachte ihn in den Gästeräumen unter, die für Sultane, Schahs und Emire bestimmt waren. Und während dieser Monate setzte er sich nicht ein einziges Mal auf seinen Thron, wenn Dengbej Teyran bei ihm war. Tag für Tag füllte sich das Serail mit Besuchern, und Faki wiederholte kein einziges Mal, was er schon einmal vorgetragen hatte. Wie ein Wasserfall stürzten die Sagen, Lieder und Melodien aus seinem Herzen, und sie hatten allesamt die Vögel zum Inhalt.

Vom Serail des Emirs machte sich Faki geradewegs auf zum Serail seines Vaters. Als er in seine Stadt kam, war die Begeisterung groß, standen die Einwohner Kopf. Seine Eltern waren außer sich vor Freude, drei Tage und drei Nächte feierte ihn die ganze Stadt.

»Vom Emir von Botan kam vor drei Tagen ein Kurierbrief. Darin lobt er dich über alle Maßen, bezeichnet dich als Gesegneten, ja unsterblichen Gesegneten jenes Vogels. Und seit drei Tagen wartet die ganze Stadt auf dich. Hier ist der Brief, lies ihn!«, sagte der Vater.

Faki blieb über einen Monat. Von sieben bis siebzig strömten die Einwohner herbei, und er machte die ganze Stadt glücklich. Die Einwohner hatten sich nicht träumen lassen, dass der Sohn des Emirs jemals ein

Dengbej und ein Heiliger der Vögel werden würde. Und als der junge, stattliche Mann mit dem kupferbraunen Gesicht sich verabschiedete, geleitete ihn das ganze Volk in stiller Trauer zur Stadt hinaus. Auf einem Hengst mit silberbeschlagenem, turkmenischem Sattel machte sich der Dengbej, die Bauchbinde voller Goldstücke, die Schalmei im Gurt, die Laute auf dem Rücken, wieder auf den Weg.

Schon eine ganze Strecke vom Vaterhaus entfernt, zügelte Faki das Pferd und überlegte, welche Richtung er einschlagen sollte. Mesopotamien wollte ihm nicht aus dem Sinn. Von den Höhen von Van ritt er, ohne zu rasten, hinunter in die Wüste und übernachtete in einem beliebigen Dorf, irgendeiner Stadt oder einem unterteilten Beduinenzelt, das gerade auf seinem Wege lag. Wohin er auch kam, ob zu den Beduinen in der Wüste, den Nomaden in den Bergen und Tälern, sein Name war ihm schon vorausgeeilt. Bald schon wurden in ganz Mesopotamien, in den Gasthäusern und Raststätten von Süleymaniye, Bagdad, Basra, Aleppo und Damaskus, auf Märkten, Hochzeiten und Festen, die von ihm geschaffenen Gesänge, Balladen und Klagelieder über Vögel von den anderen wandernden Dengbejs gespielt und gesungen.

Von Mesopotamien zog Faki hinüber nach Anatolien. Er hatte weder ein Pferd unter sich noch Goldstücke in seiner Bauchbinde, noch Stiefel, noch gutes Zeug. Fakiyé Teyran war in den Umhang eines Derwischs geschlüpft. In dieser Aufmachung erfuhr er noch mehr Achtung, mehr Liebe, mehr Freundschaft, wurde er noch viel herzlicher empfangen. Die ihn kennen lernten und ihm zuhörten, behaupteten, dass es auf dieser Welt noch niemanden gegeben habe, der so geliebt und geachtet wurde wie der Heilige der Vögel. Doch es schien, als mache er sich nicht viel daraus. Aber einen ihm bisher unbekannten Vogel zu sehen und über ihn ein Lied anzustimmen, erstickte ihn fast vor Freude. Das war seine Aufgabe, er war der Dengbej der Vögel!

So bereiste er immer wieder den Iran, das türkische Zentralasien, Arabien, Kurdistan, und im reiferen Alter machte er sich wieder auf nach Bagdad zum Hort der Schalmeienbläser. Die jungen Meister des Hortes empfingen ihn mit Begeisterung. Sie veranstalteten ihm zu Ehren Feste und beherbergten ihn viele Tage.

Als Fakiyé Teyran sich verabschiedete, zog er die Schalmei aus seiner Bauchbinde. »Bitte, meine Jungen, da habt ihr unbeschädigt zurück, was mir seinerzeit anvertraut wurde!«

»Leben sollst du, mein Sultan!«, sagte der Meister des Hortes. »Allein, so geht es nicht! Bevor du uns deine Hirtenflöte übergibst, musst du sie drei Tage und drei Nächte spielen, dann erst kannst du um deinen Abschied vom Hort bitten, deine neue Schalmei in deinen Gürtel stecken und deiner Wege gehen. Seit Jahren liegt die neue Schalmei schon für dich bereit.«

Fakiyé Teyran zog seine Opanken aus, entledigte sich seines bestickten Umhangs, setzte sich mit gekreuzten Beinen aufs Wandsofa, zog die Schalmei aus dem Futteral, führte sie an seine Lippen und spielte drei Tage und drei Nächte. Dann ließ er sich vom Meister der Schneider aus der Sippe Idris Nebi neue Kleider nähen, suchte sich bei einem Züchter edler Pferde einen Hengst aus, gürtete sich und rief: »Lebe wohl, Bagdad!« Er lenkte das Pferd nach Cizre und ritt geradewegs zum Serail Birca Belek. Der Emir war gestorben, sein Sohn hatte ihn beerbt. Der neue Emir empfing ihn am Gartentor des Serails, küsste ihm die Hand, führte ihn in seinen Salon, ließ ihn neben dem Thron Platz nehmen und setzte sich zu ihm. Heiltränke und Scherbett wurde gereicht.

Die Stadt Cizre hatte von der Ankunft Fakis gehört, und die Einwohner, Frauen, Männer, Jung und Alt, waren zum Serail geströmt und drängten sich im Garten. Die Notabeln der Stadt, die Äbte und Scheichs, füllten den Salon des Emirs. Jeder küsste die Hand des weißbärtigen, kupferbraunen Faki und setzte sich, je nach Rang, zu den anderen auf die mit bunter Seide bezogenen Wandsofas. Die Gäste blieben bis Mitternacht. Niemand bat Faki zu spielen oder zu singen. Aber auch Faki machte keine Anstalten.

Am nächsten Tag wachte Faki früh auf und ging hinunter in das Zimmer des Emirs. Der junge Emir begrüßte ihn stehend. Dann setzten sie sich an die Bodenplatte, um zu frühstücken. Unter den aufgetischten Speisen fehlte nur noch Vogelmilch!

Der Emir hakte sich bei Faki ein, und sie gingen hinunter in den gepflegten Garten. Das Pferd stand bereit, die Taschen des Mantelsacks aus seidenem Teppichstoff waren prall gefüllt. »Diese Geschenke sind deiner ja nicht würdig, sie sind nicht mehr als bescheidene Schäfergaben, mein Meister!«

»Ich bitte dich!«, entgegnete Faki verlegen. Sie zogen das Pferd an eine steinerne Aufsitzhilfe, und als Faki in den Sattel steigen wollte, ergriff der Emir den Steigbügel.

»Das darf nicht sein, Meister, das ist zu viel des Guten. Ein Emir darf niemandes Steigbügel halten, das kann ich nicht annehmen!«

Der Emir ließ nicht los. »Dir den Steigbügel deines Pferdes zu halten, wäre eine Ehre für Schahs und Padischahs!«

Faki weigerte sich aufzusitzen, und der Emir ließ nicht ab, ihm behilflich sein zu wollen. So ging es hin und her. Die Beys und Scheichs vom Serail, die Notablen der Stadt, die sich von Faki verabschieden wollten, standen da und verfolgten stumm die Szene. Schließlich gab Faki nach. »Dir ein langes Leben!«, sagte er, saß auf und ritt davon. Mit seinem Gefolge geleitete der Emir Faki bis vor die Stadttore von Cizre. Als er kehrtmachte, sah er, dass wohl alle Einwohner mitgekommen waren.

Als Faki nach Van kam, lag der See blau wie das Himmelszelt da, bewegungslos und klar. Bei einem Brunnen saß er ab, tränkte das Pferd, pflockte es auf einer Wiese an, setzte sich ans Quellwasser, öffnete seinen Proviantbeutel und aß. Dann legte er sich rücklings ins Gras und schaute in den Himmel, der sich immer weiter entfernte. Nachdem er eine ganze Weile so dagelegen hatte, stand er auf, schwang sich in den Sattel und ritt zur Stadt. Vor dem Tor hielt er an. Hinter der Mauer hörte er Hammerschläge. Mit aller Macht zog es ihn in die Stadt, in sein Vaterhaus, doch er überwand sich, und mit den Hammerschlägen aus den Gassen der Kupfer- und Eisenschmiede in den Ohren riss er sich los und gab dem Pferd die Sporen. Der Lärm wurde leiser und verstummte schließlich.

Ohne zu rasten, ritt er bis Müküs. Es war schon später Nachmittag, als er nach Tagen das Stadttor erreichte. Das Pferd war schaumbedeckt. Eine Weile blieb er vor dem Tor stehen, dann wendete er, ritt in ein Tal und wartete dort auf den Abend. Erst als es dunkelte, ritt er in die Stadt. Sein Herz pochte vor Aufregung. Am Tor zum Serail blieb er wie gelähmt im Sattel. Schließlich glitt er vom Pferd, und eine große Anzahl Männer umringte ihn. Sie fragten, wer er sei und was er wolle. »Gebt dem Emir Nachricht, ich bin da!« Seine Stimme klang so bestimmt, dass einige Männer zum Emir eilten.

»Ein Gast ist gekommen«, sagten sie, »er wartet da unten mit seinem Pferd am Halfter.«

Wer das wohl sein mag, der bis an seine Tür kommt, nicht heraufkommen mag und einen Emir zu sich herunterruft, fragte sich der Emir neugierig, eilte mit Fackelträgern im Gefolge die Stufen hinunter in den Garten und musterte den Mann mit dem bis zur Brust reichenden weißen Bart. Dann ging er zu ihm und legte ihm die Hand auf die Schulter. »Bitte sehr, Gottesgast!«, sagte er und bat ihn herauf.

Als Faki hinter dem Emir die Treppe emporstieg, fing eine zusammengekrümmte alte Frau an zu zittern. Als Faki an ihr vorbeiging, stutzte sie, starrte ihm ins Gesicht, stieß einen Schrei aus und umarmte ihn. Frauen, Männer, Kind und Kegel und wer sonst noch im Serail war, kam herbei, während die Alte laut schluchzte.

Der Emir versuchte, seine alte Mutter vom Gast zu trennen. »Was ist mit dir, Mutter, wer ist dieser Mann?«, fragte er.

»Es ist Faki, es ist Fakiyé Teyran«, konnte sie mit kaum hörbarer Stimme nur sagen. Der Emir ließ die Arme, die er um seine Mutter gelegt hatte, hängen und stand da wie erstarrt. Die Mutter, die Faki noch immer umarmte, murmelte etwas, das sich wie ein Klagelied anhörte, aber von keinem verstanden wurde.

Das Gesicht des Emirs war totenbleich geworden. Seine Gattin, die hinter ihm stand, schüttelte ihn. »Fasse dich!«, sagte sie. »Vor Freude müsstest du in den Himmel fliegen. Wie schön für dich!«

Der Emir zog seine Mutter von Faki fort, bückte sich, küsste ihm drei Mal die Hand, hängte sich bei ihm ein, führte ihn zum Wandsofa und setzte die Mutter neben ihn. Die Mutter lehnte ihren Kopf an die Schulter ihres Sohnes und schloss die Augen. Und alle, die noch im Serail waren, kamen nach und nach herbei und küssten Faki die Hand.

Der Emir war stehen geblieben und wartete auf Fakis Wink, Platz zu nehmen. Doch Faki hatte den Kopf der Mutter an seine Brust gezogen und strich ihr gedankenverloren übers Haar. Erst als er aufblickte und um Wasser bitten wollte, sah er den Emir dort stehen und gab ihm ein Zeichen, sich zu setzen. Der Emir nahm neben ihm Platz und legte die Hände auf die Knie. Bis Sonnenuntergang saßen sie schweigend da. Der Emir konnte seine Augen nicht vom Gesicht des bewunderten großen Bruders wenden. Als der Ruf zum Gebet ertönte, brachte ein junges Mädchen eine Schüssel und eine langstielige Kanne. Zuerst wusch sich die Mutter, dann Faki, danach der Emir, und die drei reihten sich auf seidenen Gebetsteppichen zur rituellen Andacht. Danach unterhielten sie sich bis Mitternacht. Schließlich erhob sich die Mutter und rief wie in Tagen der Kindheit: »Auf, Kinder, ins Bett!« Zuerst schnellte Faki auf die Beine, dann rappelte sich der Emir auf und stellte sich neben Faki.

Die Mutter ging vor. »War das nicht dein Zimmer, Faki?«, fragte sie und öffnete eine Tür. Faki küsste die Hand seiner Mutter, umarmte den Emir und ging hinein. Im Zimmer brannte eine lange, dicke Kerze, und es duftete nach Mastix. Auf der Bodenmatratze lagen ein Nachthemd und eine bestickte Kappe, er streifte das Nachthemd über, setzte die Kappe auf, ließ seinen Kopf ins Kissen sinken, aber einschlafen konnte er nicht. Er wollte an seine Kindheit denken und wie er heimlich aus dem Serail in die Berge geflüchtet war, um Rebhuhnküken zu fangen, die er in schlecht und recht gebastelte Käfige unterbrachte, oder um mit seinem Pferd durch Berg und Tal zu preschen. Doch es wollte ihm nicht gelingen! Die Wüste von Mesopotamien wich nicht vor seinem inneren Auge und auch nicht die über seinem Kopf nah und in schwindelnder Höhe kreisenden, noch nie gesehenen bunten, glänzenden Vögel. Farben, Gesichter, Schwärme von Schmetterlingen, weite Ebenen, den Himmel bedeckende Vögel, orangefarbene, blaue, gelbe, rote Blumen, Vogelgezwitscher und Waldesrauschen kreisten in gleißender Helle und wirrem Durcheinander in seinem Kopf.

Wann er eingeschlafen war, wusste er nicht mehr. Früh am Morgen wachte er auf, ging ins Dampfbad, wusch sich, zog die nach Mastix duftende Unterwäsche an und die von seiner Mutter aus dem Mantelsack hervorgeholten neuen Kleider, die ihm gut standen. Kurz nachdem er sich aufs Wandsofa gesetzt hatte, kam ein junges, schönes Mädchen und brachte ihm eine Tasse Scherbett, dessen Duft durch das ganze Zimmer zog, und noch bevor Faki ihn getrunken hatte, erschien am andern Ende des Serails die Mutter, gefolgt vom Emir. Faki stellte die Tasse auf einen Hocker mit blauen Intarsien, ging seiner Mutter entgegen, küsste ihr die Hand und umarmte den Emir. Dann ergriff er den Arm seiner Mutter, bat sie, auf dem Wandsofa Platz zu nehmen, und setzte sich neben sie. Der Emir aber kniete sich vor ihn, zog aus seiner Tasche eine mit Diamanten und Rubinen besetzte goldene Dose und reichte sie Faki. Verblüfft betrachtete Faki die Edelsteine, was dem Emir nicht entging. »Das Siegel des Emirs«, sagte er und fügte schnell hinzu: »Jetzt bist du ja hier, und das Siegel ist dein gutes Recht.«

»Es steht dir zu«, bestätigte die Mutter, »du bist der Ältere.« Faki öffnete die Dose, musterte das Siegel in seiner ausgestreckten Hand und gab es mit herzlichem Lachen seinem knienden Bruder, der es mit zitternden Händen annahm. Faki reichte ihm auch die Dose, der Emir legte das Siegel wieder hinein, und seine Hände zitterten noch immer. Dann zog Faki den knienden Emir zärtlich zu sich herauf und setzte ihn neben sich.

Während sie aßen und tranken, erhob sich draußen ein Geraune, das immer mehr anschwoll. Der Emir ging ans Fenster. Vor dem Serail, im Garten, hinter den Ringmauern und auf dem Marktplatz drängten sich Menschen. Noch vor Tagesanbruch hatte sich die Ankunft von Fakiyé Teyran wie ein Lauffeuer verbreitet, und die Einwohner von Müküs waren im Nu auf den Beinen gewesen. Als der Emir am Fenster erschien, wurde das Geraune so laut, dass die Scheiben klirrten. »Nur deinetwegen«, rief der Emir achtungsvoll, »ja, sie sind deinetwegen gekommen.« Faki kam ans Fenster, und als die Menge ihn gewahrte, brüllte sie wie aus einem Mund: »Fakiyé Teyran, Dengbej Teyran, du bist willkommen, du bist willkommen!« Faki ging hinunter, und als die Menge ihn erblickte, wurde es auf einen Schlag mucksmäuschenstill. Bis zum Marktplatz öffnete sich eine Gasse, an deren Ende sich junge Frauen und Männer zum Reigen aufgestellt hatten, die Frauen rot, gelb und grün gekleidet, die Männer mit eng geschlungenem Turban, und begleitet von Pauken und Oboen begannen sie mit bemessenen Schritten zu tanzen.

Das Vergnügen zog sich bis in die Nacht hinein. Dengbejs trugen ihre Sagen vor, Schalmeienbläser spielten, Sänger zupften die Laute. Auf den Plätzen der Stadt und den Türmen der Burg wurden große Feuer angezündet. Das Fest dauerte schließlich drei Tage und Nächte, und Faki trennte sich nicht vom Volk.

Im Morgengrauen des letzten Tages kletterte Faki auf die hohe Stadtmauer und rief: »Gebt mir eine Oboe!« Sie reichten ihm ein schönes, klanggeprüftes Instrument. Da die Oboe lauter ist als eine Schalmei, konnten alle auf dem Platz versammelten Menschen, ja die ganze Stadt ihm zuhören.

Faki begann zu spielen, und von der Menge kam kein Laut. Es war, als säße er mit seiner Oboe in einer menschenleeren Wüstenei. Die Zuhörer schienen nicht einmal zu atmen. Bis Sonnenaufgang spielte Faki die Lieder und Balladen über die Vögel.

Faki hatte schon lange seine Oboe abgesetzt, war aufgestanden, von der Mauer herabgestiegen, hatte sich einen Weg durch die Menge gebahnt. Aber all die Menschen von sieben bis siebzig waren so verzaubert, dass sie sich nicht vom Fleck rührten und keinen Laut von sich gaben. Erst als die Sonne stieg, kamen sie wieder zu sich und verließen nach und nach den Platz.

Danach ging Faki nicht mehr ins Freie. Früh am Morgen stand er auf, verrichtete das rituelle Gebet, setzte sich unter das große Fenster seines Zimmers und schrieb in perlenschönen Buchstaben seinen Diwan, das Buch seiner Lieder. Wie viel Zeit dabei verging, ist nicht bekannt. In dieser Zeit starb seine Mutter, Faki war untröstlich und wurde bettlägerig. An einem hellen Frühlingstag kam er wieder zu sich. Am Himmel sah er Kraniche ziehen. Sie kamen von Osten, flogen über den See Van nach Westen in die Ebene von Patnos hinterm Berg Süphan. Drei Tage beobachtete er, wie die Kraniche immer in dieselbe Richtung flogen. Er verließ sein Zimmer nicht mehr. Essen und Trinken wurde ihm ans Lager gebracht.

Gekleidet wie ein Derwisch, kam Faki schließlich aus seinem Zimmer und bat seine Leute, sein Pferd zu satteln. Kurz darauf stand es bereit. Es war gut gepflegt und täglich geritten worden. Er mied das Ladenviertel, obwohl ihn in dieser Aufmachung bestimmt niemand erkannt hätte. Jenseits der Stadtgrenze wehte ihm eine leichte Brise ins Gesicht, erfüllte ihn mit Freude. Schon weit draußen, machte er kehrt, kam zurück und betrachtete die Stadtmauer. Wie sein Vater und sein Großvater waren alle seine Vorfahren Emire dieser Stadt gewesen. Sie ruhten im Friedhof des Ortes. Gedanken über den Tod nachhängend, ritt er bis Van. Der See war tiefblau. Faki war weit gewandert, hatte so viele Seen gesehen, aber nirgends war er auf ein solches Blau gestoßen. Am Stadttor von Van verweilte er und überlegte. Ein Derwisch konnte doch nicht auf so einem edlen Pferd in die Stadt reiten! Einen echten Derwisch hatte noch niemand auf einem Reitpferd gesehen. Er saß ab, zog das Pferd auf die nahe Wiese, pflockte es bei einer Silberpappel an und ging in die Stadt. Zuerst schlenderte er durch die Gasse der Schmiede, danach durch die Gasse der Sattler und anschließend durch das Viertel der Juweliere. In einer Garküche am Anfang des Viertels aß er Joghurt und Brot. Gedankenverloren streifte er dann von Straße zu Straße durch die ganze Stadt. Als es dämmerte, fiel ihm ein, dass die Tore der Stadtmauer bei Einbruch der Dunkelheit geschlossen wurden. Nach und nach leerte sich das Ladenviertel, bald würde niemand mehr hier sein, jeder sich ins Haus zurückgezogen haben! Er eilte zu seinem Pferd, löste den Pflock und ritt durch das noch offen stehende Tor in die Stadt. Er hatte hier viele Freunde, aber er wollte nicht bei ihnen übernachten und quartierte sich in einem großen Han ein. Dem Inhaber kam das Gesicht dieses kupferbraunen Derwischs bekannt vor, doch woher, wollte ihm nicht einfallen. Er gab ihm ein blitzsauberes Zimmer und brachte das Pferd in eine von den anderen Lasttieren abgetrennte Box. Die Geräusche vom nahen See wiegten Faki in einen federleichten Schlaf. Bei Sonnenaufgang öffneten sich die Stadttore, vor denen schon viele Menschen warteten. Faki ritt am Seeufer entlang nach Westen zum Berg Süphan. Als die Sonne pappelhoch gestiegen war, verflüchtigten sich die Dunstschwaden auf dem Wasser, die Welt ging von einem Blau in ein anderes über, und der Süphan schien samt seinem schneeweißen Gipfel auf den Grund des Sees versunken zu sein. Die folgende Nacht verbrachte Faki in einem Dorf. Am Tag darauf erreichte er die Kleinstadt Erciş. Hier war er noch nie gewesen, der Ort gefiel ihm auf Anhieb. Hier waren berühmte Dengbejs ausgebildet worden. Im Han, wo er sich einquartiert hatte, traf er auf einen von ihnen, der bis in den Morgen Lieder von seinem Meister Fakiyé Teyran, wie er sagte, zum Besten gab. Er hatte eine unglaublich schöne Stimme. Auch die Schalmei blies er meisterlich. Faki war von diesem jungen Dengbej entzückt. Als es hell wurde, ließ dieser die Ballade ausklingen, legte die Schalmei beiseite, wischte sich den Schweiß von der Stirn, wandte sich an Faki und sagte: »Es soll auf dieser Welt keinen geben, der die Schalmei besser bläst und Balladen schöner vorträgt als der Heilige der Vögel.«

»Hast du ihn denn schon einmal gesehen?«

»Ihn kann keiner sehen. Manche sagen, mein Meister Fakiyé Teyran hat sich unter die Vögel gemischt, andere behaupten, unter die Vierzig Glückseligen.«

Faki brannte darauf, sich diesem stattlichen jungen Dengbej vorzustellen, aber er wird ihn nicht überzeugen können … Wer glaubt schon daran, jemandem gegenüberzustehen, der sich bei den Vierzig Glückseligen befindet! Als es im Osten aufhellte, stand er auf und ging hinaus. Der stattliche junge Dengbej folgte ihm. Das Pferd des Meisters wurde gebracht. Der Anblick des Hengstes mit dem goldverzierten Sattel verblüffte den jungen Dengbej. Er hielt den Steigbügel, und Faki saß auf. Den Steigbügel noch in der Hand, fragte errötend der junge Dengbej:

»Du hast mir deinen Namen nicht genannt, wer bist du? Ich fühle mich dir zugetan«, und er gab den Steigbügel frei.

Faki überlegte kurz und antwortete: »Mein Name ist Mehmed.«

»Wo kann ich dir begegnen?«

Nachdem er wieder eine Weile überlegt hatte, antwortete er: »Wenn du mich suchst, findest du mich im Emirat Müküs«, und er gab dem Pferd die Sporen. Verwirrt blickte der junge Dengbej hinter ihm so lange her, bis er ihn aus den Augen verlor.

Nach einer ganzen Weile bereute Faki, sich dem jungen Dengbej nicht zu erkennen gegeben zu haben, und kehrte um. Der Dengbej stand noch dort, wo er ihn verlassen hatte. Als dieser ihn jetzt erblickte, freute er sich und lächelte. »Hast du etwas vergessen, Meister?«

»Ja«, antwortete Faki, »ich habe vergessen, dir meinen Namen zu nennen. Er lautet Fakiyé Teyran, und ich erwarte dich in Müküs!« Er riss das Pferd herum und ritt davon.

Am späten Vormittag war er in der Ebene von Patnos am Fuße des Berges Süphan. Er schaute in die Höhe, der Berg ragte wie eine schneeweiße Wand, der Gipfel war in Dunst gehüllt. Von hoch oben schwebten mit gestreckten Beinen und angewinkelten Flügeln landende Kraniche über die Hänge in die mit bunten Blumen bedeckte Ebene und stakten mit wiegendem Gang gemächlich über die Wiesen. Es flogen ununterbrochen so viele herbei, dass die Schwärme die ganze Ebene füllten. Unter den Strahlen der Sonne schien der Berg zu kristallisieren, und die im rieselnden Sonnenlicht über die Beine der Kraniche hängenden roten, grünen, blauen und gelben Federn dieser langhalsigen, langgefiederten Vögel funkelten und wiegten sich auf und ab.

Faki war in all den Jahren vielen Vogelschwärmen begegnet, aber so vielen Vögeln in allen Größen, Farben und Formen noch nie. Er stieg den Hang hoch, stapfte stellenweise durch Schnee bis zu einem glatten Felsvorsprung, den er mit den Händen frei fegte, bevor er sich mit Blick auf die Ebene niederhockte. Die Kraniche wanderten in funkelndem Dunst, unter ihnen sein schimmerndes Pferd, vor dem die staksenden Kraniche nicht flohen. Faki sprang auf, eilte den Hang hinunter, mischte sich vorsichtig unter die Kraniche. Sie flüchteten auch vor ihm nicht, wie er freudig feststellte. Bis es dämmerte, blieb er zwischen den funkelnden Kranichen. Und während er zwischen ihnen wanderte, funkelte auch sein Herz, fühlte er sich glücklich.

Er ging zu einer am Fuß des Berges über weiße Kiesel sprudelnden, von roten Blumen umgebenen Quelle, tränkte sein Pferd, pflockte es nahebei an, setzte sich in die blühende Wiese, holte seinen Proviant hervor, aß und trank, wickelte sich in sein Regenfell und bettete seinen Kopf ins weiche Gras einer ansteigenden Bodenwelle. Ein leichtes Lüftchen fächelte von allen Seiten die verschiedensten Düfte herüber. Und noch immer landeten in der Dämmerung gemächlich vom Flug erschöpfte Kraniche.

Faki fiel zufrieden wie noch nie in einen sanften Schlaf und erwachte noch vor Morgengrauen. Neben ihm, um ihn herum, fast schon über seinem Regenfell spazierten Kraniche. Faki fühlte sich leicht wie ein Vogel. Öffnete er die Arme, er flöge davon. Durch Schwärme von Kranichen wandte er sich nach Westen. Sein überlanger Schatten streckte sich über Kraniche. Je weiter er marschierte, desto mehr wunderte er sich, denn bei jedem Schritt gaben die Kraniche ihm den Weg frei, scheuten nicht, flogen nicht auf. Gegen Mittag gelangte er an einen Hügel, wo er, mit dem Rücken gegen einen weißen Felsblock gelehnt, rastete, den Kopf in die Hände stützte und überlegte. Ringsum die scheuen Kraniche, die sonst auf und davon fliegen, wenn jemand in ihre Nähe kam.

Der funkelnde Dunst war dichter geworden, mannshoch über dem Boden bildeten sich die Streifen eines Regenbogens. Faki fiel in einen Farbenrausch. In seiner Jugend hatte er oft am Ufer des Van-Sees gesessen und auf den gegenüber liegenden Berg Süphan geblickt. Vom Ufer aus schlängelte sich ununterbrochen eine pfeilschnelle Linie bis zum Berg, wo sie endete. Er stand auf und ging durch eine Gasse funkensprühender Kraniche zu seinem wiehernden Pferd. Es dämmerte. Er zog den Pflock aus der Erde, tränkte das Pferd an der Quelle und pflockte es etwas weiter wieder an. Hungrig geworden, aß er eine Kleinigkeit. Als er aufstand und aufschaute, flimmerten schon Sterne über dem Berggipfel. Er wickelte sich in sein Regenfell, und umgeben von Frühlingsdüften schlief er ein.

Er blieb dort drei Tage. Und während dieser Zeit schwebten von allen Richtungen Züge von Kranichen in die Ebene und stakten schlingernd durch die Gegend. Doch er sah nicht ein einziges Mal, dass sie den Kopf senkten, etwas zu fressen. Eine Erklärung dafür wollte ihm nicht einfallen. Dicht an dicht spazierten sie umher und berührten sich nicht. Die große Ebene war schon bis an den Rand voll von ihnen, und es kamen immer noch welche. Wer weiß, wie viele Kraniche es auf dieser Welt gab und wie viele Arten? Wie viel Gefieder, wie viele Farben? Faki war sein Leben lang glücklich gewesen, voller Begeisterung und Freude wie in einem Paradies, aber so vom Scheitel bis zur Sohle in Glück getaucht wie in den letzten drei Tagen im Kreise der Kraniche war er noch nie.

Noch beflügelt von diesem Glück, kam er ins Serail. Unterwegs sah er weder Fels noch See, weder Wanderer noch Dörfler, weder Stadt noch fliegende Vögel. In seinem Kopf Dunstschleier von Funken, über dem Berggipfel Ströme gleitender Sterne und sonst nichts.

Der Emir kam und küsste ihm die Hand. »Kommst du vom Paradies, Meister, so habe ich dich ja noch nie erlebt? Du strahlst ja, dass der Mensch sich an dir nicht satt sehen kann.«

Faki umarmte den Emir. »Ich komme vom Paradies, vom Fuße des Berges Süphan, aus der Ebene Patnos, aus der Mitte der Kraniche. Ich habe noch nie so viele versammelt gesehen, so dicht gedrängt, dass eine geworfene Nadel den Boden nicht berührt hätte.«

Noch Tage danach wehte Faki durch das Serail wie eine Brise der Freude. Einen Monat später kam auch Dengbej Halilo ins Serail und trug einen Monat lang den Städtern Lieder und Balladen vor, darunter die neue Sage vom Kranich des Berges Süphan.

Ließ sich auch nur ein Zipfel vom Frühling blicken, machte sich von da an bis an sein Lebensende Faki auf zu den Kranichen des Süphan, dem Berg, den Gott geschenkt hat. Und nachdem Dengbej Halilo während einiger Jahre immer wieder aufgetaucht war, wurde er der Dengbej des Emirats Müküs. Er lernte Fakis Werke und trug bis in den Iran hinein die Balladen des Fakiyé Teyran vor, und sein Meister schuf unermüdlich neue hinzu.

So vergingen die Jahre. Faki wurde sehr alt. Schließlich bestiegen er und Halilo in einem Frühling ihre Pferde und ritten zusammen zum Berg Süphan. Faki war müde, war erschöpft, aber glücklich. Er war zur Größe eines Kindes geschrumpft. Sein ganzes Leben hatte er Lieder der Freude gesungen, gedichtet, und er hatte im Paradies der Vogelballaden gelebt.

Eines Morgens konnte Faki nicht mehr aufstehen, und das Volk im Serail scharte sich um sein Nachtlager. »Emir, mein Sohn«, sagte Faki, »hör mir gut zu! Mein letzter Tag ist gekommen. Ich bestimme Dengbej Halilo zu meinem Nachfolger, und auch die Nachkommen seiner Sippe werden die Dengbejs vom Serail sein! Bringt mein Bett in den Salon neben das große Fenster! Und ihr alle geht eurem Tagewerk nach! Außer Halilo möchte ich niemanden bei mir haben!«

Am Arm von Meister Halilo ging Faki bis zum großen Fenster. Sein Bett wurde auf einem breiten Gestell aufgeschlagen. Durch das Fenster waren die Berge gegenüber, die Täler und Ebenen hell und klar zu erkennen. Faki betrachtete die frühlingsfrischen Matten, drehte sich dem am Fußende stehenden Halilo zu, bedeutete ihm mit den Augen, sich zu setzen, und Halilo nahm am Rand des Bettes Platz. Der Meister hat Glück, dachte er, wie schön die Welt doch heute ist, Licht und Helle überall! Solch ein Tag ziemt dem Seligen der Seligen, meinem Meister, auf seinem Weg ins Jenseits. Faki schaute wieder hinaus. Er atmete schwer. Das Himmelszelt leuchtete im schönsten, von keinem sonst geschauten Blau. Eine Weile wandte er den Blick nicht vom Himmel. Und der auf der Bettkante sitzende Halilo konnte seine Augen nicht vom Gesicht des Meisters wenden.

Als am Horizont Züge von Kranichen sichtbar wurden, veränderten sich kaum merklich Fakis Gesichtszüge. War er verblüfft oder freudig erregt, Halilo konnte es nicht ausmachen. Die Kraniche näherten sich, zogen am Fenster vorbei, streckten die Beine, winkelten die Flügel an und landeten auf der Ebene. Eine Zeit lang senkten sich im Gleitflug ununterbrochen Kraniche herab, und die Ebene bedeckte sich mit einem kaum erkennbaren Funkenregen aus ihrem Gefieder. Hinter diesem Schleier stakten schemenhaft die Kraniche mit schwankendem Gang. Wie tausende auf die Erde gesunkene Regenbogen, grad so wie die Kraniche des Berges Süphan im Frühling!

Danach kamen in breiten Tromben kreisende Störche und landeten auf dem gegenüber liegenden Hang, der vom Kamm bis zum Bach an seinem Fuße weiß wurde.

Nach den Störchen kamen die Flamingos, der halbe Himmel färbte sich rosarot. Und schwarze Adler flogen vom Ararat, vom Nemrut, Zağros und vom Kaukasus herbei, streckten weit ihre Flügel und verharrten bewegungslos am Himmel. Rote Fischadler, Falken und Milane umringten die schwarzen Adler und reckten ihre Brust in den Südwind.

Wiedehopfe mit gelb gestreiften Flügeln, großer, jetzt angelegter Federhaube und orangefarbener Brust zogen am Fenster vorbei. Ihre Schwärme nahmen kein Ende. Sie hockten sich in die Nussbäume und färbten sie orange. Ziegenmelker, Stieglitze und andere kleine, bunte Vögel flitzten wie von Windstößen getrieben in alle Richtungen. Der Himmel füllte sich mit größeren und kleineren Vögeln in allen Farben und Formen. Darunter auch Bussarde mit rötlichen Läufen und Fängen. Rote Adler und kupferfarbene mit spitzen Schwingen schwebten nebeneinander am Himmel, auch von Scheitel bis Bürzel gelbe Pirole tauchten auf, überzogen eine Weile die ganze Gegend mit ihrem Gelb. Sogar hennafarbene Wachteln kamen von den Bergen herab und füllten die Plätze und Gärten der Stadt. Auch die Schwalben ließen nicht lange auf sich warten. Alle Arten waren gemeinsam eingetroffen und schossen blitzschnell hin und her.

Kolkraben, schillernde und grünlich schimmernde Rabenvögel hatten kreisend einen Teil des tiefblauen Himmels bedeckt. Seeadler mit weißer Brust hatten ihre langen Schwingen weit gestreckt, ihren Kopf der schwachen Brise entgegengereckt und sich zu den anderen Greifen gesellt. Bienenfresser mit hennafarbenem Rücken, gelber Kehle und blaugrüner Brust, Grasmücken mit gelben Schnäbeln, Eisvögel von reinem Blau und mit rotbrauner Brust, Kanarienvögel und was es sonst noch gab, sie alle füllten Himmel und Hänge, Bäume und Sträucher der Stadt, deren Straßen und Plätze vor Vögeln nicht mehr zu sehen waren.

Zuallerletzt kamen die schnellen Falken des Taurus herbei, kleine kupferfarbene Greife. Sie kamen kurz vors Fenster, und eine Weile war außer Falken nichts zu sehen. Im nächsten Augenblick waren sie verschwunden, waren hoch in den Himmel gestiegen, wo sie mit gestreckten Flügeln über allen anderen Vögeln stehen blieben.

Mit weit offenen Augen beobachtete Faki, was da vor sich ging, er atmete schwer und konnte den Blick von den dunstverhangenen Gipfeln der gegenüber liegenden Berge nicht wenden. So, als erwarte er etwas aus der Ferne. Außer dem Flattern der Flügel war von draußen nichts zu hören. Auch Halilo meinte, der Meister erwarte etwas, fragte sich aber, was. Alle Vögel dieser Welt sind gekommen, um sich von ihm zu verabschieden. Welch ein Wunder! Mein Meister, der Heilige der Vögel, welch ein Glück! Voran der Emir, eilten alle, die im Serail waren, an die Fenster, warfen einen Blick auf die Vögel, machten verwundert kehrt, schauten von weitem auf das Bett von Faki, standen ratlos da. Nach einer Weile kamen Imame mit eng geschlungenen Turbanen, Hodschas und Geistliche mit dem Koran in den Händen, gingen an Fakis Lager, stellten sich nebeneinander davor, schlugen den Koran auf und begannen laut zu lesen. Sofort eilte der Emir herbei, gebot ihnen, die Gebete auf später zu verschieben. Faki betrachtete die Vögel.

Der Kopf des Meisters bewegte sich, sein Blick suchte Halilo, dann schaute der Meister wieder hinaus. Er sah, wie jener tiefblaue Vogel sich aus den Schwärmen löste und hereinflog. Mit seinen langen, schlanken Flügeln kreiste er drei Mal über Faki, zeichnete drei lichte Kreise aus reinem Blau und flog davon. Im selben Augenblick flog der kleine weiße Vogel herein. Auch er kreiste drei Mal über dem Bett und flog davon. Zurück blieben drei Ringe aus Licht. Ein weißer Schimmer, ein blauer und ein Lächeln huschten über Fakis Gesicht. Er wendete den Kopf wieder nach draußen, schaute in den Himmel und nach einer Weile zu den Bergen hinüber. Er atmete schwer, ein Röcheln entrang sich seiner Brust und wiederholte sich immer häufiger. Wäre es ihnen gestattet, würden die Hodschas mit dem Lesen jetzt beginnen, doch nach Halilos Meinung wartete Faki auf irgendetwas und stemmte sich mit aller Kraft gegen den Tod, solange das Erwartete noch nicht eingetreten war.

Die Zeit verging, das Röcheln hörte nicht mehr auf, es schien, als bliebe Faki der Atem weg. Plötzlich war von weit her etwas zu hören. Fakis Gesicht leuchtete. Der ferne Ton wiederholte sich. Der Meister lächelte. Mit ihm lächelte auch Halilo. Das musste die Stimme jenes Vogels sein, der hin und wieder zu hören, aber nie zu sehen war! Noch einmal war sie zu hören. Fakis Augen strahlten, und Halilo freute sich. Während der Emir und die andern gefasst auf Fakis Tod warteten, lebte der Meister wieder auf! Alle waren verblüfft, der Meister aber lauerte, denn ließ sich der Vogel drei Mal hören, pflegte er sich auch zu zeigen. Faki musste sich nicht lange gedulden, und in der Ferne über den Bergen barst eine Lichtkugel und näherte sich sehr schnell. Sie leuchtete so hell, dass sie den Betrachter blendete, und sie wurde heller, je näher sie kam. Vor dem Fenster verharrte sie, und ihrem Innern entstieg der Vogel, die breiten Schwingen weit geöffnet. Faki schloss seine Augen nicht, der Vogel schaute ihn an. Aug in Aug verharrten die beiden. Faki konnte den Blick von den purpurrot glänzenden Augen des Vogels nicht wenden. Plötzlich senkte sich undurchdringliches Dunkel hernieder, und die Stimme des Vogels kam wieder von den weit entfernten Bergen. Fakis Kopf sank auf seine Schulter, Halilo erhob sich, bettete den Kopf seines

Meisters behutsam ins Kissen, schloss ihm die Augen, und auf der Stelle begannen die Hodschas laut im Koran zu lesen.

Ein Kessel Wasser wurde gewärmt. Im Garten des Serails wusch der Imam den Körper von Faki. Sie wickelten ihn in ein Leichentuch, legten ihn in einen Sarg, bedeckten ihn mit einer von goldenen Lettern geschmückten grünen Decke und brachten ihn in die Moschee. Das rituelle Totengebet wurde gemeinsam mit allen Einwohnern der Stadt abgehalten.

Während des Totengebetes flogen alle Vögel, die auf den Hängen, in der Ebene, in den Bäumen und wo auch immer hockten, in die Lüfte, gesellten sich zu den am Himmel kreisenden Vögeln, reihten sich ein und bedeckten das ganze Himmelszelt.

Seitdem kommen am Todestag von Faki noch vor Sonnenaufgang alle Vögel zu seinem Grabmal, landen in Bäumen und Sträuchern, auf den Hängen und in der Ebene, oder sie schweben am Himmelszelt, kreisen über der Türbe von Faki und fliegen bei Tagesanbruch in alle vier Himmelsrichtungen wieder davon.

Seit diese Welt erschaffen wurde, verstanden bis auf den heutigen Tag allein Süleyman und Fakiyé Teyran die Sprache der Vögel.

9

Musa der Nordwind stand auf, nahm Rasiermesser, Rasierseife und Handtuch und ging zum Brunnen. Seit er auf der Insel lebte, gefiel es ihm, sich am Brunnen zu waschen und zu rasieren. Er war schnell fertig, eilte im Laufschritt zurück ins Haus, betrachtete sich eine ganze Weile im Spiegel, der neben der Tür an der Wand hing, und strählte sorgfältig seinen roten Schnauzbart. Ja, er sah stattlich aus, sein Bild im Spiegel bestätigte es ihm.

Lena hatte Tee gebrüht, die Kanne dampfte auf dem Herd, die Schüsseln mit dem Frühstück standen schon bereit. Nachdenklich drehte sie sich um: »Was ist mit dir, mein Sohn, du hast auch diese Nacht nicht geschlafen!«

»Ja, ich habe nicht geschlafen«, bestätigte Nordwind mit brüchiger Stimme.

»Du tätest gut daran, wenigstens einmal durchzuschlafen!«

»Du sagst es«, nickte Nordwind.

»Du hättest aufstehen und am Ufer entlangmarschieren sollen, um das Morgenrot dort zu erleben! So taten es die alten Fischer.«

Nordwind frühstückte hastig und erhob sich. »Jetzt gehe ich ans Ufer, Mutter, um das Morgenrot zu sehen.«

»Ja, wie alle Fischer es vorm Krieg taten.« Ein Lächeln huschte über Lenas Gesicht, und Nordwind freute sich.

»Heute bleibt das Meer so ruhig, dass Ameisen trinken könnten. Gehst du fischen?«

»Ich weiß noch nicht.«

»Du siehst sehr gut aus, mein Sohn«, sagte sie, als er an der Tür war, »dein Fischerzeug steht dir besonders gut, und dein Gesicht leuchtet.«

Nordwind drehte sich um, lächelte sie fröhlich an, ging zum Ufer, schob sein Boot über den Sand ins Wasser, schaute sich zum Haus von Zehra um, als er sich über den Dollbord schwingen wollte, doch es war niemand zu sehen. Sein Herz verkrampfte sich, er zog das Boot zurück auf den Strand und schlenderte, die Augen auf das Haus gerichtet, langsam über die Kiesel auf die Böschung bis zum alten, verkrüppelten Granatapfelbaum mit der rissigen Rinde. Im Geäst hing nur noch eine einzige, riesige Blüte, die im schwachen Licht der Morgendämmerung noch größer schien. Nordwind machte sofort kehrt. Lena horchte auf seinen Gang über die knirschenden Kiesel, verfolgte ihn Schritt für Schritt.

Mal schneller, mal langsamer ging Nordwind immer wieder hin und her. Das Rollen der Kieselsteine wurde lauter, ebbte ab und erstarb. Zehra war weder im Fenster noch in der Tür zu sehen. Schließlich bewegte Nordwind sich aufs Haus zu und blieb plötzlich wie angewurzelt stehen. Sein Herz schlug immer schneller und lauter gegen die Brust. Die Haustür öffnete sich und Zehra stand auf der Schwelle. Nordwind schwankte, jetzt drohte sein Herz stillzustehen, und gleichzeitig durchströmte ihn grenzenlose Freude. Er warf einen Blick auf Zehra, machte kehrt, ging zurück zum Boot, und nur das Rollen der Kieselsteine war zu hören. Er schob das Boot schnell ins Wasser und startete mit einigen Drehungen der Kurbel den Motor. Das Boot nahm Kurs auf die Raue Insel. Zehra stand in der Tür. Bis die Häuser seinen Blicken entschwunden waren, schaute Nordwind immer wieder achteraus.

Wie er zur Rauen Insel gekommen war, wann er den Motor gestoppt und welche Angel er für welchen Fisch ausgeworfen hatte, Nordwind wusste es nicht mehr. Zehra hatte in der Morgendämmerung in der Tür gestanden und ihn mit leuchtend blauen Augen liebevoll angeschaut!

Er dachte lange nicht mehr an die ausgeworfene Angel. Irgendwann holte er sie wieder ein, enthakte den zappelnden Fisch, warf ihn ins Becken, startete den Motor und gab Vollgas. Es war später Morgen, als er die Insel anlief. Er sah Zehra am Brunnen, schaltete den Motor ab, als das Boot schon über den Sand rutschte, holte den Fisch aus dem Becken, hockte sich in einiger Entfernung vom Brunnen unter die Platane und ließ Zehra nicht mehr aus den Augen. Zehra leerte den randvollen

Eimer in die Tränke und stellte ihn wieder unter das laufende Wasser. Kurz darauf war er wieder voll, sie nahm ihn hoch, schüttete das Wasser in die Tränke und schob den leeren Eimer wieder unter den Wasserstrahl. Der Eimer lief voll, Zehra leerte ihn, und so ging es fort, und jedes Mal streichelte sie mit samtweichen Blicken Nordwind vom Scheitel bis zur Sohle.

Die Inselleute beobachteten die beiden, doch diese merkten es nicht. Nordwind hockte mit dem Fisch in seiner Rechten da, hatte einen Finger in dessen Maul geklemmt.

Um die beiden nicht aus ihren Träumen zu wecken, näherte sich niemand dem Brunnen. Als der ahnungslose Musa Kazim Agaefendi Nordwind unter den Platanen entdeckte, ging er die Treppe hinunter zum Brunnen. Nordwind sprang auf und begrüßte ihn laut, während Zehra den geleerten Eimer wieder unter die Rohrleitung schob. Sie war purpurrot angelaufen und schweißnass, als sei sie bei einer heimlichen, ungehörigen Beziehung ertappt worden. Und Nordwind war noch elender zumute.

Zehra nahm den gefüllten Wassereimer und trug ihn mit zitternden Händen nach Haus.

Seite an Seite setzten sie sich. »Ich«, begann Musa Kazim Agaefendi, »ich kann ohne Pferde, ohne Pferdezucht nicht leben. Du hast doch einen Freund. Er humpelt. Wie heißt er noch?«

»Holzbein Sergeant Ali.«

»Ja, der mit dem Holzbein stampft. Er hat doch sein Bein in den Dardanellen verloren.«

»So ist es, Efendi.«

»Du hast mir erzählt, es soll in der Gegend seines Dorfes Ländereien und Landgüter geben.«

»So sagte ich.«

»Schauen wir uns die Gegend an!«

»Schauen wir sie uns an! Wann immer Sie wollen.«

»Jetzt, mein Sohn, wenn es Ihnen passt. Jetzt sofort!«

Nordwind stand auf, ging zum Haus von Melek Hanum und rief: »Ist Kapitän Kadri im Haus?«

Kapitän Kadri erschien in der Haustür, und Nordwind bat ihn: »Finde mir den Tierarzt!« Zu Agaefendi sagte er: »Da Sie an eine Pferdezucht denken, ist es sicher nützlich, einen Tierarzt dabeizuhaben.«

»Das wäre sehr gut«, antwortete der Agaefendi fröhlich. Kurz darauf kam Kapitän Kadri mit dem Tierarzt. »Zehra, Nesibe, wir machen uns zu einem Landgut auf und sind in ein, zwei Tagen wieder da!«, rief der Agaefendi zu seinen Töchtern hoch.

»Das hören sie bei geschlossener Tür nicht«, sagte Nordwind hastig, »ich laufe schnell hin und richte es ihnen aus.« Ohne abzuwarten, machte er sich im Laufschritt auf den Weg, nahm zwei Stufen auf einmal, und im selben Augenblick öffnete Zehra die Tür und ließ ihn ins Haus. Ihr Gesicht lief rot an, ihr Herz pochte. So standen sie sich still gegenüber, ihre Blicke trafen sich einmal. Zehra zitterte. Nordwind fing sich und sagte: »Ich gehe mit Agaefendi ein Landgut besichtigen. Ein Landgut für Pferdezucht. Morgen oder übermorgen sind wir zurück.« Zehra lächelte unmerklich, ihre Grübchen vertieften sich. »Die Griechen haben viele Güter verlassen, die sie sehr billig verkaufen. So sagt Sergeant Ali der Hinkende. Ein sehr guter Mann. Hat sein Bein in den Dardanellen zurückgelassen. Sie haben ihm ein Holzbein angeschnallt, wo er hintritt, bebt die Erde, rums, rums.«

»Geht frohen Herzens und kommt frohen Herzens wieder!« Zehra wollte wohl noch etwas sagen, brachte aber keinen Ton mehr heraus. Nordwind ging rückwärts zur Tür; noch einige Schritte, und er wäre rücklings vom zweiten Stock hinuntergestürzt. Geistesgegenwärtig streckte Zehra sich, erwischte ihn, zog ihn zu sich und ließ ihn so schnell los, als habe sie ins Feuer gegriffen, und sie zitterte noch mehr. Und Nordwind verkrampfte sich vom Scheitel bis zur Sohle, kaum dass die Hand von Zehra ihn berührt hatte. Eine Weile verharrte er auf dem Treppenabsatz, und wie gebannt blieben ihre Augen ineinander haften.

Nordwind sprang die Stufen hinunter, und ihm war, als durchschaue ihn jedermann. Er lief zum Brunnen, klatschte sich Wasser ins Gesicht, kam zu sich und lief weiter zum Boot.

»Hast dus ihnen ausgerichtet, mein Sohn?«, fragte der Agaefendi.

»Ich habs ihnen gesagt«, antwortete Nordwind.

»Auch dass unsere Fahrt drei Tage dauern wird?«, fügte etwas besorgt der Agaefendi hinzu.

»Ich habs ihnen gesagt.«

»Bis zum heutigen Tag habe ich mich von ihnen noch nie getrennt.«

»Melek Hanum und Şerife Hanum werden immer bei ihnen sein.«

»Und Veli der Treffer ist der Wächter der Insel.«

»In den letzten Tagen haben wir ihn ja gar nicht gesehen.«

»Noch bevor die Gipfel hell werden, fährt er zum Fischen, lässt im Meer keinen Fisch mehr übrig, läuft alle Küstendörfer und Kleinstädte an, verkauft sogar alten, erfahrenen Fischern seinen Fang, kommt übersät mit Schuppen zurück, schaut einen Lidschlag lang nach seinen Enkeln und eilt in einer Wolke von Fischgeruch wieder zu seinem Boot. Und wenn er keinem von uns über den Weg läuft, sticht er wieder in See.«

»Welch eigenartiger Mann«, meinte Musa Kazim Agaefendi.

»Auch ich habe im meinem Leben keinen wie ihn kennen gelernt«, sagte Nordwind, »keinen so braven und beherzten.« Nordwind holte aus der Kajüte eine dicke, weiche Matte und legte sie aufs Vordeck. »Bitte, Efendi, nehmen Sie Platz, und wenn Sie den Rücken an die Aufbauten lehnen, sitzen Sie ganz bequem!« Der Agaefendi tat, wie ihm geheißen, und die andern setzten sich rechts und links neben ihn. Kapitän Kadri nahm Fahrt auf, der Kutter glitt durchs ruhige Meer.

Am frühen Nachmittag steuerten sie das Dorf von Holzbein Sergeant Ali an. Die Dörfler hatten sie schon von weitem erkannt, sie erhoben sich von ihren Stühlen und hießen sie unter der Platane willkommen. »Uns kennt ihr ja schon, nur Musa Kazim Agaefendi kennt ihr noch nicht«, sagte Nordwind. »Er lebt auf unserer Insel und ist einer der hoch geachteten Älteren. Wir möchten zu Sergeant Ali!«

Schon bald war das stampfende Holzbein zu hören.

»Sergeant Ali ist schon unterwegs.«

»Er hatte euch schon entdeckt, als ihr weit draußen wart.«

»Er kennt schließlich den Kutter.«

»Er vergisst keinen Menschen, den er einmal gesehen hat.«

»Willkommen, willkommen, ihr bringt uns Freude!«, schrie Sergeant Ali schon von weitem, er stampfte herbei, und alle erhoben sich. »Sei willkommen, Musa Kazim Agaefendi!« Er nahm neben ihm Platz.

»Woher weißt du, dass er es ist, du hast ihn doch noch nie gesehen?«, fragte verwundert der Tierarzt.

»Was ist daran so verwunderlich? Ihr hattet von ihm so viel gesprochen, dass ich ihn auch mutterseelenallein im menschenleeren Gebirge erkannt hätte.«

»Gott segne dich, Sergeant Ali!«, sagte der Agaefendi mit Rührung und Stolz in der Stimmen.

Sergeant Ali winkte einen jungen Burschen heran, stand auf, flüsterte ihm etwas zu und sagte: »Flitz los!« Dann ergriff er Nordwinds Hand und sagte: »Wie ich höre, hat dieses Scheusal bei euch die Konaks der Pfeffersäcke abgerissen und das Holz in Izmir verkauft. Der Kahlkopf soll auch die Kirche abgerissen haben. Wie kann er denn eine Kirche zerstören? Vielleicht habt ihr kein Geld für ein Minarett. Aber für eine Moschee brauchts kein Minarett. Eines Tages habt ihr viel mehr Einwohner und somit genügend Geld, um ein hohes Minarett an die Kirche zu bauen, und die Insel bekommt ein freundlicheres Gesicht. An dieser Küste stehen viele Dörfer, Inseln und Gehöfte leer, entweder hat die Regierung nicht genügend Immigranten gefunden oder keinem die leeren Dörfer gezeigt, weil dieser nach allen vier Büchern vogelfreie Gottlose es mit den Behörden so vereinbarte. In der Zwischenzeit hat er die Häuser in den Griechendörfern abgerissen und Wagen für Wagen in die Städte gekarrt. Alle Dörfer da unten hat er dem Erdboden gleichgemacht. Als wir bei den Behörden vorstellig wurden, hieß es: Der Mann hat eben Geld, wir haben ihm alles verkauft. Sollten wir denn alles verrotten lassen?« Die Dörfler in der Runde nickten zustimmend.

Entsetzt stand Sergeant Ali auf. »Um Gottes willen, ihr sterbt vor Hunger! Meine Frau hat das Essen bestimmt schon fertig. Los, auf die Beine, der Duft vom Herd steigt mir bis hierher in die Nase!«

Die Tafel war nicht auf dem Fußboden, sondern auf einem mit schneeweißem, besticktem Leinen überzogenen Tisch gedeckt. Am Kopfende hießen sie den Agaefendi, ihm gegenüber den Tierarzt Platz nehmen. Nordwind und Sergeant nahmen die Tischseiten. Kapitän Kadri und die anderen setzten sich an eine Fußbodentafel.

»Besonderen Gästen wie dir decken wir einen Tisch«, erklärte verlegen Sergeant Ali.

»Zu viel der Ehre, aber herzlichen Dank, Efendi!«

Zuerst wurden Kürbisblütenrouladen mit einer Soße aus Butter, Granatapfelsaft, Petersilie und einem Hauch Knoblauch aufgetragen. »Ich werde bis an mein Lebensende keine Kürbisblüten mehr essen können, dachte ich, als ich die Heimat verließ«, sagte der sonst so ernste Musa Kazim Agaefendi mit fröhlichem Kinderlächeln. »Sie werden also auch hier zubereitet, ha!«

»Hinterm Haus haben wir fast einen Morgen mit Kürbis bepflanzt.«

»Bald werden wir auch einen Hof bewirtschaften«, sagte der Agaefendi und strählte seinen gepflegten Bart.

Nordwind erklärte, dass der Agaefendi auf der Insel Kreta ein Landgut besessen und edle Pferde gezüchtet hatte, dasselbe auch hier beginnen und dafür in dieser Gegend einen Hof kaufen wollte.

»Oho«, rief Sergeant Ali, »da unten bis hin zu den Bergen sind so viele Landgüter, die hoffentlich nicht alle an die Einwanderer verteilt worden sind. Sucht euch eins aus!«

»Und wie kommen wir da hin?«

»Zu Pferde oder mit einer Kutsche … Doch wir haben im Dorf keine Kutsche«, bedauerte Sergeant Ali.

»Dann reiten wir.«

»Ich kann doch nicht auf ein Pferd steigen.«

»Du kannst aufsitzen«, widersprach der Agaefendi im Befehlston.

»Und was ist damit?«, Sergeant Ali zeigte auf sein Holzbein.

»Du nimmst es ab und schnallst es dem Pferd auf die Kruppe!«

»Schwierig. Im nächsten Dorf da unten gibt es Wagen. Im Dorf von Salih dem Blinden. Aber mit diesem Dreckskerl spreche ich nicht.« Sergeant Ali erzählte mit Bedauern von ihrer früheren Freundschaft, wie sie Schulter an Schulter in den Dardanellen gekämpft hatten, wobei Salih ein Auge und er selbst ein Bein einbüßte, und wie die Freundschaft der beiden in die Brüche ging.

»Wie stellen wir es also an?«, fragte Nordwind.

»Ich warte im Dorf des Blinden unter der Platane. Ihr geht zu ihm, er heißt euch willkommen und kümmert sich um einen Wagen. Ich bleibe unter der Platane, und der Allmächtige verschone mich vor dem Anblick dieses blinden Schweins. Denn dieser Verfluchte hat einen anderen seinem besten Freund vorgezogen. Einen, den er nicht einmal kannte, dessen Gesicht er noch nie gesehen hatte, einen, den ihr Treffer oder Pfeffer oder wie auch immer nennt. Dem hat er trotz meiner Bitten den Kutter gegeben und nicht mir. Er hat mich enttäuscht, mich wie einen Hund behandelt, hat mich vor euch«, und er zeigte auf Nordwind, »zum Narren gemacht und das Boot diesem Zwerg von Treffer oder Pfeffer oder wie er auch heißen mag, gegeben. Bis an mein Lebensende werde ich nicht mehr mit ihm reden, und in meinem Testament steht geschrieben, dass er nicht zu meinem Begräbnis kommen soll. Und wenn er stirbt, werde auch ich nicht zur Beerdigung dieses nach allen vier Büchern verdammenswerten Gottlosen gehen, und wenn ich dafür sterben müsste.« Je länger Ali sprach, desto mehr schäumte er, und vor Wut schwollen seine Halsadern fingerdick an.

Am übernächsten Morgen bestiegen sie schon sehr früh den Kutter und erreichten am Vormittag das Dorf von Salih dem Blinden. Auf dem Sofa saß nur ein alter Mann. »Seid willkommen«, rief er, »nehmt Platz!«, und er zeigte aufs Sofa neben sich. »Sei willkommen, Sergeant Ali! Wie ich höre, hast du dich mit unserem Blinden entzweit. Stimmt das?«

»Es stimmt«, antwortete Sergeant Ali.

»Ein übler Bursche, ein herzloser Kerl. Er selbst erzählte uns, du hättest ihn mit deinem verletzten Bein einen ganzen Tag durch den Kugelregen ins Lazarett geschleppt, damals, als sie ihm das Auge ausgeschossen hatten. Ja, das hat er uns selbst erzählt. Und jetzt schlägt er sich die Knie und jammert: Was habe ich Sergeant Ali denn getan! Dann wieder schimpft er auf dich mit Worten, die man nicht in den Mund nimmt. Du bist doch hoffentlich nicht gekommen, ihn zu besuchen!«

»Der Teufel soll diesen verfluchten Blinden besuchen!«

Bald schon drängten sich die Dörfler, die von der Ankunft der Gäste gehört hatten, unter die Platane. Die Dörfler, Moslems wie Griechen, achteten, ja, liebten Sergeant Ali. Schon bevor er eingezogen wurde und in den Dardanellen sein Bein verlor, kannte ihn jeder entlang der ganzen Küste. Wer bedürftig war, wandte sich an ihn, und er half jedem, so gut er konnte.

»Seit dieser blinde Teufel mich so verletzt hat, wagt er sich nicht mehr in unser Dorf. Wenn er mit dem Boot zur Stadt fährt, macht er um uns einen großen Bogen. Er weiß genau, was für einen Scheiß er gefressen hat. Er soll das Kinn auf die Brust senken und niemandem in die Augen schauen, wenn in einer Runde von mir die Rede ist.«

»Undankbarer Hund!«, empörte sich der alte Mann. »Hätten sie ihm das andere Auge doch auch noch ausgeschossen. Du hast ihn mit deinem verletzten, bluttriefenden Bein im Kugelregen zum Arzt geschleppt. Fast wärst du selbst verblutet. Als du vor dem Lazarett warst, seid ihr beide ohnmächtig zu Boden gestürzt. Die Ärzte haben euch ins Zelt geholt und operiert. Hättest du den Hund eine Stunde später ins Lazarett gebracht, er wäre auf beiden Augen erblindet, und hättest du ihn nicht getragen, wäre dir das Bein nicht abgenommen worden, und du brauchtest jetzt nicht mit diesem Holzklotz von Bein ...«

Plötzlich war er wie abgeschnitten mucksmäuschenstill. Alle starrten auf die Dorfstraße, dort stand kerzengerade Salih der Blinde. Dann setzte der Alte seine Rede fort: »Und brauchtest dich nicht mit diesem Holzklotz von Bein fortbewegen. Und das alles hat uns jener blinde Teufel erzählt. Nicht ein Mal, nicht zwei Mal, sondern tagelang. Schaut hin, da steht er, aufgerichtet wie eine Schlange, die sich weder vorwärts noch rückwärts bewegen kann. Triffst du auf einem Hang, auf einem Feldweg oder einer Landstraße Aug in Aug auf eine Schlange, können weder du noch die Schlange sich von der Stelle rühren. Wie festgenagelt steht ihr da, bis sich irgendein Geschöpf an euch vorbeibewegt. Ja, so ist es ...« Der alte Mann verstummte. Er drehte seinen Kopf zum Meer, und auch die andern schauten aufs Meer hinaus; von keinem kam auch nur ein Laut. Nur Sergeant Ali warf ab und zu aus den Augenwinkeln einen verstohlenen Blick auf Salih.

Diese lautlose Stille in der Runde hielt an, und auch Salih rührte sich nicht.

Schließlich bewegte er sich. Er schaute nach rechts, nach links, hob den Kopf, blinzelte ins Blätterdach der Platane, dann senkte er den Kopf und kam mit schwankenden Schritten näher. Sergeant Ali ließ ihn nicht aus den Augen. Salih hielt den Kopf gesenkt und ließ die Arme hängen. Er wankte, wollte etwas sagen, doch seine Kehle war wie zugeschnürt. Er strengte sich an, brachte aber kein Wort heraus. Die Menge starrte ihn an und wartete. Fast unhörbar stammelte er etwas, seine Lippen zitterten, und plötzlich brach es aus ihm heraus: »Das hätte ich dir nicht antun sollen, Sergeant Ali, ich weiß, du bist mir sehr böse, ich habe dich enttäuscht. Und du bist völlig im Recht. Meinetwegen hast du dein Bein in Gallipoli zurückgelassen. Die Ärzte haben es mir gesagt. Hättest du mich nicht auf deinem Rücken geschleppt, sie hätten es dir nicht abnehmen müssen. Und hättest du mich nicht im letzten Augenblick zu ihnen gebracht, wir wären beide verblutet.« Er hatte sich gefasst und wandte sich an die Dörfler: »Sagt, habe ich euch das nicht tausend Mal erzählt? Gebt es mit gutem Gewissen zu!« Noch immer kam kein Laut aus der Runde. Salih war völlig verstört, er wusste nicht weiter und schaute ratlos in die Menge.

Nun hielt es Sergeant Ali nicht länger aus, er stand auf und umarmte Salih stürmisch. Umschlungen standen die beiden Freunde eine Weile da, dann ergriff Sergeant Ali die Hand von Salih, zog ihn mit und setzte ihn zwischen sich und Nordwind.

Salih der Blinde wuchs vor Stolz, seine Augen leuchteten, er legte seine Hand auf die Schulter des Sergeanten und sagte: »Ich hatte es nur in Verwahrung! Vielleicht kommen sie ja zurück. Was hätte ich dann antworten sollen, wenn sie mich nach dem mir anvertrauten Boot gefragt hätten?«

Niemand antwortete. Er ließ seine Augen über die Anwesenden wandern und fragte noch einmal: »Was hättet ihr ihm geantwortet? Ich habe dein Boot verkauft?« Als wiederum niemand antwortete, wurde er wütend, seine Halsadern schwollen an, und er drückte seine Hand in die Schulter von Sergeant Ali. »Sag du es mir, mein Herzensbruder, was hättest du getan?« Er drückte stärker. »Du weißt, dass du mein bester Freund bist. Was hättest du getan?«

Eher hätte ein Stein geantwortet. Von Sergeant Ali kam kein Laut.

Seine Hand presste die Schulter von Sergeant Ali, sein Auge wanderte über die Menge, doch jeder, den er anschaute, wich ihm aus. Nur der Agaefendi hielt seinem Blick stand. Salihs Auge schimmerte vor Trauer, doch in den Augen vom Agaefendi entdeckte er etwas Weiches, etwas, das Liebe, ja Bewunderung zu sein schien.

»Anvertraut!«, rief er. »Verrat an Anvertrautem, geht das denn?«

»Das geht nicht«, antwortete der Agaefendi. »Darf es nicht geben. Es verstößt gegen die Menschlichkeit.«

Vom Agaefendi bestätigt zu werden, gab Salih wieder Mut. Er nahm die Hand von Sergeant Alis Schulter und sagte laut: »Ja, das verstößt gegen die Menschlichkeit. Kann man sich auf das Versprechen der Regierung verlassen?«

»Man kann«, antwortete der Agaefendi.

Hätte ich diese Frage nur nicht gestellt, dachte Salih. Vielleicht ist dieser Mann in seinem Land in hohen Ämtern. Im selben Augenblick ergriff Sergeant Ali seine Hand und drückte sie.

»Verrat am Anvertrauten darf nicht sein«, wiederholte der Agaefendi. »Als ich mich hierher auf den Weg machte, habe ich mein Landgut, meine Konaks, meine Ställe, siebenundsechzig edle Pferde, meine Weinberge und Gärten meinem Nachbarn und meinen Freunden übergeben. Wann immer ich wieder nach Kreta komme, werde ich mein Landgut so vorfinden, wie ich es verlassen habe. Daran glaube ich so fest, wie ich an den Herrgott glaube. Wer Vertrauen missbraucht, ist das minderwertigste der Geschöpfe. Salih Efendi hat Recht.«

»Warum hat er dann das Boot jemandem gegeben, dazu noch einem Mann, den er gar nicht kennt?«

»Ja, ich habs ihm gegeben«, antwortete Salih, »warum, weiß ich auch nicht. Ich habe einem Wildfremden das mir anvertraute Boot gegeben. Es war, als hätte ich meine Seele weggegeben. Eines Morgens kam der Mann und blieb vor meiner Tür stehen. Ich bat ihn ins Haus, er kam nicht. Mein Name ist Veli der Treffer, sagte er und sah mir in die Augen. Ich bin Fischer, wohne auf der Ameiseninsel und bringe dir Grüße von Nordwind Efendi. Er ging zum Ufer, unwillkürlich folgte ich ihm. Wir marschierten bis nach Kisirkaya, ohne zu sprechen, und kamen wieder zurück. Er schaute mir noch einmal in die Augen, und sein Blick jagte mir Schauer über den Rücken, und danach konnte ich bis zum Morgen nicht schlafen. Drei Tage machten wir diesen Weg, und ich konnte seinen Blicken nicht ausweichen, war wie gebannt. Ich war sicher, dass er Zauberkräfte hatte, der Blick seiner Augen drang mir ins Herz hinein. Kleine, tief in den Höhlen liegende, blaue oder grüne, gar rot funkelnde Augen. Wohin er auch ging, meine Füße folgten ihm. Wäre er auf diese Platane geklettert oder ins Meer gewatet, ich wäre hinter ihm her, und sei es da drüben noch den Gänseberg hinauf. Und wäre er geflogen, ich hätte auch Flügel bekommen. Ich war ein Gefangener. Am verdammten Vormittag des dritten Tages kreuzten sich wieder unsere Blicke. Ich wusste nicht, wie mir geschah. Er zeigte mit ausgestreckter Hand auf das Boot in meiner Obhut, das ich noch nicht einmal Sergeant Ali überlassen hatte. Und ich schwieg, nickte nur, lief nach Haus und verließ es drei Tage nicht mehr. War er ein Dschinn, eine Fee oder der heilige Hizir in Menschengestalt, ich denke seitdem darüber nach und habe die Antwort noch nicht gefunden.«

»Er war ein Mensch, Bruder Salih«, sagte Sergeant Ali mit warmer Stimme, »ein Mensch, der von morgens bis abends nach Joghurtsuppe giert und einen Topf gefüllte Kürbisblätter verschlingt.« Alle lachten.

Salih lächelte. »Es kann aber auch der heilige Hizir gewesen sein.« Und nach kurzem Nachdenken fügte er hinzu: »Heiliger oder Narr, beides ist möglich.«

»Blinder Jungmann, wir sind gekommen, weil wir ein Anliegen haben. Wenn du uns nicht helfen kannst, werde ich mit deiner Erlaubnis Veli den Treffer, also, Gott segne ihn, den heiligen Hizir, herbestellen. Im Nu ist er hier, wie es sich für den auf seinem Grauschimmel über Kontinente fliegenden Hizir gehört. Hast du verstanden?«

»Brocke dein Brot nicht in mein Blut, ich bitte dich! Ich erfülle dir jeden Wunsch, aber bestelle um Gottes willen diesen Teufel nicht her!«

»Musa Kazim Agaefendi hat einen Wunsch. Auf Kreta besaß er ein Landgut, wo er edle Pferde züchtete. Wie er schon sagte, er ließ das Gut in der Obhut seiner Nachbarn zurück. Jetzt suchen wir in dieser Gegend entsprechendes Land und sind deswegen im Dorf Seiner Durchlaucht Sergeant Ali … Wie ists denn mit einem Landgut von Griechen?«

Salih der Blinde wurde quicklebendig. »Haben wir«, rief er mit fröhlicher Stimme. »Das Landgut von Pfeffersack Elia. Es ist in der Obhut von Meister Ismail, seinem früheren Gutsverwalter, den er immer Meister nannte, doch ich habe bis heute nicht herausgefunden, was für ein Meister er ist.«

Ein hoch gewachsener Mann mit schmalem Gesicht, Schlitzaugen und gezwirbeltem Schnurrbart, der am Stamm der Platane gelehnt dagesessen hatte, stand auf. Er war mittleren Alters, sauber gekleidet, trug gebügelte Hosen, Langschäfter und eine gestreifte Ärmelweste. »Dieser Ismail bin ich«, sagte er. »Salih hat ja von nichts eine Ahnung, so war er schon, bevor er eingezogen wurde. Wir züchteten edle Pferde. Ja, Pfeffersack Elia züchtete wie der Agaefendi die edelsten. Ich kenne mich mit Pferden aus, und deswegen nannte Elia mich Meister.«

»Dieser arme Ismail hat bei weitem nicht genug Ahnung von Pferden, um Meister zu sein. Aber als die Griechen uns noch nicht verlassen hatten, lief er mit einem goldenen Kreuz um den Hals hier herum.«

»Hast du überhaupt schon einmal Gold gesehen? Wegen deiner vielen Lügen nahm Gott dir das eine Auge. Sein Vater lief mit einem Kupferkreuz um den Hals herum!«

Salih der Blinde sprang auf und ging auf Ismail los, die andern drückten ihn zurück auf seinen Platz. »Auf dem Gut von Elia gab es mindestens zwanzig Pferdewirte, und dieser Ismail war Meister im Tragen von Kreuzen. Du Kreuzträgermeister!« Salih der Blinde musste über seine eigenen Worte lachen, und Ismail lachte mit.

»Hört auf!«, rief Nordwind. »Irgendwann bringt ihr euch wirklich noch um. Wir sind hier, um ernste Gespräche zu führen, und ihr rauft euch.«

»Diese blinde Plage gibt ja keine Ruhe.«

»Und diese glatzköpfige Plage hält sich für einen Meistertierarzt. Nur lesen und schreiben kann er nicht.«

»Dieser Freund hier ist Tierarzt. Dazu noch Offizier. Jetzt frage ich ihn: Kann es Meister von Pferden geben?«

»Kann es geben.«

»Er kann aber nicht einmal lesen und schreiben.«

»Das macht nichts. Beim Militär hatten wir einfache Soldaten mit Pferdeverstand, denen konnten wir nicht das Wasser reichen. Aber was ist aus den Pferden geworden?«, fragte der Tierarzt.

»Ich habe sie verkauft.«

»Ich denke, Verrat an Anvertrautem gibt es nicht?«

»Ich hatte kein Geld, um die Pferde zu füttern, und habe zuerst den stattlichsten Zuchthengst in Izmir verkauft. Der Erlös hat nicht einmal für sechs Monate Pferdefutter gereicht. Als die Pferdepfleger ihren Lohn nicht mehr bekamen, zerstreuten sie sich in alle Richtungen.«

»Oh weh!«, seufzte der Agaefendi. »Und dann?«

»Als mir klar wurde, dass alle Pferde verhungern würden, brachte ich auch sie zum Verkauf nach Izmir. Der Ruhm von Elias Pferden machte die Runde, und sie wurden mir aus den Händen gerissen. Ich versteckte das Geld, wo es niemand finden konnte, und kaufte mir nur eine deutsche Flinte und hundertfünfzig Patronen. Seit dem Krieg treiben sich hier viele Freischärler herum, bis jetzt hat sich noch keiner an meine Tür gewagt.«

Der Agaefendi seufzte wieder. »Ich ließ für meine Pferde Pflegegeld für drei Jahre zurück. Wenn ich noch fünf Jahre nicht zurückkehren kann … Unter den Pferden sind neun Stuten, alle vollblütig. Wenn sie ein Pferd im Jahr verkaufen, können sie von dem Geld die anderen Pferde ein Jahr lang füttern. Dazu neun trächtige Stuten, die noch in diesem Jahr fohlen. Die alten Stuten können meine Freunde auch verkaufen. Und wenn sie nicht verkaufen können, werden sie die Pflege der Pferde aus eigener Tasche bezahlen. Oh weh, Elia, oh weh!«

Nordwind stand auf. »Ist das Landgut weit?«

»Nicht sehr weit«, antwortete Ismail.

Salih der Blinde wandte sich an Ismail: »Los, spann Elias Wagen an! Den wirst du ja nicht auch verkauft haben, schließlich braucht der kein Futter und Wasser!«

»Den habe ich nicht verkauft! Ein Meisterstück aus Bursa zu verkaufen, bringt einer doch nicht übers Herz!«, sagte Ismail.

Kurz darauf war das Klingeln der Glöckchen am Hals der Pferde und das dumpfe Ächzen der Achsen zu hören. »Bitte einsteigen!«, rief Ismail. Er hatte das Gespann unter die Äste der mächtigen Platane gelenkt. Zwei gepflegte Grauschimmel standen im Geschirr. Der grüne Wagen war mit roten, gelben, blauen und weißen Mustern bemalt.

Nach einer Stunde erreichten sie das Landgut. Außer Mauerresten, Steinhaufen und Scherben war nichts mehr da.

»So einen Konak gab es nicht in Izmir, nicht in Istanbul noch in Athen. Er war ein Serail! Was ihm wohl widerfahren ist, werdet ihr sagen.«

»Kavlakzade Remzi!«

»Ich hatte den Kerlen gesagt: Da müsst ihr mir schon meine schwarze Seele nehmen, bevor ihr diesen Konak abreißt! Und Kavlakzade entgegnete: Wir nehmen dir deine schwarze und auch deine weiße Seele, wenn es sein muss! Ich war ganz außer mir und schrie: Du verdammter, fahnenflüchtiger Hundesohn, ich habe in Gallipoli gekämpft und bin einer der wenigen, die diese Schlacht unversehrt überstanden haben! Dann ging ich ihm an die Kehle, und als seine Augen schon aus den Höhlen traten, stürzten sich seine Leute auf mich und befreiten ihn. Kaum wieder zu sich gekommen, brüllte er: Erschießt ihn, erschießt ihn, tötet diese Griechenbrut, diesen ungläubigen Griechenhund! Will vor mir, einem echten Moslem, das Eigentum eines Gottlosen schützen. Reißt ihn in Stücke! Von wegen Obhut, von wegen anvertraut! Das soll wohl heißen, Pfeffersack Elia wird zurückkommen und sich auf dieser Erde, in diesem Serail breit machen. Tötet ihn, reißt ihn in Stücke! – Ich war ohnmächtig geworden. Erst gegen Mitternacht wachte ich auf, und ich konnte nicht aufstehen. Ich war blutverschmiert. Am Mittag des nächsten Tages konnte ich mich noch immer nicht von der Stelle rühren, am Nachmittag gings mir noch schlechter, ich hatte keine Hoffnung mehr, doch dann kam Salih, und Salih ist ein sehr neugieriger Mann, er wollte mal sehen, wies auf dem Landgut zuging …«

»Wartet, den Rest erzähle ich!«, unterbrach ihn Salih. »Als ich ihn so daliegen sah, sagte ich: Oh weh, Ismail. Rettest deine Haut aus der Hölle von Gallipoli, um sie dir hier abziehen zu lassen! Unter mir ein Pferd, was heißt Pferd, eine Schwalbe! Ich spannte es vor einen Wagen und trieb es so an, dass der Wagen fast in Stücke ging. Noch während ich so raste, lud ich meine Mauser und schob noch eine Patrone in den Lauf. Vor den Konaks zügelte ich das Pferd und sprang mit der Mauser in der

Hand vom Wagen. Kavlakzade Remzi sah mich und tauchte in der Menge seiner Arbeiter unter. Ich nahm die Männer aufs Korn. Waren sie es nicht, die Ismail umgebracht hatten? Ich wollte gerade abdrücken, da hob Memet seinen einen Arm aus der Menge empor, ging auf mich zu und brüllte: Halt, Salih, halt! Vergieß nicht so vieler Menschen Blut! Sie haben Ismail auf Befehl getötet, verschone sie, auch wenn jeder von ihnen den hundertfachen Tod verdient hat. Halt, Salih! Er stürzte sich auf mich, drückte mich mit seinem einen Arm an sich, sagte: Setz dich, Salih, sie habens getan, du aber tus nicht! Mit Memet dem Einarmigen habe ich Schulter an Schulter gekämpft, er kannte keine Furcht. Oft stürmten wir mit aufgepflanztem Bajonett, da gab es keinen, der so schnell war und so mutig wie er. Beim Angriff sprang er als Erster aus dem Graben. Er war im ganzen Heer berühmt. Hoch gereckt stand er nun vor mir und sagte: Wenn du töten musst, töte mich! – Dann gebt mir Remzi heraus!, entgegnete ich. Und er sagte: Du und ich haben in den Gräben Bäche von Blut erlebt, vor Leichen waren die Berghänge nicht zu sehen, und waren wir nach vielen Kämpfen nicht in Blut getaucht? Danach wurde ich ein bisschen ruhiger. Und Memet redete viel und lange, sagte: Sie alle sind hungrig, brauchen ihr täglich Brot. Wenn sie nicht für ihn arbeiten, verhungern sie mit Kind und Kegel. Hier bekommen sie einen Bissen, was bleibt ihnen da anderes übrig, als Kavlak Remzi zu beschützen? – Als ich auf den Kutschbock stieg, fragte ich: Und du Memet, arbeitest du auch für Kavlak, bist du sein Tagelöhner? Und er ließ den Kopf hängen und antwortete: So ist es.«

»Wo sind die Ställe?«, fragte besorgt Salih.

»Komm mit!«, lächelte Ismail, und alle folgten ihm. Nach einer Weile zeigte Ismail auf das Fundament eines lang gestreckten Gebäudes. »Das ist der erste Stall.« Er ging ein Stück weiter. »Und hier ist der dritte. Kavlakzade ließ alles abreißen. Da war viel Holz. Und das sind Wurzeln von Platanen. Dreiunddreißig. Ihre Wipfel ragten in den Himmel, und ihre Stämme konnten drei ausgewachsene Männer Hand in Hand nicht umklammern.«

»Und was ist passiert?«

»Kavlakzade kam mit fahnenflüchtigen Waldarbeitern und mit Gendarmen und ließ die Bäume fällen. Die Platanen stammten noch von Elia Efendis Ururgroßvater. Jeden Morgen, wenn Kavlakzade Remzi zum Landgut kam, brüllte er erst einmal: Elia, Pfeffersack Elia, du hast dein Gut diesem Vierschrot hier in Verwahrung gegeben, komm und schau es dir an, komm und schau dir diesen beherzten Recken an, in dessen Obhut du dein Landgut zurückgelassen hast! – Ja, Kavlak erniedrigte mich dauernd. Aber da waren die Gendarmen, und ich biss die Zähne zusammen. Die Baumfäller arbeiteten und sägten, von mir kein Laut. Ich wurde fast verrückt, aber was konnte ich denn tun, einmal in der Hand der Gendarmen, und ich kenne ja dieses Volk, die brechen jedem, den sie in die Hände kriegen, die Knochen zu Mehl, oder sie töten ihn und werfen seine Leiche in eine Schlucht oder ins Meer. Hoffentlich kommt Elia nicht zurück und sieht sein Gut in diesem Zustand!«

Musa Kazim Agaefendi schaute immer finsterer, die Falten in seinem Gesicht kerbten sich immer tiefer. Mit todtrauriger Stimme fragte er: »Kehrt Elia Aga denn zurück, kann er denn zurückkehren?«

»Nie und nimmer«, sagte Sergeant Ali. »Bei diesem Austausch bekamen die Ausgewiesenen keine Erlaubnis, zurückzukehren. Diese Abmachung wurde von Europa so getroffen.«

»Hoffentlich bekommt er wirklich keine Erlaubnis!«, wünschte Ismail. »Elia Efendi ist ein guter Mensch, hilfreich, mit einem Herzen voller Liebe für jedermann. Wenn er zurückkommt und sein Landgut so sieht, haucht er mit einem Seufzer seine Seele aus.«

Im Osten kreisten große Vögel über drei nebeneinander aufragende Gipfel.

»Wie groß ist dieses Gelände?«, fragte Nordwind.

»Sag du fünftausend Morgen, mein Bey, ich sage zehntausend.« Er zeigte auf die Hügel gegenüber: »Dahinter verläuft die Grenze.« Er drehte sich um und zeigte in die Weite. »Und da hinten, wo der dunkle Schatten zu sehen ist, fließt ein Bach, dort ist die Mitte. Der dunkle Schatten ist ein Olivenhain von mehr als hundert Morgen, auch er war in meiner Obhut. Von Pfeffersack Elia habe ich dafür torgroße Urkunden. Doch als die Ernte kam und ich mit Tagelöhnern Oliven zu sammeln begann, kam nach drei Tagen Kavlak Remzi mit drei Abteilungen Gendarmen. Und mit Donnerstimme brüllte der Unteroffizier: Verboten, verboten, verboten! Wie könnt ihr Oliven auf einem Grundstück sammeln, das auf dem Grundbuchblatt von Remzi Bey eingetragen ist, ihr Diebe? Kennt ihr das Strafmaß für Olivendiebstahl nicht? Dann gab er den Befehl: Alle festnehmen! Zuerst waren meine Leute vor Schreck wie gelähmt, aber dann flüchteten sie wie von der Sehne geschnellt zwischen die Olivenbäume. Drei Salven krachten, aber keiner wurde getroffen. Kavlak Remzi zeigte auf mich: Das alles haben wir diesem Deserteur zu verdanken, der behauptet, in Gallipoli gekämpft zu haben. Alles gelogen! Habt ihr jemals auch nur einen einzigen Menschen gesehen, der aus den Kämpfen um Gallipoli heil herausgekommen ist? Lügender Sohn eines lügenden Vaters, diebischer Sohn eines diebischen Vaters, nehmt ihn fest! Legt ihm Handschellen an! Und sie nahmen mich fest, legten mir Handschellen an und trieben mich durch unser Dorf. Da war das ganze Dorf auf den Beinen. Doch da ging Sergeant Ali mit dem Ruf ›Niederträchtiger Deserteur!‹ auf Kavlak Remzi los, und die Gendarmen konnten ihn nur mit Mühe zurückhalten.«

Musa Kazim Agaefendi stand gedankenversunken etwa abseits, betrachtete den anderen großen Baum, schien Ismail nicht zuzuhören. Sein Gesicht war traurig. Nordwind spürte es und sagte: »Gehen wir doch zu dem Baum hinüber, wenn Sie wollen!«

Als habe der Agaefendi auf diesen Vorschlag nur gewartet, ging er sofort los. Die andern folgten ihm. Gemeinsam blickten sie zum Wipfel des aufragenden Baumes hoch, dessen ausladende, mit breiten Blättern begrünte Zweige wohl einen halben Morgen Fläche bedeckten. Am Fuß des mächtigen Stammes entsprang ein sprudelnder Quell. Der Grund des strömenden Wassers war mit weißen Kieselsteinen bedeckt, die sich widerspiegelnden Glitzer der Quelle spielten auf der rissigen Baumrinde. »Was ist das für ein Baum?«, fragte der Agaefendi mit fast unhörbarer Stimme.

»Eine Kastanie, Efendi. Sie steht im Frühling so in Blüte, dass sie unter ihrem dunklen Orange fast verschwindet. Elia Efendi stand jeweils schon im Morgengrauen hier und genoss den Anblick bis Sonnenaufgang. Dann erwachten auch die in den Blüten schlafenden Bienen, rieben ihre vom Tau benetzten Flügel aneinander trocken, und Elia der Pfeffersack berauschte sich an ihrem Gesumm, wenn sie von Blüte zu Blüte flogen.«

»Und warum fällte Kavlakzade Remzi Beyefendi diese Bäume nicht?«

»Er hatte Angst. Dies ist eine heilige Quelle der christlichen Griechen. Aber auch die Moslems kommen und trinken das Heilwasser, wenn sie krank sind.«

»Als ich Kind war und Malaria bekam, brachten sie mich hierher und schütteten einundvierzig Becher Wasser über meinen Kopf. Auch mit ihren Wünschen kommen die Menschen her und bitten, dass sie sich erfüllen. Dieser feige Fahnenflüchtige fürchtete sich vor diesem Baum der Wünsche und rührte ihn nicht an«, sagte Sergeant Ali. »Und wir werden uns jetzt heimlich etwas wünschen, unsere Handflächen um den Baum herum an seiner Rinde reiben und dann aus der Quelle eine Hand voll Wasser trinken.«

»Ich habe mir schon etwas gewünscht«, rief Musa Kazim Agaefendi mit unerwartet kindlicher Stimme, sprang, mit der Handfläche am Stamm, über das Wasser und um den Baum herum, kniete nieder, trank eine Hand voll und sprang auf die Beine.

Danach war der Agaefendi so begeistert, dass Nordwind ihn gar nicht wiedererkannte. Bis der Tag sich neigte, durchstöberten sie jeden Winkel des Landguts und kehrten erst am Abend ins Dorf zurück. Wieder im Haus von Ismail, sagte Sergeant Ali zu Cemil: »Bruder Tierarzt, du kennst dich doch aus, verstehst die Sprache der Pferde, wie fandest du das Gut?«

Der Tierarzt freute sich, um Rat gefragt zu werden. »Ich habe schon viele Güter gesehen, aber dieses ist einmalig. Hier können die schönsten und edelsten Pferde der Welt gezüchtet werden. Hätte ich das Geld, ich würde es, ohne zu zögern, kaufen.«

»Sag mir die Wahrheit!«, bat der Agaefendi: »Kommt Elia Aga zurück auf sein Gut?«

»Er kommt zurück. Schon bald. Wohin wird dann wohl Remzi, Sohn des Kavlak, flüchten? Ich bitte den Herrgott, diesen Tag noch erleben zu dürfen!«

»Wie will der denn zurückkommen?«, fragte der Tierarzt. »Das Abkommen über den Austausch wurde beim Lausanner Friedensvertrag zwischen Staaten geschlossen. Keine Macht kann es aufheben. Weder kann ein Grieche aus Griechenland hierher kommen noch ein Türke von hier nach Griechenland ziehen. Ganz Europa hat in Lausanne diese Abmachung getroffen.«

»Ist das wahr?«, fragte Musa Kazim Agaefendi mit aschfahlem Gesicht und zitternden Lippen.

»Natürlich! Sie sind die Verbannten des Abkommens von Lausanne.«

»Das wissen wir auch«, mischte sich Nordwind ein, »aber wie konnte dann Lena zurückkommen?«

»Bekommt die Regierung Wind davon, wird sie von zwei Gendarmen in Izmir auf ein Schiff gesetzt, und dann ab nach Griechenland! Nur aus Angst vor dir wagt Kavlak Remzi Lena nicht anzuzeigen, sonst wehte jetzt nur der Wind noch durch ihr Haus.«

»Pfeffersack Elia wird schon bald in seine Heimat zurückkommen und es Kavlak heimzahlen«, beharrte Ismail.

»Wie denn?«, fragte Sergeant Ali.

»Er hat Kanister voll Gold«, antwortete Ismail wütend. »Davon verteilt er einen und nimmt sein Gut wieder in Besitz.«

»Diese Zeiten sind vorbei. Mustafa Kemal kratzt Bestechlichen jetzt die Augen aus, mit ihm ist nicht zu spaßen!«

»Auch du weißt das, Sergeant Ali. Schenkte Elia Efendi nicht jedes Jahr jedem Präfekten, jedem Pascha ein Reitpferd? Gab es in Istanbul einen Pascha, der kein Pferd von ihm ritt? Er kannte sie alle.«

»Er kann nicht zurück.«

»Er kann zurück. Er stirbt, wenn es ihm nicht gelingt. Wenn er nicht jeden Morgen vor Tagesanbruch zur Quelle kommen, niederknien und eine Hand voll Wasser trinken kann, stirbt er!«

Der Tierarzt hüllte sich in Schweigen. So auch der Agaefendi. Er hatte sein Kinn auf die Brust sinken lassen und schien nicht mehr von dieser Welt.

»Es gibt nur einen Weg, auf dem die hierher Gekommenen nach Griechenland ziehen und die dorthin Gezogenen hierher kommen können.«

»Was für einen Weg?«, fragte gespannt Musa Kazim Agaefendi und hob den Kopf.

»Als ich auf der Suche nach den Meinen durch Anatolien zog, begegnete ich in Antalya meinem Oberst, einem beherzten Mann, der jedem die ihm gebührende Achtung zollte. Er war der Sohn eines Paschas, hatte die englische Schule besucht und war aus Tierliebe Veterinär geworden und zur Armee gegangen. In Griechenland lebten Verwandte von ihm, die hierher gekommen waren. Er hatte sie überall gesucht, sie aber nicht gefunden, auch nicht als Oberst! Mit seinen behinderten Beinen war er bis nach Antalya gekommen, wo seine Verwandten auch gewesen waren. Aber dort traf er sie nicht mehr an. Wie er mir sagte, waren die Türken der Stadt Komotini und die Griechen der Stadt Istanbul von der Ausweisung ausgenommen worden. Ich fragte den Oberst, warum, doch er wusste es nicht.«

Musa Kazim Agaefendi fiel wieder in sich zusammen, was den andern nicht entging. Zum Glück ergriff Ismail das Wort: »In spätestens sechs Monaten ist Pfeffersack Elia wieder hier.«

»Wie will dein Pfeffersack Elia das denn anstellen? Sich Flügel anschnallen und als Vogel geflogen kommen?«, fragte der Tierarzt wütend.

»Wie, weiß ich nicht, aber er wird kommen.«

»Sag schon wie und spann uns nicht auf die Folter!«

»Nun, Bruder, ich wills dir sagen. Er hat Kanister voller Goldstücke, und in Griechenland hat er Landgüter, größer als hier. In seinem Konak besuchten ihn viele hochrangige Politiker. Jedem Pascha schenkte er damals ein edles Pferd. Hast du begriffen? Goldstücke und Pferde! Er braucht sich keine Flügel anzuschnallen, um herzufliegen.«

»Warum ist er dann fort von hier?«

»Er war ganz unbekümmert, sagte nur, heute geh ich, morgen komm ich wieder.«

»Und warum ist er in dieser langen Zeit nicht wiedergekommen?«

Ismail ließ den Kopf hängen. »Ich weiß es nicht, er müsste schon hier sein. Vielleicht ist er krank geworden oder ihm ist etwas zugestoßen, ich weiß es nicht.«

»Ismail, ich werde dich etwas fragen, und du sagst mir, ob stimmt, was mir zu Ohren gekommen ist!«, sagte Sergeant Ali.

»Nun frag schon!«

»Kavlak Remzi hat dich als Spion der Griechen von Gendarmen verhaften lassen. Hast du damals in Gallipoli nicht englische Kriegsschiffe auf den Meeresgrund geschickt, indem du Granaten in ihre Schornsteine jagtest? Und hast du im Freiheitskrieg bei Dumlupinar nicht mit Kanonen auf die Griechen eingeprügelt und bist nach ihrer Niederlage nicht in Izmir einmarschiert?«

»Ich habe den Gendarmen, dem Unteroffizier und dem Hauptmann das alles erzählt, auch dass ich torgroße Urkunden und Auszeichnungen darüber habe, doch sie scherten sich nicht darum. – Gebt mir zwei Gendarmen mit nach Haus, und ich hole die Bescheinigungen. – Doch sie stellten sich taub. Wenn du kein Spion bist, sagte da der Hauptmann, wie konntest du dann im Dienst eines Griechen stehen? – Das ist kein Grieche, mein Hauptmann, das ist ein Oströmer. Als die Griechen in Izmir einmarschierten, hatte er große Angst, fragte mich, was werden die Griechen uns Oströmern antun? Und als die griechische Armee dann geschlagen wurde, war seine Freude so groß, mein Hauptmann, dass er ein Fest feierte. Und als er ausgewiesen wurde, weinte er. Er wird nicht in Griechenland bleiben, er wird zurückkommen. Obwohl sie ihn so bestürmten, er verkaufte nichts von seiner Habe, weil er zurückkommen wollte. – Er hinterließ dir aber seine Pferde zum Verkauf, sagte der Hauptmann, und du hast sie verkauft, nicht wahr? Warum denn? – Weil das Bargeld, das er zurückließ, für die Pflege der Pferde nicht reichte, antwortete ich. – Und wo ist der Erlös für die verkauften Pferde abgeblieben? – Er ist in meiner Obhut. – Das Geld gehört dem Staat, bring es mir! – Das tu ich nicht, mein Hauptmann. – Wenn du es nicht bringst, wird deine Leiche hier herausgetragen. – Meinetwegen, aber lass dir gesagt sein, dieser Kavlak Remzi ist ein Deserteur. Frag ihn doch nach seiner Entlassungsurkunde! Die kann er dir nicht vorlegen. – Da wurde der Hauptmann wütend, versetzte mir einen Tritt in den Bauch, dass ich mich krümmte. Er brüllte, dass seine Halsadern daumendick anschwollen: Entweder du bringst das Geld, oder du wirst als Leiche hinausgetragen! Dann ging er hinaus.«

Und jetzt stürzten sich die Gendarmen auf Ismail; mit Fußtritten und Ohrfeigen prügelten sie so auf ihn ein, dass er nach einer Stunde – oder waren es fünf? – das Bewusstsein verlor. Sie schütteten ihm Wasser über den Kopf, brachten ihn halbwegs wieder zur Besinnung und schlugen von neuem auf ihn ein. »Wo ist das Geld, wo? Wenn du es nicht sofort holst, kommt nur deine Leiche hier heraus! Du bist Soldat und weißt: Befehl bricht Eisen!« Doch Ismail konnte nur noch flüstern: »Es ist mir anvertraut!« Danach kam er nicht mehr zu sich. Der Unteroffizier ging zum Hauptmann: »Wir haben ihn totgeschlagen, mein Hauptmann.« Sie schleppten Ismail vor die Stadt und warfen ihn zwischen Schwarzdorngestrüpp in eine Grube. Bis Tagesanbruch blieb er dort liegen. Im Morgenrot schlug er die Augen auf, fragte sich ganz benommen: Bin ich tot oder lebe ich noch? Zunächst ganz gefühllos, spürte er plötzlich Schmerzen, die immer stärker wurden, und je mehr sein ganzer Körper schmerzte, desto mehr kam er zu sich. Ihm war, als werde ihm das Herz herausgerissen, er knirschte mit den Zähnen und zerkratzte sich am Rand der Grube die Finger blutig. Er brüllte vor Schmerzen, konnte aber nicht feststellen, ob er überhaupt einen Ton herausbrachte. Plötzlich fand er sich am Grubenrand wieder, mit letzter Kraft stürzte er sich in die Schwarzdornsträucher und rutschte bergab. Unten an der Straße brach er auf der Fahrbahn zusammen. Der Schmerz ließ nach, er brüllte noch lauter, und jetzt vernahm er seine Stimme. Er schlug die Augen auf, blickte um sich und erkannte die Straße, die zur Stadt führte. Die Schmerzen wurden wieder unerträglich. Er stemmte sich mit seinen Händen auf die Beine und murmelte: »Elia kommt bald zurück!« Sein Hauptmann aus Gallipoli stand vor ihm: »Los, Ismail, mitten in den Schornstein von dem Schiff!« Plötzlich stand der Hauptmann im Kugelregen und wurde vor Ismails Augen zu Staub. Eine Erdfontäne verschüttete ihn, er bekam keine Luft. Wie, wusste er nicht, doch plötzlich wurde es wieder taghell. Vor ihm weder Kanonen noch Soldaten. Die ganze Umgebung öd und leer, und nicht ein Laut. Zuerst fiel ihm der Stiefel des Hauptmanns ins Auge. Das Bein, das bis zum Knie im Schaft steckte, blutete. Ismail erstarrte zu Stein. Er konnte den Blick vom blutenden Stiefel nicht wenden, bis ein plötzlich aufgetauchter Soldat ihn am Arm packte. Kurz darauf begann das Gewehrfeuer und das Donnern der Kanonen erneut. Die Erde bebte, und die Fontänen im Meer stiegen wie Minaretts in den Himmel. Nein, ein Verrat am Anvertrauten ist ausgeschlossen! Fernab rollten die Räder eines Pferdewagens. Ismail horchte. Danach vernahm er auch das Läuten der Pferdeglöckchen. Das Gespann kam näher. Ismail konnte sich nicht mehr auf den Beinen halten und brach mitten auf der Landstraße zusammen. Er wälzte sich in die Richtung, aus der er den Wagen hörte, hob den Kopf und behielt die Fahrbahn im Auge. Doch der Wagen kam und kam nicht. Seine Schmerzen wurden wieder unerträglich, er hielt es nicht länger aus, versuchte aufzustehen und fiel rücklings zu Boden. Nach einer Weile kam der Wagen und hielt, doch Ismail hörte weder die Glöckchen noch das Bremsen der Räder. Zwei Personen stiegen ab und blieben neben dem blutverschmierten Körper auf der Fahrbahn stehen. Ismail öffnete die Augen, sah wie im Nebel die beiden Männer und versuchte vergebens sich aufzurichten.

»Er lebt noch«, sagte einer der Männer. Der alte Mann beugte sich über ihn und sah ihm ins Gesicht. Ismail wimmerte. »Er sieht aus wie der Kanonier Ismail«, sagte der alte Mann. Sie hoben ihn vorsichtig hoch und legten ihn in den Wagen. »Es ist Ismail«, sagte der junge Mann. »Was ihm wohl zugestoßen ist?«

»Sie haben ihn zusammengeschossen«, antwortete der alte Mann, beugte sich an Ismails Ohr und rief: »Ismail, Ismail, ich bins, ich, Ibrahim. Gefreiter Ibrahim aus unserem Regiment.« Ismail schlug die Augen auf und schloss sie wieder.

Auf dem Weg zur Stadt ließ Ibrahim ihn nicht aus den Augen. Als Ismail irgendwann verwundert um sich blickte, jubelte er: »Ismail, Ismail, halt die Augen offen! Ich bin Ibrahim, Ibrahim aus der Dritten Kompanie. Gallipoli, Gallipoli! Wer hat dir so zugesetzt, wer hat dich fast getötet?«

Ismail sagte nichts. Als sie sich der Stadt näherten, bemerkte Ibrahim, dass die Lippen von Ismail sich fortwährend öffneten und schlossen. Der alte Mann zügelte die Pferde, der Wagen rollte aus, das Ächzen der Achsen und das Klingen der Glöckchen am Halsschmuck der Pferde verstummte. Fast unhörbar entrang sich Ismails Lippen ein leises Wimmern. Ibrahim legte sein Ohr an Ismails Mund. »Sprich, Ismail, sprich! Ich bins, Ibrahim aus der Dritten Kompanie.« Ibrahim legte sein Ohr noch dichter an den Mund von Ismail. »Sags noch einmal, Ismail!« Und Ismail flüsterte wieder. »Gendarmen! Der Spion Kavlak Remzi … Rumeli-Griechen … Getötet … Hayri Efendi …«

»Was sagt dieser Gefreite Ismail?«, fragte der alte Mann.

»Soweit ich verstehe, hat Kavlak Remzi ihn von Gendarmen fast totschlagen lassen. Bringt mich zu Hayri Efendi, sagt er. Die Söhne von Hayri Efendi waren mit ihm zusammen im Krieg. Beide sind gefallen.«

Der alte Mann lenkte die Pferde vor den Konak von Hayri Efendi und klopfte an die Haustür. Hayri Efendi trat auf den Balkon.

»Ismail liegt in den letzten Zügen, Gendarmen haben ihn getötet.«

»Bringt ihn herauf!«

Sie packten Ismail an Armen und Beinen und schleppten ihn mühsam in den Konak. Im Salon legten sie ihn behutsam auf das Sofa. Als Hayri Efendi ihn voller Blut sah, wurde er leichenblass. »Ismail, mein Junge, wer hat dich so zugerichtet?«

Ismails Lippen bewegten sich, doch seine Stimme war nicht zu hören. Ibrahim kniete sich neben ihn und hielt sein Ohr wieder dicht an die Lippen von Ismail. Ismail sagte etwas, und Ibrahim stand auf. »Frau, komm schnell, auch die Mädchen sollen kommen!« Die Frau war längst wach und wartete schon darauf, von Hayri Efendi gerufen zu werden. Sie schrie auf, als sie Ismail erblickte. »Um Gottes willen, wer ist das, und was ist ihm zugestoßen?«

»Es ist unser Ismail, Gefreiter Ismail, der in Gallipoli Seite an Seite mit unseren Söhnen kämpfte, ihre Leichen vor Wölfen, Vögeln, Kötern und Schakalen schützte, ihnen ein Grab schaufelte und darauf einen Grabstein mit ihren Namen setzte. Kavlak Remzi und die Gendarmen haben ihn so zugerichtet.«

»Oh ihr Grausamen, oh mein Ismail, mein Junge!«, und sie schlug auf ihre Knie ein.

»Hol mir schnell den Barbier Sait Efendi herbei!«, rief Hayri Efendi dem Diener zu. In der Stadt gab es keinen Arzt und auch sonst niemanden, der sich mit Wunden so gut auskannte wie der Barbier Sait Efendi. Er konnte Tote zum Leben erwecken! Es dauerte nicht lange, und er hastete herbei. »Wer ist dieser Mann?«, fragte er.

»Dieser Mann ist der Gefreite Ismail, jener Gefreite Ismail, der unsere gefallenen Söhne begraben und ihnen einen Grabstein gesetzt hat. So zugerichtet hat ihn dieser ungläubige, nach allen Vier Heiligen Büchern vogelfreie Deserteur …«

»Landesverräter Kavlak Remzi, nicht wahr?«, unterbrach ihn Barbier. Er kniete neben dem Geschundenen nieder und untersuchte ihn. »So Gott will, wird dieser Junge wieder gesund«, sagte er. Und zum Diener gewandt: »Bring mir meine Arzneitasche. Alle Heilmittel habe ich selbst gemacht, denn den Medikamenten in den Apotheken traue ich nicht. Legt ein Laken auf die Pritsche, wir werden den Gefreiten Ismail ausziehen und drauflegen!«

Die Frau und die Mädchen gingen ins Nebenzimmer. Sait Efendi tränkte Watte mit einer Flüssigkeit aus einem alten Kölnischwasser-Fläschchen und tupfte damit das Blut von den Wunden. Aus einem Holzkästchen strich er sich eine Paste auf die Fingerkuppen und salbte damit die Wunden ein. Beim Öffnen des Kästchens zog ein köstlicher, berauschender Duft durchs Haus, wie er selbst Hayri Efendi, der über so viele Berge und blumenbedeckte Wiesen gewandert war, noch nie begegnet war.

»Eine Arznei, die so duftet, macht sogar Tote wieder lebendig, wie hast du diese Salbe nur hergestellt? Woher hast du diesen Duft?«

Sait Efendi lachte: »Wenn du den Extrakt aus allen Heilkräutern der sieben Berge gepresst hast, erhältst du diesen Duft, der die ganze Welt berauscht.« Seine Hände waren flink, in kurzer Zeit hatte er alle Wunden eingesalbt.

Ismail schlug die Augen auf. »Gott segne euch alle!«, sagte er. Seine Stimme klang noch schwach, aber jeder konnte verstehen, was er sagte.

»Gesegnet bist du, Ibrahim«, sagte Hayri Efendi, »du kommst in den Himmel, denn du hast Ismails Leben gerettet. Gottes Segen auf deinen Weg, Gefreiter Ibrahim!«

Die Dörfler hatten sich unter der Platane eingefunden, um die Inselbewohner zu verabschieden. Die Männer kletterten an Bord, Musa Kazim Agaefendi ging aufs Vorschiff, setzte sich, lehnte sich an die Holzwand unterm Kajütfenster und versank in Gedanken. Er blickte mit düsterer Miene eine Weile rechts aufs Meer, dann nach links, schaute auch manchmal hinauf in den Himmel und betrachtete die weißen Wolken in weiter Ferne.

Der Kutter lief die Landungsbrücke der Insel an, den Aga schien es nicht zu kümmern, er rührte sich nicht. Hätte Nordwind ihn nicht an die Hand gefasst und gerufen, er wäre mit dem Rücken an der Kajütwand sitzen geblieben.

»Wir sind schon da?«

»Wir sind da«, nickte Nordwind, zog ihn an beiden Händen auf die Beine, half ihm auf den Anleger, die Töchter kamen im Laufschritt, hängten sich bei ihrem Vater ein, geleiteten ihn zum Haus. Nordwind folgte ihnen.

»Papa, was ist mit dir?«

»Nichts, gar nichts«, antwortete er, und seine Augen suchten Nordwind: »Nicht wahr, Nordwind, mein Sohn, mir fehlt doch nichts! Bitte bleiben Sie! Ich bin nur etwas erschöpft, nicht wahr?«

»Ja, Efendi, Sie sind etwas erschöpft.«

»Wir haben ein sehr schönes Landgut gefunden ... Der arme Ismail«, sagte er bedauernd.

»Wer ist Ismail, was hat er dir getan?«, fragte Zehra.

»Mir hat niemand etwas getan, macht mir mein Bett!«

»Es ging alles gut«, beschwichtigte Nordwind. »Er soll sich erst einmal ausruhen, dann erzählen wir euch alles!«

Mit schwankenden Schritten ging er zur Treppe, Zehra folgte ihm. Am Treppenabsatz ergriff sie seine Hand. »Komm morgen schon früh, lass meinen Vater nicht allein! Irgendetwas ist ihm widerfahren. Er ist gar nicht bei sich.«

Nordwind war am Treppenabsatz stehen geblieben, er konnte keinen Schritt weiter. Regungslos standen er und Zehra nebeneinander. »Aber«, begann er dann mit zitternder Stimme, »der Gutshof hat ihm doch sehr gefallen.« Mit schweren Schritten stieg er die Stufen hinunter, drehte sich noch einmal um und sah, wie Zehra ihm mit traurigen Augen nachblickte.

In aller Frühe suchte Nordwind den Agaefendi auf. Als er Nordwind die Treppe heraufkommen sah, rief er fröhlich: »Wir erwarten dich schon.« Zu viert setzten sie sich an die Tafel und frühstückten schweigend, wie es die Anatolier tun. Gleich nach dem Frühstück erhob sich der Agaefendi, Nordwind folgte ihm. Eine Weile schritten sie nebeneinander her. Dann blieb der Agaefendi stehen, sein Gesicht verdüsterte sich. »Der Mann hat Ismail fast getötet. Schlimmer noch, er hat ihn von Gendarmen des Staates fast totschlagen lassen. Weder dieser Mann noch die Gendarmen wurden dafür bestraft. So grausam ist Ismail nicht einmal in Griechenland gepeinigt worden. Woher hat dieser Mann eigentlich seine Macht?«

»Es geht das Gerücht, dass er in Kürze Vorsitzender der Volkspartei werden soll, allein schon das Gerücht gibt ihm diese Macht, und niemand wagt sich an ihn heran. Er ist ein Fahnenflüchtiger. Und es gibt keinen in der Stadt, der das nicht weiß.« Nordwind erzählte, wie Kavlakzade Remzi Bey am Ende des Freiheitskrieges wie ein Volksheld in die Stadt einzog.

»Ich habe verstanden«, sagte Musa Kazim Agaefendi, »ich habe alles verstanden.« Er legte seine Hand auf Nordwinds Schulter. »Heute möchte ich allein gehen! Gräme dich nicht, mein Sohn, so laufen diese Dinge immer.«

»Ich werde Ihren Stock holen!« Er rannte los, denn es war doch eine Gelegenheit, Zehra zu sehen!

Gestützt auf seinen Stock, ging der Agaefendi durch den Olivenhain und den Hügel hinauf. Licht fiel aufs Meer, bildete streckenweise Linien, stellenweise Kreise, zwischen den Linien dehnte sich unendliches Blau, und das Innere der Kreise leuchtete lila. Eine orange Linie glitt über die glatte See bis zum Fuß des gegenüber liegenden Berges. Ein solches Meer habe ich noch nie gesehen, dachte der Agaefendi. Dieser Veli sagte, manchmal sei das Meer so friedlich und still, dass Ameisen daraus trinken können. Wirklich, das Wasser rührte sich nicht.

Bei der geringsten Bewegung würde es ja die trinkenden Ameisen davonspülen!

Als er den Hügel hinunterwanderte, kam leises Plätschern an sein Ohr. Er folgte diesem Geräusch und blieb verblüfft vor der sprudelnden Quelle stehen. Solche Schönheit hatte er, obwohl er seit seiner Kindheit Berg und Tal auf Kreta durchwandert hatte, sogar dort nicht ähnlich erlebt. In allen Farben glitzerten die Kiesel im Wasser, das gespiegelte Licht tanzte auf den steil aufragenden glatten Felsen. Er setzte sich auf den Rasen am Quellenrand und lehnte seinen Rücken an den Stamm einer Tanne. Kreta, sein Landgut, seine Pferde und seine Freunde wurden vor seinen Augen lebendig. Sein Vater und sein Großvater hatten dort schon berühmte Pferde aufgezogen. Besonders das eisengraue war in aller Munde gewesen. Der Tod seiner Frau auf dem Dampfer … Hier stoppte er den Fluss seiner Gedanken. Darin war er geübt. Wenn ihm seine Frau vor dem geistigen Auge erschien, wischte er sie aus seinem Kopf. An ihrer Stelle erschien Melek Hanum. Auch sie eine Migrantin. Der dunstverhangene Berg Ida da drüben ist ihre Heimat. Bei jeder Unterhaltung brachte sie das Gespräch auf diesen Berg mit den tausend Quellen. Dann folgte die Geschichte des heiligen Blonden Mädchens, die sie jedes Mal anders erzählte. Wer weiß, wie sehr sie sich nach dem Berg der tausend Quellen vom heiligen Blonden Mädchen sehnte. Bliebe er noch eine Weile hier, er würde sie zum Berg Ida bringen und sich diesen sagenhaften Berg der Liebe mit eigenen Augen anschauen. Als er damals in Athen zur Schule ging, redete jeder vom Berg Ida, wenn es um eine Liebesgeschichte ging. Der Gänseberg hieß nicht ohne Grund Berg der Liebe. Diese aufrechte Gestalt … Ihre Blicke, ihre Art, zu sprechen, ihr Lachen, ihr Gang, ihre Grübchen, ihre Augen … Ja, Melek war eine Schönheit. So viel Herzenswärme, ihre überschäumende Liebe … Um Gottes willen, in deinem Alter, was machst du denn da! Er machte einen Gedankensprung zu den Pferden. Der Rotfuchs erschien vor seinen Augen. Wenn er auf ihm durch die Stadt geritten war, gingen die Ladenbesitzer vor die Tür, drängten sich die Frauen an die Fenster, und alle betrachteten das Pferd mit Entzücken.

Der Rotfuchs war wie ein Mensch, war ihm wie ein Bruder! Schon von weitem witterte ihn der Hengst und begrüßte ihn mit einem dreifachen Wiehern. Warst du traurig, erkannte es jeder an seinem Gang, warst du wütend, stampfte er, warst du fröhlich, wieherte er hell und seine Mähne flog vor überschäumender Freude. Er bewachte dich, wenn du in der Ebene, in den Bergen, an einer Quelle erschöpft eingeschlafen warst. Wer das Pferd jetzt wohl hatte? Wurde es gut gepflegt? Vielleicht ist es vor Sehnsucht nach ihm schon eingegangen. Wenn es sich während der Frühlingsblüte vom Konak entfernte und sich der großen Linde, deren Laubdach fast einen Dreschplatz beschatten konnte, näherte, blieb es stehen, hob den Kopf, wieherte laut, trabte zum Fuß des Baumes und streckte den Kopf mit weit geblähten Nüstern in die Höhe. Der Duft der voll in Blüte stehenden Linde vermischte sich mit den Gerüchen der Ebene, berauschte alle Geschöpfe, ob Pferd, Mensch, Vogel, Wolf oder Wurm ... Kindheit, Jugend, Freundschaften gingen ihm wie ein sonniger, ferner Traum durch den Kopf. Fern und verloren auch das neue Landgut, mittendrin, nicht weit vom eingestürzten Konak, eine plätschernde, wohl vom Popen gesegnete heilige Quelle ... Der abgerissene Konak, davor die gefällten Bäume, der zertrampelte Blumengarten, wer weiß, wie schön auch dieses Landgut einmal war. Gegenüber die verhangenen Berge, das so nahe Meer ... Trauer senkte sich in sein Inneres, warum bloß? Diese herzzerreißende Trauer hatte er nicht einmal verspürt, als auf dem Dampfer seine Frau starb und ihr Leichnam ins Meer versenkt wurde. Er versuchte an Melek Hanum, an seine Töchter, an seinen Rotfuchs zu denken, aber auch sie konnten seinen Seelenschmerz nicht verscheuchen. Er stand auf. Der Tag neigte sich, das ruhige Meer verschwand im Dunst, die Schatten der Felsen, vor denen er hockte, streckten sich weit hinunter bis zum Birnbaum. Von der versinkenden Sonne war nur noch ein lilafarbenes Stück zu sehen, der Himmel darüber schimmerte grünlich, die goldgerandeten Wolken in dunklem Violett.

Wo die Sonne untergegangen war, blieb orangefarbenes Licht zurück. Gestützt auf seinen Stock, stieg er den Hang hinab. Erschöpft kam er bis zum Birnbaum, dessen Schatten noch länger geworden waren, setzte sich unter das Geäst und lehnte sich mit dem Rücken an den mächtigen Stamm. Nachdem er eine Weile ausgeruht hatte, stemmte er sich mit den Händen auf die Beine, streckte sich, seine Knochen knackten. Die Glieder schmerzten. Als er zu Haus die Treppe emporstieg, musste er auf den Stufen immer wieder verschnaufen.

Besorgt empfingen ihn die Mädchen: »Was ist mit dir, Vater?«

»Nichts, gar nichts.«

»Seitdem du auf dem Landgut warst, hast du dich verändert. Nicht einmal Messer bringen deine Lippen auseinander.«

»Mir geht es gut.« Er ließ sich in den Sessel fallen und atmete tief durch.

»Melek Hanum hat gefüllte Weinblätter geschickt, Kapitän Kadri den von mir bestellten Joghurt und Fleisch und Gemüse«, sagte Zehra.

»Hast du bezahlt?«

»Das habe ich. Melek brachte auch Ziegenmilch, ich habe sie gekocht, damit sie sich länger hält. Das Fleisch habe ich auch schon geschmort.«

Die beiden Töchter deckten ihm den Tisch. Mit Mühe erhob sich der Agaefendi und musste sich beim Setzen an der Tischkante festhalten. Er aß schnell, spülte sich den Mund, wusch sich Hände und Gesicht und legte sich schlafen.

»Vater scheint kraftlos«, sagte Zehra leise.

»Wer weiß, was er auf dem Landgut erlebt hat«, flüsterte Nesibe. »Seitdem macht auch Nordwind ein ernstes Gesicht. Beide haben etwas erlebt, was sie nicht erzählen können.«

»Das Gut hat Vater gefallen, er will es kaufen. Aber seit dem Tod unserer Mutter habe ich ihn nicht mehr so erlebt.«

»Der Tierarzt und der Kapitän waren dabei. Vielleicht wissen sie es.«

»Vielleicht hat Kapitän Kadri auch Melek Hanum etwas erzählt!«

»Lass uns morgen zu ihr gehen!«

»Oder gleich jetzt!«

»Dann lass mich gehen«, schlug Zehra vor, »bleib du hier, falls Vater nach uns ruft!«

Auf dem Weg zu Melek Hanum ging Zehra am Hause von Nordwind vorbei und musterte die offene Tür und die Fenster. Es war niemand zu sehen. Sonst brauchte sie sich nur blicken zu lassen, und schon wartete Nordwind am Fenster, in der Tür oder am Brunnen auf sie. Sie machte kehrt und ging noch einmal an der Tür vorbei. Von Nordwind keine Spur! Besorgt ging sie zurück. Ob ihm etwas zugestoßen war? Unwillkürlich führten ihre Füße sie zur Tür, sie stieg die Treppe hoch, durchquerte die Räume, es war niemand da. Mit weichen Knien lief sie zu Melek Hanum. Im Schein der dickbäuchigen, bunt verzierten Petroleumlampe war diese beim Stricken. Als sie Zehra erblickte, stand sie überrascht auf. »Was ist, mein Mädchen, du bist ja ganz verschwitzt, ist etwas mit deinem Vater?«

»Es geht ihm gut, aber er lacht nicht mehr«, antwortete Zehra. »Er redet nicht, ist mit gesenktem Kopf in Gedanken versunken. Vielleicht ist ihm auf dem Gut etwas widerfahren? Der Kapitän müsste es doch wissen.«

»Mir hat der Kapitän nichts erzählt. Gäbe es einen Grund, er wäre bestimmt zu mir gekommen. Setz dich zu mir!«

Schon seit langem fragte sich Zehra, woran es wohl lag, dass Melek Hanum von Anfang an so vertraut mit dem Vater umging, als seien sie verwandt oder alte Freunde. Sie war eine sehr schöne Frau in den besten Jahren. Auch Vater war eigentlich kein alter Mann, auch wenn einige weiße Strähnen seinen Bart durchzogen. Bei diesem Gedanken errötete sie: Gleich nach dem Tod der Mutter wieder heiraten ... Und danach vielleicht ...

»Ich frage mich, warum mein Vater so neugierig auf deinen Berg mit den vierzig Quellen ist. Er behauptet, die Mädchen dort seien die schönsten der Welt. Nicht einmal auf unserer Insel Kreta gäbe es so schöne. Ihretwegen habe es viele Kriege gegeben. Wegen der Mädchen des Berges mit den vierzig Quellen wurden Städte gebrandschatzt, Staaten zerstört, dem Erdboden gleichgemacht. Er sagt, sieh dir Melek Hanum an, auch sie ein Mädchen dieses Bergs der vierzig Quellen.«

»Nicht vierzig, sondern Berg der tausend Quellen.«

»Entschuldige, Tante Melek Hanum, natürlich, tausend Quellen, so nennt ihn auch mein Vater. Er will sich dorthin auf den Weg machen.«

»Sorge dich nicht um ihn, unseren Sultan! Ich rede morgen mit ihm und werde erfahren, was ihn quält. Ich liebe ihn seit dem Tag, an dem ich ihn kennen lernte. Er soll unsere Berge nur aufsuchen, Wolf und Vogel, Hirsch und Tiger und alle Menschen von sieben bis siebzig werden auf den Beinen sein und ihn verehren.«

»Woher weißt du das, Tante?«, fragte Zehra und sah Melek Hanum viel sagend an.

»Warum schaust du mich so an, mein Mädchen, hast du den Ring am Finger deines Vaters denn nicht gesehen? Ein Ring mit zwölf Perlitsteinen.«

»Ich kenne ihn, was ist damit? Ringe trägt doch jeder«, antwortete Zehra verwundert.

»Der Ring ist etwas Besonderes. Auf dieser riesengroßen Welt tragen ihn nur fünf oder zehn Personen. Ihn tragen nur die ranghöchsten Ordensbrüder.«

»Was heißt das?«

»Wir vom Berg der tausend Quellen gehören alle dem Orden an. Nur der ranghöchste Ordensbruder darf diesen Ring tragen. Jeden Morgen, wenn die Sonne aufgeht, stehen wir auf, waschen uns, drehen uns in Richtung der Grabstätte von Mohammeds Enkel Hüseyin und der Kerbela zur Sonne und singen das Gelöbnis. Der Ring, von dem ich spreche, hat zwölf Perlitsteine und ist dem entsprechend zwölfeckig.«

»Ich verstehe das nicht. Was bedeutet Gelöbnis, Kerbela und zwölfeckiger Ring?«

»Hör dir die Tochter von unserem Sultan an! Frag nicht mich, frag deinen Vater!«

»Werde ich, Tante.« Sie stand auf. »Ich muss mich beeilen, mein Vater sorgt sich um mich«, sagte sie und wollte Melek Hanum die Hand küssen, doch die Hanum entzog sie ihr. »Ich begreife das alles nicht, Tante, mein Vater schickte mich auf die amerikanische Schule.«

»Was heißt das?«

»Auf eine englischsprachige Schule.«

»Also die Schule derer, die den Meinigen in Gallipoli töteten. Die Engländer feuerten auf ihn eine Granate ab, und von ihm blieb kein Stückchen übrig. Er wurde zu Staub, und der Wind blies ihn fort.«

»Mein Beileid, Tante! Gott schenke dir und deinem Sohn sein Leben!«

Zehra blieb vor dem Haus von Nordwind stehen. Sie stieg mit dem rechten Fuß auf die erste Stufe der marmornen Außentreppe, konnte den linken aber nicht nachziehen. Eine Weile verweilte sie so, nahm dann den rechten Fuß wieder von der Stufe, um ihn gleich wieder draufzustellen. Dann überlegte sie eine Zeit lang. Plötzlich nahm sie alle drei Stufen und stand vor seiner Tür, die sie aber nicht zu öffnen wagte. Sie kehrte um und umkreiste das Haus. Schließlich nahm sie sich ein Herz, rannte los, öffnete die Tür und stolperte im Dunkeln die Haustreppe hoch. Im Salon saßen Nordwind und Lena einander gegenüber. Als Nordwind Zehra erblickte, erstarrte er. Lena stand sofort auf, nahm das Mädchen an die Hand und drückte es in den Sessel, in dem sie gerade gesessen hatte.

»Willkommen, mein Mädchen, du bringst Freude ins Haus!«

Auch Lena war verblüfft, denn Zehras Gesicht war hochrot angelaufen. Ratlos machte Lena einige Schritte im Kreis, blieb dann vor Zehra stehen. »Ich bringe dir einen Tee, den ich gerade gebrüht habe. Er wird dir gut tun«, konnte sie nur sagen und atmete tief durch. Zehra bedankte sich auf Griechisch. Nordwind hatte seine Augen auf sie gerichtet und schaute sie selbstvergessen an. Er wollte etwas sagen, öffnete einige Male die Lippen, brachte aber kein Wort heraus. Meinen Sohn hat der Blitz getroffen, dachte Lena, hoffentlich übersteht er es! Sie reichte den Tee und sah, dass die Hände der jungen Frau zitterten. »Wie viel Zucker soll hinein?«

»Ein Stück«, bat Zehra mit kaum hörbarer Stimme. Dann trank sie, und ihre Hände zitterten noch immer.

»Noch einen Tee, mein Mädchen?«

»Nein. Leben sollst du, Lena Hanum!«

Lena Hanum genannt zu werden, schmeichelte Lena. »Auch du sollst leben!«, antwortete sie auf Griechisch. »Wie schön du doch bist, mein Mädchen«, sagte sie dann, »Gott schütze dich vor den bösen Blicken der Neider und gebe dir im Maße deiner Schönheit, deiner Herzensgüte und deiner Liebe Glück!« Dabei schaute sie aus den Augenwinkeln zu Nordwind hinüber.

Während sie so auf Griechisch plauderten, kam Nordwind wieder zu sich. »Lena, was erzählst du da unserem Gast?«, fragte er mit bebender Stimme.

»Ich habe ihr gesagt, dass sie eine Schönheit ist. Du bist weit herumgekommen, hast die ganze Welt bereist, bevor du hierher kamst. Hast du jemals eine schönere als meine Tochter Zehra gesehen?«

»Nein, nie …«, antwortete Nordwind aus vollem Herzen. Zehra zitterte und errötete noch ein bisschen mehr.

»Noch ein Glas? Mein Tee schmeckt doch sehr gut, nicht wahr?«

Zehra konnte nicht antworten.

»Und du, mein Junge, auch einen Tee?«

Als Zehra den Tee entgegennahm, zitterten ihre Hände wieder. Genau wie Nordwinds Hände … Und das wiederum entging Zehras Aufmerksamkeit nicht. Während sie ganz langsam ihren Tee trank, hielt sie den Kopf gesenkt und schaute auf den Boden. »Mein Vater …«, versuchte sie zu sagen.

»Was ist mit ihm?«, fragte Nordwind besorgt und ließ beinah das Glas fallen.

»Ihm fehlt nichts, aber seit er wieder hier ist, lacht er nicht und redet er nicht. Ist dort irgendetwas geschehen?«

»Ismail«, sagte Nordwind nur.

»Wer ist Ismail? Was hat er euch, was hat er meinem Vater getan?«

Nordwind berichtete in allen Einzelheiten von Ismail und was ihm widerfahren war, von Elia und dessen Pferdezucht.

»Ist Kavlak Remzi Bey dieser Mann, der die Kirche und die Konaks da unten abreißt?«

»Er ist es«, antwortete Nordwind.

»Das hat Vater vergrämt, Unrecht und Grausamkeit erträgt er nicht.«

»Noch einen Tee?«, fragte Lena. »Ich habe ihn schon aufgebrüht, er ist gleich fertig.«

Unbewusst dehnte Zehra die Zeit ihres Besuches. Sie hatte nur Augen für Nordwind. Diesem wurde ganz schwindlig vor Freude, und damit Zehra nur nicht ging, redete er in einem fort über den Kaukasus, Mesopotamien, den Taurus, über Vasili und Emir Salahattin. Er nahm das mit einer Sonne bestickte Amulett von seinem Hals, öffnete es und reichte Zehra den Inhalt, den sie verwundert in ihrer Hand betrachtete.

»Emir Salahattin hat es mir geschenkt und mir gesagt: Das alles ist dreitausend, viertausend Jahre alt, und du wirst es immer bei dir tragen! Und in deiner Todesstunde wirst du es deinem ältesten Nachkommen, ob Mädchen, ob Mann, übergeben. Oder deiner Frau, wenn du keine Nachkommen hast. Auch wenn du am Verhungern bist, wirst du es nicht verkaufen, egal, wie viel dir dafür geboten wird. Auch nicht an ein Museum! Solange du lebst, wirst du es am Halse tragen und ja keinem Fremden zeigen! Du wirst diese Steine deinem erstgeborenen Kind hinterlassen, und solange es sie trägt, wird es glücklich sein, wird es vor jedem Unheil bewahrt!«

Während er sprach, ließ Zehra das Amulett nicht aus den Augen, sie schaute nicht einmal Nordwind ins Gesicht.

Kaum hatte Nordwind ausgesprochen, nahm er Zehra die Figürchen aus der Hand, legte sie in die Hülle und hängte sie sich wieder sorgfältig um den Hals.

Aufgeregt sprang Zehra auf. »Vater ist bestimmt schon wach und fragt nach mir. Nein, irgendetwas war mit diesem Ismail!« Sie küsste die Hand von Lena, und als sie Nordwind die Hand gab, lief sie wieder rosarot an, und seine Augen leuchteten.

»Ich bringe dich nach Haus, es ist schon Mitternacht!«

Zehra zögerte einen Augenblick. Auf dieser Insel ist doch niemand, wollte sie sagen, aber brachte es nicht über die Lippen. Unterwegs schritt sie so langsam, als bewege sie sich nicht vom Fleck. Nordwind folgte ihr. Endlich vor der Tür, standen die beiden eine ganze Weile nur so da.

»Wer ist da? Zehra bist dus?«, rief Nesibe.

»Ja, ich bins.«

»Ich werde morgen früh mit dem Agaefendi reden«, sagte Nordwind. »Vielleicht erfahren wir den Grund seiner Niedergeschlagenheit. Nachdem er das Landgut gesehen und mit Ismail gesprochen hatte, war er wirklich ein anderer. Er wirkte völlig abwesend, als sei er ganz allein in einer unendlichen Leere.«

Als Zehra die Treppe emporstieg, begann Nordwind wieder zu reden, und Zehra verhielt. »Konntest du denn gar nichts von ihm erfahren?«

»Nur einmal, als er zusammengesunken im Sessel saß, hörte ich ihn ›Ismail‹ sagen.«

Nesibe kam langsam die Treppe herunter und sagte leise: »Ihr könnt ruhig weiterreden, wenn ihr wollt, Vater schläft!« Dann ging sie vorsichtig wieder nach oben.

Stumm standen sich Zehra und Nordwind eine ganze Weile gegenüber, bis sie oben knarrende Schritte hörten und aus ihren Träumen erwachten. Zehra stieg nach oben, wo Nesibe wartete.

Zehra und Nordwind konnten bis zum Morgen nicht schlafen.

Schon früh am Morgen machte sich Nordwind auf zum Agaefendi. Ein angenehmer Duft von Tee durchzog das Haus. Lächelnd erhob sich der Agaefendi vom Frühstückstisch. »Willkommen, mein Sohn, setz dich!«, und er zeigte auf den ihm gegenüber stehenden Stuhl.

Nesibe brachte Nordwind Teller, Glas, Napf und Brot. Käse und eine Karaffe Milch standen schon da. Jedes Mal, wenn der Kapitän in die Stadt fuhr, brachte er frisches Brot mit, und der Geruch der gerösteten Scheiben vermischte sich mit dem Duft frischen Tees. Zu viert setzten sie sich an den Tisch und frühstückten. Der Agaefendi stand bald auf, und die andern folgten ihm ins Freie zu den Platanen. »Heute werde ich die Insel durchstreifen«, sagte der Agaefendi und machte sich gleich auf den Weg. Sein Gesicht ist jetzt finstrer als damals auf dem Boot, dachte Nordwind. »Seid nicht enttäuscht!«, sagte er zu den Mädchen. »Vielleicht braucht er jetzt die Einsamkeit. Er hat große Sorgen.«

Jetzt tauchte auch Melek Hanum auf und setzte sich zu den anderen auf die hölzerne Pritsche.

»Unser Sultan, der Agaefendi, will für sich bleiben«, sagte Nordwind zu ihr. Melek Hanum, die sofort im Bilde war, ergriff den Arm von Zehra: »Du hast dich seit langem nicht mehr bei Şerife Hanum blicken lassen«, sagte sie. »Ihr Kelim ist bald fertig gewebt, er ist bunt wie ein Paradiesgarten. Gehen wir doch zu ihr!«

Die beiden standen auf und machten sich auf den Weg. Bis sie hinter den Häusern verschwunden waren, schaute Zehra immer wieder zurück zu Musa dem Nordwind. Ihn aus den Augen zu verlieren, kam ihr vor wie Todesqualen. Der Kamin hat Feuer gefangen, schoss es Melek Hanum durch den Kopf. Auch sie war ihrem gefallenen Recken in unerfüllter, in Schwarzer Liebe so verfallen gewesen und unter Todesgefahr zu ihm geflüchtet. Ja, das wird Schwarze Liebe genannt! Wer sie nicht erlebt hat, sage nicht, er habe gelebt! Und nun ist er davon. Hat nicht einmal ein Grab. Wurde zu Staub und wehte davon. Soll er! In meinem Herzen blüht er Tag für Tag auf wie eine frische Rose. Die Tage ihrer Liebe zogen taufrisch an ihren Augen vorbei, rissen sie wie ein Wildbach der Leidenschaften mit; ihre Augen füllten sich mit Tränen, und plötzlich umarmte sie Zehra, die rechts neben ihr ging. »Oh, mein Mädchen«, rief sie, »oh, meine Schönste der Schönen, musstest du das auch noch erleben! Was wirst du nun tun? Der Agaefendi hat euch ja noch nicht einmal eure Truhen öffnen lassen. Er wird hier nicht bleiben, und wenn sich nichts tut, wird er flüchten. Mit Dampfer, Kutter, Boot, und wenn es sein muss, wird er ins Wasser springen und zu seiner Insel schwimmen!«

»Aber er kauft ein Landgut, hast dus nicht gehört?«

»Ich hab davon gehört, aber das sind Spielereien, er spielt mit sich selbst. Er will in seine Heimat zurück, und wenn es ihm nicht gelingt, wird er nicht lange leben.«

»Der Wind verwehe deine Worte, Melek Hanum! Der Wind nehme sie von deinen Lippen. Du weißt es nur nicht, auch er ist in dich verliebt und stöhnt im Schlaf deinen Namen. Ich weiß es, Nesibe weiß es, und auch du weißt es, meine Melek Hanum!« Kaum hatte Zehra die Worte ausgesprochen, trennte sich Melek Hanum so abrupt von ihr, als habe sie ins Feuer gegriffen, und eilte geradewegs nach Haus. Auch Zehra machte sich im Laufschritt auf den Heimweg, ohne einen Blick unter die Platane zu werfen.

Musa Kazim Agaefendi wanderte kreuz und quer über die Insel. Er ließ keinen Winkel aus, sah Friedhöfe, Höhlen, Weinberge, Bienenstöcke, Buchten, die Ebene mit den Getreidefeldern, Vogelnester und auf einem kleinen Hang den griechischen Friedhof und die Grabsteine mit eingemeißeltem Kreuz, darunter die Namen und Nachnamen der Toten. Viele Nachnamen waren türkisch. Das wunderte den Agaefendi nicht, auch auf Kreta hatten viele Familien türkische Nachnamen. Werde ich denn das Grab meines Vaters, meines Großvaters und der anderen nicht mehr wiedersehen?, fragte er sich. Und eine Trauer senkte sich in sein Inneres, die er bisher noch nie verspürt hatte. Er konnte sich nicht mehr aufrecht halten, hockte sich auf einen grasigen Erdhaufen und schaute aufs Meer. Wie zahm diese See doch war! Veli der Treffer erschien ihm vor Augen, dieser klitzekleine Mann, dieser Zauberer der Meere, der bis auf ihren Grund sehen konnte, wie Nordwind versicherte. Verlässt der Vater die Gräber seiner Sippe, sein Schwarzes Meer, die mächtigen Walnussbäume und kommt hierher, und seine Frau bleibt da oben in den Bergen im Dorf zurück! Aber er kann wenigstens sein Schwarzes Meer und sein Dorf in den Bergen aufsuchen und seine Frau und seine Walnussbäume wiedersehen, wenn ihm danach ist!

Als der Tag sich neigte, kehrte der Agaefendi heim. Nordwind hatte schon drei Mal nach ihm gefragt, war aber gleich wieder gegangen. Jedes Mal hatte Zehra gehofft, er würde bleiben und hier auf ihren Vater warten. Doch Nordwind hatte ihr nicht einmal in die Augen geschaut. Das Mädchen hatte sich sein Verhalten gar nicht erklären können und kam um vor Gram.

Schon auf der Außentreppe stiegen dem Agaefendi vertraute Düfte in die Nase. »Was ist denn das, Mädchen?«, rief er fröhlich. »Da kommen ja ganz angenehme Gerüche aus der Küche.« Er zog Nordwind am Arm herein, sagte: »Setz dich!« Dass ihr Vater Nordwind ins Haus gezogen hatte, war Zehra nicht entgangen. Vater weiß alles! Sie war sich sicher. Noch nie war er mit einem Menschen so vertraulich umgegangen.

»Vater, wir waren heute mit Melek Hanum hinauf zu den Tannen Kräuter sammeln. Es gibt hier alle Sorten, die auch auf unserem Gut wuchsen.«

»Ich werde also mit Nordwind, meinem Sohn, ein mit hiesigen Kräutern gewürztes kretisches Essen bekommen!« Nach Tagen lachten seine Augen endlich wieder. »Weil sie sich von Wildkräutern und Gemüse nähren, leben die Kreter lange. Greif zu, mein Sohn!«, sagte er und machte sich ans Essen.

»So etwas Schmackhaftes habe ich noch nie gegessen«, sagte Nordwind. Bei uns im Taurus wird auch mit vielen Kräutern gewürzt, aber so gut hat es mir noch nirgends gemundet.«

»Die Mutter der beiden konnte auch sehr gut kochen. Sie haben es von ihr gelernt. Leben sollt ihr, meine Töchter!« Dass der Vater so stolz auf seine Töchter war, freute die beiden, und Zehra streifte Nordwind mit einem so innigen Blick, dass sein Innerstes zitterte. Wenn Zehra lächelte, vertieften sich ihre Grübchen noch mehr, wurde ihre Schönheit noch anziehender.

»Morgen werde ich in die Stadt fahren. Wenn mein Sohn Nordwind mich begleitet, werde ich mich freuen!«

Nordwind war Feuer und Flamme: »Wie kann ich da Nein sagen! Ich lasse Sie doch nicht allein in die Stadt fahren, mein Efendi.«

»Sei gesegnet, mein Sohn!« Er stand auf, mit ihm erhob sich auch Nordwind. Der Agaefendi zeigte auf einen Sessel, nahm Platz, doch Nordwind setzte sich erst, nachdem der Agaefendi ihm gegenüber Platz genommen hatte. »Kinder, räumt ab und kommt her, wenn ihr in der Küche fertig seid! Mein Sohn Nordwind Bey und ich werden uns solange unterhalten.«

Als die Mädchen ihre Arbeit erledigt hatten, kamen sie herbei und setzten sich auf das nahe Sofa. »Macht es euch bequem, Kinder, mein Sohn Nordwind ist kein Fremder mehr!«, sagte der Agaefendi. »Für uns ist er ein Glücksfall.«

»Ich bitte Sie, mein Efendi!«

»Als ihr beiden draußen wart, sprachen wir über Kavlak Remzi, den Mann, der die Konaks und die Kirche abreißen ließ. Hätte mein Sohn Nordwind Bey die Schule, die Häuser der Lehrer und die Läden am Ufer nicht aufgekauft, sie wären von jenem Kavlakzade Remzi auch zerstört worden.« Der sonst in sich zusammengesunkene, gealterte, zerfurchte Agaefendi war wie umgewandelt. Er sprach so frisch und munter, als hätte er Lebenswasser getrunken.

Bald danach wurde er wieder ernst: »Und wie ihr wisst, begleitete mich Nordwind, mein Sohn. Der Tierarzt war auch dabei. Der Verwalter des Gutes heißt Ismail. Elia Aga hatte ihm das Landgut, alle Pferde, die Ställe, den Konak und was sonst noch da war, übergeben und ihm gesagt: Ich bin wieder hier, bevor das Jahr vergangen ist. Und Ismail meint, Elia Aga wäre eher gestorben, als ein Jahr in der Fremde verstreichen zu lassen.«

Zehra überlegte: Vater spricht im Schlaf oft von einem Ismail. Was ist da geschehen?

Musa Kazim Agaefendi erzählte erst vom Abriss der Konaks, dem Fällen der Bäume, dem Verkauf des großen Olivenhains für ein paar Kuruş an Kavlakzade Remzi Bey, danach, was Ismail widerfuhr … Letzteres beschrieb der Agaefendi so anrührend, dass seine Zuhörer vor Entsetzen erstarrten. Kein Tropfen Blut wäre geflossen, hätte man ihnen ins Fleisch geschnitten! Danach sank der Agaefendi erschöpft in seinem Sessel zusammen. Eine Weile war kein Laut zu hören, keiner wagte dem andern in die Augen zu schauen, gerade so, als habe er selbst diese Untaten begangen.

Erst nach geraumer Weile verscheuchte der Agaefendi seine Trauer und setzte sich wieder kerzengerade hin. Er schaute Zehra in die Augen, sie wich seinem Blick nicht aus. Dann wanderten seine Augen zu Nordwind, aber auch der hielt seinen eisenharten Blicken stand. Nesibe, völlig ratlos, ließ ihre Augen wie gebannt auf dem Gesicht des Vaters ruhen, bis er wieder zu reden begann: »Was wir ertragen mussten, meine Kinder, ist noch keiner Generation widerfahren. Überlegt doch einmal: Ihr lasst euch nichts zuschulden kommen, und plötzlich umzingeln Gendarmen und Polizisten eure Stadt, euer Dorf. Sie rufen: Verlasst eure Stadt, euer Dorf, eure Insel, euer Haus, und ab in ein anderes Land! Ihr steht da wie erstarrt. Seine Todesart selbst zu wählen, kann nicht schlimmer sein! Ich muss zugeben, dass die, die zu mir kamen, sehr höflich waren. Wir haben lange diskutiert. Warum sollte ich meine seit Jahrhunderten angestammte Heimat verlassen und in ein Land ziehen, das ich nicht kenne? In die Fremde! Darauf wusste niemand eine Antwort. Wenn sie eine gehabt hätten, wäre ich nicht so verletzt gewesen. Einige sagten, da sei ein Abkommen, dem in Lausanne ganz Europa zugestimmt habe. Ihr werdet davonziehen und sofort wieder zurückkommen, und die von dort kommen, ziehen auch bald wieder dorthin zurück. Stellen wir uns mal vor: Pfeffersack Elia kommt zurück zum Landgut. Er geht zu Ismail, und der erzählt ihm alles.« Seine Stimme begann zu zittern. Eine Weile schwieg er, ließ seine Augen über die andern wandern und fuhr fort: »Bin ich nicht auch ein Pfeffersack Elia, der sein Gut jemandem anvertraut hat? Ist Niko, der mir näher ist als mein Bruder, nicht auch ein Ismail? Diese gefällten Bäume, der niedergerissene Konak, diese prachtvollen Gärten, diese verdorrten, ihres Grüns beraubten, von Schwarzdorn überwucherten, zertrampelten Flächen – dies alles ist doch meines! Den Vögeln und Schmetterlingen und allen anderen Geschöpfen wurde vom Duft meiner Rosen doch auch ganz schwindlig! Jeder zweite Satz aus dem Mund von Elia Efendi war: Ich lebe im Paradies! Diese Pferde, die Ismail auf dem Markt zum Spottpreis wie Wagengäule verkauft hat, die danach angeschirrt und wie Schindmähren gequält wurden, obwohl früher die Beys und Paschas in ganz Anatolien bis in den Kaukasus und weit hinein im Westen auf sie stolz waren – sind dies nicht auch meine Pferde?«

Erschöpft schwieg er eine Weile. Erst als er wieder zu Atem gekommen war, fuhr er fort: »Ismail ist Niko! Was sagte Ismail: Elia Efendi versprach, er komme wieder, und was er verspricht, hält er. Genau so wartet jetzt Niko auch auf mich. Was sagte Ismail? Anvertrautes Gut veruntreut man nicht, solange ich lebe, und müsste ich auch hungern, ich werde von dem Geld, das ich für die Pferde bekommen habe, keinen Kuruş ausgeben, sondern es voll und ganz Elia Efendi aushändigen. Wenn ich sterbe, werden meine Kinder den Betrag voll und ganz Elia Efendi übergeben. Auch Niko ist so ein Recke, er steht zu seinem Wort und fürchtet weder Tod noch Teufel. Sagt, meine Töchter, ist dieser Pavli nicht auch dieser Kavlak Remzi? Wenn dieser Pavli den Niko so behandelt wie Kavlak Remzi den Ismail? Und ist die griechische Regierung, sind ihre Gendarmen und Polizisten nicht noch grausamer als die türkischen hier? Ja, ich werde auch bald nach Kreta zurückkehren. Die Insel hier ist ein Paradies. Aber ich bin dort geboren und werde dort sterben. Und meine Töchter sind auch dort geboren. Sie haben mit Rücksicht auf mich noch nicht einmal die Truhen mit ihrer Mitgift geöffnet. Nun, sie sollen sie öffnen, schließlich ist die Welt voller Überraschungen. Und wenn es mir nicht gelingt, werde ich mich an Mustafa Kemal Pascha wenden, er wird meine Lage verstehen, denn die Osmanen haben ja auch so viele in die Verbannung geschickt! Vielleicht verhandelt er und schickt mich dann auf mein Landgut zurück. Jetzt verstehe ich, warum ich weder von Niko noch von irgendjemandem eine gute Nachricht bekommen habe. Von überall hatte ich ihm Briefe geschickt, und ich habe ihm auch unsere jetzige Adresse angegeben.« Er schaute Zehra an und stockte, als er sah, wie bleich sie geworden war. »Ich habe auch an die Behörden und an meine Freunde geschrieben, aber ich höre nichts von denen.«

»Ja, du hast Briefe geschickt«, bestätigte Zehra mit toter Stimme.

»Und ich habe die Briefe eigenhändig zur Post gebracht«, sagte Nordwind ebenso tonlos.

»Dann werde ich bald Antwort bekommen«, meinte der Agaefendi zuversichtlich. Er legte seine Hand auf Nordwinds Schulter und sagte: »Mich von euch zu verabschieden, wird mir schwerer fallen als damals meine Trennung von Kreta. Ich weiß nicht, wie ich es ertragen werde.« Plötzlich richtete er sich auf, schien wie verändert und rief: »Ich werde dieses Landgut kaufen.«

In Zehras wie in Nordwinds Augen blitzte Freude auf.

»Die Insel Kreta ist ja nicht so weit von hier. Sollten wir dorthin aufbrechen« – er zog die Hand von Nordwinds Schulter und schaute ihm in die Augen –, »kann ich jedes Jahr einige Male herkommen, und sonst wirst du dich ums Gut kümmern! Dir können sie ja nichts antun, du bist Offizier und außerdem im Besitz einer Tapferkeitsmedaille. Auch der Tierarzt ist Offizier. Auch mit ihm kann sich niemand anlegen. Lass uns morgen in aller Frühe in die Stadt fahren. Hat Kapitän Kadri morgen Zeit?«

»Ich werde ihn sofort fragen.« Nordwind sprang auf und eilte ins Freie: »Kapitän Kadri! Kapitän Kadri!«

»Nordwind, bist dus?«, ließ Melek Hanum sich hören. »Kapitän Kadri schläft.« Ihren noch so jungen Sohn, dessen Schweiß erst seit kurzem einen Schnurrbart nässte, »Kapitän« zu nennen, schmeichelte ihrem Mutterstolz.

Nordwind hastete die Stufen hoch, während Kapitän Kadri sich im Bett aufrichtete und ihm entgegenblickte.

»Sei morgen in aller Frühe am Anleger! Wir wollen mit dem Agaefendi in die Stadt.«

»Geht ihr das Landgut kaufen?«, fragte mit ihrer fröhlich singenden Stimme Melek Hanum. »Hoffentlich bekommt ihr es!«

Arme Melek Hanum, sagte sich Nordwind. Sie denkt, der Agaefendi hat seine Rückreise nach Kreta aufgegeben. Aber auch wenn er ganz Istanbul und dazu noch Bursa kauft, gibt er seine Heimkehr nach Kreta nicht auf.

Der Agaefendi und Nordwind gingen zu den Platanen noch etwas Luft schnappen. Sie tasteten sich zu einer Pritsche, setzten sich und schwiegen eine Weile.

»Siehst du die Sterne da oben, bei uns über Kreta türmen sie sich auch so übereinander. Und bei euch im Taurus?«

»Bei uns im Taurus auch. Aber in Mesopotamien, über der Wüste ist es anders. Dort stehen sie dicht gesät und weit am Himmel, und wie ein Strom fließen ununterbrochen Sternschnuppen.«

Der Efendi legte streichelnd die Hand auf Nordwinds Handrücken. »Verzeih, mein Sohn, ich möchte dich nicht verletzen! Du weißt ja, wir werden das Gut kaufen. Doch weder du noch ich werden dort bleiben können. Warum sollen wir sie dann kaufen, wirst du fragen. Nun, wenn wir gezwungen werden, hier zu bleiben, wird diese Insel dir auf jeden Fall zu eng werden, ja, dir zur Falle, wenn sie immer dichter besiedelt wird. Seit meiner Jugend bereise ich Arabien. In Aleppo und Damaskus entdeckte ich die besten arabischen Fohlen, trieb sie tagelang im Sattel nach Beirut, verlud sie dort und brachte sie mit dem Dampfer nach Kreta. Diese Fohlen wurden die schönsten Reitpferde. Der Weg zwischen Bagdad und Beirut ist weit. Allein hätte ich diese Strecke mit den Fohlen nicht bewältigen können. Deswegen gaben mir die Verkäufer zu meinem Schutz sieben, acht bewaffnete Reiter mit. Arabische Scheichs und Emire sind alleinige Herrscher über ihr Gebiet, einer blutrünstiger als der andere, und sie stehen mit der ganzen Welt in Verbindung. Wenn vierzig Tageritte entfernt ein Blatt raschelt, sie erfahren es. Emir Salahattin hatte Recht, als er sagte, sie finden dich, und wenn du dich unterm Flügel eines Vogels oder in der Tiefe einer Schlangengrube versteckst.«

»Stimmt«, nickte Nordwind zusammengeschreckt.

»Sind zwei junge Bewaffnete hergekommen, die einander ähneln und dich töten wollen?«

»Sie waren hier«, antwortete Nordwind mit brüchiger Stimme.

»Werden sie wiederkommen?«

»Sie werden wiederkommen.«

»Die Insel wird bald überlaufen sein. Ganz Anatolien ist voller Heimatloser, stimmt das etwa nicht? Frag doch den Tierarzt Efendi!«

»Ich weiß es, mein Efendi. Bevor der Winter kommt, ist die Insel voll.«

»Und wie sollen wir die Männer, die dich töten wollen, in dem Durcheinander erkennen?«

»Wir können sie nicht erkennen.«

»Ob wir nach Kreta zurückkehren oder nicht, wir müssen dieses Landgut kaufen, nicht wahr?«

»So ist es.«

»Auch Kreta ist ein gefährliches Pflaster. Auch auf Kreta haben wir gegen die Griechen viele Kriege geführt, viel Blut vergossen, uns gegenseitig niedergestreckt. Und am Ende haben wir dadurch Heim und Heimat verloren. Deswegen habe ich mein Landgut mit einem Drahtverhau umgeben und überall bewaffnete Wächter aufgestellt. Wenn wir das Landgut des Elia kaufen, werden wir es genauso einzäunen und ringsum Wächter aufstellen. Auch der Tierarzt wird mitkommen. Ein aufrechter Mann, ich vertraue ihm. Wenn wir wollen, nehmen wir auch Veli den Treffer mit. Aber wie wird er dort zum Fischen kommen?«

»Das Gut ist nah beim Meer, ist Ihnen das nicht aufgefallen?«

»Ach ja«, erinnerte sich der Agaefendi erleichtert. »Wir sind vom Ufer links abgebogen und waren nach einer knappen halben Stunde im Gut.« Ihm war die Begeisterung anzusehen. »Dieser Teufelskerl wird uns Fische fangen. Und in drei Tagen freundet er sich auch mit den Pferden an, so schnell, wie er sich mit dem Teufel verbrüdert hat.«

»Und Handscharträger Efe kommt mit! Ein Held, der sich während des Freiheitskrieges in die Berge geschlagen hatte.«

»Sagtest du nicht, er kommt nicht mehr zurück?«

»Er sagte es, aber seine Augen schienen anderer Meinung zu sein. Wenn nicht heute, dann kommt er morgen, mit Kind und Kegel. Wir kaufen ihm auf der Insel auch ein Haus.«

»Nennt man ihn nicht auch Handschar den Räuber?«

»Handscharträger den Recken! Diese Männer sind wegen ihrer Treffsicherheit berühmt. Sie schießen die Kugel durch ein Nadelöhr.«

»Kaufen wir ihm morgen gleich ein Haus!«

Während sie sich unterhielten, kamen Zehra und Nesibe hinzu. So redselig hatten sie ihren Vater noch nie erlebt. Überrascht schauten sie sich an.

Kaum waren die Gläser geleert, lief Nesibe in die Küche, erneuerte die Holzkohle unterm Samowar und brachte gleich darauf die vollen Teegläser auf einem silbernen Tablett.

Die Plauderei währte bis Mitternacht. Nordwind konnte und wollte den Agaefendi nicht unterbrechen, so spannend erzählte der Mann. Und laufend wurde frischer Tee gebracht. Schließlich kam Zehra zu

Hilfe. »Vater«, rief sie mit einem lächelnden Seitenblick auf Nordwind, »ihr wollt morgen doch sehr früh los, du musst ein bisschen schlafen!«

Er zog die Uhr aus der Westentasche, schaute aufs Zifferblatt und rief: »Oho, schon nach Mitternacht! Ich habe völlig die Zeit vergessen.«

Zehra begleitete Nordwind bis nach Haus, öffnete ihm die Tür und sagte: »Bitte, mein Efendi, eine gute Nacht!«

Hinter ihrer Vertrautheit steckt mehr, sagte sich der Agaefendi, als er die beiden gehen sah. Es hatte ihm schon auf der Zunge gelegen, aber er hatte es nicht aussprechen wollen: Du ziehst mit deinem Leichentuch um die Schultern durch die Gegend! Du kennst die arabischen Scheichs nicht, die töten dich. Die rasten und ruhen nicht, bis sie dich finden. Mit uns nach Kreta kommen ist dein einziger Ausweg. Nein, er hatte es ihm nicht sagen wollen: Eine andere Möglichkeit hast du nicht. So kannst du dein Leben retten und gleichzeitig kannst du … Eines Tages musste er es ihm sagen, einen anderen Ausweg gab es nicht.

Lena schaute noch in Nordwinds Zimmer: »Ist der Abend gut verlaufen?«

»Sehr gut, Mutter.«

»Du weißt doch, Melek Hanum ist in den Agaefendi verliebt bis über beide Ohren.«

»Wie kommst du denn darauf?«

»Ich bin die Lena, ich weiß wovon ich rede, schlaf jetzt! Ja, ich weiß es.« Schnell ging sie aus dem Zimmer und schloss leise die Tür hinter sich.

Der Agaefendi löschte die Lampe, obwohl er wusste, dass er nicht würde schlafen können. Der ihm von seinem Großvater vererbte Konak erschien vor seinem inneren Auge. Die Vorhänge waren weiß und an den Rändern mit lila Veilchen bestickt. Seit seiner Kindheit hatte sich im Konak viel verändert. Die alten Vorhänge wurden durch neue ersetzt, die lila gestickten Veilchen blieben. Er sah den weiten Garten vor sich, die osmanischen Rosen, Blumen und Schmetterlinge in tausenderlei Farben, Honigbienen, Vögel und Pferde. Sein erster Sturz vom Pferd, dem eisengrauen, beim Sprung über einen Graben. Er war damals elf oder zwölf Jahre alt und blieb ohnmächtig liegen. Als er wieder zu sich kam, sah er das Pferd geduldig neben sich stehen. Er stieg wieder auf und preschte schneller noch als bisher mit verhängten Zügeln und Peitschenhieben wie der Blitz durchs Hoftor, glitt schmerzverzerrt aus dem

Sattel zu Boden, und das Pferd blieb wieder neben ihm stehen und rührte sich nicht, bis Mutter und Vater aus dem Haus herbeieilten, ihn in eine Kutsche setzten und zum Arzt brachten. Er hatte große Schmerzen, aber er schämte sich, aufzuschreien und zu weinen.

Nach diesem Tag wurden er und das eisengraue Pferd Freunde. Er ritt nur noch dieses Pferd, das schnell war wie eine Schwalbe und ihn nie wieder abwarf. Ob Tag oder Nacht, kaum hörte es seine Stimme, stieg es auf die Hinterhand und wieherte. Und immer wenn er es wiehern hörte, eilte er zu ihm, streichelte es vom Hals bis zur Kruppe. Und wenn er sich von ihm entfernte, hob es den Kopf und wieherte erneut.

Musa Kazim hatte Eisengrau, wie er es nannte, in einen abgetrennten Pferdestand gestellt. Er fütterte, tränkte und striegelte es selbst. War er für ein, zwei Tage in der Stadt, wurde es missmutig, schlug aus, biss jeden, der in seine Nähe kam, um ihm Futter oder Wasser zu geben, und rührte manchmal auch das Futter in der Krippe nicht an.

Die Vertrautheit zwischen Eisengrau und ihm steigerte sich von Jahr zu Jahr und wurde zu einer echten Freundschaft. Eisengrau verstand jeden Blick von Musa Kazim und spürte aus jeder seiner Gesten, was er wollte. Auch als Musa Kazim das alternde Pferd aus Rücksicht nicht mehr ritt, fütterte, tränkte und striegelte er es selbst. War eine Stute brünstig, wurde der eisengraue Hengst ganz wild, und vier, fünf Männer konnten ihn nur schwer halten. Musa Kazim ließ ihn nur die edelsten Stuten decken, und das waren jedes Jahr mindestens zehn.

In seinen letzten Jahren wurde die Mähne von Eisengrau matt wie Schafswolle, verloren seine Augen ihren Glanz, magerten seine Flanken ab zu Haut und Knochen. Immer noch brachte Musa Kazim den Hengst im Frühjahr auf eine Weide, wo das frischeste, fetteste Gras wuchs. Hier kam Eisengrau wieder ein wenig zu Kräften, und stieg er auch nicht auf die Hinterhand, so wieherte er doch freudig, wenn er die Stimme von Musa Kazim hörte. Nicht so durchdringend laut wie früher, aber immerhin … Musa Kazim ging dann zu ihm, strählte die verhedderte Mähne, strich ihm von Schopf bis Schweif übers Fell, und das Pferd spitzte die Ohren und duftete wie in alten Zeiten nach Fohlen.

Musa Kazim pflockte Eisengrau nicht mehr an die lange Leine, er ließ ihn frei in die Ebene laufen. Mit der Zeit bekam das Fell wieder Glanz, straffte sich die Mähne, wurde das Wiehern lebendiger und fröhlicher. Je besser es dem Pferd ging, umso glücklicher fühlte sich Musa

Kazim, wenn er Eisengrau abends nach dem Striegeln vom Kopf bis zu den Hufen streichelte.

Eines Tages rief Musa Kazim wie gewohnt in die Ebene nach Eisengrau, aber vom Pferd kam keine Antwort. An dem Tag sah und hörte er nichts von ihm. Danach suchte der junge Mann tagelang von Weide zu Wiese, von Schlucht zu Hang nach Eisengrau, fragte jeden, der ihm über den Weg lief, doch er fand weder Pferd noch Kadaver. Wer sollte es denn stehlen und zu welchem Zweck? Außerdem gab es in dieser Gegend keine Pferdediebe. Wahrscheinlich war Eisengrau, als er sich wohler fühlte, davongezogen, so weit wie er nur konnte …

Ja, Eisengrau hatte ihn bis Tagesanbruch nicht schlafen lassen! In aller Frühe stand er auf und zog sich an. Eine Weile musterte er sich im Spiegel, ging dann zum Brunnen, wusch sich Gesicht und Hände und kämmte sorgfältig seinen Bart. Die Mädchen waren zur selben Zeit aufgewacht und bereiteten das Frühstück zu. Sie brachten es schnell auf den Tisch, und der Agaefendi schlang es schnell herunter. Dann betrachtete er sich noch einige Male im Spiegel, setzte seinen lila Fez auf, schob ihn ein bisschen schräg nach rechts, sagte zu den Mädchen: »Bleibt gesund!«, eilte die Treppe hinunter, und als er sich der Platane näherte, erhoben sich Nordwind und Kapitän Kadri vom Brunnenrand und kamen ihm entgegen.

»Hab ich mich verspätet? Wartet ihr schon lange? Also, fahren wir!«

Kapitän Kadri drehte die Kurbel einmal, noch einmal, und beim dritten Mal sprang der Motor an. Nordwind hatte noch in der Nacht eine dicke Matratze an der Kajütwand ausgerollt und als Rückenlehne für den Agaefendi zwei Sitzkissen draufgelegt. Lächelnd setzte sich der Agaefendi auf die Matratze, bettete seinen Rücken in die aufgeschichteten Kissen mit den gestickten Klatschmohnmustern an den Rändern, zog seine Schuhe aus und kreuzte die Beine. Beim Betrachten der verzierten Kissen lächelte er noch mehr: »Auf Kreta verzieren die Unsrigen und auch die Griechen ihre Kissen mit Klatschmohnmustern, aber auch mit lila Veilchen.«

»Genau wie hier bei uns, Efendi. Unter den Sträuchern auf der Insel wachsen reichlich Veilchen. Ganze Büschel unter jedem Busch. Ihr Duft ist Schwindel erregend.«

»Wer an ihnen einmal gerochen hat, dem geht der Duft ein Leben lang nicht aus dem Sinn. Er setzt sich in den Adern und bis ins Knochenmark fest. Ich habe die ganze Insel durchwandert, doch nirgendwo stieg mir Veilchenduft in die Nase.«

»Als ich zum ersten Mal auf die Insel kam, bin ich auch von Stein zu Stein, von Baum zu Baum, von Blume zu Blume gewandert, doch weder ein Veilchen noch ihr Duft ist mir irgendwo aufgefallen. Erst Mutter Lena und Melek Hanum erzählten mir davon. Dann habe ich unter den Sträuchern viele Veilchen entdeckt. Doch gepflückt habe ich nicht ein einziges. Ich konnte es nicht übers Herz bringen.«

»Veilchen tötet man nicht«, rief der Agaefendi kategorisch. »Ist die Zeit der Veilchen denn vorbei?«

»Ich weiß es nicht. Wenn wir auf die Insel zurückkommen, schauen wir zuerst unter die Büsche!«

»Wenn wir noch vor nächsten Frühling die Erlaubnis bekommen, nach Kreta zurückzukehren, werde ich die blühenden Veilchen nicht mehr sehen und riechen können.« Der Agaefendi senkte den Kopf und sprach nicht mehr. Komme, was wolle, und wenn die ganze Insel zum Veilchen wird und jedes Lüftchen nach Veilchen duftet, ich werde davonfahren, sagte er sich. Auch wenn jeder Mensch auf dieser Insel zum Engel wird oder zum Heiligen! Schon jetzt spüre ich den Duft der Heimat in meiner Nase ... Das eisengraue Pferd verschwamm hinter dichtem Dunst. Von weit her hallte Wiehern. Etwas bewegte sich hinter der Nebelwand, Hufgetrappel kam näher. Er schaute auf und sah neben sich die geblähten Nüstern des schnaufenden Eisengrau. Sein Bauch hob und senkte sich, Hals, Lenden und Kruppe waren bedeckt von Schweißflecken. Musa Kazim kniete gebückt, er war in den Anblick der lila Veilchen vertieft, die unter dem Busch die Erde bedeckten. Hinter ihm der durchdringende Schweißgeruch des Pferdes, vor ihm der starke Duft der Veilchen ... Die Mähne des Pferdes hing auf seine Schulter herab. Der Kopf des Pferdes hob und senkte sich über den Veilchen, die Nüstern berührten sie, unter den Blüten kamen Bienen hervor, das Pferd schwang den Kopf in die Höhe, die Haare von Musa Kazim wirbelten im schnaufenden Atem des Pferdes, das weit gestreckt über den Strauch hinwegsetzte und im dichten Dunst verschwand. Das Klappern der Hufe wurde leiser und verhallte ...

Als Nordwind sah, dass der Agaefendi das Kinn auf die Brust sinken ließ und offensichtlich kein Interesse mehr an seiner Umwelt hatte, vielleicht auch eingeschlafen war, stand er leise auf, hangelte sich an der Kabine entlang bis zu Kapitän Kadri, der am Steuer stand. Er setzte sich dicht neben ihn und flüsterte: »Der Agaefendi schläft.«

Wohin war das eisengraue Pferd verschwunden? Wenn jemand es eingefangen und vor einen Wagen gespannt hatte, konnte ein Rassepferd wie dieses das aushalten? Keine drei Tage! Hoffentlich hatte es sich aufgemacht in die blauen Berge, trank dort aus einer der Quellen und weidete dann auf frischer, grüner Wiese. Dann legte es sich ins weiche Gras, den Kopf auf einen bemoosten Stein, nach Veilchen duftende Lüfte wehten, es schloss die Augen ... Lüfte mit Veilchenduft, Lüfte mit Veilchenduft ... Adler am Himmelszelt nebeneinander, übereinander, in den Weiten des Blaus ... Sie legten die Riesenschwingen an, rauschten mit schrillem Pfiff zur Erde, scharten sich hüpfend und springend um Eisengrau ... Um es sich nicht weiter auszumalen, schlug er die Augen auf. Der Kutter machte gute Fahrt, zog eine schmale Spur von schäumendem Kielwasser.

Vielleicht weidet Eisengrau auf einer Alm, wo das Gras ihm bis zu den Knien reicht, trinkt aus einer Quelle, die ringsum mit Sträuchern bewachsen ist. Das Wasser duftet nach Veilchen. Es ist Unsterblichkeitswasser. Eisengrau bis zum jüngsten Tag in dauernder Jugend ... Geradeso wie Düldül, die Mauleselin von Ali. Ali ist schon lange tot, doch Düldül lebt noch.

Und der Grauschimmel von Köroğlu? Wurde der nicht unsterblich, weil er dieses Quellwasser getrunken hatte? Köroğlus Knochen sind zerfallen, der Grauschimmel aber lebt noch immer. Ein Schluck aus dieser Quelle – unsterblich! Und Hizir und sein Apfelschimmel? Der heilige Hizir, der auf seinem gefleckten Grauen über Land und Meer reitet und jedem zu Hilfe eilt, der nach ihm ruft? Vielleicht ist Eisengrau so ein Pferd! Vielleicht ist er jetzt unterwegs zu all denen, die nach ihm rufen ... Wenn er doch jetzt käme, jetzt, mit geöffneten Flügeln, und mich wie der Apfelschimmel des heiligen Hizir nach Kreta zu meinen Pferden brächte!

Er öffnete die Augen und starrte auf die Kielwasserspur hinter dem Boot, die das unendliche Blau zweiteilte.

Wenn er nur könnte, er würde Eisengrau die Unsterblichkeit geben, sich auf seinen Rücken schwingen, und dann ab übers Meer nach Kreta! Früher wurde an so etwas geglaubt. Heute würde man gerne daran glauben, aber dem Glauben fehlt die Kraft. So gerne würde ich an die Unsterblichkeit mancher Pferde glauben. Ich bringe Eisengrau auf den Berg Ida zu einer Unsterblichkeitsquelle! Dann sitze ich auf, und er bringt mich nach Kreta. Schließlich hat er dort hunderte Fohlen. Möchte er sie nicht auch wiedersehen? Und ich setze Melek Hanum hinter mich und nehme sie mit. Ein unsterbliches Pferd trägt auch fünf Menschen, geschweige denn zwei.

Er schaute zum Berg Ida hinüber, der Gipfel war verhangen. Das war er also, der Berg Ida mit den tausend Quellen. Nebeneinander entsprangen zwei, eine süß wie Honig, die andere gallenbitter. Kennt heute jemand diese Quellen? Melek Hanum hatte sich gegen den Tod aufgelehnt, hatte ihren Berg Ida verlassen, war ihrer Schwarzen Liebe gefolgt, und ihre Schwarze Liebe war zu Staub geworden. Was für eine schöne Frau sie doch ist! Wie alt mag sie sein? Solch schönen Frauen ist das Alter nicht anzusehen, überlegte er. In seinen Tagträumen und in seinen nächtlichen Gedanken geisterte Melek Hanum. Und Kreta!

Am Nachmittag steuerte der Kutter die Landungsbrücke der Kleinstadt an. Sie gingen geradewegs zum Laden von Hayri Efendi, der sie mit unerwarteter Zuneigung empfing: »Ich bin in aller Frühe aufgestanden und habe Kaffee geröstet. Ihn genau auf den Punkt zu bringen, erfordert besonderes Geschick. Weder zu lange noch zu kurz, er muss so geröstet werden, dass sich sein Duft beim Aufbrühen im ganzen Raum verbreitet und er beim Trinken im ganzen Körper zu spüren ist! Nehmt es mir nicht übel, aber wenn der Mensch so alt ist wie ich, wird er geschwätzig. Kann ich für euch jetzt einen Kaffee bestellen, und wenn ja, wie soll er sein?«

»So ein Kaffee darf nicht gezuckert getrunken werden, verehrter Efendi«, sagte der Aga.

Hayri Efendi wandte sich an den gut gekleideten, an einem kleinen Tisch sitzenden jungen Mann: »Für uns drei Kaffee ohne und einen mit Zucker für dich!«

Schon bald breitete sich im Laden ein angenehmer Duft von dampfendem Kaffee aus, der in rot gestreiften, breitrandigen Mokkatassen mit schmalem Sockel hereingebracht wurde.

»Sein Geruch ist so berauschend, dass er gar nicht mehr getrunken werden muss.«

Sie bedankten sich lächelnd bei dem jungen Mann, der ihr Lächeln freundlich erwiderte.

»Kann ich Hayri Bey unser Anliegen vortragen?«, fragte Nordwind den Agaefendi.

»Bitte!«

»Hayri Efendi«, begann Nordwind, »Sie sind unser Freund, und deswegen wollten wir mit Ihnen sprechen. Musa Kazim Agaefendi besaß auf Kreta ein großes Landgut, wo er edle Pferde züchtete, die in Griechenland und im ganzen Balkan berühmt waren. Er will auch hier Rassepferde züchten.«

»Meine ganze Sippe bis hin zum Urgroßvater meines Urgroßvaters sind und waren Pferdezüchter«, warf Musa Kazim Agaefendi ein. »Wir wurden zwar zu Verbannten, aber unsere Tätigkeit wollen wir am Leben erhalten, sie soll nicht untergehen!«

»Ich bitte Sie, mein Efendi!«

»Wir waren mit Musa Kazim Bey auf dem Gut vom Pfeffersack Elia. Musa Kazim Bey gefiel das Gelände sehr. Kavlakzade Remzi Bey ...« Kaum hatte Nordwind diesen Namen ausgesprochen, unterbrach ihn Hayri Efendi und begann – zuerst wutentbrannt, dann nach und nach gefasster – über Einzelheiten zu berichten, die Ismail nicht erzählt hatte, wohl auch nicht wissen konnte. »Ein Deserteur«, schimpfte er, »jeder weiß es, auch wenn er einen ellenlangen Entlassungsschein vorweisen kann. Auch dass er für die Griechen spioniert hat und an der Spitze ihrer Vorhut bis nach Bursa marschiert ist, weiß jedermann.«

»Kann er unser Vorhaben nicht vereiteln?«

»Das kann er nicht. Und fragst du, warum? Weil er dich fürchtet. Ihm schlottern die Knie.«

»Aus welchem Grund?«

»Am meisten fürchtet er sich vor Veli dem Treffer, diesem klitzekleinen alten Mann. Er nimmt an, dass ihr Verbindungen nach Ankara habt. Besonders Veli hat ihm so viel Angst eingejagt, dass er schon zittert, wenn er nur seinen Namen hört. Er wird alles tun, um mit euch gut Freund zu werden. Dafür küsst er euch sogar die Fußsohlen. Noch seid ihr für ihn ein Rätsel. Los, suchen wir Abdülvahap Bey auf, auch er weiß nicht, wer ihr seid!«

Das Finanzamt lag in der Nähe. Abdülvahap Bey begrüßte sie überschwänglich, und sie nahmen in nagelneuen Sesseln Platz. Kaum hatten sie sich gesetzt, wurde der Kaffee gebracht. Hayri Efendi trug das Anliegen vor. Er sprach von Musa Kazim Agaefendi, von den Pferden, seinem

Landgut, der Schönheit seiner Pferde, von ihrem Ruhm in ganz Europa, auch in den Ställen des Wiener Schlosses, und davon, dass der Agaefendi hier noch edlere als damals auf Kreta züchten würde, und nachdem er ausgesprochen hatte, schaute er zufrieden und erwartungsvoll in die Augen von Abdülvahap Bey, während die andern stolz lächelten.

»Der Blinde bat um ein Auge, und Gott gab ihm zwei! Wie schade, dass es in dieser Gegend bis hin nach Izmir so einen Konak nicht mehr gibt. Kavlakzade Remzi Bey kaufte alle Gebäude auf, ließ sie abreißen und brachte das Holz, die Steine und alles Gerät nach Izmir. Im abgebrannten Izmir reißen sie sich um das Bauholz, sogar um den behauenen Marmor. Remzi Bey ist ein umtriebiger Mann und hat in dieser Ebene und am Meeresufer jedes Dorf, jede Kleinstadt und jedes Serail der Ausgewiesenen, das er finden konnte, abreißen und nach Izmir verschiffen lassen.«

»Das heißt, wenn wir dieses Gut kaufen …«

»Dagegen kann Remzi Bey gar nichts tun. Aus irgendeinem Grund hat er großen Respekt vor Ihnen.« Er rief nach seinem Schreiber. »Schade nur, dass wir die Gebäude des Gutes verkauft haben. Und ein Stück vom Olivenhain.«

»Macht nichts«, sagte der Agaefendi, »wir lassen einen noch schöneren Konak bauen.«

»Mach die Ausschreibung fertig und schlag sie an!«, befahl Abdülvahap Bey dem Schreiber. »Wissen Üzeyir Khan und der Landrat, dass ihr gekommen seid? Und da ist noch der Richter. Ein guter Mann! Er hat viel erlebt, von seinen Erzählungen kann man nicht genug bekommen. Er ist nur ein bisschen opponent. Sagt frei heraus, was er denkt. Macht sich über die außerordentlichen Gerichte im Freiheitskrieg lustig. Sehr gefährlich! Diese Gerichte wurden von Ghasi Mustafa Kemal Pascha eingesetzt, und er macht sich darüber lustig! So ein Richter lebt nicht lang, mein Efendi. Seine Asche werden sie in Kürze verstreuen. Auch er hat an der Front gekämpft. Keine Stelle seines Körpers, die nicht getroffen wurde. Anstatt Beisitzer einer Berufungskammer wurde er Richter in der Provinz. Ist das Gottes Gerechtigkeit?« Er rief wieder nach seinem Angestellten: »Wir bleiben hier, benachrichtige Üzeyir Bey! Auch den Landrat und den Richter. Los, beeil dich! Was hast du gemacht?«

»Geschrieben und angeschlagen, mein Efendi.«

»Sieht es da auch niemand?«

»Es ist ein versteckter und dunkler Winkel.«

Abdülvahap Bey erhob sich, verließ das Zimmer und war gleich wieder zurück. »Ja, gut gemacht! Dort kann es keiner sehen. Also nach fünfzehn Tagen! Und ihr werdet dort edle Pferde züchten? Sogar für das Wiener Schloss? Welch eine Ehre, welch eine Ehre! Das heißt, auch von hier werden dem Wiener Schloss Pferde geliefert, nicht wahr?«

»Es könnte sein …«

»Was heißt, es könnte sein! Selbstverständlich werden Könige, Ministerpräsidenten und Marschälle unsere Pferde reiten! Und wir werden zum Niveau der europäischen Zivilisation emporsteigen, und unsere Pferde werden wie Sterne am Himmelszelt von Wien, ja von ganz Österreich leuchten. Das Pferd gehört zum Türken! Die Türken haben es von Mittelasien nach Europa gebracht. Gott hat das Pferd und die Türken am selben Tag, in derselben Stunde aus Lehm erschaffen. Und Attila hat auf dem Rücken von Pferden ganz Europa geschlagen. Und der Große Alexander ist auf dem Rücken von Pferden bis nach Indien und China geritten. Unser mächtiger Ahne, der größte Blutsäufer der Menschheitsgeschichte, Dschingis, hat auf dem Rücken klitzekleiner Pferde China, Indien, Anatolien und das Frankenland erobert. Um die Wahrheit zu sagen: Wir Türken sind auf Pferderücken geboren und werden auf Pferderücken sterben! Türkische Recken werden mit ihren Pferden begraben. Attila haben sie mit seinem Pferd auf dem Grund der Donau bestattet, den Großen Alexander mit seinem Pferd auf dem Grund des Euphrat und Dschingis Khan auf dem Grund des Flusses Sind. Viele große Türken und Gesegnete ruhen Schulter an Schulter mit ihren stolzen Pferden. So auch der Eroberer von Rumelien, Ghasi Süleyman Pascha, mit seinem Pferd in der marmornen Gruft seiner Türbe.«

»Ich habs Üzeyir Bey ausgerichtet, sie kommen gleich«, sagte der Schreiber und verließ rückwärts den Raum. Kaum war er draußen, erschien mit seinem buschigen Schnauzbart ganz außer Atem Üzeyir Khan, und alle erhoben sich. Der Schreiber brachte einen mit grünem Samt überzogenen Sessel und setzte ihn neben Abdülvahap Bey ab. Üzeyir Khan umarmte Nordwind und den Agaefendi sehr herzlich und setzte sich. Wenig später kam auch der Landrat, und wieder erhoben sich alle. Der Schreiber brachte noch einen Sessel. Nach dem Landrat kam der Richter Mahir Bey herein, und wieder standen alle auf. Der Schreiber schleppte einen mit befranstem lila Samt bezogenen Sessel herein, und der Landrat als Ranghöchster, stellte den Richter vor, zählte alles auf, was er von ihm wusste.

»Ihr habt es vernommen, ein echter Held steht vor uns«, sagte Abdülvahap Bey. »Sein Körper ist wie der meine vom Scheitel bis zur Sohle gelöchert wie ein Sieb. Wie er mit so vielen Kugeln überleben konnte, kann ich wirklich nicht verstehen.«

»Abdülvahap Bey«, rief der Landrat, »und wie Sie überleben konnten, ist schon gar nicht zu verstehen. Wie viel Schussnarben haben Sie am Körper, konnten Sie die zählen, Abdülvahap Bey?«

»Ich hatte noch keine Zeit dazu«, antwortete Abdülvahap Bey bescheiden. »Wen Gott nicht tötet, den tötet keiner!«

Die Blicke von Abdülvahap Bey und Richter Mahir Bey kreuzten sich. Die Erinnerung an all die Leiden und Ängste des Krieges erwachte wieder in ihnen und grub sich augenblicklich in ihre Gesichtszüge ein.

»Ich habe eine gute Nachricht für euch«, sagte Üzeyir Khan zu Nordwind: »Es kommen Ärzte auf die Insel, auf eure Insel, um sich niederzulassen. Beide Ärzte beziehen als Kriegsversehrte Pension. Sie wollen auf der Insel unterrichten, aber dort gibt es ja gar keine Kinder.«

»Einige gibt es schon, und es werden noch mehr. Die Insel ist bald voll besiedelt«, sagte Nordwind.

»Die abgerissene Kirche war Lazarett für die Verwundeten aus der Schlacht von Gallipoli. Diese Ärzte und ihre Freunde haben sich während der Höhepunkte der Kämpfe eine Woche und länger um die Verwundeten gekümmert, ohne zu schlafen«, sagte Hayri Efendi. »Und ausgerechnet diese Kirche hat dieser Fahnenflüchtige dem Erdboden gleichgemacht. Die ganze Insel wimmelte von verwundeten Soldaten. Und tausende von ihnen haben die Ärzte in dieser Kirche geheilt. Sie brachten Gesundheit und Glück in unsere Stadt, auf unsere Insel. Vielleicht wollten sie aus der Kirche jetzt wieder ein Krankenhaus machen und werden beim Anblick dieser Ruine ganz entsetzt sein. Vielleicht werden sie sich für diesen Deserteur, diesen verfluchten Galgenvogel Kavlak Remzi, ja auch etwas einfallen lassen!«

»Dieser Kavlak Remzi wird bald uns alle in die Verbannung schicken und mich zuerst«, meinte Üzeyir Khan. »Nun, soll er doch! Er kann auch was erleben!« Dabei sträubte sich vor Zorn sein buschiger Schnauzbart, und sein Gesicht wurde rot vor Wut.

»Und mich weist er auch bald aus«, seufzte Abdülvahap Bey, »und dann reißt er unsere Häuser ab.«

»Vor euch schlottern ihm aus irgendeinem Grund die Knie. Besonders vor diesem klitzekleinen Mann auf eurer Insel. Er soll der Vertraute des Marschalls sein, der ihn mit einem wichtigen Auftrag auf die Insel geschickt hat. Er kann einen Mann, wen und wo auch immer, niederschießen, und keiner kann ihm dreinreden. Und dann soll da noch ein Hauptmann und Veterinär sein, und auch einen Griechen soll es geben. Sie alle sollen, laut verlässlichen Informationen aus Ankara, mit wichtigen Aufgaben betreut sein und haben auf der Ameiseninsel ihr Hauptquartier. Und zwei Ärzte sollen noch kommen, wer weiß, warum. Weil Kavlakzade Angst vor euch hat, kann er auf der Insel nicht schalten und walten, wie er gern möchte«, sagte Hayri Efendi.

Abdülvahap Bey schaute Nordwind an: »Ihr seid in einer guten Position, wie gut, dass Ankara euch mit wichtigen Aufgaben betreut hat«, sagte er halb im Spaß.

»Mann, wir sitzen hier herum«, rief der Landrat und sprang auf. »Ich habe beim Gastwirt Plätze bestellen lassen, los, erhebt euch!« Sie standen auf und machten sich auf den Weg zum Restaurant.

Ihre Tafel war gedeckt, die Rakigläser standen aufgereiht. Musa Kazim Bey musste am Kopfende Platz nehmen, die andern setzten sich aufs Geratewohl reihum.

»Ist das Wasser gekühlt?«, fragte der Landrat.

»Noch ist es kalt«, antwortete Dursun Efendi, der die Bewirtung von den griechischen Eigentümern des Esslokals gelernt hatte.

»Leben sollst du, Dursun Efendi! Wie ist es mit Grünzeug?«

»Petersilie, Gartenranke, grüner Paprika, frische Zwiebeln, Sellerie.«

»Schafskäse?«

»Gestern von den Jürüken gebracht, so frisch, wie Sie ihn mögen.«

»Alles Weitere wissen Sie ja. Wir haben einen von weit her angereisten Gast«, sagte der Landrat und deutete auf Musa Kazim. In kurzer Zeit stand die Tafel voller Häppchen, die zum Raki gegessen wurden. Sie tranken und unterhielten sich über Gott und die Welt.

Außer ihrem Tisch waren noch drei weitere besetzt. Unmittelbar neben ihnen saßen fünf Personen, denen anzusehen war, dass sie nicht aus dieser Gegend stammten. Sie trugen wie vom selben Schneider genähte gleich blaue Pluderhosen und Jacketts. Ihre gestreiften Hemden waren kragenlos, und um die Hüfte hatten sie sich Leibbinden aus Damast geschlungen. Alle hatten große schwarze Augen, kräftige, zusammengewachsene Brauen, lange Schnurrbärte und gebogene Nasen. Und sie trugen blaue, vierzigknöpfige Westen Aleppoer Art.

Als Musa der Nordwind den Kopf hob, sah er, dass die fünf Männer ihre Augen auf ihn gerichtet hatten, er wendete den Blick und starrte auf sein Glas. Eine Weile ließ er das Glas nicht aus der Hand, er steckte sich ein Stück gebratene Aubergine in den Mund, hob sein Glas zwei Mal hintereinander und leerte es bis zur Hälfte. Dann schaute er wieder zu den Männern hinüber, alle fünf starrten ihn an. Auf den Westen der fünf in Blau Gekleideten baumelte von einer Westentasche bis zur anderen eine glänzende goldene Uhrkette.

Musa Kazim Agaefendi, der Landrat, Üzeyir Khan und Nordwind hatten sich in ein Gespräch über Pferde vertieft. Nordwind ließ sich nichts entgehen, wenn es um Pferde ging. Hör dir diesen Mann an, dachte er, was er nicht alles von Pferden weiß, und ich will ein Tscherkesse sein! Und wie spannend er erzählt. Aber auch wenn er nicht zu den Männern hinüberschaute, hatte er das Blitzen ihrer goldenen Uhrketten vor Augen, und jedes Mal, wenn er aufschaute, sah er fünf starrende Augenpaare. Schließlich entschloss er sich, sie zu übersehen. Eine ganze Weile hielt er sich daran. Irgendwann sagte er sich, sie schauen bestimmt nicht mehr her, er hob den Kopf, und was sieht er: Alle fünf haben die Augen auf ihn gerichtet und starren ihn an.

Er aß, er trank, er kratzte sich am Nacken, und immer wieder griff seine Hand nach dem Revolver. Er hörte nicht mehr, worüber in der Runde gesprochen wurde, nahm nichts anderes mehr wahr als die auf ihn gerichteten Blicke und das Aufblitzen der gleißenden Uhrketten.

Verschwommen vernahm er, wie die andern aufstanden, er schaute hoch und erstarrte, als er Remzi erblickte. Die goldenen Blitze und die auf ihn gerichteten fünf Augenpaare verschwanden.

Der Landrat war auf den Beinen. »Bitte sehr, mein lieber Remzi Beyefendi!«, rief er.

Abdülvahap Bey war auf den Beinen: »Welche Ehre für unsere Runde, nehmen Sie bitte Platz, verehrter Efendi Remzi Bey! Haben Sie

Nachricht aus Ankara? Hoffentlich ist Ihr Parteivorsitz beschlossene Sache!«

Hayri Efendi war auf den Beinen. Er war verstört, schien nicht zu wissen, wie er sich verhalten sollte, öffnete und schloss fortwährend seine Hände, versuchte zu sprechen, brachte kein Wort heraus und nahm ganz langsam wieder Platz. Er war in Schweiß gebadet.

»Ich entdeckte Sie, meine Herren, und dachte mir, sag ihnen doch Guten Tag! Und unser hochverehrter Nordwind Bey ist ja auch hier. Ihm zu begegnen, macht mich immer sehr glücklich. Beim Abriss der Kirche hat mir der verehrte Nordwind Bey ja sehr geholfen. Wäre er nicht gewesen, hätte jener kleine mörderische Alte auf mich geschossen. Die Freundschaft mit dem Marschall ist ihm zu Kopf gestiegen. Wäre Nordwind Bey nicht herbeigeeilt, um ihm den Revolver zu entreißen, ich läge jetzt unter der Erde.«

Verblüfft starrten Nordwind und der Agaefendi ihn an.

»Ja, ich verdanke Nordwind Bey mein Leben, und falls der verehrte Nordwind Bey wünschen, kaufe ich drei noch größere Inseln als diese hier und schenke sie ihm. Und wenn er wünscht, opfere ich ihm auch mein süßes Leben und auch das Leben meiner Kinder. Er ist ein Held des Freiheitskrieges und trägt sogar den Tapferkeitsorden.«

»Bitte, setzen Sie sich, Sie stehen ja noch!« Abdülvahap Bey war ganz aufgeregt.

»Gibt es noch drei schöne Inseln, die nicht verkauft sind?«

»Die gibt es, mein Efendi.«

»Morgen werde ich sie kaufen und Nordwind Bey schenken. Er hat mein Leben gerettet. Und er trägt den Freiheitsorden.«

Üzeyir Khan, der vor Zorn zitterte, stand auf. »Bitte sehr, mein verehrter Musa Kazim Agaefendi, es ist sehr spät geworden, gehen wir nach Haus! Die Rechnung ist bereits beglichen.« Sie erhoben sich und gingen gemeinsam ins Freie.

Draußen vergewisserte sich der Landrat, dass Kavlakzade ihnen nicht gefolgt war. »Dieser Hund«, schimpfte er, »dieser arschleckende Hund. Nordwind Bey muss ihm ja große Angst eingejagt haben!«

»Kein doppelzüngiger, ein hundertzüngiger Hund!«, sagte Abdülvahap Bey.

Hayri Bey sagte: »Es ist in jeder Epoche dasselbe: Die Guten müssen leiden, und die Arschlecker führen ein herrliches Leben, nicht wahr?«

Im selben Augenblick erschien Kavlak Remzi in der Tür, und sie verstummten.

»Ich schenke Ihnen drei paradiesische Inseln, Nordwind Bey. Dort können Sie tun, was Sie wollen, ansiedeln, wen Sie wollen. Die Grundbücher werden auf Ihren Namen lauten.«

»Ich danke Ihnen, Remzi Bey, Ihnen ein langes Leben, aber meine Insel und mein Haus reichen mir.«

Remzi Bey hakte sich bei ihm ein, zog ihn ein bisschen beiseite und flüsterte ihm ins Ohr: »In Kürze werden wir die Partei gründen. Für den Vorsitz hat der vortreffliche Ismet mich vorgesehen. Bei der Zeremonie werden auch Sie zugegen sein, der Nachrichtendienst hat Sie bestimmt schon unterrichtet. Und über die drei Inseln denken Sie noch einmal gut nach! Drei unbewohnte Inseln sind für Ihr Vorhaben bestimmt sehr günstig. Fern von missgünstigen Augen können Sie Ihren Verpflichtungen in Ruhe nachkommen, und ich kann Ihnen sehr behilflich sein.«

»Ich danke Ihnen, Remzi Bey. Aber so arbeiten wir auch sehr gut. Morgen oder übermorgen stoßen noch zwei Personen zu uns, zwei Ärzte.«

»Falls Sie mich brauchen, immer zu Diensten!«

Üzeyir Khan, dessen buschiger Schnauzbart sich noch mehr sträubte, kam zu ihnen. »Kommen Sie«, bat er, »wir gehen nach Haus.«

»Entschuldigen Sie uns bitte, Üzeyir Khan, wir müssen zum Boot. Morgen erwarten wir Gäste auf der Insel. Nehmen Sie es uns nicht übel, aber hier trennen wir uns!«

»Aber nein«, rief Kavlakzade Remzi, »ihr werdet zu uns kommen, diese Nacht sind Sie meine Gäste!«

»Auf keinen Fall!«, rief Hayri Efendi. »Heute Nacht bei uns!«

»Nein, das sind meine Gäste«, sagte der Landrat.

»Sie sind in dieser Nacht in keinem Haus, nicht einmal bei mir zu Gast«, brüllte Üzeyir Khan. »Sie müssen sich um ihre Freunde kümmern, die sie morgen auf der Insel erwarten!« Mit dem Machtwort von Üzeyir Khan wurden alle Gespräche unterbrochen. Musa Kazim Bey und Nordwind reichten jedem die Hand, Remzi Bey ging auf die beiden zu, umarmte sie und sagte: »Wenn ihr das nächste Mal in die Stadt kommt, bleibt ihr bei mir, sonst könnt ihr was erleben!« Er lachte. »Man übernachtet nirgendwo anders, wenn die Türen vom Hause des Rais offen stehen! Gute Reise!«

Sie waren schon am Ende der Allee und bogen gerade zum Anleger ab, als Hayri Efendi sie einholte. »Um Gottes willen, seid vorsichtig, Remzi stellt euch eine Falle! Sonst hätte er euch nicht so viel Honig um den Bart geschmiert. Habt ihr im Restaurant die fünf Mann gesehen, die sich glichen wie ein Ei dem andern? Sie ließen Nordwind Bey nicht eine Sekunde aus den Augen. Alle fünf trugen Revolver. Ist euch auch aufgefallen, dass sie aufstanden und Haltung annahmen, als Remzi den Raum betrat? Remzi nahm nicht einmal Notiz von ihnen. Wandte sich fast von ihnen ab, um nicht anmerken zu lassen, dass sie sich kannten. Ich nehme an, alle fünf Araber kommen aus Urfa, Mardin oder Aleppo. Ich kenne Remzi gut, seit seiner Kindheit befasst er sich mit dunklen Geschäften. Nimm dich in Acht, junger Mann! Vor dir schlottern ihm die Knie. Er ist nicht ohne Grund in die Berge, Volk und Vaterland sind ihm schnuppe, er schlug sich in die Berge, um reiche Griechen auszurauben, und hat viele von ihnen ausgeplündert. Am Ende des Freiheitskrieges ist er an der Spitze von Galgenvögeln und Mördern, Fahnen mit dem Halbmond schwenkend, in die Provinzstadt einmarschiert. Und jetzt ist er auf dem Wege, Parteivorsitzender zu werden.«

Er klammerte sich an Nordwinds Arm. »Ja, er fürchtet sich vor dir, und seine Angst wird immer größer. Und je größer seine Angst, umso mehr Schuld lädt er auf sich. Solange du hier bist, wird er so viel Schuld auf sich laden, bis er sie nicht mehr ertragen kann. Er hat nicht nur Griechen getötet, sondern auch viele Moslems. Wer waren bloß diese Männer im Gasthaus?«

Plaudernd spazierten sie zum Anleger, wo Kapitän Kadri vor dem Kaffeehaus auf sie wartete. Sie gingen an Bord. Kapitän Kadri hatte in der Kajüte das Bett für den Agaefendi gemacht, darin lagen mit großen lila Veilchen bestickte Kissen von Melek Hanum. Beim Anblick des aufgeschlagenen Bettes lächelte der Agaefendi Nordwind und Kapitän Kadri dankbar an. Er zog sich aus und legte sich hin. Leintücher und Kissen dufteten nach Harz.

Die aus einem Guss scheinenden, ihn im Lokal, ohne mit der Wimper zu zucken, anstarrenden Männer mit ihren glänzenden, über die Bäuche hängenden goldenen Uhrketten wichen nicht vor Nordwinds innerem Auge. Die unter den Jacketts offen zur Schau gestellten Revolver ... Sie waren auf der Hut. Als wollten sie alle auf einmal ihre Revolver auf ihn leeren.

Dem Agaefendi, diesem erfahrenen alten Wolf, waren diese fünf auch nicht geheuer gewesen. Deswegen wollte er aufbrechen. Und Remzi schlotterten aus Angst vor Nordwind wirklich die Knie, und diese Angst steigerte sich immer mehr. Und solange Nordwind auf dieser Insel lebt, wird Remzi von Tag zu Tag ein wenig mehr vor Angst sterben! Kavlak Remzi oder Nordwind, einer von beiden wird daran glauben müssen, aus welchem Grund auch immer! Ob Nordwind sich dessen bewusst ist? Wenn nicht bis jetzt, dann seit heute Abend! Wenn ein Mensch einen Menschen, ohne zu zögern, von Angesicht zu Angesicht so lobt, dann muss etwas dahinter stecken. Derart lobpreist ein Mensch allenfalls einen Verstorbenen. Menschen wie Kavlak Remzi töten oder lassen einen Menschen in der Nacht töten, gehen am nächsten Morgen zu seinem Begräbnis, nehmen am Totengebet teil, weinen unter seinem Sarg, den sie auf ihren Schultern zum Friedhof mittragen. Nordwind weiß das, muss es wissen und freut sich deswegen schon über den Kauf des Gehöfts. Ein Gut ist nicht wie eine Insel. Ist eine Insel voll bewohnt, fällt jemand, der sie besucht oder verlässt, nicht auf. Ein Gut dagegen können wir einzäunen und mit zehn Scharfschützen im Innern und an den Toren abschirmen. Nordwind ist über alles im Bilde, aber viel ausrichten kann er nicht. Und Zehra ahnt etwas von seiner Besorgnis, auch wenn sie über nichts im Bilde ist. Warum sollte so ein stattlicher, gebildeter Mann, dazu noch ein Kriegsheld, Schutz auf einer Insel suchen, über die kein Vogel fliegt, keine Karawane zieht? Hat Zehra sich das noch nie gefragt? Vielleicht haben die beiden ja keine Beziehung, mag sein, aber wenn ich nach Kreta zurückkehre, kommt er mit mir, anstatt hier getötet zu werden! Jeder Tscherkesse lebt in der Verbannung. Ob Kreta, ob Türkei, für ihn macht das keinen Unterschied. Sein ganzes Dorf ist davongezogen. Wohin, weiß keiner. Er hat weder Geschwister noch Eltern. Zehra kümmert sich ja sehr um Nordwind, und Nordwind sich um sie. Sogar wenn wir von hier nicht wegkommen, halten die Mädchen ihre Mitgifttruhen verschlossen. Was haben sie ihrer sterbenden Mutter versprochen? Worum hatte ihre Mutter sie gebeten? Bis zu seinem Tod werdet ihr euren Vater nicht verlassen, hatte sie verlangt. Sie hatte aber auch verlangt: Und ihr werdet eure Mitgifttruhen nicht öffnen! Kann das der letzte Wille einer Mutter gegenüber ihren Töchtern sein? Ist das nicht grausam? Kann eine Mutter so etwas übers Herz bringen?

Die ganze Nacht konnte er nicht schlafen. Er dachte an seine Liebschaften, an die türkischen und griechischen Frauen, mit denen er das Bett geteilt hatte. Seine Frau hatte er sehr geliebt. Wäre er so einem schönen und guten Mädchen nicht begegnet, er hätte nie geheiratet. Gegen Morgen stand er auf, pinkelte übers Heck ins Meer. Beim kleinsten Wellengang wäre er über Bord gekippt. Erschrocken ging er wieder in seine Koje und wartete mit offenen Augen auf den Tag. Als das erste Morgenlicht durch das kleine Kajütfenster schien, verließ er sein Nachtlager, kleidete sich an, zog einen Eimer Wasser aus dem Meer, wusch sich Gesicht und Hände, reckte und streckte sich und sah plötzlich Nordwind zu seiner Rechten.

»Efendi, das Frühstück steht bereit. Wünschen Sie es jetzt?«

»Hast du schon gefrühstückt?«

»Nein, Efendi.«

»Ich bin spät aufgestanden. Das Morgenlicht kam wohl auch spät durchs Kajütfenster. Und Kapitän Kadri?«

»Er hat schon längst gefrühstückt.«

»War er bis morgens am Ruder?«

»Wir haben uns abgewechselt. Ich hatte Wache, und als die See weiß wurde, habe ich ihn geweckt.«

Sie hockten sich im Schneidersitz an die Tafel, die sie auf dem Vorschiff eingerichtet hatten, frühstückten, erhoben sich, lehnten sich mit dem Rücken an die Kajüte und schauten aufs Meer. Die See war spiegelglatt. Flitternd fiel das Licht aufs Wasser. Lange rote Linien schossen vom Fuß des dunstverhangenen Berges, zogen ein blasses Blau hinter sich her und endeten jenseits des Meeres unter einem Berg, über dessen Gipfel weiße Wolken segelten. Während die Mitte der See in einem unglaublichen Licht dampfte, lagen die Küsten unter einem kaum wahrnehmbaren Dunstschleier.

An diesem Morgen leuchtete Nordwinds Gesicht vor Glück, was dem Agaefendi nicht entging. Als ich auf dem Weg zur Mutter meiner Töchter war, flog ich auch vor Freude, dachte er und ließ seine Augen eine ganze Weile auf Nordwind ruhen, der auf das flirrende Licht auf dem Wasser starrte. Auch wenn ihn die Blicke des Agas irgendwie beunruhigten, sein Inneres quoll über vor Glück.

»Nordwind, mein Sohn! Es ist doch offensichtlich, was da vor sich geht.«

»Ja, es ist offensichtlich.«

»Also müssen wir auch offen miteinander reden!« Die Miene vom Agaefendi hatte sich gespannt, seine Stimme klang streng. »Du hattest diese Personen im Lokal doch bestimmt im Blick!«

»Das hatte ich.«

»Sie musterten dich, ohne mit der Wimper zu zucken.«

»Ohne mit der Wimper zu zucken.«

»Die Hände auf ihren Revolvern.«

»Auf ihren Revolvern.«

»Wie abgerichtet.« Der Agaefendi schaute gedankenverloren ins Leere, runzelte die Stirn und wiederholte: »Alles ist offensichtlich, und wir wollen auch offen miteinander reden, nicht wahr?«

»Offen, wie wir immer miteinander geredet haben, mein Efendi.«

»Kavlakzade Remzi war nicht im Lokal, als wir es betraten, nicht wahr? Woher kam er so plötzlich?«

»Ich weiß es nicht.«

»Hast du gesehen, dass die fünf aufstanden, als er das Lokal betrat?«

»Ich habs gesehen.«

»Remzi war darüber sehr verärgert. Ohne sie zu grüßen, kam er geradewegs an unseren Tisch. Und er sprach nur mit dir. Er hob dich in den Himmel. Weißt du, was das bedeutet?«

»Ich werde darüber nachdenken.«

»Er fürchtet sich vor dir.«

»Er hat Angst.«

»Und diese Angst steigt von Tag zu Tag. Wohin diese Angst bei manchen Menschen am Ende führen kann, habe ich erlebt. Entweder sie töten sich selbst oder ihr Gegenüber. Und wer steht Remzi gegenüber, vor dem er sich so schrecklich fürchtet? Was denkst du?«

»Ich denke darüber nach, mein Efendi.«

»Warum hat er dich so in den Himmel gehoben? Er will, dass du von hier verschwindest. Wenn du gehst, hat er freie Bahn. Jetzt dürstet ihn jeden Tag ein wenig mehr nach deinem Blut. Weißt du, wie viel Bewaffnete ihn jede Nacht bewachen, wenn er im Bett liegt? Sieben Scharfschützen mindestens.«

»Wie können wir ihm seine Angst nehmen?«

»Wenn du die drei Inseln, die er dir angeboten hat, annimmst.«

»Hier gibt es doch keine drei unbewohnten Inseln. Sind Inseln überhaupt käuflich? Gehören sie nicht dem Staat?«

»Und was ist mit den fünf Männern?«

»Ich weiß es nicht. Gesehen habe ich diese Männer noch nie.«

»Hast du keine Nachricht von Emir Salahattin?«

»Nein, mein Efendi.«

»Von wem können wir etwas über diese Männer erfahren?«

»Vielleicht von Hayri Efendi und von Üzeyir Khan.« Er lachte: »Vielleicht weiß Kavlakzade Remzi Bescheid. In diesem Bezirk muss doch irgendjemand etwas über sie wissen. Ich werds herausfinden.«

Gegen Mittag liefen sie die Insel an. Die Mädchen, Lena und Melek Hanum hatten den Kutter von Kapitän Kadri schon von weitem ausgemacht, waren zum Anleger geeilt und warteten bereits. Zehras Gesicht glühte, ihre Stirn war feucht. Sie zitterte, als sie die Hand von Nordwind drückte.

»Wir werden jetzt alle zusammen zum Agaefendi, unserem Sultan, gehen!«, rief Melek Hanum. »Dort ist für euch ein prächtiges Fest vorbereitet worden.«

»Dann lasst uns gleich aufbrechen, wir sterben vor Hunger!«, drängte der Agaefendi. Er hakte sich bei Nordwind ein, und sie machten sich auf. Die Tafel war gedeckt. Die Mädchen brachten Schüsseln und Kannen, jeder wusch sich Hände und Gesicht. Als Zehra das Wasser über die Hände von Nordwind goss, zitterten ihre noch immer. Auch die Hände von Nordwind begannen zu beben, und das entging Zehras Augen nicht.

Auf der Tafel warteten Teller aus dünnem, handverziertem Porzellan auf die festlichen Speisen. Zuerst wurde in einem dampfenden Topf eine nach Minze und Knoblauch duftende Fischsuppe gebracht.

»Gesundheit euren Händen, Kinder, wie gut euch doch die Suppe gelungen ist. Wie bei eurer Mutter«, sagte der Agaefendi. Er bereute sofort, von der Mutter gesprochen zu haben, und senkte den Kopf. »Woher habt ihr den Fisch?«

»Den hat uns Hüsmen gebracht«, antwortete Zehra.

»Sieh da, eine Zeit lang ließ er sich gar nicht blicken«, sagte Nordwind, »und wir haben uns nicht mehr um ihn gekümmert.«

»Er hat sich ein sehr schönes Boot gekauft. Veli hat es ihm preiswert besorgt.«

»Und hat ihn immer mitgenommen und ihm das Fischen beigebracht«, sagte Melek Hanum.

»Hoffentlich ist er uns nicht böse!«

Nachdem sie die Suppe gegessen hatten, räumte Nesibe Suppentopf und Näpfe ab und kam mit einem anderen Topf aus der Küche wieder herein. Kaum hatte sie den Deckel abgenommen, durchzog mit dem Dampf ein feiner Geruch den Raum. Die Nasenflügel vom Agaefendi bebten. »Ich habs«, rief er, »ich weiß, was es gibt: gefüllte Kürbisblütenblätter. Wo habt ihr denn Kürbisblüten gefunden?«

»Wir haben keine Ahnung.«

»Wieso keine Ahnung?«

»Veli hat sie gebracht. Weiß Gott, woher.«

»Der Teufel hat sie ihm geschenkt.«

Alle lachten.

Nach den Kürbisblüten wurde noch anderes Gemüse aufgetragen. Jedes Mal, wenn ein Topfdeckel abgenommen wurde, riet der Agaefendi, was im Topf war, und er irrte sich nicht ein einziges Mal.

Nach dem Essen saßen sie bis Mitternacht und unterhielten sich. Melek Hanum erzählte wieder von ihrem Gänseberg mit den tausend Quellen, den Feiern an jedem Frühlingsfest, an dem wohl hundert Äbte gemeinsam die Laute spielten, und hunderte Bergler den Reigen tanzten. Während sie erzählte, füllten sich die Augen des Agaefendi mit Tränen. Gerüchten zufolge war seine Sippe von dort und vom Taurus nach Kreta ausgewandert. Hunderte Menschen, die den Reigen tanzten, waren weit über die Meere in die alte Heimat gezogen, in diese prächtige Welt.

»Oh«, seufzte Melek Hanum, »Liebe bringt einen zum Weinen, Sorgen zum Reden! Werde ich meine Berge jemals wiedersehen, oder wird mein Grab auf diesem Inselchen sein, umgeben von unüberwindlichen Meeren? Und was wird aus mir, aus meinem Grab, wenn die See die Insel herunterzieht auf den Grund des Meeres?«

Nordwind gab es einen Stich. »Melek Hanum«, sagte er, »ich bringe dich, wann immer du willst, zu deinem Berg Ida. Wenn du willst, gleich morgen früh.«

»Mein Bester, ich weiß, du bringst mich zu meinem Berg der tausend Quellen und tausendundeiner Blume. Aber steht der Berg, wo tausend Frauen, tausend Männer den Reigen tanzten, noch an der alten Stelle? Von jenem Berg in der Ferne singt eine Frau das Lied, das zu diesem Berg herübertönt: Komm bald, mein Aga, zögere nicht, wer die Fremde erfand, erlebe nicht das Paradies.«

Der Agaefendi fügte hinzu: »Wer die Fremde erfand und den Krieg.«

Melek Hanum erhob sich. »Um Gottes willen, es ist weit nach Mitternacht, wir haben unseren Sultan um seinen Schlaf gebracht.« Auch Nordwind und Kapitän Kadri standen auf. »Entschuldigt, Efendi!«, sagten sie. »Bis morgen also!«

»Morgen früh! Kommt noch vor Tagesanbruch zum Frühstück!«

Lena war noch wach, als Nordwind nach Haus kam. »Wars schön?«

»Es war schön, sogar sehr schön«, antwortete Nordwind.

»Ich rede nicht von der Stadt, mein Junge.«

»Ich auch nicht, Mutter.«

»Bei Gott, ein gutes Mädchen, bei Gott, auch ein schönes. Wie heißt es bei euch: Gott der Herrgott schuf sie zu seinem Ruhme.«

»Mutter, ich muss schlafen. Weck mich noch vor Tagesanbruch, der Agaefendi hat mich zum Frühstück eingeladen!« Er zog sich schnell aus, legte sich ins Bett und war auch schon eingeschlafen.

Lena lag bis zum Morgen im Halbschlaf und war schon auf den Beinen, bevor es hell wurde. Sie weckte Nordwind. »Es gibt warmes Wasser, wasche und rasiere dich, bevor du gehst! Sie sind noch nicht aufgewacht, da brennt kein Licht.«

Nordwind rasierte sich mit dickem Schaum, wusch und kämmte sich, rieb sich ganz leicht mit Kölnischwasser ein, ging hinunter und schaute vom Gartentor zu den Fenstern hoch. Im Haus brannte kein Licht. Er ging zum Ufer hinunter, am Strand entlang und ließ die Fenster nicht aus den Augen. Nachdem er, ohne sich weit zu entfernen, einige Runden gedreht hatte, sah er Licht und blieb stehen. Die Tür wurde geöffnet, ein Schatten erschien auf dem Balkon, schien um sich zu blicken und verschwand. Nordwind war gesehen worden, und er war im nächsten Augenblick schon auf der Treppe, gleichzeitig wurde die Haustür geöffnet und Zehra sagte: »Bitte, mein Vater wartet schon auf dich!«

Mit einer dampfenden Teekanne kam Nesibe aus der Küche und rief: »Willkommen!« Der Agaefendi schien in Gedanken, er schaute auf, erhob sich und umarmte Nordwind mit der Rechten. Sie setzten sich, frühstückten schnell und gingen zur Tür.

»Warum diese Eile?«, fragte Zehra verwundert. »Melek Hanum ist noch nicht da.«

»Wir habens sehr eilig, meine Tochter, wir wollen zu den Veilchen, bevor sie verblüht sind. Sagt es Melek Hanum, wenn sie kommt!«

Zehra lächelte in sich hinein. Als würden die Veilchen verblühen, wenn sie sich etwas verspäteten!

Die beiden eilten die Treppe hinunter, tranken am Brunnen einige Hand voll Wasser und machten sich zu den Sträuchern auf. Der Agaefendi schritt so schnell, dass Nordwind kaum mithalten konnte. Sie gingen ins Buschwerk. Bis Tagesanbruch war noch viel Zeit, eine sanfte Brise fächelte vielerlei Düfte, die Weiße des Meeres war von hier gut zu sehen.

»Wenn wir jetzt ans Ufer gehen, färbt sich das Meer violett«, bemerkte Nordwind.

»Wie schön die Welt in diesem Augenblick doch ist und wie sanft die Brise«, schwärmte der Agaefendi, und Nordwind musste an den Tag denken, an dem er auf die Insel kam. Das Meer war auch so weiß gewesen, und es wehte auch so eine weiche Brise, sie brachte viele Düfte mit, und überall roch es nach Veilchen. Damals hatte er nicht geahnt, dass ihm Vasili als ein Todesengel auflauerte, und er wusste auch nichts von den Verfolgern, die der Scheich der Beduinen hinter ihm her gehetzt hatte. Im Zwielicht das Buschwerk teilend, erschien hoch gewachsen, mit klaren blauen Augen, tiefen Grübchen und schimmerndem blondem Haar Zehra vor seinem inneren Auge. Wohin er auch ging, woran er auch dachte, Zehra war immer zugegen. Der Agaefendi hatte ihm Geschichten vom Berg Ida erzählt, er kannte sich in dieser Gegend und in ihrer Geschichte gut aus, er war auch sonst ein sehr belesener Mann, der Agaefendi. Nordwind bewunderte ihn immer mehr, und seine Hochachtung stieg von Tag zu Tag. Es gefiel ihm auch, ihn mit Agaefendi anzureden.

Während sie vom Gebüsch aus das Meer und die Berge betrachteten, hellte sich die Dämmerung ein wenig auf, färbten sich die See und der Sternenhimmel violett, wurden die von Strauch zu Strauch gespannten Spinnennetze sichtbar. Sie waren groß und mit Raureif bedeckt, dessen Tropfen zu glänzen begannen und mit zunehmender Helle verschwanden. »Schau an!«, sagte der Agaefendi. »So große Spinnennetze habe ich noch nie gesehen. Sind die Spinnen hier giftig?«

»Ich weiß es nicht, ich habe Vasili noch nie danach gefragt. Er ist von hier und kennt sich aus.«

Fliegen und vielerlei Käfer, die sich in den Spinnweben verfangen hatten, schienen sich mit ihrem Schicksal abgefunden zu haben. Der

Agaefendi war in den Anblick der Spinnennetze so vertieft, dass er die Veilchen völlig vergessen hatte. Er legte die Hand auf Nordwinds Schulter. »Warum sind wir eigentlich noch vor Tagesanbruch hierher gekommen?«

»Fangen wir sofort an!« Nordwind kniete sich vor einen Strauch, hob die Zweige an und schaute darunter. Eine Weile suchte er die Wurzeln ab. Dann schaute er wieder hoch. »Sie sind verblüht. Die nickenden Veilchen sind nicht mehr da, wohl aber ihre Wurzeln und Blätter, wollen Sie sehen?«

Der Agaefendi kniete sich neben ihn und schaute unter den Strauch.

»Sehen Sie dort die Blätter und die dünnen Wurzeln der Veilchen! An jeder Wurzel sprießen höchstens fünf klitzekleine violette Blüten und verbreiten ihren Duft.«

»Wären wir doch zehn, fünfzehn Tage früher gekommen! Wachsen sie denn nur unter Sträuchern?«

»Nur unter Sträuchern!«

Sie standen auf und klopften ihre Knie ab. »Nicht aufgeben!«, sagte Nordwind. »Ich werde unter jeden Strauch gucken und Ihnen Bescheid geben, wenn ich welche finde.«

Nordwind ging vorweg. Bei jedem Strauch kniete er nieder und rutschte um die Wurzel herum. »Meine Hoffnung, dass wir irgendwo Veilchen finden, steigt von Mal zu Mal«, sagte er, wenn er sich von einem Strauch erhob. »Wir kommen ihnen immer näher, denn ich entdecke zwischen manchen Blättern noch frisch verblühte Veilchen.«

Als sie sich der Quelle näherten, schnellte er plötzlich auf die Beine. »Gefunden!«, schrie er. »Unter diesem Strauch Veilchen rundum!«

Mit wenigen Schritten war der Agaefendi bei ihm, kniete sich nieder, hob die Zweige, steckte den Kopf darunter und rutschte auf seinen Knien mit geblähten Nasenflügeln um den ganzen Busch. Als er den Kopf hob, war er wie berauscht. »Dieser Duft, diese Farbe!«, rief er und wiederholte es immer wieder. »Dieser Duft, diese Farbe!« Wie ein Betrunkener schwankte er zur Quelle, kniete nieder, trank einige Hand voll Wasser, setzte sich ins Gras, stützte seine Stirn auf die Knie und knickte zusammen. Dieses klitzekleine Stückchen Land mitten im Meer! Lakengroße Netze neben den Spinnen … Feuerrote, schwarz gepunktete Marienkäfer … Wasserläufer, die ihre Schatten auf die weißen Kiesel warfen und ununterbrochen von einem Winkel des Quellwasserspiegels zum andern glitten, drei, vier, fünf, sieben von ihnen bewegungslos in Wartestellung, bis sie plötzlich blitzschnell zu gleiten begannen ... Jedes Geschöpf, ob Bienen, geflügelte Käfer und andere, sie alle konnten auf diese Insel kommen, hatten die Möglichkeit, aber wie konnten es diese Wasserläufer schaffen? Auf dem Flügel eines Vogels, in der Doppelklaue einer Biene, auf einem fliegenden Samenkorn? Und wo auf dieser Welt gibt es noch einmal diesen Veilchenduft, der fern vom Licht entsteht und einem bis unter die Haut, bis ins Knochenmark dringt? Woher wehen diese wohlriechenden, weichen Brisen? Und bald reifen die Feigen, gelb und honigsüß, dazu rosa Granatäpfel und pralle Weintrauben, jede Frucht ein Wunder. Unglaublich, wie reich diese winzige Insel ist! Und wenn sie schon so reich, wie reich ist dann diese Welt? Schmetterlinge auf den Sträuchern öffnen und schließen ihre Flügel, oben von samtenem Violett, unten von feurigem Rot. Wer sie anschaut, ist wie berauscht, schwindlig wie vom Duft der Veilchen ...

Als er aufschaute, wurde es schon Mittag. Nordwind saß gegenüber an der Quelle. Er hatte den Rücken an den gelb geäderten Steinblock gelehnt, saß in sich gekehrt, vor seinem inneren Auge die hellen Haare von Zehra, ihre bebenden Brüste, dazu das leise Plätschern des lichten Quellwassers im strahlenden Sonnenlicht.

Sie erhoben sich gleichzeitig, bogen ab zum Olivenhain, gingen still zum Anleger und setzten sich auf eine Pritsche. Kaum hatten sie Platz genommen, tauchte Zehra vor ihnen auf. Ihre tiefen Grübchen, ihre Augen, Haare, Hände, ja ihr ganzer Körper schien zu lächeln. Auch Nordwind lächelte bei ihrem Anblick, und der Agaefendi, angesteckt von den beiden, lächelte mit ihnen.

»Die Veilchen«, sagte der Agaefendi, »ich habe sie gesehen. Die nickenden Veilchen. Ich dufte wie sie.« Mit liebevollem Blick betrachtete er Zehra und Nordwind. Beide erkannten an seinen Augen, wie glücklich er sich fühlte, aber auch die unsägliche Trauer dahinter.

»Nachdem ihr gegangen seid, kam Veli ins Haus und brachte verschiedene Fische. Darunter einen sehr großen roten, und er sagte, davon kochst du eine Suppe! Wie wird denn aus diesem roten Fisch eine Suppe gekocht, fragte ich ihn, und er antwortete, Lena bringt es dir bei. Ich gehe jetzt zu ihr, werde es ihr ausrichten, und ihr kocht die Suppe zusammen. Ich habe viel zu tun, alle Fische im Meer warten auf mich, und mit ihnen alle Fischliebhaber in den Dörfern und Städten. Kaum war er fort, kam Lena. Wir haben euch eine Fischsuppe gekocht! Mit Knoblauch und gesäuertem Granatapfel. Lena kann sehr gut mit Fisch umgehen. Und sie wird es mir beibringen. Dann kann ich jeden Tag für euch Fisch kochen.«

»Dass mein Magen klingelt, hast du geahnt. Leben sollst du, mein schönes Mädchen!«

Zehra errötete und erblasste wie ein zehnjähriges Mädchen, sie lachte und spöttelte: »Ihr hättet Veli sehen sollen, er war zehn bis fünfzehn Jahre jünger geworden, sein Gesicht schien wie frisch durchblutet, er war nicht mehr zu halten, und seine Füße berührten den Boden nicht mehr!«

»Ist die Tafel gedeckt?«

»Die Tafel ist gedeckt, aber die Suppe ist bestimmt kalt geworden, ich werde sie aufwärmen und euch Bescheid geben.« Sie entfernte sich im Laufschritt.

»Mein Blut riecht nach Veilchen, und es fließt veilchenblau.«

»Wenn erst der Frühling kommt und wir Büschel blühender Veilchen riechen! Wenn erst der Frühling kommt und wir ihn noch erleben!«

Der Agaefendi seufzte. »Noch bevor der Winter kommt, kehre ich nach Kreta zurück. Und wenn dort dann der Frühling seine Nasenspitze zeigt, schlage ich mich in die Büsche, lege mich auf den Boden und rieche an den nickenden Veilchen. Das wird mich an diese Insel, an deine Freunde und an Veli den Treffer erinnern!«

Nordwind war wie vom Blitz getroffen. Und wenn er zurückkehrte, mit wem würde er seine Tochter denn verheiraten? Gab es dort überhaupt noch Türken, noch Moslems? Der Agaefendi redete in einem fort, Nordwinds Lippen dagegen hätte auch die Schneide eines Messers nicht öffnen können. Und was sieht der Agaefendi, als er Nordwind ins Gesicht schaut? Eine Totenmaske. In diesem Augenblick erschien Zehra. Als sie Nordwind anschaute, wurde ihr ganz eigenartig zumute. »Die Suppe wird heiß«, sagte sie.

Mit Mühe erhob sich auch Nordwind und ging schwankend zum Haus. Sie stiegen die Treppe hoch. Zehra kam mit der dampfenden Suppe zum Tisch, ihr Duft weitete die Nasenflügel. Dem Agaefendi war dieser Geruch sehr vertraut, für Nordwind war er neu. Er schaute zunehmend finster drein, und das tat wiederum dem Agaefendi Leid.

»Noch bevor der Frühling kommt, werden wir von dieser schönen Insel in unser Land, in die Heimat unsrer Väter, zurückkehren. Wir werden davonziehen, aber die Hälfte unserer Herzen wird hier bleiben. Ihr sollt wissen, ab jetzt ist dieses Land hier auch meine Heimat, und auch dieses friedliche Meer. Ich kaufe das Gut nicht ohne Grund. Wie weit ist Kreta denn entfernt von hier? Alle sechs Monate, vielleicht alle drei, oder einmal im Monat, aber mindestens einmal im Jahr werde ich kommen, um hier meine Freunde und auch meine Pferde zu sehen. Und wenigstens jeden Frühling werde ich herkommen und die Veilchen riechen.« Er wandte sich an Zehra, die sich neben Nesibe gesetzt hatte: »Jeden Frühling kommen wir her, nicht wahr, Zehra, nicht wahr Nesibe?«

»Jeden Frühling kommen wir her, Vater«, antwortete Zehra.

»Jeden Frühling«, nickte Nesibe.

»Zu Gast bei meinem Sohn Nordwind. Und wenn Nordwind will, kommt er mit uns nach Kreta.« Mit seinen blauen Augen schaute der Agaefendi Nordwind an. Dessen Gesichtszüge waren plötzlich wie umgewandelt und seine Augen lachten. Auch Zehras Augen lachten.

»Ihr Wunsch ist mir Befehl. Auf der Insel zu bleiben, ist für mich auch nicht so gut.« Ein Hoffnungsstrahl hatte ihn gestreift. Nordwind wusste gar nicht mehr, was er da aß, er löffelte nur so vor sich hin. Er war beruhigt. Nicht nur nach Kreta, er würde sogar in die Hölle fahren. Und auf Kreta war er seines Lebens sicher und bei seiner Liebe. Zwei Vögel mit einem Stein! »Ihr Wunsch ist mir Befehl, wohin Sie auch immer gehen!«

»Aber nachdem Sie diese schöne, paradiesische Insel mit den violetten Veilchen entdeckt haben, den heiligen Berg Ida vor Augen, dazu ein Landgut mit sprudelnder Quelle als Eigentum, benachbart und befreundet mit so schönen Menschen … Lässt ein Mensch denn das alles im Stich und zieht davon?«

»Ich sollte es nicht tun, aber was bleibt mir andres übrig?«, antwortete Nordwind und schaute Zehra an. Sie lächelte. Ohne die Augen von Zehra zu wenden, stand er auf. »Wenn Sie erlauben, ich möchte nach Haus!«

Alle drei begleiteten ihn bis zum Treppenabsatz. Der Agaefendi hakte sich bei ihm ein, und sie gingen zusammen hinunter. Der Agaefendi war so stolz, dass er etwas tat, was er noch nie getan hatte: er umarmte Nordwind und küsste ihn.

In jener Nacht wälzte Nordwind sich im Bett, und es wurde schon Morgen, als er endlich einschlief. Wie spät er auf dieser Insel auch zu

Bett ging, er wachte noch vor Morgengrauen auf. Aber es wurde Nachmittag, und Nordwind schlief noch immer. Lena tat er Leid. Sie kam immer wieder polternd in sein Zimmer, doch wecken konnte sie ihn nicht.

Von der Treppe her kam die Stimme von Kapitän Kadri: »Mutter Lena, wo ist Nordwind Rais, sie suchen ihn!«

»Geh hinauf, mein Kapitän, und wecke ihn. Er schläft noch. Ist es dringend?«

»Nicht für mich, aber ich habe zwei Männer aus der Stadt mitgebracht, beide sind Militärärzte, und sie fragen nach Nordwind Rais.«

»Geh hinauf und wecke ihn! Ich bringe es nicht übers Herz.«

Zwei Stufen auf einmal nehmend, eilte Kapitän Kadri nach oben. Das Gepolter hätte jeden Schläfer aufgeschreckt, Nordwind erwachte nicht.

Er ging hinein, setzte sich neben das Bett und rief laut: »Nordwind Rais, Nordwind Rais, wach auf! Du hast Besuch!«

Nordwind fuhr hoch, rieb sich die Augen, schaute sich um, und als er Anstalten machte, sich wieder hinzulegen, schrie Kapitän Kadri aufgeregt: »Da sind zwei Männer gekommen, Militärärzte, beide Offiziere. Sie stehen auf dem Anleger und haben ein Boot voller Sachen, die von drei Männern ausgeladen werden. Sie tragen und schleppen, und es nimmt kein Ende. Auf dem Anleger stapelt sich das Gepäck berghoch.«

»Was erzählst du da, Kapitän?« Nordwind war noch nicht zu sich gekommen. »Ärzte?«

»Zwei Doktoren. Der eine humpelt, der andere hat einen steifen Arm. Dem mit dem steifen Bein fehlt auch noch ein Ohr. Ein Doktor ohne Ohr.«

Nordwind zog sich hastig an, wusch und rasierte sich und eilte im Laufschritt zum Anleger. Lachend begrüßte ihn Doktor Salman Sami. Mir bleibt doch nichts erspart, dachte Nordwind, welch ein Unglück! Der Herrgott verschone seine Diener vor diesem Doktor!

»Willkommen, mein Major, welch ein Glück!« Sie umarmten sich.

»Doktor Halil Rifat Bey. Gemeinsam haben wir hier in der Kirche die Verwundeten aus Gallipoli verarztet. Nordwind Bey, von dem ich Ihnen erzählt habe. Einer der wenigen Offiziere, die den Berg Allahüekber überlebt haben.«

Sie gingen unter die Platanen und setzten sich auf eine Pritsche. Nordwind erzählte den Ärzten von Musa Kazim Agaefendi, alles, was er über ihn wusste. Als der Agaefendi erschien, um sie zu begrüßen, standen sie alle auf und setzten sich erst, nachdem der Agaefendi sie willkommen geheißen hatte.

»Wir sind beide pensionierte Kriegsversehrte, mein Efendi. Alle Offiziere, die Gallipoli überlebt haben, sind kriegsversehrte Ruheständler.«

»So eine Schlacht war also der Kampf um Gallipoli«, wunderte sich der Agaefendi.

»Eine Schlacht, durch die ganz Anatolien verödete. Unsere Herdfeuer verlöschten, unsere Wurzeln trockneten aus.«

»Sie hat das riesige Osmanische Reich ausgelöscht! Sie hat Millionen Menschen um ihre Heimat, ihre Häuser gebracht. Von den Samen der Feindschaft, die sie zwischen die Menschen säte, ganz zu schweigen.«

»Jeder Kriegsheimkehrer ist ein Versehrter. Jeder, der vom Schlachtfeld kommt, ist ein anderer, als er vorher war. Er ist ein kaputter, ein versehrter Mensch. Er bleibt unglücklich sein Leben lang und sucht sich ein menschenleeres Plätzchen, um jene schmutzige Welt zu vergessen.«

»Wenn überhaupt, dann kann so eine vom Herrgott mit Sorgfalt geschaffene Insel ein Heilmittel sein. Ich habe die Heimat verloren, und meine Frau ist unterwegs auf einem Dampfer gestorben. Wir haben sie im Meer bestattet, den Fischen zum Fraß. Nun könnt ihr ja entgegnen: Begraben in der Erde wäre sie den Würmern, Käfern und Schlangen zum Fraße geworden.«

Vasili erschien, Nordwind deutete auf ihn und sagte: »Vasili ist mein vertrautester Freund. Er ist einer von denen, die in Gallipoli gekämpft haben, und er war im Freiheitskrieg beim Arbeitstrupp. Er ist auf dieser Insel geboren und aufgewachsen.«

»Warum fiel er nicht unter den Bevölkerungsaustausch?«, fragte Doktor Salman Sami. »Oder ist Vasili Bey ein Held des Freiheitskrieges?«

»Nein, aber seine Stammrolle gehört zu Istanbul, und wie Sie wissen, waren Istanbul und Komotini nach einer Klausel im Abkommen von Lausanne vom Austausch ausgenommen.«

Vasili stand noch immer. »Bitte, was kann ich für Sie tun?«

»Entschuldige, Vasili!«, sagte Nordwind. »Du wirst die Häuser für die Herren Doktoren herausfinden, ja?«

»Zu Befehl!«, nickte Vasili. »Die Doktor Beys sind willkommen!«

Lena, Kapitän Kadri, Vasili und Hüsmen brachten auf einer großen Kupferplatte das Frühstück. Doktor Salman Sami futterte, als habe er vierzig Tage gehungert. »Seit vielen Jahren habe ich mich nicht mehr zu so einem Frühstück an einen Tisch gesetzt, bei Gott nicht! Unsere Insel hat sich wieder ziemlich belebt.«

»Sie ist bald voll«, sagte Nordwind. »Noch wissen nur wenige von diesem Paradies, aber bald wird die Insel so belebt sein, dass wir niemanden mehr unterbringen können. Wer einmal hier ist, mag sich nicht mehr trennen.«

Vasili setzte sich an die Spitze. Nachdem sie am Haus von Musa Kazim Agaefendi vorbeigegangen waren, blieben sie vor zwei Nachbarhäusern stehen. »Die Eigentümer dieser Häuser waren mindestens so reich wie die Eigentümer der auf der Landzunge eingerissenen. Es waren brave Menschen, sie lebten so zurückgezogen, als gäbe es sie gar nicht. Auch als die Leute nach Griechenland aufbrachen, hat sie niemand zwischen den Auswanderern gesehen.« Die Häuser lagen in Gärten, in denen jeweils drei nebeneinander stehende Granatapfelbäume ins Auge stachen und ein großer Feigenbaum, dessen Äste über die Gartengrenze hinausragten und an dessen Zweigen Feigen hingen, die kurz davor waren, gelb zu werden und honigsüßen Saft auszuscheiden. Überall im Garten waren Tomaten, Paprika und Auberginen gepflanzt worden, und obwohl die Erde zu verdursten schien, waren zwischen den stellenweise noch grünen Blättern der verdorrten Stauden rote Tomaten zu sehen.

»Halil Rifat Bey«, rief Vasili, »bitte, dieses Haus gehört Ihnen, der Schlüssel steckt, gehen Sie hinein, herzlichen Glückwunsch!«

Er ging zum nächsten Haus. »Bitte, Salman Sami Bey, der Schlüssel steckt. Viel Glück!« Auch in Salman Sami Beys Garten erhob sich zur Seeseite ein mächtiger Feigenbaum, dessen große Früchte mit honigsüß träufelndem Saft schon zu platzen schienen. Dieser Garten war das Abbild des Gartens von Halil Rifat Bey. Da und dort rote Tomaten, ausgetrocknete Paprika, Auberginen …

Die Anlegebrücke stand voll von Sesseln, Tischen, Stühlen, Teppichen, Gardinen, Sofas, Kisten und Kästen.

Die Ärzte trennten die durcheinander gewürfelten Dinge und ließen sie in ihre Häuser tragen. Als der Tag sich neigte, war die Anlegebrücke geräumt.

Das trockene Olivenholz und die Äste waren schon längst heruntergebrannt. Der Gluthaufen lag voller Fische, dichter Rauch stieg auf, und der Duft von gerösteten Fischen breitete sich in alle vier Richtungen aus. Alle saßen am Tisch, und jeder hatte einen Fisch auf dem Teller. Als Letzter kam Vasili mit seinem Teller an die Tafel, und Nordwind füllte ihm Wein ins Glas. »Zur Ehre!«, rief er und hob sein Glas. »Willkommen auf unserer Insel, verehrte Doktoren! Vor uns war diese Insel eure, verehrter Major und verehrter Hauptmann.« Sie hoben gemeinsam die Gläser und stießen miteinander an.

»Ihr seid so schnell zurück. Wie konntet ihr in so kurzer Zeit so viele Fische fangen?«

»Dank Veli dem Treffer. Er hat die Standorte, wo es Fische gibt wie Sand, gut markiert. Wir warfen die Angeln aus, zogen sie ein, und im Nu waren die Becken voll.«

»Was ist los mit Veli? Seit Tagen sehe ich ihn nicht. Kommt er nicht mehr auf die Insel?«, fragte Nordwind. »Nicht einmal, um seine Enkel zu besuchen?«

»Er ist an diesen Küsten in aller Munde, sie sagen, er lasse keine Fische übrig. Er bringt sie aber nicht selbst in die Dörfer und Städte. Vor Küstenorten geht er vor Anker. Er hat eine Stimme, die im ganzen Ort zu hören ist. Wenn sich die Menschen auf die Anlegebrücke drängen, hält er einen zappelnden Fisch in die Sonne, danach den nächsten. Bevor der Tag sich neigt, hat er alle verkauft. Er soll so viele Fische gefangen und verkauft haben, dass er auf seinem Boot keinen Platz mehr hat, um das Geld unterzubringen.«

»Es gibt solche Menschen«, sagte Salman Sami Bey. »Im Krieg haben wir sie auch erlebt. Wir hatten einen Soldaten aus Urfa, einen kleinen, stämmigen Mann, den wir Hadschi den Floh nannten. Eines Tages befahl ihm der Hauptmann: Schleich dich zum Feind hinüber und jage das Munitionslager am Fuße des Hügels da drüben in die Luft! Hadschi der Floh stand stramm und antwortete: Ich werde das Munitionslager unten am Hügel in die Luft jagen und zurückkommen. Verwundert fragten wir uns, wie soll Hadschi der Floh am helllichten Tag inmitten feindlicher Soldaten das bewerkstelligen, und wir warteten ab. Gegen Abend, kurz vor Einbruch der Dunkelheit, schossen am Hügel plötzlich Flammen empor, dröhnten Explosionen, bebte die Erde unter unseren Füßen. Wir aßen und tranken nicht, fragten uns, was aus Hadschi dem Floh wohl geworden ist. Wir warteten bis Mitternacht, und was sehen wir? Vor unseren Augen erstattet unser Hadschi dem Hauptmann Bericht: Nach kurzem Marsch zum Hügel wurde das Munitionslager entdeckt, angezündet und der Rückmarsch angetreten, mein Kommandant! Ja, solche Männer gibt es. Wir konnten ihn nicht fragen, wie hast du das inmitten so vieler Feinde angestellt? Hadschi der Floh hätte etwas gestottert und nichts weiter erzählt. – Ja, so war es«, fügte Doktor Salman Sami hinzu und schwieg.

Das Essen war zu Ende, die Flaschen waren leer, aber keiner rührte sich. Der Agaefendi war kurz vorm Einschlafen. Daraufhin rief Melek Hanum: »Es ist schon weit nach Mitternacht. Wer weiß, wie weit unsere Gäste gereist und wie erschöpft sie sind! Veli hin, Veli her, kein Fisch mehr im Wasser und immer wieder Veli, nun reichts!«

Nordwind erhob sich und sagte: »Die Doktoren bleiben diese Nacht in unserem Haus!«

Der Hausputz und das Einrichten der Häuser dauerte drei Tage. Allein hätte Doktor Salman Sami es nicht in einem Monat geschafft. Melek Hanum hatte Zehra und Nordwind für sein Haus eingeteilt, und die beiden waren froh, zusammen zu sein. Doktor Salman Sami konnte seine Augen nicht von Zehra wenden, rief immer wieder: Auf dieser Insel hatte es schon immer schöne Mädchen gegeben, aber ein so schönes noch nie und nirgends auf der Welt! Bald keimte in ihm der Verdacht, dass zwischen Nordwind und Zehra etwas im Gange war, er konnte aber niemanden danach fragen. Ihm entging auch nicht, wie traurig die beiden waren, als das Einrichten zu Ende ging. Das Mädchen war sehr schön, aber – wie man sagt: Töte den Recken, doch nimm ihm nicht sein Recht! Der Junge sah auch sehr gut aus. Und er schien noch verliebter zu sein als das Mädchen.

»Fürs Erste sind wir eingerichtet!«

»Ist noch etwas zu erledigen?«, fragte Nordwind.

»Bei uns hört die Arbeit nie auf, mein Junge. Doktoren haben immer zu tun.«

»So ist es«, bestätigte Doktor Halil Rifat.

»Wir brauchen auch einen Laden. Wie wir wissen, habt ihr alle Läden für gute osmanische Goldstücke gekauft.«

Salman Samis Gesichtszüge spannten sich, und mit veränderter, spöttischer Stimme fragte er: »Was habt ihr denn noch so gekauft?«

Ohne die Beherrschung zu verlieren, antwortete Nordwind gelassen: »Die Schule ist staatlich, die konnte ich nicht kaufen. Aber die Häuser der Lehrer.«

»Was wolltest du denn mit den Lehrerhäusern? Hättest du doch auch noch die Kirche gekauft!«, fiel ihm Salman Sami ins Wort.

In Nordwinds Stimme klang offensichtlich Bedauern. »Ja, hätte ich doch nur daran gedacht, die Kirche zu kaufen!«

Argwöhnisch horchte der Doktor auf, seine Wut legte sich. Da schien noch etwas anderes zu sein, wenn sich dieser junge Mann so ärgerte. Denn Nordwind war blass geworden, und seine Hände zitterten.

»Was hast du denn noch gekauft, mein zorniger Sohn?«

»Bienenkörbe, mein verehrter Doktor. Aber weil ich von Bienen keine Ahnung habe, verehrter Doktor, kaufte ich sie gemeinsam mit dem Tierarzt Cemil Bey.«

»Was noch?«

Bei dieser Frage senkte Nordwind den Kopf, lachte und antwortete: »Eine Windmühle da oben. Ihre Flügel drehen sich noch.«

»Gut getan! Dass du eine Windmühle gekauft hast, gefällt mir sehr. Leben sollst du, junger Mann! Die Windmühle war ein guter, ein sehr guter Einfall. Und ihre Flügel drehen sich noch? Und schön sind diese Mühlen auch. Mit ihren drehenden Flügeln gleich einem Riesenvogel, der auffliegen will, nicht wahr?«

Nordwind ergriff die Hand vom Doktor: »Kommen Sie! Ihr auch, Halil Rifat Bey, Agaefendi, Vasili, Melek Hanum, Hüsmen, Kapitän Kadri, kommt alle mit und schaut euch an, wie schön sich die Flügel meines Vogels drehen, als wolle er jeden Augenblick abheben!« Sie standen auf und gingen durch eine enge Gasse zwei, drei Häuser weit hinauf. Hinter Gebüsch und Bäumen kam die Mühle zum Vorschein. Ihre Flügel drehten sich wie die eines Vogels, der auffliegen will.

Danach kehrten sie zurück zu den Platanen und hockten sich auf die Pritschen.

»Ihr habt Kavlakzade Remzi Beys Erzählung gehört, wie ich annehme.«

»Wir haben ihm zugehört«, antwortete Salman Sami.

»Dann hört euch, falls ihr die Geduld aufbringt, das Ganze von Anfang bis Ende auch einmal von mir an!«

Und abwechselnd beschrieben er und Vasili in allen Einzelheiten die

Villen der Pfeffersäcke, die wie Serails inmitten schöner Gärten gelegen waren, und deren Abriss. Und beim Erzählen schwollen die Halsadern von Nordwind, wurde seine Stimme laut, fing sich wieder, klagte und überschlug sich manchmal sogar.

Nur von der Kirche sagte er kein Wort. Davon konnte sich Salman Sami ja selbst überzeugen! »Und so habe ich die Häuser der Lehrer gekauft, damit Kavlak Remzi sie nicht kaufen und abreißen kann. Er hätte auch die Läden abgerissen, wenn ich ihm nicht zuvorgekommen wäre. Diese Insel wird besiedelt, wo sollen die Leute denn einkaufen, wenn es keine Läden gibt? Wo hätten Sie denn jetzt Ihre Praxis eröffnet, wo eine Apotheke? Und was meine Windmühle betrifft, Kavlak hätte sie auch abgerissen, und ihr hättet Tag für Tag einen Riesenvogel kurz vorm Abheben nicht bewundern können! Auf, gehen wir zu Ihrem Laden! Wir haben viele Läden, einer wird Ihnen schon gefallen!«

Gut gelaunt machten sie sich auf. Vasili öffnete die Läden, und die Doktoren schauten sie sich an.

»Gibt es in der Stadt denn noch einen Tischler?«

»Den gibt es«, antwortete Kapitän Kadri, »Hüseyin, den Gesellen vom alten Griechen, den wir Barba nannten, was Onkel auf Griechisch heißt. Er kommt aus dem Dorf von Ali dem Sergeanten.«

»Suchen wir ihn auf!«, sagte Salman Sami. »Er muss uns Regale für die Medikamente bauen, Tische und Stühle.«

»Da sind noch so viele, wie du willst. Und Regale müssen auch nicht erst gebaut werden. Die wird uns Cafer besorgen, vielleicht nimmt er dafür nicht einmal Geld von uns.«

»Wer ist Cafer?«

»Davon später. Mutter Lena hat uns zum Essen eingeladen!«

Unter den Platanen erzählte Nordwind erst von Cafer und dann von Lena. Beider Lebensgeschichte berührten Salman Sami, seine Miene verdunkelte sich plötzlich, sie drückte tiefe Trauer aus.

»Welchen der Läden habt ihr euch ausgesucht, ich habe darüber noch nichts gehört?«, erkundigte sich der Agaefendi.

»Was meinst du, Doktor Halil Rifat Bey, wir beide werden doch in denselben Räumen arbeiten. Nehmen wir also den ersten Laden in der Reihe! Er ist blitzsauber. Und das Meer vor unserer Nase!«

»Sehr gut. Und wie hoch ist die Miete?«

»Ein Geschenk von mir.«

»Wovon willst du denn leben, wenn du verschenkst, was du bezahlt hast?«

»Ich bin auch ein Kriegsversehrter, mein Efendi. Wie auch der Tierarzt Cemil. Wir werden bald anfangen zu fischen und Istanbul und Ankara mit Fisch überschwemmen. Außerdem habe ich Mengen von Bienenstöcken. Und alle Bienen sind kerngesund. Und unsere Insel ist bis an den Rand voller Blumen. Tierarzt Cemil versteht die Sprache der Bienen. Den Honig werden wir im Herbst schleudern. Wir haben die Körbe schon drei Mal untersucht, da sind noch Lücken in den Waben. Der Honig ist für alle da. Und Lena melkt ihre Ziegen auch für euch.«

»Oho, so lässt es sich leben!«, rief Salman Sami.

»Und von uns täglich Fisch. Außerdem wachsen auf dieser Insel Heilkräuter, und es gibt meisterliche Sammler, die damit auch umgehen können. Vielleicht essen wir heute einmal heilsames Kräutergemüse!«

»Da siehst du es, Halil!«, rief Salman Sami. »Ich sagte dir doch immer, lass uns auf die Insel fahren, aber du hast mich immer abgewimmelt. Ich werde meinen Lebensabend auf dieser Insel, unter diesen Menschen verbringen.«

»Wer diese Insel einmal sieht, trennt sich nicht mehr von ihr«, nickte der Agaefendi. »Der Herrgott hat sie als einen Winkel des Paradieses geschaffen. Den Berg da drüben nennt ihr Gänseberg, die Griechen nennen ihn Berg Ida. Das muss der Ort sein, den sie Olymp nennen. Die Götter wohnten auf diesem Berg. Ich war noch nie dort, aber ich bin sicher, der Sitz der Götter ist nicht jener Berg, diese Insel ist es. Habt ihr den Frühling auf dieser Insel schon einmal erlebt? Das Wasser der Quelle ist kein Wasser, sondern Licht. Sprudelndes Licht. Morgens ist es veilchenblau. Und am späten Morgen duftet die ganze Insel nach Veilchen: Bäume, Gräser, Felsen, das Meer, die Sterne, die Bienen, die Schmetterlinge, die Ameisen und die Fische, alles duftet nach lila Veilchen. Und dieser Duft dringt dem Menschen unter die Haut, ins Blut, ins Knochenmark. Und die Luft hier ist nicht Luft, sondern Seide.«

Wie erstarrt saß Nordwind da, hörte verwundert zu, was der Agaefendi da sagte, und wollte seinen Ohren nicht trauen. War das der Mann, der ständig von Kreta schwärmte, der seine Töchter die Truhen nicht öffnen ließ, weil sie morgen oder übermorgen schon wieder zurückfahren würden, der die halbe Nacht nicht schlafen konnte, weil er auf die Nachricht ihrer baldigen Rückkehr wartete?

»Alles auf dieser Welt ist sterblich. Der Mensch wird sterben, das ist sicher, aber wenn er schon sterben muss, dann bitte in so einem Paradies. Er muss die Veilchen riechen, wenn er in die Erde versenkt wird. Ihr habt gut getan, Doktor, hierher zu kommen. Gott erspare jedem mein Schicksal! Ich muss zu dem Ort meiner Geburt zurück. Ich weiß, hier wehen über die Gräber Tag und Nacht Brisen, die nach Veilchen, nach Meer, nach Schmetterlingen und Bienen duften. Schade, schade, aber auf mich warten meine Pferde, die ich mit eigener Hand aufgezogen habe. Gibt es denn schönere Geschöpfe auf dieser Welt als Pferde?«

Das Gespräch über Pferde begann und dauerte, bis es dunkel wurde. Der Agaefendi erzählte so spannende Geschichten, dass alle mit offenen Mündern zuhörten. Am gespanntesten aber lauschte Dengbej Uso, der dazugekommen war. Auch wenn er die Hälfte nicht verstand, er war von der Stimme und von dem unerschöpflichen Redefluss des Agaefendi ganz hingerissen.

Der Agaefendi hatte seinen interessiertesten Zuhörer sofort ausgemacht und seine Blicke auf ihn gerichtet, als spreche er nur zu ihm. Und darüber war wiederum Uso sehr glücklich. Denn so machte er es auch. Wenn er seine Balladen vortrug, richtete er das Wort auch an den Zuhörer, den er als den verständnisvollsten, vertrautesten und mit ihm am meisten verbundenen ausmachte.

Doktor Salman Sami hüstelte einige Mal, versuchte mit seinem Nebenmann einige Worte zu wechseln, doch der Agaefendi merkte es nicht. Schließlich verlor der Doktor die Geduld: »Agaefendi, wir bedanken uns sehr. Sie beschrieben die Pferde so schön, dass wir von den Pferden, aber auch von Ihnen begeistert sind. Doch Lena Hanum erwartet uns zum Essen!«

»Oh Gott!«, rief der Agaefendi. »Ich war so in Gedanken und lasse Sie verhungern.«

Sie erhoben sich und machten sich auf zum Haus von Nordwind. Der Agaefendi neigte sich zu Nordwind, mit dem er etwas zurückgeblieben war, und flüsterte: »Lädst du Uso bitte auch ein?« Dann wandte er sich an Uso: »Uso, komm mit deiner Schalmei, ich bitte dich!« Uso verschwand und kam nach einer Weile mit seiner Schalmei zurück.

Lena und Melek Hanum hatten mit Hilfe von Zehra und Nesibe den Tisch mit köstlichen Speisen bedeckt. Aus dem Haus von Tanasi waren Wein, Raki und geharzter Branntwein gebracht worden.

Die Berichte über Tanasi hatten es Doktor Salman Sami angetan, und er stellte laufend Fragen, die sowohl Vasili als auch Lena so begeistert beantworteten, dass sie kein Ende fanden. Als sie ein bisschen Luft holten, ergriff Salman Sami das Wort: »Wir haben viel Böses, viel Grausames erlebt, aber in dieser unheilvollen Welt einer verkäuflichen Mutter auch viele Tanasis. Zu einer Seite die Hölle, zur anderen das Paradies! Auf dieser Insel haben wir hunderte Soldaten verarztet, viele sind uns unter den Händen weggestorben. Die Verwundeten aus Gallipoli haben wir hier, in der Kirche dieser Insel, behandelt. Wir waren viele Ärzte, und wir machten die Kirche zum Krankenhaus. Die Mädchen und Frauen dieser Insel wurden zu Krankenschwestern. Sie hielten bei den Schwerverletzten Nachtwache. An manchen Tagen kamen so viele Verwundete, dass die Kirche nicht reichte und wir die Schule beschlagnahmten, um sie dort unterzubringen. Schließlich füllten wir auch noch die Privathäuser mit Verletzten. Bald hatten die Insulaner nichts mehr zu essen. Als die Küstenbewohner, turkmenische und griechische Dörfler und Jürüken, davon hörten, brachten sie mit Booten Getränke und Nahrungsmittel. Die Wäsche der Soldaten war blutgetränkt, das Blut zum Teil schon verkrustet. Manche von ihnen waren so hungrig, dass sie die Augen erst nach einigen Löffeln Suppe öffneten. Ich habe auf dieser Insel Großzügigkeit erlebt, Freundschaft, habe gesehen, wie sich Menschen in die Arme nahmen, von ihrer Wärme Wärme, von ihrem Leben Leben abgaben. Dann erfuhr ich, dass diese Menschen von hier verbannt wurden. Sie haben diese Insel zum Paradies gemacht. Ich bin hergekommen, um in Gedanken mit ihnen und, da sie nicht mehr hier sind, Tag für Tag in Erinnerung an sie hier zu leben.« Salman Sami verstummte. Er war traurig.

Nordwind war verstört. Was wird er tun, wenn er morgen die Trümmer dieser Kirche sieht, in der er so viele Verwundete geheilt hat?, fragte er sich. In seinem Zorn vielleicht in die Stadt fahren, Kavlak Remzi aufsuchen und die Welt über dessen Kopf einstürzen lassen?

Da füllte der Ton einer Schalmei den stillen Raum, alle hielten den Atem an. Das Lied war traurig und bitter. Uso packte die Anwesenden im Innersten ihrer Herzen. Jede neue Melodie war trauriger noch als die verklungene. In sich gekauert und versonnen hockte jeder da, Salman Sami rannen Tränen über die Wangen. Um seine Rührung zu verbergen, drehte Musa Kazim Agaefendi den Kopf von einer Seite zur anderen, schaute hinter sich und nach oben, bis er schließlich sein Kinn auf die Brust sinken ließ. Melek Hanum schluchzte dreimal, Zehra zog sie an sich und drückte ihren Kopf an die Brust.

Jeder der Anwesenden hatte vor seiner Ankunft großes Leid erfahren. Mancher musste große Not, mancher den Krieg erdulden, mancher Blutbäder und Berge von Leichen, so manchem brach das Nasenbein vom Leichengestank und so manchem das Herz beim Anblick von Todgeweihten.

Plötzlich wechselte Uso zu einem fröhlichen Lied über, und im Nu strahlten die Gesichter. Zehra, die seit dem Abend Nordwind nicht ins Gesicht schauen konnte, blickte ihm voller Freude in die Augen. Darauf hatte Nordwind schon lange gewartet. Als er die Liebe in ihren Augen glimmen sah, vergaß er die Welt, er entspannte sich und atmete auf.

Als Uso die Schalmei von seinen Lippen nahm, ergriff der Agaefendi begeistert das Wort, erzählte vom Zauber der Pferde, wie Mensch und Pferd sich mit Körpersprache verständigen und eins werden. Manche Pferde schlagen den Menschen völlig in ihren Bann. Was ist das schönste Geschöpf dieser Welt, sag? Der eine sagt: der knallgelbe Pirol, der andere: der tiefblaue Eisvogel, der Dritte: die hennafarbene Wachtel; der Nächste sagt: die schönäugige Gazelle in der Steppe oder der Damhirsch in den Wäldern. Nein, nein! Ich sage: von allen Geschöpfen das schönste ist das edle Pferd! Das Pferd ist dem Menschen am nächsten. Das Pferd von Alexander dem Großen war ihm das vertrauteste Wesen. Vor jeder Schlacht soll er sich mit seinem Pferd in einem stillen Winkel besprochen haben. Seinen Tod hat er nur seinem Pferd angekündigt. In der Nacht, als Alexander starb, preschte sein Pferd in gestrecktem Galopp laut wiehernd wie wahnsinnig um die Stadt Babel und stand schaumbedeckt vor dem Serail, in dem er aufgebahrt war, bis die Krieger den Toten auf ihren Schultern durchs Tor trugen. Wo sich das Pferd wie ein bengalischer Tiger auf Alexander stürzte, ihn mit den Zähnen packte, auf seinen Rücken schleuderte und in die Wüste trug. Weder Alexanders Leichnam noch sein Pferd wurden jemals wieder gesehen. So auch das Pferd von Dschingis Khan. Als er starb, flüchtete es in die Berge, und sein Wiehern hallte Tage und Nächte von den Hängen. Tausende Soldaten zogen durch die Berge, aber sie konnten es nicht entdecken, obwohl es wieherte, dass die Erde bebte, und sie gaben auf. Die Zeit verging, und eines Tages hörten sie von dort, wo Dschingis begraben war, ein Wiehern. Drei Mal hintereinander. Sie liefen zum Grab, das Pferd scheute nicht und lief auch nicht davon. Es stand da und bewegte sich nicht. Sie töteten das Pferd, öffneten das Grab von Dschingis Khan, verbreiterten es, setzten das Pferd mitten hinein und Dschingis Khan auf den Pferderücken.

Auch das Pferd von Köroğlu war eines der schönsten. Bevor Köroğlu von den Reichen nahm und unter den Armen seine Beute verteilte, schaute er seinem Grauschimmel in die Augen. Denn die Seele von Köroğlu wohnte auch in seinem Grauschimmel, und es war unmöglich, Köroğlu zu fangen und zu töten, bevor man nicht sein Pferd eingefangen und getötet hatte. Doch keinem der Soldaten vom Padischah gelang es, den Grauschimmel einzufangen.

Als Köroğlu in die Jahre kam, sagte er sich: Der Stahl ist brüchig geworden, die Kraft versiegt, das Schwert muss in der Scheide rosten. Er verließ die Berge, und wegen seiner guten Taten nahmen ihn die Vierzig Gerechten in ihre Mitte. Seitdem sind sie die Einundvierzig Gerechten. Der Grauschimmel aber hatte vom Lebenselixier getrunken und war unsterblich geworden. Er kam zu den Einundvierzig Gerechten und blieb vor dem Tor ihres Hortes stehen. Der Abt der Einundvierzig Gerechten sagte: Köroğlu, dieses stumme Tier hat die Menschen lieb gewonnen, es hat ihre Not gelindert und ist somit in den Rang eines Gesegneten aufgestiegen. Sein Rang ist höher anzusetzen als der gemeiner Menschen. Bis zum Jüngsten Tag werden wir es pflegen, es soll bei uns leben! … Daraufhin spielte Uso den Reigen der Pferde, und mit dem Klang der Hufe in der Melodie wurden auch die Zuhörer so leichtfüßig, dass sie zu fliegen meinten. Sie wähnten sich in einem Traum, erlebten nach all dem bisherigen Leid ein Wunder. Doktor Salman Sami wurde übermütig wie ein siebenjähriges Kind, wie weggewischt waren die Leiden, das Blut, die Grausamkeit. Als er später in seinem frisch duftenden Bett lag, mit glücklich geblähten Nasenflügeln, da fragte er sich: Wie kann ich diese Freude, diese Befreiung für immer in meinem Herzen bewahren?

Obwohl Nordwind am Abend viel getrunken hatte, stand er früh auf und half Lena beim Feuermachen. Inzwischen waren auch die Doktoren wach, er zeigte ihnen das Bad und gab jedem eins von den Rasiermessern, die er in Reserve hatte. Während das Teewasser kochte, deckten er und Lena den Frühstückstisch. Die Doktoren kamen aus dem Bad, setzten sich an die Tafel, und kaum hatten sie Platz genommen, brachte Lena in goldverzierten, breitrandigen, taillierten Gläsern hasenblutfarbenen, dampfenden Tee. Salman Sami nahm sein Glas und hielt es gegen das Licht: »So brühen die Meister den Tee«, rief er und wandte sich Lena zu: »Gesundheit Ihren Händen, welch schöner Tee, und wie er leuchtet!« Er trank den Tee schnell, aß Brot und Käse dazu, füllte sich das zweite Glas selbst auf und hielt es wieder gegen das Licht. »Und wie gut dieser Tee zu diesem Käse passt, nicht wahr, Halil Rifat? Hab ich dir nicht gesagt, wir werden auf dieser Insel bis an unser Lebensende glücklich sein, hab ich das nicht gesagt? Lag ich dir nicht monatelang Tag für Tag damit in den Ohren? Aber machen wir uns jetzt auf und besichtigen wir die Kirche! Ich mache mir Sorgen.«

Als Doktor Salman Sami vor der Kirche stand, in der er aberhunderte Verwundete aus der Schlacht um die Dardanellen behandelt hatte, stand er da wie mit kochendem Wasser übergossen. Lena, die sah, wie verstört er war, wurde leichenblass.

»Das ist die Kirche«, sagte Nordwind, und er wiederholte mehrmals: »Das da ist sie, Doktor Bey, das ist die Kirche.« Vom Doktor kam kein Laut, er stand wie erstarrt, wie tot, nur seine Augen schimmerten. »Was ist, Doktor Bey?«, sagte Halil Rifat, doch als er ihm in die Augen sah, biss er sich auf die Lippen und schwieg. Mit starrem Blick stand Doktor Salman Sami da, schaute nicht rechts, nicht links. Dann schwankte er ein bisschen und wankte in die Kirche. Eine Zeit lang ging er dort auf und ab. Als aus dem Kirchenschiff ein lauter Schrei hallte, liefen Nordwind und Halil Rifat hinein.

»Was ist mit dir, Meister?«, fragte Halil Rifat Bey, hakte sich bei Salman Sami ein und schob ihn ins Freie. Nordwind griff ihm unter den anderen Arm. So geleiteten sie den Doktor unter die Platane und setzten ihn behutsam auf eine Pritsche. Halil Rifat eilte nach Haus, öffnete hastig einen Koffer, zog ein Beruhigungsmittel hervor und kam im Laufschritt zurück. Salman Sami hielt die Augen geschlossen, sein Gesicht war noch wie Stein. Halil Rifat schüttelte ihn, bis er seine Augen aufschlug. Verwundert blickte er um sich. Halil Rifat hielt eine Tablette in der einen und einen Becher Wasser in der anderen Hand. »Öffnen Sie Ihren Mund!«

Salman Sami gehorchte, und Halil Rifat, der das gar nicht erwartet hatte, schob ihm schnell die Tablette in den Mund und hielt ihm den Becher an die Lippen. Salman Sami trank und schloss erneut die Augen. Eine ganze Weile lag er so da. Niemand sprach, Stille herrschte, kein Vogelsang war zu hören, in langen Abständen nur das Rauschen des Meeres.

Im Gesicht von Salman Sami kehrte das Blut zurück, seine Gesichtszüge lockerten sich. Er schlug die Augen auf und war bald wieder ganz der alte. Den zu seiner Rechten sitzenden Nordwind schaute er ein wenig vorwurfsvoll an. Dann entdeckte er Halil Rifat und sagte: »Ich bedanke mich.« Er lächelte Lena und Melek Hanum unmerklich zu und stand auf. »Ich werde ein bisschen umhergehen«, fuhr er fort. »Zur Quelle, aus der kein Wasser, sondern Licht sprudelt. Und wenn die letzten Blätter der Veilchen unter den Sträuchern noch nicht verblichen sind, werde ich ihren Duft einatmen, der unter die Haut und bis ins Knochenmark dringt ... Was schaut ihr mich so an? Wenn nicht diesen Frühling, dann im nächsten! Ich bleibe hier. Ich habe auf dieser Insel unerträgliches Leid erlebt, ich habe erlebt, wie meine Verwundeten, die ich nicht retten konnte, sich mit letzter Kraft ans Leben klammerten, aber auch die unendliche Lebensfreude derer, die dem Tod entrannen. Von dieser Kirche, wo ich diese Leiden, dieses Glück erleben konnte, ist kein Stein mehr auf dem andern. Aber dieses Leiden, dieses Glück ist doch eingedrungen in die Steine, in die Erde, in die Luft dieser Insel. Sollen die Hunde sie doch niederreißen, in dieser Kirche liegt der Tod, liegt die Grausamkeit und liegt das Mitleid des Menschen mit sich und seinem Nächsten. Denn das am tiefsten im Menschen verwurzelte Gefühl ist nicht Liebe, nicht Zorn, nicht Angst, sondern das Selbstmitleid. Und Mitleid und Selbstmitleid habe ich hier erlebt. Hier bin ich dem Kern des Menschen begegnet. Hier habe ich erlebt, dass ein Tag, ja eine Sekunde ein Leben sein kann, und auch, dass ein Leben ewig ist.«

Während er sprach, hatte sich sein steinhartes Gesicht entspannt, war freundlich geworden. Seine Miene hatte abwechselnd Zorn und Nachsicht, Leid und Glück, Staunen, Entsetzen und Ruhe aufgezeigt, jede Regung hatte sich in seinem Gesicht widergespiegelt. Er drehte sich um und ging mit festem Schritt bergan.

Wir haben alles vernichtet. Die Dardanellen, Conkbayir und Anafartalar wurden zu Denkmälern jener Toten, die dort gestorben sind, als sie ihr blankes Leben verteidigten. Und diese Kirche wurde zu einem

Denkmal des Mitgefühls. Griechen, turkmenische Küstenbewohner und Jürüken gaben gemeinsam alles, um die Verwundeten am Leben zu erhalten. Niedergerissen hat man diese Kirche! Wegen ein paar Balken, ein paar Dielenbrettern, ein paar Fensterscheiben und Mosaiken! Hier haben Griechen, Türken und Turkmenen hunderte Verwundete gepflegt, Frauen, Mädchen, Alt und Jung und Kind haben nächtelang ihren Schlaf bewacht, ihnen den Bissen Brot gereicht, auf den sie selbst verzichtet hatten, und den letzten Löffel Milch für ihre Kinder. Dieses Denkmal der Brüderlichkeit darf man für den Reichtum der ganzen Welt nicht niederreißen!

Woher denn diese Feindseligkeit nach solch einer Verbrüderung? Wenn sich die Menschen in ihrer Not vereinen, warum nicht auch in den Tagen der Freude? Der Krieg ist aus, die Toten sind begraben, die Davongekommenen leben, mit welchem Recht werden die Menschen dieser Insel aus ihrer tausendjährigen Heimat verjagt und in unbekannte Gegenden verbannt?

Die Sippe von Doktor Salman Sami gehörte zu den Verbannten aus dem Kaukasus. Auch nach drei Generationen war der Kaukasus für sie noch immer Tagesgespräch. Sie wussten alles über das Land, seine Flüsse und schneebedeckten Gipfel, und zu Hause sprachen sie noch immer tscherkessisch. Sprach einer ein Wort falsch aus, wurde er verspottet, ja, beschimpft. Und die tscherkessischen Sagen und Balladen wurden nicht nur in den anatolischen Siedlungen der Tscherkessen erzählt und gesungen, sondern auch in der Stadt Istanbul. Dort war der Doktor geboren und aufgewachsen. Er hatte Medizin studiert und seine Ausbildung in Frankreich gemacht, aber seinen Kaukasus, die Heimat seines Volkes, hatte er nie vergessen. Er wunderte sich nicht über die Juden. Die Sehnsucht nach dem Gelobten Land ist eine Sehnsucht, die Jahrtausende überdauert! Und auch aus den Quellen der kaukasischen Berge flossen Milch und Honig! Er hatte noch keinen Tscherkessen erlebt, der nicht mit einem »Ach Daghestan!« auf den Lippen gestorben war. Auch die schwerverletzten tscherkessischen Jünglinge in dieser Kirche hatten ihr Leben so ausgehaucht. So tief war ihm das ins Mark gedrungen, dass auch er mit diesem Seufzer auf den Lippen eines Tages sterben würde. Und seht euch diesen Agaefendi an mit den zwei bildschönen Töchtern, die ihn anbeten! Auch er kann ohne Kreta nicht leben. Vielen dieser Menschen geht ihr Heimatland nie aus dem

Sinn. Sie reden dauernd von ihrer Erde. Schade um Musa Kazim Agaefendi! Wenn diese Insel besiedelt ist, wird sie die Insel der Fern-von-der-Heimat-Lebenden sein. Wer weiß, was für eine Gesellschaft das sein wird …

»Lasst ihn umherwandern, so weit er will!«, sagte Doktor Halil Rifat. »Er hat hier alles für die Menschen gegeben. Als die Schlacht um die Dardanellen tobte, fanden sie diese Insel wegen ihrer Nähe zum Kriegsschauplatz am günstigsten und verwandelten die Kirche in ein Lazarett. Jedes Schiff konnte die große Bucht anlaufen und hier anlegen. In den ersten Monaten hatten wir so viele Tote und Verwundete, dass wir ein Krankenhaus einrichten mussten. Auch neun Ärzte, die in der Schlacht verletzt wurden, schickten sie hierher zur Arbeit. Zwei von ihnen starben nach zwanzig Tagen. Unser Salman Sami war auch einer der verwundeten Ärzte. Nachts fielen ihm während seiner Arbeit fast die Augen zu, war er kurz vorm Zusammenbruch, doch er rappelte sich immer wieder auf. Wir beschworen ihn, Major, ruh dich ein bisschen aus! Er musterte uns mit vorwurfsvollen Blicken und operierte pausenlos weiter. Jeden Tag kamen Kutter voller Verwundeter. Die Einheimischen räumten nicht nur die Kirche, sondern auch die Villen und großen Häuser für die Verwundeten und fanden bei Verwandten und Nachbarn Unterschlupf. Alle Frauen und Mädchen und alle nicht zum Fischen hinausfahrenden Männer halfen uns bei der Arbeit, brachten Brot, Fisch und sonstige Lebensmittel sowie Medikamente auf die Insel. Wir sieben Doktoren arbeiteten unter der Leitung von Major Salman Sami Tag und Nacht. Er war nur noch Haut und Knochen, und schließlich begannen seine Hände zu zittern, wenn er operierte. Da zwangen wir ihn, sich auszuruhen, gaben ihm Medikamente, doch kaum wieder bei Kräften, sprang er aus dem Bett und begann wieder zu operieren. Der Major litt mit jedem Verwundeten, starb mit jedem Schwerverletzten.«

»Ich befürchtete schon, er würde beim Anblick der Kirche durchdrehen oder Kavlak Remzi in der Stadt aufsuchen und umbringen, zumindest die Insel verlassen, doch nichts von all dem.«

»Er ist sehr stark«, entgegnete Halil Rifat. »Wie sehr es ihn auch trifft, er lässt es sich nicht anmerken.«

»Er musste seinen Zorn, sein Leid wohl erst überwinden, bevor ihr gestern auf die Insel kommen konntet.«

»Was wir durchgemacht haben, trieb viele andere auch in Verzweiflung. Wir haben kein Recht, davon Aufhebens zu machen. Der Grund unserer Flucht hierher: Wir wollten unser Leid an Ort und Stelle durchleben und überwinden. Die Leiden verschwinden nicht von selbst, es geht darum, sie zu lindern. Wir haben darüber nie gesprochen, aber ich denke, das war der Grund. Ein Nagel treibt einen anderen Nagel heraus, heißt es. Das Leid, das der Mensch nicht herausreißen kann, wird vom nächsten übertönt. Wo sind die Gräber derer, die in dieser Kirche gestorben sind, wohin wurden die Toten gebracht? Wurden sie auf der Insel begraben? Es waren so viele, was ist mit ihnen? Hier wird, wie mir scheint, das eine Leid vom nächsten abgelöst.«

Mal wanderten sie ein Stück, mal hockten sie sich auf eine Bodenwelle, mal auf eine Pritsche, so warteten sie plaudernd bis Tagesanbruch auf Doktor Salman Sami.

Als im frühen Morgenrot ein Zipfel der Sonne erschien, kam er mit festem Schritt und straffer Haltung. »Los, Freunde, lasst uns nach Hause gehen, ich sterbe vor Hunger! Und dann lasst uns schlafen. Punkt Mittag soll Lena uns wecken! Heute haben wir zu tun. Zu Gast bleibt man drei Tage, am vierten müssen wir also in unserem Haus sein, das auch das eure ist«, sagte er mit ruhiger Stimme.

Inzwischen war Veli der Treffer eingetroffen, er hatte seine Enkel besucht und Nordwind zwei Becken zappelnde Fische gebracht. Doch er war in großer Eile.

»Im Boot wartet Ahmet auf mich. Das Meer brodelt von Fischen, wir brauchen weder Angel noch Netz noch Haken, streck die Hand aus und zieh den Fisch vom Wasserspiegel. Nun denn, Gott befohlen! Bleibt gesund!«

»Warte einen Augenblick!«, bat Lena.

»Der Augenblick ist um«, entgegnete Veli, »habe ich denn noch Zeit, zu warten, unreines Weib? Ich habe doch gesagt, dass das Meer von Fischen brodelt!«

»Das hast du gesagt, und unrein ist deine Mutter! Wenn du mich fragst, warum – weil sie dich geboren hat! Warte und hör mir zu wie ein echter Mann!«

»Ich warte, wie du siehst.«

»So ist es recht, langsam wird aus dir noch was. Sorg dich nicht um die Kinder, Melek Hanum kümmert sich um sie mehr noch als um ihre eigenen und füttert sie mit Joghurt und Milch von roten Ziegen. Auch ich versorge sie, es sind gute und kluge Kinder. Ich unterhalte mich mit ihnen, ich liebe sie sehr. Geh in Frieden und blicke nicht in Sorge zurück!« Sie zögerte einen Augenblick: Soll ich oder soll ich nicht? Doch dann sprach sie weiter: »Ich habe mich mit dem älteren der Jungen unterhalten, und er sagte: Ich warte und warte auf Sultan, meine Mutter, doch sie kommt nicht. Wo ist sie, weißt du etwas?«

»Und was hast du ihm geantwortet, was?«, fragte Veli gespannt wie ein osmanischer Bogen.

»Ich habe geantwortet: Sultan wartet im Dorf. Veli wird sie bald holen. Und der Junge hat gefragt, auf wen sie denn dort warte.«

»Und was hast du darauf geantwortet?«

»Ich habe gesagt, sie warte darauf, dass die Walnüsse reifen. Sie habe viele Nussbäume, sammle immer säckeweise, verkaufe sie und bekäme viel Geld dafür. Und jetzt passe sie auf, dass sie nicht gestohlen würden.«

Veli umarmte und küsste sie: »Du bist meine schöne Schwester, bist meine schöne Mutter, ja, was bist du doch für ein schöner Mensch, Schwester Lena! Und wie klug. Stimmt, Sultan bewacht die Nussbäume.« Und er eilte die Treppe hinunter.

Punkt Mittag wachten die Schläfer auf und machten sich in Eile fertig. Bald darauf kamen Vasili und der Tierarzt. Musa Kazim Agaefendi ging ein Stück vorweg, die andern folgten ihm. Zurückblickend fragte er: »Wir gehen doch zu den Läden, nicht wahr, Vasili?«

»Da sind sie schon, Agaefendi«, antwortete Vasili und zeigte mit der Hand nach vorne. Er setzte sich an die Spitze und blieb vor dem ersten Laden stehen.

»Soll ich die Tür öffnen?«, fragte er Nordwind.

»Ja, mach sie auf!«

Vasili kniete nieder, öffnete das Schloss, schob scheppernd den Rollladen hoch, und das Tageslicht fiel in den geräumigen Laden. Sie standen vor der Tür und musterten den Raum eine Weile. Er war blitzblank, und der lange Tisch in der Mitte glänzte wie frisch lackiert. So auch die fünf Stühle. Vier mit Saffian bezogene Sessel standen auch noch da. Die Männer gingen hinein. Die Regale waren auch frisch lackiert, auf ihnen kein Körnchen Staub. Nicht anders die Sessel und der Fußboden.

»Hier war wohl gestern noch großes Reinemachen«, lachte Doktor Halil Rifat und strich mit der flachen Hand über ein Regal.

»Wie soll der Laden denn verstauben, wenn es auf der Insel keinen Staub gibt!«, sagte Vasili stolz.

»Wieso gibt es hier denn keinen Staub?«, wunderte sich Salman Sami.

»Weil die Insel von Meer umgeben ist«, lächelte Vasili, »und bedeckt mit Wiesen, Blumen und Bäumen. Die Menschen hier leben lang.«

»Wir haben hier alles, was wir brauchen.«

»Bis auf zwei Dinge«, meinte der Tierarzt.

»Und das wäre?«, fragte von oben herab Doktor Salman Sami.

»Eine Liege für Untersuchungen und ein Operationstisch. Beides werden wir in unserer Kleinstadt und auch in den nahen Städten nicht finden.«

»Wir haben beides mitgebracht«, sagte Salman Sami. »Wir waren auf dieser Insel bereits als Ärzte tätig, Herr Veterinär. Morgen werden wir Medikamente, Fachbücher und Instrumente herbringen und übermorgen die Praxis eröffnen.«

»Erwartet ihr denn Verwundete aus Gallipoli?«, spöttelte der Tierarzt.

»Schon bald wird diese Insel voller Menschen sein.«

»Auch wenn die Insel noch nicht voll ist, werden wir diese Praxis füllen«, sagte verärgert Doktor Halil Rifat.

»Gebe es Gott!«, wünschte der Tierarzt. »Darüber mache ich mir keine Gedanken mehr, ich habe mich schon auf den Fischfang verlegt.«

»Guten Fang!«, sagte Salman Sami, der schon zum dritten Mal die blitzblanken Regale und Tische abging, sie abtastete und immer wieder anerkennend etwas murmelte. Nach einem erneuten Rundgang blieb er vor Nordwind stehen. »Wem gehört nun dieser Laden?«

»Wie ich schon sagte: mir und Tierarzt Bey.«

»Werden wir euch Miete zahlen, oder werdet ihr uns den Laden verkaufen?«

»Ihr werdet keine Miete zahlen, noch werden wir verkaufen. Diesen Laden, und wenn ihr wollt auch den daneben, schenken wir euch.« Er nahm den Tierarzt, der neben ihm stand, beim Arm: »Sag mir, Freund, haben wir diesen Laden und den daneben nicht unseren großen Brüdern, den Doktoren, geschenkt?«

»Haben wir«, antwortete fröhlich der Tierarzt, »und sie geraten ihnen zum Segen wie die Milch ihrer Mütter.«

»Erledigt, Doktor! Wir schenken euch diesen Laden und den daneben.«

»Das geht doch nicht, nachdem ihr so viel dafür bezahlt habt!«

»Das geht sehr wohl, auch wenn wir weniger dafür bezahlt haben, als Sie meinen. Nehmen Sie es bitte an! Wissen Sie, warum wir diese Läden gekauft haben? Weil wir befürchteten, dass dieser Kavlakzade Remzi sie kaufen, abreißen und das Baumaterial verkaufen würde, wie er es mit der Kirche und mit den Villen der Pfeffersäcke getan hat. Wir haben auch die Häuser der Lehrer gekauft. Die Schule darf er ja nicht abreißen, deswegen brauchten wir sie nicht zu kaufen. Werden wir keine Läden brauchen, wenn die Insel voller wird? Also, nehmen Sie bitte an!«

»Nach diesen schönen Worten wäre es ein Unding, nicht anzunehmen«, lachte Salman Sami. »Also: Es gilt! Was sagst du dazu, Halil?«

»Mit Vergnügen! Los, schließen wir auch den Laden nebenan auf, vielleicht entdecken wir da drinnen noch einen Krug osmanische Goldstücke!«

Scheppernd öffnete Nordwind den zweiten Laden. Auch hier stand ein großer, lackierter Tisch, darauf ein Emailbecher mit Stiften, ein Stoß in Leder gebundene Hefte und einige Bücher. Nach Meinung von Musa Kazim Agaefendi war das oberste, mit Goldlettern versehene Buch eine Bibel. Der Laden war so sauber wie der vorige.

»Das wird unser Operationsraum!«

»Einverstanden«, nickte Doktor Salman Sami. »Und jetzt holen wir sofort die mitgebrachten Medikamente, Instrumente und was wir sonst noch haben!«

Bis zum Mittag wurden Arzneimittel, Instrumente und was die Doktoren noch so benötigten, in ihre Praxen gebracht. Und nachdem Sabiha die blitzsauberen Räume noch einmal nach Herzenslust gescheuert und gewischt hatte, wurde alles fein säuberlich in die Regale einsortiert. Nach getaner Arbeit fanden sie unter den Platanen wieder zusammen.

Sie hatten gerade gegessen, als ein Fischkutter am Anleger festmachte und zwei Frauen mit zwei etwa zwölfjährigen Jungen an Land gingen. Hüsmen und Vasili liefen auf den Steg zu den ratlos dastehenden Frauen. »Willkommen!«

Von den Frauen kam keine Antwort. Wie Schlafwandler standen sie mit gesenkten Köpfen da. »Vielen Dank!«, sagte einer der Jungen.

Der Schiffsführer stieg aus dem Kutter. Vasili kannte, ob Grieche oder

Moslem, alle Fischer dieser Gegend. Woher kam dieser Mann, aus welcher Gegend stammt er, fragte er sich, musterte ihn, kam aber nicht darauf.

»Schau mich nicht so an, Rais!«, sagte dieser. »Du kannst mich nicht erkennen, weil du mich noch nie gesehen hast.« Er sprach unverkennbar den Dialekt der Küstenbewohner vom Schwarzen Meer. »Ha, ruf ihn her, ich habe ihm etwas zu sagen!«

»Wem?«

»Nun, Nordwind Rais. Gibt es diesen Mann auf dieser Insel? Es soll einen Nordwind Rais hier geben, wenn die Insel hier diese Insel ist.«

»Die Insel hier ist diese Insel, und der Mann dort ist dieser Mann.« Er drehte sich um und rief: »Nordwind Rais, Nordwind Rais, dieser Fischer will dich sprechen!«

Aneinander gedrängt standen die Frauen mit ihren Jungen neben ihrer in Säcken verstauten Habe. Als Nordwind kam, rückten sie noch enger zusammen.

»Bist du Nordwind? Ja, ja, du bist es. Ein Mann von der Regierung hat mir gesagt«, er zeigte auf die Frauen mit den Jungen, »bring sie auf diese Insel und nimm von ihm das Geld für die Überfahrt. Die hier haben überhaupt kein Geld. Sie haben auch kein Brot. Du sollst ihnen Wohnung, Brot und Geld geben! Du brauchst mir auch kein Geld zu geben, vielleicht nur ein bisschen Benzin … Aber wenn du nicht willst, auch das nicht. Hier soll es einen hervorragenden Landsmann von mir geben, einen ganz tollen. Er soll der Fürst der Fische aller sieben Meere sein. Alle Küstendörfer kennen ihn. Er soll jetzt schon reich geworden sein von den vielen Fischen, die er verkauft. Kennst du ihn?«

»Ich kenne ihn. Wie viel Geld verlangst du?«

»Ich weiß nicht, du weißt es.«

»Vasili, gib dem Kapitän sein Geld!«

»Seinerzeit war ich Rais in meiner Heimat.«

Vasili zog seinen von turkmenischen Mädchen mit blauen Glücksperlen bestickten Geldbeutel aus der Tasche und drückte dem Rais einige Geldmünzen, die er mehrmals nachgezählt hatte, in die Hand. Der Rais steckte sie ein, nachdem er sie prüfend gemustert hatte.

»Die Tafel steht bereit, die Glut ist noch nicht verlöscht, Fisch und Brot reichen, und Wasser ist auch da. Melek Hanum hat auch einen Hirtensalat mit Tomaten, frischen Zwiebeln, grünen Paprikaschoten und

Minze zubereitet. Kommt ihr? Los, meine Frauen, Sie auch! Und für jeden von euch Jungs ein riesengroßer Fisch!«

Müde verzogen die Jungen ihren Mund zu einem Lächeln. Hüsmen und Vasili wollten die Traglasten der Frauen auf die Schulter nehmen, doch die Frauen hatten die Sachen gepackt und ließen sie nicht los. Sie schulterten ihre Traglasten und setzten sich in Bewegung.

»Legt eure Sachen ins Gras!«, forderte Melek Hanum die Frauen auf, doch sie scherten sich nicht und blieben, bepackt wie sie waren, unter den Platanen stehen, auch als Melek Hanum ihre Bitte mehrmals wiederholte. Sie hörten gar nicht hin und sprachen mit dem Schiffsführer, bis Nordwind kam.

»Warum habt ihr eure Traglasten nicht abgestellt?«

»Das hab ich ihnen schon gesagt, doch sie hörten nicht einmal hin«, sagte Melek Hanum.

Die Frauen schauten sich prüfend um, legten ihre Last ins Gras, setzten sich zu den andern, aßen den Fisch, der ihnen gebracht wurde, den Salat und das Brot bis zum letzten Bissen auf und ließen dabei ihre Sachen nicht aus den Augen. Dann standen sie auf und hockten sich, die Rücken gegen ihre Traglasten gelehnt, ins Gras. Auch ihre Jungen kamen und hockten sich neben sie. Mit ihrem blonden Haar, den blauen Augen, den Grübchen, dem schmalen Kinn, den gebogenen Nasen, den doppelt geflochtenen, langen Zöpfen, den zerschlissenen, schwarz gestreiften Schürzen der Schwarzmeerbewohner sahen sie einander ähnlich. Auch die Jungen waren blond, und mit ihren Kinngrübchen, ihren schlanken Hälsen und vom Sonnenbrand geschälten gebogenen Nasen ähnelten sie wiederum ihren Müttern. Die Frauen waren schlank, hoch gewachsen, sie hatten gut geformte Hände und Gelenke, und ein bisschen verschämt musterten die anwesenden Männer diese beiden Schönen. Auch die Kinder waren wohlgestaltet. Sie trugen eigenartige, saubere, wenn auch zerschlissene Schalwars, auch ihre Westen waren geflickt, aber blitzsauber. Sie schauten sich immer wieder an und machten verstohlen ihre Späße. Die Frauen schauten zu den Einheimischen hinüber, schienen sie insgeheim zu mustern.

»Wer hat euch auf diese Insel geschickt?«, fragte Nordwind. Die Frauen sahen sich an, und die rechts vor ihm hockende antwortete: »Wir haben unterwegs auf den Feldern gearbeitet und sind so bis zur Küstenstadt gekommen, fanden dort aber weder Brot noch Bett. Als es dunkel wurde, gingen wir in den Vorhof der Moschee und suchten Schutz unter einem Baum. Die Besucher der Moschee stellten uns keine Fragen, schauten uns nur an und gingen ihrer Wege. Bei Tagesanbruch kam mit einem Topf und einem Tragebeutel unterm Arm eine freundliche Frau und stellte den Topf vor uns auf den Boden, und das Essen im Topf duftete. Sie deckte uns die Tafel im Gras. Sie gab jedem von uns einen Löffel, sagte: Wohl bekomms!, und ging und kam bald mit einem Napf und einem Wasserkrug wieder und stellte beides neben uns hin. Mittags kam eine andere freundliche Frau. Hinter ihr ein junger Mann mit Körben. Sie gab uns bunte, in Konya geschnitzte Holzlöffel, sagte, die gehören euch, und füllte aus Töpfen Kartoffeln und Fleisch in unsere Schüsseln. Auch sie sagte nichts außer: Wohl bekomms!, und ging. Sieben Tage verbrachten wir im Vorhof der Moschee.« Sie senkte den Kopf und schwieg.

»Sprich weiter, Schwester«, bat Nordwind, »sieh doch, alle warten darauf, sprich weiter!«

»Am Morgen des siebten Tages kam ein Mann, sagte, so geht das nicht, wie lange wollt ihr denn noch im Vorhof lagern und wie lange sollen die Nachbarn euch noch Essen bringen, kommt mit! Und er brachte uns zur Landungsbrücke. Eine Woche vorher hätten wir vor Hunger keine zwei Schritte tun können. Der Mann setzte uns ins Kaffeehaus der Landungsbrücke. Alle Männer dort erhoben sich, als sie ihn sahen. Der Mann sagte: Setzt euch!, und sie setzten sich. Auch dort gaben sie uns zu essen, wir tranken viel Tee und übernachteten dort. In der Frühe kam der Mann mit diesem Kapitän Hasan und sagte: Bring sie auf die Insel von Nordwind. Kennst du sie? Ich weiß, wo die Insel von Nordwind ist, sagte dieser Kapitän Hasan.«

»Hatte der Mann denn keinen Namen?«

»Bestimmt hatte er einen, ohne Namen geht es doch nicht!«

»Wie sah der Mann denn aus?«

»Ein Mann wie ein Berg. Mit weißem, vollem Haar. Auch sein Schnauzbart war weiß, er verdeckte seine Lippen und war so dicht wie ein Fuchsschwanz. Ich habe noch nie einen Mann mit so einem Schnauzbart gesehen. Der Mann, der hinter mir saß, sagte: Alle echten Padischahs sehen so aus. Der andere neben ihm sagte: Nein, nicht alle Padischahs sehen so aus. Und schon war Streit im Gange. Den, der widersprochen hatte, warfen sie hinaus, und dann sprachen sie bis Mitternacht nur noch über diesen Padischah. Dann sind wir auf diesen Kutter gestiegen und hergekommen.«

»Seid willkommen! Auf dieser Insel haben wir Arbeit für euch und auch ein Dach über eurem Kopf.«

»Gehört diese riesengroße Insel nur dir allein?«

»Mir ja nicht«, er zeigte auf Vasili, »vor mir war dieser Mann hier. Dann bin ich gekommen. Und der Mann mit einem Schnauzbart wie ein Fuchsschwanz gab der Insel den Namen Insel des Nordwind.«

»Ist jener Mann ein Padischah?«

»Er soll früher einer gewesen sein.«

Da fiel ihm Kapitän Hasan ins Wort: »Und wenn du jetzt meine Angelegenheit nicht erledigst, werde ich weder weiter von deinem Fisch essen noch von deinem Wasser trinken. Ich werde verhungern und meine Leiche in dieses riesengroße Meer werfen!«

»Bitte nicht, Kapitän, es wäre schade, wenn du deinen Leichnam ins Meer wirfst!«

»Dann sag mir, was ich wissen muss, denn ich will auf dieser Insel bleiben! Aber ich muss mit dir etwas bereden, wenn ich mich rundum satt gegessen habe.«

»Einverstanden«, sagte Nordwind, »iss dich rundum satt, damit du auch die richtigen Worte findest!«

Vasili brachte die Fische auf einem verzinnten Kupfertablett. Kaum stand es auf dem Tisch, schnappten sich die Jungen einen Fisch und begannen ihn zu verschlingen. Auch Hasan verzehrte hastig seinen Fisch, kam zu Nordwind und sagte: »Steh auf, Bruder, und lass uns ein bisschen in diese Richtung gehen!« Sie machten sich auf in die angezeigte Richtung und am Röhricht vorbei.

»Was hast du gemacht, bevor du auf diese Insel gekommen bist?«

»Ich war Soldat.«

»Offizier, nicht wahr?«

»Woher weißt du das?«

»Offizier bleibt Offizier, das ist nicht zu übersehen, ob klein oder hoch gewachsen.«

»Ich bin Offizier.«

»Du bist ja noch ein Kind. Wo hast du gekämpft?«

»An der russischen Front in Sarikamiş, in den Bergen Allahüekber, in Urfa …«

»Alle Achtung! Groß und stattlich bist du ja, aber noch ein Kind!«

»Mit sechzehn, siebzehn holten sie mich von der Kadettenschule.«

»Wie viele sind von euch übrig geblieben?«

»Das weiß ich nicht. Nun sag schon, was du willst!«

»Sagen schon, aber du wirst mir nichts tun, wirst mich nicht aufhängen lassen, wenn dir nicht passt, was ich dir erzähle. Du wirst mich laufen lassen! Versprochen?«

»Versprochen!«

»Ich bin ein Fahnenflüchtiger.« Er stellte sich Nordwind in den Weg und schaute ihn mit seinen stahlgrünen Augen flehentlich an. Eine Weile standen sie so da, Kapitän Hasan wurde mal rot, mal bleich. Seine Spannung stieg, ihm wurde schwindlig, und diese Spannung hielt sich, bis Nordwind lachte.

»Die Hälfte unseres Volkes ist fahnenflüchtig.«

»Du auch?«

»Nachdem an der Ostfront das Heer geschlagen war, habe ich in Urfa gegen die Franzosen gekämpft.«

»Und danach?«

»Danach ist eben danach.«

»Danach ist eben danach, ist das wahr?«

»Morgen wird dich der Tierarzt mit seinem Boot in die Stadt bringen. Er wird dir einen Personalausweis und einen Grundbuchauszug besorgen und dir in die Tasche stecken. Vergiss deine Fahnenflucht. Du hast am Kanal gedient, ist es nicht so, hast gegen die Engländer gekämpft, nicht wahr?«

»So ist es, aber wo ist dieser Kanal?«

»Ägypten, Palästina, in der Gegend irgendwo. Dort war die Front gegen die Engländer. In der Schlacht um den Kanal sind viele gefallen. Dort warst du Unteroffizier. Unteroffizier Hasan!«

»Ich habe Angst davor. Könntest du nicht mit dem Tierarzt in die Stadt gehen und diese Dinge für mich erledigen? Sie kennen mich, und wenn sie mich festnehmen, hängen sie mich ohne viel Federlesens.«

»Mein lieber Unteroffizier Hasan, mach dir keine Gedanken! Der Krieg ist seit Jahren aus, und damit auch die Verfahren wegen Fahnenflucht. Auch wenn sie dich erwischen, hängen sie dich nicht, sie ziehen dich höchstens ein, du leistest deinen Militärdienst zu Ende und kommst dann her!«

Hasan erschauerte: »Ich lasse mich nicht einziehen. Die schicken mich in den Krieg.«

»In welchen Krieg, Mann? Der Krieg ist aus, sage ich dir doch!«

»Das kommt dir nur so vor, Bruder, der Krieg ist nie aus. Lass mich gehen, ich will von dir auch keine Bezahlung! Du bist ein guter Mensch, aber noch ein Kind und kannst nicht verstehen. Du hast noch nicht viel erlebt und verstehst darum nicht. Bitte, tu mir nichts und lass mich ziehen! Was hast du davon, wenn du mich aufhängen lässt, was hat die Regierung davon, wenn sie mich hängt?«

»Hasan, der Krieg ist aus, sage ich dir, der Padischah ist geflohen, an seiner Stelle ist die Republik gekommen, und Mustafa Kemal Pascha ist ihr Präsident geworden. Es gibt keinen Krieg mehr.«

»Oh weh, mein guter Junge, du bist hoch gewachsen, aber geistig ein Kind geblieben. Hör mir gut zu: Der Krieg war noch nie zu Ende. Diese Menschen sind vollkommen übergeschnappt. Ein Krieg geht zu Ende, und schon fangen diese blutrünstigen Verrückten einen neuen an. Jeder Mensch ein Ungeheuer, ein nach Blut dürstender Wolf. Ohne sich zu zerfleischen, geben sie keine Ruhe. Lass mich gehen! Ich will auch kein Haus und keine Papiere, lass mich nur gehen!« Mit ausgreifenden Schritten ging er auf den Anleger.

Nordwind kam hinter ihm her und stellte sich ihm in den Weg. »Warte doch! Weil du dauernd auf den Meeren herumgezogen bist, hast du überhaupt nichts mitbekommen. Warte und hör mich an! Setzen wir uns hier hin und reden wir! Wenn ich dich nicht überzeugen kann oder du mir nicht traust, dann gute Fahrt und ziehe bis an dein Lebensende auf allen Meeren umher! Und wenn dir vor lauter Angst das Herz stehen bleibt, kannst du deinen Leichnam in die Fluten werfen! Ich sage dir, der Krieg ist aus, und ich werde deine Fahnenflucht aus der Welt schaffen!« Und zwischen zusammengebissenen Zähnen wiederholte Nordwind: »Der Krieg ist aus.«

»Meinen Großvater haben sie eingezogen, in den Krieg geschickt, er kehrte nicht zurück. Meine Onkel haben sie eingezogen, in den Krieg getrieben, kein einziger kehrte zurück. Auch die Brüder und Neffen meines Großvaters zogen sie ein, und von all diesen Männern ist nur ein einziger zurückgekehrt, und dem fehlten beide Beine. Der Großvater meines Großvaters und dessen Großvater blieben auch im Felde. Wir waren drei Brüder, und von den zwei älteren bekamen wir nur die Erkennungsmarken. Einer meiner Vettern kam ohne Augen aus dem Krieg. In unserem Dorf waren fast alle Heimkehrer kriegsversehrt. Hast du gehört, Aga? Aus unserer Gegend sind viele in die Berge geflüchtet, viele von ihnen haben sie eingefangen, und einmal haben sie auf der langen Marktstraße unserer Kleinstadt im Abstand von drei Schritt die Fahnenflüchtigen, fünfzig, nein hundert, aufgehängt.«

»Und wieso wurdest du nicht eingefangen?«

»Köpfchen, mein Aga, deswegen! Als ich sah, dass die in die Berge Geflüchteten gejagt wurden, bin ich aufs Meer hinaus. Seitdem bin ich auf See. Fahnenflüchtige auf dem Meer zu suchen, fällt ihnen nicht ein. Und wenn ich von See komme, fragt mich niemand, Freund, woher kommst du, wohin gehst du, wer und was bist du? Nein, niemand!«

»Und nun hör du mir noch einmal gut zu! In diesem riesengroßen Land ist die Hälfte der Männer fahnenflüchtig. Und wenn es diese Fahnenflüchtigen nicht gäbe, müssten wir uns nach menschlichen Zuchthengsten umsehen, und die gibt es nicht. Zudem sind wir so arm gewesen, dass nicht einmal menschliche Zuchthengste in unser Land kämen, auch wenn es sie gäbe. Warum soll unsere Regierung denn die Deserteure aufhängen, wenn danach kein einziger Mann in unserem Land übrig bleibt? Und wo fänden sie denn noch Soldaten, wenn die Frauen keine Kinder mehr bekämen?«

»Stimmt«, unterbrach ihn Unteroffizier Hasan, »wenn die Frauen nicht gebären, hat die Regierung auch keine Soldaten. Ja, ja, ich habe verstanden. Menschliche Zuchthengste können sie auch nicht finden. Sie hätten auch nicht das Geld dafür. Und die Lendenkraft eines Mannes würde auch gar nicht genügen für so viele Frauen. Ein menschlicher Zuchthengst ist nicht denkbar. Aber wie wirst du erreichen, dass ich nicht aufgehängt werde?«

»Nichts leichter als das. Der Pascha mit dem Schnauzbart wie ein Fuchsschwanz hat Freunde in der Stadt.« Nordwind erzählte dem fahnenflüchtigen Hasan lang und breit vom Khan der Tschetschenen, dem Standesbeamten Üzeyir Bey, von dessen einflussreichen Freunden, die nach dem Krieg niemanden mehr aufhängten, weil auf den Schlachtfeldern so viele Menschen umgekommen waren, und dass die Gründer der Republik wohl wussten, dass es ein Fehler war, jetzt noch Fahnenflüchtige zu hängen. In Schweiß gebadet hörte Hasan mit gesenktem Kopf zu, und nachdem er eine ganze Weile nachgedacht hatte, sagte er: »Einverstanden! Ich glaube und vertraue dir. Aber versprich mir, mich erschießen zu lassen, falls es dir nicht gelingt, mich vor dem Strang zu bewahren! Versprochen?«

»Versprochen«, lachte Nordwind. Er fand immer mehr Gefallen an Hasan. Wie Veli hatte auch dieser Mann eine einnehmende Art. Und schließlich hatte er das riesengroße Schwarze Meer überquert und sich bis hierher durchgeschlagen.

»Wenn du nicht mit mir kommst, nehmen diese Blutrünstigen mich fest und hängen mich. Wäre es nicht schade um mich, nachdem ich nach so langer Flucht mein süßes Leben gerettet hatte?«

»Ja, das wäre zu schade«, sagte Nordwind, »ich komme mit dir in die Stadt.«

Worterklärungen

Aga Offizierstitel; höfliche Anrede
Agaefendi Meister und Gebieter; höfliche Anrede
Allahüekber-Berge Gebirgszug nördlich von Sarikamiş
Bey Adelstitel; höfliche Anrede
Dardanellen (Hellespont) türkische Meerenge zwischen der Halbinsel Gallipoli und Nordwest-Anatolien, verbindet das Ägäische Meer mit dem Marmarameer
Dengbej wandernder Sänger und Erzähler
Dumlupinar türkische Stadt in Kleinasien; Schauplatz der gleichnamigen Schlacht, an deren Wendepunkt am 30. August 1922 das türkische Heer unter Mustafa Kemal den Griechisch-Türkischen Krieg endgültig für sich entschied. Der 30. August wird in der Türkei seitdem als *Zafer Bayrami,* als »Tag des Sieges« gefeiert.
Efendi Gelehrter, Gebieter; höfliche Anrede
Emir Fürst
Enver Pascha (Ismail Enver) 22.11.1881–4.8.1922; Kriegsminister des Osmanischen Reichs und General im Ersten Weltkrieg, Weggefährte Atatürks
Gallipoli türkische Halbinsel; Schauplatz der gleichnamigen Schlacht (auch *Dardanellenoperation)* im Ersten Weltkrieg, bei der das osmanische Militär (darunter die 19. Division unter Oberstleutnant Mustafa Kemal) die Invasion der Entente-Mächte aufhalten konnte. Während der See- und Landschlachten (Februar 1915 – Januar 1916) starben rund 400 000 der insgesamt beteiligten 800 000 Soldaten.
Ghasi Süleyman Pascha gest. 1357, frühosmanischer Heerführer, gilt als Eroberer Rumeliens (u. a. 1354 Einnahme der Halbinsel Gallipoli)
Hadschi Mekkapilger
Han Herberge, Karawanserei
Hanum Frau
Hasan Izzet Pascha türkischer General in der Schlacht von Sarikamiş
Hüsrev Pascha Gouverneur der ostanatolischen Provinz Van im 16. Jahrhundert
Imam Vorbeter und Leiter der islamischen Gemeinde
Ismet (Mustafa IIsmet Iinönü) 1884–1973; Weggefährte Mustafa Kemals, erster Ministerpräsident (1923–1924, 1925–1938) und zweiter Präsident (1938–1950) der türkischen Republik

Kelim Webteppich

Kuruş kleine osmanische Münze

Lausanne Stadt in der Westschweiz; Ort des gleichnamigen Vertragsschlusses am 24. Juni 1923. Nach der endgültigen Niederlage der Griechen im Griechisch-Türkischen Krieg (1821–1922), insbesondere durch die von den Griechen als »kleinasiatische Katastrophe« bezeichnete Einnahme der Stadt Izmir/Smyrna durch Mustafa Kemal und durch dessen Sieg in der Schlacht bei Dumlupinar, wurden in Lausanne die Souveränität und die neuen Grenzen des türkischen Staates anerkannt und ein »forcierter Bevölkerungsaustausch« beschlossen, der die unfreiwillige Umsiedlung von rund 1,5 Millionen Griechen und 500 000 Türken völkerrechtlich legitimierte.

Mustafa Kemal Pascha 19.5.1881–10.11.1938; seit 1935 als *Atatürk,* »Vater der Türken« bezeichnet. Osmanischer General, Gründer (1922/1924) und erster Präsident (1923–1938) der türkischen Republik

Okka osmanisches Handels- und Münzgewicht

Padischah Großherr, Titel des regierenden osmanischen Sultans

Pascha höfliche Anrede im Generalsrang; Titel höchster osmanischer Würdenträger

Rais Oberhaupt, Präsident; höfliche Anrede, besonders für Schiffsführer

Rumelien europäisches Gebiet innerhalb des osmanischen Reichs

Sarikamiş nordanatolische Stadt; Schauplatz der verheerenden Niederlage des osmanischen Reichs gegen das russische Reich im Ersten Weltkrieg. Von den 90 000 Soldaten der türkischen Dritten Armee, die auf Befehl Envers auf dem Höhepunkt des Winters (29.12.1914–10.1.1915) gegen die überlegen ausgerüsteten 60 000 Russen in die Schlacht ziehen mussten, fielen rund 75 000; die meisten erfroren auf dem ungeordneten Rückzug in die Allahüekber-Berge.

Scheich Führer eines arabischen Stammes, geistliches Oberhaupt

Serail Palast und Regierungssitz der osmanischen Herrscher

Sultan Herrschertitel im osmanischen Reich

Türbe turmähnlicher Grabbau mit kegel- oder kuppelförmigem Dach

Volkspartei im August 1923 von Mustafa Kemal gegründet, im November 1924 in *Republikanische Volkspartei* (CHP) umbenannt, bis zur Einführung des Mehrparteiensystems (Mai 1945) die einzige im türkischen Parlament vertretene Partei

Der Übersetzer

Cornelius Bischoff wurde 1928 in Hamburg geboren. Er ging ab 1939 in Istanbul zur Schule und machte dort 1948 das staatliche türkische Abitur. Während der Schulzeit war er als Deutscher in der Türkei 1944–45 in Corum interniert. 1948 begann er sein Studium an der juristischen Fakultät in Istanbul, ging 1949 an die juristische Fakultät Hamburg und schloss 1954 mit dem Staatsexamen ab. Nach den Jahren als Rechtsreferendar beim Hanseatischen Oberlandesgericht wurde Cornelius Bischoff 1956 stellvertretender Betriebsleiter in The Brecht Corp., Hamburg und ist seit 1961 selbstständig. Seit 1978 Tätigkeit als literarischer Übersetzer und Drehbuchautor.

Yaşar Kemal
»Sänger und Chronist seines Landes«

Yaşar Kemal wird 1923 in einem Dorf Südanatoliens geboren. Sein Vater ist ein wohlhabender, später verarmter Grundbesitzer, seine Mutter stammt aus einer Familie von Räubern und Briganten, die Not und Armut in die Berge getrieben hatte. Mit fünf Jahren erlebt er, wie sein Vater beim Gebet in der Moschee von dessen Adoptivsohn erschlagen wird. Nach dem Tod des Vaters lebt die Familie in großer Armut. Vier Geschwister sterben an Malaria.

Früh beeindrucken ihn die wandernden Volkssänger mit ihren Gedichten und Epen, bald improvisiert er in der gleichen Art Lieder. Um seine Lieder niederzuschreiben und festhalten zu können, lernt Yaşar Kemal Lesen und Schreiben – als einziges Kind seines Dorfes in einer zehn Kilometer entfernten Schule. Später arbeitet er unter anderem als Hirte, Traktorfahrer, Schuhmacher und Gehilfe eines Dorflehrers. Als Straßenschreiber in einer Kleinstadt verfasst er Briefe, Bittschriften und Dokumente für analphabetische Bauern.

1951 werden seine ersten Erzählungen in der Istanbuler Zeitung »Cumhuriyet« abgedruckt. Sie erregen großes Aufsehen, denn sie handeln vom täglichen Leben der Bauern und sind in der Umgangssprache geschrieben.

Als Journalist durchstreift Yaşar Kemal zwölf Jahre lang die ländlichen Gebiete Anatoliens. Er schreibt über die Armut, den Hunger, die Dürre und die Ausbeutung durch feudale Großgrundbesitzer. Noch nie sind solche Berichte in der türkischen Presse erschienen. Einige führten sogar zu Debatten in der Nationalversammlung.

Mit dem Roman »Memed mein Falke« wird er 1955 auf einen Schlag zum meistgelesenen Schriftsteller der Türkei. »Memed« bringt Kemal auch den Durchbruch in die internationale Literatur. Auf Empfehlung der UNESCO und des internationalen PEN-Clubs wird dieser Roman in über dreißig Sprachen übersetzt.

Yaşar Kemal wird mehrere Male von der türkischen Militärregierung festgenommen und gefoltert. Nach zahlreichen internationalen Protesten kommt er frei, um allerdings immer wieder wegen »separatistischer Propaganda« mit Gerichtsverfahren überzogen zu werden.

Yaşar Kemal wurde mit zahlreichen internationalen Preisen ausgezeichnet. 1997 erhielt er den Friedenspreis des Deutschen Buchhandels. Yaşar Kemal lebt und arbeitet in Istanbul.

Yaşar Kemal im Unionsverlag

Die Memed-Zyklus:
Memed mein Falke; Die Disteln brennen; Das Reich der Vierzig Augen; Der letzte Flug des Falken
Memed, der schmächtige Bauernjunge, wird zum Räuber, Rebell und Rächer seines Volkes. Ein Roman, der selbst wieder zur Legende wurde: In türkischen Kaffeehäusern wird er vorgelesen, wandernde Sänger erzählen ihn nach.

Die Anatolische Trilogie:
Der Wind aus der Ebene; Eisenerde, Kupferhimmel; Das Unsterblichkeitskraut
Die Bewohner eines ganzen Dorfes ziehen aus den Taurusbergen hinunter auf die Baumwollfelder , um sich als Tagelöhner zu verdingen.
»Ich wollte zeigen, dass der Mensch nicht nur in der realen Welt lebt, sondern ebenso sehr auch in seinen Träumen. Denn wenn das Leben ihn so hart an den Abgrund führt, dann muss er sich, um zu überleben, eine Welt der Mythen und Träume schaffen.« *Yaşar Kemal*

Die Insel-Romane:
Die Ameiseninsel; Der Sturm der Gazellen
»Yaşar Kemal hat uns ein Märchen zubereitet, das strahlt im gleißenden Schimmern des Mittelmeers. Er greift weit in die Geschichte zurück und befasst sich mit einem der brennenden Themen der Gegenwart: dem Verhältnis von Türken und Griechen. Den Türken wird er gerecht, den Griechen schenkt er seine Sympathie.« *Neue Ruhr/Rhein Zeitung*

Die Ararat Legende
Eines Morgens steht ein prächtiger Schimmel vor Ahmets Hütte. Kein Bewohner des Berges Ararat würde jemals solch ein Geschenk Gottes zurückgeben. Der Pascha aber will sein Pferd zurückerobern. Der Stolz der Menschen schlägt um in offene Revolte.

Der Baum des Narren
Kemals eigenes Leben ist ein epischer Stoff voller Dramatik und Abenteuer, der durch die Höhen und Tiefen des Landes führt. Er erzählt von den Menschen, die seinen Weg geprägt, und von den Büchern, die sein Werk beeinflusst haben.

Yaşar Kemal im Unionsverlag

Der Granatapfelbaum

Seit es in der Çukurova-Ebene neue, funkelnde Traktoren gibt, werden die Tagelöhner aus den Bergen nicht mehr gebraucht. Aber das Grüppchen von Dörflern, das durch Staub, Hitze und höllische Moskitoschwärme irrt, findet schließlich sein Glück ganz unerwartet.

Das Lied der Tausend Stiere

Seit Jahrhunderten ziehen die Nomaden aus den Bergen in die Ebene. Wo sie einst lagerten, erstrecken sich jetzt Reisfelder und Baumwollplantagen. Dieser Winter wird der letzte des Stammes.

Salman

In dieser großen Familiensaga hat Kemal das Schicksal Anatoliens und persönliche Erlebnisse verarbeitet. Er erzählt von den Wanderungen der Völker nach Krieg und Vertreibung, von Glück und Grausamkeit der Menschen.

Töte die Schlange

Eine wahre Begebenheit wird zum Stoff einer Tragödie: Wie kann es so weit kommen, dass ein Sohn die geliebte Mutter tötet? »In einem grandiosen Bogen treibt Kemal die Geschichte auf die Katastrophe zu.« *Kölner Stadt-Anzeiger*

Auch die Vögel sind fort

Kemals Istanbul ist eine brodelnde, gnadenlose Welt im Umbruch. Hier sind Spitzbuben und Tagträumer, Gestrandete und Gescheiterte die letzten Unversehrten.

Zorn des Meeres

Ein alter Mann und das Meer: Der Fischer Selim jagt auf dem Marmarameer seinem Traum nach. Gleichzeitig wird ein jugendlicher Mörder durch ganz Istanbul gehetzt.